Les Aventures de Boro,
reporter photographe

Les noces de Guernica

ŒUVRES DE DAN FRANCK

Les Calendes grecques, prix du Premier Roman, Calmann-Lévy, 1980, et Presses-Pocket, 1983, Nouvelle édition, Éd. du Seuil, 1992.
Appoline, Stock, 1982.
La Dame du soir, Mercure de France, 1984, et Presses-Pocket, 1989.
Les Adieux, Flammarion, 1987, et Presse-Pocket, 1991.
Le Cimetière des fous, Flammarion, 1989, et Presses-Pocket, 1990.
La Séparation, prix Renaudot, Éd. du Seuil, 1991, coll. « Points Roman », 1993.
Le Petit Livre de l'orchestre et ses instruments, Nouvelle édition, Éd. du Seuil, 1993.

ŒUVRES DE JEAN VAUTRIN

Romans

A bulletins rouges, Gallimard, 1973.
Billy-ze-Kick, Gallimard, 1974, Mazarine, 1980, Folio, 1985.
Mister Love, Denoël, 1977.
Typhon Gazoline, Jean Goujon, 1978.
Bloody-Mary, Mazarine, 1979, Livre de poche, 1982 (prix Fictions 1979 et prix Mystère de la critique).
Groom, Mazarine, 1980, Gallimard, 1981.
Canicule, Mazarine, 1982, Livre de poche, 1983.
La Vie Ripolin, Mazarine, 1986, Livre de poche, 1987 (grand prix du Roman de la Société des gens de lettres 1986).
Un grand pas vers le Bon Dieu, Grasset, 1989, Livre de poche, 1990 (prix Goncourt 1989).
Symphonie Grabuge, Grasset, 1994.

Nouvelles

Patchwork, Mazarine, 1983 (prix des Deux-Magots 1983).
Baby-Boom, Mazarine, 1985 (prix Goncourt de la nouvelle 1986), Livre de poche, 1987.
Dix-Huit Tentatives pour devenir un saint, Payot, 1989.

Albums

Bloody-Mary, dessins de Jean Teulé, Glénat, 1983 (prix de la Critique à Angoulême).
Crime-Club, photographies de Gérard Rondeau, La Manufacture, 1985.
Le Cirque, photographies de Gérard Rondeau, 1990.
Tardi en banlieue, fusains et acryliques de Jacques Tardi, Casterman, 1990.
Terres de Gironde, collectif, Vivisques, 1990.

ŒUVRES DE FRANCK & VAUTRIN

Les Aventures de Boro, reporter photographe :
– *La Dame de Berlin*, Fayard et Balland, 1987.
– *Le Temps des cerises*, Fayard, 1990.

Franck & Vautrin

Les Aventures de Boro,
reporter photographe

Les noces de Guernica

Fayard

PREMIÈRE PARTIE

Un homme disparaît

Avez-vous vu Boro ?

Le taxi quitta le flot des véhicules, prit à droite dans la rue Bonaparte, longea les tours de Saint-Sulpice et stoppa au croisement de la rue du Four. Le chauffeur lorgna en direction du compteur. Pázmány affichait une grimace de très mauvais augure.

– Nous n'y sommes pas.

Le chauffeur se retourna.

– Nous y sommes presque.

– Presque ne suffit pas, objecta sèchement le Hongrois. Veuillez me déposer devant l'agence Alpha-Press.

– L'agence Alpha-Press se trouve à trente mètres à gauche. Par ce temps et à votre âge, vous pouvez les faire à pied. Ça m'évitera une marche arrière dangereuse, et à vous un tour de pâté de maisons assez coûteux.

L'automédon souriait. Pázmány fulminait. Le soleil rayonnait.

– C'est bon, maugréa le reporter.

Il sortit deux petites coupures d'un portefeuille en lézard dont l'épiderme pelait, conseilla, revêche, qu'on gardât la monnaie, et sortit du pied gauche sur le pavé parisien.

Il traversa tout en maudissant les chauffeurs de taxi qui croient tout savoir, alors qu'ils ignorent l'essentiel. Dans le cas présent, que lui-même, Pierre Pázmány, avait fondé l'agence Alpha-Press en compagnie de ses deux bourreaux d'amis hongrois, Blèmia Borowicz et Béla Prakash, un soir de septembre 1935. Deux ans après sa création, l'agence distribuait les photos de ses reporters aux quatre coins du monde, et Pázmány s'estimait mieux placé qu'un coureur de fond sur G7 pour savoir qu'Alpha-Press ne se trouvait pas à trente mètres de la rue Bonaparte, mais à quarante au moins. Une trotte !

Il pénétra sous un porche grisâtre, traversa une cour pavée dont les rugosités accrurent sa mauvaise humeur, emprunta un large escalier bordé par une rampe en fer forgé, et se promit qu'il gravissait les quatre étages pour la dernière fois. Ayant foulé les sols de toutes les chancelleries du monde, sans compter les tranchées de mille champs de bataille au moins et les matelas des meilleurs hôtels de passe situés entre Londres, Paris et Berlin, il lui paraissait inconcevable de ne pas jouir ici, chez lui, du confort aérien procuré par un ascenseur pneumatique. Il exigerait un outil de ce genre, et avec portes coulissantes, s'il vous plaît !

Fort de cette résolution nouvelle, il poussa la porte à doubles battants de l'agence, heurta un commissionnaire qui sortait et deux autres qui entraient, les fusilla tous trois d'un regard charbonneux et fonça, toutes dents dehors, vers la jeune Chantal Pluchet qui montait la garde au standard.

Selon son habitude, Pázmány plongea son regard aussi loin que possible dans le décolleté Arista de la demoiselle, laquelle, pour répondre à la coutume, se pencha de dix centimètres en avant, pas un de moins, pas un de plus.

– Lilas, aujourd'hui ?

– Tilleul, répondit la préposée au téléphone en accompagnant sa réplique d'un sourire enchanteur. Le lilas n'est pas encore de saison, monsieur Páz. Vous devriez vous renseigner...

Cette remarque eut pour résultat de faire sortir Pázmány hors de ses gonds. Il recula d'un pas pour bien marquer la différence entre le propos antérieur et celui qui devait suivre. Mais il n'eut pas même le temps d'ouvrir la bouche. Chantal Pluchet leva un crayon dans sa direction et demanda, de son timbre d'oasis qui en exaspérait certains et en laissait beaucoup sous le charme :

– Alors, monsieur Páz, on a raté la dernière séance ?

– De quelle séance parlez-vous ? interrogea le reporter. (Puis, avant d'être mis à nu, il explosa :) Vous avez entendu Blum à la radio ce matin ?

Chantal Pluchet le considérait avec un sourire ravi.

– Ça vous met en joie, vous, la pause sociale ? On est neutre en Espagne, neutre avec le patronat, neutre avec les syndicats ! Quels risques !

– Vous oubliez le mur de l'argent et les deux cents familles, rétorqua une voix venue de la porte.

Pázmány se retourna. Dans l'embrasure se tenait l'un des coursiers qu'il avait heurté au passage. C'était un homme jeune, mal rasé, dont le regard luisait d'une flamme particulière.

– Pourquoi voudriez-vous que le Front popu puisse tout faire, alors que les riches planquent l'oseille à l'étranger ? Deux cents millions par jour, il en part !

– Vous cotisez à la CGTU ? demanda Páz avec raideur.

– Non. Mais ça ne change rien.

Le commissionnaire s'inclina un peu trop cérémonieusement pour que le mouvement pût être pris pour une marque de respect, puis il disparut dans l'escalier. La porte accomplit un gracieux arc de cercle avant de claquer sur son chambranle.

– Vous voyez bien que vous êtes de mauvaise composition ce matin, persifla gentiment la môme Pluchet. D'un côté, vous dites du mal de Blum, et de l'autre, vous accusez presque ce pauvre type d'adhérer à un syndicat ! Ce n'est pas la paix sociale qui vous travaille ! C'est la guerre des sens !

Pázmány haussa les épaules et s'en fut dans le couloir. La divette avait fait mouche. L'échelle mobile des salaires, ce matin-là, il s'en foutait. Autant que de la non-intervention en Espagne. Et des quarante mètres de l'agence Alpha-Press. Oui, il avait raté la dernière séance. Une photographe originaire de Leipzig, un être sans sommeil, sans bas ni petite culotte, prénommé Gerda. Elle avait pour habitude de manger des croissants qu'elle omettait de payer et arborait des cheveux rouges. Elle était membre du *Sozialistische Arbeiterpartei Deutschland*, groupe de socialistes antisoviétiques qui avaient fondé leur propre parti en 1931. Depuis de nombreuses semaines, l'infortuné Pázmány vivait et respirait totalement sous la domination de sa gorgone. Gerda voulait l'obliger à faire le voyage jusqu'en Allemagne afin de déposer, de sa part, une bombe devant la porte palière de Goebbels. La nuit dernière, alors qu'ils soupaient chez Marjo, Páz avait définitivement refusé de participer à l'entreprise. Gerda lui avait octroyé une gifle retentissante, l'avait traité de lâche avant de se lever en jurant que plus jamais elle ne se commettrait avec un type de son espèce. Tout cela sous le regard goguenard de Chayette, un maître d'hôtel en queue de pie auprès duquel Páz jouait les grands seigneurs.

Il avait doublement perdu sa soirée : Gerda, il en avait la conviction, ne lui adresserait plus jamais la parole, et lui, il en avait la certitude, ne goûterait pas de sitôt aux soupers fins de chez Marjo. Il haïssait Goebbels pour trois raisons au moins.

Il étouffa un juron et poussa la première porte venue. Le bureau de Prakash était vide. Il ressortit, longea le couloir et croisa le garçon de laboratoire qui poussait ses cent dix kilos plus quelques milligrammes résultant de deux négatifs encore humides qu'il tenait à la main. Pázmány ralentit le pas.

– Vous avez vu Prakash, Diaphragme ?

– Il est chez le grand manitou, répondit le gros homme en se plaquant contre le mur et en écartant les bras pour laisser passer le reporter.

– Boro est revenu ?

– Non. Justement. C'est tout le problème.

Pázmány lutta un instant contre la bedaine du laborantin, puis il battit en retraite et s'effaça dans un évasement du couloir.

– Je vous l'ai toujours dit, rigola Diaphragme : il fallait engager un maigre !

Pázmány reprit sa trajectoire, s'assura que personne ne venait en face, puis, accélérant dans la première ligne droite, parvint sans encombre à la porte du fond. Il entra dans le bureau de Blèmia Borowicz.

Le grand absent

Dès la création d'Alpha-Press, Boro s'était réservé une grande pièce aérée ouvrant sur les toits de Paris. Pour réfléchir, il aimait appuyer son front contre les vitres et regarder tambouriner l'averse.

Un bureau trônait au centre. Les murs étaient nus, exception faite de deux photos agrandies représentant les trois membres fondateurs de l'agence.

Le premier cliché avait été pris en 1931, alors que Blèmia Borowicz, Béla Prakash et Pierre Pázmány, Hongrois de cœur et apatrides dans l'âme, arpentaient encore le pavé parisien à la recherche d'un emploi de photographe plus conforme à leurs aspirations que les tâches variées et précaires qu'ils accomplissaient pour s'offrir le sandwich du soir à la table de Chez Boutru-Capoulade.

Juste avant que la gloire ne frappe à la porte du trio d'amis, Boro était grouillot de laboratoire à l'agence Iris : *Un œil sur le monde*, vantait la publicité. Prakash déployait son Plaubel-Makina aussi souvent que possible, consacrant le reste de son temps à trier des négatifs chez Dephot. Pázmány déchargeait des quartiers de bœuf aux Halles. Tous attendaient la venue de la bonne fortune, aucun ne doutant qu'elle finirait bien par leur sourire avec autant de grâce que les jeunes filles qui, souvent plutôt que parfois, tombaient du nid des familles pour atterrir sur leur literie de célibataires.

La deuxième photo apposée au mur représentait les trois compagnons bardés de leurs appareils, en partance pour l'Espagne. Le cliché avait été pris au cours de l'été 1936, sept mois auparavant, par des journalistes dépêchés par Pierre Lazareff. Le grand patron de *Paris-Soir* avait tenu à immortaliser les trois héros posant devant *El Borowicz*, un monoplan datant de 1922 affrété par Alpha-Press pour envoyer les siens couvrir les premiers jours de la guerre d'Espagne.

Le bureau de Boro restait le bureau de Boro, sauf qu'il y manquait quelque chose. Et ce quelque chose, ou plutôt ce quelqu'un, c'était Boro lui-même. Autour de la table étaient assemblés les fidèles, dont la plupart constituaient le noyau de l'agence : Béla Prakash, surnommé le Choucas de Budapest, aussi long, aussi grand, aussi noir de cheveu que Blèmia, si ressemblant à son compère qu'il prenait parfois sa place lorsque les talents d'ubiquité de ce dernier ne lui permettaient pas de se trouver là en même temps qu'ailleurs. Il y avait aussi Germaine Fiffre, préposée aux chiffres, dévouée corps, biens et âme à celui qui l'avait arrachée quasi *manu militari* à l'agence Iris pour en faire l'ordonnatrice de ses nombreux éparpillements, le grand Blèmia Borowicz auquel la quinquagénaire vouait une vénération dépourvue d'arrière-pensées en raison de l'âge de l'impétrant — vingt-sept ans tout juste sonnés. Il y avait encore Bertuche, plus rondouillard et grassouillet que jamais, responsable des archives et de quelques reportages de mode. Lui seul n'utilisait pas le format 24 × 36, préférant un vieux Voigtländer aux Leica affectionnés par la mauvaise troupe d'Alpha-Press. Il y avait enfin Liselotte Mésange, une jeune fille blonde au visage poupin qui passait pour la protégée de Boro, bien qu'il semblât, assurait la rumeur, que cette protection n'eût jamais tourné à l'avantage du grand Pygmalion.

Pázmány se dirigea d'abord vers la jeune fille, autant parce qu'elle était fille et jeune que parce qu'il fut étonné de la trouver là : Liselotte, mariée depuis peu, poursuivait ses études de droit et ne fréquentait pas l'agence.

– Honneur aux dames ! jeta-t-il en s'emparant d'une main d'enfant qu'il porta à ses lèvres.

– Merci pour les autres ! ronchonna Germaine Fiffre.

Páz se tourna vers elle :

– Vous, la Fiffre, vous êtes mieux qu'une dame. Vous êtes notre ange gardienne. La conscience de cette maison ! Sans vous, nous sommes inertes, nous sommes morts !...

– Cessez vos mauvaises blagues, repartit la demoiselle.

– Parce que sinon vous démissionnez ?

Páz faisait allusion aux éternelles menaces brandies par la vieille fille qui ôtait puis remettait son tablier quatorze fois par jour dans les bonnes périodes.

Prakash émit un petit sifflement.

– Pas de chamailleries aujourd'hui. Il y a plus grave : Blèmia a disparu.

– Il convole, répliqua Pázmány en prenant place sur la dernière chaise libre. C'est dans ses habitudes.

Par-devers lui, il se félicita de n'avoir jamais présenté Gerda à son camarade : pour un simple baiser, ce diable de Boro aurait bien été capable de déposer une bombe sous les pieds de Goebbels !

– Savez-vous où il devait aller ? demanda Bertuche en calant sa brioche sur la tranche de la table.

– Depuis six mois, il passe son temps en Espagne. Il a couvert la chute de l'Alcázar, l'arrivée des Brigades internationales à Albacete, celle de la légion Condor, l'enterrement de Durruti...

– Il devait aller à Moscou, déclara Prakash. Il voulait enquêter sur l'exécution de Radek et le procès des Dix-Sept.

– Eh bien, mais alors, c'est qu'il est entre l'Espagne et l'URSS ! intervint Pázmány. Il donnera bientôt de ses nouvelles...

– Il n'est pas repassé par Paris, s'entêta Liselotte. Et c'est cela qui est inquiétant.

– Elle a raison, renchérit Germaine Fiffre. Boro ne disparaît jamais de la circulation sans prévenir. Son dernier appel date d'il y a six jours. Il était en Espagne.

– Où ? interrogea Bertuche.

Personne ne sut apporter de réponse.

– Quelqu'un est-il allé chez lui ? demanda Pázmány qui avait brusquement oublié sa nuit d'enfer avec Gerda.

– J'en viens ! répondit Liselotte. J'y passe tous les jours depuis une semaine, si vous voulez savoir ! Et c'est parce qu'il n'est jamais là que j'ai fini par revenir ici...

Depuis quarante-huit heures, la jeune fille n'avait cessé de donner l'alerte. Elle se sentait responsable de son bienfaiteur. Elle n'oubliait pas que Boro l'avait ramenée à Paris après la mort de son père, étouffé au fond d'un puits de charbon à Bruay-en-Artois. Elle se rendait une fois par mois chez celui qui était devenu son protecteur afin de chercher la contribution que ce dernier lui versait pour lui permettre de poursuivre ses études de droit. La jeune fille avait brillamment attaqué sa deuxième année.

L'automne précédent, elle avait épousé Dédé Mésange, un jeune ouvrier communiste dont la foi avait croisé la sienne. Ils avaient promis à M. le Maire de faire aussi bien que possible, meilleur et pire. Depuis, ils vivaient dans un petit pavillon de Créteil, proche de l'usine de roulements à billes où Dédé vissait soigneusement sa conscience prolétarienne.

Boro, qui payait le loyer de la chambrette que la jeune fille avait occupée rue Quincampoix, avait converti l'argent du domicile en une bourse pour étudiante. Régulièrement, Liselotte allait passage de l'Enfer où l'attendait un dîner aux chandelles suivi d'une virée dans les bars de Montparnasse. Boro la raccompagnait toujours en taxi, et, chaque fois, la jeune fille se demandait comment il faisait pour glisser l'enveloppe dans sa poche sans que jamais elle ne s'aperçût de rien avant le lendemain matin.

Mais depuis une semaine, contrairement à la coutume, il n'y avait pas de dîner, pas de promenade nocturne. Boro avait disparu. Liselotte avait glissé sa clé de l'appartement dans la serrure, visité méthodiquement chaque pièce, puis, après huit jours de vaines tentatives, s'était de nouveau rendue à l'agence où elle espérait des nouvelles fraîches.

– On pourrait voir du côté des dames, suggéra timidement Bertuche. Boro aime bien faire des reportages sur ce versant-là...

– Qui était la dernière ? s'enquit Pázmány.

Ils cherchèrent. Fiffre pariait pour une jeune actrice que Blèmia avait rencontrée à la première d'une pièce de Marcel Pagnol, *César*, jouée deux mois plus tôt.

– Peu probable, objecta Prakash. Blèmia ne tient jamais la scène aussi longtemps. Il baisse le rideau avant.

– Il y avait aussi une nièce de Roger Salengro..., reprit la Fiffre.

– C'était avant.

– Et la brune qui se faisait des mèches ?

– Avant encore.

– Une grande bringue... Vous ne vous souvenez pas d'une grande bringue qui se prenait les talons dans le parquet du couloir ?

– C'était un mannequin de chez Givenchy... Elle l'a plaqué pour moi...

Bertuche regardait l'assistance avec une fierté indicible. Puis il devint tout rouge et parut encore plus gros.

– Bravo ! s'écria Prakash en assenant une grande claque dans le dos du Voigtländer.

– On ne vous connaissait pas ces talents ! renchérit Pázmány.

– Vous aussi ! siffla Germaine en coulant un regard méprisant en direction du photographe de mode. Je croyais qu'il n'y avait ici que les Kirghiz pour suborner...

– Eh bien, vous vous trompez ! s'écria Bertuche, ravi de l'effet produit. Moi, je défends les couleurs de l'Hexagone !

Les Hongrois se regardèrent.

– Comment fait-il ? demanda Páz.

– Médiocrement, répondit Prakash. Et puis Givenchy tirait à gauche.

– Comment savez-vous cela ? interrogea Bertuche en se redressant à demi sur son siège.

– Il a bien fallu que je répare vos conneries !

Pázmány adressa un clin d'œil à son compatriote.

– Et moi les tiennes.

– Ça, je ne savais pas ! dit Prakash, l'œil amusé.

D'un geste de la main, il congratula Páz, puis ajouta :

– Elle avait du cœur au ventre, cette petite !

Liselotte se leva brusquement. Son visage était aussi pourpre que celui de Bertuche.

– Vous êtes ignobles !

– C'est vrai, reconnut Prakash. Mais ce ne sont que des mots.

Liselotte le fusilla du regard. Prakash lui prit la main.

– Asseyez-vous.

– Il n'en est pas question ! Je déteste ce que vous dites !

– La petite a raison, convint Germaine Fiffre. Vous êtes des malpolis !

Elle se leva derrière Liselotte qui, ayant ramassé sac et manteau, filait vers la porte.

– Et vous savez, mademoiselle, moi, je dois les supporter toute la journée ! Alors, pensez si je vous comprends !

Liselotte s'enfonça dans le couloir. Prakash la rattrapa comme elle passait devant la salle des archives.

– Vous avez oublié quelque chose...

Elle fit volte-face.

– Je ne comprends vraiment pas comment on peut vous confondre avec Boro ! Vous n'avez pas un centième de son élégance ! Jamais il ne se serait permis de traiter une femme comme vous l'avez fait !

– A voir, rétorqua le Choucas de Budapest.

Il tendit la main vers la poche de la jeune fille.

– En attendant, prenez ceci... Ça vous consolera de nos grossièretés.

Liselotte regarda les billets et afficha une moue méprisante.

– Et, en plus, vous ne savez même pas parler aux femmes ! Gardez votre argent pour Givenchy !

Elle jeta les billets, tourna les talons et s'en fut vers l'entrée.

Monsieur Lucien

Tout à sa fureur, Liselotte entra en collision avec le torse rond d'un quidam de fort tonnage qui empestait le muguet.

L'homme, cheveux plaqués à la Gomina, déploya sa main potelée ornée d'une chevalière sculptée à ses initiales et, démasquant sa denture, transforma sa grimace initiale en un rayonnant soleil d'or.

– Mam'zelle Liseron ! Encore un peu et vous me défonciez le portail !

La future avocate avait l'œil comme un rasoir. Elle reconnut sans peine le chef de file des harengs du Topol, Pépé l'Asticot, cintré de frais dans un harris-tweed à martingale, emmanché d'une casquette assortie qu'il tenait à la main.

– Où allez-vous comme ça ? s'enquit le proxénète. Vous marchiez à tout vent !

– Figurez-vous que Boro a disparu. Alors, ça me préoccupe.

– Boro ? Si c'est que ça ! Ne vous mettez pas à l'envers, mam' zelle Liselotte !

– Personne n'a de ses nouvelles.

Pépé l'Asticot leva un index important :

– D'abord, c'est inexaque.

– Que voulez-vous dire ?

– J'ai rencontré la Louve de Sibérie...

– Olga Polianovna ?

– Danseuse réformée de chez Balanchine ! Mousseuse comme du cidre ! Elle était avec un type qui lui dribblait les fesses, mais elle a quand même trouvé le temps de me dire qu'elle avait eu du récent.

– Des nouvelles ?

– C'est exaque... Cela dit, pas de nouvelles, ça serait kif-kif. Avec Boro, vous le savez mieux que moi, on a affaire à un artiste ! Un jour ici, le lendemain au Pérou... Pas besoin de se faire bleuir le foie à son sujet !

– C'est vous qui le dites.

– Faites confiance à mézig. Je suis un homme d'expérience. Et j'ai pas mal roulé ma bosse.

– Sur le bitume.

– Dans les dangers !

Liselotte ne put s'empêcher de pouffer. Elle chercha un moment en quoi Pépé l'Asticot avait changé. Un détail infime...

– J'y suis ! Vous ne portiez pas de lunettes, autrefois ?

– Parfaitement exaque. J'ai trouvé que ça me faisait le front intelligent.

Tout en affichant un sourire indulgent, la jeune fille repensait à tous les personnages pittoresques qu'elle avait croisés lorsqu'elle vivait sous la protection des marlous de la rue Quincampoix.

– Comment va Paris-Sports ?

– King-Paddock ? Toujours dans la limonade. Il s'est remis de sa blessure. Les canassons du champ de courses n'ont qu'à bien se tenir.

– Et vos autres amis ?

– Des hauts, des bas. C'est comme le cours de la vie, je ne vous apprends rien.

– Pierrot Casse-Poitrine ?

– A la Santé. Il est tombé pour une mineure.

– La Grenade ?

– Toujours son physique de radio... Il compte les passes de ses radeuses au métro Pigalle.

– Et P'tit-Sifflet ?

– Sa vie est en paillettes ! Il se fait gâter par une rombière de la haute.

– Mais vous-même, Pépé ?

– Moi ? interrogea le merlan en faisant la lippe majestueuse. C'est fini pour le grand huit ! J'ai passé la main, question de mes trois gagneuses à Barbès-Rochechouart, et rompu avec ma régulière qui était toupie volante à Godot de Mauroy.

L'Asticot fit mousser sa pochette flamboyante et coula un regard du côté de Chantal Pluchet.

– La vie, mam'zelle Liselotte, est un jardin qui masque les péripéties. A l'improviste, j'ai rencontré l'amour... J'en pince pour madame. Un vrai conte de fées !

Pluchet battit des paupières et rosit comme une pivoine.

Pépé s'approcha de la standardiste.

– Je vous aime, Chantal. C'est physique, malgré mon grand âge...

– Arrêtez votre théâtre, l'Asticot ! Vous parlez à une fille honnête. Je n'y crois pas beaucoup, à votre agence artistique !

– Polope ! Je vous arrête, Chantal ! En ce moment, vous n'avez pas affaire à l'Asticot, travailleur sédentaire... Vous parlez à Lucien Palmire, imprésario artistique !

Chantal sortit son poudrier et, tout en se repoudrant le museau, coula une œillade complice en direction de Liselotte.

– Lulu prétend que j'ai un vrai filet de voix, dit-elle avec son timbre soprano. Il me propose une tournée réaliste au Liban. J'hésite !

Liselotte haussa les épaules.

– Tu parles, Chantal ! Monsieur va te sous-traiter chez un émir !

Lucien Palmire prit l'air offusqué.

– Voyons, Liseron ! Un peu de respect ! J'ai amené le contrat de Mlle Pluchet, alias Zizi Polidor... C'est écrit noir sur blanc... Cinq semaines et retour. Elle peut signer là.

– Affreux souteneur ! Que je ne vous voie plus jamais faire le joli cœur autour de Chantal !

Liselotte fit tourner l'Asticot sur lui-même, l'orienta dans le sens du départ et appuya suffisamment sur ses épaules pour lui donner de l'élan en direction de la porte.

– Allez, ouste, les barbillons ! Passez devant ! Et tiens, comme vous m'avez fait perdre mon temps à sauver la vertu du personnel, vous allez me déposer avec votre belle Traction chez Olga Polianovna...

– Eh mais... c'est que...

– Et que ça saute, j'ai dit !

La bataille de Madrid

Dans la nuit, la Jarama demeurait invisible. Elle clapotait plus bas dans un calme trompeur, douce rivière sinuant de colline en colline depuis le nord de Madrid jusqu'à ces terres noires et vallonnées, plantées d'oliviers, que les fascistes tentaient vainement d'occuper depuis trois jours.

En ce mois de février 1937, transis de froid, pataugeant dans la boue, les combattants des XIe et XIIe brigades internationales attendaient les vétérans de l'armée d'Afrique, ceux de la Légion étrangère, les canons de la légion Condor et cinquante mille Italiens qui remontaient de Málaga. Les hommes de Franco étaient trois fois plus nombreux et mieux équipés que les loyalistes. Leur plan était simple : couper la route Madrid-Valence afin d'achever l'encerclement de la capitale, déjà bouclée au nord. Si la route tombait, la capitale tombait également. Et cette route passait par la Jarama.

Allongé dans une tranchée boueuse, Dimitri attendait les deux signaux verts. Depuis quatre heures du matin, la pluie tombait drue. Les brigadistes s'étaient emmitouflés dans des couvertures et des toiles de tente. Ils ne fumaient pas, ne parlaient pas, enfermés dans un silence tendu que déchirerait, plus tard, le fracas de la mitraille. Tous fixaient le cours de cette rivière invisible d'où viendrait l'ordre d'attaquer. Ils jailliraient alors des tranchées en poussant chacun son cri de guerre, ceux de la brigade Lister en espagnol, en français pour les Franco-Belges du bataillon Edgar-André, en anglais et en américain pour ceux de la Lincoln, en polonais pour ceux de la XIIIe brigade polonaise.

En face, il y aurait des exclamations en espagnol, en italien et en allemand. Puis les armes sonneraient, les Maxim soviétiques donnant le *la* aux mitrailleuses allemandes et aux canons italiens.

Dimitri connaissait le tempo des batailles. Il avait été à Barcelone en juillet 1936, puis sur le front de Saragosse, à Irún, en Aragon. Trois ans auparavant, il avait fui l'Allemagne, recherché par toutes les polices nazies. En France, sans papiers, il avait connu la prison. Depuis que l'étendard à croix gammée s'était levé sur l'Europe, il combattait sous la bannière des résistances. Il avait traversé tous les pays, s'était caché dans des villes étrangères, avait connu le froid, la faim, la lourde camaraderie qui unit les hommes de guerre. Cependant, bien qu'endurci par de multiples épreuves, il gardait l'œil pétillant de l'enfance et le cheveu en broussaille des rêveurs. Il passait de bataillon en division, se mêlant tantôt aux Français, tantôt aux Allemands, tantôt aux Polonais, sans qu'aucun commissaire politique s'avisât de le faire entrer dans le rang de la hiérarchie militaire. Dimitri y était rebelle, et cela se savait.

On l'aimait pour cette insolence courageuse qui le propulsait ici et là, sur des fronts qu'il choisissait seul en fonction de sa propre appréciation de la guerre.

Il ne donnait pas plus d'ordres qu'il n'acceptait d'en recevoir. Sur tous les champs de bataille où il était passé, on se souvenait de ce gamin court et râblé, un peu poulbot, souvent voyou, fonceur, d'un courage exceptionnel, capable de boire dix xérès à l'arrière et de repartir au combat le matin suivant, après seulement quelques heures de repos. En Aragon, il s'était porté volontaire pour contourner les lignes ennemies afin de placer un détonateur sous la pile d'un pont, empêchant ainsi la progression des franquistes. Dans le port de Barcelone, il avait foncé au volant d'une Cadillac bourrée d'explosifs qu'il avait projetée contre une batterie fasciste, sauvant sa vie grâce à un roulé-boulé périlleux effectué quelques secondes avant l'impact. Il avait refusé tout triomphe. Il avait décliné les postes de commandement proposés par l'état-major républicain. A vingt-deux ans, il aurait pu être colonel. Il avait choisi de rester simple soldat.

Cette nuit-là, à cinquante mètres de la Jarama, Dimitri attend les deux lumières vertes. Il est équipé d'un vieux Mauser et du Beretta de Durruti que García Oliver lui a donné après la mort du chef anarchiste. Dans une besace sont enfermées huit grenades à main que les commissaires politiques ont distribuées à chaque brigadiste. Le jeune Allemand en caresse le quadrillage à travers la toile épaisse. Il n'a pas peur.

Les deux lumières vertes, c'est le signal de l'attaque.

Quatre jours auparavant, les fascistes ont attaqué à l'ouest de la Jarama, sur un front de vingt kilomètres. Cinq brigades, les batteries et les escadrons de chars de la légion Condor, des Junker allemands et des Fiat italiens. Deux bataillons républicains ont été anéantis. Les fascistes ont poussé leur avance jusqu'au Manzanares, prenant la route de Valence sous le feu de leurs mitrailleuses. Le général Miaja, commandant la défense de Madrid, a envoyé la division Lister rejoindre le détachement de l'armée du Centre, déjà sur place. Et le commandement a appelé les XIe et XIIe brigades internationales en renfort.

La XIe est restée en appui à Morata de Tajuña, à quinze kilomètres à l'est, où l'état-major de la République a établi son PC. La XIIe est aux avant-postes : le bataillon Dabrowski tient le pont d'Arganda, soutenu par la première compagnie du bataillon franco-belge André-Marty. La deuxième compagnie garde le pont de la Pindoque. Dimitri a rejoint la deuxième compagnie.

Les hommes ne connaissent rien à la guerre. La plupart sont arrivés en Espagne depuis quelques jours seulement. Ils ont suivi un entraînement sommaire à Albacete, lieu de rassemblement des brigades, puis ils ont été expédiés sur le front. La veille, dans l'après-midi, ils se sont installés dans des tranchées creusées parallèlement à la Jarama. Les trois mitrailleuses Maxim ont été placées l'une face au pont de la Pindoque, les deux autres à droite et à gauche. Ce sont des armes soviétiques montées sur roues, refroidies par eau. Des armes sûres.

Ni les voltigeurs ni les mitrailleurs n'ont fermé l'œil de la nuit. On les y a encouragés, pourtant : les fascistes attaquent rarement après la tombée du jour. Mais la tension est trop forte. Même Dimitri, pourtant aguerri, n'a pas quitté les collines du regard. Il attend le signal. Sous la lune, il aperçoit des branchages que charrie le cours de la rivière. Il entend les clapotis de l'eau, si douce et si tranquille, pas même gelée – un murmure.

Et puis, soudain, tout commence. Il n'y a pas eu de lumières vertes, pas d'appels, aucune rafale assourdie. La ferraille explose d'un coup : grenades, mortiers, canons, mitrailleuses. Le murmure devient hurlement, cauchemar. Les éclairs zèbrent la nuit. Plus bas, sur le pont, Dimitri distingue des silhouettes qui cavalent, pliées en deux, venant de la rive ouest de la Jarama. Les fascistes ont attaqué par surprise. On les attendait à trois cents mètres, ils surgissent à cent pas. Déferlant comme une vague. Si proches et si nombreux que toute contre-offensive serait un suicide. Même au corps à corps, les républicains ne les arrêteraient pas. Il faut se replier. Dimitri enrage : il n'a pas tiré un seul coup de feu ! Le chef de pièce hurle :

– On décampe !

Le mitrailleur, agenouillé derrière son arme, se lève promptement et fuit vers l'ouest, rejoignant ses camarades qui quittent les tranchées en courant.

– La mitrailleuse ! crie Dimitri.

Il va vers l'arme, essaie de la soulever. Mais la Maxim est trop lourde. Le jeune Allemand déverrouille la culasse mobile, rendant la mitrailleuse inutilisable, puis file à son tour à travers les oliviers, sous la grenaille qui s'abat alentour. La nuit est un théâtre d'ombres où courent des silhouettes affolées. La surprise a joué à plein.

Dimitri rejoint les hommes de la deuxième compagnie dans un bâtiment blanc qui surplombe la rivière, à six cents mètres des tranchées. Les brigadistes sont hagards. Dehors, le fracas des bombes n'a pas cessé. Personne ne parle. Personne ne cherche à comprendre. Les Français et les Belges du bataillon André-Marty se comptent. Aucune sentinelle n'est présente.

– On y retourne ! lance Dimitri.

Il abandonne la culasse de la Maxim à son servant et sort. Il se casse en deux et court à travers les oliviers. Il tient son fusil d'une main. La besace contenant les grenades bat contre sa hanche. Des hurlements lui parviennent, venant de la droite. Les tirs des armes lourdes ponctuent les salves plus légères des mitraillettes. Soudain, une explosion assourdissante recouvre la fusillade. Dimitri s'agenouille et regarde. Le pont de la Pindoque semble s'embraser. Le tablier se détache et tombe dans la rivière. Mais le pont résiste. Il était miné, mal miné. Les troupes fascistes s'aventurent prudemment sur la plate-forme. Le premier verrou de la Jarama a sauté.

Dimitri court vers le deuxième point de passage, le pont de San Martín de la Vega, tenu par les Espagnols. Il croise des internationaux qui remontent. Des tirs nourris éclatent plus haut, sur le versant est de la rivière. Dimitri rebrousse chemin : il va rejoindre les Italiens du bataillon Garibaldi qui, depuis les collines, tentent de freiner l'avance de la tête de pont nationaliste.

Là, il retrouve les survivants de la deuxième compagnie. Parmi eux, son chef, le lieutenant Jandre, un petit homme blond qui regarde les combats, appuyé à une branche d'olivier. Dimitri se laisse tomber auprès de lui.

– Ils nous ont eu à l'improviste.

Le lieutenant secoue la tête sans parvenir à parler. Dimitri reprend son souffle. La fusillade paraît moins nourrie.

– Ce sont les Marocains, lâche enfin l'officier. Ils ont surpris les sentinelles...

Dimitri n'a pas besoin d'en entendre davantage : il connaît la tactique des Maures. A Irún, ils se sont approchés, bras levés, criant en arabe des mots d'ordre hostiles à Franco, assurant qu'on les avait trompés et qu'ils désertaient pour combattre du côté du gouvernement. Aux abords des lignes républicaines, ils ont sorti leurs armes et se sont rués sur les loyalistes.

Mais Jandre veut expliquer, ou plutôt s'expliquer à lui-même, sa première défaite en Espagne.

– Ils sont arrivés à la nage, sans bruit, et ont zigouillé les sentinelles. L'une après l'autre, au poignard. Il n'y a pas de survivants.

Dimitri pose sa main sur l'épaule du lieutenant, serre légèrement en manière de réconfort, puis il reprend sa besace et rejoint l'état-major de la division Garibaldi.

Le général Lukácz est présent. C'est un écrivain hongrois, de son vrai nom Mata Zalka, envoyé en Espagne par le Komintern pour commander la XIIe brigade internationale. Dimitri ne l'a encore jamais rencontré, mais il connaît son histoire, proche de celle d'un autre général hongrois : Kléber. Lukácz s'est battu dans les rangs autrichiens pendant la Première Guerre mondiale, puis, fait prisonnier par les Russes, il s'est enrôlé dans l'Armée rouge. Il est entouré de deux Bulgares, ses officiers d'état-major. Les trois hommes observent une carte à grande échelle des environs de Madrid.

Dimitri s'approche. L'un des officiers, Lukanov, le reconnaît.

– On a été obligés de se replier, explique Dimitri. Le pont est tombé.

– Les autres tiennent encore, dit Lukanov. Il faut prendre des volontaires et monter sur la ligne de crête.

– On ne pourra que les retarder.

Lukácz regarde Dimitri. Dimitri ne se présente pas. Il n'éprouve pas de respect particulier pour les généraux et ne les salue pas. Lorsqu'on lui en fait la remarque, il rétorque qu'il est volontaire en

Espagne, et que ce statut l'oblige à se battre, pas à respecter la discipline militaire. Et Lukácz le comprend aussitôt. Lukácz sait que l'homme qui se trouve face à lui est un anarchiste. En une seconde, il a jaugé le jeune Allemand : solide, déterminé, sans faiblesse dans le regard. Ici pour combattre, et pour nulle autre raison.

– Où est la première compagnie ? demande-t-il.

– Les sentinelles sont restées sur le pont. Les autres attendent des ordres.

– Qui les reçoit ?

– Le lieutenant Jandre.

– Vous savez où il se trouve ?

Dimitri acquiesce.

– Demandez-lui de réunir des volontaires et montez sur les collines. Là...

Dimitri s'approche de la carte. Le général montre un point situé en hauteur, à deux mille mètres à peine de la Jarama.

– On attend des renforts. La XVe brigade arrivera demain. Jusque-là, il faut tenir.

La XVe est composée de volontaires anglais et américains. On les espère depuis trois jours déjà.

– ¡ *Salud !* lance Dimitri.

Il rejoint le lieutenant Martin. Le jour se lève, les tirs les plus proches ont cessé. La canonnade gronde au nord, loin derrière la rivière.

Mort d'un photographe de guerre

– Ils ont pris San Martín de la Vega, dit le lieutenant. Mais on tient toujours le pont, et les Dabrowski n'ont pas lâché Arganda.

– Venez, dit Dimitri.

Ils rassemblent les volontaires du bataillon André-Marty et tous se mettent en marche à l'ouest des lignes protégées par les garibaldiens.

Quand ils parviennent sur les crêtes, il fait grand jour. La vallée de la Jarama s'étend sous eux, brouillée par quelques nappes de brume. La cavalerie franquiste se répand sur la rive orientale à partir du pont perdu.

– Ils nous ont bien baisés... Sans les coucous, on perd.

Dimitri se retourne et sourit à Rapiez, un membre de la section d'Ivry du Parti communiste français. Les deux hommes se sont connus à Paris lorsque Dimitri, fuyant l'Allemagne, cherchait vainement à se faire établir des papiers lui permettant de rester en France.

– Je n'ai pas tiré un seul coup.

– Moi non plus, mon pote camarade ! Mais, si tu veux mon avis, on va se rattraper...

Rapiez tend le bras en direction de la vallée. Les cavaliers franquistes, avançant vers les collines, s'éloignent des rives de la Jarama. Sur le pont, on aperçoit les masses sombres des chars. Un mortier tonne plus loin, puis un autre ; en quelques secondes à peine, la fusillade reprend.

– Ça va être à nous, mon pote camarade. Prépare-toi !

Le lieutenant a réparti ses hommes : quelques-uns au sommet des crêtes, les autres sur les pentes. Dimitri rejoint ces derniers, se cale contre une pierre ronde et ouvre son sac à malices. Huit grenades et des munitions pour son vieux Mauser.

Rapiez se glisse à côté de lui.

– On fait le feu ensemble ? Comme ça, si j'en sors pas, tu seras le premier au courant. Tu diras la nouvelle à ma veuve. Si tu veux, je te renvoie l'ascenseur.

– Je n'ai pas de veuve, rétorque Dimitri avec un sourire froid.

Il arme le Mauser. Une salve retentit derrière lui. Rapiez se retourne. D'autres internationaux ouvrent le feu alentour.

– Arrêtez ! hurle Dimitri.

Le lieutenant Martin s'agenouille et ordonne de cesser le feu. Mais il n'est pas entendu. La peur au ventre, les Français lâchent leurs rafales sans se soucier d'économiser les cartouches. Beaucoup plus bas, les cavaliers fascistes mettent pied à terre et commencent à gravir la colline. Ils sont hors de portée des balles.

– Il faut remonter ! crie Rapiez.

Il disparaît derrière les oliviers. Dimitri se plaque au sol, le Mauser ajusté devant lui. Les Marocains grimpent entre les oliviers. On aperçoit leurs turbans. Ils répondent aux tirs venus des hauteurs, et, bientôt, la colline n'est plus qu'un terrain de billard parcouru par les balles et creusé au mortier. Des cris fusent ici et là : imprécations, plaintes de blessés, ordres d'attaque. Dimitri ne regarde ni à droite ni à gauche, seulement droit devant, dans la mire de son arme, tirant, rechargeant, tirant encore, espérant que la République enverra ses avions pour bloquer les fascistes qui, tels des serpents, gravissent lentement le flanc de la colline.

Deux chars approchent, canons braqués sur les hauteurs. Les garibaldiens les prennent pour cibles, soulageant les Français, trop éloignés pour les atteindre. Mais les nationalistes montent toujours. Deux républicains abandonnent leur poste. Ils rampent vers le sommet de la butte. Un troisième tente de les suivre. Il est fauché par une balle de mitrailleuse. Dimitri prend une grenade dans sa besace, la dégoupille, se lève et la lance sur la pente. Puis il se couche de nouveau et suit du regard le petit caillou meurtrier qui explose aux pieds d'un fasciste, entre deux arbustes. Plus à l'est, un canon répond à des tirs de mortier. Toute la Jarama s'est embrasée. Les républicains concentrent leur feu sur le pont de la Pindoque qui charrie les troupes ennemies, hommes, matériels, convoi sanitaire.

Dimitri fouille du regard le terrain labouré par sa grenade. Dans l'excavation la plus profonde gît le corps du fasciste déchiré par les éclats. Une besace intacte est restée accrochée à sa main. Dimitri se coule sur la terre froide et descend en reptation jusqu'au point d'impact. La besace contient sans doute ces munitions qui font tant défaut aux troupes républicaines. Les morts restent sur place, mais leurs armes changent de camp. D'un coup sec, Dimitri arrache le sac. Il a seulement le temps d'entrevoir un corps coupé en deux au niveau du bassin, baignant dans une mare de sang que le sol boira sans ivresse, un brassard ceignant la manche d'une vareuse brune, ces mots inscrits en espagnol sur le tissu : *fotógrafo de guerra* (« photographe de guerre »).

Dimitri passe la lanière de la besace autour de son cou puis, se retournant, évalue la distance qui le sépare de la crête. Seuls deux tireurs ont tenu leur position. Si les internationaux étaient restés, il aurait fallu risquer le corps à corps. A trois, ils n'ont aucune chance. Dimitri balance encore quatre grenades, puis, le Mauser à la main, décroche et rampe vers les hauteurs. Lorsqu'il atteint le sommet, une main se tend vers lui. Il la saisit et passe de l'autre côté. Rapiez lui montre les internationaux qui dévalent l'autre versant en direction d'une colline voisine. Les blessés valides ont été emportés.

– On se replie là-bas. La moitié du bataillon est tombée.

– Prends ça, dit Dimitri en donnant la besace à son copain parisien. J'ai assez de mes grenades.

– Qu'est-ce que c'est ?

– Des munitions. Je les ai récupérées sur un photographe de guerre.

– Mort ?

– Bien mort.

Ils filent, sans un regard pour les blessés qu'on ne peut évacuer. Tous seront poignardés par les Maures.

La deuxième compagnie essaie de tenir une autre crête, puis une troisième. Faute de munitions, les tirs se font plus sporadiques. On attend l'aviation, mais l'aviation ne se montre pas. On attend des renforts, on attend des liaisons, mais les soldats demeurent isolés, livrant batailles et contre-batailles au jugé, dans le plus grand désordre.

A dix heures, ce matin-là, le lieutenant Jandre est fauché par une balle qui lui traverse la poitrine. Le commissaire politique de la brigade prend le commandement de la compagnie. Celle-ci ne compte plus que quelques dizaines d'hommes qui s'accrochent désespérément à un territoire partant en lambeaux.

Peu avant midi, alors que Rapiez, touché au bras, trébuche devant Dimitri, un chant sauvage recouvre le bruit des mitraillages.

– Les garibaldiens ! murmure le Français.

– Accroche-toi, pote camarade !

Dimitri noue besace, gourde, cartouchière et fusil autour du torse du communiste d'Ivry, puis il le soutient sur une centaine de mètres avant de l'abandonner au médecin-lieutenant de la compagnie. Plus bas, dans la vallée, les Italiens marchent en ordre de bataille en chantant *Bandiera rossa.* Ils sont cueillis par un tir nourri d'obus. Les hommes se plaquent au sol et ripostent à la mitrailleuse lourde. Puis essaiment en direction des crêtes d'où ils canonnent le pont de la Pindoque. Mais les fascistes passent toujours.

Dimitri rejoint les Italiens. Il n'a plus de grenades, mais un fusil-mitrailleur Tokarev avec lequel il arrose les pentes de la colline dominant la Jarama. Les républicains ont massé toutes leurs troupes sur les hauteurs, abandonnant les rives aux fascistes. Ceux-ci se regroupent, puis se dispersent vers l'est, tentant d'ouvrir une brèche en direction de la route. On les cueille au mortier, à la grenade, au canon de 155. Quand l'ennemi ne progresse pas, il consolide ses positions, creusant des tranchées ou des trous individuels. Ceux qui ne tirent pas s'affairent comme des fourmis, se planquent dans les nouvelles excavations où sont disposées mitrailleuses et batteries d'artillerie. Les républicains sont trop loin pour les déloger de la rivière.

Dans l'après-midi, enfin, les avions apparaissent. D'abord, ce sont une douzaine de Junker escortés par des chasseurs. La DCA républicaine en touche trois, qui tombent en vrille au nord de la Jarama. Les autres sont pris en chasse par les Chato soviétiques, mieux armés et plus rapides, qui les refoulent de l'autre côté des lignes. Mais deux appareils républicains sont atteints par les batteries anti-aériennes de la légion Condor. Leur fuselage, gris acier, vire au noir de fumée. Dimitri distingue nettement le pilote du premier, tombant tel un pantin dans le ciel clair avant que ne s'ouvre le parachute, corolle blanche et pathétique qui glisse lentement vers le sol. En moins de trois minutes, la toile du parachute deviendra linceul rouge, et le pantin ne sera plus qu'un corps poignardé, abandonné sur le terrain par ceux d'en face.

Dimitri dépose son arme. Les combats aériens font rage. Les fantassins soufflent. Certains creusent de nouvelles tranchées, avec leurs casques quand ils ne disposent pas de pelles. Le ciel se transforme en un dégradé de rouge et de noir parsemé ici et là d'étranges plages bleues que les pilotes n'entament pas, comme s'ils voulaient préserver un petit coin d'azur au sein de l'enfer.

Mais ils se déportent vers le nord, et Dimitri comprend que le pont d'Arganda est menacé.

Le pont d'Arganda n'est pas menacé : il est tombé depuis plusieurs heures déjà. Au milieu de la matinée, le deuxième verrou de la Jarama a sauté.

Le troisième sera pris dans la nuit.

Retour à la Quimpe

Devinant qu'elle s'apprêtait à aborder son plus grand rôle, Olga Polianovna engloutit un verre de vin.

La bouche amère, les épaules prises dans un boa de revue, elle pinça ses lèvres peintes en double file et froissa la bouffissure alcoolique qui altérait la noblesse de ses traits plutôt fins.

– Boro ? se tourmenta-t-elle. Ah !... cher, cher Blèmia Borowicz ! Qu'il est loin, le temps où nous inventions des nuits sous les ponts de la Neva !

Elle exprima par un geste vague tout ce qu'elle ne parvenait pas à formuler et qui concernait le passé. Elle se tourna vers la lumière. Ses yeux étaient encore admirables. Une minute sauta à la réclame Byrrh de la pendule électrique accrochée au mur du bistroquet.

– Tu sais comment il m'appelait ? demanda l'ancienne danseuse de chez Balanchine en se penchant sur le zinc dans un bruit de colliers. Il m'appelait sa princesse... Sa belle étoile de Leningrad... Sa violette de Bohême... C'était... c'était un homme de cœur, un des derniers chevaliers blancs !

– Pourquoi parles-tu de lui à l'imparfait ? s'insurgea une voix angoissée.

– Parce que le passé n'est plus, répondit magnifiquement la théâtreuse, et que le présent languit entre vie et trépas.

Poussée par un sanglot, la Russe chercha à contenir ses larmes et brouilla ses mirettes extasiantes d'une palette de fards tirant sur le noir.

La scène se passait au café de la rue Quincampoix, en l'état-major et sous les yeux consternés de Paris-Sports qui essuyait ses verres pour se donner une contenance, et de Liselotte qui tenait un mouchoir.

– Quand as-tu entendu parler de lui pour la dernière fois, Olga ? Je t'en prie, dis-le-moi...

– Boro devait venir me filer ma petite pièce. Au lieu de cela, il m'a posé un lapin, finit par avouer la pocharde. Mais je ne lui en veux pas. D'ailleurs, il s'est excusé...

– Mais alors, tu l'as vu ?

– Je l'ai entendu... Au téléphone.

– Quand était-ce ? Tu t'en souviens ?

– Le 6. Peut-être le 7... C'est Paris-Sports qui m'a mis l'appareil entre les mains. Je peux avoir une petite côte ?

Le bistrotier lui versa un nouveau ballon de bercy usuel.

– A ce compte-là, c'était le 5, affirma-t-il. Olga était schlass... Tu te rappelles ? Même que je t'ai portée jusqu'à la cabine.

– C'est bien possible. Je ne me souviens plus...

En cas d'atteinte à sa dignité, Olga faisait dans l'évasif.

– Qu'a dit Boro au téléphone ? s'inquiéta Liselotte.

– Qu'il allait rentrer d'Espagne avant de repartir chez moi.

– Chez toi ?

– Dans mon pays foutu ! La grosse URSS. Je dirai poils aux fesses.

– D'accord, Olga. Qu'allait-il faire là-bas ?

– Couvrir les procès staliniens.

– Logique ! s'écria Paris-Sports. Il fallait bien qu'il repasse par Paname pour s'occuper de ses visas.

– Et depuis ? Pas de nouvelles ? s'entêta Liselotte en secouant Olga qui avait tendance à somnoler.

– Pas de nouvelles.

– D'où appelait-il ?

– D'un pays...

– Olga ! Réveille-toi !

– D'un pays de vin cuit.

Liselotte et Paris-Sports se regardèrent avec stupeur. Le visage de la jeune fille s'empourpra brusquement.

– Málaga !

– Málaga, approuva la pierreuse asphyxiée par l'alcool et la douce chaleur. Málaga, voile aux gars !

– Mais c'est impossible ! paniqua Liselotte. Tu radotes, la Louve ! Málaga est tombée hier aux mains des nationalistes...

– Málaga, s'entêta l'ivrognesse. Je veux deux doigts de málaga !

– En tout cas, nous sommes le 10, commenta Paris-Sports en se référant au journal du jour.

– Donc, si Boro est en Espagne, il est mort ou prisonnier, murmura Liselotte.

Sans dire au revoir ni rien, elle traversa le café comme une folle et se jeta dans la rue, courant vers le métro.

On mobilise

Ils tinrent un conseil de guerre la nuit même au domicile de Boro, 21, passage de l'Enfer. L'appartement, un ancien atelier d'artiste composé d'une immense pièce, d'une chambre et d'un labo photo, était situé au dernier étage d'un immeuble donnant sur la rue Campagne-Première.

Boro l'avait choisi pour son emplacement : il aimait Montparnasse, pays des peintres qui avaient été ses premiers compagnons lorsqu'il était arrivé à Paris, dans les années 30, après avoir fui la Hongrie où sa mère était née, où elle était enterrée, où son fils n'avait plus d'attache, exception faite de son beau-père, Jozek Szajol, épicier en gros, qu'il détestait depuis toujours et comptait bien ne jamais revoir.

Montparnasse, pour Boro, c'était la Ruche, la cantine de Marie Wassilieff, le père Cambon, patron du Dôme, Fernande, l'ancienne amie de Man Ray et de Foujita, grâce à qui il avait déniché son premier emploi dans le monde de la photo. C'était la Coupole, le Select et la Rotonde, tous les lieux où il avait erré en compagnie de Prakash et de Pázmány à la recherche de nourritures célestes ou plus alimentaires. Montparnasse, c'était aussi l'ami Baross, le Gaucho pleureur, mort d'avoir trop bu, trop ri, trop fêté le pavé de Paris, alors si généreux pour ceux qui venaient d'ailleurs et n'avaient rien à échanger.

Lorsqu'il se rendait chez Blèmia, Prakash avait toujours une pensée émue pour cette époque où la dèche le disputait à l'insolence, à la liberté, à la joie de vivre. Et, ce soir-là, fouillant méticuleusement la chambre de son ami, il éprouvait la pénible sensation de pénétrer par effraction dans un monde où ni les uns ni les autres n'avaient plus leur place. Les temps avaient changé. Ils avaient assez d'argent pour en donner, connaissaient la gloire, n'étaient plus attirés par les mêmes femmes. Ils avaient grandi.

Germaine Fiffre et Liselotte examinaient la grande pièce, Pázmány s'occupait du labo inutilisé depuis longtemps, et Prakash ouvrait et refermait les carnets de Blèmia, enfermés dans un petit secrétaire appuyé à la fenêtre de la chambre. Tous cherchaient des pistes, noms, adresses, rendez-vous, détails qui les mettraient sur une voie, leur permettraient de chercher, en France, en Union soviétique, en Espagne ou dans l'un des innombrables pays parcourus par lui, une trace du reporter disparu.

Or, si les traces que découvraient Prakash étaient nombreuses, la plupart n'étaient d'aucun secours. Sur ses carnets, Blèmia avait soigneusement consigné les noms et adresses de ses premiers employeurs, maîtresses, contacts, une multitude d'hommes et de femmes qui n'avaient laissé que peu d'empreintes dans la mémoire de son ami. En se livrant à cette indiscrète activité, le Hongrois découvrait que Boro était infiniment plus secret qu'il y paraissait, plus sentimental aussi : le tiroir supérieur du secrétaire était empli de lettres galantes que l'insupportable suborneur avait soigneusement conservées, celles de sa cousine Maryika étant rangées dans une enveloppe à part, fermée par un ruban vert.

Prakash découvrit également une feuille volante sur laquelle son ami avait inscrit des prénoms féminins en face desquels des dates étaient portées. Au vu d'un récépissé émanant d'un fleuriste de la rue Delambre, le Hongrois comprit que Boro envoyait régulièrement des fleurs à ses anciennes amours. Il recopia soigneusement la liste des jeunes filles couchées sur pelure, en commençant par la première d'entre elles, Marinette Merlu, une jeunette du douzième arrondissement, fille d'une concierge revêche dont Prakash conservait un vague souvenir.

Lorsqu'il eut épluché tous les documents contenus dans le meuble bas, il sortit de la chambre et revint au salon.

Liselotte feuilletait des articles de presse, Pázmány triait des photos, et la Fiffre se mouchait. Prakash s'approcha d'elle et lui prit le menton.

– Germaine, énonça-t-il sévèrement, on a promis de ne pas soupirer !

– C'est plus fort que moi, balbutia la vieille fille en étouffant un sanglot. Rendez-vous compte, s'il lui est arrivé quelque chose...

– Rien ! tonna Páz. Il ne lui est rien arrivé ! Un Boro mort ou blessé, ça ne s'ignore pas !

– Mais où est-il ?

– Il y a encore une chance pour qu'il soit en URSS, déclara Liselotte. Regardez... J'ai trouvé ces coupures sur la table basse.

Prakash s'assit sur le canapé au côté de la jeune fille. Elle lui tendit une pile de journaux qu'il examina rapidement. Boro avait entouré en rouge les articles qui traitaient des procès de Moscou depuis le 24 août 1936, date de l'exécution de Kamenev et de Zinoviev. Il avait réuni toute la presse concernant le sujet, non seulement les organes communistes, mais encore *Candide* et *Gringoire*.

– C'est la preuve qu'il voulait se rendre là-bas, dit Liselotte. Sinon, il n'aurait pas acheté ces torchons.

– Il devait y aller, repartit Pázmány. Mais il n'y est pas.

– Pourquoi ?

– C'était un projet. On en avait parlé ensemble, mais rien n'avait été arrêté.

– Alors, pourquoi a-t-il assuré Olga Polianovna du contraire ?

Personne ne répondit. Chacun se posait la question, mais nul ne possédait de réponse.

– La seule solution, hasarda Pázmány, vient d'Espagne. Peut-être a-t-il découvert là-bas une accréditation qu'il n'aurait pas eue à Paris ?

– Il nous l'aurait fait savoir.

– En Espagne, poursuivit Páz, les communistes sont plus puissants qu'ici.

Ils se turent. Germaine Fiffre se remoucha bruyamment. Un jour gris se levait sur Paris. En quelle ville était Boro, et qu'y faisait-il ?

Pázmány déposa les photos dénichées dans le labo. Il s'agissait, pour la plupart, de clichés anciens datant de leur période vaches maigres : des mariés posant, émus, devant l'objectif. Des images de banlieues. Des portraits d'ouvrières. Quelques natures mortes...

– Je ne vois pas d'autre solution que le téléphone, constata Prakash après un temps de réflexion.

Il posa sa liste sur la table basse.

– Voici toutes les personnes susceptibles de savoir où il est. On va à l'agence et on essaie de les joindre.

Liselotte prit la feuille. Elle compta cent seize noms.

– Mon Dieu ! On n'y arrivera jamais, murmura-t-elle.

Boro-Maryik

Dimitri reprenait son souffle. Il était allongé sur le sol du petit bâtiment blanc où les combattants du bataillon André-Marty avaient trouvé refuge. Il venait de se battre pendant douze heures d'affilée. Les trois quarts du bataillon étaient anéantis. Les rares blessés qu'on avait pu dégager des combats avaient été emmenés vers le groupe sanitaire de la brigade, replié plus à l'est.

Les fascistes avaient enlevé San Martín de la Vega. Depuis l'aube, ils traversaient la rivière aussi facilement que le sang bouillonnant d'une aorte crevée. Une estafette du PC des républicains venait de compter quatre-vingts chars. Chaque fois qu'un chiffre était avancé, les hommes le comparaient à celui qu'ils pouvaient lui opposer. Dimitri procédait autrement. Il savait que les canons lourds des T-26 soviétiques tiendraient le choc face aux divisions blindées allemandes. Il savait aussi que les centaines d'instructeurs envoyés en Espagne par Hitler, Mussolini et Staline, se valaient à une balle près. Et que les Messerschmitt 109, les Heinkel, les Junker 52, les Fiat et les Savoia ne faisaient pas meilleure figure que les bombardiers Katiouchka et les Chato soviétiques.

L'arme qui ferait la différence, c'était le canon antiaérien de la légion Condor. Le 88 mm, beaucoup plus dangereux que n'importe quelle batterie de 155. Au cours des premiers mois de la guerre, l'aviation républicaine dominait partout. Même si ceux d'en face s'étaient équipés depuis lors, achetant quand ils ne mendiaient pas auprès des Chemises brunes et noires les appareils nécessaires à la riposte, ils n'avaient que peu de chances d'inverser le rapport des forces. Mais l'arme terrible de la légion Condor venait d'arriver. Elle pointait et visait avec une extraordinaire précision. Les appareils tombaient de plus en plus souvent. Dimitri savait que dans moins de six mois, les fascistes auraient repris l'initiative du ciel.

Une toux rauque le sortit de ses pensées. Rapiez se tenait penché au-dessus de lui. Il portait le bras gauche en écharpe. Dimitri lui sourit. Il ne bougea pas, demeurant le dos bien à plat sur la terre battue.

– Ils t'ont réparé ?

– Je tire du droit, mon pote camarade. Et je compte bien donner du bon temps à ce côté-là de ma personne.

Rapiez s'assit auprès de Dimitri, les jambes remontées sous le menton.

– J'ai bouffé chaud. Ça vaut bien de se faire égratigner par une balle perdue.

– Même pour un steak, je ne donnerais pas un millimètre de ma peau !

– T'as tort : c'était salement bon.

Rapiez passa sa langue sur ses lèvres et afficha une moue ravie. Depuis que la bataille de la Jarama avait commencé, les hommes n'avaient mangé que des rations de guerre froides. Le commandement républicain avait interdit les feux.

– En bas, il n'y a pas que des Chleus et des Italianos. Il y a aussi les Français de la phalange Jeanne-d'Arc. Ceux-là, je me les ferais à un contre cinq... On entre dans une guerre mondiale.

– Une guerre civile mondiale, rectifia Dimitri.

– Ça m'étonnerait qu'ils aient des Russes et des Américains.

– Peut-être. Mais il y a des Italiens, des Allemands, des Français et des Espagnols des deux côtés.

Dimitri prit appui sur un coude et ramena son fusil mitrailleur contre son flanc.

– Si les renforts n'arrivent pas, la route est perdue et Madrid tombe.

– La XVe sera là demain...

– On dit ça depuis trois jours.

– ... Et la XIVe après-demain.

– C'est notre seule chance.

Le communiste d'Ivry étendit ses jambes devant lui.

– Il n'y avait pas de cartouches dans ta musette. Seulement un appareil photo et des rouleaux de pellicule.

– C'était un photographe de guerre, répondit Dimitri. Ces gens-là ne combattent pas.

Rapiez fouilla dans la besace accrochée à sa vareuse militaire et en sortit un 24 × 36 qu'il exhiba devant lui.

– J'avais jamais vu d'appareil si petit.

– Moi si, répondit Dimitri.

Il était dans le rêve. Son front se barra soudain d'une ride verticale. Il tendit la main vers l'appareil et l'arracha des mains de Rapiez. Il le retourna. Il le contempla. Il demeura immobile, le regard rivé sur le boîtier.

– C'est un Leica, déclara le Français. Une marque allemande.

Dimitri repoussa rageusement le fusil mitrailleur. Il se leva d'un seul mouvement et observa, au loin, les rives de la Jarama. Des nuages de fumée s'élevaient çà et là. Les crevasses formées par les éclats d'obus ravageaient les vignes. Les fascistes occupaient la colline où le photographe de guerre était mort.

– Je l'ai tué, murmura Dimitri. C'est ma grenade...

Il se laissa pesamment glisser le long du bâtiment blanc.

– Hé ! s'écria Rapiez.

Dimitri fixait une ligne obscure, bien au-delà du visage de son compagnon. Il sembla au communiste d'Ivry que sa lèvre frémissait, que sa pupille se mouillait. Il secoua le jeune Allemand par l'épaule.

– Ne te laisse pas abattre ! Ce n'est pas parce qu'on a perdu cette bataille qu'on va perdre la guerre !

Il considérait Dimitri avec une stupeur non feinte. Jamais son visage n'avait trahi une telle émotion. Même au plus fort des combats, le jeune homme ne se départait pas de cette violence du regard qui fondait maintenant pour s'abîmer dans l'enfance des chagrins.

– Hé ! répéta Rapiez, déconcerté.

Dimitri fixait le cul du Leica.

– Je l'ai tué, je l'ai tué, répétait-il.

Il lisait et relisait l'inscription gravée sur le métal. Deux mots, deux simples mots qui sonnaient en lui comme la cadence double d'un métronome brisé : *Boro-Maryik.*

Amours sépia

Il leur fallut deux tours de cadran, trois tubes de vitamines et une patience infinie pour venir à bout de la liste. Mais ils n'apprirent pas grand-chose, du moins pas ce qu'ils attendaient.

Marinou, Marinon, Marinette était devenue concierge à la place de sa mère, l'acariâtre Mme Merlu, rapatriée en Bretagne par un pêcheur de sardines qui préférait voir sa dame à la pêche au congre plutôt que dans l'alcôve d'une loge parisienne où les messieurs, croyait-il, s'arrêtaient souvent – et pas seulement pour les lettres. Depuis qu'elle avait remplacé sa mère, la mignonne avait pris de l'abdomen et des amants, mais jamais parmi les locataires : elle avait des principes.

Borowicz ? Elle l'avait aimé ! Ce fut même son initiateur, son premier amour et la seule exception aux principes susmentionnés. Seize ans à l'époque, et des souvenirs pour toute une vie. Elle avait conclu un pacte avec la probloque de l'immeuble, exigeant que l'ancienne chambre du reporter ne fût jamais louée, faute de quoi Marinette disparaîtrait pour de bon et pour toujours. Cette chambre était comme un musée. Chaque objet s'y trouvant quand Boro avait logé là, cinq ans et des plumes, y était encore et n'en bougerait pas. Mlle Merlu, bignolette endurante, espérait un jour faire apposer une plaque au bas de l'immeuble : *Ici vécut Blèmia Borowicz, reporter photographe*. En attendant cette heure de gloire, elle veillait scrupuleusement à ce que personne ne pénétrât dans la petite pièce, sauf parfois, il est vrai, des hommes méritants qu'elle allongeait sur le matelas où son pucelage s'était naguère égaré. On pouvait transmettre ses salutations au grand Boro, lui dire qu'une galopine du

XIIe pensait toujours à lui, et que si des fois il passait par là, on l'accueillerait avec joie, bonheur et hospitalité.

Liselotte remercia et raccrocha.

Pázmány cherchait Jofre Costabonne sur la ligne du train jaune, dans les Pyrénées orientales. Le conducteur de loco venait de quitter Serdinya. Il n'était pas encore arrivé à Joncet. Il ne s'arrêterait que brièvement à Olette, Nyers et Thuès, plus longuement à Estavar, à la frontière de Llivia. Il faudrait rappeler.

Joséphine Baker confia à Prakash qu'elle ne se souvenait pas de tous les photographes qui l'avaient mitraillée au Casino de Paris, surtout que depuis 1931 elle avait connu de nombreux triomphes. Boroviche, vuche ou vache, non vraiment, elle ne voyait pas qui pouvait bien être la personne en question. Pour les photos, elle avait un agent, merci, au revoir, monsieur.

Mlle Adeline vouait une haine tenace à Boro depuis qu'elle avait failli être vitriolée par son parfum.

– C'était Rouge de sang ? questionna Liselotte.

– Un nom de ce genre ! Il m'a donné un flacon comme cadeau de rupture et, Dieu merci, je jette toujours ces sortes de dédommagements. Il a atterri sur le visage Celluloïd d'une poupée et lui a écarquillé un troisième œil au beau milieu du front !

– Ce n'était pas sa faute ! s'écria Liselotte. Boro avait acheté les flacons aux Galeries Lafayette sans savoir qu'ils étaient emplis d'acide !

– Eh bien moi, je l'ai vite compris !

– Puisque je vous dis qu'il s'agissait d'armes ! De complot... D'armes de la Cagoule ! C'était Cosini...

Adeline l'interrompit :

– Je ne connais pas Cosini... Et Blèmia, je l'ai oublié... Figurez-vous, jeune fille, que je suis mariée. Vous annoncerez la nouvelle au sieur Borowicz. Dites-lui que j'ai définitivement changé de parfum.

Et la fondée de pouvoir raccrocha sans un mot de plus.

Germaine Fiffre était en communication avec Alphonse Tourpe, patron de l'agence Iris, dont Boro l'avait débauchée trois ans auparavant.

L'Auvergnat n'en revenait pas. Moins de savoir que son ancien garçon de labo avait disparu que d'entendre la voix de la Fiffre.

– Vous vous souvenez des circonstances dans lesquelles vous êtes partie, vieille demoiselle ?

– Par la porte, comme tout le monde ! répondit Germaine.

– C'est ça ! Par la porte ! Sur l'épaule de votre Khirgiz ! Et vous hurliez que jamais de la vie vous n'accepteriez de travailler pour lui ! Votre cervelle molle a-t-elle oublié ?

– Non, bredouilla Germaine. Mais c'est qu'après il m'a eue au charme...

Alphonse Tourpe ricana du nez.

– Ah ça, on peut dire qu'il en avait, du charme ! Mais pas trop d'élégance, hein ? Et zéro pour le renvoi d'ascenseur ! La photo d'Hitler, il me la doit ! Son métier de reporter, il me le doit ! Et tout ! Il me doit tout ! Je lui ai tout appris !

– Au labo, certainement, se rebella Germaine. Mais, sur le terrain, je peux dire à M. Tourpe qu'il a fait son chemin tout seul.

– Parce que vous l'avez accompagné, c'est ça ?

– Non, répliqua la préposée aux chiffres. Depuis que je vous ai quitté, je reste assise devant mes cahiers.

Et elle ajouta, exagérément fière :

– C'est moi qui gère toute la comptabilité d'Alpha-Press : dépenses, recettes, flux tournants...

– Vous connaissez les virgules, maintenant ? ricana l'Auvergnat. En tout cas, dites à votre Hongrois de malheur qu'il aurait pu renvoyer la monnaie de mes pièces... Deux ans d'apprentissage chez moi et pas un seul reportage pour l'agence Iris !

Tourpe se répandit en vociférations amères avant de revenir au sujet principal : il ne savait pas où était passé Boro.

– Et d'abord, je n'ai plus aucune nouvelle de lui !

Après un autre round de reproches, il promit de demander à tous ses reporters éparpillés dans le monde entier d'ouvrir l'œil.

– Mais n'attendez pas grand-chose d'eux, la Fiffre ! Et vous savez pourquoi ?

Elle fit non.

– Parce que, comme reporter, il ne reste que moi ! Et figurez-vous, vieille toupie, que je mets la clé sous la porte ! Salut, bonsoir !

Elle fit ah !

Pierre Lazareff jura que la photo de Boro paraîtrait à la une de *Paris-Soir* s'il était prouvé que le reporter était prisonnier. En cas de décès, il se chargerait personnellement de la nécro.

– Merci, répondit Prakash. Mais ça, je peux le faire aussi.

Il téléphona à sir Edwin Marigold McMugby, qui n'était plus correspondant de l'Associated Press Incorporated, mais savait comment joindre Arthur Finnvack.

– Et qui est ce Finnvack ?

– Le patron de l'API... Il a le bras long et l'oreille du gouvernement britannique. Appelez Julia Crimson : c'est une de ses bonnes amies.

Julia Crimson promit de faire le nécessaire.

– Et quand Blèmia réapparaîtra, dites-lui que je suis d'accord pour un nouveau voyage en zeppelin. De nuit, bien entendu.

– Bien entendu, répondit Prakash, qui n'ignorait rien des amours aériennes de la belle espionne anglaise et de son compatriote. Mais s'il tarde à revenir, nous avons un pacte.

– Quel pacte ?

– Je le remplace.

– Au pied levé ?

– Même de nuit.

– Alors, venez.

– Sitôt que je passe à Londres...

Pázmány tomba directement sur le commissaire Ploutre. Celui-ci jura que jamais il n'interviendrait au profit du sieur Borowicz, qui l'avait ridiculisé, et à travers lui toute la police nationale, en échappant à ses plus fins limiers au volant d'un camion-poubelle de la SITA chargé d'armes.

– Qu'il crève ! conclut-il sans rire. Je déposerai une couronne sur son petit monticule !

Phoebe Turttleton, secrétaire de Charlie Chaplin, promit qu'elle demanderait à Charlot s'il avait vu passer la canne de Blèmia Borowicz.

Scipion proposa de voler une Delage grand sport stationnée devant la Coupole afin de prendre immédiatement la route pour sauver Borop'tit.

Anne Visage, toujours attachée de presse du gouvernement Blum, demanderait une entrevue extraordinaire au président du Conseil afin d'étudier quelles démarches officielles la France pourrait tenter en faveur du reporter d'Alpha-Press.

Amy Mollison jura à Pázmány qu'elle se souviendrait à tout jamais de la journée du 30 mai 1936.

– Vous vous rappelez ?

– Pas du tout, mille excuses, répondit Páz.

– Mais si !... Le 30 mai 1936, j'ai battu le record du monde de distance en avion en ralliant Le Cap à Paris en quatre jours, seize heures et dix-sept minutes !

– Mais c'est bien sûr ! ricana le Hongrois.

– Et le soir même, figurez-vous, j'ai fait la connaissance de votre ami.

– Record battu ?

– Inououououbliable ! s'extasia l'avionneuse.

Dimitri avait quitté l'hôtel Colón à Barcelone. On ne pouvait mettre la main sur lui tant il bougeait.

Maryika Vremler était injoignable. Ni son agent ni les secrétaires des majors ne connaissaient son adresse. De toute façon, elle n'avait pas tourné depuis trois ans au moins. On ne savait même pas si elle habitait encore Hollywood.

Malgré tout son dégoût, Germaine Fiffre nota scrupuleusement le message que Mina adressait à Boro au nom de toutes les pensionnaires du bordel de Faenza (Italie) : « Si nous tombons sur le salopard qui t'a fait du mal, moi, Louisa, Lena, Dana, Gloria, Ornetta, Martha et Claudia, auxquelles se joint Feodor Alexeï Leontieff, qui serait prêt au sacrifice ultime, nous nous engageons à poursuivre ton tortionnaire d'une vérole galopante et mortelle. »

Albina d'Abrantès, qui fut jointe par Liselotte en son hôtel particulier de l'avenue Foch, écouta attentivement les propos de la jeune fille. Elle demanda :

– Savez-vous quels liens m'unissent à votre ami ?

– Je les imagine, répondit Liselotte avec une pointe d'insolence.

– N'allez pas trop vite en besogne, jeune personne. Vous risqueriez de me perdre sur une route où vous pourriez me trouver.

– C'est-à-dire ?

– Simplement que si Blèmia est à Moscou, je ne peux rien pour lui. Mais s'il est retenu en Espagne, tout change.

Liselotte se crispa sur le combiné.

– Que dois-je faire ?

– Me tenir informée, ma douce enfant.

La jeune fille communiqua les coordonnées de l'agence à Mme d'Abrantès, puis rejoignit Pázmány dans le bureau de Blèmia. Páz enfilait son imperméable. Il vérifia dans la glace si son coquard s'estompait. Comme l'hématome concocté par Gerda virait au vert, il vissa son chapeau vers la droite et entrebâilla la porte.

– Hormis quelques hypothèses, nous ne savons rien, dit-il. Je ne vois pas d'autre solution que d'aller sur place.

– Où, sur place ?

– Mais en Espagne, naturellement !

La colline du Suicide

Munich, 1932 ; Berlin, 1934 ; Barcelone, 1936. Par-delà le fracas de l'artillerie et les hurlements des blindés, Dimitri se souvenait de ces trois villes, de ces trois années, d'une rencontre brève, d'une chaleureuse accolade, d'un pugilat mémorable. Couché dans l'herbe rase, il tentait de rassembler les fragments de sa mémoire. Ceux-ci se heurtaient à des événements récents, à une grande brûlure, à une sensation d'ombre déclinante. Dimitri regardait en lui-même. Il suivait de très loin les panaches de fumée produits par les avions incendiés. Dehors, dedans : la vie lui apparaissait comme une mare stagnante alimentée par un lent clapotis, souvenirs, rafales, sang mêlés.

La veille, en compagnie de Rapiez, il s'était porté volontaire pour rejoindre les Britanniques du bataillon Saklatvala, placé sous les ordres du capitaine Wintringham, un communiste anglais, ancien d'Oxford, correspondant du *Daily Worker*. Le bataillon Saklatvala était rattaché à la XVe brigade internationale, arrivée depuis l'aube du front de Madrid. Celle-ci comprenait deux bataillons espagnols et quatre bataillons internationaux. Vingt-six nations au total, commandées par le colonel Gal, un communiste hongrois naturalisé russe.

Epaulés par un détachement de la XIe, les hommes de la XVe brigade marchaient sur Arganda. Ils se coulaient silencieusement à travers les oliveraies. De l'autre côté, les fascistes attendaient.

Le contact eut lieu dans la vallée. Obus et mitrailleuses. D'abord, les internationaux gagnèrent quelques centaines de mètres carrés. A midi, le capitaine Wintringham tombait, grièvement blessé par une balle reçue en pleine tête. En fin d'après-midi, les fascistes avaient repris le terrain perdu et acculaient les Anglais du bataillon Saklatvala sur une colline que Rapiez baptisa la « colline du Suicide ». Dimitri et ses compagnons tinrent la position jusqu'au soir. Puis il fallut décrocher. Sous les tirs d'obus et de mitrailleuses, les brigadistes se replièrent plus loin. Le commandement avait été anéanti.

Munich, 1932. Dimitri n'a pas vingt ans. Il vient de participer à l'une de ces rixes innombrables qui, depuis des mois, opposent nazis et communistes. Non loin de l'hôtel Luitpold, il est cerné par une haie de SA qui s'apprêtent à le lapider. Il fait face. Il sait qu'il n'a aucune chance. Soudain, il entend un ordre proféré dans un mauvais allemand. Presque aussitôt, un homme fend le groupe de ses agresseurs, faisant mouliner sa canne afin de le protéger. Un grand échalas parfaitement inconscient – ou d'un courage impressionnant, Dimitri ne sait. Mais cet homme lui sauve la vie. Il s'appelle Blèmia pour le prénom, Borowicz pour le nom, Boro pour la signature. Il a vingt-deux ans.

Dimitri comprimait le Leica contre lui tout en cherchant à apercevoir une canne, un long stick surmonté d'un pommeau d'argent. Mais son esprit lui renvoyait l'image d'un bras en écharpe, un visage qui n'était pas celui de son ami photographe. C'était celui de Rapiez, le communiste d'Ivry. Rapiez est mort à minuit. Dimitri a salué son pote camarade d'un mouvement du poing gauche, puis il a ramassé son arme et le sac contenant les objectifs et les pellicules du Leica. Après quoi, il a glissé sur la pente.

Dans la nuit, le bataillon Saklatvala a compté ses morts : 225 sur 600 combattants.

Le lendemain, le matin même, la XIVe brigade est arrivée en renfort. Elle a attaqué les pentes surplombant la Jarama, au sud-ouest d'Arganda. Les internationaux ont pris une ferme isolée transformée en QG fasciste. Ils détruisirent les portes à la grenade, s'emparèrent de deux mitrailleuses et firent sept prisonniers. Dimitri dirigea le feu d'un mortier sur la ferme. Elle brûla dans un bouillonnement de flammes.

Plus bas, seize chars soviétiques débouchaient dans la vallée. Quatre explosèrent. Les autres portèrent secours à la XIe brigade qui repoussait depuis l'aube une offensive lancée par l'infanterie, soutenue par l'artillerie et les blindés allemands. Les internationaux reçurent des munitions spéciales antichars grâce auxquelles ils stoppèrent l'avance ennemie à cinquante mètres des tranchées. Dans l'après-midi, le bataillon Edgar-André se replia. Thaelmann et Commune de Paris tenaient encore.

Berlin, 1934. Hitler est chancelier du Reich depuis un an. La cousine de Boro, Maryika Vremler, est devenue une actrice de dimension internationale. Goebbels l'a enfermée dans un piège redoutable dont le photographe parvient à écarter les mâchoires. Dimitri se rappelle leur première poignée de main. Ils sont face à face dans l'appartement de la jeune femme, se jaugeant l'un l'autre, tous deux en proie à la même jalousie imperceptible. Maryika, déjà, était devenue l'objet d'une sourde rivalité qui ne devait plus les quitter, pas même lorsque le jeune communiste sauva à son tour la vie du photographe français dans le train qui les ramenait en France.

Barcelone, 1936. Boro et Dimitri se retrouvent par hasard dans la capitale de la Catalogne aux premiers jours de la guerre civile. Le soir, ils fêtent leurs retrouvailles dans les salons de l'hôtel Colón. Maryika vient d'arriver des Amériques. La rivalité des deux hommes éclate dans un fleuve de whisky, de gin, de xérès doux et de champagne. Elle donne lieu à un mémorable pugilat dont Maryika est le témoin, et les ecchymoses, coupures et autres coquards les preuves douloureuses. Ils se battent pour l'amour de la belle dont Dimitri a connu les faveurs une fois et demie, et Boro... Le jeune Allemand n'a jamais obtenu de réponse à cette question qui n'a cessé de le tarauder, qui le taraude encore. Elle concerne un enfant : Sean, le fils de Maryika, dont il est le père – à moins que Boro...

Dimitri se coucha sur le dos. La vallée de la Jarama était embrasée par les feux d'un combat aérien opposant des chasseurs Fiat aux Chato soviétiques. L'escadrille fasciste était commandée par un pilote hors pair, Joaquín García Morato, dont l'appareil était reconnaissable aux sigles qui ornaient le dessous de ses ailes. Tous les républicains le redoutaient. Ce jour-là, Morato obtiendrait une nouvelle victoire : déjà huit chasseurs russes avaient été abattus. Les fascistes avaient repris la maîtrise des airs.

Dans un brouillard, Dimitri songeait que les combats de la Jarama avaient été aussi meurtriers que ceux de la Cité universitaire. Mais, ici comme là-bas, il savait que les fascistes ne gagneraient pas plus que les républicains ne perdraient. Lorsqu'il est tombé, après que

Morato eut abattu le premier Chato, il a compris que le front se stabiliserait en deçà de la rivière, sur un territoire de vingt kilomètres emporté par les franquistes. Mais vingt kilomètres ne font pas une route, et la route de Valence n'a pas été coupée. Les brigades internationales ont sauvé Madrid.

Tandis que rugissent les avions et s'écrasent les obus, sous la charge des mitrailleuses et le claquement mat des grenades, Dimitri, couché sur le flanc, ne voit plus, n'entend plus. Dans le brouillard de sa conscience s'élève une mélodie qu'il reconnaît à peine. C'est la deuxième *Gymnopédie* d'Erik Satie, que Boro joua un soir du mois de juillet pour sa cousine Maryika. Et Dimitri se souvient de Barcelone, de l'hôtel Colón, d'un petit enfant au teint mat qui geignait : *« Mommy, I'm hungry. »*

Dimitri voudrait rire. Mais il n'y parvient pas. Un ruisseau coule de son visage. Une balle lui a traversé la tête.

DEUXIÈME PARTIE

La forteresse du silence

Alto Corrientes, cellule 12, quartier des condamnés à mort

La nuit, la cellule était plongée dans les ténèbres et le silence. Du bout de sa canne, tel un aveugle, Boro sondait interminablement les parois humides de sa geôle. Il chancelait comme un homme ivre. Les premiers rayons du jour apportaient une clarté suffisante pour qu'il pût localiser le lit bas, le grabat à la paillasse graisseuse sur laquelle il roulait une couverture sale et rêche.

Plus tard, étendu sur cette couche, grelottant de fièvre, il regardait le seau hygiénique et la cruche d'eau posée sur son tabouret à trois pattes. Il était semblable à un animal sauvage dans une cage de fer. Parfois cependant, un gémissement, sanglot ou frisson de révolte, déchirait sa poitrine. Il grimaçait sous l'effet de la douleur qui, partant de ses côtes, irradiait jusqu'à l'épaule et dans le ventre.

Haut, très haut, par-delà la vapeur irisée de la fièvre, se trouvait un rectangle de lumière matérialisant la découpe d'un soupirail.

– Mon horizon, soupirait-il.

Les journées, il n'eût pas su dire combien depuis la première, se déroulaient ainsi. Il fixait cette cavité ouverte sur la liberté, se demandant quand la souffrance et la folie finiraient par l'emporter. Lorsque la douleur se faisait trop vive, il enfermait son torse dans un bandage de fortune confectionné avec les manches de son trench-coat. Puis se morigénait d'accorder tant d'importance aux misères du corps, de revenir trop souvent à lui-même.

Il tentait d'inventer les heures à venir en diversifiant ses pensées. Las ! comme une eau fuyante, toute vérité finissait par lui échapper. Il cherchait un moyen de stimuler son esprit afin de le mettre au service d'un dessein concret. Et, sans relâche, caressait le projet d'une évasion.

Il se levait, suivait les murs de sa cellule, atteignait le renfoncement en ogive d'une porte basse. Le battant était verrouillé par trois serrures et comportait de nombreux points d'ancrage. Il sondait le bois, examinait les ferrures, palpait une sorte de judas grillagé situé à un mètre soixante du sol.

Souvent, tout à son observation, il entendait des voix. Il s'immobilisait alors, s'ingéniant à capter la nature des propos échangés. Chaque fois, les voix, mêlées semblait-il à des rires de moquerie, s'estompaient sans qu'il eût compris le sens des paroles. Il s'appuyait à la paroi rongée par le salpêtre, grattait les pierres inégales qui en constituaient la trame, et parfois, victime de sa côte malade, giroyait ainsi qu'une aile et tombait dans un puits sans fin. Il lui arrivait de toucher le fond, de percuter le sol humide et de sombrer dans le néant d'une couronne de lumière blanche.

Lorsqu'il reprenait connaissance, il cherchait en lui-même des bribes d'espoir, quelques pensées susceptibles de l'expédier au plus près du désir de vivre. Il imaginait ses amis et souriait aux ombres bienfaisantes des compagnons d'Alpha-Press, cette seconde famille, seule capable de s'inquiéter pour lui et d'organiser des recherches afin de le retrouver.

Puis, le sang irriguant à nouveau ses tempes, Boro redécouvrait les contours du tombeau humide où il était muré. L'abattement annihilait aussitôt l'euphorie passagère. Il restait immobile dans son cachot et laissait dériver sur le courant de son subconscient des images de chapons arrosés de Malartic-Lagravière, des mirages d'agneau accompagnés de Pontet-Canet, des idées de foies gras mi-cuits, flanqués de château Suduiraut ou d'Yquem. Ces rondeurs olfactives aux arrière-goûts de sous-bois et de vanille transformaient la confusion de son esprit en torture sauvage. Son estomac se tordait comme une serviette. Il rêvait des heures durant à ces nourritures magiques et finissait par s'endormir sur sa couche de prisonnier.

La nuit, le jour, cauchemars et songes, il se remémorait les événements qui l'avaient conduit dans cette forteresse fasciste, quelque part dans le sud de la péninsule espagnole.

Alto Corrientes, cellule 12, quartier des condamnés à mort.

La fille de don Rafael Alcántara

Il avait oublié le nom du village. Il se rappelait seulement un petit bourg blanc proche de Marbella, où l'avaient jeté les hasards de la guerre. Il était là lorsque les nationalistes s'étaient emparés de la mairie, des ruelles environnantes, de la place de l'Église, essaimant, telles des abeilles salement ouvrières, dans les maisons et les bâtiments publics.

Il se souvenait aussi d'un étudiant vêtu d'une pèlerine noire, dont la main était en sang. Il le suivait à travers le viseur de son Leica. L'étudiant courait. Il fut rattrapé dans son élan par un marteau qui le frappa à plusieurs reprises derrière les omoplates. Le jeune homme fit quelques pas encore, poussé par la bourrade mortelle, puis s'effondra.

Les militaires s'étaient rassemblés à une soixantaine de mètres. Ils formaient un cercle de chiens enragés. Une forêt de bras et de fusils se levait, s'abaissait. Le reporter distinguait les saccades, les convulsions, les soubresauts d'une ligne de têtes entremêlées.

Il avait lancé son mot de passe habituel (« Laissez passer ! Photographe de presse ! »), avait haussé l'épaule pour que son brassard de reporter fût bien visible, puis, la haie des militaires s'étant ouverte sur le sésame, il avait débouché non loin d'une place où des prisonniers étaient regroupés.

Un autre reporter traquait les visages des Espagnols. Il mitraillait avec un Zeiss-Ikon 6 × 6 tenu à hauteur de poitrine. Par-devers lui, Boro s'était étonné que les nationalistes l'eussent autorisé à approcher si près des captifs, et il avait eu un geste d'humeur à l'égard de ce confrère indélicat qui prenait en gros plan, comme s'il se fût agi de curiosités de foire, les traits et expressions de ces hommes déjà condamnés.

Alors qu'il passait à son côté, le photographe avait jeté un coup d'œil dans sa direction et, il en était certain désormais, avait étouffé un juron en allemand. Blèmia avait poursuivi son chemin sans se soucier davantage de cet homme qui, un peu plus tard, différant l'heure de sa mort, l'avait envoyé ici, entre les pierres d'Alto Corrientes.

Les militaires patrouillaient dans les rues. Certains allaient nu-tête, d'autres étaient affublés d'un calot. Contrairement aux troupes républicaines, ils portaient une tenue stricte, des fusils modernes, un équipement complet. Ils paradaient avec la suffisance propre aux vainqueurs. Boro avait pris quelques photos, s'attardant sur leur chef, un colonel casqué et sanglé dans un uniforme neuf qui lui conférait la morgue d'une espèce supérieure.

Il avait franchi une arcade reliant deux maisons aux vitres brisées. Il avait débouché sur une minuscule esplanade occupée en son centre par la margelle d'un puits. Il s'était arrêté. Une jeune fille vêtue d'un manteau noir était appuyée à la pierre. Immobile au milieu de la cohue, elle paraissait insensible aux moqueries et affronts des maîtres de la ville.

Les pommettes baignées de larmes, elle serrait contre elle un homme d'une soixantaine d'années au visage empreint d'une noblesse extrême. Les paupières closes, terrassé par une émotion fervente, ce dernier la laissait couvrir ses joues creuses de baisers. En même temps, il tapotait son épaule comme pour calmer tant d'emportement, de nervosité incontrôlable. Le feutre de l'homme avait roulé dans la poussière. Il semblait qu'on l'eût frappé. La veste de son costume avait été lacérée dans le dos. Une ecchymose marquait sa tempe et se perdait dans ses cheveux grisonnants. A la façon dont ses lèvres bougeaient, Boro avait songé qu'il répétait inlassablement des paroles d'apaisement.

Comme si elle eût fini de puiser en lui quelque nourriture invisible, la jeune femme s'était détachée de son étreinte. Elle le fixait avec intensité. Elle vit le front ensanglanté et fut brusquement secouée par un sanglot sec.

L'homme, lui, avait recouvré un visage énergique.

Sans quitter des yeux les mouvements d'un groupe de militaires en armes qui passaient parmi les rangs des civils, en quête de futurs otages, il entraîna sa compagne jusqu'à un tas de madriers déposés à l'abri d'un entrepôt. Tout en réprimant une grimace, il se laissa tomber sur ce siège improvisé. Son visage fut brusquement envahi par une grande pâleur. Il porta les mains à ses reins. La jeune fille défit son manteau et le déploya sur les épaules du vieillard. Alors seulement elle repéra les soldats qui progressaient vers eux. Les prunelles dilatées par l'épouvante, elle pressa le visage de l'homme contre son ventre, dans un geste de protection maternelle.

En dépit du danger naissant, une horloge calme battait en Boro. Il était fasciné par la beauté de cette femme. Ainsi qu'il arrivait aux temps lointains de son enfance en Hongrie, il se sentait maître et serviteur de ses croyances. En une seconde, le cruel damier de la guerre s'était effacé devant les espaces vaporeux d'amours nouvelles. Comme tant d'autres fois, l'aiguillon du désir avait touché Blèmia Borowicz en plein cœur.

Un groupe de soldats dissimula la jeune fille à sa vue. Boro sortit de sa poche son vieux Leica, l'appareil fétiche qui avait photographié Hitler en 1933. Il vissa un objectif à courte focale sur la monture. Les soldats s'étaient arrêtés. Certains refluaient déjà, ouvrant le passage aux sbires des premiers rangs. Il y eut soudain un cri déchirant. Usant de son mot de passe, Boro rompit le demi-cercle vert-de-gris qui lui cachait l'entrepôt. La jeune fille se tenait debout, à dix mètres. Elle gardait la main devant la bouche, restant comme suspendue dans la lumière qui nimbait la fluidité de son corps parfait. Elle suivait des yeux la meute des soldats qui s'éloignaient, brouillant leur piste dans les faisceaux tourbillonnants d'un halo de poussière. Le manteau noir dessinait une forme disloquée sur le sol.

Les militaires entraînaient le vieillard avec brutalité. Il ne protestait pas, ne criait pas. Dans un geste déchirant, la jeune fille tendit ses bras.

Alors leurs regards se croisèrent. L'inconnue esquissa un sourire pâle. Son front haut était d'une pureté grave et changeante. Sa peau mate buvait le soleil.

– Bonjour, dit Boro en s'immobilisant devant elle.

Il avait parlé en espagnol, avec cet accent particulier qui lui valait toujours mille questions sur ses origines.

– Bonjour, répondit-elle seulement.

Elle avait une expression d'indifférence pour le reste du monde, les traits farouches d'une lionne sculptée, des cheveux noirs, un visage osseux. Et, malgré cette force vibrante, elle était menue.

Elle planta dans ceux de Boro des yeux avides, choqués. Elle sembla soupeser le grain de cet homme surprenant qui la regardait avec une tendre bonté.

– Je suis français, dit Boro.

– Il y a peu de temps pour vivre ici, murmura-t-elle dans cette langue. Ils viennent d'emmener mon père. Ils vont le fusiller.

Elle jeta un regard de côté et se mordit les lèvres.

– Mon Dieu ! Ils reviennent vers nous.

– Pas d'idées noires ! Je vous protégerai.

Boro se campa sur sa bonne jambe. Il affermit sa prise sur le pommeau de son stick. Il était prêt à frapper. Ses adversaires étaient au nombre de huit.

La jeune femme posa sa main sur son avant-bras pour l'arrêter dans son projet insensé.

– Si, comme je le pense, c'est après moi qu'ils en ont, je vous en prie, laissez-les faire.

Elle ajouta d'une voix rapide :

– Je suis déterminée à les suivre.

– Je vous en empêcherai.

Le visage de l'inconnue s'assombrit brusquement.

– Le destin ne se gouverne pas, dit-elle avec fatalisme. Et je vous le répète : où qu'il se trouve, fût-ce dans le trépas, je veux retrouver celui qu'ils m'ont pris.

– Vous l'aimez donc tant ?

– Mon père est un homme d'un rayonnement exceptionnel. Un grand professeur.

– Je vous en prie, supplia Boro en lui prenant la main. Laissez-moi entrer dans votre maison.

– Vous n'en aurez pas le temps, souffla-t-elle.

Le sergent qui menait la troupe venait de s'immobiliser devant la jeune femme. Une triple traînée de sang veinait sa face huileuse.

– Toi, le chat sauvage ! Comment t'appelles-tu ?

– Je suis la fille de don Rafael Alcántara. Solana Alcántara.

– *¡ Guapa !* Tout à l'heure, tu m'as griffé au visage. Quand nous arriverons là où je t'emmène, nous réglerons nos comptes.

– Je n'ai pas peur de vos menaces, répliqua-t-elle.

On sentait sourdre en elle l'agressivité attentive et dédaigneuse d'un animal.

Elle échappa à la vigilance de Blèmia, agrippa le sous-officier par la manche de sa vareuse.

– *Hombre,* qu'avez-vous fait de mon père ?

Le sergent secoua le bras, se débarrassa d'elle, ne répondit pas. Il se contenta d'un signe du menton. Deux soldats firent un pas en avant. Ils s'apprêtaient à saisir les poignets de Solana lorsque Boro, poussé par une colère désespérée, projeta son long corps en avant. Du poing gauche, il frappa la tempe du phalangiste le plus proche. Le second soldat eut à peine le temps d'esquisser un recul ; presque instantanément, après un froissement de l'air, une diagonale de sang zébra son visage. Il ploya vers l'avant. Alors, Boro fut saisi, appuyé contre un mur. Il entendit claquer la culasse d'une arme et sentit le canon froid d'un pistolet mordre sa tempe. « Je suis mort », pensa-t-il.

Il s'obligea à garder les yeux ouverts. Solana avait disparu. En face, trois nationalistes le tenaient en joue. Le sergent arma lentement le chien du revolver à barillet dont Boro pouvait compter les balles. La main s'affermit sur la crosse. Celle-ci fut légèrement abaissée, en sorte que le projectile traversât la boîte crânienne et ressortît un peu au-dessus de l'arcade sourcilière. Boro entendait sa propre respiration mêlée à celle de son bourreau, rythmées l'une et l'autre par les battements affolés de son cœur. Il allait mourir et il avait peur. Sa seule bravoure consistait à demeurer parfaitement immobile sous la menace des quatre armes, à afficher une moue impénétrable, ni trouille ni bravache, dissimulant au mieux la chaleur qui montait à son front, les mouvements convulsifs de son estomac.

Le coup, cependant, ne partait pas. Quelques secondes s'écoulèrent, terribles et silencieuses. Boro regardait maintenant au-delà des trois soldats qui le tenaient en respect, fixant la margelle du puits, l'arceau métallique qui supportait une chaîne rouillée, et il imaginait le seau baignant plus bas dans une mare croupie.

Puis, dans le canevas du lugubre, il entrevit une lueur. Une pâle clarté qui se présenta de biais entre le sergent et ses hommes. Le photographe qu'il avait aperçu quelques instants auparavant était entré dans son champ de vision. Un officier l'accompagnait. Le photographe désigna du doigt le Hongrois. L'officier donna un ordre en espagnol. Les fusils s'abaissèrent. Le sergent dégagea son pistolet. Boro comprit qu'on le recherchait et que son salut dépendait maintenant de l'officier fasciste.

Le photographe se planta à deux mètres de Blèmia.

– Vous vous souvenez de moi ?

Il parlait un allemand parfait.

– Non, répondit Boro dans la même langue.

L'autre le considérait avec une moue méprisante. Son regard allait du visage du prisonnier au Leica, qui pendait sur sa poitrine.

– Il m'a fallu cinq minutes pour vous remettre exactement. Le principe du télémètre, vous connaissez ?

– Venons-en au fait, répondit sèchement Boro.

– ... L'image est floue, poursuivit le photographe, ignorant la réplique, et puis, brusquement, elle devient nette. Pour vous, c'était Munich, 1932.

– Je ne me souviens pas.

– A l'époque, vous étiez un va-nu-pieds. C'était avant vos ennuis avec la grande Allemagne.

Boro ne se rappelait toujours pas. Mais il venait de comprendre que ce confrère-là, lui aussi, avait choisi son camp. Le camp adverse.

– Je devais photographier une actrice. Votre cousine, Maryika Vremler.

– J'y suis ! s'écria Boro, brusquement revenu sur les pas de son histoire. C'était au Regina Palast !

L'autre acquiesça. Un sourire gelé tendit ses lèvres.

– Vous m'aviez subtilisé mon appareil pour photographier Frau Vremler. Exact ?

– Pas tout à fait.

– Vous avez fait les photos à ma place, et c'est cela qui compte.

– Possible, admit Boro.

Il tentait de devancer la pensée de l'Allemand, fouillait les replis de sa mémoire afin de découvrir dans cette scène ancienne un fait susceptible de justifier une attitude, vérifiait que les soldats et le sergent ne le remettaient pas en joue, s'interrogeait non sans angoisse sur le destin qui l'attendait.

– Après quoi, reprit son interlocuteur en esquissant un pas en arrière, vous avez publié un cliché fort irrespectueux de notre Führer.

– Il n'était pas irrespectueux. C'était seulement l'image d'un homme apportant des fleurs à la femme de sa vie.

– Enfin, vous avez ridiculisé l'un de nos meilleurs officiers.

– Il me semble même en avoir ridiculisé plusieurs, repartit Boro en ébauchant un sourire.

Tel un nuage de fumée refluant sous la poussée de l'air, quelques esquisses de son séjour en Allemagne lui étaient revenues. Il se rappelait maintenant avec une grande précision sa rencontre avec Hitler dans l'obscure boutique d'Hoffmann, la façon peu cavalière dont le futur maître du IIIe Reich avait plaqué sa main sur les fesses de la petite vendeuse nommée Braun, prénommée Eva, les ruses employées pour faire évader sa cousine, la rencontre avec Dimitri... S'il souriait, c'était parce qu'il se rappelait très précisément qu'Hitler avait émis des vents. Etait-ce sa faute si le grand Reich avait mis un péteur sur son trône ?

– Vous ne devriez pas vous moquer, Herr Borowicz. Votre position ne vous le permet pas.

– Pour qui agissez-vous ?

Le photographe se raidit imperceptiblement et répondit non sans emphase :

– *Für mein Vaterland :* l'Allemagne...

– Elle est bien servie !

– Vous nous avez bafoués...

– N'exagérons rien. Je me suis contenté de faire mon métier. Au reste, plutôt que de jouer les redresseurs de torts, vous feriez mieux de faire le vôtre.

– Je vais suivre le conseil, et à la seconde même, répliqua l'Allemand. Figurez-vous que j'ai perdu mon 24 × 36 sur un champ de bataille. Et le 6 × 6, vous en conviendrez, est trop lourd pour le combat en rase campagne... Je vous prierai donc de me remettre votre appareil sur-le-champ.

– Pas ça ! s'écria Boro dans un mouvement de recul.

Sur un signe de menton du photographe, le sergent se fit un devoir de délester Blèmia de son trésor. Il tendit l'appareil à l'Allemand.

– Modèle C, monture vissée.

Il inspecta le boîtier et en effleura rêveusement du doigt une petite plaque en or sur laquelle étaient gravés deux noms.

– *Boro-Maryik*... C'était pour vous remercier ?

Le reporter tentait de chasser par l'orgueil le sentiment d'extrême faiblesse qui lui nouait la poitrine à hauteur du diaphragme. Maryika ! Sa chère cousine ! Le seul vrai grand amour de sa vie !

Il fixait le Leica offert à Munich. Son Leica ! Ce symbole de leur tendresse indéfectible, cet appareil emblématique grâce auquel Blèmia Borowicz, Hongrois par sa mère, juif par son père, métèque par défi et Français pour l'espoir, avait tant de fois fixé la générosité ou la folie des hommes, gravé des pages de l'Histoire en prévision d'un futur amnésique.

– Je garde le précieux appareil, dit le photographe.

– Rendez-le-moi ! hurla Blèmia.

Il allait se jeter en avant lorsque le sergent braqua de nouveau le canon de son pistolet sur sa tempe. Il éprouva un violent haut-le-cœur lorsque le nazi porta son appareil à son visage.

– Vous vous souvenez de la danse à laquelle vous avez soumis votre cousine ?

Oui, il se rappelait. Pour traquer le naturel de l'actrice, il l'avait obligée à bouger selon son commandement, et il l'avait mitraillée dans ses expressions les plus personnelles, celles qu'il connaissait mieux que tout autre.

– Faites de même. Baissez-vous.

Boro ne bougea pas.

– Penchez la tête.

Il n'en fit rien.

– Levez le visage.

Il fixait l'objectif du Leica, en proie à une sourde colère qu'il s'efforçait de contenir. Le pistolet à barillet creusa la peau de la tempe. Mais Boro ne bougeait toujours pas. L'autre photographiait.

L'officier espagnol s'approcha. Il échangea quelques mots avec le photographe, puis ordonna au sergent d'abaisser son arme.

Le nazi revint vers Boro.

– Ne croyez pas que je vous sauve la vie. Bientôt, vous me maudirez de vous avoir retrouvé.

– Pourquoi donc ? s'enquit le reporter sur un ton qu'il voulait détaché.

– Parce que celui qui vous donnera le coup de grâce le fera avec une très grande méticulosité.

– Qui est-il ?

– Un gentleman, dirait Chamberlain. J'ajoute : un bourreau-gentleman.

L'Allemand s'inclina sans grâce. Il s'empara de la besace dans laquelle Boro rangeait objectifs et pellicules, puis suspendit le Leica autour de son cou.

– Celui-là, je le garde. Vous n'en aurez plus besoin.

– Faites votre travail, riposta le Français avec haine.

– Certainement. Mais vous, vous avez terminé le vôtre, monsieur Blèmia Borowicz.

Les sentiers de la défaite

Il semblait à Boro que les jours suivants n'avaient été qu'une succession de pas. Il avait longtemps marché, pris dans un convoi de prisonniers qu'on poussait vers le sud. Son ombre l'accompagnait sur l'herbe rase du talus, épousant les contours du chemin. Il respirait, mais son esprit était ailleurs. Pendant des heures et des heures, il avait avancé au rythme de sa boiterie, le regard rivé à l'aveuglante blancheur de la pierraille.

Il se rappelait que les espadrilles déchiquetées de celui qui le précédait traînaient derrière elles un ruban de poudre et qu'au fil des kilomètres ce train de poussière mille fois repris et amplifié par la scansion traînante des pas des prisonniers prenait l'allure tourbillonnante d'un immense manteau rougeâtre, doublait de volume au passage des convois chargés de combattants fascistes convergeant vers Málaga, les jetait, lui et ses compagnons, dans les fossés, les ornières, et transformait les visages des républicains en masques de fatigue modelés par les plis amers des défaites.

Ils allaient par trois, souvent sans se connaître, la capote ouverte sur des chemises en lambeaux, un sang épais alourdissant leurs poings. Encadrés par la troupe des nationalistes, ils mâchonnaient comme un ultime recours contre l'humiliation qui une cigarette éteinte, qui un brin d'herbe cueilli au bord de la route.

Parfois, ils faisaient des haltes brèves. Certains prisonniers gardaient les yeux baissés. D'autres regardaient le ciel. Les visages des uns et des autres étaient graves, recueillis. La plupart étaient tombés dans les rets fascistes après que les Maures se furent emparés d'une ville ou d'un village. Ces guerriers déclenchaient toujours une répression d'une extrême brutalité, abattant au rythme d'exécutions sommaires les militants et sympathisants de gauche dénoncés par les populations ou pris les armes à la main. Certains échappaient aux massacres pour se retrouver dans d'interminables convois où civils et militaires étaient regroupés sous la férule des récents vainqueurs.

La bourrasque secouait les cheveux, les capotes, les pans des couvertures kaki. Boro fermait les yeux. Il songeait à Solana Alcántara, à la mort qui l'attendait sans doute au bout du voyage.

Le bruit ferraillant des convois s'éloignait en cercles descendant vers la plaine. Il se conjuguait au roulement sourd et cadencé des salves tirées par l'artillerie de marine des croiseurs le *Baléare* et le *Canarias*, sur lequel Queipo de Llano avait établi son PC.

Boro se souvenait très précisément de cet instant-là, moins pour les salves mortifères des canons que pour l'homme qui les avait alors commentées et qui deviendrait son seul ami dans cette descente aux enfers qu'ils allaient parcourir ensemble. C'était un barbu aux yeux caves qui s'était signalé à l'attention du reporter par ces mots :

– *¡ Carao !* Encore le général ! La voix de ses canons est plus grosse que l'emmanchure de sa queue !

Il souriait avec dégoût, démasquant les contours d'une bouche aux dents magnifiques. De lourds favoris lui mangeaient les joues. Il leva le poing pour esquisser le salut du Front populaire.

– Bonne bourre, mon général ! Continuez comme ça, et vous enculerez Málaga avant demain soir !

Le barbu rattacha le lacet de son soulier.

– Je plains ceux qui reçoivent la chiasse de ses obus. Après quelques jours de pilon sur la gueule, tu deviens somnambule. Tu en vois trop tomber. Chaque mur qui s'écroule te rend sourd et fataliste. Et tu es bon pour recevoir l'assaut final.

Désormais, tous savaient que la route côtière était prise en tenaille par le feu de trois colonnes venues par Loja-Colmenar, Antequera-Almogía, Alhama-Vélez. Ils savaient aussi que les leurs avaient fini par céder du terrain à la Jarama. Les tirs des bateaux de guerre n'étaient qu'un supplément mécanique rythmant les mauvaises nouvelles.

– Putains d'enfants de salauds ! s'était encore écrié le brigadiste aux favoris. J'en tuerais bien plusieurs ! A la première occasion, je reprends un fusil !

Personne n'avait répondu. Un fusil contre des avions ! Des bâtons de dynamite contre des tanks ! Des ouvriers et des dockers contre les hordes de Franco ! On connaissait la chanson ! On avait appris la poésie !

En avant, braves travailleurs !
En avant ! Il faut en finir !
Pour une cité meilleure !
En avant ! Il faut nous unir !

Les camarades internationaux, justement, venaient de combattre dans la Sierra Nevada. Sur les pentes neigeuses, certains s'étaient battus en espadrilles. Maintenant, le dos osseux sous la capote, ils attendaient, les yeux tournés vers l'intérieur. C'était comme la belle récolte d'une vie qui s'étouffe. Une à une, les exclamations se tarissaient.

Au loin, un officier gueula un ordre. Boro tendit l'oreille. Les caporaux répercutèrent le brame de leur supérieur, et les soldats chargés de l'encadrement de la racaille républicaine transformèrent en insultes et en coups de pied l'idée triomphante qu'ils se faisaient de la victoire.

– *¡ Levantáse !* Debout !... Secouez-vous !

Malgré la soif, il fallut repartir.

La soif ! Au rythme de sa boiterie, Boro gardait les yeux obstinément rivés sur la blancheur étincelante du sentier. Dans sa bouche, il avait enfermé une pierre qu'il roulait inlassablement entre ses dents. Dans son esprit, il entretenait l'idée d'une chope de bière irriguée de larmes de fraîcheur.

Par quatre fois, son compagnon le plus proche s'était risqué à lui adresser la parole. C'était un homme de taille menue, au nez crochu. Il tenait un coq sous son bras et marchait sans regarder personne, muré dans une obstination de petit rapace râblé.

La première fois qu'il parla, ce fut pour dire :

– Mon nom, c'est Manuel. J'ai bu deux verres de rhum et j'ai tenu un défilé à moi tout seul pendant deux heures.

Boro se tourna vers lui.

– Moi, c'est Blèmia Borowicz.

L'autre déglutit longuement, comme s'il voulait faire passer dans son estomac le nom biscornu du Hongrois. Les deux hommes échangèrent un regard furtif.

L'Espagnol découvrit un homme au visage énergique, au teint mat, aux chaussures de ville poudreuses. Malgré l'état de crasse de son trench-coat dont une poche avait été arrachée, l'inconnu conservait une sorte de dignité insolente. Il marchait en prenant appui sur un stick, une tige d'ambre reliée à un lacet de cuir passé autour de son poignet. Il assura le pommeau d'argent dans sa main gantée et ajouta d'une voix rauque :

– Appelle-moi Boro. Tu économiseras ta salive.

– Plus de salive ! C'est le sang de mes gencives que je suce ! Je n'ai rien bu depuis hier. J'ai donné ma gourde à mon ami Ramón. Putain d'anarchiste ! Il a fallu lui couper la jambe.

Un garde qui les accompagnait en serre-file s'approcha des deux hommes, puis reprit sa place.

Ils parcoururent un kilomètre sur une pente en éboulis. Handicapé par la raideur de sa jambe, Boro butait parfois sur un obstacle imprévu, se rattrapait grâce à sa canne. Manuel avançait à ses côtés. Depuis le matin, il ne cessait de sourire. Son coq dodelinait de la crête au rythme de la marche. Rengorgé dans son col de plumes en bataille, le volatile tenait ses yeux clos et ahanait, le bec ouvert, la langue reptilienne. A peine si, de temps à autre, il entrouvrait une paupière atone sur ses iris couleur topaze.

La troisième fois que le propriétaire du coq prit la parole, ce fut pour interroger Boro entre ses dents :

– De quelle bataillon faisais-tu partie ? Tchapaïev ?

– Non.

Manuel fronça imperceptiblement le front.

– Les types des Balkans, les Polaks, c'est Tchapaïev. Avec le Suisse Otto Brunner.

– Je suis français.

– Alors les Français, c'est Louise-Michel. Et quand ce n'est pas Louise-Michel, c'est Henri-Vuillemin.

Manuel s'exprimait avec obstination et sauvagerie. Boro dévisagea le brigadiste. Il lui fit songer à une olive noire.

– Je ne suis pas soldat, dit-il. Je vais seulement où l'on se bat.

– Touriste de champs de bataille ?

– Reporter photographe.

– Et moi, dans le civil, je suis marchand d'escargots ! rétorqua Manuel.

Il sourit, montrant des petites dents de furet.

Il se turent en entendant une cavalcade de godillots derrière eux. Une sentinelle fasciste remontait rapidement la colonne. Le militaire se porta à hauteur de Boro. C'était un homme très brun et frisé. Le suif faisait briller sa peau. Ses sourcils étaient broussailleux. Il transpirait malgré le froid vif.

– *¡ Cojones !* Fermez vos gueules, tas de vermine, ou je vous fais sortir des rangs ! Toi, dit-il en s'adressant au reporter, tu boites, ça peut nous retarder. Alors il faudra t'abattre ! Et toi, ajouta-t-il à l'intention de Manuel, je te laisse porter ton coq uniquement pour le bouffer au bivouac !

– Tu as la cervelle comme une tête d'épingle, répliqua Boro. C'est un coq de combat, il peut rapporter gros.

Les paupières du garde se plissèrent, laissant filtrer une lueur de cupidité.

– Tu veux dire qu'on peut parier sur ton coq ?

– Il prend seulement les enjeux républicains, fit Boro. Mais tu peux encore changer de camp !

Manuel éclata d'un rire impétueux.

– De quel trou de ta mère sors-tu ? s'enquit la sentinelle.

– Il n'a pas peur de la mort, constata Manuel avec une sorte de pudeur.

Sa figure était pâle, et rouge le bord de ses yeux. Il souriait dans le vague.

L'autre abaissa son arme. Sous l'impulsion d'ordres venus d'ailleurs, la tête de la colonne pressa soudain le pas.

– Porte ton coq et tais-toi ! ordonna le soldat à l'intention du propriétaire du volatile. Pour le moment, tu sers encore à quelque chose.

Il s'arrêta, laissant aller la cohorte de prisonniers. Manuel désigna la plaine où roulait un grondement de grosse caisse :

– Maintenant, c'est l'aviation qui bombarde la ville. Alora, Fuengirola et Colmenar sont tombées. Málaga n'en a plus que pour quelques dizaines d'heures.

Ils traversaient des champs qui empestaient des relents de pourriture. Ils dégringolèrent la pente d'un nouvel éboulis et abordèrent une rampe conduisant à un hameau haut perché. Les ombres de pigeons qui volaient assez bas les accompagnèrent un instant avant de s'abattre derrière l'église.

Manuel s'écria :

– Hé, photographe ! Tu dois être du genre qui prend les anars pour une bande de cinglés ?

– J'ai une petite idée là-dessus. J'ai suivi Durruti. Il est mort en novembre, à Madrid.

L'autre cilla à peine.

– Buenaventura, c'est le nom de mon coq. Tu vois, Durruti ne meurt pas.

Il laissa planer un silence avant de glisser entre ses dents serrées :

– Ce sont les Italiens de ce putain de général Roatta qui m'ont pris. Ils avançaient avec des tanks. Et toi ?

– Je ne sais pas vraiment, avoua Boro qui, en effet, ne comprenait pas pourquoi il se trouvait là, pourquoi on lui avait arraché son brassard de photographe, pourquoi il avait perdu l'objet qu'il chérissait le plus, pourquoi il crevait de soif, de faim, de fatigue.

Le hameau ressemblait à un monde éteint.

Sur les murets de la place, des vieux étaient assis. Le menton posé sur leurs bâtons noueux, ils regardaient passer les vaincus. En arrière-plan, vêtu de noir, se tenait le peuple millénaire des veuves.

Une femme se détacha de la muraille. Elle courait avec légèreté pour son âge. Elle s'élança vers un jeune prisonnier et lui tendit une cruche d'eau claire. Elle fut brutalement écartée par l'escorte.

A mi-pente, la colonne de prisonniers engorgea l'unique rue. L'odeur de mort et celle du feu alternaient dans l'haleine du vent de février.

– A boire, ou nous allons crever ! hurla une voix perdue dans la masse moutonnante.

– *¡ Agua ! ¡ Agua !* répétèrent mille gorges grondantes.

Et, comme une poche qui cède, le centre de la colonne commença de refluer en direction de la fontaine dont les margelles occupaient le centre d'une place ourlée par de grands arbres nus.

Un officier apparut au coin d'une épicerie en terrasse. Sous l'auvent brillaient les faces luisantes de plusieurs soldats. Ils étaient appuyés à leurs fusils et mâchaient une omelette froide dans l'odeur d'huile d'olive brute.

Le colonel se tenait immobile comme un busard cloué à la lisière d'un espace éclairé.

Il fit un geste en direction de son officier de liaison et lui parla à l'oreille. Le capitaine claqua des talons et s'avança en haut des marches qui dominaient la place.

– Avancez ! gueula-t-il en direction des prisonniers. Reformez les rangs !

Le colonel observait la masse humaine qui débordait sa troupe. Derrière lui se profilait la tourelle d'une automitrailleuse.

Il fit un geste en direction de l'engin blindé. La tourelle pivota. La mitrailleuse cracha plusieurs fois sur le sol. Les hommes plus proches de la fontaine refluèrent en désordre, créant une bousculade qui s'amplifia comme un ressac jusqu'au début de la colonne.

– Garce de guerre, murmura l'officier en se détournant vers l'aide de camp qui revenait dans sa direction. Ces Rouges ne sont plus des hommes. Ils ont le goût du sacrifice. Il faudra changer ça.

D'un geste las, il désigna la silhouette d'un gringalet étroit d'épaules et vif comme un furet. Le resquilleur avait forcé le barrage et, à force de crochets et de feintes, avait fini par atteindre la fontaine. Penché sur le miroir transparent de l'eau de source, il buvait à longs traits. Relié à son poignet par une ficelle attachée à la patte, un coq posé sur le bord de la pierre hexagonale imitait son maître.

– *¡ Ay, Dios mío !* Manuel est en train d'embrasser sa mort, dit le brigadiste aux favoris.

Il venait du pays Basque et s'appelait Felipe Iturria. Sa voix était calme.

La crosse du soldat frappa Manuel à la nuque. Sa tête disparut dans l'eau du bassin ; le froid soudain l'empêcha de tomber en syncope. Il se redressa, les yeux emplis de cette flotte qu'il avait tant souhaitée, et se trouva face au regard haineux de la sentinelle au nez de suif. Sous le broussailleux de ses sourcils rapprochés, les prunelles du gros homme charbonnaient de violence contenue.

– *¡ Qué caradura !*

Manuel sourit à la brute frisée. Mourir, sans doute, il s'y attendait depuis longtemps.

Le militaire leva son fusil et la crosse martela le front de Manuel. Le nez éclata. La bouche éclata.

Alors on vit trébucher trois hommes. Un bonnet de police vola dans la poussière, puis un fusil tomba dans un bruit d'acier. Un grand diable boiteux, sa force paraissait surnaturelle, secouait la meute des phalangistes. Il n'avait rien d'un militaire. Il claudiquait de la jambe droite avec une rapidité surprenante. Tête nue, teint livide, les yeux sombres, avec seulement l'éclat traçant d'une mèche de colère, il se présenta à hauteur du bourreau avant qu'on ait pu l'arrêter. Peur et stupeur partagées, tous se tenaient cois. Le visage de Boro était glacé.

– Vous, là !

Du fouet de son stick, il cingla l'oreille de la brute. Le cartilage pissa le sang. Le soldat se retourna, abandonnant la tête mourante de sa victime dont la terre, à son tour, se désaltérait.

Boro faisait face, calme et résolu. Le soldat tourna vers lui la pointe de sa baïonnette. Alors qu'il allait en transpercer l'insolent à hauteur des entrailles, celui-ci fit mouliner sa canne. Il la lâcha, la rattrapa par l'extrémité et tendit brusquement le bras. Il y eut un froissement, une zébrure dans l'air. Le lacet s'enroula autour du fût de l'arme. Le soldat, déséquilibré dans sa course, rencontra le vide, trébucha de la pointe du brodequin contre la tige de son autre chaussure, et s'étala de tout l'élan de son corps empâté.

Les fusils se levèrent. Les culasses reculèrent et se verrouillèrent – fracas glacial fortifiant la présence de la mort. Le gros fasciste étendu au sol releva le visage et fixa le boiteux avec haine.

– *¡ Hijo de puta !...* Écoute bien mon nom... Saturno ! Saturno Santiesteban ! Tu n'es pas près de l'oublier !

Santiesteban se redressa et s'empara d'un manche de fourche appuyé à un arbre.

– Halte ! cria une voix timbrée dans les graves.

Dans le silence, un crissement de bottes se rapprocha sur le gravier. L'officier casqué, le colonel, apparut dans le champ de vision de Boro. Il retira doigt après doigt ses gants de cuir, fit jouer ses articulations.

Le reporter reconnut l'homme qui dirigeait les troupes stationnées à Marbella.

– Vous savez l'allemand, monsieur l'intrépide ? demanda-t-il dans cette langue.

– *Jawohl,* répondit le reporter.

– Alors, nous nous comprendrons mieux... Qu'est-ce qui nous vaut la folie d'un geste pareil ?

– C'est une longue histoire de principes humanitaires, colonel.

L'autre s'inclina.

– Belle excuse ! Elle risque de se terminer devant un peloton d'exécution.

– La fosse commune n'empêche pas un exemple d'être un exemple.

– Expliquez-moi ce que signifie la noblesse de caractère dans une guerre comme celle-ci ?

– Elle exprime de quel côté est la générosité, colonel.

– La générosité, c'est seulement d'être vainqueur.

L'officier avait choisi d'affecter la désinvolture. Il s'était calé bien d'aplomb sur ses bottes écartées. Il se haussa sur la pointe des pieds et avança le menton comme si son col de chemise serrait trop son cou.

– Savez-vous bien qui je suis ? demanda-t-il.

– Encore un nom à retenir ? Faites-moi passer votre carte !

L'officier ne releva pas l'impertinence. Il souleva son casque, en essuya l'intérieur avec son mouchoir, lissa sa chevelure aux durs reflets.

Il glissa lentement sa main droite jusqu'à l'étui de son revolver et démasqua un automatique. Il arma la culasse et orienta le canon de l'arme en direction du cœur du reporter, puis, avec un mauvais rictus, sembla se raviser.

– Cette jambe que vous tirez après vous, c'est une blessure de guerre ?

– Ma foi, non. C'est une blessure d'amour. Une femme anarchiste, un soir d'orgie républicaine...

– Par amusement, je pourrais loger une balle dans votre genou valide.

– Et je me casserais la figure.

– Oui. Mais, à votre place, je ne m'en soucierais pas trop. Au bout de cinq minutes, je vous expédierais une autre balle dans la tête, monsieur Borowicz.

Boro marqua le coup. Il déglutit rapidement et demanda :

– Qui vous a appris mon nom ?

– J'ai votre signalement.

L'officier montra la cohorte des prisonniers qui observaient la scène, tendus et muets.

– Il n'y a sans doute ici aucune autre canne que la vôtre. Pour le moment, vous lui devez la vie.

Il arbora un sourire compassé.

– Pour le moment, et très provisoirement.

Il s'inclina avec une politesse affectée, rejoignit le groupe de ses officiers et s'engouffra dans la limousine qui l'attendait. Boro le suivit des yeux. Le colonel abaissa la vitre arrière. Il arborait un sourire policé.

– Nous nous reverrons sans doute à Málaga, monsieur le reporter... C'est égal, n'est-ce pas, si j'arrive avant vous ?

– Complètement. Essayez seulement de me faire couler un bain et de me trouver un cigare !

– Le temps de prendre la ville, de réquisitionner une chambre confortable chez l'habitant, et je m'occuperai de vous !

Emportant sa voix moqueuse, la voiture s'éloigna dans un nuage de poussière.

Comme il s'apprêtait à rejoindre le groupe des prisonniers, Blèmia vit fondre sur lui l'ombre noire d'un bélier rutilant. Le poing de Saturno Santiesteban s'abattit sur son visage. Aveuglé par le feu et les sonnailles de la douleur, il pensa que sa tête explosait. Il tomba à genoux comme un bœuf foudroyé par la masse d'un tueur d'abattoir.

L'homme aux lunettes cassées

Il reprit connaissance sur le plancher d'un camion qui roulait dans la nuit. Il ouvrit des yeux égarés et rencontra le regard ensoleillé et moqueur, le nez épaté de celui qui était assis à ses côtés.

Felipe Iturria secoua son mufle avec commisération et posa sa main rude sur le front fiévreux de son ami.

– Rendors-toi tranquille, *compadre*...

Il racontait à n'en plus finir des histoires salaces à propos de son souffre-douleur, le général Queipo de Llano. Il riait jusqu'au ventre sitôt que la situation le permettait, démasquant alors une denture de chanteur d'opéra. Il avait le verbe haut. Il se vantait aussi d'avoir été marié cinq fois et confiait à qui voulait l'entendre qu'il avait entre les jambes la force d'un taureau d'Estrémadure.

Transfuge d'une troupe de comédiens itinérants, le Scaramouche de l'armée en déroute exagérait ses exploits sur toute la ligne, sauf lorsqu'il disait qu'il venait de Bilbao, toujours en faisant la guerre. Il avait pris la place de Manuel auprès de Boro en raison de l'admiration qu'il lui vouait depuis qu'il avait mesuré le courage du Français face au colonel allemand.

Le Basque tordit son mouchoir. Il en extirpa un reliquat d'humidité et appliqua le linge à la propreté douteuse sur les tempes, puis sous la nuque du reporter. Le blessé referma les yeux en gémissant.

– Mon moteur gauche est en feu.

– Tu as sans doute une côte cassée. Ils n'y sont pas allés de main morte. Mais, ajouta-t-il après un bref silence, c'est risqué de se jeter dans le vide, surtout sans parachute et avec une jambe raide.

Le camion roulait à un train d'enfer. Le visage de Blèmia était gris, et la douleur rebondissait en lui. Toutefois, comme le Basque caressait ses cheveux dans un geste d'apaisement fraternel, le reporter, gagné par une sorte de confiance enfantine, se détendit peu à peu. Il exhala un profond soupir et se réfugia au seuil d'une semi-inconscience, laissant ballotter sa tête au gré des cahots imposés par la route.

– Vous voyez, monsieur, j'avais raison mille fois !... Ce grand corps ne demande qu'à vivre ! s'enthousiasma Felipe Iturria en se tournant vers son voisin le plus proche.

L'homme qui se tenait près de Felipe, secoué à l'unisson sur la ridelle, ne répondit pas. Il était tendu et avait le visage cireux. Ses lunettes étaient cassées. Sa pâleur fragile contrastait avec le nœud de ses mâchoires serrées. Il paraissait environ trente ans et son costume de coupe anglaise, fripé et maculé de boue, accusait davantage encore son statut de personne déplacée.

Felipe caressa la crête rouge du coq indigné qui pipait un œil d'or réprobateur par l'échancrure de son blouson. Puis il laissa flotter son regard sur le paysage qui se déroulait comme un film surexposé.

Un pli d'amertume souligna l'accent de sa lèvre tombante.

– Putain de camion ! maugréa le Basque. Où nous emmène-t-il ? T'es même pas foutu d'avoir une idée là-dessus ! déclara-t-il au coq qui n'avait pas quitté l'abri de son igloo kaki. Peut-être qu'on passera tous à la casserole, et tu t'en fous !

Secouant son chargement d'otages, le fourgon ferrailla encore pendant quelques kilomètres. En se penchant à nouveau, Boro constata que le lot de ceux dont il partageait le sort était pour la plupart des civils. Il n'en connaissait aucun. Ils étaient dix-huit en tout, seulement des hommes, une masse de chair prostrée, victime de glissements brusques et grinçants, des gens qui regardaient sans ardeur, sans colère, l'alternance de l'ombre et de la lumière se dessiner à leurs pieds. Tous étaient choqués par des coups, des interrogatoires, la séparation d'avec les leurs, la crainte de la prochaine halte.

– *¡ Cabrones !* grogna entre ses dents Felipe Iturria à l'intention des deux nationalistes en armes qui assuraient leur surveillance. Peut-être qu'à la fin ils vont nous fusiller !

Il cracha devant lui et se détourna à nouveau vers son voisin pour quêter un regard. L'autre marquait son refus de communiquer en serrant les mâchoires et en regardant obstinément les planches disjointes à travers lesquelles défilait la route.

– As-tu un couteau sur toi ? demanda Iturria à brûle-pourpoint.

L'homme au complet de tweed tressaillit. Ses paupières clignèrent plusieurs fois. Le tutoiement, sans doute. Il fit tourner imperceptiblement son feutre entre ses doigts.

– Pourquoi moi ? murmura-t-il sans se détourner.

Il parlait avec l'accent britannique.

– Regarde ces gens ! Ils se laisseront égorger sans rien faire ! Toi, tu ressembles à un type qui en a dans la tête, et je sais que tu mesures ce qu'on peut faire.

– Justement, dit l'homme. Je ne vois rien à faire.

– Mais tu possèdes un couteau.

L'autre se figea dans l'absence.

– Si c'est oui, insista le Basque, passe-le-moi sous le banc. Au premier ralentissement, je peux trancher la gorge du garde qui fume sa cigarette. Tout ce que je te demande, c'est de contrôler l'autre assez longtemps pour que je me retourne ensuite contre lui.

– Et après ?

– Après, nous sauterons.

– Et votre ami ? Vous avez pensé à votre ami ?

– Je peux le porter pendant des heures. J'ai la force pour ça.

L'un des gardes dirigea son regard assoupi de leur côté. Ses prunelles sans éclat croisèrent les yeux de Felipe qui étincelaient dans la pénombre.

– Ferme ta grande gueule ! ordonna le soldat en espagnol. Ou je la démolis avec ça.

Il montra la crosse de son fusil.

– C'est un remarquable projet, admit Felipe avec impertinence. Chacun réfléchit encore de son côté, d'accord ?

Le militaire haussa les épaules. Pour mieux lutter contre la somnolence, il alluma une nouvelle cigarette à la braise de son mégot. Le Basque se renversa vers l'arrière.

Après cinq longues minutes de trépidations et de heurts, le camion emprunta une route bordée de cyprès. L'ombre devint obscurité. Elle effaça provisoirement le contour des visages.

– Jamais je ne me reconnaîtrai le droit de tuer un homme, chuchota le voisin d'Iturria en tordant la bouche de côté.

– *¡ Qué va !* rétorqua l'ancien acteur en s'efforçant de dégonfler sa voix de théâtre. Moi, les fascistes m'ont acculé plusieurs fois à le faire. J'ai tué chaque fois que c'était indispensable !

– Oui, je peux comprendre cela, acquiesça l'homme aux lunettes cassées. Mais il ne faut pas croire que c'est un droit.

Iturria étouffa un petit rire de mépris.

– J'en ai marre des brouettes de ton espèce ! Vous trimbalez votre trouille avec vous ! Je suis toujours aussi décidé.

L'homme pâle se détourna pour observer à son tour les deux gardes nationalistes. L'un d'eux, placé à l'extrémité du même banc qu'Iturria et lui-même, ne pouvait les voir. Le second, le plus vindicatif, paupières closes, tête inclinée, cédait peu à peu au sommeil. Déjà, ses mains glissaient sur la hampe de son fusil.

Le regard de l'Anglais se reporta sur l'ancien comédien.

– J'ai bien un couteau, dit-il.

Il éleva l'index de la main droite et le barra avec son pouce gauche.

– Grand comme ça. Et pas bien aiguisé. Autant dire un coupe-papier.

Il parut ruminer quelque sombre pensée, puis, se ravisant, sortit brusquement de sa poche une fiasque de métal argenté. Il en dévissa le bouchon, porta cette bouteille plate à la bouche, renversa la nuque et avala plusieurs gorgées de liquide.

– Tenez, dit-il à Iturria en recrachant l'incendie avec un sifflement de bombardier. C'est du whisky pur malt. Donnez-en à votre copain. Nous verrons bien ce qu'il a dans le ventre.

Le Basque s'empara de la médecine et introduisit le goulot entre les lèvres du reporter. Dans un premier temps, Boro avala mécaniquement l'alcool. Ensuite, il éprouva une sensation de brûlure dans le nez, les yeux, la gorge. Ses paupières battirent comme les ailes d'un papillon sur une fleur de mai. Un vague sourire se dessina même sur ses lèvres.

Il s'essuya la bouche du revers de la main et demanda distinctement :

– Je peux en avoir encore ?

– Pourquoi pas ? se réjouit Iturria.

Boro tendit le menton. Cette fois, la gorgée ne le brûla pas mais lui procura l'impression d'un bienfaisant réconfort.

– Vive l'Écosse ! Longue vie à la reine ! s'émerveilla le reporter en rouvrant les yeux.

Il prit possession du flacon et se remit à boire avec avidité et satisfaction.

Aussitôt, une main pressée entra dans son champ visuel. Elle confisqua le bouteillon.

– On garde le reste pour demain, déclara le généreux donateur avec son sacré accent anglais.

Il reboucha méticuleusement la fiasque argentée sous l'œil réprobateur de Felipe Iturria, en essuya le col avec son mouchoir et défia le comédien au travers de ses lunettes fêlées.

– Où est le crime ? C'est mon whisky.

– Tu es un pingre.

– Je suis prévoyant.

– Au moins, file-moi ton canif, exigea le Basque.

– Non, dit l'homme au complet froissé. Ça n'est pas mon idée.

Il rangea le bouteillon dans sa poche à soufflet et, en lieu et place du couteau, extirpa un carnet cerclé par un élastique sur lequel il commença à écrire fiévreusement des bribes de phrases.

Iturria l'observait avec curiosité. Au bout d'une sorte d'élan irraisonné, l'Anglais arrêtait la course vagabonde de son écriture. Il restait un moment le crayon en l'air et paraissait réfléchir si intensément que ses prunelles riboulaient au fond des orbites, puis il se caressait machinalement l'oreille gauche, gratifiait la mine de plomb d'un coup de langue et repartait aussitôt dans sa course quadrillée.

Sans qu'on l'y aidât, Boro s'était redressé sur la banquette. Il avait plongé son visage entre ses mains, cherchant à mettre de l'ordre dans la confusion de ses idées.

– Où est passée Solana ? demanda-t-il soudain en redécouvrant la réalité du monde.

Comme Iturria ne lui répondait pas assez vite, il céda à un instinct de violence et se mit à secouer son ami par le col tandis que Buenaventura caquetait des protestations depuis le fond de la vareuse.

– La jeune fille ? Où est-elle ? Et mon Leica ?

– Quelle jeune fille ? demanda le Basque. Et quoi encore ?

– Mon Leica ! répéta sourdement Boro. Mon appareil...

Il se tut, battit les cartes des derniers événements et, le jeu à nouveau ordonné, demanda pourquoi et comment il se trouvait là.

– Ils t'ont amoché, *viejo,* expliqua le Basque. Et puis, chance pour toi, le colonel est revenu. Il t'a retourné sur le dos de la pointe de sa botte... Le colonel est d'une espèce à qui je pourrais glisser un revolver derrière la nuque et tirer, ajouta-t-il avec haine.

Les yeux de Boro étaient fiévreux.

– Qui est ce colonel ?

– Je ne sais pas, *amigo*. Mais tu le reverras. Il a dit qu'il serait encore une fois au bout de ton chemin, qu'il t'attendrait là où tu vas.

« Pourquoi s'acharne-t-il sur moi ? Comment connaît-il mon identité ? Pourquoi m'a-t-il parlé en allemand ? » s'interrogea le reporter. Il enfouit la tête entre ses mains. Ses yeux rivés sur le vide fouillaient l'incohérence de la situation.

– Cervelle, cervelle, finit-il par maugréer, quel bruit tu fais ! Comme tu ne sers à rien !

Et, fermant brusquement les paupières, il se réfugia dans un silence d'huile que chacun respecta.

L'escadrille España

Après avoir roulé à vive allure pendant plusieurs heures, le camion qui entraînait Blèmia Borowicz et ses compagnons vers une destination inconnue obliqua sur une voie secondaire. Les plus proches de l'arrière du véhicule observèrent les volutes de poussière soulevées par le fourgon et firent savoir aux autres qu'on roulait maintenant sur un chemin de terre. On longeait d'un côté la paroi d'une montagne. De l'autre, on dominait un ravin.

– Ils prennent la direction du nord. Ils nous ramènent vers Séville, dit une voix.

Boro se pencha en avant, s'appuya sur ses coudes et posa ses yeux brûlants sur le paysage inscrit dans la découpe de la nef du camion.

Le torchon de fumée soulevé par le passage de leur quincaillerie ambulante laissait entrevoir des pentes désertes saignées par des chemins de mule au tracé capricieux. Au creux des ravins se profilaient les silhouettes plus sombres des chênes verts mariés à des pins faméliques accrochés au rempart d'une ligne de rochers. En scrutant au travers des sommets ronds et bruns des arbres, on apercevait, dans une soudaine accalmie de lumière, la coulée rougeâtre du soleil qui baignait déjà la ligne des crêtes.

Iturria approcha son visage de celui de Boro.

– Il faut agir avec audace, dit-il en contenant sa voix. On ne va pas moisir ici. Dieu sait le sort que ces fumiers nous réservent. Or, il se trouve que monsieur (il désigna l'homme au complet froissé) possède un couteau.

Le citoyen britannique échangea un bref signe de tête avec Boro.

– Je crois que nous sommes compatriotes, dit-il en tendant la main au reporter. Les Hongrois sont toujours trahis par leur accent.

– Blèmia Borowicz. Reporter photographe.

– Arthur Koestler. Écrivain. Je suis correspondant du *News Chronicle*.

Les deux hommes échangèrent une rapide poignée de main.

Le visage d'Iturria parut s'embraser d'un plaisir neuf.

– Regarde-nous, Boro ! La situation prend tournure ! Trois amis pour te venir en aide ! Trois doigts de la main ! L'Anglichongrois qui vient de loin... Moi qui viens de près... Le coq, qui ne sait où il va... *Como lo oyes, señor fotógrafo*, même si aujourd'hui est un jour noir parmi tous les jours noirs, je connais quelques guérilleros qui ont conservé autre chose que des figues blettes entre les jambes !

Koestler fit un geste de dénégation et protesta en désignant le Basque :

– Votre ami couvert de poils déborde comme une casserole de lait ! Ses plans de fuite ne sont pas réalistes...

Le regard de Boro fila sur Iturria.

– Je parie que tu veux neutraliser les gardes ?

– Ça, et sauter du camion.

– Où irons-nous, malheureux ? Je suis incapable de fournir un effort.

– Je t'aiderai.

– Folie ! s'exaspéra Koestler. Un lapin blessé ne se bat pas contre un ours !

Chacun se mit à réfléchir.

– Si j'en juge au volume de poussière qui nous arrive par les côtés, il y a fort à parier qu'une escorte encadre cette bétaillère, poursuivit l'écrivain. Peut-être même est-elle précédée par un ou plusieurs véhicules blindés et des motocyclistes.

Iturria leva les yeux au ciel et tourna délibérément le dos à Koestler.

– Ne te résigne pas, *viejo*, dit-il. Pense à Manuel ! La guerre est toujours là.

Les traits du reporter étaient tendus par les pointes de douleur que lui imposait chaque cahot de la route.

– Tu as raison, Scaramouche, chuchota-t-il en fixant le nez épaté du comédien. La guerre est toujours là. Il suffit de la faire !

La phrase suivante lui fut arrachée des lèvres. Déstabilisé par un tour de volant hasardeux, le camion, lancé à vive allure, venait d'emprunter le rail d'une ornière. Sa carcasse agitée de soubresauts sembla entraînée par un courant si fort que ses occupants, courbés vers l'avant, bras repliés pour se protéger la tête, crurent un instant que le véhicule allait terminer sa course ivre contre la paroi rocheuse et s'y fracasser.

Le camion tangua longuement, heurta les aspérités du mur minéral, racla le squelette d'un chêne vert, et la bâche se déchira sur le flanc gauche, ouvrant une blessure béante sur le ciel empourpré de cette fin de soirée.

Plusieurs hommes avaient été jetés à terre sous la violence du choc. Grimaçant de douleur, Boro crispait ses mains sur le banc. Le camion sembla haleter. Il stoppa dans un grincement de freins. La poudre du chemin retomba. Les gardes se consultèrent du regard.

Alors seulement ils entendirent le bourdonnement des avions qui fondaient sur eux. Alors seulement ils virent sur la façade des rochers la morsure nette des balles explosives courant le long de la paroi.

Un bref instant, ils furent recouverts par l'ombre des ailes à grande surface portante.

– Les nôtres ! Ce sont les nôtres ! hurla le Basque.

Ses yeux rougissaient dans le coucher du soleil.

Dans la seconde qui suivit, leur parvint aussi, se conjuguant avec le sifflement des hélices, le timbre assourdissant des déflagrations.

Comme soumise à une œuvre cyclopéenne, la terre labourée changeait de forme. Des cratères naissaient, jaunes et orange, d'abord invisibles sous la croûte du sol, s'accumulant comme un torrent de violence contenue, croulant dans leurs galeries, engloutissant l'humus, le lichen, les racines, puis, entourés d'un halo de lave où se tordait le métal, resurgissant à l'air libre. La charge explosive soulevait la terre et la pierraille qui retombaient en parapluie sur l'herbe rase.

– Sautez ! cria une voix venant de l'extérieur. Dispersez-vous !

Aussitôt, le tablier du camion s'abaissa. Pêle-mêle, gardes et prisonniers se précipitèrent dans un gouffre de lumière rouge.

A l'exception de Boro et d'Iturria, tous avaient fui.

Dans la distance, Koestler bondissait et rebondissait, zigzaguant parmi les rochers. Il finit par rejoindre un groupe apeuré, quelques civils, un militaire sans casque, qui venaient de trouver refuge sous l'allongement d'une plate-forme de pierre. Non loin, trois entonnoirs béants entourés de fumée signaient la course d'un chapelet de bombes. Dans les rais obliques du soleil déclinant, la chenille d'un engin blindé jeté sur le flanc tournait encore, infiniment lente à s'arrêter. Elle semblait chercher le mauvais numéro d'une loterie éteinte.

Peau violette, bouche ouverte, tête en bas, deux soldats disloqués étaient emprisonnés à mi-corps dans le cerceau du blindage. Un sous-officier fasciste et trois civils avaient également été rattrapés par la mort. Leurs corps gisaient sur le sol. Ils paraissaient plus longs que d'ordinaire.

– Mettez les mitrailleuses en batterie ! ordonna un lieutenant.

L'officier, debout, donnait l'impression d'être le seul être vivant alentour.

Boro se tenait immobile dans le camion, comme rejeté hors du temps. A travers les déchirures de la bâche, il regardait l'escadrille républicaine qui venait de se recentrer au-delà du col et qui, dans un mouvement circulaire, s'apprêtait à fondre une seconde fois sur le convoi nationaliste.

Il tourna la tête. Felipe Iturria le secouait par la manche comme pour le tirer d'un reste de songe.

La voix sauvage du Basque couvrit les premiers aboiements de la mitrailleuse franquiste :

– Il faut sauter, *amigo* ! Courir notre chance. Après, il sera trop tard !

Boro répondit :

– Je ne pourrai pas courir.

La face épatée d'Iturria se congestionna de colère.

– Je te prendrai sur mes épaules. Moi, je ferai les jambes !

– Tu ne m'as pas compris, camarade. Je ne souhaite pas vraiment m'en aller.

Iturria le considéra d'un œil exorbité où se lisait une sorte d'horreur mêlée à de l'interrogation. Le Basque entrouvrit les lèvres, puis jeta un coup d'œil angoissé du côté des avions. Regroupés autour de leur leader, deux Potez-540 et un Bloch-200 fonçaient en rase-mottes.

– Cette fois-ci, nous y passerons bel et bien, dit-il.

– Je ne pense pas, répondit calmement Boro. Ils ne feront qu'un passage. Ce sont des bombardiers. Ils reviennent de mission et se contentent de larguer leurs dernières bombes.

– C'est de la folie complète. Ce camion est une cible toute désignée.

– Mon destin n'est pas de mourir aujourd'hui.

– Qu'en sais-tu ?

– Je n'ai pas vu apparaître le visage de mes sorcières dans la tache de lumière, dit Boro.

– Sorcières ?

Iturria le dévisageait avec égarement.

– Devineresses aux dents de louve, poursuivit le reporter. Trois Gitanes nippées d'indienne et d'organdi. Le vent fait claquer leurs foulards.

Il semblait savoir de quoi il parlait.

L'instant d'après, l'enfer déploya son linceul.

Les mitrailleuses fascistes recommencèrent à tousser. Le tireur le plus proche avait mis ses gants.

– Sauve qui peut, *viejo* ! Je fais ça pour le coq ! gueula Iturria en se jetant à plat ventre sur le plancher du camion.

D'un geste dérisoire, il protégea la crête de l'animal.

Boro restait cloué sur son banc.

Il serrait à peine les mâchoires. Tout homme paie ce dont il se sent responsable, pensait-il. En cela, cette situation ne le concernait pas. Son esprit se posait sur le souvenir de Solana. Il la voyait passer entre les ombres. Une huée de voix lui conseillait de rester, de se laisser porter par les événements. Ramassé sur lui-même, aussi clairement qu'en ce jour passé de novembre 1931 où un vent furieux galopait sur le boulevard du Montparnasse, il entendait un rire tandis que la voix d'une femme d'Égypte soufflait à son oreille : « Si l'amour vient à passer, saisis-le, mais prends bien garde de ne pas t'endormir au rendez-vous de l'Histoire. »

Et tout ce qui lui arrivait avait à voir avec cette prédiction.

La fumée roulait autour de lui. Il se moquait de la mort, de ses lumières de torches, de la déchirure des rochers. Il sursauta à peine lorsque le souffle d'une explosion proche déchira la ridelle du camion. Le tambour de ses tympans s'était mis à siffler.

La bouille apeurée d'Iturria apparut un bref instant. Boro entrevit le blanc de ses yeux, semblables à ceux d'un cheval emballé.

Felipe étendit la main devant lui, rattrapa le coq par une patte et le ramena à lui par son toupet de plumes. De nouvelles bombes tombèrent à peine plus loin. Les déflagrations déshabillaient les cadavres. Enfin, le roulement d'apocalypse parut s'estomper. La terre arrachée cessa de jaillir et de retomber en courbes molles sur l'échine des nationalistes lovés dans les anfractuosités du sol.

Hébétés, les hommes se levaient comme s'ils s'arrachaient à la vision d'un cimetière.

– J'aimerais connaître le nom de ce valeureux commandant d'escadrille, dit Boro à Iturria qui se redressait à son tour en s'époussetant avec un je-ne-sais-quoi de dignité blessée. Oui, j'aimerais le féliciter ! Il en a laissé quelques-uns sur le carreau.

Quand bien même notre ami eût été en mesure de complimenter l'aviateur, il n'eût pas été capable de retenir son nom. Un trou noir au fond de sa cervelle l'en eût empêché.

Par le passé, Boro avait déjà été victime d'une semblable trahison de sa mémoire. C'était en février 1933, au meeting de l'Association des écrivains et artistes révolutionnaires contre le fascisme. Ce jour-là, Blèmia Borowicz avait reconnu sans peine Jean Guéhenno, Eugène Dabit, Paul Vaillant-Couturier. Mais il avait oublié le nom de ce jeune écrivain qui venait de publier deux romans asiatiques dont le dernier, paru trois ans plus tôt, s'appelait *La Voie royale*.

Ce 10 février 1937, l'escadrille España que dirigeait André Malraux venait d'effectuer une de ses ultimes sorties. Elle avait bombardé le port de Cadix, où continuaient de débarquer des volontaires fascistes italiens, et regagnait sa base à Tabernas, près d'Almería. Le lendemain, elle livrerait son dernier combat au-dessus de Motril.

Ainsi, au cours de ce raid meurtrier, serait blessé Santès, qui deviendrait Sembrano dans *L'Espoir*. Ainsi serait amputé Galloni, le mitrailleur de cuve, touché à la jambe. Ainsi trouverait la mort le Hollandais Reyes, frappé de deux balles explosives en plein dos.

Ainsi Boro, avec quatorze survivants, reprendrait-il sous bonne garde sa course folle à travers la montagne. Ainsi, dans les ténèbres brunes où redoublait sa fièvre, aurait-il l'impression d'échanger avec son ami Dimitri une accolade fraternelle. Ainsi, le corps meurtri, la tête douloureusement appuyée au pommeau de son stick, arriverait-il au pied de la citadelle d'Alto Corrientes et, s'abandonnant à la férocité de ses geôliers, accomplirait-il une part supplémentaire de son destin en allant regarder les hommes jusqu'au fond de leur nuit. Ainsi l'avaient prédit les sorcières d'Égypte.

Les fiancées de la mort

S'éveillant au dix-huitième matin, Boro crut apercevoir un cône de lumière inhabituel. Il dressa la tête et, dans le contre-jour de la porte entrouverte, distingua la silhouette d'un militaire portant un fanal. Son mousqueton prolongeait son ombre vers le haut. Il éleva un bras afin de mieux éclairer la cellule, émit un grondement sourd en découvrant le prisonnier étendu sur sa couchette, et s'avança précautionneusement dans sa direction. Tandis qu'il marchait ainsi à pas prudents, les pierres semblèrent s'animer sous la lampe, et Boro découvrit la voûte de son cachot. Elle était cintrée et haute de quatre mètres au moins. « Je me trouve dans une sorte de crypte », nota le reporter. Un cul de basse-fosse.

Il porta son attention sur les deux godillots qui venaient de s'immobiliser devant lui et cilla pour éviter l'éblouissement de la lampe tempête qui blessait ses rétines.

– *¡ Hijo de puta !* Tu n'es pas content de me revoir ? demanda la voix du porte-clés, empreinte d'une fausse cordialité. Tu ne me reconnais pas ?

Le soldat imprima à sa lanterne un mouvement de balancier. Déchirant le halo de lumière mouvante, apparut la trogne suiffée et égrillarde de Saturno Santiesteban.

– Bienvenue à la citadelle d'Alto Corrientes ! claironna le militaire fasciste.

Curieusement, le reporter ne marqua aucun étonnement à retrouver devant lui la brute qui avait tué Manuel à coups de crosse et qu'il avait rossé avant de se faire battre à son tour. La première question qui lui vint à l'esprit concernait ses compagnons d'infortune : Koestler, Felipe Iturria, les civils survivants, rassemblés après le bombardement sous la menace des armes tournées vers eux et rembarqués dans le camion.

– Où sont les autres ?

– *¿ Qué va ?* Tu me parles, l'aristocrate ? Tu veux me tirer les vers du nez ?

– Pourquoi ai-je été séparé des autres ?

– Tu t'ennuies donc tout seul ?

– Pourquoi suis-je ici ?

– Salon d'attente ! Traitement particulier !

Sur un signe du militaire, Boro se leva. Un aiguillon lui brûla la poitrine. Ses jambes le soutenaient à peine. Il tituba dans le courant d'air froid.

– Une canne, à ton âge ! Tu te bats donc souvent contre plus fort et moins lâche que toi ? !

– C'est ton Franco, répondit Boro en montrant sa jambe malade. Je lui ai botté le cul un jour qu'il trichait aux cartes avec une jeune fille que j'ai emportée sous mon bras, alors qu'il la voulait pour sa maigrelette virilité... Il m'a fait tabasser par le père, le frère et les deux oncles de la petite...

– *¡ Fuera !* lança le caporal Santiesteban en le poussant devant lui sans ménagements.

Son corps était humide. Sa barbe avait poussé. Il avait un regard effrayant. Plusieurs jours d'isolement total avaient eu raison de sa pugnacité.

Ils rejoignirent deux grands benêts de soldats qui gobaient le courant d'air en battant la semelle devant la porte. Ébloui par la lumière d'un projecteur, Boro ne put contrôler une sorte de gigue déséquilibrée. Il prit appui sur son stick.

– *¡ Vámonos !* ordonna l'homme à tête de suif. Maintenant, entretien personnel avec le gouverneur... Quel honneur ! Le señor colonel t'attend !

Sur un signe de Santiesteban, les gardiens soulevèrent le reporter par les aisselles. Ils le traînèrent, le hissèrent, le halèrent par la vis sans fin d'un escalier en colimaçon. Ils étaient jeunes ; des paysans mal dégrossis.

Boro compta mentalement quatre-vingts marches. Sa vue se brouillait. Son front était mouillé par une mauvaise transpiration. Il avançait contre son gré, pantin disloqué, cherchant en lui-même l'illusion d'un réconfort. Il poussa un gémissement et reçut une bourrade derrière la nuque.

Lorsqu'ils atteignirent le troisième palier, Santiesteban demanda :

– Qu'est-ce que tu dis de mes Asturiens ? Robustes comme des mules, non ?

Le caporal avait du mal à reprendre son souffle. Il flatta les épaules des deux campagnards.

– Tu sais comment je les appelle ?

– Zig et Puce, répondit Boro.

Il était livide, au bord de l'évanouissement.

– Non ! *El Loco* et *El Furioso*. Le Fou et le Furieux. C'est tout à fait l'état d'esprit de ces jeunes gens.

Santiesteban leur adressa un signe. Ils reprirent leur course. Boro, de nouveau, poussa une plainte. Il entendait le halètement de ses tortionnaires. Galopant sur une seule jambe, un peu comme s'il luttait pour tenir en équilibre sur le plateau d'une patinette folle, il parvint à prendre pied sur le sol ferme et, bien qu'il ne fît pas confiance à son genou inerte, il sut se maintenir à hauteur des deux hommes, aussi incertain du devenir de sa course qu'un cheval emballé au milieu des brancards.

Alors que l'attelage détraqué resurgissait au soleil et débouchait sur le chemin de ronde, la cavalcade ralentit puis s'arrêta pour de bon.

– *¡ Mira aquí !* s'exclama El Loco. Les veuves d'Alto Corrientes !... Elles sont de retour pour les exécutions !

Il abandonna le reporter aux mains de son *alter ego*, et, penché au-dessus du parapet, siffla entre ses doigts pour héler quelqu'un dans la distance. Il ricanait comme un enfant.

– *¡ Oiga ! Carmina !* gueula-t-il en se déhanchant. Regarde le bel homme ! Tu cherches après moi ?

El Furioso avait entraîné Boro derrière lui. Le regard de ce dernier fouilla la cour intérieure. Et, aussitôt, découvrit les femmes. Une vingtaine au moins, plutôt trente.

L'une d'elles avait le visage levé. Habillée en dame de la ville, les bras frileusement noués autour de ses hanches pleines, elle dévisageait intensément l'Asturien. Les autres étaient accroupies par petits groupes ou blotties contre le tronc des arbres. Elles se tenaient à proximité d'une poterne dont elles semblaient guetter l'ouverture.

Elles étaient toutes habillées de couleurs éteintes, et portaient un fichu noir sur la tête.

– Les veuves d'Alto Corrientes ! s'exclama le Furieux en retenant un sourire niais. Les veuves de la ville et les veuves de la campagne.

Elles ne veulent pas admettre qu'elles ont perdu leur mari. Elles espèrent toujours.

Ils se turent parce qu'un nouveau contingent d'épouses et de mères venait d'entrer dans la cour. Plusieurs soldats et quelques sous-officiers s'étaient massés sur le rempart. La nouvelle de l'arrivée des fiancées de la mort se répandait dans la citadelle à la vitesse d'une traînée de poudre. En riant, les militaires désignaient les veuves et commentaient leurs appas. Les quolibets galants, les adresses graveleuses se multipliaient.

Boro était fasciné par tant de résignation entêtée. Plus que jamais, il ressentait comme une blessure la privation de ce prolongement de lui-même qu'était son appareil photo. Il se prit à rêver au reportage qu'il aurait pu faire s'il avait gardé son cher Leica.

El Furioso se retourna pour surveiller le prisonnier. Boro lui opposa un visage sans états d'âme. Il rassemblait ses pensées. Mettant à profit les quelques instants où il était ainsi livré à lui-même, il s'efforçait de mémoriser la topographie des lieux. Assez rapidement, grâce à l'esprit d'assimilation dont la nature l'avait doué, il eût été capable de dessiner un plan comportant les différentes ouvertures, les miradors et postes de guet situés sur les remparts.

Santiesteban donna l'ordre du départ. La course reprit entre les pierres, le long d'anciens chemins de ronde.

Ils débouchèrent bientôt sur un belvédère, quatre étages plus haut. C'était une plate-forme exiguë qui dominait les ravins bordant l'à-pic des murs de la citadelle. Un vent têtu et glacial courait le long des fortifications à pans coupés. Le ciel était délavé jusqu'à l'infini, taché d'un seul nuage, une sorte de hachure franche, irréelle comme la flamme bleuâtre d'un chalumeau. Un rapace volait non loin.

Les quatre hommes s'arrêtèrent. Leur visage était décomposé par le blizzard. Appuyé à la muraille, Blèmia contemplait avidement le grand ornement de la nature. Un fleuve coulait plus bas. Il serra le pommeau de sa tige d'ambre dans son poing gauche. A son côté, la peau luisante de mauvaise graisse, les orbites prolongées par de lourdes paupières, Santiesteban semblait engourdi dans une sorte de rude bestialité. Il s'ébroua précipitamment :

– *¡ Oiga ! Hace frío !*

Les deux paysans empoignèrent le prisonnier et l'obligèrent à accomplir une vingtaine de pas, suspendu au-dessus du sol comme un polichinelle gesticulant.

Ils franchirent le porche nanti d'un poste de surveillance protégé par un amoncellement de sacs de sable. Une mitrailleuse était pointée sur une cour intérieure. Deux soldats débraillés se tenaient contre le canon. Ils mangeaient des *gambas*.

Le Fou et le Furieux entraînèrent leur prisonnier sur un plan incliné. A son extrémité, cette voie radiale coulant vers le centre d'Alto Corrientes était prolongée par un escalier. Celui-ci se greffait sur un second chemin de ronde infiniment plus large que le premier. La chaussée sinueuse, bordée de créneaux, supportait plusieurs pièces d'artillerie légère et surplombait une nouvelle cour intérieure agrémentée d'une galerie voûtée.

Au passage, Boro nota la présence de bâtiments à vocation d'habitation. Sur les façades blanchies à la chaux, des draps et des serviettes de couleur séchaient sur des fils tendus d'un balcon à l'autre. Quelques pièces vestimentaires exposées au soleil d'hiver témoignaient de la présence de femmes et d'enfants.

Comme son escorte venait de tourner à angle droit, Boro découvrit un donjon dont la base, mangée par l'ombre, resurgissait dans la clarté pâle. Il surmontait le second mur d'enceinte d'Alto Corrientes. Là aussi soufflait un mauvais vent glacé.

D'un coup d'œil jeté par-dessus son épaule, le reporter vérifia que le premier mur d'enceinte, plus épais, plus haut, plus infranchissable encore, ceinturait l'ensemble du fort. C'était comme s'il le tenait dans sa poigne.

– *¡ Vaya !* Ici, tu peux être tranquille, couillon ! s'écria le caporal Santiesteban comme s'il avait deviné ses pensées. Nous sommes en altitude. Les gardiens sont des vautours et des aigles. Ils savent tous voler !

Ils cavalèrent jusqu'à un pontet qui desservait le donjon. Poussé par ses gardiens, Boro franchit un nouvel escalier. Il se laissa mener à travers un dédale de couloirs et atteignit une salle hexagonale aux murs revêtus de mosaïque.

Cet endroit, sans époque ni style avoués, aurait pu passer pour l'antichambre d'un bordel de Tanger. Un canapé rouge trônait dans un coin. Il était appuyé à un mur revêtu de tentures de Damas. Une cage où sommeillait un perroquet, le départ d'un monumental escalier s'élançant au-devant d'une ouverture où s'encadrait le bleu du ciel achevaient de transformer le calme de cette enceinte déserte en songe mystérieux, quasi voluptueux.

Pour Boro, visiteur malgré lui de cette aile cachée de la forteresse, l'impression de luxure se trouva renforcée lorsque, suivant le chemin d'un tapis oriental bordé de nymphes et d'Adonis, il crut capter le grelot affaibli d'un rire de femme.

Il se retourna d'une pièce et ne vit que la bouche morte des statues de marbre.

Une bourrade au creux des reins mit fin à ses hallucinations. Il chancela vers l'avant et rétablit son équilibre grâce à sa canne.

Dans l'élan de leur course, Blèmia et ses accompagnateurs musclés accédèrent à une sorte d'atrium faiblement éclairé par des vitraux figurant des baigneuses mauresques, des captives au sérail et des bouquets d'iris violets.

A nouveau, un rire de femme s'envola du fond d'un couloir éloigné.

On entendit un tapotement de chaussures à talons. Une porte claqua.

– *¡ Vámonos !*

Au centre de la courette intérieure était érigée une triple vasque qui recueillait en ses cascades le jet gracile d'une fontaine dispensé par un dauphin de bronze. Au détour du dernier panneau de verre cathédrale, un brûle-parfum déposé sur un plateau de cuivre expirait des volutes de camphre, tandis que deux orangers émergeant d'un entrelacs de plantes exotiques, elles-mêmes sorties d'une masse de rochers bizarres, marquaient la lisière d'un nouveau monde.

Boro huma le parfum. Il lui semblait renouer avec une très ancienne civilisation. Celle d'avant. Une image fugitive émergea à sa conscience : la place de la Concorde encombrée par les automobiles. Sur les quais de la Seine, boulevard Saint-Germain, à Saint-Sulpice ou rue du Four, par rafales venteuses, il pleuvait sans doute ce jour-là.

Le maître de la citadelle

– Je vous attendais plus tôt, dit le colonel, qui venait d'attaquer son déjeuner de midi dans une vaisselle d'argent.

Il s'exprimait dans un allemand parfait, coloré d'une pointe claire qui égayait la fin de ses phrases.

– J'ai pris quelque retard, reconnut Boro. Les escaliers me sont pénibles, ces temps-ci.

L'officier se tenait au bout de la longue table dressée dans la salle à manger de son appartement de fonction. La nappe et les couverts étaient gravés à son chiffre. Servi par un sous-officier d'ordonnance qui accusait une petite cinquantaine, il mangeait avec soin. Ses manières étaient raffinées. De temps à autre, il s'arrêtait de mâcher, s'essuyait la bouche et passait sa main hâlée sur l'aile de ses cheveux aux durs reflets. Sur la desserte voisinaient un jambon de sanglier à la gelée et une langouste géante. Une corbeille de fruits constituée d'une pyramide d'oranges des îles Baléares jouxtait un plateau de fromages de chèvre.

Boro, maintenu debout par la seule poigne des deux paysans asturiens, sentait monter à ses narines l'alléchant parfum du thym et de l'ail. Mais, plus que l'atmosphère tiède et accueillante du lieu, le reporter fut surpris par la somptuosité du mobilier. La grâce des tableaux du XVIIe le disputait à la finesse des faïences richement décorées.

Blèmia Borowicz se libéra de l'emprise des Asturiens, fit un demi-pas et se frotta les yeux pour s'assurer qu'il ne rêvait pas.

Le colonel se détourna et inclina le buste. Il avait l'air chagrin. Les gardes masquaient la lumière provenant de l'unique fenêtre.

– Vous pouvez vous retirer, ordonna l'officier. Mais restez en faction devant la porte.

Il reporta son regard empreint d'une profonde tristesse sur le reporter, commença à se verser un doigt de vin d'une carafe et suspendit son geste, interrompu par l'ordonnance qui s'en voulait sans doute de ne pas avoir devancé son désir.

– Jaime, cher vieux garçon ! s'exclama-t-il en espagnol. Tout est en ordre ! Verse donc aussi une larme de *jarandilla* à notre ami. Et quand tu en auras fini avec le service du vin, propose-lui un siège !

Le regard de l'officier nationaliste croisa celui de Blèmia Borowicz.

– Vous connaissez nos vins d'Estrémadure ?

Boro se dispensa de répondre. La respiration rapide, les joues enfiévrées, ébranlé jusqu'au bas du dos par un incoercible tremblement, il se tenait à l'autre extrémité du grand rectangle clair de la nappe. Il attendait.

– Je suis le colonel César de Montemayor, énonça calmement son hôte. Et je gouverne cette place. Je suis un ami personnel du général Franco.

Jaime s'était avancé, une serviette pliée sur l'avant-bras. Il avait rempli un verre en cristal avec le respect qu'on doit à un cru vénérable. Le vin effectua un tour de valse dans son élégante robe couleur rubis, et une main gantée de blanc glissa le précieux gobelet en direction de Boro.

Il n'y toucha point.

Le silence retomba comme une trappe.

– Je respecte trop les lois de l'hospitalité pour ne pas poser la question traditionnelle. N'avez-vous donc pas soif ? interrogea la voix grave du colonel.

Boro fit un geste de dénégation muette. Il avala sa salive. Comme il luttait pour recouvrer l'usage de la parole et passait d'une jambe sur l'autre, cherchant le secours de sa canne afin de lutter contre le vertige qui peu à peu le gagnait, le colonel s'éclaircit la gorge.

– Asseyez-vous donc, monsieur le photographe. Réprimez votre orgueil.

– Qu'avez-vous fait de mes compagnons ? demanda Boro.

Il était resté debout, dans une attitude de refus.

Le colonel suspendit sa mastication. Il s'essuya la bouche avec une sorte de dignité majestueuse, sembla faire effort sur lui-même et répondit d'une voix égale :

– Ils attendent dans leur cellule. Bien peu sentiront à nouveau le souffle du printemps sur leur peau.

– Vous les fusillerez ?

– Je les interrogerai.

Le colonel lissa sa moustache cirée. Il se réfugia dans un regard lointain. Ses yeux noirs étaient vifs et perçants.

– Le salut de l'Espagne passe par l'obscurité, énonça-t-il. C'est le tribut que doit payer la vérité d'un peuple à la cruauté de la guerre civile.

Il dévisagea le reporter.

– Je suis un adepte de la vérité, monsieur Borowicz. Un fervent catholique. Je suis envoyé à Corrientes pour laver ces hommes des mensonges qu'on leur a inculqués.

– Comment vous y prendrez-vous ?

– J'ai un assez bon contact avec la mort lente.

– Vous aurez recours à la torture ?

– Il faut bien fabriquer la nouvelle Espagne, cher ami.

Le colonel repoussa son assiette avec un douloureux soupir. Pour se donner plus d'aise, il dégrafa les premiers boutons de sa tunique à l'étoffe raide. Blèmia l'observait. Ses manières de bourreau courtois et raffiné lui rappelaient celles d'un autre officier, sans qu'il pût mettre un nom ou un visage sur l'ombre qui tournait autour de lui.

– Et qu'allez-vous faire de moi ? On n'emprisonne pas les reporters dans une forteresse comme celle-ci.

Le colonel acquiesça.

– En principe, nous ménageons la presse. Mais vous devez être un journaliste d'une nature particulière.

– Pourquoi cela ?

– On s'intéresse à vous, monsieur Blèmia Borowicz.

Le colonel leva un index par-dessus son assiette.

– C'est même pour cette raison que je vous ai fait extraire de votre cellule. Afin de lier connaissance. Je voulais savoir quelle sorte d'homme vous êtes pour susciter un...

Il chercha ses mots.

– ... Mettons, un tel intérêt... Cela n'arrive pas tous les jours.

– Et qui donc se soucie à ce point de ma personne ?

– On vous le dira, répondit évasivement le colonel. Il ne m'appartient pas de briser l'effet de surprise.

Blèmia posa les yeux sur le cou de l'officier. En même temps qu'une profonde cicatrice dont la zébrure allait se perdre dans la friche de sa pilosité, il découvrit la ligne de partage entre la chair très blanche – presque obscène – du guerrier et la cuirasse de sa gorge tannée, fendillée par le soleil et les intempéries.

D'un mouvement las, l'officier espagnol bougea sur son siège.

– Que reprochez-vous aux hommes que vous détenez ? questionna Boro.

Il avait décidé de gagner du temps. Un projet fou, insensé, venait d'éclore en lui. Il baissa les yeux pour mieux contenir sa pensée secrète.

– Que leur reprochez-vous ? répéta-t-il.

– D'avoir conspiré contre leur patrie. De faire le lit de la peste rouge et des tueurs du POUM.

– Qui êtes-vous pour juger ainsi vos prochains ?

– Un moine militaire, dit Montemayor en laissant monter à ses lèvres un rire étrange. Un inquisiteur laïque.

Il se rembrunit et tendit la main vers le bord de son assiette.

– J'écris l'Histoire avec le sang des autres, déclara-t-il tandis qu'il reprenait le cours de son repas, marquant ainsi que la conversation avait atteint ses limites. J'ai la tâche harassante d'instruire les cas les plus lourds.

– Savez-vous qu'en rentrant dans leur pays des photographes de presse tels que moi rendront compte des exactions commises par les gens de votre espèce ?

Les pupilles de César de Montemayor se rétrécirent.

– Vous n'êtes pas encore rentré chez vous, monsieur le photographe.

Boro s'avança lentement en direction de la table.

– A la bonne heure, dit le colonel.

Il reprit une portion de la *pepitoria de gallina* aux petits pois cuits en purée que Jaime avait déposée devant lui. Il mangeait avec autant de calme et de sérénité que s'il se fût trouvé en compagnie d'une assemblée amicale. Aucun trouble n'apparaissait sur son masque grave. Il laissa venir Boro. Jaime s'était immobilisé près de la porte.

Les mains du reporter s'élevèrent à la hauteur de la gorge du colonel.

Boro avait un visage de glace. La complexion de sa peau avait revêtu la pâleur froide et sans équivoque de la mort. Il posa un regard halluciné sur ses doigts écartés. « Fais-le ! se répétait-il. Tue-le ! »

Montemayor poursuivait son déjeuner sans prêter la moindre attention à la menace dont il était l'objet. Dans la vaste salle régnait une tension insupportable. Boro, cependant, ne bougeait pas. Une sensation d'eau tiède inondait tout son corps. Les muscles de ses bras se relâchaient doucement. Ses paumes devinrent lourdes. Son imagination venait de le jeter dans une fosse. Il abandonna son projet insensé et ferma les yeux.

– Je vous l'ai dit : j'ai toujours eu un assez bon contact avec la mort, dit le colonel en déglutissant.

Il se saisit de son verre et le vida d'un trait.

– On me dit que vous êtes rebelle...

– Je le suis, murmura Boro en rouvrant les paupières.

– Cette fois, asseyez-vous donc, ordonna le colonel avec une moue conciliante.

Il termina silencieusement son assiette et observa le tremblement qui secouait Boro.

Celui-ci se laissa glisser sur une chaise opportunément avancée par l'ordonnance. Il essuya une large plaque de sueur sur sa tempe et releva le visage. Il était décomposé.

– Chacun d'entre nous a ses nerfs, souffla le colonel. Partagez mon repas.

Il balaya d'un revers de main les miettes accumulées devant lui.

– Et n'allez surtout pas croire que je vous tiens rigueur de ne pas avoir réussi à me tuer, ajouta-t-il après un silence. Mais sachez que c'est une chance que je ne vous accorderai plus jamais. Tant pis si vous avez failli à cette épreuve !

Une ombre passa sur son front.

– J'ai les moyens de vous anéantir, Borowicz, dit-il.

Il tenait sa nuque droite, le menton tendu vers l'avant.

– Mais je ne le ferai pas. Un autre s'en chargera.

D'un bref mouvement de la main, il appela son ordonnance.

– Jaime, propose à notre hôte toute la nourriture dont il a envie. Sers-lui du vin à volonté, qu'il se réchauffe un peu !

Boro regardait les plats fumants atterrir devant lui comme par enchantement. Le colonel surveillait sa réaction.

– C'est votre dernière chance de vous restaurer.

Boro se jeta brusquement sur la cuisse de volaille qu'on lui proposait.

– Je vois que vous avez assimilé la première leçon, dit Montemayor d'une voix enjouée : ne jamais laisser passer une occasion lorsqu'elle se présente.

Il se leva et, dans un crissement de bottes, se rendit jusqu'à la porte à laquelle il frappa avec sa chevalière.

– Santiesteban ! Tu reconduiras notre ami au cachot. Tu lui donneras du pain de souffrance et assez d'eau pour rester en vie. Tu me ramèneras monsieur lorsque je te le demanderai.

Il se tourna vers son prisonnier.

– Jusque-là, cher ami, vous moisirez dans un tombeau. Je vous rends à la terre humide.

Boro n'écoutait plus. Il mangeait.

Le garrot

Ramené dans sa cellule, oublié, souffrant mille maux, Blèmia subissait cette lasse et interminable sensation d'échecs à répétition qui est la marque des grands cauchemars. Chaque geste lui était une torture. Ainsi, pour atteindre le récipient émaillé dans lequel il se désaltérait, il glissait à la force des coudes vers l'inatteignable eldorado, imaginait qu'il plongeait avec délices son visage souillé dans le récipient d'eau fraîche, qu'il en buvait avidement le contenu – mais, chaque fois, il lui fallait traîner le plomb de son corps endolori, et, tandis qu'il tendait vers son but, il se revoyait dans l'insouciance de ses dix-sept ans, poursuivant sa cousine dans la maison blanche des parents de la jeune fille, à Budapest.

Le rire moqueur de Maryika s'émiettait devant lui.

Il courait derrière le friselis de son jupon, traversait des pièces désertes tapissées de chausse-trapes, leurres, piperies et autres ruses d'ombres. Il s'élançait à l'aveugle jusqu'à cette mezzanine d'où il était tombé. Une jambe brisée, la rotule éclatée. Une canne.

Il l'avait follement aimée. Toutes ses années de jeunesse, il avait tendu ses mains vers ses cheveux, rêvant de dominer son beau visage, de posséder son ventre de nacre. Maryika !

Il entendait les éclats de son rire.

Dans sa cellule, à l'heure de l'échec, Boro percevait encore la cascade de sa voix. Et lorsqu'il parvenait enfin à la cuvette émaillée, il n'éprouvait ni orgueil ni triomphe, mais se jetait en avant pour laper le breuvage comme un chien, jusqu'à la dernière buée.

Combien d'heures restait-il ainsi, la joue reposant sur le rebord de la cuvette, les prunelles mi-closes, un voile tramant sa vision ? Il écoutait la goutte d'eau tomber inlassablement sur l'émail. « Au-dessus de moi se trouve un robinet, pensait-il. Il me suffit de bouger pour l'atteindre. Mais bouger, ce serait briser cet insurmontable empierrement de mes membres. Je n'y arriverai sans doute pas, même en bandant tous mes muscles. »

Il soupirait, tentait de défaire la soudure de sa nuque, de redresser le visage. Il y parvenait au prix de ce qui lui semblait être un véritable grincement de métal. L'humidité de sa geôle l'avait cousu de rhumatismes. Sa main s'élevait au-dessus de lui, tâtonnait en direction du robinet, parvenait enfin à l'ouvrir. L'eau bienfaisante dégoulinait sur ses cheveux plaqués par la crasse. Il buvait. Il buvait pour toute sa garce de vie future.

Un jour, sa vision s'étant éclaircie et la douleur à son côté paraissant s'estomper, son regard tomba sur une plage de sang séché – éclaboussure de mort où le doigt d'un supplicié avait puisé l'encre de sa dernière correspondance. Il lut :

Más allá del río empiezan las marismas.
(Au-delà du fleuve commencent les marais.)

Dès cet instant, Boro sut qu'il n'était pas seul. Que dans les ténèbres de leurs cellules des hommes de son espèce, assourdis par les coups, oubliés, rebutés, ravalés au rang de morts vivants, rêvaient encore à la liberté, et que le malheureux qui avait délivré ce message, même s'il avait été rattrapé par ses bourreaux, avait été assez fou, assez téméraire pour tenter une évasion.

« Le fleuve, pensa Boro. La seule issue, c'est le fleuve ! Je l'ai aperçu du haut du belvédère. Il développe les boucles de son cours en épousant le contour des montagnes. Il coule et tranche entre les gorges. Rien ne dit qu'il ne serpente pas au pied même de la forteresse. »

Une étrange excitation s'empara de tout son être. Il avança les doigts jusqu'à palper les mots ensanglantés qui enfermaient un si fabuleux espoir. Ils signifiaient que des prisonniers avaient rêvé de franchir la muraille de la citadelle. Qu'une fois au-dessus de l'à-pic, pourvu qu'on se fût muni de cordes ou de draps, il était peut-être possible de gagner le courant du fleuve.

L'imagination de Boro bouillonnait d'une frénésie nouvelle. Il se campa devant l'inscription érodée par le temps, passant et repassant ses doigts sur l'infime relief des lettres. Il resta longtemps absorbé dans la contemplation de ce message macabre qui lui avait redonné un brin d'espoir.

Soudain, il entendit un chuintement derrière lui : on venait de rabattre l'œil du judas. Boro se retourna, le sang aux tempes : on l'avait observé. Presque aussitôt, une clé tourna dans la serrure et la lourde porte de la cellule s'ouvrit.

– Nous avons des chiens pleins de rage et d'imagination, monsieur Borowicz, prononça une voix qui semblait lire dans ses pensées. Ils ont été dressés à ramener leur gibier.

Le reporter tressaillit. Depuis combien de temps le colonel l'observait-il ?

– Je ne vous avais pas entendu venir.

– J'ai mis mes bottes de chat, répondit Montemayor en montrant ses houseaux de caoutchouc maculés par la boue des marais.

Un mauvais sourire éclaira son visage.

– Suivez-moi. Je vais vous présenter le dernier de nos fugueurs. Nous l'avons repris ce matin. Trois jours de folle espérance au fond d'un bourbier.

Le colonel se dirigea vers un angle de la pièce et claqua des doigts. El Loco et El Furioso apparurent. Un rire attardé retroussait leurs lèvres. Ils poussèrent le prisonnier hors de la cellule, et la petite escorte emprunta un corridor donnant sur une série de portes grises, à la peinture écaillée. Le sol était marbré par une traînée pourpre semblable à celle que boit la sciure des arènes les jours de corrida.

Le colonel ouvrait la marche. Il s'immobilisa devant la cinquième porte et fixa le sol souillé avec une expression chagrine.

– Les blessures du cuir chevelu produisent toujours beaucoup de sang, dit-il. Il a fallu le tirer par les pieds.

Il posa la main sur une lourde clé introduite dans la serrure.

– Le spectacle que je vais vous montrer est quelque peu pénible, s'excusa-t-il. Mais la nécessité commande. La terrible nécessité !

Une fois encore, Boro reconnut des intonations qui ne lui étaient pas étrangères. Où et quand les avait-il déjà entendues ?

Le colonel ouvrit la porte et s'effaça.

Boro pénétra le premier dans la cellule, propulsé par une double bourrade de ses gardes.

Il vit d'abord des pinces et des tenailles de forgeron traînant au sol. Puis un homme à demi inconscient, ligoté aux bras d'un fauteuil de bois imprégné de coulures de sang.

– Avancez ! ordonna le colonel.

En proie à la nausée, Boro claudiqua jusqu'à l'infortuné prisonnier. Il trébucha sur un baquet d'eau. Le supplicié sembla concentrer son attention sur les chaussures du nouveau venu. Au prix d'un fantastique effort, il releva la tête et, dodelinant du col, affronta la lumière. Une lueur de vie apparut à travers la fente de ses yeux fermés par les hématomes.

– Mon existence n'a plus de poids, dit le malheureux dans un souffle. Mon ciel est vide de toute pensée.

– Vous raisonnez encore fort bien, dit le colonel en espagnol. On ne vous a pas ôté l'esprit.

– J'ai connu des heures beaucoup plus brillantes à l'université de Salamanque, chevrota le vieillard au visage tuméfié.

Brusquement, Boro reconnut en lui le père de Solana.

– Don Rafael Alcántara ! s'exclama-t-il, en proie à une intense émotion.

Il prit l'une des mains du vieillard entre les siennes et la serra violemment, comme s'il voulait insuffler un filet de vie sous la peau parcheminée.

– Vous vous connaissez donc ? s'étonna Montemayor. Décidément, voilà qui donne plus de sel encore à votre rencontre !

Boro ignora l'intervention du colonel. Il fixait les lèvres violettes du torturé, ses cheveux poissés par le sang et la transpiration. Il baissa la tête. En quel monde se trouvait-il ? Il se tourna vers le colonel et lâcha à mi-voix et en hongrois :

– Un jour, je te tuerai. Je te tuerai pour de bon.

Don Rafael parut lutter contre les élancements qui le traversaient de part en part. Au prix d'un ultime effort de volonté, il parvint à demander :

– Qui êtes-vous ?...

– Mon nom est Blèmia Borowicz, répondit le reporter en s'approchant plus près encore du professeur. J'étais présent lorsqu'ils vous ont arraché des bras de votre fille.

Une ride violacée coupa le front du supplicié dans le sens de la hauteur.

– Solana ! murmura-t-il.

– Romantique, affectif et superfétatoire, trancha la voix du colonel.

Boro haussa les épaules et agit comme s'il avait définitivement oublié la présence envahissante du maître de la forteresse, comme s'il niait celle des gardes, du bourreau et de ses aides. Approchant sa bouche au plus près de l'oreille de don Rafael, il chuchota :

– Où est Solana ? Si j'en réchappe moi-même, je fais le serment de prendre soin d'elle... Vous m'entendez ?

Une tache, un chagrin, une ombre plus noire que l'ombre de la pièce envahit le noble front de don Rafael Alcántara. On eût dit qu'il brûlait la dernière page blanche de sa vie.

– Elle est ici, murmura-t-il. Dans le quartier des condamnés à mort.

Ses liens se tendirent, pénétrant la chair de ses avant-bras. Sa respiration se fit plus courte. Il fut secoué par une quinte qui provoqua la montée à ses lèvres fendillées d'une mousse sanglante. Il ferma les paupières. Incapable de soutenir cette vision, Boro se détourna. La main du vieillard palpitait sous sa paume.

– Trop de tumulte pour les yeux, murmura don Rafael.

Ce furent à peu près ses derniers mots. Son corps s'affaissa soudain vers l'avant. Boro voulut retenir son front, mais la poigne de El Furioso se vissa sur son épaule, et il fut écarté sans ménagements.

– Solana, mon enfant, exhala le mourant.

– Qu'on en finisse, ordonna le colonel.

Le bourreau, un homme sans âge, s'approcha derrière le fauteuil du supplicié. Il passa promptement un linge tordu autour de son cou d'oiseau sans plume et, imprimant à une tige de bois un mouvement de torsion, étouffa graduellement le moribond. Boro poussa un hurlement. Il voulut s'élancer, mais une double poigne le retenait.

– Le garrot, dit le colonel. Caresse du dernier abandon.

– Le garrot pour ceux qui s'évadent, répétèrent les paysans asturiens.

Horrifié, Boro ne pouvait détacher son regard du visage du défunt dont les muscles, un instant déformés par une expression d'effarement et d'indicible refus, reprenaient purement et simplement leur expression de jadis, recouvrant peu à peu cette grâce ancienne et familière, cette énergie inchangée, cette lucidité sereine qui avaient été les siennes.

Boro sentit son propre regard virer au flou.

« Un homme, ça n'est jamais vaincu », pensa-t-il. Et son esprit, repartant au galop d'un cheval libre dans la Puszta hongroise, ranima les feux du passé, fit renaître avec une fidélité parfaite une image soigneusement enfouie dans son subconscient. Celle d'un soldat harnaché, un soir de 1914. Un poilu, penché sur un enfant de quatre ans qu'il tenait sur ses genoux.

Et Boro savait qu'il était ce gosse.

Perdu dans la forêt d'hiver où venait de le mener le spectacle de la barbarie, il interrogeait le souvenir de son père, le caporal Grilenstein, mort en bleu horizon, pour la France. Il savait que l'urgence de toute une vie s'arrête à l'odeur du sol, à cette pourriture de souche qui nous attend.

– Jetez le corps à la fosse commune ! ordonna Montemayor en désignant la dépouille de don Rafael Alcántara.

Il fit volte-face et gagna la porte dans un chuintement de caoutchouc.

– Et le Juif ? s'enquit le bourreau en montrant Boro d'un geste du menton.

– Faites de lui un prisonnier ordinaire, ordonna le colonel en ouvrant la porte.

Il avait recouvré sa voix bien timbrée, impassible et froide.

– Dans quelque temps, dit-il en dévisageant le reporter avec une lueur d'intérêt, je céderai la place à celui qui vous attend.

Boro regardait le fasciste le visage blanc.

– Il vous attend depuis si longtemps...

Pour l'heure, Blèmia était trop abattu par le spectacle auquel il venait d'assister pour poser une seule question, exprimer un autre sentiment que celui qui l'habitait jusqu'au plus intime de lui-même : une haine tenace, indéfectible. Il n'avait qu'une certitude : seule son intelligence lui permettrait de résister et de combattre. Cette intelligence encore prompte qui lui conseillait d'abdiquer toute idée de rébellion objective.

Le Bourget en hiver

Le Douglas DC-3 se posa sans heurts à l'extrémité de la piste. Les vingt et un passagers regardaient en direction des hangars gris qu'on apercevait plus loin, au-delà des bandes de gazon ras, griffé par l'hiver. La plupart avaient somnolé durant les dernières heures. Ils s'extirpaient lentement du sommeil sans réaliser aussitôt qu'ils se trouvaient en France, à une trentaine d'heures de vol de New York. Tous, y compris les membres de l'équipage, étaient recrus de fatigue.

L'appareil freina par à-coups brutaux. Les ailes, qui paraissaient longues et immobiles en altitude, battirent comme si elles devaient se briser sous l'effet de la décélération. La rotation des hélices se fit plus lente. La cabine vibrait de partout, comme un rafiot en perdition. Les voyageurs s'agrippèrent à leurs sièges. Ils avaient le teint blanc.

Les aires gazonnées firent bientôt place aux vastes entrepôts devant lesquels attendaient des avions assis sur leur train arrière, telles des grenouilles prêtes à s'échapper. Les cockpits étaient dressés vers le ciel. Il y avait aussi quelques biplans et des hydravions de l'Aéropostale. Maryika Vremler reconnut un Farmann semblable à celui qu'elle avait emprunté huit mois plus tôt lorsqu'elle avait quitté l'Espagne, après l'ouverture des Olympiades de Barcelone. Elle se souvenait de cet appareil, la Rolls volante de l'époque, en raison de ses sièges en osier qui lui avaient rappelé ceux de son jardin, à Los Angeles.

Le DC-3 stoppa enfin non loin d'un bâtiment percé de plusieurs ouvertures, à travers lesquelles on distinguait des silhouettes allant et venant derrière les vitres. Maryika se pencha. Puis elle revint à sa place, brusquement rembrunie : non, elle n'avait aucune raison d'espérer.

Les mille chevaux des moteurs Pratt et Whitney expirèrent dans un chuintement qui évoquait une longue glissade. Les hélices s'immobilisèrent doucement. Aussitôt, comme s'ils avaient recouvré une énergie qui s'était diluée tout au long du voyage, les passagers du Douglas se levèrent.

Maryika fut la dernière à quitter l'appareil. Un froid sec la saisit comme elle posait le pied sur l'échelle. Elle descendit les degrés prudemment, une main sur la rampe, l'autre enserrant le col de son manteau en renard argenté. Ses jambes étaient lourdes, ses yeux rougis par la fatigue. Mais, plus que toute autre faiblesse, remuait la pieuvre de l'appréhension qui avait poussé en elle trois semaines plus tôt, le jour du coup de téléphone.

Elle se souvenait de ce matin-là. Elle avait confié son fils Sean à sa gouvernante afin de recevoir Samy Elson dans sa maison de Beverly Hills. Samy avait été l'agent américain de Wilhelm Speer, son mari et metteur en scène, dont le dernier film, *Der Weg des Totes,* avait connu un immense succès aux États-Unis. Depuis la mort de Wilhelm, Maryika ne tournait plus. Les gazettes consacraient régulièrement des articles à celle qu'ils nommaient gentiment « la jeune veuve d'Hollywood », l'exhortant à revenir devant les caméras.

Après deux ans d'absence, Maryika s'apprêtait à céder. Non que les feux de la rampe lui manquassent, elle qui avait tant souffert d'être sacrée la « petite fiancée de l'Allemagne » par Goebbels soi-même, mais le goût de la vie l'avait reprise. Et la vie, jusqu'à ses vingt-cinq ans, ç'avait été le ballet de l'école de musique de Budapest, la UFA allemande, les films de Wilhelm, surtout le dernier, l'œuvre de sa vie commencée à Berlin, achevée à Hollywood.

Samy Elson, ce matin-là, jouait les ambassadeurs, mandaté par Howard Hawks. Hawks voulait que Maryika partageât l'affiche de son prochain film avec Cary Grant. La jeune actrice avait lu le scénario. Bien qu'il s'agît d'une comédie légère, genre qu'elle n'avait pas encore abordé, l'idée de rire et de faire rire ne lui déplaisait pas. Et c'était très exactement cela qu'elle expliquait à Samy Elson lorsque le téléphone avait sonné. Elle avait décroché. Elle avait écouté. En une minute à peine, son monde avait basculé. En lieu et place de l'insouciance à laquelle elle aspirait, son correspondant venait de la plonger dans l'horreur de sables mouvants. Elle s'était retournée vers son interlocuteur et avait seulement dit :

– Je ne sais pas si je pourrai.

Et comme Samy la pressait, elle avait ajouté qu'elle devait réfléchir encore.

Quinze jours plus tard, personne n'ayant retrouvé la trace de son cousin Blèmia, elle avait décidé que le temps de la réflexion s'était écoulé, avait elle-même appelé Howard Hawks pour lui signifier son refus de jouer dans *L'Impossible Monsieur Bébé.* Enfin, elle avait organisé son départ pour Paris. Elle voulait être sur place. Chercher et savoir.

Une heure avant de monter dans le DC-3, elle avait appris que Katharine Hepburn avait accepté le rôle pour lequel elle avait été sollicitée. Elle lui avait envoyé un télégramme de félicitations.

En remplissant les formalités exigées par la douane, Maryika Vremler songeait que l'Europe ne lui avait jamais porté chance : elle avait fui l'Allemagne nazie deux mois après que le prétendu incendiaire du Reichstag eut été condamné à mort, s'était retrouvée en Espagne au début de la guerre civile, et voilà qu'elle y revenait, par ce triste après-midi de mars 1937, pour se rapprocher au plus près d'un fantôme qui comptait plus dans son existence que n'importe quel autre homme : Blèmia Borowicz ! Et, aussitôt, dans une association fulgurante, se profila devant son regard fatigué les boucles brunes de son enfant, Sean. Sean Speer.

Le Choucas, l'actrice et le G7

Ils avaient longuement parlementé pour savoir qui irait la chercher au Bourget. Tous avaient hâte de rencontrer cette femme de légende que personne ne connaissait, mais dont Boro avait tant parlé.

Prakash avait argué de l'ancienneté de son amitié, à quoi Páz avait objecté qu'elle valait largement la sienne, sur quoi Germaine Fiffre s'était récriée que rien ne permettait à ces messieurs d'oublier les antécédents professionnels du sieur Blèmia, au terme de quoi Liselotte avait déclaré qu'une présence jeune et féminine contribuerait certainement à apaiser Maryika Vremler. Faute de parvenir à un accord, ils avaient envisagé d'y aller ensemble, avant de convenir qu'un déplacement en groupe serait par trop indélicat, témoignerait d'un voyeurisme inadapté aux circonstances, et ruinerait la prise de contact. Pile ou face avait donné Prakash vainqueur.

Il s'était muni d'une photo que Blèmia conservait sur un rayonnage de sa bibliothèque, était arrivé au Bourget au moment où Maryika accomplissait les formalités de douane, et, appuyé à une vitre, le souffle court, les mains gourdes, il contemplait l'actrice. Elle se distinguait du lot des voyageurs par une élégance, un raffinement dans les gestes et les manières, une allure incomparable, une extraordinaire beauté. Son visage très pâle était encadré par des cheveux noirs bouclés qu'elle rejetait sans cesse vers l'arrière d'un prompt mouvement de la main. Grande – un mètre soixante-dix, jaugea Béla Prakash –, élancée, le sourire aimable, et avec cela une grâce inégalable dans sa manière de se mouvoir, la démarche longue et un peu ondulante, le visage bien droit, regardant autour d'elle, un peu perdue, comme si elle ne savait où se diriger.

A l'instant où le Choucas de Budapest s'éloignait pour gagner le point de passage vers lequel convergeaient les voyageurs, il y eut un remous de l'autre côté de la glace et une demi-douzaine de quidams se précipitèrent au-devant de l'actrice. Béla reconnut les journalistes. Certains étaient munis de carnets, d'autres d'appareils photo. Le magnésium s'enflamma. Maryika se protégea le visage et hâta le pas. Tout en allant, elle apostrophait ses interlocuteurs sans violence, mais avec une sorte de désespoir perceptible à la manière dont elle inclinait le visage, comme pour exprimer une supplication.

Prakash sauta par-dessus une rambarde métallique et se précipita au-devant du petit groupe. Il était furieux : seul un membre d'Alpha-Press avait pu organiser la fuite. Il écarta vigoureusement ses confrères, saisit Maryika par le bras et l'obligea à tourner les talons.

– Venez avec moi, dit-il sans même se présenter.

Il eut le temps d'apercevoir un œil noisette, un cerne très léger sous la paupière.

– Hé ! Le Choucas ! s'écria un reporter de *L'Intransigeant* que Prakash avait croisé plusieurs fois sur divers reportages. Tu nous l'enlèves ?

– Elle est là pour raisons privées ! répondit Prakash sans se retourner. Laissez-la ! Je vous promets qu'elle ne répondra pas plus à mes questions qu'aux vôtres.

Il allongea le pas. Maryika se laissait entraîner.

Une voix s'écria :

– Tu as retrouvé la trace de Borowicz ?

– Pas encore.

Béla stoppa brusquement et se retourna.

– S'il vous plaît, oubliez-nous. L'affaire n'a pas d'intérêt et Mlle Vremler est fatiguée.

Maryika observait cet homme grand et brun qui, par sa silhouette, n'était pas sans rappeler Blèmia. Il avait un profil d'aigle et de très belles mains tout en longueur.

Il abandonna son bras, entoura affectueusement les épaules des deux journalistes les plus proches et fit quelques pas avec eux. Puis Béla resta en arrière tandis que les autres refluaient.

Il revint vers Maryika.

– Ils vous laisseront tranquille.

– Pas longtemps. Demain, tout Paris saura que je suis ici.

Elle lui tendit la main.

– Je ne sais pas si vous êtes Béla Prakash ou Pierre Pázmány...

– Dans un cas comme dans l'autre, un compatriote, répondit le Choucas.

Il avait parlé en hongrois. Maryika lui adressa un sourire éclatant.

– Je parie pour Béla, répondit-elle dans la même langue. Boro m'avait dit que vous jouiez parfois de votre ressemblance.

– Cela nous est arrivé, reconnut Prakash.

Il reprit le bras de Maryika et ajouta :

– Cela nous arrivera encore.

Ils firent quelques pas en silence.

– Avez-vous des nouvelles ?

– Aucune.

Ils se turent de nouveau. La jeune femme utilisait Diane, un parfum à la violette, agréablement enivrant. Prakash exposa la situation sans tenter de l'embellir. Il dit que Boro avait disparu depuis trente-sept jours exactement, que tout avait été tenté pour le retrouver, en vain pour le moment.

– Tout ? C'est-à-dire ? interrogea Maryika.

Elle se reprit :

– Vous m'expliquerez dans le taxi. D'abord, allons chercher mes bagages. J'ai deux malles-cabines.

– Je les ferai prendre. Vous devez être fatiguée.

Ils sortirent de l'aéroport. Le G7 de Prakash attendait. Le Hongrois s'effaça devant la jeune femme puis s'installa à côté d'elle. Maryika ouvrit le col de son renard argenté. Le taxi démarra.

– Je ne veux pas que vous me ménagiez, dit-elle en plongeant son regard dans celui du reporter. Je suis là pour savoir. Je me fiche de tout le reste. Premièrement, dites-moi s'il est mort.

– Nous n'en savons rien.

– S'il est blessé.

– Nous ne le savons pas non plus.

– S'il est retenu prisonnier.

– Rien ne le prouve.

– Quelles sont les hypothèses ?

– Ces trois-là, répondit brièvement Prakash.

– Bien. J'aimerais que nous ne parlions plus jusqu'à Paris.

– Comme vous voudrez.

– Pardonnez-moi, murmura Maryika.

Elle était ravagée. Jusqu'alors, son esprit avait été accaparé par les décisions à prendre, l'organisation du voyage, le vol, les escales. Maintenant qu'elle se trouvait en France, dans le pays adopté par son cher cousin, les échappatoires n'existaient plus. Blèmia était peut-être blessé, peut-être emprisonné, peut-être mort. Mort ! Mort, Blèmia !

Elle tourna son visage vers la vitre. Ses doigts nacrés de rouge serraient la fourrure comme ils l'avaient fait de l'oreiller, à Buda, lorsqu'elle avait quinze ans et qu'elle pleurait son cousin, seule et en cachette, après que le jeune homme eut quitté la ville de leur enfance pour Paris.

Elle se souvenait.

Il était monté un matin des bas quartiers de Pest, venant de chez son beau-père, Jozek Szajol, épicier en gros. Sa mère, Agota Borowicz, était morte l'avant-veille. Il avait traversé le pont François-Joseph pour rejoindre la belle maison des Vremler, sur les collines, de l'autre côté du Danube, rue Jozsef-Utcza, dans le VIIIe arrondissement.

Il avait entraîné Maryika sur les remparts des anciens rois magyars et lui avait annoncé qu'il partait le lendemain pour la France, pays de son père et terre de liberté. Il deviendrait photographe, moins par vocation que pour reprendre le flambeau abandonné par le caporal Gril, tombé au champ d'honneur à trente ans à peine, ayant laissé ouvert l'album des noces et banquets de la bonne ville du Havre où il officiait comme mémorialiste en noir et blanc.

Maryika se rappelait la détermination du jeune homme. Par-dessus tout cela, le lavis sale des fumées de la ville approchant, montait en elle l'alphabet de la deuxième *Gymnopédie* d'Erik Satie, la seule œuvre que Boro eût appris à jouer afin de l'accompagner tandis qu'elle dansait en tutu blanc devant les larges baies ouvrant sur le Danube... Son cœur était en sang.

Prakash n'osait bouger. Il aurait voulu lui prendre la main, la réconforter d'un mot, d'un geste, mais les paroles eussent sonné faux, et tous les mouvements qu'il était tenté de faire se brisaient sur une barrière impalpable, comme si, pour la première fois de sa vie de suborneur ou d'ami, il était intimidé. Et, de fait, il devait bien en convenir, il l'était. Maryika Vremler l'impressionnait. Cent fois, Boro lui avait parlé de sa belle cousine. Mille fois, il lui avait raconté son histoire, celle d'une divine étoile dont la réputation avait atteint son zénith après seulement deux films. Ce n'était pas tant son prestige qui le paralysait, lui qui avait rencontré et photographié les plus belles parmi les plus grandes, que cette élégance raffinée qu'il avait décelée au premier coup d'œil, grandeur morale autant que présence physique.

Prakash savait qu'elle avait épousé le metteur en scène qui l'avait imposée sur la scène internationale, Wilhelm Speer, beaucoup plus âgé qu'elle, dont elle était devenue la femme pour adoucir son agonie. Lorsqu'elle s'était liée à lui, elle n'ignorait pas qu'il était condamné. Elle s'était occupée de lui avec un dévouement exceptionnel. Puis, le jour de sa mort, elle avait décidé de renoncer à poursuivre une carrière fulgurante pour s'occuper de son enfant, Sean Speer, dont Prakash avait appris qu'il n'était pas le fils du grand homme disparu, mais celui d'un autre dont on ignorait le nom.

Il y avait cela, mais aussi – et sans doute bien davantage encore – le fait que cette femme assise à son côté avait été le grand amour de jeunesse de son ami Blèmia. Elle lui avait appris à parler anglais, allemand, français, elle l'avait protégé de la brutalité de son beau-père, elle l'avait aidé à grandir. Boro s'était toujours montré disert à propos de ses maîtresses. Maryika Vremler faisait exception à la règle. Prakash ignorait tout de leurs rapports – et même s'il y en avait eu. Il savait seulement qu'elle seule avait sa photo dans la bibliothèque de son ami. Et il se souvenait avec quel courage, quelle folle témérité Borowicz lui avait sauvé la vie, en 1933. Cela suffisait à l'émouvoir.

– Blèmia a disparu en Espagne alors qu'il suivait les troupes républicaines, dit-il comme elle se tournait vers lui. S'il lui était arrivé quelque chose de très grave, ses compagnons d'armes l'auraient appris, et nous aussi, par voie de conséquence.

– S'il avait été blessé ?

– Nous l'aurions su aussi.

– De quelle manière ?

Prakash n'osait regarder la jeune femme. Il ne voulait pas qu'elle fût gênée de montrer un visage bouleversé, tourmenté par les larmes. Mais, s'il s'était tourné vers elle, il eût constaté que Maryika ne laissait rien paraître : elle avait l'œil brillant et décidé, l'expression claire qu'il lui avait vue à l'aéroport.

– De quelle manière ? répéta doucement la jeune femme.

– Pázmány a visité tous les hôpitaux de Madrid et de Barcelone. J'y suis retourné moi-même la semaine dernière. Le signalement de Blèmia a été transmis à tout ce que l'Espagne compte de médecins et d'infirmiers.

– Vous avez dit qu'il boitait ?

– Bien sûr !

– Cela ne suffit d'ailleurs pas. Il faut dire aussi qu'il boite depuis l'âge de seize ans, des suites d'un éclatement de la rotule.

– Il n'a jamais dit à personne d'où lui venait cette foutue infirmité.

– Mais je le sais, moi ! dit Maryika avec une pointe d'autorité dans la voix. Et je sais aussi qu'il porte une cicatrice au bas du dos, et une autre derrière l'épaule. Je peux également ajouter qu'il a subi à onze ans une opération de l'avant-bras gauche, et qu'il lui en reste certainement une trace !... Qu'avez-vous fait d'autre ?

– Tout, répondit sèchement Prakash en se rencognant contre la custode.

– J'imagine, murmura Maryika.

Elle effleura du doigt la main du Hongrois et ajouta :

– Il faudra pardonner les excès dus au désespoir... Il m'habite depuis que vous m'avez parlé au téléphone. Car c'est vous, n'est-ce pas, qui m'avez appelée ?

– Oui, reconnut Béla.

– Je vous remercie de m'avoir prévenue.

Ils observèrent les fumées noires dégorgeant des cheminées d'une usine. Le G7 roulait lentement.

– Páz a cherché à travers toute l'Espagne pendant dix jours en février. J'y suis allé deux semaines en mars. Personne ne travaille plus à l'agence. Tout le monde est mobilisé. Les lignes fonctionnent jour et nuit avec la péninsule. Les correspondants de presse du monde entier sont en contact avec nous...

Un bref instant, Prakash ferma les yeux. C'était comme si, pour la première fois depuis la disparition de son ami, il ressentait la fatigue née des efforts considérables qu'ils avaient tous déployés pour ne laisser échapper aucune piste, aucun indice, allant jusqu'à mettre en péril l'équilibre financier d'Alpha-Press.

– Et ce n'est pas tout, ajouta-t-il. Par le biais d'Arthur Finnvack, nous avons fait intervenir les autorités britanniques. Et Blum, grâce à l'entremise de l'attachée de presse du gouvernement. Même les Italiens, qui sont pourtant de l'autre côté, ont été mis à contribution.

Il soupira.

– Nous avons tout tenté, et nous continuerons jusqu'à...

Il s'interrompit.

Le taxi entrait dans Paris.

– Connaissez-vous Dimitri ? demanda Maryika.

– Certainement, répondit Prakash. Je l'ai rencontré à Barcelone, en juillet 1936.

– Peut-être que lui saura.

Prakash marqua un silence avant d'annoncer :

– Dimitri a lui aussi disparu.

Une brume passa sur le visage de la jeune femme. Elle se tut et regarda les hauts bâtiments de La Villette. Une ride barrait son front.

– Où allons-nous ? demanda-t-elle comme le taxi s'arrêtait à une intersection.

– Je vous ai retenu une suite au Lutétia. On vous y livrera vos bagages.

– Je n'irai pas au Lutétia, rétorqua Maryika.

– Vous préférez un autre hôtel ?

L'actrice se pencha vers le conducteur.

– 21, passage de l'Enfer, ordonna-t-elle.

Puis, se tournant vers le Choucas de Budapest, elle demanda :

– C'est là que Blèmia habite, non ?

Le comité des fêtes

Elle n'était jamais venue chez lui. La dernière fois qu'ils s'étaient trouvés ensemble à Paris, c'était le 6 février 1934. Ils étaient de retour d'Allemagne après avoir échappé au piège tendu par le conseiller à la propagande de Goebbels, Friedrich von Riegenburg. Ils avaient dormi dans une suite de l'hôtel Crillon. Lorsqu'ils s'étaient éveillés au petit matin, la place de la Concorde avait été dévastée par la bataille rangée qui avait opposé les ligues de droite, favorables au préfet de police Chiappe, et les mouvements de gauche.

Maryika n'avait conservé qu'une vision approximative des événements. Ils comptaient moins pour elle que la nuit qu'elle avait passée avec son cousin. Elle lui avait cédé après des années de refus : une fois, s'était-elle juré, une fois et une seule, comme avec Dimitri. Le lendemain même, elle s'envolait pour les Amériques.

Elle ne connaissait ni le Dôme, ni la Rotonde, ni le Select, moins encore le boulevard Raspail, et, de toute façon, même si ces noms lui évoquaient le parfum d'une époque et d'un quartier légendaires, Paris, ce soir-là, la laissait indifférente. Ce qu'elle en voyait, lampadaires, phares, tentures rouges des cafés, la concernait aussi peu que les lieux que Prakash nommait pour elle. Elle se faisait l'effet d'une mère, d'une sœur ou d'une cousine, oui, d'une cousine s'apprêtant à rencontrer un fils, un frère ou un être très cher qu'elle n'avait pas revu depuis longtemps, et rien ne comptait comme ces retrouvailles auxquelles elle aurait pu se préparer depuis longtemps, dans l'impatience et aussi la crainte.

Lorsque le G7 les déposa devant le 21 du passage de l'Enfer, Maryika leva les yeux en direction des étages, attendant presque

que Boro la saluât d'un « Maryik ! » enfiévré, comme lui seul savait dire. A cet instant, elle ne songeait plus qu'il avait disparu. Elle était chez lui, il l'accueillerait. Drames et tragédies avaient conclu pour eux un armistice.

Prakash referma la portière du taxi.

– Ne vous effrayez pas s'il y a du monde là-haut, dit-il en gravissant les deux marches qui conduisaient au perron de l'immeuble. Ici, c'est un peu comme notre quartier général.

Il la suivit dans les escaliers. Ils montèrent jusqu'au dernier étage – Maryika en compta six. Puis le Choucas de Budapest appuya sur le bouton de la sonnette et la porte s'ouvrit presque aussitôt sur une femme entre deux âges, vêtue d'une robe à fanfreluches vert acide. Elle affichait un sourire vermillon, un maquillage à hauts risques, quelques ecchymoses sur ses épaules découvertes. Maryika fit un pas en arrière.

– Sans doute nous sommes-nous trompés d'étage...

– Pas du tout ! répliqua la Louve de Sibérie. Vous êtes bien chez notre seigneur à tous !

La radeuse croisa gracieusement ses bras nus sur sa poitrine. Puis elle les déploya avec lenteur, ainsi que des ailes de cygne, et, les pieds pris dans des chaussons de danse malgré le temps maussade, elle se dressa sur ses pointes, effectua un jeté-battu assez piètre et décerna à la nouvelle venue un salut profond comme un rappel de scène.

– Mlle Polianovna, se présenta-t-elle. J'ai dansé Prokofiev chez Balanchine, et Raffy chez Bilo.

– Mlle Vremler, dit sobrement Maryika.

– Une consœur, pourrait-on dire... Sauf que, question réussite, vous avez touché aux étoiles alors que je me suis arrêtée avant les premiers bourgeons. Vous, c'étaient les rappels, moi, les lazzis. Entrez, et nous confronterons nos expériences...

Maryika pénétra dans l'appartement. Elle découvrit un vestibule sombre ouvrant sur une vaste pièce occupée par une table basse en verre, des coussins chatoyants, un piano et un bar en loupe de noyer. L'univers de Boro. Elle eût souhaité s'y retrouver seule, chercher par-delà les murs les traces de son cousin, retrouver l'absent à travers les signes déposés çà et là. Au lieu de quoi elle subissait un comité d'accueil dont elle se fût volontiers passée.

Outre la danseuse, il y avait là une vieille fille enfermée dans une jupe plissée qui eût mieux convenu à une jeunette, deux hommes, l'un grand et bien découplé, l'autre dont il lui fallut serrer la main moite avant même d'avoir ôté son manteau.

– Lucien Palmire, imprésario artistique. J'ai une *11* légère, elle est à votre disposition.

– Dans certains quartiers, on l'appelle Pépé l'Asticot, compléta l'artiste aux fanfreluches. Il tente une reconversion.

– C'est un but, et sans but l'existence ne vaut pas d'être vécue, mademoiselle ne me contredira pas.

Béla Prakash s'approcha de la jeune femme et l'aida à ôter son manteau. L'imprésario se coula derrière le bar et exhiba une bouteille de champagne.

– Quelques bulles vous remettront d'un si long voyage.

– Range ta bouteille, monsieur Lucien. Ce n'est ni le lieu ni le moment.

L'homme qui avait parlé tendit la main à Maryika.

– Je m'appelle Pierre Pázmány. Reporter photographe et ami de Boro depuis longtemps. Nous avons commencé ensemble.

Il s'effaça devant la vieille fille. Celle-ci arborait un sourire poli, un peu raide.

– Voici Germaine Fiffre, la comptable d'Alpha-Press. Splendeur et misère du dévouement.

Maryika s'inclina légèrement. Du regard, elle chercha Prakash. Elle éprouvait la sensation de qui atterrit au milieu d'un cirque, alors que l'escale promettait des paysages plus sereins.

Prakash s'adressait à Pépé l'Asticot :

– Ta *11* légère supporterait-elle le poids de deux malles-cabines ?

– Si ce sont celles de mademoiselle, à coup sûr. Sinon, je ne m'y risquerais pas.

– Ce sont les siennes. Tu peux donc y aller.

– Exaque.

– La Louve guidera tes pas jusqu'au Bourget.

– Il faut d'abord que je m'accommode à l'idée.

Pépé s'adressa à Maryika :

– Ce fut un honneur de faire votre connaissance, ce serait un malheur de perdre trop vite l'acquis. Mézig me conseille de rester encore un peu, le temps qu'on s'acclimate. Ensuite, c'est sûr, j'irai quérir votre vêtement.

Le barbeau lança une beigne légère à la Louve de Sibérie qui se tire-bouchonnait dans son coin.

– Et toi, Olga, tu la boucles, sinon je n'envisagerai même pas de te prendre parmi mes pensionnaires.

– C'est pour les mettre sur les planches que t'as suivi des cours de rattrapage question vocable ? ricana Olga Polianovna.

Germaine Fiffre dévisageait la prostituée et le souteneur avec un indicible dégoût. Comme le regard de Maryika croisait le sien, elle rougit et soupira :

– C'étaient des amis lointains.

– Erreur ! glapit la danseuse qui avait saisi la morsure au vol. Elle prit les mains de Maryika dans les siennes et les agita quatre fois, deux en haut, deux en bas.

– Je l'ai connu à la splendeur, le petit Czar ! L'archiduc Vladimir n'avait pas encore passé, cet enfant de salaud qui a transformé mon ventre en tirelire à liqueur blanche ! Il m'appelait son Étoile de Léningrad, le beau Blèmia ! Il savait, lui, que j'étais une authentique princesse russe.

Elle passa ses mains sur ses formes rebondies.

– Les régimes ont du déclin, mais, entre collègues, ça peut se comprendre, non ? !

Maryika ne bronchait pas. Elle se demandait avec horreur si Boro avait mangé de ce pain-là. En même temps, elle ressentait de la compassion pour cette femme multicolore que le chagrin avait rouillée.

– La délabre, ça ne prévient pas ! Ça vous tombe sur la croupe comme le beaujolpif dans le gosier. Après, il y a les aigreurs...

L'imprésario artistique posa sa main baguée sur le cou de la pierreuse.

– Tu es la plus belle des marcheuses du Sébasto, dit-il, consolateur. Et question rapport, tu te défends encore très bien. Faut pas désespérer.

L'ancienne pensionnaire de Balanchine essuya une larme qui, s'étant mêlée aux artifices, dégoulinait en noir vers la commissure des lèvres.

– Faut pas lui en vouloir, s'excusa pour elle Pépé l'Asticot. Quand la nuit tombe, la mélasse lui bouffe le cœur. Alors elle écrit ses Mémoires. Elle est notre teigne chérie. Dans le privé des trottoirs, on l'appelle Bob.

Maryika sourit à la danseuse.

– Revenez ici autant que vous voudrez. Si je peux vous aider, je le ferai...

– C'est un rôle qu'il me faudrait, gémit Olga Polianovna. Un petit passage chanté ou une improvisation...

Il y eut un silence. Prakash en profita pour ouvrir la porte. Il se tint dans l'embrasure, le temps que les convoyeurs des malles-cabines eussent quitté les lieux. Comme la Fiffre ne bougeait pas, il lui montra la sortie.

– Pensez à vos chiffres, Germaine ! Si vous les laissez dormir trop longtemps, ils vous mèneront la vie dure !

La comptable d'Alpha-Press adressa un regard teigneux au Hongrois.

– Je suis de trop, c'est cela que signifie votre geste ?

– Aucunement, intervint Maryika. Mais je suis fatiguée. Il faudrait que je dorme un peu...

La Fiffre exécuta un pas de travers qui ressemblait à une révérence, enfila un manteau dont la teinte avait passé, et franchit la porte sans un mot de plus. Son pas décrut dans l'escalier.

– Nous partons aussi, dit Páz en rejoignant Prakash près de l'entrée.

Maryika leur tendit la main.

– Demain sera un autre jour, murmura-t-elle.

Une maison vide

Enfant, Boro ne gardait pas ses jouets. Adulte, il ne conservait pas ses biens. Maryika se souvenait de la chambre qu'il occupait chez Jozek Szajol. C'était une pièce minuscule dotée d'un lit, d'une petite table et d'une chaise bancale. Il y avait aussi quelques livres, deux ou trois voitures miniatures, sans doute une peluche, des crayons de couleurs.

Lorsqu'il venait chez sa cousine, il observait toujours avec curiosité les objets qui traînaient dans sa chambre, lui demandait pourquoi elle n'en jetait pas la moitié et se moquait gentiment de ses collections – elle avait tour à tour collectionné les poupées, les papillons, les pièces de monnaie étrangères, les timbres, bien d'autres choses encore. Quand il avait quinze ans, il répétait que mieux valait ne rien garder pour partir plus vite, s'attacher aux personnes plutôt qu'aux objets ; lorsqu'il quitta Budapest, il n'était muni que d'une valise contenant le peu de linge qu'il possédait.

L'atelier d'artiste qu'il habitait passage de l'Enfer ne dérogeait pas aux habitudes du petit garçon de naguère. Il était nu, il était vide. Quelques livres, la reproduction agrandie de la photo d'Hitler prise en 1933 chez Hoffmann, aucun tapis, pas de meuble sinon le bar et le piano, pas d'objets décoratifs. Un espace agréable, fonctionnel, assez vaste pour que nombre d'amis pussent se vautrer dans les fauteuils en buvant de la vodka.

Dans un coin de la pièce, à même le parquet, était posée une pile impressionnante de vieux journaux, tous annotés au crayon. Maryika imaginait fort bien son cousin, affalé au ras du sol, dissertant des nuits entières avec ses proches sur l'avenir du monde. Ou encore, cherchant les sujets de ses reportages, ainsi alangui, une fille, peut-être, couchée près de lui.

Elle eut un pincement au cœur. Se leva et suivit le couloir. Elle entra dans la salle de bains. Le miroir surmontant le lavabo lui renvoya son image, mais elle détourna le regard. Quelques flacons traînaient sur une petite étagère. Elle s'en approcha et découvrit des lotions d'homme. Elle déboucha un bouteillon et, aussitôt, ce fut comme si Boro se trouvait à son côté. Elle reconnut Tykho Moon, le parfum qu'il portait la dernière fois qu'elle l'avait vu, à l'hôtel Colón de Barcelone. A son image se superposa celle de Dimitri. Maryika fut prise d'un léger tremblement. Se pouvait-il, songea-t-elle, en proie à une brusque terreur, que les deux hommes eussent réellement disparu ?

Elle déposa le flacon sur le rebord de la baignoire et s'échappa en courant de la salle de bains. Elle dut s'appuyer contre le mur du couloir. Soudain, les plus beaux souvenirs de son existence semblaient baisser du nez, comme des drapeaux en berne inclinés vers le sol. Boro et Dimitri. Munich, Berlin, Barcelone. Et Paris aujourd'hui. Elle se fit le serment muet de ne jamais revenir devant une caméra si l'un des deux hommes ne rentrait pas.

Il y avait une porte à main gauche. Elle la poussa en retenant son souffle. C'était un labo photo apparemment inutilisé. Maryika jeta un coup d'œil sur les cuves vides, l'agrandisseur, les ampoules inactiniques. Puis elle revint dans le couloir et, après avoir hésité un court instant, entra dans la dernière pièce, celle qu'elle redoutait plus que les autres : le cœur de l'atelier, la chambre de Boro.

Elle contempla longuement le lit, recouvert d'un tissu écru. La bibliothèque, occupée par des volumes disposés sans ordre. Les deux tables de chevet. Oui, elle avait l'impression de pénétrer par effraction dans un univers qui n'était pas le sien, bien qu'elle le reconnût au premier regard. Les rideaux étaient bleus, et le bleu la couleur préférée de son cousin ; le lit, très large, mais il aimait dormir dans de grands espaces. Une cravate traînait sur le dossier d'un fauteuil. Dans la bibliothèque, il y avait un ouvrage dont elle reconnut aussitôt la tranche. Elle s'en approcha et le saisit délicatement. Ses mains étaient la proie d'un frémissement qui partait de très bas, de très loin. Le livre, relié plein cuir, avec une feuillure dorée pour le protéger de la poussière, portait en titre : *A quoi pense Walter ?* Ce livre-là, elle l'avait offert à Boro pour son seizième anniversaire.

Elle serra l'ouvrage contre sa poitrine. Puis l'ouvrit à la première page. Une photo tomba. Elle se pencha et la ramassa. C'était un portrait d'elle-même à quinze ans. La photo avait été prise par son père. Elle l'avait donnée à son cousin le jour de son départ pour la France.

Maryika la regarda longuement. Puis le livre, les tentures, le lit, et à nouveau le livre. Alors, incapable de se contenir davantage, elle s'abattit sur le matelas. Pour la première fois depuis son arrivée, elle laissa rouler ses larmes.

TROISIÈME PARTIE

Le pays sourd des murmures et des cris

Le coq et la poule

Dans la cellule, il gelait à pierre fendre. La neige couronnait les montagnes. De son matelas, malgré la nuit, Boro entrevoyait les cimes immaculées. Il était allongé sur la couchette supérieure, chaussé, habillé, prêt depuis l'aube. De son stick, il tapotait l'extrémité du châlit, contrôlant difficilement une nervosité qui croissait avec les heures. Il n'avait pas fermé l'œil de la nuit. Par-devers lui, il avait méthodiquement répété les gestes qu'il accomplirait à l'aube, au péril de deux vies – la sienne, de son point de vue, comptant moins que l'autre. Puis, pour tromper son inquiétude, il avait palpé son corps comme on sonde une machine, appuyant longuement sur sa côte afin de s'assurer qu'elle ne le faisait plus souffrir. Felipe Iturria lui avait interdit d'agir avant d'avoir récupéré toutes ses forces et n'avait même rien voulu entendre des propos fous de son compagnon avant que celui-ci fût entièrement rétabli.

Enfin, il avait brossé ses vêtements jusqu'à leur donner une apparence présentable. Veste, pantalon et chemise restaient des chiffons, mais les chaussures luisaient du brillant des crachats, et le nœud de la cravate paraissait ajusté par une amoureuse attentive.

Boro mettait un point d'honneur à se présenter tel qu'en lui-même, quelle que fût celle qu'il découvrirait au bout de sa route : une femme ou la mort. Il avait nettoyé les tissus à l'eau froide, avait inventé de nouveaux plis, étiré, plié, défroissé, puis il s'était rasé au ferblanc d'un quart métallique dont les bordures avaient été affûtées à la pierre du mur. Certes, les joues étaient sillonnées de balafres, le vêtement déchiré, les souliers sans lacets, mais, depuis qu'il avait recouvré un semblant d'élégance, ou du moins un chic qui paraissait tel dans cet univers de rats, Boro avait renoué avec lui-même. Il se sentait bien. Il n'avait pas peur. Il éprouvait même une certaine satisfaction à l'idée de devoir compter sur ses seules aptitudes physiques, lui qui n'avait jamais usé de son corps comme d'une arme. Il irait les mains nues, sans Leica et sans canne.

Felipe Iturria dormait sur la couchette inférieure. Son souffle emplissait l'espace glacé de la cellule. Blèmia avait retrouvé le Basque le jour où le colonel l'avait fait sortir du quartier des condamnés à mort. Et, tout en observant la lune jouant avec le pic des montagnes, il souriait à l'idée de ce simple énoncé qui avait fait frémir son compagnon de cellule et qui, aujourd'hui, lui paraissait, à lui, un rêve enfin accessible, un but insensé, extravagant, auquel il n'eût cependant jamais renoncé puisqu'il en allait de sa parole et donc de son honneur : loin de vouloir s'évader, il retournerait dans le quartier des condamnés à mort. Il prendrait tous les risques, et ils étaient nombreux, pour revenir là où devait le conduire le serment fait à un moribond.

« Tu joues ta vie », se dit-il, et il haussa les épaules, ajoutant pour lui-même : « Eh oui, je joue ma vie. »

Dans l'action ou la perspective de l'action, Boro était redevenu Boro. Il avait hâte, maintenant, de se mesurer aux faits.

Felipe bougea sur son matelas. Les montants du châlit vibrèrent légèrement. De sa canne, le reporter frappa sur le mur contigu à sa couche.

– Tu ne dors plus ? demanda-t-il à voix basse.

– Pas plus que toi, répondit le Basque. Mais je me demande si tu as encore toute ta raison.

Depuis le début, Felipe avait tout tenté pour faire renoncer Boro. Il n'avait accepté de l'aider qu'après avoir mesuré l'opiniâtreté de son ami, que rien, nulle menace, nul argument, n'avait fait changer d'avis. Mais, ce matin-là encore, alors que tout se jouerait dans moins de deux heures, il osa une ultime offensive. Prenant appui sur ses coudes, il dressa le catalogue des embûches :

– Tu boites. Tu boites trop pour y arriver.

– Je vis avec ma canne depuis l'âge de seize ans, rétorqua Boro.

– Mais là, tu n'auras pas de canne.

– Je n'en ai pas besoin.

– Ta patte folle ne tiendra pas sur le montant du chariot.

– Ma patte n'est pas folle. Elle est simplement engourdie.

– Comme ton cerveau.

– Mon cerveau a tout conçu. C'est la preuve qu'il est en état de marche.

– Tu boites aussi de la tête, Borowicz ! s'écria le Basque.

– Tu dis cela parce que je cours plus vite que toi.

– Tu cours plus vite vers la mort, oui !

Boro se souleva et sauta au bas du châlit. Il se recueillit sur sa bonne jambe. Felipe le dévisageait avec une lueur sauvage dans le regard. Mais, comme chaque fois qu'ils se livraient à une scène de ce genre, il finit par baisser la garde, vaincu par le sourire narquois, l'assurance tranquille, l'œil pétillant de ce bougre de Hongrois. Il pensa que même devant la mort, Blèmia Borowicz ne se départirait pas de ce brin d'ironie qui faisait son charme, de cette subtile intelligence qui les avait assujettis, lui et quelques autres, à une puissance sourde, irradiante, qui s'était exprimée dès que Boro était sorti du cachot.

Felipe Iturria ignorait ce que Blèmia avait découvert sur lui-même à Alto Corrientes : pour s'exprimer, sa force avait besoin de la compagnie des hommes ; seul, il n'existait pas.

– Il te manque trois boutons de chemise, maugréa le Basque en s'asseyant sur sa couche.

– Elle ne le verra pas... Es-tu seulement sûr du numéro de la cellule ?

– 612. Escobar l'a confirmé hier.

– Et si on l'a transférée aujourd'hui ?

– Tu es cuit, lâcha Felipe, imperturbable.

Il glissa la main dans la poche de sa salopette, cherchant un paquet de cigarettes qui ne s'y trouvait plus depuis son arrivée à Alto Corrientes, puis ferma le poing en maugréant et revint à Boro.

– Si tu croises un seul garde, tu es bon pour le garrot.

– Ils ne me verront pas, riposta le reporter. Les couloirs sont trop sombres...

– Si tu tombes...

– Je ne tomberai pas.

– Imagine que le colonel envoie une escorte pour te chercher ici.

– Je n'ai pas rencontré le colonel depuis qu'il m'a fait sortir du quartier des condamnés à mort. Je ne vois pas pourquoi il m'interrogerait à nouveau, spécialement aujourd'hui.

– Pour te présenter à celui dont il t'a parlé.

– Bluff, objecta Boro. Cet homme-là n'est jamais venu.

Longtemps, il avait attendu le mystérieux interlocuteur dont le maître de la forteresse lui avait parlé. Il avait cherché parmi le canevas de ses ennemis, rencontres brèves ou plus durables, sans parvenir à mettre un nom sur ce fantôme menaçant qui, s'il se fiait aux propos de César de Montemayor, devait l'achever d'une mort lente et inéluctable.

– Foutaises, répéta-t-il à l'adresse de Felipe. On voulait me faire craquer.

Assis au bord du matelas, le Basque roulait ses doigts autour d'une cigarette imaginaire. Il tassa soigneusement le tabac, lécha le papier-gomme et porta l'embout à ses lèvres. Puis il poussa un gémissement découragé.

– Dans toutes les prisons du monde, les prisonniers ont des cigarettes. Sauf ici !

Boro leva la tête en direction de la fenêtre grillagée. Le jour pointait lentement. Bientôt, il traverserait la citadelle, accroché sous le chariot des cantines. Son sort dépendrait de l'homme chargé de distribuer la nourriture aux détenus.

– Tu as confiance en Escobar ? demanda-t-il à son compagnon tout en suivant du regard un nuage plus noir que les autres qui, l'espace d'un instant, recouvrit la crête d'une montagne éloignée.

– Pas plus que ça.

Boro abandonna la fenêtre et se tourna vers son camarade.

– Tu m'avais dit...

Le comédien l'interrompit d'un geste bref de la main.

– Je crois en ceux qui croient. Pas en ceux qu'on achète. Et puis, tu connais la monnaie d'échange. Elle est fragile.

Pour prix de ses services, l'Espagnol devait recevoir Buenaventura Durruti, le coq de combat dont Felipe avait hérité. L'animal avait été placé dans un cagibi attenant aux cuisines. En quelques semaines, il était devenu la mascotte des gardes et des droits communs qui assuraient l'ordinaire de la prison. A en croire Felipe Iturria, le gallinacé rapporterait gros, pourvu qu'on acceptât de le nourrir bien et d'accorder à son maître les mêmes avantages culinaires : deux ou trois poissons séchés supplémentaires chaque semaine, cent grammes de pain, double ration d'eau. En vertu des pouvoirs magiques dont se prévalait le comédien, Santiesteban lui avait accordé la possibilité de se rendre de temps à autre en cuisine afin de dresser le coq aux combats qui l'attendaient. Le Basque avait profité de ses sorties pour proposer le marché à Escobar.

– Pourquoi la monnaie d'échange est-elle fragile ? interrogea Boro en prenant appui contre le mur.

– Le point faible, c'est le dressage, reconnut Felipe avec une mimique navrée.

Chaque fois que les gardes le plantaient face à l'animal avec ordre de commencer l'entraînement, il gesticulait comme un possédé devant le volatile, poussait des sifflements dont il variait les modulations, approchait en grondant, s'éloignait en piaillant, revenait comme un indigène rampant sur le lichen, attrapait la bestiole par une patte, recevait un coup de bec, lançait un coup de poing – bref, se dépensait en vociférations, stridulences, caquetages et mouvements divers qui provoquaient l'admiration générale. Depuis le premier jour, sa réputation était faite : Alto Corrientes comptait un éleveur de coq de stature internationale. Basque, certes, et républicain par-dessus le marché, mais capable, c'était certain, de remplir avec célérité les portefeuilles des parieurs. Lorsque Buenaventura Durruti serait prêt, on le lancerait dans l'arène. Après l'avoir débaptisé, naturellement.

– Tu le dresses mal ? demanda Boro en scrutant les expressions du Basque.

Celui-ci fit la grimace.

– Je ne le dresse pas mal. Je ne le dresse pas.

Et, comme Boro demeurait coi, il ajouta :

– C'est la première fois que j'approche un coq d'aussi près. Je fais semblant, c'est tout...

Blèmia abandonna le mur et, d'un seul pas, franchit la distance qui le séparait de Felipe. Il le saisit par la bretelle de sa salopette, lui fit quitter son lit et approcha son visage du sien.

– Tu veux dire que toute l'opération repose sur du vent ?

– Sur un coq, répliqua le Basque en se dégageant d'un coup sec. Et pour une poule ! ajouta-t-il, le ton mauvais.

Boro roulait des yeux furieux. Iturria se campa face à lui.

– On va tous crever entre ces murs de malheur, et la seule chose qui t'intéresse, ce n'est pas de t'évader ou de poursuivre la guerre ! Non ! C'est de mettre au point un rendez-vous galant avec une femme !

– Chacun ses objectifs, lâcha Boro abruptement.

Et il remonta sur son châlit.

Le cantinier

Au premier coup d'œil, Iturria comprit qu'Escobar avait perdu toute son assurance. Le porte-clés qui précédait le cantinier venait d'ouvrir l'huis de la cellule. Il s'éloignait déjà pour déverrouiller la suivante. Boro s'était campé dans le prolongement du battant. Le chariot contenant les plats et les gamelles apparut dans l'ouverture. Normalement, Escobar aurait dû s'agenouiller devant le plateau inférieur, masquant la partie basse de l'engin en sorte que le reporter pût s'y glisser sans être vu par les gardes. Mais l'Espagnol semblait décidé à agir comme si rien d'exceptionnel ne devait se produire.

Il empoigna un premier quart, y versa une louche d'eau brunâtre qu'il tendit à Felipe. Il saisit un deuxième gobelet, parut hésiter une fraction de seconde, le remplit comme il l'avait fait du premier et le présenta au Basque. Celui-ci attrapa le poignet du droit commun et le tira légèrement à l'intérieur de la cellule. Le quart tomba. Felipe tordit l'avant-bras de l'homme, l'obligeant à s'incliner vers l'avant. Il serra encore, tout en proférant quelques mots à mi-voix. Boro n'en comprit pas le sens. Mais la menace dut porter puisque, une fois dégagé, le cantinier se baissa derrière son chariot, faisant mine de chercher le quignon de pain qu'il venait de faire rouler à terre.

– Fonce ! ordonna Felipe à Blèmia. On ne te voit pas.

En un clin d'œil, Boro s'étendit sur le sol, prit appui sur les coudes et les fesses, glissa sous le chariot et se retrouva coincé entre la terre battue et le fond de l'engin. Il croisa le regard d'Escobar. Bien qu'il eût longuement observé le cantinier au cours des jours précédents, il lui sembla ne jamais l'avoir approché d'aussi près. La pupille était dilatée par la peur. La lèvre supérieure frémissait imperceptiblement. Le visage rosissait sous un voile de transpiration.

Et, par-dessus la trouille, ou enchevêtrée à elle, Boro découvrit l'expression d'une haine violente, ancrée dans l'impuissance à laquelle, désormais, le droit commun devait se soumettre.

– Trop tard, chuchota le reporter en lançant une œillade au cantinier. Si on me trouve, ton compte est bon.

Il était protégé par les roues et par la silhouette d'Escobar qui se redressa après que le reporter se fut logé sous le chariot.

– Une histoire d'amour, avait dit Iturria. Un simple aller-retour entre deux cellules.

Boro saisit les montants du chariot, coinça ses pieds sous les tubulures horizontales et cambra les reins jusqu'à ce que son ventre touchât la tôle du premier plateau. Il coucha le visage de côté. La cantine s'ébranla. Boro tourna ses mains vers l'intérieur, calant ses coudes contre les flancs et, ainsi arc-bouté sous la carcasse métallique, accompagna Escobar dans ses pérégrinations distributives.

L'Espagnol s'arrêtait à chaque porte déverrouillée par le porte-clés qui le précédait. Il tendait l'infâme café et le pain semi-rassis. Puis poursuivait sa course tandis que le garde qui ouvrait la marche revenait sur ses pas afin d'enfermer à nouveau les prisonniers.

Si le minutage avait été correctement établi, Boro disposait de quatorze minutes pour voir Solana : le temps qu'il fallait au cantinier pour effectuer sa tournée et revenir dans les geôles afin d'y récupérer les quarts. Et si le droit commun ne le trahissait pas, Boro avait peu de chances de se faire remarquer par les rares sentinelles dont il apercevait les bottes vernies au niveau du sol : selon ses propres indications, transmises fort précisément par Iturria, le cantinier devait pousser le flanc ouvert du chariot au ras des murs, le plus près possible de la pierre. L'autre bord était protégé par une plaque de tôle qui recouvrait en partie les roues, empêchant toute vision de ce côté-là. Les moments les plus risqués du voyage se situaient au début et à la fin de chacune des deux étapes décisives : lorsque Boro était censé prendre place sous le chariot et lorsque, par un roulé-boulé rapide, il quitterait son perchoir pour se retrouver en cellule. Celle de Solana, puis la sienne.

Il existait un autre danger, qu'il avait mal mesuré : la difficulté qu'il éprouvait à se tenir bras et jambes écartés, tous muscles bandés pour ne pas toucher le sol ou choir sur la terre battue. Il accomplissait un effort démesuré afin de se maintenir le plus près possible de la plate-forme, même lorsque le chariot stoppait devant la porte ouverte d'une cellule.

Il savait que le péril ne viendrait pas d'Escobar, lié au prisonnier et, pour quiconque les arrêterait, complice de l'opération. Au reste, le cantinier se conformait exactement aux ordres qui lui avaient été donnés : il évitait les reliefs par trop accentués, longeait les parois et s'arrêtait toujours au-delà des ouvertures des cellules afin que même les détenus ne vissent pas le passager clandestin du chariot.

Le danger ne viendrait pas non plus du porte-clés, qui déverrouillait puis verrouillait les portes avec autant de sérénité que s'il accomplissait sa promenade du matin. Il lançait parfois quelques apostrophes à des détenus qu'il semblait connaître, et recevait sans broncher les injures de certains autres qui lui promettaient un châtiment exemplaire lorsque les républicains auraient reconquis l'Espagne.

Tant qu'il resterait dans le couloir principal de la prison, Boro risquerait peu. Mais, à chacune de ses extrémités, ce couloir était gardé par des hommes en armes qui surveillaient le passage d'un quartier à l'autre. Après le bloc des prisonniers ordinaires viendrait celui des condamnés à mort. Iturria l'avait assuré que le système de surveillance était identique. Des sentinelles étaient postées aux issues principales, et aucune d'elles n'accompagnait Escobar jusqu'aux cellules. Outre qu'on connaissait le cantinier, les murs d'Alto Corrientes étaient suffisamment épais et bien gardés pour que toute tentative de fuite fût aussitôt contrariée. Si un détenu plus téméraire que les autres s'était avisé d'attaquer Escobar pour prendre sa place, le porte-clés eût immédiatement donné l'alerte. Et si lui-même avait été neutralisé, les gardes eussent découvert la supercherie au point de passage des quartiers de la prison, à l'entrée du belvédère, dans les cuisines, en mille autres lieux où la surveillance ne se relâchait pas.

Le plus grand danger surviendrait lorsque le chariot franchirait les lourds battants de chêne ouvrant sur le quartier des condamnés à mort. Alors Boro devrait se confondre avec le plateau auquel il était accroché, rentrer les pieds, dissimuler les mains, se faire minuscule, indétectable, une ombre, un fantôme, une humble particule de métal.

Ses épaules étaient de plomb. Ses bras, jetés en arrière, tendus loin au-delà du visage, maintenus dans cette position par la seule force de ses paumes refermées sur les montants, étiraient tout son corps, lequel était coincé à son autre extrémité par les semelles de ses chaussures, calées contre la tôle. Le sol défilait entre ses jambes.

Boro en suivait toutes les aspérités, les excavations, s'attachait aux godillots d'Escobar, comptait les arrêts, tentait de faire naître en lui l'image de Solana, entrevoyait une chevelure longue et brune, un manteau noir, des yeux en amande, puis ses muscles appelaient de nouveau sa concentration et il fermait les yeux, arc-bouté sur sa volonté, répétant : « Je ne lâcherai pas. »

Il était attentif à tous les bruits alentour : les clés tournant dans les serrures, les portes s'ouvrant dans un grondement de gonds rouillés, les pas du cantinier et ceux, plus militaires, du porte-clés.

Celui-ci déverrouillait trois cellules, puis repassait derrière le chariot afin de refermer celles qu'il avait ouvertes, et ses bottes frappaient à nouveau le sol lorsqu'il revenait, devançant le chariot, en sorte qu'Escobar versât le café et distribuât le pain sans attendre. Les deux hommes exécutaient une sorte de ballet muet. La chorégraphie était parfaitement réglée, sobre et efficace. Semblable au rituel des exécutions auquel Boro songea précisément lorsque sa main droite manqua de lâcher prise, entre la treizième et la quatorzième cellule.

S'ils étaient trop affaiblis pour marcher seuls, les condamnés étaient garrottés. Dans le cas contraire, une escouade les amenait jusqu'au faîte du belvédère, et là, face à la sierra, cent mètres au-dessus du fleuve qui coulait en contrebas, on leur demandait fort aimablement de sauter. Ceux qui refusaient écopaient d'une balle dans le genou, puis étaient jetés au bas de la forteresse. L'eau emportait les corps disloqués. Il n'y avait pas d'enterrement. Un prêtre seulement pour ceux qui en faisaient la demande. Ils étaient rares.

Boro enserra plus violemment encore les tubulures auxquelles il se retenait. Mieux valait cette prise-là, quoi qu'il lui en coûtât d'efforts et de douleurs, plutôt que le saut de l'ange sans autre filet que celui généreusement offert par la Camarde.

Le chariot stoppa un peu au-delà d'une porte ouverte. Le porte-clés n'avait pas reparu. Boro entendit le bruit de l'eau passant de la bassine à la louche, puis de la louche à un premier quart, à un deuxième ; deux morceaux de pain furent jetés à même le sol, et Escobar se baissa comme il l'avait fait lors du départ. A travers le voile rouge tissé par l'effort et la tension, Blèmia aperçut son visage dégoulinant de sueur. L'Espagnol remua les lèvres, puis se redressa au moment où le porte-clés approchait de la dernière cellule. Boro comprit qu'ils quittaient le couloir principal pour aborder le quartier des condamnés à mort. Il compta mentalement jusqu'à trois et se plaqua le plus près possible du plateau.

Il vit deux paires de bottes noires et luisantes s'approcher du chariot, puis, presque aussitôt, entendit un échange de voix suivi d'un double éclat de rire. Un frisson de terreur le parcourut. Sans qu'il eût commandé ses muscles, ses jambes se tendirent. Par réflexe, ses mains faillirent lâcher prise pour se porter à ses oreilles. Il pressa sa joue contre la plaque de tôle afin d'échapper à la vigilance du Fou et du Furieux. Pour la première fois depuis qu'il l'avait conçu et mis au point, son projet lui parut l'œuvre d'un fou. Quel homme sain d'esprit eût seulement songé à revenir dans l'enfer que constituait le bloc des condamnés à mort ? Que n'avait-il écouté Felipe Iturria ! Par un miracle qu'il ne s'expliquait pas, le colonel César de Montemayor l'avait fait sortir du cachot, et voilà qu'il y revenait de son plein gré, se jetant dans la gueule fétide du loup le plus abominable qu'il eût jamais rencontré !

Outre le timbre honni de la voix de ses bourreaux, les deux Asturiens qui l'avaient promené tel un sac à travers toute la forteresse, il reconnut le bruit des targettes de l'énorme porte de chêne, et, comme le chariot franchissait la limite séparant le monde des vivants de celui des moribonds, montèrent à ses narines l'âcre odeur d'humidité, à ses oreilles la quinte de toux qui avait déchiré la poitrine de don Rafael Alcántara juste avant que le bourreau lui passât le garrot autour du cou, à sa peau, ses nerfs et ses cellules, le froid glacial qui l'avait paralysé pendant de si nombreux jours. Puis, la porte de chêne ayant claqué sur ses gonds et le chariot avançant sur un sol de plus en plus crevassé, Boro comprit qu'il avait franchi victorieusement l'écueil le plus dangereux de son périple. Son corps était de bois, ses muscles le lançaient, mais il avait remporté la première manche de son combat. Plus loin, le porte-clés déverrouillait les serrures. Et, à l'instant même où la confiance revenait, Escobar arrêta le chariot. Il se baissa comme les deux premières fois, faisant mine de chercher un quignon de pain. Boro crut distinguer comme un soulagement sur son visage. Le cantinier chuchota :

– 612.

Boro tourna la tête. Côté gauche, une porte était ouverte. On ne distinguait rien à l'intérieur.

– 612, répéta l'Espagnol.

Blèmia lâcha prise. Il se retrouva au sol. Ses membres le faisaient atrocement souffrir. Il se coula de tout son long sur la terre humide. Lorsqu'il fut à l'intérieur du cachot, il roula sur lui-même et, sans se redresser, trouva refuge dans le coin le plus sombre de la cellule. Comme il scrutait avidement l'opacité alentour, un quart de fer-blanc et un mauvais bout de pain furent jetés à même la terre battue. Puis la porte tourna sur ses gonds et il entendit claquer les verrous.

Solana, dans l'ombre

D'abord il aperçut les yeux. Un regard d'une luminescence exceptionnelle, fixé sur lui depuis le fond de la cellule. Puis, s'étant accoutumé à la pénombre, il distingua le visage très blanc, encadré par la masse des cheveux, elle-même se confondant avec le manteau noir, boutonné jusqu'au col.

Solana était accroupie contre le mur d'en face, à l'aplomb de la fenêtre grillagée. Elle ne bougeait pas. Boro l'observait tout en massant ses épaules. Le souffle lui manquait. Il dardait sur la jeune femme un regard d'une extrême violence, exprimant tout à la fois l'exténuation, le danger, la folie – le hourvari des sentiments qui se bousculaient en lui.

Elle était semblable à un spectre. Immobile, les traits figés, ne cillant pas. En proie à la peur, à la souffrance, à une sorte de désespoir froid, définitif. Enfermée dans ce cachot depuis des jours et des jours, n'escomptant plus rien, n'attendant personne, recluse, frigorifiée jusqu'au plus profond de son âme tourmentée.

– Vous souvenez-vous de moi ? demanda Boro en français.

Il avait seulement chuchoté, mais sa voix tourna entre les murs de pierre, et il ne la reconnut point.

– Je n'approcherai pas, pour ne pas être vu du judas. Mais vous pouvez me rejoindre.

Solana continuait de le dévisager sans exprimer l'ombre d'une pensée. Boro se pencha, ramassa le quignon de pain et le lui lança.

– Mangez ce pain.

Elle ne le toucha pas.

– Il faut préserver vos forces, Solana.

Il se déplaça d'un mètre vers la droite, vérifia qu'il n'entrait pas dans le champ visuel des gardiens et reprit :

– Lorsque nous nous sommes rencontrés, vous étiez assise sur la margelle d'un puits. J'avais une canne et un appareil photo. Rappelez-vous...

Elle ne cessait de le regarder mais ne le voyait pas, l'entendait probablement sans pour autant l'écouter, enfermée dans une prostration qui paralysait ses gestes et ses paroles, qui la maintenait dans sa propre prison en deçà du lieu où elle se trouvait, au-delà de toute souffrance, de tout chagrin. Boro pensa qu'elle savait pour son père. Si le temps ne lui avait pas été compté, il se fût abstenu de parler. S'il avait pu s'approcher d'elle, il lui eût pris la main et l'eût réchauffée entre les siennes. S'ils n'avaient été l'un et l'autre prisonniers de cette forteresse maudite, il l'eût obligée à vivre. Mais les heures ne lui appartenaient pas, il n'était libre d'aucun de ses mouvements, et, s'ils vivaient, c'était seulement par chance ou par hasard.

– Solana, murmura-t-il, il faut que vous sachiez mon nom, et aussi que je ne suis pas si loin. Il y a du vrai dans tout cela. Il faut vous accrocher à ce réel, car il n'appartient pas aux autres, mais seulement à nous, et nous pouvons leur dérober cela, au moins cela...

Il se tut, consterné par le silence et l'immobilité de la jeune femme. Songea que, pour briser les murs édifiés autour d'elle, il lui eût fallu la voir souvent, longtemps, l'emmener loin d'Alto Corrientes, l'aider à renaître.

Il se cala contre le mur et se prit à chuchoter, découvrant dans ses propos un réconfort pour lui-même. Comme si, parlant de sa propre personne, il gagnait l'assurance qu'il existait encore.

– Je m'appelle Blèmia Borowicz, surnommé Boro. Je suis né à Budapest. Ma mère était hongroise, mon père français. Il est mort au chemin des Dames, en 1917. J'ai vingt-six ans. Je suis reporter photographe. J'ai couvert la guerre d'Espagne du côté de la République. Un jour, boulevard Edgar-Quinet, à Paris, j'ai rencontré trois Gitanes vêtues d'organdi. Elles m'ont prédit l'avenir. L'une d'elles m'a assuré que même dans mes plus grands malheurs je ne serais jamais à plaindre. Aujourd'hui est un jour de grand malheur. Mais je ne suis pas à plaindre, car je ne mourrai pas.

Il fut tenté de se lever pour prendre la jeune femme contre lui, mais il se retint et poursuivit, avec autant de conviction que possible :

– Je ne mourrai pas, et vous non plus. Nous sortirons d'ici.

Il entendit le bruit de ferraille du chariot.

– Il faut que vous pensiez à cela, à moi plutôt qu'à ceux qui nous tyrannisent, et aussi à ce serment que j'ai fait à votre père.

Il parla plus doucement, tout en regagnant le coin le plus proche de la porte.

– Je lui ai promis de vous sauver. Et je vous sauverai.

Le porte-clés ouvrait la cellule voisine.

– Je dois repartir, maintenant. Dans ma prison, je penserai à vous. Rappelez-vous mon nom : Blèmia Borowicz.

Il ajouta doucement, comme naguère et pour toujours :

– Blèmia pour le prénom, Borowicz pour le nom, Boro pour la signature.

Il se tut lorsque, dans un fracas de métal rouillé, la clé tourna dans la serrure. Il attendit que le chariot se fût présenté devant le battant ouvert, puis, comme Escobar pénétrait dans la geôle pour ramasser le quart auquel la jeune femme n'avait pas touché, il s'étendit sur le sol et roula sous l'infâme machine. Au moment où le cantinier allait refermer la porte, il chuchota :

– Je reviendrai.

Des projets d'alpiniste amoureux

Felipe Iturria regardait les montagnes. Depuis que son ami avait quitté la cellule, il guettait l'instant où le rayon d'un soleil pâle s'encadrerait dans l'unique lucarne de leur cachot. Alors il s'agenouillerait devant le repère qu'il avait tracé sur le sol et, à l'instant précis où l'ombre du barreau central se placerait entre ses deux yeux, il ajouterait un trait au calendrier mural qu'il tenait depuis sa propre arrivée à Alto Corrientes.

– Quarante-trois jours, soupira-t-il.

Comme il s'approchait du mur, il entendit le roulement caractéristique de la cantine. Presque aussitôt, le porte-clés ouvrit la cellule voisine. Felipe ramassa son quart ainsi que celui de Boro, et se planta devant le battant, les deux récipients à la main. Il ne comptait plus les jours, mais les secondes. Avant, il avait compté les minutes, les pas dans le couloir, calculé les chances et les malchances, imaginé, supputé, craint, espéré.

Lorsque l'huis s'écarta enfin sous la pesée du porte-clés, il risqua un œil à l'extérieur de la cellule. A dix mètres, Escobar poussait sa cantine. Les quarts étaient entassés autour de la bassine vide. Il ne restait plus de pain sur les deux plates-formes.

L'Espagnol s'arrêta devant la cellule voisine. A la manière dont il plaça son chariot contre le mur, un peu au-delà du battant, Felipe comprit que Boro avait retrouvé sa place. Donc, que son plan avait fonctionné. Il sourit, songeant que le Hongrois valait bien un coq.

La cantine stoppa devant la porte. Felipe tendit les deux quarts à Escobar. Une silhouette roula à ses pieds. Le cantinier jeta un regard torve au Basque. Celui-ci repoussa le battant, se plaqua contre, puis, lorsque le porte-clés eut accompli sa tâche, s'agenouilla auprès de Boro.

– Tu as eu ton cinq à sept ?

– C'est un début, admit Blèmia.

Il haletait légèrement.

– C'est plus difficile que je ne pensais.

– La demoiselle t'a reconnu ?

– Pas encore.

Il s'adossa à l'un des pieds du châlit. Le Basque l'observait avec un sourire réjoui.

– Raconte... Je veux tout savoir.

Boro secoua la tête.

– Il n'y a rien à dire. Sauf que j'y retournerai.

Felipe haussa les épaules. Il s'approcha de la marque tracée au sol et, sans attendre que le soleil eût pénétré dans la cellule, traça un bâtonnet vertical à côté des quarante-deux autres.

– Par quel moyen ?

– Le même.

– Tu es complètement fou, le reporter... De toute façon, Escobar n'acceptera jamais de recommencer.

– Il n'a pas le choix. Il m'a emmené une fois, il devra recommencer.

Boro reprenait lentement ses forces. En même temps, il réfléchissait.

– Il va me demander le coq, dit Felipe. Ce sont les termes du marché.

– Tu lui répondras qu'il n'est pas encore dressé. Et que, s'il refuse de jouer les taxis, je le dénonce.

Le Basque s'approcha de son ami. Il s'agenouilla auprès de lui et chercha son regard.

– Tu ferais ça ?

– Non. Mais il peut le croire.

Felipe posa sa main sur l'épaule de son compagnon et serra de toute la force de ses doigts.

– Te rends-tu compte, siffla-t-il, que pour toi j'ai sacrifié le seul capital dont je dispose ici ? La bestiole aurait pu être utilisée à des fins plus intéressantes !

– Je veux aussi que la prisonnière mange autre chose que du pain rassis, déclara Boro, poursuivant son idée. Lorsqu'il lui apporte à manger, qu'il glisse du poisson séché dans la gamelle... Tu lui diras également qu'on peut poser un quart de café par terre sans le renverser. Il aura à rendre compte.

– A qui ? demanda Felipe, s'emportant soudain. A toi, peut-être ?

– Certainement.

– Mais tu te prends pour qui ? !

Le Basque avait crié. Boro prit appui sur le montant du lit et se releva. Il avait le teint gris. Son regard exprimait une étrange résolution. Il s'empara de son stick, posé sur le matelas, et en appliqua l'extrémité sur le ventre de son codétenu.

– Felipe, déclara-t-il doucement, je ne te demande rien d'autre qu'un peu de confiance. Je veux revoir Solana.

– En quoi cela me concerne-t-il ?

– Je m'évaderai avec elle. Et avec toi, si tu sais te montrer patient. Mais je ne tenterai rien sans elle. J'en ai fait le serment, et je suis un homme de parole.

– Personne ne s'est jamais enfui d'Alto Corrientes, objecta le Basque.

– Nous réussirons là où les autres ont échoué.

– Et comment ?

– Nous percerons le mur.

– Inutile. Le mur donne sur le vide.

– Qu'en sais-tu ?

– Je m'en suis assuré.

– Alors, nous fabriquerons des cordes.

– Nous n'avons même pas de draps...

– Nous débiterons les couvertures en lanières.

– Trois couvertures pour faire la belle ? Au bout d'une dizaine de mètres, nous pendouillerions comme des vers !

Iturria soupira avec l'indulgence consternée d'un frère aîné dont le cadet met les pouces dans la moutarde.

– Écoute bien ce que je vais te dire, Boro... Nous nous trouvons exactement au-dessous du belvédère. A l'aplomb. Cent cinquante mètres de ravin nous attendent pour planer...

– Procure-nous des ustensiles qui puissent faire office de pitons.

– Je suis fouillé chaque fois que je vais en cuisine ! Dépiauté comme un lapin !

Boro ne tint aucun compte des objections de son ami.

– Nous procéderons comme les alpinistes. Par rappels successifs.

– Tu perds la raison ! Regarde l'état de ces hardes ! La laine est gorgée d'humidité ! Si tu fabriques une tresse, elle s'étirera comme de l'étoupe et cédera sous notre poids.

– Je trouverai autre chose, dit Boro.

Il s'absorba dans ses pensées, claudiquant le long des parois. Soudain, il s'immobilisa, sa canne brandie devant lui.

– Nous creuserons à l'opposé... Vers le centre de la citadelle.

– Pour déboucher dans le couloir ? Sous le nez des Asturiens ?

– Tu n'y es pas ! Nous descellerons ces pierres, dit-il en désignant le mur situé derrière le Basque. Nous creuserons au ras du sol. Seulement le passage d'un homme à plat ventre...

– En direction de la cellule voisine ?

– Oui !

– Où cela nous mènera-t-il ?

– Après la cellule voisine doit se trouver la cour intérieure.

– C'est exact. L'endroit grouille de fascistes !

– On les occupera.

– Comment traverseras-tu le cantonnement ?

– Je trouverai un moyen.

Devant une telle accumulation d'utopies, Iturria exhala un soupir consterné. Il s'assit sur son lit, s'enroula dans sa couverture et se tourna vers le mur. Boro se hissa jusqu'à sa couche. Il s'allongea, le visage tourné en direction des montagnes. Il pensait à la prédiction des Gitanes : « Si l'amour vient à passer, saisis-le, mais prends garde à ne pas t'endormir au rendez-vous de l'Histoire. »

Place de la Concorde, deuxième

Maryika contemplait la place de la Concorde. Elle la reconnaissait à peine. La dernière fois qu'elle était venue là, l'esplanade était jonchée de débris. Une carcasse d'autobus calciné trônait en son centre, non loin de la dépouille d'un cheval aux jarrets tranchés. Ici, des restes de pompes d'incendie, des pancartes lacérées, des arbres abattus ; là, des casques, des bâtons abandonnés, des pavés amoncelés. Les vestiges d'un champ de bataille, les plaies de ce qui aurait pu devenir une guerre civile. Les anciens combattants et les ligues d'Action française avaient tenté de franchir le pont pour envahir la Chambre des députés. Ils s'étaient heurtés aux gardes mobiles et aux communistes. Près de vingt morts. Cinq cents blessés. Mais, fût-ce les hésitations du colonel de La Rocque, la détermination des manifestants de l'autre bord, toujours est-il que le coup de force n'avait pas eu lieu. Daladier démissionna, Doumergue le remplaça, les intellectuels s'unirent contre le fascisme, et le métro fut prolongé, d'un côté jusqu'au château de Vincennes, de l'autre jusqu'à la mairie d'Issy-les-Moulineaux.

De tout cela Maryika se fichait éperdument. Pour elle, le 6 février, c'était moins les prémisses du Front populaire que l'hôtel Crillon, suite numéro 12, des miroirs biseautés, un grand lit blanc orné de rubans Louis XVI, et un pauillac 1927 dont ils avaient bu une première bouteille avant, et une seconde après.

La jeune femme leva le visage en direction des fenêtres de l'hôtel, puis baissa brusquement le regard, en proie à une morsure douloureuse. Elle se rappelait trop bien. Trois ans, mais c'était hier. Trois ans, mais depuis trop longtemps déjà, Blèmia avait disparu. Et on tournait en rond. Après qu'elle eut débarqué au Bourget, elle avait fait le tour de la vie de Boro, rencontré la plupart de ses amis, exploré les lieux où il vivait et travaillait. Elle avait posé ses propres pas dans ses empreintes, ce qui, certes, lui avait permis de découvrir les multiples personnalités de cet homme imprévisible, mais ne l'avait pas menée jusqu'à lui. En quel endroit le cachait-on ? Et si le pire était arrivé ? Avait-il souffert ? Qu'avait-on fait de son corps ?

Lorsque de sombres pensées brouillaient l'espoir, Maryika s'obligeait à songer à autre chose. Autre chose, c'était Boro sans elle, c'était Boro à Paris, un effréné suborneur, l'ami des putes et des femmes du monde, chez lui sur les trottoirs comme dans les salons, aimé de toutes et de tous, séduisant en diable, rusé, opiniâtre, connu pour ses idées généreuses et son goût des bordeaux millésimés, pour ses fêtes et ses jeux d'enfant, lui qui possédait deux voitures extraordinaires (une Aston Martin et une Voisin) mais ne savait pas conduire, lui qui avait photographié Chaplin, Blum, Hitler, mais aussi des syndicalistes en grève, des mineurs, des sportifs, des magistrats... Un personnage composite dont les mérites lui étaient sans cesse vantés, qu'elle connaissait mieux que personne et pour lequel, aujourd'hui plus que jamais, elle éprouvait une folle attirance. Davantage encore que par le passé, lorsqu'ils se baignaient ensemble dans le Danube, quand il l'avait retrouvée à Berlin, lors de la funeste année 1933, ou par cette nuit de février 1934, au creux d'un lit, lorsque tous deux prononçaient des mots éternels mêlés à d'intarissables soupirs.

Le timbre aigrelet d'un coup de klaxon lui rappela que son chauffeur attendait. Maryika regarda une dernière fois la façade de l'hôtel Crillon. Puis elle se jura qu'un jour, s'il revenait, ou plutôt quand il reviendrait, un jour, oui, un jour, elle épouserait Blèmia Borowicz, son cousin. Et, comme pour mieux mesurer l'importance de cette formulation muette, elle se redit à elle-même : « Un jour, oui, un jour nous vivrons ensemble, et nous ne nous quitterons plus. »

Troublée, la jeune femme longea le trottoir et ouvrit la portière arrière de cette voiture bizarre, un peu scarabée, un peu tortue, que les amis de son cousin avaient mise à sa disposition.

– Là, dit le jeune homme qui faisait office de voiturier, vous avez entendu le timbre pour la ville. Et maintenant, écoutez donc le raffinement pour voie rapide...

Il y eut un son plus aigu, plus fort.

– Parce que ça roule à cent à l'heure, cette chose ! A cette vitesse-là, il faut bien prévenir !... Où allons-nous, petite madame ?

– D'abord pont d'Iéna. Ensuite, avenue Foch.

– C'est comme si c'était fait.

La voiture fit le tour de la place et descendit vers la Seine.

Jean-Marie Petitpouce, dit Pégase Antilope

Le chauffeur s'appelait Pégase Antilope. Il avait dit :

– C'est un pseudonyme. Pégase, à cause que je conduis aussi vite qu'un cheval ailé, Antilope, parce que ça a le même sens et que ça va bien avec. C'est Pépé l'Asticot qui m'a conféré ce titre-là. Mon vrai blaze, c'est Jean-Marie Petitpouce. Mais, comme je suis une star à la mondaine, mieux vaut l'oublier...

Pépé l'Asticot avait délégué son propre chauffeur auprès de Maryika :

– Une duchesse comme vous, ça doit ménager ses petons. Laissez les roues faire, et reposez vos trottignoles.

Parce qu'il attendait autre chose des gambettes, il s'était dit que c'était crime de gâcher un capital pareil. Et il comptait bien l'exploiter. Maryika Vremler, radeuse en chef : il imaginait les affiches, l'Asticot. Son bras droit, en quelque sorte. Conseillère sur les questions de recrutement, gestion et placement des stocks, voire, si elle voulait bien, escapades de nuit dans le cadre des deux cents familles. Payée en dollars. Six pour cent pour la maison, pas plus. On ferait un contrat, sauf si elle préférait le dirlo. Alors là ! Là, Pépé s'était promis d'abandonner le turbin. Où qu'elle voudrait, ils logeraient. Avec moutards, même, si elle souhaitait une descendance. Plutôt des filles, il avait l'habitude, surtout qu'au plus loin de lui-même, depuis toujours, Pépé nourrissait un rêve secret : être le papa d'une fille chauve. Ah, si l'actrice voulait bien être la mère !

Il avait choisi Pégase Antilope moins pour ses talents de chauffeur que pour ses aptitudes à causer, à embobiner, à enrôler. Et puis, il le trouvait bel homme : les mirettes à la Fernandel, le front à la Léopold III, et des mollets dignes d'Antonin Magne, vainqueur du

Tour en 1934 et du grand prix des Nations deux ans plus tard, cent quarante kilomètres en trois heures quarante-cinq minutes et cinquante secondes – qu'il avait dit à la starlette.

Ignorant les intentions profondes du barbeau, et parce qu'il était commode de disposer d'une voiture, Maryika avait accepté. Depuis, elle regrettait : la conversation du jeune homme était limitée aux trois vitesses de sa 11 légère, et ses manières étaient aussi lourdes que les huit cents kilos de ladite traction Citroën.

– La Concorde, c'est au poil, fit le macrotin comme ils longeaient la Seine.

– Oui, répliqua Maryika.

Elle eut droit à une œillade, *via* le rétroviseur.

– A cause du truc qui est en son centre... Vous voyez ce que je veux dire ?

– Non, répondit Maryika.

– Si la place était un ventre, l'obélisque, ce serait quoi ?

– Un garçon, dit la jeune femme.

Le chauffeur leva le pouce en s'écriant :

– Bravo ! Vive l'Amérique !

– Je ne suis pas américaine, répliqua l'actrice.

– Vous êtes d'où ?

– Budapest... Hongrie.

– Je vois pas... Question géo, j'ai jamais été fortiche.

Pégase négocia un dépassement à haut risque, puis, après s'être rabattu, s'enquit :

– Il y a des bagnoles dans votre pays ?

– Moins qu'ici.

Le jeune homme frappa son volant du plat de la main.

– Vous en connaissez des comme ça ?

– Je n'en avais jamais vu.

– Traction avant, monocoque, moteur flottant, neuf litres aux cent, suspensions indépendantes à l'avant. Des basses comme ça, il n'y en a pas. Même pas de marchepied pour grimper dedans !

– Parfait, dit Maryika.

– C'est des bagnoles idéales pour l'amour.

Il y eut un nouveau clin d'œil.

– On peut s'étendre dans tous les sens. Assis, debout, couché, à quatre pattes... J'ai la manière et l'expérience, vous pouvez me croire.

Maryika ne répondit pas. Pégase Antilope se fit la réflexion qu'il avait peut-être un peu charrié, mais ce n'était pas bien grave, vu que, petit un, la starlette, elle était déjà cuite, petit deux, bientôt elle en redemanderait, petit trois, l'Asticot pouvait toujours espérer : avec un morceau pareil, le Pégase, il pouvait faire sécession.

C'était là son plan. En attendant, il fallait y aller à l'esbroufe.

– Vous voulez la TSF, peut-être ? demanda-t-il en allongeant l'index sur la droite. Ici, on a même l'actualité. L'antenne passe sous la voiture.

Il joua de la dextre. Une voix nasillarde emplit l'habitacle. Maryika posa ses deux mains sur les dossiers des sièges avant et se pencha pour mieux entendre.

« Elle allume, pensa Pégase Antilope. Ce sera du moins de deux. »

Il lui manquait une case au rayon des psychologies élémentaires. Car la grimace qu'affichait la jeune femme ne traduisait pas un désir farouche, comme il le croyait, mais un dégoût viscéral, une angoisse, une profonde détestation. Elle avait reconnu la voix de l'homme à la radio. Cet homme petit, bronzé, qui lui avait fait l'effet d'une chouette sur un pied-bot et dont elle avait dû serrer la main, à son immense dégoût, tandis qu'alentour retentissaient ce *Heil* honni et le *Horst Wessel Lied* tout autant détesté : Joseph Goebbels, ministre de l'Information et de la Propagande du grand Reich. Qui lui avait dit, à elle : « Maryika Vremler, l'Allemagne est heureuse de vous compter parmi ses enfants. » Et à Boro, tout en lorgnant sa canne : « Un confrère... On pourrait faire une course. » Joseph Goebbels et son adjoint, Friedrich von Riegenburg, étranglé par Dimitri dans le train qui ramenait les fugitifs en France.

L'odieux personnage discourait sur la France depuis la Deutschlandshalle de Berlin.

– Vous pigez le chleu ? demanda Pégase.

– Oui.

– Qui c'est et qu'est-ce qu'il dégoise ?

– Un ministre d'Hitler. Il dit que les nazis s'opposeront à ce que le bolchevisme s'étende en Espagne et en Europe de l'Ouest.

Pégase montra le pont d'Iéna, sur lequel flottait un drapeau tricolore, et dit laconiquement :

– C'est mal barré.

Les trois flèches de la SFIO avaient été peintes sur le bleu du drapeau ; le blanc s'ornait d'un bonnet phrygien, le rouge d'une faucille et d'un marteau.

– Arrêtez-vous là, ordonna Maryika lorsqu'ils atteignirent le pont. Et attendez-moi.

Elle sortit de la voiture et s'approcha de la rambarde du pont. Des oriflammes rouges flottaient sur l'énorme chantier qui couvrait Chaillot jusqu'à Iéna. Ironie de la géopolitique, seuls les bâtiments de l'Allemagne, de l'Italie et du Japon étaient achevés. Les ouvriers renâclaient à la tâche. N'avait-on pas instauré la semaine de quarante heures ? Et l'argent des travaux n'eût-il pas mieux profité à la République espagnole ? L'Exposition universelle « Arts et techniques du temps présent » paraissait déplacée à plus d'un. On décorait Paris, mais le pays était en grève. Le pain, le ticket d'autobus et les journaux augmentaient, mais les coffres des établissements bancaires étaient pleins. Les magasins fermaient le lundi, mais les commerçants manifestaient contre les quarante heures. La France était bel et bien coupée par moitié.

Deux silhouettes se profilèrent au loin. Maryika leva le bras et avança à leur rencontre.

Deux mignonnes et un petit bleu

Liselotte était accompagnée d'un très jeune homme, maigre et dégingandé. Il portait une casquette plate et un bleu de travail. Une ride horizontale lui barrait le front. Son regard était perçant, inquisiteur, peu amène. Il mit deux doigts à son galurin, s'inclina légèrement et dit :

– Dédé Mésange.

– Mon mari, compléta Liselotte. Il travaille sur le chantier de l'expo.

Maryika se présenta à son tour et tendit la main au jeune ouvrier.

– Je vous la ramène bien vite, dit-elle avec un large sourire.

– Non, répliqua la jeune fille, s'adressant autant à Dédé qu'à Maryika. Vous me laisserez à l'université. J'ai cours cet après-midi.

Elle déposa un baiser léger sur les lèvres du jeune homme, prit Maryika par le bras et l'entraîna vers le Trocadéro.

– Il est terriblement jaloux, expliqua-t-elle lorsqu'elles eurent fait quelques pas. Il veut toujours savoir qui m'emmène.

Pégase Antilope attendait devant la traction. Il ouvrit la portière et s'effaça devant ses passagères. Puis il remonta à l'avant.

– Il est jaloux à cause de Boro, poursuivit Liselotte. Il ne supporte pas nos relations.

Elle se tourna vers la jeune femme et esquissa une moue d'incompréhension.

– Pourtant, entre lui et moi, il n'y a jamais rien eu qu'une drôle d'amitié.

– Pourquoi « drôle » ?

– Il m'aide. Il m'a toujours aidée. Vous ai-je dit comment nous nous sommes rencontrés ?

– Pas encore, répondit Maryika avec un joli sourire.

Elle aimait qu'on lui parlât de son cousin. Elle aimait aussi la jeune fille pour sa vivacité d'esprit, sa détermination, l'énergie qu'elle mettait à retrouver le disparu.

« Deux mignonnes bien ensemble », songeait Pégase avec concupiscence en les observant dans le rétroviseur.

Et il ne regrettait pas qu'elles parlassent bas, afin de ne pas être entendues par lui : cette discrétion facilitait ses rêveries.

– La première fois que je l'ai vu, disait Liselotte, je vendais des parfums aux Galeries Lafayette. La deuxième fois, c'était dans le Nord, à la mine...

Son visage s'assombrit.

– Mon père venait de mourir. Boro m'a accompagnée. Après, c'est un peu comme si nous ne nous étions plus quittés. Il paie mes études.

Elle raconta comment, ensemble, ils avaient démantelé un réseau de la Cagoule et passé des armes en Espagne ; comment il avait contribué à la libération de Dédé Mésange, emprisonné pour ses opinions communistes ; quelles fêtes ils avaient partagées, et combien il l'avait toujours encouragée à poursuivre ses études afin de devenir l'avocate que son père eût rêvé de voir plaider.

– C'est un homme très généreux, dit-elle dans un soupir. Et d'un grand courage.

Elle intercepta une œillade dans le rétroviseur.

– Qu'est-ce qu'il a, ce marloupin ? demanda-t-elle à haute voix en relevant la tête.

– Il a du désir, répondit Maryika. Et pas mal d'illusions.

Pégase Antilope revint à son volant, jurant, mais un peu tard, qu'on ne l'y reprendrait plus.

– Il y a une chose que je ne sais pas, reprit Liselotte. C'est comment votre cousin s'est blessé à la jambe.

– Que vous a-t-il dit ?

– Des sornettes... Aux uns, il raconte qu'il a botté le cul d'Hitler, puis qu'il est tombé ; aux autres, qu'il s'agit d'une blessure de guerre, mais on ne sait pas quelle guerre ; et à moi, une invention du même genre.

Maryika garda le silence.

– Vous qui le connaissez depuis longtemps, vous devez bien savoir !

Elle savait, en effet. Elle répondit :

– Je crois bien qu'il est né avec.

Liselotte se renfrogna.

– Et il avait aussi sa canne, c'est ça ?

– Non. La canne, il l'a volée au médecin-accoucheur après l'avoir corrigé parce qu'il avait fait souffrir sa mère.

– Mais vous vous moquez de moi ! s'écria l'étudiante en droit.

– Un secret est un secret, répliqua Maryika en souriant. Et je ne dévoilerai jamais ceux que Boro ne tient pas à dire.

Liselotte s'écarta sur la banquette.

– Vous êtes tout comme lui, maugréa-t-elle en portant son pouce à la bouche.

Puis elle se tut.

La traction descendait l'avenue Foch. Pégase Antilope emprunta la contre-allée longeant le côté des chiffres impairs, et s'arrêta devant la façade du 57.

– Nous y sommes, dit-il avec une sécheresse dans la voix. Dois-je vous attendre ?

– Oui, répondit Maryika Vremler.

Elle descendit et se fraya passage entre une Lagonda LG-45 décapotable et un coupé Packard bleu-gris dont les vitres étaient abaissées. Liselotte la rejoignit sur le trottoir.

– Connaissez-vous notre hôtesse ? demanda Maryika.

– Par ouï-dire seulement.

– Et que vaut le ouï-dire ?

– Un secret est un secret, répliqua sèchement la jeune fille.

Et elle avança jusqu'au portail.

Mousseline, gants noirs et pâte de verre

Elles furent introduites dans un hall immense dont les miroirs démultipliaient les murs, les lustres et les plafonds, ceux-ci se perdant très loin, très haut, dans les nuées glacées d'une splendeur de façade.

La jeune personne qui leur ouvrit la porte paraissait déplacée en ce lieu : elle ne portait pas de livrée, mais une jupe printanière d'un rouge exceptionnellement vif, assortie d'un chemisier lavande boutonné jusqu'au cou. Elle tenait un métronome à la main.

– Je dispose de très peu de temps, dit-elle après avoir fait entrer les visiteuses. J'en suis au scherzo de la troisième *Partita* de Bach, et je crois avoir trouvé le tempo. Je ne voudrais pas le perdre.

Elle considéra Maryika d'un bref coup d'œil et ajouta :

– Vous paraissez plus grande en vrai. J'ai vu tous vos films. J'aime le premier, mais pas le deuxième. Je vais vous conduire moi-même, car ses domestiques ont suivi mon père en exil. Ce n'est pas plus mal, d'ailleurs : Gaston-Pierre et M. Paul sous-estimaient mes capacités. Et moi, je n'appréciais pas les leurs.

Elle se tourna vers Liselotte et demanda :

– Vous donnez aussi dans le spectacle ? Doublure, second rôle ? Dites-moi donc !

– Ni l'un ni l'autre, répondit la jeune fille, désappointée par l'allant de leur hôtesse. Je suis là par une sorte de hasard.

– Je connais ce hasard-là ! A moi, il m'a dit qu'il avait fait une mauvaise chute à Deauville. Si je me souviens bien, c'était au cours de l'été 1931. J'avais onze ans, et lui, c'était à l'avant-dernier obstacle. Je me trompe ?

– Sa boiterie est énigmatique, répliqua Liselotte en décochant un coup d'œil en coin à Maryika.

– L'a-t-on retrouvé ? questionna Vanessa d'Abrantès.

– Pas encore.

– Ma mère ne s'occupe que de cela depuis huit jours. Elle vous le dira elle-même, mais elle a déjà fait le tour de pas mal de popotes. J'en sais quelque chose : c'est moi qui ouvre la porte... Si vous voulez me suivre, vous en saurez peut-être davantage.

Elle démarra au pas de course en direction d'un couloir qui tournait le dos à l'escalier en marbre clair. Les visiteuses traversèrent une galerie-mémorial surveillée par les mines graves des ancêtres de la lignée d'Abrantès, certains portant perruques, d'autres en bas blancs, tous exhibant avec une fierté quelque peu présomptueuse les signes extérieurs de la noblesse.

Vanessa désigna l'un d'eux et émit ce commentaire :

– Grand-papa.

Puis un autre :

– Le papa de grand-papa.

Elle ignora les suivants, vira à droite dans un passage plus étroit, déboucha dans un boudoir recouvert de boiseries, frappa à une porte, la poussa sans attendre et s'effaça sur le seuil d'un petit salon mal éclairé.

– Ma mère doit être quelque part dans ces profondeurs, dit-elle en s'éloignant déjà. Je retourne à ma musique, je vous laisse à la vôtre.

Une femme était assise dans un canapé près duquel brillait une lampe de faible voltage. Elle était vêtue d'une mousseline bayadère brodée sur fond de satin. Des boucles d'oreilles en pâte de verre scintillaient doucement à la lumière, laquelle jouait aussi sur un double collier de perles en sautoir.

Elle ne se leva point pour accueillir ses visiteuses, mais tendit une main gantée de noir dans un geste teinté d'un léger mépris signifiant que les fauteuils dessinés par Ruhlmann attendaient le bon plaisir de ces dames.

Lesquelles restèrent debout.

– Vous, dit Albina d'Abrantès en posant sur Maryika un regard alourdi par le fard, vous êtes la cousine. Celle qui écrivait d'une Allemagne profonde des lettres que notre cher ange ne pouvait lire, faute de moyens. C'est cela ?

– Je n'étais pas présente, répondit Maryika avec une grande sécheresse dans la voix.

– Oui, mais moi si, rétorqua la femme alanguie.

Elle se leva soudain, dévoilant un buste long, mince, et un cou d'une étonnante blancheur.

– Vous étiez, semblait-il, l'amour de sa vie, quand je n'étais qu'une sorte de facteur.

Liselotte fronça les sourcils. Dès le premier coup d'œil, elle avait détesté cette aristocrate aux grands airs dont les manières étaient à peine polies et la présence tout à fait désagréable.

– Pourquoi un facteur ? demanda-t-elle.

Albina se tourna vers elle et la dévisagea avec une moue interrogative.

– Quant à vous, je ne vous connais pas. Boro ne m'avait pas entretenu d'une jeunesse pareille. Comment l'avez-vous rencontré ?

– C'est une longue histoire, déclara Liselotte en s'appuyant contre un mur orné d'une tenture.

– Alors ne la racontez pas. Les contes me lassent, les faits divers ne sont plus de mon âge. Et puis, nous ne sommes pas là pour cela.

Une nouvelle fois, elle désigna les deux fauteuils de cuir fauve qui faisaient face à la bergère qu'elle venait de quitter. Maryika s'assit. Albina l'imita. Liselotte ne bougea pas.

– Facteur, car j'ai libéré la consigne. Notre Petit Prince est venu offrir ses services contre un peu de monnaie. C'est grâce à cela qu'il a pu récupérer vos lettres auprès de sa logeuse.

– Je vous remercie, dit Maryika en allongeant ses jambes devant elle. C'était fort généreux de votre part.

– Si l'on en juge par notre différence d'âge, je dirais plutôt que c'était généreux de la sienne. Mais enfin, il a eu ce qu'il voulait, et cela seul comptait.

Albina tendit la main vers un guéridon bas sur lequel était posé un étui en argent.

– ... Cela, et mon plaisir, ajouta-t-elle en prenant une cigarette dans la boîte.

Elle l'alluma à la flamme d'un briquet sorti comme par enchantement des plis de la mousseline, et poursuivit :

– Ce fut un plaisir diffus mais très complet. Quatre ans après, je n'en ai rien oublié.

Maryika observait cette femme étrange comme on regarde un chat dont on ne sait s'il va griffer ou ronronner. Elle éprouvait une sorte d'apitoiement pour tant d'atours fanés, pour les mains déjà tavelées, pour les poches sous les yeux, et, en même temps, elle pressentait que leur interlocutrice était une personne redoutable, capable de les mordre comme de leur apporter les plus grandes consolations. Elle ne la détestait pas. Elle ne l'aimait pas non plus. Elle n'imaginait pas son cousin étreignant ces épaules-là. Mais elle concevait qu'il eût pu être conquis par cette insolence particulière qui la séduisait aussi. En même temps, elle épiait Liselotte dont l'attitude pincée, réservée, juvénile, l'amusait prodigieusement. Pendant quelques minutes, elle parvint à oublier pourquoi elle se trouvait là, ne considérant du tableau qui s'offrait à elle que les aspects les plus originaux, les plus imprévisibles. Blèmia avec cette femme ! Elle esquissa un sourire.

– Oui, poursuivit Albina comme si elle avait lu dans les pensées de sa visiteuse, oui, nous avons passé quelques moments rares et joyeux. Trop rares, même, pour leur joyeuseté.

Elle tendit brusquement le visage et inhala une longue bouffée.

– Mais il y eut des aventures, aussi. Savez-vous que nous avons visité la ligne Maginot dans une Aston Martin qu'il m'acheta sitôt que nous fûmes rentrés à Paris ?

Liselotte fit un pas en avant et posa ses poings refermés sur ses hanches.

– Nous ne sommes pas venues ici pour apprendre toute l'étendue de vos états de service !

– ... Et aussi que lui et moi avons ri de bien des manières ? poursuivit Mme d'Abrantès sans se préoccuper des impatiences de la jeune fille. C'est moi, figurez-vous, qui l'ai envoyé en Allemagne le jour où j'ai découvert la solution à un problème qu'il se posait, qu'il se posait douloureusement...

Liselotte progressa d'un nouveau mètre. Albina se déplaça d'un pouce pour mieux voir Maryika.

– Le problème, dit-elle, c'était vous. Si je ne craignais pas de passer pour outrecuidante, je dirais que j'ai contribué à vous sauver la vie.

– C'est très aimable, repartit sèchement Liselotte.

Son teint avait viré au pourpre. Maryika lui empoigna le bras et l'attira doucement vers le fauteuil resté vide.

– Mademoiselle, déclara la marquise d'Abrantès, s'adressant cette fois à la jeune fille, vous n'êtes pas ici dans un dépôt ou sur un quelconque chantier. Tempérez donc vos trépignations et fichez-moi la paix avec vos élans de suffragette. Il y a plus grave.

– Certes, intervint Maryika. C'est pourquoi nous sommes ici.

Un nuage de fumée brouilla le visage d'Albina. Quand il se fut dissipé, la marquise arborait une expression des plus sérieuses.

– Sans doute ne m'aimez-vous pas, fit-elle à l'adresse de l'étudiante en droit, mais sachez que j'ai l'habitude de ces inimitiés hâtives, surtout quand elles sont le fait de jeunes personnes que les titres indisposent. Oubliez donc mon adresse, mon grade et mon costume, et dites-moi qui vous êtes.

– Je croyais que cela ne vous intéressait pas.

– Si vous faites court, cela m'ira.

– Je m'appelle Liselotte Mésange.

– Cela, voyez-vous, je m'en balance comme du temps. Un prénom n'est qu'un prétexte à un nom. Ce qui m'intéresse, c'est ce qui vous lie à celui que j'ai toujours appelé Petit Prince et que je continuerai de nommer ainsi, ne vous en déplaise.

Et, comme Liselotte ne répondait pas, elle ajouta :

– Je veux savoir si je puis vous confier le succès ou l'insuccès de mes entreprises. Dois-je avoir confiance ?

– Sans aucun doute, répondit Maryika.

Et ce fut elle qui raconta les liens qui unissaient la jeune étudiante en droit au photographe disparu. Lorsqu'elle en eut terminé, Albina quitta son canapé et s'en fut au fond de son boudoir. On entendit tintinnabuler une vaisselle de porcelaine.

– Ce Boro est un vrai chevalier, et les femmes sont toujours conquises. Vous, mademoiselle Vremler, parce que à lui tout seul il a vaincu l'armée nazie pour vous sortir d'Allemagne, et vous, mademoiselle Mésange...

– Madame, coupa froidement Liselotte.

– ... Et vous, madame, qui avez l'âge et les manières d'une pucelle plutôt que celles d'une épouse, vous, parce qu'il vous a sauvée des griffes de la Cagoule. Nous avons donc en effet des choses à nous dire.

Albina revint, un plateau à la main. Elle le déposa sur une table minuscule aux coins de cuivre. Maryika se pencha vers la théière.

– Voulez-vous que je vous serve ? demanda-t-elle, marquant ainsi sa bonne volonté.

– Naguère, ici, il y avait des serviteurs dans toutes les pièces, répondit Albina comme pour s'excuser. Hélas, pour des questions budgétaires, mon mari les a licenciés, quand ils ne l'ont pas suivi au-delà de nos frontières. Savez-vous où il se terre ?

– En Espagne, répondit méchamment Liselotte.

– En Allemagne. Mais peut-être ira-t-il en Espagne si les événements tournent à l'avantage de cette funeste idéologie qu'il défend si bien et depuis si longtemps. Car il ne peut rentrer en France.

La marquise eut un petit rire qui enfla, pareil à un souffle.

– Le prince Boro a contribué à le chasser du pays. S'il revenait, les prisons s'ouvriraient pour lui... C'est une technique de suborneur : éloigner l'époux pour avoir la femme tout à soi.

Elle inclina joliment le visage en direction de Maryika.

– Vous pouvez servir. Mon bavardage n'était là que pour parfaire le temps de l'infusion.

Maryika versa le thé, puis coupa le gâteau déposé sur le plateau.

– C'est un Mado, commenta Albina. Une galette rétaise. Délicieux mais friable. Prenez garde aux miettes.

Liselotte consentit enfin à s'asseoir. Elle porta sa tasse à ses lèvres.

– Le thé est chiné, pousuivit Albina, mais peu ; parfumé à la bergamote avec un soupçon d'orange. Je le mélange avec un lapsang souchang acheté en vrac chez Petit, place des Ternes.

Elle se lança dans une géographie commerciale de Paris, passant en revue tous les points de vente auxquels elle s'approvisionnait : le pain chez Duprez, les fromages chez Wolin, l'alcool chez Sergio, l'épicerie fine chez Zita-Diderot, les œuvres d'art chez Charret, les fleurs chez Sandra, le coton hydrophile gare du Nord. Maryika l'écoutait, fascinée par cette aptitude à passer sans relâche d'un sujet à un autre. Liselotte elle-même se laissait peu à peu prendre au charme de leur hôtesse, lui reconnaissant une qualité majeure à ses yeux : elle ne s'en laissait pas conter.

Lorsqu'elle eut achevé la liste de ses courses, Albina déposa sa tasse sur la soucoupe, la soucoupe sur la table, et dit :

– Les préliminaires étant faits, passons au sujet principal. Que puis-je pour vous ?

– Pour nous, rien, répondit Liselotte Mésange. Mais pour lui, peut-être.

– Vous avez un atout qui nous manque, compléta Maryika. Vos relations...

– Je n'en manque pas, reconnut la marquise. Mon mari connaissait des gens, et même si je ne les aime pas, nous nous côtoyons encore. Bien entendu, ces gens-là ne sont pas de votre bord.

– Bien entendu, répéta Liselotte en écho.

– Mais ils ont certains charmes, se moqua gentiment Albina. Il suffit de savoir les mettre au jour.

– Et comment faites-vous ?

– Dans le cas présent, je m'offre.

Elle adressa un sourire lumineux à la jeune fille qui, en réponse, lui jeta un regard féroce. Maryika suivait tantôt l'une, tantôt l'autre, reconnaissant muettement que le jeu entre les deux femmes l'amusait assez.

– Mais, voyez-vous, reprit Albina en coupant un morceau de galette, ce genre de mission ne me déplaît pas. J'aime donner. J'aime payer de ma personne.

De la main gauche, elle suivit les courbes de son visage, tirant légèrement sur la joue.

– J'en profite, puisque certains veulent encore de moi. Ne vous moquez pas : c'est un aveu. Un aveu douloureux, mais je vous le dois : je ne tiens pas à ce qu'un jour vous disiez à mon cher prince que sa marquise est une putain des beaux quartiers.

Maryika se leva et rejoignit Albina sur la banquette. Elle posa sa main sur le gant noir.

– Nous ne dirons rien à personne. Et probablement êtes-vous la seule à pouvoir faire quelque chose...

– Hélas, je crains que non, répondit la marquise avec une tristesse soudaine dans la voix.

D'un coup, les apparences tombèrent. Elles étaient trois autour d'une table. Trois buveuses de thé incapables de lire dans le marc de café. Trois détresses. Trois femmes lancées dans une quête sans grand espoir.

Albina ne goûtait guère les effusions. Elle repoussa la main consolatrice que lui tendait Maryika.

– J'ai recensé tout ce que Paris compte de diplomates espagnols affichant des idées opposées à la République. J'en ai vu beaucoup. Six sont venus jusqu'ici.

Elle fit une pause et ajouta avec une once de fierté dans la voix :

– Des hommes jeunes, et seulement cela. Je choisis, voyez-vous...

– Et alors ? questionna doucement Maryika.

– Alors, rien encore. Aucune nouvelle. Pas de trace. Il semble que Boro ait disparu pour de bon.

Elles se turent. Toutes trois avaient le regard baissé. Elles contemplaient les tasses vides.

– J'attends un officier, murmura Albina. Il vient de là-bas. Mais je n'y crois guère. Des amis de l'ambassade nous ont invités ensemble pour dans huit jours. Après, je ne sais pas.

Elle chassa le vague à l'âme d'une pichenette de coquette, se leva soudain et virevolta devant ses invités.

– Croyez-vous que la mousseline le séduira ? Et ces gants noirs ? Je les ai mis pour m'habituer. C'est un homme à fétiches, paraît-il...

Mauvaises humeurs

– Je n'aime pas cette femme, déclara Liselotte comme la porte du 57 se refermait derrière elles.

– Cela s'est vu, répliqua Maryika. Et, si vous voulez mon avis, cela s'est même vu un peu trop. Vous devriez tempérer vos humeurs.

L'étudiante en droit se campa devant l'actrice. Ses lèvres étaient pincées. Elle tenait ses poings sur les hanches.

– C'est une mondaine ! Elle ne nous apportera rien, et je déteste ses grands airs.

– Et moi, je n'aime pas que vous vous teniez devant moi comme un boxeur qui s'apprêterait à frapper ! Ôtez-vous, s'il vous plaît !

Liselotte demeura immobile un très court instant. Le regard de l'actrice la cinglait avec une noirceur et une violence qui traduisaient mieux qu'aucun mot l'état de fureur dans lequel elle se trouvait.

– Vous n'avez aucun droit sur personne. Pas plus celui de m'empêcher d'avancer que celui de juger qui que ce soit de la façon dont vous le faites !

Liselotte s'écarta. Maryika avança vers la voiture. Au moment où Pégase Antilope s'extirpait de la 11 légère, deux photographes jaillirent d'un porche et se mirent à mitrailler l'actrice. Dans le même temps, un homme coiffé d'un galurin à large bord s'approcha d'elle et, sortant un carnet de sa poche, l'apostropha :

– Mademoiselle Vremler, pourquoi êtes-vous venue en France ? Allez-vous tourner avec Marcel Carné ? Ou s'agit-il d'un voyage d'agrément ? Comptez-vous rester longtemps ? A quel hôtel êtes-vous descendue ?

Le journaliste tournait autour de la jeune femme qui se protégeait le visage en tendant les mains devant elle, essayant d'échapper aux photographes. Pégase Antilope ne bougeait pas.

Liselotte descendit à son tour du trottoir. Elle fit voler son sac à main qui rencontra l'objectif d'un appareil photo, puis elle ouvrit la portière et poussa Maryika à l'intérieur de l'habitacle. Elle s'y engouffra à son tour. Pégase Antilope s'installa au volant.

– Démarrez ! ordonna Maryika.

Elle était glaciale.

Ils roulèrent sans un mot jusqu'aux Champs-Élysées. Quand ils eurent dépassé l'Arc de Triomphe, Maryika se tourna vers Liselotte.

– Albina d'Abrantès est peut-être une mondaine, mais elle est attachée à Blèmia autant que vous. C'est une femme profondément malheureuse et j'ai appris à ne jamais frapper sur le malheur. Vous devriez en faire autant.

Pégase était ravi : ça bougeait à l'arrière. Il tendit mieux encore l'oreille. Mais la blonde ne répondait pas à la brune. Elle la considérait avec des yeux tout ronds. Elle était très pâle. Qu'attendait-elle pour lever le bras et flanquer une beigne à sa copine, laquelle avait peut-être l'humeur massacrante, mais certainement pas les miches assez développées pour résister à une attaque frontale tentée de ce côté-là ?

Rien. Rien ne venait. La starlette regardait vers l'extérieur, et ça paraissait se dérider sur l'autre versant.

– Dommage ! murmura le maquignon en abandonnant son rétroviseur.

Maryika ferma les yeux et appuya son visage contre le dossier du siège.

– Vous avez un drôle de caractère, dit Liselotte à voix basse.

– Oui, on peut même dire un sale caractère, répondit Maryika sans bouger. Mais cette femme m'a émue.

– Ce n'est pas une raison pour vous en prendre à moi.

L'actrice abandonna sa position et se tourna vers la jeune passagère.

– Lorsque je suis malheureuse, j'exagère toujours. Mais il y a du vrai dans ce que je vous ai dit. Il faut être aimable avec la vie, sinon la vie se venge.

Elle sourit et lui effleura la joue de l'index.

– Oublions cela, et pardonnez-moi.

Son regard croisa celui de Pégase qui clignait de l'œil dans le rétroviseur.

Elle s'adressa à lui :

– Pourquoi avez-vous prévenu les journalistes ?

Pégase afficha un sourire protecteur, de ceux qu'il réservait à ses divettes les plus rétives.

– Vous pensez bien que je n'ai fait appel à personne ! s'exclama-t-il suavement en se tournant à demi vers ses passagères. Remarquez bien, ajouta-t-il après avoir repris sa posture et en tendant les bras afin que sa carrure fût bien mesurable de l'arrière, remarquez bien qu'un ou deux clichés de vous m'auraient ravi les mirettes. C'est pas si souvent que je véhicule une beauté transportée... Deux beautés, rectifia-t-il en lançant une œillade en direction de Liselotte.

Il était satisfait de ses propos, de ses gestes et de la tournure générale des événements. Il caressait déjà l'espoir de parvenir rapidement au firmament des trottoirs. Mais la brune le cueillit de nouveau :

– Si vous avez besoin d'argent, je vous en donnerai. Mais ne me vendez pas à la presse. Si cela devait se reproduire, je me passerais de vos services. En attendant, roulez.

Pégase Antilope accéléra. Il avait des idées de cravache. La prochaine fois, il ne convoquerait pas la presse mais ses meilleures demoiselles. Elles lui apprendraient, à la starlette, comment qu'on cause d'habitude à l'Adjudant du macadam.

C'était un autre de ses surnoms.

Paris, en rêve

Boro s'était peu à peu habitué au chariot et à son conducteur. Escobar lui-même témoignait une étrange bonne volonté, comme si, après les frayeurs de la première fois, il considérait désormais l'escapade de son prisonnier comme un jeu. Cette décontraction nouvelle rassurait Blèmia, tandis qu'elle inquiétait Felipe Iturria.

– Il n'a aucune raison de se montrer plus aimable, répétait le Basque chaque fois que Boro se préparait pour son périple. Au contraire : il n'a pas encore le coq, et je n'ai ajouté aucune pièce d'or à sa bourse.

– C'est qu'il nous aime ! s'exclamait Boro. Profitons-en...

En une semaine, il s'était rendu à deux reprises auprès de Solana. Il lui semblait même que la deuxième fois il avait passé un peu plus de temps dans la cellule. En tout cas, les minutes lui avaient paru plus longues, et aussi plus denses.

La jeune fille ne parlait toujours pas. Mais elle le regardait. La détresse, voire la méfiance du premier jour avaient cédé la place à un intérêt, peut-être à une attente. Elle écoutait Boro sans le quitter des yeux, recroquevillée dans le coin opposé de la geôle, les mains posées sur les genoux. Lorsqu'il se taisait, il percevait sur son visage l'expression d'une crainte, comme si elle eût redouté quelque lassitude de sa part. Alors sa bouche s'entrouvrait, elle semblait chercher des mots qu'elle ne trouvait pas, et Blèmia tentait désespérément de l'aider, usant d'un sourire, d'une inclinaison de la tête ou de quelque autre geste qui ne le conduisît pas à toucher son corps.

Car il avait bien compris que tout contact, si anodin fût-il, l'effraierait peut-être de façon définitive. Raison pour laquelle, en dépit du désir qu'il avait de la prendre dans ses bras pour la consoler et la bercer, il demeurait sagement assis à sa place, dans l'angle de la porte. Il n'était là que pour insuffler en elle une parcelle de vie, qu'elle comprît que son horizon ne se bornait pas aux murs glacés de sa cellule, au souvenir de son père, à la mort qui l'attendait. Il voulait lui redonner quelque espoir, un peu de forces, après quoi il comptait bien la prendre par la main et l'emmener au-delà des tourelles de la forteresse.

Il ne savait pas comment. Il ne faisait qu'inventer.

Lorsque les idées lui manquaient, ou que le pas du porte-clés annonçait l'imminence du départ, il plongeait son regard dans cet œil noir dont l'éclat rêvé l'éveillait souvent, la nuit, et il poursuivait par le silence la tâche qu'il avait assignée à la parole.

Jamais elle ne tentait de le fuir. Quoi qu'il dît ou ne dît pas, elle continuait de le fixer, puisant en lui une énergie dont il espérait qu'elle l'aiderait à tenir jusqu'à la fois suivante. Lui-même, en tout cas, parvenait pour un temps à ouvrir son horizon sur des cieux moins bouchés que le point de vue habituel : sinistre, mortifère, sans espoir. Il lui semblait tisser peu à peu un fil ténu entre eux, un lien étrange mais d'une très grande force, qui leur conférait à tous deux un espace de liberté entre les hauts murs d'Alto Corrientes.

Felipe Iturria ne comprenait pas.

– Tu es un hâbleur, un coureur de jupons. Pire que mon coq ! Tu risques ta vie à rendre visite à une fille qui ne t'adresse même pas la parole !

– Oui, mais elle me regarde, objectait Boro.

Chaque fois qu'il était revenu de la cellule 612, il avait fait un récit circonstancié de sa visite à son ami. Et, bien que celui-ci se moquât toujours de ces cinq à sept qui n'en étaient pas, il écoutait attentivement son compagnon de cellule, buvant ses paroles comme on boit l'eau des mirages dans le désert de ses cauchemars. Et il répétait, admiratif, amusé, scandalisé :

– On va tous crever, et seule t'intéresse ton histoire d'amour !

– Ce n'est pas une histoire d'amour ! se récriait Boro. J'ai promis à don Rafael Alcántara de sauver sa fille.

– Je me fais châtrer demain si la pucelle n'allume pas chez toi des rêves de coucheries ! Regarde-toi ! Tu as repris des couleurs, ton œil pétille comme du schnaps, et bientôt tu vas te mettre à grossir !

– Je vais mieux, admettait Boro. Je pense à elle, ce qui est plus agréable que de se demander quel jour ils nous feront sauter du belvédère.

– Je te parie la crête de Durruti qu'avant la fin du mois la morpionne découvre l'extase.

Le Basque riait silencieusement, se représentant la scène à lui-même.

– Dans un trou à rats, surveillé par des pisseux en armes, à deux doigts de se faire écrabouiller la nuque, monsieur fornique !

– Je prends les paris, dit Boro après la troisième visite.

Solana soleil

Elle lui avait parlé. Il avait roulé dans sa cellule après s'être laissé choir du chariot, et il reprenait son souffle dans l'angle de la porte lorsqu'elle avait dit :

– Je vous remercie de venir souvent.

Elle s'était exprimée en français, très bas. Boro cherchait sa respiration.

– Ce n'est pas que je veuille vivre à tout prix. Mon existence n'a pas de poids, ni pour moi ni pour eux. Ils ne savent même pas pourquoi je suis avec les condamnés à mort, et c'est bien la preuve qu'ici ou ailleurs, que je vive ou pas, cela est indifférent.

– Alors vivez ! répondit Boro.

Ses yeux s'étant habitués à la pénombre de la cellule, il remarqua que la jeune fille avait lissé ses cheveux. Il éprouva une joie éphémère en songeant qu'elle l'avait peut-être attendu.

– Si vous leur prouvez que vous ne comptez pas, ajouta-t-il, que vous ne détenez aucun secret qu'ils voudraient percer, ils vous feront sortir de ce quartier.

– Pour aller où ? demanda Solana avec un pauvre sourire.

Boro se massait les avant-bras. Il était follement heureux d'avoir entendu sa voix. Il se répétait que, pour découvrir la jeune fille, l'aider et s'aider lui-même, il devait parvenir à l'entraîner sur des rives plus attrayantes que celles où ils s'enfonçaient lentement. Pris dans la tourbe, ils ne s'échapperaient qu'en regardant ailleurs, non en direction de leurs pieds, mais en cherchant autour d'eux quelque chose qui ressemblât à un pâle soleil.

Il lui demanda où elle avait appris le français.

– A Paris, répondit-elle. J'y ai fait mes études au conservatoire de musique, dans le VIIe arrondissement.

Elle répéta doucement : « Dans le VIIe arrondissement. » Et Boro comprenait ce qu'elle ressentait, qu'il ressentait aussi : loin des murailles, de leurs vêtements déchirés, de leurs chaussures privées de lacets, des chaînes, des quarts ébréchés, de la literie poisseuse, à cent mille lieues de leur sinistre destin, existait une ville de lumière où ils avaient vécu et qu'ils ne reverraient peut-être pas. Mais prononcer ces mots si simples, « Paris », « la Seine », « Montparnasse », d'autres encore, leur procurait un bien-être insoupçonnable, car cela leur permettait de revêtir les habits de naguère, quand ils étaient libres, joyeux, insouciants, et même, ils le savaient désormais, heureux.

Ils commencèrent un jeu qu'ils déclineraient longtemps encore, sur tous les modes et tous les tons, un jeu auquel se livrent tous les prisonniers du monde, qui parlent du passé pour surseoir au présent et conjurer l'avenir. Solana, la première, avait jeté les dés : Paris, VIIe arrondissement. Boro, son tour venu, monta sur le manège :

– J'habitais à Montparnasse...

Il se reprit, parlant au présent et non au passé :

– J'habite à Montparnasse, tout près du boulevard Raspail. J'aime le Dôme et le Select.

– Je les connais ! s'écria Solana.

Ils se regardèrent, un instant effrayés par le timbre de leurs voix, guettant les bruits alentour. Mais personne ne les avait entendus.

– J'y suis allée avec mon père. Quand il venait à Paris, il descendait dans un petit hôtel de la rue Delambre. Moi, j'habitais chez une dame, rue Dupont-des-Loges... Numéro 16, je me souviens. Il y avait un piano dans ma chambre. Je jouais du Brahms. La rue Dupont-des-Loges donne dans l'avenue Bosquet, près de la rue Saint-Dominique, où il y a un marché que j'aimais beaucoup. Le connaissez-vous ?

– Pas celui-ci, répondit Boro. Mais Mouffetard et Buci...

Il était fasciné par l'exaltation soudaine de la jeune fille. Son visage était incroyablement expressif. La résignation qu'elle affichait habituellement avait fondu sous le soleil de Paris, et la prisonnière vaincue qu'il avait coutume de voir face à lui s'était transformée en une jeune personne charmante, capable de sourire, d'agiter les mains, de s'extasier et d'émouvoir. La métamorphose l'enchantait.

Solana poursuivit :

– Il y avait un piano chez nous... Ma mère en jouait souvent... Elle est morte quand j'avais six ans, et je me souviens que ce qui était le plus terrible, c'était de ne plus entendre les notes. Chaque jour, le silence nous rappelait qu'elle n'était plus là... Un soir, je suis montée sur le tabouret et j'ai tapé sur les touches. N'importe comment, avec deux doigts, et même avec la paume des mains. Je ressentais une impression étrange, très triste, forte en même temps. Comme si je venais de comprendre que j'étais vraiment la fille de ma mère... Et puis je me suis retournée. Mon père était derrière moi. Il avait les larmes aux yeux. On ne s'est rien dit, mais quelque chose est passé entre nous. Dès cet instant, je crois qu'il a su que toute ma vie je jouerais du piano...

Solana se tut. Elle regarda ses mains, puis fit bouger ses doigts et commença de tapoter doucement sur ses genoux. Elle s'absorba entièrement dans son geste, les yeux clos, et bientôt Boro l'entendit chantonner. Elle s'interrompit brusquement.

– J'ai joué cette pièce de Schumann à Grenade, en octobre. C'était mon dernier concert.

Un voile de tristesse passa sur son visage.

– Depuis qu'ils m'ont arrêtée, je ne cesse de me la répéter pour moi-même. Il y a un passage très difficile de la main droite par-dessus la main gauche. Je me dis que lorsque je ne serai plus capable de l'exécuter en silence, c'en sera fini du piano.

– Vous n'arrêterez jamais, murmura Boro. Sitôt que vous serez dehors, vous retrouverez votre instrument.

Solana émit un petit rire sec qui trahissait ses doutes. Puis elle demanda :

– Vous jouez du piano ?

– Je ne connais que la cinquième *Gymnopédie* de Satie. Et encore...

– Celle-là ?

A nouveau, le visage de la jeune fille rayonnait. Elle referma les doigts sur ses genoux et fit mine de jouer sur les noires et les blanches d'un clavier imaginaire. Elle chantonnait, légère, égrenant les *do-mi-sol-la* avec une grâce qui seyait parfaitement à Satie. Une image revint à Boro. Celle d'une jeune fille qui n'était pas Solana, pour qui il interprétait la même œuvre, et il se trouvait alors dans la ville de son enfance, Budapest, près d'un fleuve qu'il avait maintes fois traversé à la nage pour rejoindre sa cousine. Son cœur se serra.

– Je n'aimais pas beaucoup Satie, confia la jeune fille en croisant les bras. Aujourd'hui, il me paraît tout à fait délicieux.

Boro émergea du Danube. Il secoua la tête comme s'il s'ébrouait. Solana le dévisageait, son regard brûlant noyé par des larmes qui affleuraient aux paupières.

– Continuez, ordonna Boro. Pourquoi n'aimiez-vous pas Satie ?

Elle ne répondit pas.

– Vous le trouviez trop superficiel ?

– Quelle importance, la musique ? fit Solana en baissant la tête. Savez-vous où nous sommes ? Peut-être que je ne jouerai plus jamais...

Boro rampa sur le sol afin de ne pas être vu du judas, puis il s'adossa, jambes pliées, dans l'angle situé sous la lucarne grillagée. Il tendit la main en direction de la jeune fille.

– Approchez, dit-il doucement. Si vous venez à côté de moi, ils ne nous verront pas.

– Je m'en fiche qu'ils nous voient.

– Pas moi, rétorqua Boro.

Elle leva sur lui un regard qui avait perdu toute innocence.

– Pardonnez-moi. J'avais oublié les risques que vous courez en venant jusqu'ici.

Mais elle ne tendit pas la main. Boro ramena la sienne.

– Pourquoi faites-vous cela ? demanda Solana.

– La première fois que je vous ai vue, je vous ai priée de me laisser entrer dans votre maison. Quand on résiste, j'ai pour habitude de forcer les portes.

– Je le vois bien.

Elle sourit tristement et embrassa sa cellule d'un geste de la main.

– En vrai, ma maison n'est pas ici... Elle était chez mon père. Après Paris, je suis revenue à Valence, chez lui. Je jouais Granados...

Ses traits se durcirent brusquement. Elle planta son regard dans celui du reporter.

– Savez-vous qu'ils l'ont tué ?

Boro acquiesça.

– Imaginez-vous comment ?

Il approuva encore.

– Les gardiens me l'ont dit. Ils riaient beaucoup. Moi, j'avais envie de mourir.

Elle montra son manteau noir, déchiré à la poche, sali par la poussière.

– Je ne sais même pas tailler de corde là-dedans... Autrement, voyez-vous, je me serais pendue.

Elle répéta doucement les derniers mots. Il y avait une immense tristesse dans sa voix. Boro se préparait à la rejoindre, à prendre sa main et à la serrer violemment dans la sienne, lorsqu'il entendit un pas, puis un bruit de ferraille.

– Le porte-clés, murmura-t-il.

Il se jeta dans l'angle situé près de la porte. Les serrures claquèrent. Presque aussitôt, le grincement du chariot résonna entre les pierres froides du couloir.

– Je dois partir, dit-il.

Il se ramassa sur lui-même, prêt à rouler lorsque la porte s'ouvrirait.

– Vous reviendrez ? chuchota Solana.

Il n'eut pas le temps de répondre. Dans un fracas, le battant s'ouvrit et les roues du chariot apparurent. Boro s'éjecta hors de la cellule et s'accrocha sous le plateau inférieur. Escobar se releva au moment où le reporter disparaissait du champ de vision des gardes. Le cantinier observa Solana pendant deux secondes à peine. Elle lut sur ses traits comme la grimace du diable.

La chaleur des jours anciens

– Pourquoi ont-ils arrêté votre père ? demanda Boro lorsqu'il la vit pour la quatrième fois.

Il s'était réfugié dans son coin habituel, à l'angle le plus proche de la porte. Il reprenait son souffle, le buste penché. Il n'avait pas attendu d'avoir recouvré ses forces pour poser la question, et, comme elle lui en faisait la remarque, il répondit qu'ils disposaient de trop peu de temps pour s'embarrasser de pareilles vétilles.

– Mais il ne s'agit pas de cela ! s'écria-t-elle. Récupérez d'abord ! Pensez un peu à vous !

Il parut se dérober :

– J'aime votre accent. Parlez encore...

Elle le regardait avec un sourire ravi et lui, tout en sueur, les joues coupées, mal rasées, le cou barré par une estafilade qui s'était étiolée sur la pomme d'Adam, le cheveu trop long, le teint sale, la veste déchirée, la chemise privée de la moitié de ses boutons, lui, Boro, jadis si net, le roi de Montparnasse, connu pour son élégance et son allant, aujourd'hui recroquevillé contre un mur suintant l'eau et la misère, face à une jeune fille d'une indicible beauté, elle-même engoncée dans un manteau poussiéreux, les pieds chaussés de souliers crevés, l'un et l'autre méconnaissables, avilis, oubliés, condamnés à la mort, voire au supplice, capables néanmoins de sourire, de se plaire, d'oublier, de faire comme si, de croire un instant qu'ils s'aimeraient, à condition d'avoir le temps.

– Mon père a été vice-ministre de la Culture sous Largo Caballero, expliqua Solana. Les phalangistes voulaient sa peau. Comme homme de gauche, il leur faisait horreur ; comme homme de culture, il les terrorisait. Cela a été suffisant pour qu'il finisse sa vie à cinquante-six ans.

– N'y pensez pas, conseilla Boro. Il sera grand temps plus tard, quand vous aurez la force et l'énergie nécessaires pour honorer son souvenir.

– Ce sont des mots vains, répliqua Solana. Ils sonnent creux face à l'irrémédiable. Vous savez bien que je penserai toujours à lui. Vous savez aussi que les mausolées ne rendent ni les rires ni les paroles, que la mort est silence et blessure lente.

– Quel âge avez-vous ? interrogea Boro à brûle-pourpoint.

– Vingt-deux ans, mais soixante-dix dans l'âme. J'ai l'impression d'être une ancienne jeune fille, une ancienne pianiste, une vieille survivante. J'ai perdu trop d'amis.

Boro s'adossa au mur de la cellule et cambra les reins. La tension née du voyage refluait peu à peu.

Il tendit le bras en direction de l'orpheline.

– Approchez-vous. Ils ne nous verront pas, et nous serons mieux ainsi.

Le visage de Solana exprima une gravité soudaine. Elle évalua la distance qui la séparait de Boro, parut hésiter, puis se coula vers lui ; l'instant d'après, il la recevait dans le creux de son épaule.

Il passa le bras autour de son cou, glissa la main jusqu'à sa hanche, et ils restèrent ainsi, sans plus parler, regardant les pierres du mur d'en face.

Blèmia sentait monter en lui la chaleur des jours anciens, quand, à Paris ou ailleurs, il tenait pareillement une femme embrassée. Mais, alors que d'habitude il restait à l'écoute des mouvements infimes qui conduiraient l'inconnue jusqu'à son lit, il ne pensait cette fois qu'à demeurer immobile le plus longtemps possible, sans tenter de deviner des formes ou de gagner un soupir, se contentant de ce qui était, qui l'emplissait d'un bonheur rarement égalé. Il n'espérait pas aller plus loin et n'y songeait même pas. Solana était à son côté, cela suffisait.

Elle respirait doucement, blottie contre lui.

Boro songeait qu'ils étaient semblables à des enfants unis par le danger, un seul corps, une respiration accordée, attendant, engourdis, un devenir incertain. Il espérait que leurs mots resteraient simples, leurs gestes tendres, qu'aucun calcul n'enlaidirait jamais la spontanéité de leurs rapports.

Et bientôt, les jours passant, ils eurent le sentiment de gagner ensemble du temps sur le frôlement de la mort. Chaque fois, les portes se refermaient sur l'effroi de la séparation. Mais Solana, dans sa nuit végétative, Boro, après qu'il eut regagné sa cellule au péril de sa vie, regardaient le même point d'incandescence qui les aveuglait insensiblement. Et l'aurore poignant à la meurtrière de leur prison les trouvait souvent le regard braqué devant eux, promeneurs aux yeux rougis par la veille, refaisant encore et encore le doux itinéraire des minutes passées auprès de leur impossible amour.

QUATRIÈME PARTIE

Le roi de cœur

Gerda la Rouge

Juché sur un échafaudage de cageots vides, Pierre Pázmány contemplait la foule massée devant l'Olympia, un cinéma de Clichy où le colonel comte François de La Rocque comptait tenir un meeting après avoir fait projeter le film *La Bataille,* adapté du livre de Claude Farrère. Trois cents membres du Parti social français, survivants des Croix-de-Feu, étaient réunis dans la salle. A l'extérieur, sept mille manifestants grondaient. Les communistes et la gauche socialiste avaient appelé leurs troupes à manifester contre la présence de l'extrême droite dans cette ville à population ouvrière. On parlait de provocations. Les forces de l'ordre, qui arrivaient par vagues successives, craignaient l'émeute. Des cris fusaient, des cailloux partaient des trottoirs.

Páz surveillait un groupe d'ouvriers qui tentaient d'arracher les grilles du cinéma. S'ils pénétraient dans l'enceinte du bâtiment, il les suivrait afin de photographier les débordements depuis l'intérieur, profitant ainsi de la lumière prodiguée par les ampoules électriques. Dans le cas contraire, il se débrouillerait en montant les temps de pose au maximum.

Non loin des forces de l'ordre regroupées devant l'entrée principale, il avisa une silhouette qu'il eût reconnue entre mille. En une seconde, il glissa de son monticule improvisé et tenta de se frayer passage au sein de la foule, jouant des coudes et de la voix. Son cœur dansait la java.

Par malchance, les manifestants s'ébranlèrent en même temps que lui ; il fut aspiré dans un mouvement profond et rapide comme une houle, et se retrouva bientôt à trois rangs des gourdins et des pèlerines noires. Pris dans ce courant, il fut propulsé contre les grilles dont certaines avaient été mises à bas, et c'est ainsi, poussé, tiré, porté, qu'il entra dans l'enceinte du cinéma, à quatre pattes, coincé entre un barbu qui brandissait une barre de fer et un jeune homme à lunettes dont la main serrait la hampe d'un drapeau rouge.

Il se dressa, chercha par-dessus les épaules et les visages la chevelure rouge de sa consœur photographe, Gerda la Passion, entrevue quelques secondes auparavant. Mais il rencontra l'œil noir d'un adjudant, lequel s'époumonnait dans un sifflet à roulette, commandant le rassemblement, puis la charge.

Les assaillants furent refoulés.

Dehors, les sirènes retentissaient. Le service d'ordre, de minute en minute plus nombreux, avait pris position devant les grilles abattues. Des dizaines de cars de police arrivaient sur place. Les gardes mobiles étaient accueillis à coups de pierres et de boulons. On entendit le clairon qui sonnait les sommations. La foule répondit par des jets de bouteilles et de briques. Plus loin, des manifestants érigeaient une barricade. Pázmány se replia de ce côté-là. Il saignait de la lèvre et son bras gauche était ankylosé. Il tenta d'ajuster le Leica, mais il fut de nouveau bousculé et l'appareil tomba, retenu en dernière extrémité par sa lanière.

Páz obliqua vers une rue plus sombre, occupée par des manifestants qui dressaient une seconde barricade faite de trois voitures renversées et d'un amoncellement d'ordures. Gerda était là. Elle aidait à bousculer les carrosseries. Páz fonça vers elle et l'agrippa par la manche de sa veste. A cet instant, il y eut un cri, puis une détonation sourde, suivie immédiatement par plusieurs autres. Répondant à un réflexe qu'il avait acquis un an plus tôt en Espagne, Páz se coucha au sol, plaquant la jeune fille sous lui.

– Petit Hongrois ! cria-t-elle. Mais c'est la révolution !

– Non ! répliqua Páz en roulant avec elle jusqu'au trottoir. C'est un jet de balles !

– Mais c'est formidable !

Elle jubilait.

– La social-démocratie tire sur la classe ouvrière ! La social-démocratie se démasque !

Il la souleva et, l'emportant comme un ballot, trouva refuge sous un porche éloigné. Elle lui griffait le dos.

– Je veux y aller ! Je suis le témoin d'un meurtre historique ! Tu n'as pas le droit de me retenir !

Il la posa sur ses pieds.

– Gerda, je t'aime et je ne peux pas me passer de toi !

Il criait pour dominer le bruit du tumulte.

– Je veux coucher avec toi toutes les nuits ! Et même l'après-midi !

– Tu serais capable de le faire, là, maintenant, devant cette porte ?

– Oui.

– Alors tu ne penses qu'à mon cul !

– Oui.

– Et le reste ? J'ai du reste, aussi !

– J'y pense, répliqua Pázmány en glissant la paume de sa main dans la chevelure rouge. J'y pense même tout le temps.

Elle attira le visage de Páz vers ses lèvres et l'embrassa à pleine bouche. Lorsqu'il fut contre elle, son bras enserrant son épaule, elle balança le coude en arrière et lui envoya son poing fermé dans la poitrine, un peu au-dessous du plexus.

– Je n'ai pas qu'un cul ! s'écria-t-elle. J'ai aussi du caractère !

Le Hongrois s'écarta vivement en étouffant un *han* qui plut à la jeune personne. Elle s'approcha encore, reprit la bouche du photographe et, tout en lui mouillant les lèvres de sa langue, elle lança :

– Attrape-moi, si tu peux !

Elle se dégagea prestement et fila en direction du cinéma. Páz courut derrière elle.

Les gardes tiraient pour se dégager. Quelques manifestants s'étaient repliés à l'abri des barricades. La foule, terrorisée, tentait de s'échapper du piège. La panique brûlait les visages. Des secouristes s'efforçaient de s'approcher des blessés. Du sang rougissait le pavé. Alors que Páz tournait lui aussi dans la foule, hébété, le veston en lambeaux, protégeant son Leica des échauffourées, il trébucha sur le corps d'une jeune fille touchée à la tête. Il se pencha. Le haut du crâne était en bouillie. Plus haut, mais si près, les coups de revolver claquaient dans la nuit sinistre.

Il zigzagua entre des grappes de manifestants et atteignit une carcasse de voiture en flammes derrière laquelle les gardes s'abritaient. Gerda profitait de la lueur de l'incendie pour prendre quelques photos, et Páz en fit autant. On tirait toujours, mais sporadiquement et plus loin. Des badauds étaient penchés aux balcons. Certains jetaient des projectiles sur les ouvriers de Clichy. Páz aperçut une femme, éclairée par la lueur terne d'un réverbère, qui balançait par-dessus bord le contenu d'une marmite. Il songea à de l'huile. C'était de l'eau bouillante qui s'abattit sur le dos d'un jeune homme, lequel poussa un hurlement aussitôt recouvert par une autre clameur : Max Dormoy, ministre de l'Intérieur, était signalé aux abords de l'Hôtel de Ville. Il y eut un mouvement dans cette direction.

Páz cueillit Gerda à l'épaule.

– Il faut partir ! cria-t-il. Ça va barder de nouveau !

Comme pour confirmer ses dires, trois détonations claquèrent. La première balle se perdit dans la nuit. Les deux autres atteignirent le chef de cabinet de Léon Blum, l'une à l'épaule, la seconde à la cuisse. Max Dormoy exhortait les manifestants au calme. Les trois cents militants du Parti social français avaient évacué le cinéma depuis longtemps.

– Emmène-moi, dit Gerda en prenant soudain la main du Hongrois.

– Où ?

– Dans un lit. N'importe lequel. Loin d'ici.

Elle vint contre lui.

– Et puis, je veux que tu m'engages dans ton agence française.

Páz la regarda, stupéfait.

– Tu penses que je ne ferai jamais aussi bien que toi, c'est ça ?

– Mais non !

Il fit un geste en direction des cars de police, des voitures qui flambaient, des secouristes qui allaient et venaient en courant.

– Tu crois que c'est le moment de négocier un contrat d'embauche ?

– J'aime l'inédit, répliqua Gerda.

Ils s'éloignèrent du cinéma. La jeune Allemande serrait la main de Páz et parlait sans plus se soucier du tumulte alentour.

– Je t'ai appelé ce soir à ton agence pour te demander cela ! criait-elle. Et on m'a dit que tu devais couvrir la manifestation de Clichy. Alors je suis venue !

Ils allaient parallèlement à un cordon de gardes mobiles qui attendaient, l'arme à la bretelle. On entendait quelques slogans lancés plus loin. Ils croisèrent une grappe de badauds excités qui, déjà, posaient les questions qui nourriraient les débats des jours suivants : qui avait entraîné la foule vers les barrages de police ? Qui avait ordonné les tirs des policiers ? Combien de blessés ? Combien de morts ? Un mot revenait, sempiternel : la « Cagoule ».

Ils parvinrent devant un magasin transformé en poste de secours.

Deux cars de police barraient l'accès d'une ruelle. Les agents contrôlaient les identités puis s'effaçaient pour laisser passer les quidams en règle. Les autres étaient embarqués dans les cars. Personne ne protestait. Tous étaient sonnés par le massacre. Páz ralentit, essoufflé.

– Je veux le respect des quarante heures, et le SMIC me suffira, poursuivait Gerda. Une totale indépendance. Quelques frais, et le matériel payé.

Ils franchirent le barrage. La banlieue, de ce côté-là, paraissait tranquille. Le Hongrois s'appuya contre une façade de briques. Il était épuisé. La jeune fille le considérait avec un grand sourire. Son regard brillait de cette flamme particulière faite d'audace, de désir et d'insolence qui avait subjugué Pázmány la première fois.

– Et contre cela, tu me donnerais quoi ?

– Moi, en dehors des heures de travail. Et mes compétences, le reste du temps.

– J'en parlerai aux autres, marmonna Páz.

– Ça m'étonnerait qu'ils acceptent. Si tu avais entendu ton copain me parler !

– Quel copain ?

– Celui que j'ai eu au téléphone. Je ne connais pas son nom. Il m'a seulement dit que tu étais à Clichy et que si je te voyais, je devais te dire qu'on t'attendait à l'agence quand tu aurais fini ton reportage.

Páz remonta la lanière de son Leica.

– D'abord, je m'occupe de toi.

– Mais non ! Ils m'ont dit qu'ils t'attendaient !

– Comme d'habitude !

– Je ne crois pas.

Páz se pencha vers la jeune Allemande.

– Pourquoi ?

– Parce qu'ils ont eu des nouvelles.

Il pâlit soudain.

– Des nouvelles de Boro ?

– C'est le nom qu'ils ont donné.

– Et tu ne pouvais pas le dire avant ? !

Il empoigna Gerda par le bras et la secoua brutalement.

– Des nouvelles ! Quelles nouvelles ? !

– Mais je ne sais pas, moi !

– Il est mort ? Il est vivant ? Il est prisonnier ?

– Il faut aller à l'agence, répéta la photographe allemande. Là, tu sauras.

Et, comme Pázmány s'élançait vers Paris, elle décida de l'accompagner.

Le premier cercle

Ils étaient enfermés dans le bureau de Blèmia. Béla Prakash, Maryika Vremler, Bertuche et Germaine Fiffre. Il y avait de la gravité dans l'air. Le Choucas de Budapest n'avait pas pu joindre Liselotte Mésange. Après avoir quelque peu hésité, il avait décidé de ne convier à cette réunion nocturne que les amis les plus proches du disparu. A l'exception de Páz, retenu à Clichy, il ne manquait personne.

Quand ils furent tous assis, Prakash s'appuya au mur sur lequel étaient affichées les photos fétiches de Boro, puis il s'éclaircit la voix et dit :

– Nous avons reçu des nouvelles de Blèmia.

Maryika fut la première à se lever. Elle demanda :

– Est-il vivant ?

– On ne sait pas.

Elle retrouva sa place sur la chaise. Ses traits étaient contractés. Elle ne portait aucune trace de maquillage. Prakash songea que cette femme était décidément d'une très grande beauté, à trois heures du matin autant qu'à midi.

Il se décolla du mur, passa derrière le bureau et posa une sacoche sur le plateau. Ce fut au tour de la Fiffre de se lever. Elle s'approcha de la table, tendit les mains vers la sacoche. Elle reniflait. Ses phalanges tremblaient imperceptiblement.

– C'est sa musette, murmura-t-elle. Il l'avait déjà à l'agence Iris. Je suis sûre de ce que je dis. C'est le sac de Borovice.

Elle prit l'objet et, durant un court instant, on crut qu'elle allait le porter à sa poitrine et l'étreindre comme elle l'eût fait de son reporter préféré, l'infâme Kirghiz auquel elle était si dévouée.

– C'est bien son sac, confirma Bertuche. Comment est-il arrivé jusqu'ici ?

– Par la poste, répondit Prakash. Au courrier de cinq heures. Il a été posté il y a trois jours à Alicante.

– Sans un mot ?

– Sans rien.

– Il était vide ?

– Non.

Maryika fixait Béla d'un regard insoutenable. Noir, profond, sévère. Ses doigts étaient crispés sur ses genoux. Elle ne bougeait pas. Elle attendait.

– Il contenait l'un de ses appareils, trois objectifs et huit rouleaux de pellicule.

Prakash revint derrière le bureau, ouvrit un tiroir et en sortit un petit rectangle noir qu'il apporta à Maryika.

– Il vous revient de droit.

L'actrice s'en empara, effleura du doigt le dos de l'appareil sur lequel, quatre ans auparavant, elle avait fait graver son nom et celui de son cousin. Elle se tourna un instant vers la porte, comme si elle avait voulu dissimuler son émotion – une faille, une crevasse, dans un masque qu'elle souhaitait impénétrable. Lorsqu'elle reprit sa place, ce fut pour exprimer la pensée que tous partageaient :

– Si le Leica nous est parvenu sans Boro, c'est que Boro est mort.

– Non, répliqua Prakash. Car qui l'aurait envoyé ?

– Un de ses camarades de combat, suggéra Bertuche.

– Il y aurait un mot d'accompagnement.

– Lui-même ?

– Possible. En ce cas, il est vivant.

– En tout cas, déclara la Fiffre, c'est un appel au secours.

– Qui ne signifie rien, répliqua le Choucas. On ne sait pas d'où vient le Leica, qui l'a posté, ni pourquoi.

– C'est quelqu'un qui connaît l'adresse de l'agence.

Maryika s'était levée. Elle arpentait la pièce d'un pas mécanique, réfléchissant à voix haute :

– Boro a pu demander à un ami de nous le faire parvenir. Il ne l'a pas envoyé lui-même, sinon il y aurait joint un message. Cela signifie seulement qu'il n'était pas en état de s'exprimer autrement que par cet envoi.

Elle se tourna vers l'assistance et ajouta :

– Il est certainement en mauvaise posture. Mais rien ne prouve qu'il était...

Elle marqua une hésitation et poursuivit :

– ... qu'il était incapable de faire envoyer le Leica il y a trois jours.

– Il vivait ! s'écria Germaine Fiffre.

– Il était libre d'agir ! compléta Bertuche.

– C'est tout ce que nous pouvons dire, intervint Prakash en s'adossant une nouvelle fois au mur contigu au bureau. L'envoi de cet appareil est plutôt rassurant. Il nous permet de croire que Boro peut correspondre avec nous.

– Pouvait..., rectifia Maryika. Et les photos ?

– Diaphragme a fait un premier tirage. Nous allons les voir.

– Elles prouvent quelque chose ? interrogea Bertuche.

– Rien, répondit Prakash.

– Je ne vous crois pas, répliqua sèchement Maryika.

Elle savait jouer la comédie. Elle savait aussi déceler la comédie des autres.

– Qu'y a-t-il sur ces photos ?

– L'une d'elles est assez insupportable. Les autres relèvent du reportage.

Le Hongrois esquissa un léger sourire et ajouta :

– On y voit aussi les faiblesses de Boro.

Germaine Fiffre avait déjà gagné la porte.

– Allons-y, dit-elle en abaissant la poignée.

Elle esquissa aussitôt un pas en arrière et jeta une exclamation, tout en se plaquant contre la porte.

Une fille aux cheveux rouges pénétra dans la pièce. Elle était hirsute, sale, et ses vêtements étaient déchirés par endroits. Pázmány entra derrière elle. Il n'avait pas meilleure mine.

– Boro ? demanda-t-il aussitôt. Il y a des nouvelles ?

Il n'obtint aucune réponse. Quatre paires d'yeux le considéraient avec stupeur. Il manquait une manche à sa veste, sa chemise n'avait plus de boutons, et le jeune homme arborait un visage maculé, brouillé de cernes noirâtres.

– D'où viens-tu ? questionna enfin Bertuche.

– D'une manifestation, répliqua la fille aux cheveux rouges. Il y avait des flics, et ça a mitraillé.

La Fiffre dévisagea la jeune personne avec une grimace de dégoût qu'accompagna un juron à peine étouffé :

– Quelle horreur !

La photographe se tourna vers la vieille fille et fit mine de vouloir la gifler. Germaine battit en retraite.

– Boro ! tonna Pázmány. Qu'est-ce que vous savez ?

– Suis-nous, répondit Prakash.

Il l'entraîna vers le labo.

Boro dans la chambre noire

La pièce était plongée dans l'ombre. Les lumières inactiniques coloraient les reliefs de rouge et de jaune. Diaphragme s'affairait près des cuves. Il allait de l'agrandisseur aux bains, glissait des pinces métalliques dans le révélateur, puis le fixateur, sortait des photos grand format qu'il faisait sécher sur des fils. Ainsi depuis que la sacoche de Boro était parvenue à l'agence, à cinq heures trente tapantes.

Les trois garçons qui œuvraient habituellement dans la chambre noire étaient restés jusqu'à minuit, performance déjà exceptionnelle, et si Diaphragme tenait encore, malgré la migraine due aux émanations des produits, c'est qu'il voulait savoir. Il ne suffisait pas de développer les quelques bobines que contenait la besace du reporter. Prakash avait exigé que tous les visages, nets ou pas nets, toutes les silhouettes, même floues, incertaines, tous les paysages, les bâtiments, les plaques des rues, les voitures – que chaque détail de chaque photographie fût agrandi et développé. Tâche à laquelle Diaphragme s'employait depuis maintenant près de douze heures.

Lorsqu'on frappa à la porte, il avait développé quelque trois cents photos. Elles étaient accrochées à hauteur d'œil sur les filins parallèles qui traversaient la pièce. Diaphragme les avait classées selon les numéros que Boro avait lui-même indiqués sur les rouleaux de pellicule. Les dernières, qui ne portaient aucune indication, avaient été fixées dans l'ordre qui avait paru logique à Prakash.

Diaphragme vérifia que le rai de lumière n'altérerait pas son travail, puis il alla ouvrir.

Le Choucas de Budapest entra le premier.

– Où en êtes-vous ? demanda-t-il en s'effaçant pour laisser le passage aux visiteurs.

– Toujours les détails, répondit Diaphragme. C'est sacrément long et sacrément difficile...

Il connaissait tous les nouveaux venus, sauf une fille sale aux cheveux bizarrement colorés. Elle tenait la main de Pázmány. Celui-ci était dans une tenue pas croyable. Diaphragme pensa qu'il s'était battu pour la fille, ce qui expliquerait les déchirures de leurs vêtements et les ombres noirâtres sur leurs deux visages.

– La visite peut commencer, dit-il en bombant un torse ventripotent, à peine dissimulé par la blouse maculée qui le recouvrait. Si vous voulez bien me suivre...

Il s'essayait à la bonhomie afin de rompre la solennité du moment.

Il les conduisit à l'endroit où il avait exposé les premiers positifs. Páz lui tendit son Leica et dit :

– Il y a de la marchandise là-dedans... Vous le ferez demain, après Boro.

Il hésita un instant, puis décrocha l'appareil de l'épaule de Gerda et le remit au garçon de laboratoire.

– Ça aussi, s'il vous plaît...

Diaphragme s'éclipsa et revint à ses bains.

– Il est facile de reconstituer le reportage de Boro, dit Prakash en se campant devant les premières photographies. Il suffit de suivre l'ordre des pellicules.

Germaine Fiffre, Maryika, Bertuche, Páz et Gerda firent cercle autour de lui. Ils virent tout d'abord une dizaine de clichés montrant des combattants à l'entraînement. Ils se trouvaient dans une campagne indéterminée, maniant des fusils sous un ciel gris.

– Ça commence ici. On ne sait pas où, on ne sait pas de qui il s'agit. Comme les hommes n'ont pas d'uniforme, on peut supposer que c'était dans un camp loyaliste.

Prakash suivit le fil tendu dans la pièce sombre. Il s'approcha d'une autre série de photos. On voyait une femme aux cheveux noirs, courts, juchée sur une estrade. Elle saluait à la manière républicaine, le poing levé près de la tempe.

– Dolores Ibarruti... La Pasionaria.

Sur les trois photos suivantes, un homme massif coiffé d'un béret fixait l'objectif. Il était vêtu d'une peau de mouton recouvrant une vareuse militaire. Il avait les cheveux courts, un double menton, le regard autoritaire.

– C'est André Marty, dit Pázmány. Le chef des brigades internationales. Je l'ai vu une fois à Barcelone.

– La photo a été prise à Albacete, compléta Prakash. Au centre d'entraînement des brigades. Boro y est donc passé.

Suivaient divers clichés de soldats républicains en armes. Puis une rue barrée d'un calicot : *« ¡ No pasarán ! »* Des soldats lisant les journaux. D'autres, à cheval, franchissant un ruisseau.

– Ici, dit Prakash, Boro a suivi les troupes. C'est un champ de bataille.

On voyait un canon derrière lequel s'abritaient trois hommes, un paysage de campagne envahi par la fumée des tirs, à nouveau des soldats à cheval, un convoi militaire, une cantinière devant sa popote...

– Si l'on en juge par le ciel, remarqua Bertuche, c'est plus au sud.

– ... Le ciel et la tenue des hommes, compléta Maryika. Ils sont habillés plus légèrement que sur les premières photos.

Diaphragme passa entre les fils et accrocha de nouveaux clichés dans un coin reculé du laboratoire. Ses cent dix kilos butèrent contre la frêle silhouette de la fille aux cheveux rouges. Elle avait dépassé les autres et observait attentivement une photographie sur laquelle on voyait défiler des troupes fascistes.

– Ici, c'est une tombe, poursuivit Prakash, entraînant la petite troupe derrière lui.

Trois soldats, dont un seul portait un casque, se tenaient debout, poing fermé, devant un petit monticule sur lequel on avait planté une branche d'arbre.

Les photos suivantes montraient une mairie ornée de l'étendard fasciste et des guerriers maures ; sur plusieurs clichés, on voyait un jeune homme vêtu d'une pèlerine noire, blessé à la main, courant, atteint par un projectile, courant encore, mais comme désarticulé, tombant à terre, les yeux ouverts.

– Il est mort, commenta Prakash.

Il s'arrêta et fit face à Maryika. Il devait la préparer, prévenir la suite.

– C'est ici que tout se joue. A mon avis, Blèmia a suivi les troupes républicaines quelque part au sud, et il s'est retrouvé dans une ville prise par les fascistes. Il y est resté. Regardez...

On voyait encore une haie de militaires, des bras, des fusils, des casques, des calots. Les tenues étaient impeccables, les fusils graissés et neufs. C'était cette série que Gerda contemplait depuis quelques minutes. Lorsqu'ils passèrent à sa hauteur, elle s'approcha d'une photo, tendit un doigt vers le défilé des phalangistes et montra leur chef.

– Lui, je le connais, dit-elle simplement.

Ils la dévisagèrent. La jeune fille paraissait ailleurs. Elle parlait sur un ton mécanique. Páz s'approcha d'elle.

– Comment le connais-tu ?

– C'était un ami de mes parents.

A l'autre bout du labo, Diaphragme avait abandonné ses cuves. Il s'approcha.

– Mon père était ingénieur chez IG Farben. Il fréquentait l'élite des nazis à Berlin. Cet homme est venu trois fois chez nous. Depuis dix minutes, je cherche son nom. C'est un Espagnol qui a fait une école militaire en Allemagne.

Ils se taisaient. Peut-être y avait-il là une lueur d'espoir. Un nom, après tout, c'était mieux que rien... Mais la fille restait devant le cliché accroché au filin, un doigt dans sa bouche, sans rien ajouter.

Prakash reprit le circuit des photos. Maryika le suivit. Malgré tout le solennel de la situation, elle ne put s'empêcher de réprimer un sourire en voyant les images suivantes : oui, Boro restait Boro ! Au moment des prises de vues, il se trouvait dans une ville occupée par les fascistes, les victimes tombaient autour de lui, probablement y avait-il des canonnades et des fusillades dans tous les coins, et lui, qui aurait dû ne penser qu'à fuir, qu'à sauver sa peau, s'était arrêté, et certainement longtemps, pour photographier une jeune fille assise sur la margelle d'un puits. Une jeune fille vêtue d'un manteau sombre, prise de profil, puis de face, serrant contre elle le visage d'un vieillard. Elle était brune, élancée, ses traits étaient creusés par une expression de violence assez belle. Sur une troisième photo, elle embrassait les joues de l'homme ; sur une quatrième, elle le regardait, et on voyait distinctement que le vieillard avait été blessé au visage.

Le cinquième cliché montrait les deux mêmes personnages assis sur un tas de madriers. La jeune fille avait posé son manteau sur le corps de l'homme. Elle fixait un point au loin. Son regard trahissait l'effroi.

Sur les six photos suivantes, on voyait approcher des militaires, puis ils s'emparaient du vieillard, et la jeune fille se tenait debout face à l'objectif, tandis qu'à l'arrière-plan l'homme n'était plus qu'un point vague emporté dans la profondeur du champ. Sur la dernière photo de la série, la jeune fille tendait les bras devant elle dans un appel silencieux et désespéré.

– Notre Boro est certainement tombé amoureux, dit Prakash, croisant ainsi les pensées de Maryika.

Elle poursuivit. Elle fut la première à voir la photo dont avait parlé Prakash. Quand les autres la découvrirent à leur tour, ce fut comme si le reste ne comptait plus. Bientôt ils se tinrent tous figés, muets, devant l'unique portrait de Boro que comportât la série.

Il était pareil à lui-même. Debout, très droit, vêtu d'un long manteau taché, sa canne dans la main droite. La sacoche dans laquelle il rangeait ses appareils était posée à ses pieds. Il arborait une mine fermée, grave. Maryika fut la seule à discerner les sentiments que dissimulaient la bouche fermée, le regard fixe, les poings crispés : la peur et la haine.

Un pistolet était braqué sur sa tempe.

– La photo est terrifiante, dit Prakash en s'approchant du groupe.

– Il devait avoir froid, murmura la Fiffre.

Elle fut prise d'un léger tremblement, comme si l'hiver espagnol s'était abattu sur elle.

– Il n'a plus son Leica, remarqua Pázmány.

– Non. Pour la bonne raison que la photo a été prise avec son propre appareil.

Bertuche oscilla d'un pied sur l'autre et dit :

– Je crois qu'il pose. Il a dû demander à quelqu'un de le portraiturer.

– Certainement pas, répliqua Maryika.

Ils la regardèrent. Comme toujours lorsqu'elle parlait, le silence se fit aussitôt. Tous respectaient son intelligence et la finesse de ses déductions. Personne n'eût songé à lui dénier ce qui, pour l'heure, apparaissait comme un atout magistral : elle connaissait Blèmia mieux qu'aucun d'entre eux. Car si les compagnons de l'agence Alpha-Press étaient liés au disparu par une amitié indéfectible, par les creux et les bosses dont ils avaient souffert conjointement et qu'ils avaient cicatrisés ensemble, la jeune actrice l'emportait sur tous par les racines de l'enfance et aussi, peut-être, par celles de l'amour. Cela, joint à son aura naturelle, avait créé une situation qui paraissait normale à tous : elle avait pris la direction des opérations.

– Je peux vous dire exactement ce que ressent Blèmia, et pourquoi il ne pose pas.

Elle montra les uniformes de ceux qui l'entouraient et se tourna vers Bertuche. Elle avait l'œil mauvais.

– Si vous vous étiez spécialisé dans le reportage plutôt que dans la mode, vous sauriez que ces tenues-là appartiennent aux phalangistes.

– Mais cela n'empêche rien ! se rebiffa le petit homme rond. Boro a pu demander à un phalangiste de le photographier !

– On peut penser cela quand on ne le connaît pas, siffla Maryika.

Elle s'approcha du responsable des archives et lui parla presque sous le nez :

– Jamais, au grand jamais Boro n'aurait joué à ces jeux-là. Il est digne, jusque dans la mort. Et c'est cela que moi, je lis sur cette photo.

Elle fit un pas en arrière, embrassa les visages de ceux qui la regardaient et ajouta :

– Je vais vous expliquer ce qui passe dans la tête de Boro à ce moment-là. A ce moment très particulier où il est tenu en respect par une arme braquée sur sa tempe, une arme dont le chien est levé, et s'il y avait une photo après celle-ci, peut-être qu'il serait étendu sur le sol, avec un trou dans la tête et du sang à côté.

– Cette photo n'existe pas, objecta Prakash d'une voix très douce.

– Mais c'est à cela qu'il pensait ! s'écria la jeune femme.

Elle pointa l'index sur le visage du reporter.

– Là, il croit qu'il va mourir et il crève de peur ! Et de haine, aussi. Il regarde l'objectif de son appareil qu'un autre lui a volé, et, s'il le pouvait, il le réduirait à rien ! Il le frapperait ! Il n'a peut-être pas la force de se montrer ironique, moqueur, désinvolte, mais qui l'aurait à sa place ? Seulement, il laisse monter sa haine, il l'entretient pour ne pas montrer à ses bourreaux combien il redoute le coup de feu. C'est son orgueil à lui ! Blèmia a toujours été bouffi d'orgueil ! Et peut-être que c'est cela qui lui a sauvé la vie !

Maryika baissa brusquement le ton et ajouta :

– Ou à cause de cela qu'il l'a perdue.

– Probablement pas, répliqua Prakash. Si Boro avait été tué dans ces circonstances-là, dans cette ville que nous ne connaissons pas, la photo suivante serait celle de son cadavre. Or, le reste de la pellicule montre les mêmes troupes que celles que nous avons déjà vues. Mais non pas du côté des vaincus : cette fois, on passe du côté des vainqueurs.

– Ce n'est pas lui qui les a prises, répéta Maryika.

– Je le pense aussi.

Prakash s'approcha de la jeune femme et posa la main sur son épaule.

– Comme vous, dit-il, je sais que jamais Boro n'aurait accepté d'aller dans le camp des fascistes.

Il sentit vibrer la peau sous ses doigts. Maryika était la proie d'une tension extrême. Béla se souvint de la manière dont elle avait dissimulé sa faiblesse dans le taxi qui les avait conduits de l'aéroport à Paris, trois semaines auparavant. Et c'est pour protéger sa pudeur, pour lui épargner d'avoir à se détourner afin de pleurer à l'écart, qu'il la mena devant les photos suivantes.

Elles montraient des troupes fascistes. Au repos, à l'entraînement, regroupées sur les rives d'un fleuve, franchissant un pont, gravissant des collines semées de ceps de vigne. Sur la dernière épreuve, on voyait la silhouette d'un homme, et cet homme, debout, avait levé son bras vers l'arrière. Le photographe l'avait fixé dans le mouvement.

– Ces photos n'ont pas été prises par Boro, déclara à son tour Pázmány. Non seulement parce qu'il ne pouvait aller de ce côté-là des lignes, mais aussi parce qu'il y a un style Boro...

– Qu'est-ce que c'est, le style Boro ? demanda quelqu'un.

– La précision dans l'image, répondit Páz. Même ses flous sont précis, parce qu'il les utilise pour suggérer davantage que le premier plan.

Il montra dédaigneusement les dernières épreuves du reportage.

– Ça, c'est clic-clac Kodak. On voit, on prend. Au premier coup d'œil, on a tout compris. Alors que chez Blèmia, les photos ont des sens multiples.

Il fut interrompu par Maryika. La jeune femme se détourna du dernier cliché et réclama une loupe.

– Une loupe ? s'étonna Germaine Fiffre. Une loupe pour voir gros ?

– Il y a quelque chose que je voudrais vérifier. Un mouvement...

Puis elle abandonna :

– Non. Ce serait trop incroyable.

Elle gagna l'autre extrémité du labo, là où Diaphragme avait suspendu les épreuves des premiers rouleaux. Pas à pas, elle refit le parcours qui l'avait conduite jusqu'au cliché de Boro lui-même. Lorsqu'elle en fut là, elle passa devant les clichés pris par cet autre que nul n'était à même d'identifier, puis elle s'arrêta de nouveau devant la silhouette de celui qui se tenait debout, le bras levé vers l'arrière.

– Oui, je veux bien une loupe.

– Nous avons mieux que cela, répondit Prakash.

Il se dirigea vers les cuves où officiait Diaphragme.

Maryika songeait à une image. Cela se passait en 1932, peut-être en 1933, à Munich. Elle avait dîné au café Luitpold avec son cousin. Dans la rue, il y avait eu une rixe. Boro s'était interposé. Elle ne se souvenait plus de quelle manière elle l'avait perdu, mais elle savait avec certitude comment elle l'avait retrouvé. Oui, elle se rappelait fort bien. Il lui avait suffi de prononcer son nom, son nom d'étoile montante du cinéma allemand, pour que les SA qui allaient massacrer son cousin s'écartassent afin de lui laisser le passage. Et là, au fond d'une cour, devant un mur de briques, se tenait Blèmia, sa canne à la main, Blèmia et un jeune homme qu'elle ne connaissait pas encore et dont elle avait d'abord vu le visage, puis la posture, et c'est cette posture qui lui revenait, semblable à une image émergeant d'un très ancien révélateur : il s'était ramassé sur lui-même, les jambes bien plantées, la main en arrière pour assurer sa prise sur le caillou qu'il s'apprêtait à lancer contre les nazis.

– J'ai demandé à Diaphragme d'agrandir toutes les photos.

Maryika se retourna brusquement et se retrouva nez à nez avec Prakash. Il tenait un cliché à la main. La jeune femme s'en saisit. Elle s'approcha d'une ampoule jaune qui brillait au fond du labo et leva l'épreuve à peine sèche au niveau de son regard.

Par-delà le flou, par-delà le grain et les coulures des produits photographiques, elle le reconnut. Elle le reconnut aussitôt. Un sourire, le premier depuis longtemps, éclaira son visage.

Au même instant, Gerda se détourna du groupe de soldats en noir et blanc qu'elle n'avait pas quitté du regard. Elle murmura :

– César de Montemayor.

Elle affichait un sourire presque enfantin.

– C'est cela. César de Montemayor.

Elle arbora soudain une moue méprisante.

– Un ami des SS. Un ami de mon père...

– Etes-vous sûre de son nom ? demanda doucement Prakash.

– Oui.

Pázmány s'approcha de Gerda la Rouge et déposa un baiser sur ses cheveux.

– Tu es formidable, dit-il à voix basse. Tu nous as donné la seule piste...

La Fiffre vint à son tour auprès de la jeune fille.

– Pauvre petite, murmura-t-elle. Vous êtes bien minuscule pour avoir perdu vos parents.

– Je ne les ai pas perdus, répliqua froidement la jeune Allemande.

Et elle ajouta :

– Hélas !

Un tueur sous ses plumes

Un matin, alors qu'il essayait de se raser les joues en vue de sa visite à Solana, Boro distingua l'empreinte d'une profonde tristesse sur le visage d'Iturria.

Il se tourna vers son compagnon d'infortune et, affectant la désinvolture, lui demanda :

– Ami Scaramouche, qu'est-ce donc ? Je te sens dans mon dos comme un juge...

– Dis plutôt que je désespère de ton ménage en ville.

– Quelques instants volés, comment peux-tu m'en vouloir ?

Iturria leva les yeux au ciel. Depuis que s'était instaurée l'habitude périlleuse du voyage de Boro sous le chariot du cantinier, le Basque ressentait comme un rituel exaspérant les préparatifs auxquels le photographe se livrait chaque matin avec un soin de dandy nécessiteux.

– *¡ Carajo !* s'écria-t-il en se dressant sur sa couche, je vais finir par me flinguer avec un type pareil ! Deux heures avant son rendez-vous, il s'astique comme un gigolo ! Deux heures après, il me serine encore ses états d'âme ! Il récite ses exploits ! Et le reste du temps, entracte ! Mystère et vie privée ! Le gentleman français fricasse dans ses rêves !

– Faute de respirer le chant des oiseaux, je donne un sens à ma vie.

– Dis plutôt que tu piétines celle des autres ! Admets une fois pour toutes que tu es perdu pour l'amitié !

Afin de mieux calmer sa mauvaise humeur, Felipe fit craquer les jointures de ses poings. Il pratiqua deux ou trois assouplissements des genoux en prenant appui sur la muraille humide et, après une série d'exercices de musculation tels qu'il les pratiquait chaque jour avec deux grosses pierres descellées en guise d'haltères, il se mit à tourner en rond autour des parois de leur cage en ponctuant ses arrêts d'une circonvolution du torse.

– Cette femme te perdra !

Les sombres prunelles de Boro brillèrent d'une lueur amusée.

– Mes escapades sont de courte durée ! plaida-t-il. Est-ce que je ne rentre pas avant l'heure des vêpres ?

– Un jour, tu ne rentreras pas du tout ! prophétisa lugubrement le Basque.

Il se laissa retomber sur sa paillasse.

– Je croyais voisiner avec un valet de comédie, et voilà que j'habite chez une duègne ! feignit encore de plaisanter Boro.

Mais le cœur n'y était pas. A cette minute même, il mesurait mieux que personne dans quelle impasse de néant sa vie tumultueuse s'était fourvoyée. Ce fou d'Iturria avait raison. Mille fois ! En allant retrouver Solana, il jouait au Hongrois romantique, s'étourdissait avec le fumet du danger, entretenait ses illusions en s'offrant une perspective quichottesque : sauver une innocente jeune fille !

« Mais ôte un peu ton bandeau ! s'apostrophait-il. Regarde-toi en face ! Misérable pantin tiré par des fils invisibles, tu t'agites entre les mailles de la nasse où l'on te tient captif, et ton incapacité à résoudre l'énigme de ta propre privation de liberté te condamne à ces gesticulations inutiles. Faux-fuyants, tout le reste ! Se pomponner en la circonstance ! Se raser ! Se labourer les joues avec un tesson de bouteille ! Faire des plis à un tire-bouchon de pantalon ! Quelle mascarade ! Quelle logique de clown ! »

Il se fabriquait des écrans de fumée pour se tromper lui-même. Et, dès lors, gommait de son paysage les questions fondamentales : qui s'acharnait à le détruire ? Qui décidait ? Avec quel esprit malfaisant ? Quel secret dissimulait le colonel de Montemayor ?

Ses paroles lourdes de menaces remontaient sans cesse à l'esprit du reporter. « J'ai les moyens de vous anéantir, mais *un autre* s'en chargera. » N'était-ce pas de ce côté qu'il convenait de chercher ?

Oui, assurément. Boro réfléchissait. Qui ? Quel être à la cervelle dérangée pouvait bien s'acharner à le retrancher du monde des vivants ? Qui souhaitait le briser physiquement et moralement ? Pour quelle obscure trace du passé fallait-il payer un présent aussi cruel ?

Reprenant le cours de sa toilette, le photographe inclina la tête. Il allongea le menton, tendit la peau de son cou avant d'y passer le tranchant de l'éclat de verre qui lui servait de rasoir ce matin-là, et, sur le point de racler l'endroit exact où battait sa carotide, suspendit son geste.

– Si je n'aimais pas Solana, j'aurais déjà cédé au désespoir, murmura-t-il avec une soudaine lassitude dans la voix. Elle est une féroce raison d'exister.

Il haussa les épaules. Encore deux traits de rasoir, une sorte de débarbouillage entre ses mains, puis, quittant le recoin qu'ils avaient rebaptisé « salle de bains » en raison d'une gamelle d'eau posée sur un tabouret unique, il s'avança jusqu'à son compagnon. Il arborait un chaleureux sourire. Celui-ci masquait, du moins le croyait-il, la nervosité qui s'emparait toujours de lui à l'approche de la distribution du repas, quand il guettait les pas des gardiens, le couinement des roues du chariot, le déverrouillage des loquets et la toux sèche du cantinier.

– Tu m'avais promis de cueillir une fleur de laurier rose dans la cour de la cuisine, dit-il aimablement en faisant apparaître et mousser une évocation de pochette en papier froissé sous le revers gondolé de sa veste. Je voulais l'offrir à Solana.

Felipe lui opposa un visage fermé.

– Je ne risquerai pas ma chienne de vie pour satisfaire aux folies de ta botanique amoureuse, *amigo* ! Avant que tu ne campes au 612, toi et moi avions des projets autrement plus exaltants !

– Quoi ? Fuir ? Il faudrait des outils pour creuser.

– J'ai deux cuillères et un rouleau de toile adhésive, annonça fièrement le Basque.

Boro fit la grimace.

– Les cuillères, je veux bien. Mais la toile adhésive ?

– Pour cacher les cuillères. Ici...

Il désigna le dessous de son châlit. Puis, soutenant le regard du reporter qui le dévisageait avec un sourire incrédule, il se redressa et ajouta :

– La toile adhésive servira aussi à fixer à l'intérieur de mes cuisses les quelques instruments que j'ai cachés dans la cage du coq.

– Je pensais que tu ne croyais pas à la possibilité d'une évasion...

– J'ai fini par te donner raison : c'est par le centre de la citadelle qu'il faut passer.

– Tu prétendais que c'était suicidaire !

– Maintenant, je dis que nous n'avons plus le choix... D'ici un mois, nous ne serons plus que des loques sans ressort !

Le Basque s'animait peu à peu.

– Tout plutôt que de subir l'anéantissement progressif auquel on nous soumet ! s'écria-t-il.

Soudain, il serra le bras de son compagnon et, le fixant dans les yeux, tenta de lui communiquer sa flamme :

– *¡ Hombre !* Cesse de risquer ta vie pour rejoindre cette fille ! Réalisons point par point les étapes de ton plan !

Boro se détourna. Nullement découragé, le Basque le suivit.

– D'abord, creuser un tunnel pour déboucher à côté... Ensuite, desceller les pierres du mur attenant à la cour. Troisièmement, traverser la cour...

Blèmia Borowicz fit quelques pas hésitants sur le pavé suintant et posa sa paume sur la surface lépreuse du mur de la cellule mitoyenne.

– Il faudrait agir tant que personne n'occupe les lieux, murmura-t-il en interrompant le cours de ses pensées. Travailler de nuit...

Felipe Iturria l'avait rejoint et se tenait dans son sillage.

– C'est bon de t'entendre parler de cette façon, *compadre !* Nous commencerons ce soir, si tu le souhaites, dit-il avec un large sourire. Nous évacuerons la terre en la jetant par la meurtrière.

Boro leva la tête et considéra la fente placée très haut dans son halo de lumière.

– Comment l'atteindre ?

– En grimpant sur le châlit.

– Admettons... Nous arrivons à la cour... Mais tu disais qu'elle était pleine de soldats !

– Ce n'est plus un obstacle ! s'esclaffa bruyamment le Basque. Hier, les gardes m'ont fait décharger du bois de chauffe pour les appartements du colonel. J'ai choisi moi-même l'endroit où le mettre... Avec un autre détenu, nous avons empilé vingt stères de chêne sur trois rangs de profondeur contre la muraille. J'ai ménagé au centre de la pile une sorte de grotte intérieure qui nous permettra de déboucher de la cellule à couvert, puis d'attendre sans être repérés. J'ai aussi ménagé deux ouvertures afin de guetter le moment propice pour nous élancer au-dehors...

– Bien, ça... Nous sommes dans ta datcha... Et après ?

– Il faudra attendre la nuit... Sûrement courir... Entrer dans le bâtiment le plus éloigné. Monter un étage. Passer par le niveau supérieur. C'est une espèce de dortoir. Parfois, les gardes y lutinent une épouse ou une sœur de prisonnier qui prête son corps dans l'espoir de faire passer une lettre et un peu de nourriture à un mari ou à un frère... Après...

– Après ?

– Après, je ne sais plus. J'imagine qu'il faudra suivre un moment le second chemin de ronde, puis longer le donjon où loge le colonel, redescendre un niveau en évitant les rencontres inopportunes, et se risquer par la cour des visiteurs...

– Tu veux dire l'espace où se pressent les veuves d'Alto Corrientes ?

– Oui. Nul doute que la poterne d'accès au fort se trouve dans les parages. Aujourd'hui même, j'irai en expédition de ce côté sous prétexte d'aller visiter le forgeron qui doit chausser Durruti.

– Tu offres des chaussures à ton coq ? s'étonna Boro.

– Une paire d'ergots métalliques. Des poignards pour taillader le jabot de son adversaire.

– Quel adversaire ?

– Un teigneux venu de la Manche. Général Franco, il se nomme ! Il est arrivé hier par le convoi de munitions.

– Comment te paraît-il ?

– Vicieux. Détraqué, pour un coq.

– Il a des références ?

– L'auréole d'un tueur ! Sept combats, sept mises à mort.

Boro réfléchit un court instant. Une ombre obscurcit son regard.

– En somme, Durruti vit ses derniers jours, murmura-t-il en relevant la tête.

– Durruti ne le sait pas.

– Si ton poulet passe à la rôtissoire, plus de complicité de la part d'Escobar ! Plus de visites à Solana...

– Tu ne vois que ton maigre avantage derrière un rempart de plumes !

– Fais ajourner le combat !

– Comment le pourrais-je ? Les paris vont bon train dans les chambrées. La rencontre aura lieu dès que nous serons prêts.

– Invente un malaise à ton coq. Prétexte qu'il a la dysenterie. Fais traîner les choses !

A ces mots, Felipe ne put retenir un réflexe de vieux tragédien. Il toisa Boro comme à la scène et dégagea vers le fond du cachot à grandes enjambées.

– Ne compte pas sur moi, dit-il, pour altérer les forces d'un animal que j'estime pour sa dignité !

– C’est juste un gallinacé.

– C’est tout un symbole !

– Un simple oiseau omnivore au vol lourd !

– Un Durruti qui va risquer sa vie pour prolonger les nôtres !

– Il n’empêche que si ton champion perd sa crête, le cantinier nous dénoncera.

– Buenaventura vendra chèrement sa peau.

– En quelle forme est-il ?

– Magnifique ! L’abus du grain a fait merveille sur son plumage ! Son cou est riche de couleurs comme une forêt d’automne ! Ses yeux sont des ruisseaux d’or !

– Saura-t-il se battre ?

Le Basque se figea dans une attitude de fierté naturelle.

– *Lo he dicho miles de veces*... Pour être un coq ou pour être un homme, il faut du courage... Et c’est le cas de Durruti !

Il baissa la tête et ajouta en serrant les poings :

– *Bien, veremos*... Demain, je dirai que le coq a la chiasse.

Et il s’immobilisa.

Boro venait de poser sa main sur la sienne.

Un voisin contrariant

Le bruit de coffre-fort produit par la lourde grille qui venait de refermer la mâchoire de ses gâches et serrures à triple encliquetage percuta le silence. Au bout du couloir, le chariot couina sur ses roues. L'écho des bottes asturiennes roula sous la voûte, croisant l'éclat ouaté de plusieurs voix. Le porte-clés fit tinter son trousseau et ouvrit la cellule voisine.

– Comment se fait-il ? murmura Boro. Aujourd'hui, les gardes ne sont pas restés en faction au bout du couloir. Ils sont au moins quatre à accompagner le chariot jusqu'ici...

– Ne va pas au 612, conseilla Iturria. Passe un jour !

Les deux prisonniers entendirent l'huis rouler sur ses gonds en gémissant. Un ordre fusa. Le rire conjugué de Loco et Furioso leur parvint comme un chapelet d'ondes désaccordées. Aussitôt, un cliquetis de fusil, le choc sourd d'un coup de crosse écrasant de la chair humaine, un cafouillis de pas comme une bousculade et, enfin, un cri de douleur les avertirent qu'un de leurs camarades de détention venait d'être châtié pour une incartade au règlement.

Les deux compagnons se regardèrent.

– Nous avons un voisin, chuchota Iturria. Voilà qui complique nos plans.

– J'y vais quand même, répliqua le reporter.

A cette minute même, il ne pensait plus qu'à son rendez-vous avec Solana.

Déjà la clé mordait dans leur propre serrure.

Il étreignit son compagnon dans une accolade fraternelle.

– *¡ Ten mucho cuidado !* Fais très attention ! eut le temps de souffler Iturria.

L'instant d'après, Boro effectuait son roulé-boulé et prenait position sous le plateau du chariot. Le cantinier, cependant, s'avançait dans la pénombre du cachot. Lorsqu'il tendit à Iturria la double ration de brouet quotidien, Escobar ricana.

Le Basque n'eut pas le temps d'interpréter cette jovialité féroce. Il se courba brusquement en deux, le thorax et le bas-ventre transpercés d'une vive douleur. La pointe du genou droit d'Escobar venait de le frapper en plein entrejambe. La bouche ouverte, le souffle coupé, Felipe ramena ses bras contre lui. Il recula, saisi par la nausée. L'autre rattrapa le corps à la dérive du prisonnier, enferma la nuque du Basque et dit :

– Si le coq ne gagne pas, je te ferai descendre !

Les regards des deux hommes se mêlèrent, l'espace d'un défi qui leur interdisait à l'un de crier sa souffrance, à l'autre d'épancher sa haine.

Déjà la voix de Loco retentissait à l'extérieur :

– Escobar ! Tu passes la nuit avec une pute ?

– *¡ Nada !* Ce salaud a le cul trop serré !

Déjà, avec un rire de gorge, le cantinier desserrait son étreinte. Son ombre recula vers l'ouverture, puis s'effaça à contre-jour d'une torche qui laissait entrevoir le faciès anguleux de Furioso, la crosse de son mousqueton. Le battant de la porte rebondit sur l'arche de pierre, le loquet chercha la gorge de sa ferrure, et la nuit retomba sur Iturria, courbé en deux par la souffrance. Il avait laissé échappé la timbale de soupe. Il chercha appui contre les pierres. Un spasme le secoua. Les oreilles sourdes et brûlantes, il régurgita longuement, agonie de ses entrailles vides, tandis que s'éloignait la rumeur des pas au fond du couloir au dallage inégal.

Inconscient de la situation de son malheureux ami, Blèmia Borowicz mettait toute son énergie à ne pas lâcher prise malgré les cahots qu'on lui faisait subir. La nuque soudée, le visage jeté sur le côté, les coudes calés contre les flancs de la carcasse métallique, les pieds coincés sous les tubulures horizontales, il maintenait sa position cambrée sous le plateau de la cantine. Il observait la ronde des bottes. Comme une crampe insupportable ferrait le trapèze de ses omoplates, il attendit une halte et laissa glisser son dos jusqu'au sol. Ainsi, l'espace d'une minute, parvint-il à reposer ses muscles. Puis, le chariot ayant repris son parcours ivre entre les murs suintants, Boro, passager clandestin, roula derechef vers son destin.

Une fleur pour une dame

A peine la porte fut-elle refermée que Solana se lova contre lui, conformant son corps au sien.

– Tous ces risques pour moi ! Merci, merci ! Oh, mille fois merci ! souffla-t-elle.

Il eut tout juste le temps de lui sourire dans l'obscurité. Son visage bouleversé était tourné vers le sien. Elle éleva ses doigts entrouverts et tremblants, ses longs doigts d'ivoire jusqu'à sa tempe ; elle effleura sa mèche, ses cheveux abondants, elle caressa l'ossature de son front, celle de ses pommettes, comme s'il s'agissait d'en apprendre le braille. Puis elle exhala un soupir rauque et soudain son souffle s'approcha de ses lèvres. Elle l'embrassa. La vérité de cet élan spontané le troubla tant qu'il eut l'impression de perdre pied. Il était comme déraciné, emporté dans les airs. En une seconde, elle était devenue une partie de lui-même, une souffrance et un amour partagés, un fractionnement de son âme. Il avait perdu l'intelligence des mots. Entre les lèvres de Solana, il puisait une ferveur nouvelle. Il découvrit la forme de ses épaules, ses mains nichées dans les siennes, convulsives ou bien mortes, oiseaux éteints, oiseaux de fugue.

Solana rompit brusquement leur éblouissement réciproque. Elle se rejeta en arrière, puis, inventant les variations d'un solfège inconnu, elle dit dans un murmure combien sa passion l'aidait à vivre.

– Je t'aime ! je t'aime ! souffla-t-elle en écarquillant des yeux exaltés.

Elle plongea un moment son regard dans celui de Boro et lui sourit.

Insensiblement, un soupçon d'inquiétude apparut sur son visage. Cédant à une étrange intuition, elle inclina la tête et explora la pénombre. Alors, ce qu'elle crut voir, même si elle n'en était pas certaine, abolit sa force. Ses pupilles se figèrent. Son front s'agrandit de terreur. Ses joues pâles se creusèrent de deux plis amers. La détresse l'empêchait de parler. Simplement, elle se mit à hocher la tête. Puis, d'un seul mouvement, elle se délivra des bras de Blèmia.

Ne comprenant pas la portée de son geste, celui-ci s'avança pour l'enlacer à nouveau. Mais elle le rejeta avec violence. C'était comme si elle avait capté un signal, comme si elle avait eu la prescience de leur perte. De leur proche anéantissement.

– Attends ! Attends !

Elle scrutait l'ombre. Elle entendit le bondissement désordonné de son propre cœur, et l'instant d'après, ce qu'elle distingua nettement par-dessus l'épaule de Boro, les yeux d'Escobar qui les observait par le judas, la glaça d'une horreur muette.

Ils n'avaient pas entendu venir leurs geôliers !

Elle recula vers le fond du cachot, secouant ses cheveux dénoués. Boro, qui venait de sursauter à la morsure de la clé dans la serrure, se rejeta dans l'ombre dont l'épaisseur cernait l'arche de la porte.

Succédant à la folle chamade de leur intimité, une sorte de lente liturgie se remettait en marche. Ils n'étaient plus que les officiants passifs d'un cauchemar à répétition.

Plus tard, lorsqu'elle serait à nouveau seule dans sa geôle, lorsque les pas du sinistre cortège se seraient éloignés dans la perspective du couloir des condamnés à mort, Solana se rappellerait qu'elle avait tendu au cantinier sa gamelle de mauvaise soupe dont elle venait de vider le brouet sur le sol. Escobar l'avait approchée, frôlée, cherchée. Il avait eu un regard triomphant, une expression de haine illuminée par l'idée du mal. Il avait retenu un moment son avant-bras dans sa main poisseuse, esquissé un sourire appuyé. Elle avait entrevu sa langue épaisse. A l'arrière-plan, elle devinait Boro, debout contre la voûte de la cellule. Elle avait gardé ses yeux plongés dans ceux du suiffeux bonhomme qui retenait sa main captive dans la sienne, imaginant Boro, damné renvoyé dans les limbes, intime prolongement d'elle-même, accomplissant son habituel roulé-boulé et regagnant le fragile couvert du chariot.

Voilà, c'était fait ! L'élégant amoureux était redevenu cloporte. Le chevalier Borowicz était rentré au bocal. Il était une fois de plus, et pour un nouveau voyage, le prisonnier le plus vulnérable de toute la citadelle d'Alto Corrientes.

Le reporter venait d'engager ses jambes tendues sur le support des tubulures. Il crispait ses muscles afin de se plaquer contre le plateau. Le visage tourné sur le côté, il entendit les pas des sentinelles, le frottement de leurs mousquetons. Pas un rire, pas une toux. L'attente se prolongeait.

Boro, les épaules douloureuses, les tendons tétanisés par l'inconfort de sa position, serrait les dents. Le temps s'était mis à battre un autre rythme. Le disque était rayé. Il entendit une porte rebondir contre un mur. Des talons claquer dans un garde-à-vous collectif. Ce qu'il distinguait, et qu'il ne voulait pas se résoudre à croire, ne correspondait pas : des bottes de cuir souple, luisantes de reflets, polies par des brosses expertes, venaient de s'immobiliser tout contre ses mains blanchies par l'effort de la traction. Solana, lui semblait-il, avait poussé un cri d'effroi. La situation devenait folle. Le museau de la botte droite, la plus proche de son visage, dispensa une averse de coups sur ses doigts crispés, mordit les jointures de ses poings et s'acharna un moment sur l'arête du nez. Il savait qu'il ne pourrait tenir longtemps. D'ailleurs, à quoi bon ? Une voix calme, lointaine et amicale lui enjoignait de se montrer raisonnable :

– Descendez ! Descendez donc, monsieur le photographe ! Quittez votre wagon-restaurant !

Brusquement, Boro lâcha prise.

Son dos percuta douloureusement le sol. Deux paires de mains l'agrippèrent fermement, le firent glisser sans ménagements au milieu des immondices. Il se sentait plus gourd, plus inutile qu'un sac de son. D'ailleurs, il était traité comme tel. Un effet de poulie crocheta le col de sa veste par-derrière. Le tissu se déchira dans le dos. On le halait vers le haut, on le remontait à la lueur des torches. Il se tenait en équilibre instable sur sa jambe valide. Les Asturiens riaient à gorge déployée – ah, la très bonne farce, la très bonne plaisanterie que c'était là, mon colonel !

César de Montemayor, sanglé dans son uniforme, fixait le prisonnier avec son indifférence polie d'amateur de jolies choses cruelles.

– Comme on porte l'habit, on séduit les dames ! apprécia-t-il en constatant l'élégance loqueteuse du passager clandestin. Il faudra m'indiquer l'adresse de votre tailleur, mon pauvre ami.

– Simple location au Cor de chasse, rétorqua le Hongrois en promenant distraitement la main sur la déchirure de sa veste.

Des yeux, il cherchait Solana. Il nota sa pâleur, son attitude désemparée, la raideur de sa silhouette. La fixité de son regard.

– Le temps est un avion fou, soupira-t-il en lui adressant ses excuses par-delà l'écran des soudards. Vous étiez tellement l'illusion du monde que je n'ai pas vu passer notre quart d'heure !

Puis, sur le ton de la conversation mondaine, sans doute pour indiquer à la jeune fille qu'il ne faut pas montrer sa peur lorsqu'on est sur le point d'affronter une situation désespérée, il retrouva son impertinence naturelle et suggéra au colonel :

– L'adresse de mon loueur de frac contre une aiguillée de fil noir ! Qu'en dites-vous ?

Montemayor sourit avec indulgence. Il s'avança sans hâte, dans un bruit de cuir feutré. Il s'immobilisa devant Blèmia et cueillit entre deux doigts délicats la boule de papier froissé qui ornait sa boutonnière. Il fit mine d'en humer le parfum, un peu comme s'il s'agissait d'un gardénia fleurissant le revers d'un gentleman, un soir d'opéra. Puis il se tourna en direction de Solana qui se tenait reculée dans la grotte humide de son cachot. Il la salua d'un mouvement de nuque ostentatoire et lança le pompon de papier à ses pieds. Une fleur pour une femme. Un hommage de carton-pâte. Une galanterie mouchetée d'une secrète férocité.

– Dix-huit jours avant d'échanger le premier baiser ! ironisa l'Espagnol.

Il avait les yeux mi-clos.

– Chaque soir, Escobar me faisait son rapport, et votre vertu m'obsédait, mademoiselle Alcántara !

– Je vous hais, articula calmement Solana. Je vous méprise.

Il la fixait, impénétrable. Elle cilla à peine.

– Vous n'avez que la mort comme arme contre nous, murmura-t-elle.

– Nous en userons, dit le colonel.

Elle lui tourna brusquement le dos.

Il prit l'air sincèrement peiné par cette attitude incivile.

– De ne point vous voir vous pâmer d'amour, je désespérais de vous voir jamais souffrir ! Du moins, maintenant, je pars rassuré ! Bon flot de larmes, mademoiselle la libertaire ! Ah, comme vous allez pleurer !

Il fit siffler sa cravache et fouetta la tige de sa botte. Il ébaucha un geste pour ordonner au porte-clés de refermer la porte et, tandis que Solana frappait de ses poings l'épaisseur sourde du bois en hurlant le nom de Boro, le colonel de Montemayor enfila ses gants de cuir.

– Eh bien, messieurs, dit-il en s'adressant aux gardes, chacun connaît suffisamment le chemin ! Pour M. Borowicz, direction le belvédère !

La mort est un oiseau de brume

El Loco et El Furioso soulevèrent le reporter par les aisselles. Ils le traînèrent, le hissèrent, le halèrent par la vis sans fin de l'escalier en colimaçon. Ils le transportaient avec un zèle de potaches chahuteurs.

Boro essayait de compter les marches. Il n'y parvenait pas. Il percevait le souffle rauque des deux paysans asturiens. Ces derniers, transfigurés par une sorte de sauvagerie animale, procédaient par bonds successifs. Ils traînaient le prisonnier à leur suite, grimpaient à chaque embardée une volée d'une dizaine de marches, marquaient un temps d'arrêt, rassemblaient leurs forces, frappaient Boro à petits coups répétés à la face ou dans les côtes – des dégelées pour faire mal, des sévices mesurés et douloureux dont le colonel, qui les suivait à distance, ne pouvait s'apercevoir.

Puis la cavalcade syncopée reprenait. La seule défense de Boro consistait à peser de tout son poids, à se montrer le plus passif possible, afin de retarder l'élan de son attelage en folie. Ses pieds, tendus derrière lui, heurtaient l'angle des marches. Il avançait tel un pantin disloqué, quêtant en lui-même l'illusion d'un réconfort. Son obsession était que ses tortionnaires s'en prissent à Solana. Il eut aussi une brève pensée pour Iturria et se souvint avec amertume des mises en garde de son ami.

Le reporter savait que ses instants étaient comptés. Il tenta de se débattre, calant un pied contre l'arête d'un gradin, mais il reçut le tranchant d'une main derrière la nuque. Sa vision s'obscurcit, son corps s'affaissa vers l'avant, et, presque aussitôt, deux autres militaires s'approchèrent, lui assenèrent quelques coups de crosse dans le bas des reins.

Boro laissa échapper une plainte. Ses pieds cédèrent. Le tournoiement des escaliers devint irréel. Il se laissa emporter.

Le décor défila de nouveau, manège de pierre, voûtes, cintres et meurtrières, ombres fugaces, graffitis ensanglantés, lumières rouges, stridences de ciel bleu... Il reçut une nouvelle matelassée de coups. Les salauds s'en donnaient à cœur joie. Tandis qu'ils s'élevaient, tels trois chevaux emballés, dans le puits de lumière annonciateur du belvédère, Boro songea qu'il allait mourir.

– Aigle vole ! Quel spectacle ! Tu vas voir ! hennit El Furioso.

– Tu vas baigner dans les airs ! promit El Loco.

Allaient-ils le basculer dans le vide sans autre forme de procès ? Allaient-ils l'obliger à sauter de son propre chef ? Y aurait-il, par raffinement de cruauté, un arrêt au bord du précipice, la possibilité d'un échange de paroles ? Pourrait-il négocier la sauvegarde de la jeune fille ? Mais qu'avait-il à proposer en échange de sa propre vie ?

Sa vue se brouillait. Son front ruisselait.

Ils débouchèrent bientôt sur la plate-forme exiguë du belvédère, située quatre étages au-dessus des cellules. Ce jour-là, dont la beauté n'inclinait pas à mourir, un gai soleil d'hiver délavait les parois du cañon, et sa lumière nimbée de brume dorait les escarpements à perte de vue.

Boro fixa un instant l'astre scintillant. Son éclat, d'une étrange pureté, rebondissait sur le miroir sinueux du fleuve. Les traces lumineuses éblouirent le prisonnier, lui communiquant une onde essentielle : l'instinctive envie de poursuivre l'aventure de la vie.

Le colonel de Montemayor parvint à son tour sur la terrasse. L'officier marqua un imperceptible temps d'arrêt et enregistra l'image du reporter, face levée vers le soleil. A son tour, déchiffrant le livre du monde, il lança un regard d'esthète en direction des ravins qui dominaient l'à-pic des murs de la citadelle.

Puis, les mains derrière le dos, sa cravache immobile, l'hidalgo tourna insensiblement la tête, comme s'il passait en revue les éperons à pans coupés qui formaient l'ossature du fantomatique vaisseau de pierre voguant au-dessus du vide. Le ciel était délavé jusqu'à l'infini, confiné à l'horizon par un amoncellement de nuages. Une sorte de barrière, irréelle comme une banquise, un océan de glaces lentes, se développait dans la lointaine atmosphère, laissant présager la chute de nouvelles neiges sur les sommets.

Au-dessus de la proue du belvédère, un rapace arrondissait son vol d'une parfaite épure.

Encadré par le Fou et le Furieux, Boro attendait le bon vouloir de ses maîtres. Le visage décomposé par le blizzard, appuyé à la muraille, il regardait les Asturiens avec mépris.

– Un beau jour pour sauter le pas ! plaisanta l'un des deux autres soldats placés en retrait.

Blèmia réprima l'envie de se retourner vers eux. Il les entendit contenir un fou rire. Son attention se concentra sur les allées et venues du colonel. C'était lui, lui seul qui détenait les clés de la vie ou du trépas.

Ce fameux beau jour de soleil, Dieu avait chaussé des bottes.

¡ Viva la muerte !

A présent, cinq busards volaient en cercles au-dessus des déchirures de la falaise.

Montemayor s'était rapproché de la rambarde qui ceignait la plateforme. Il en suivit prudemment la main courante et, brusquement, ouvrit le loquet du portillon donnant sur le gouffre.

Il cueillit une touffe de plantes grasses qui poussait à même le parapet et la jeta dans l'espace. Il se pencha imperceptiblement, semblant mesurer la distance qui séparait son observatoire de la mâchoire de rochers hérissée de chicots acérés. Puis il recula à pas lents jusqu'au centre du belvédère et marqua sa satisfaction en entendant approcher un bruit de pas cadencés.

Sept ou huit rapaces supplémentaires avaient surgi en même temps des pans d'ombre de la montagne, et s'étaient joints à la ronde silencieuse de leurs congénères.

Conduite par le caporal Santiesteban, une escouade composée d'une demi-douzaine de militaires armés et casqués fit son apparition par le chemin de ronde. Cette escorte encadrait deux hommes et une femme enchaînés et blêmes qui, pour les uns, portaient comme seules guenilles leurs chemises lacérées et, pour l'autre, une mauvaise robe d'été.

– Nous récupérons les vêtements des détenus qui n'en ont plus besoin, commenta le colonel. Parfois, les chevalières ou les montres.

Ses paroles étaient distinctement apportées par le vent. Bien qu'elles fussent prodiguées à l'intention de Boro, le maître de la citadelle ne s'était pas spécialement tourné de son côté pour lui parler.

– Section, halte ! demi-tour droite ! commanda le caporal.

Les soldats pivotèrent dans un alignement simultané qui les plaça face au vide. Ils déposèrent les armes dans un cliquetis. Trois d'entre eux se tenaient à gauche des prisonniers. Trois autres les verrouillaient à leur droite. Le caporal Santiesteban déborda le groupe, fit quatre pas en avant, marqua la cadence sur place, ses joues vibrant dans leurs replis de mauvaise graisse. Il finit par s'immobiliser dans un garde-à-vous de parade.

– Peloton à vos ordres, mon colonel ! annonça-t-il.

Pendant un temps incalculable, le visage tanné de César de Montemayor ressembla à un parchemin illisible. Soudain, il dessina un signe à l'adresse des chiens de garde du reporter. Les yeux du caporal roulèrent instantanément dans ses orbites prolongées par de lourdes paupières de poisson-lanterne. Il réitéra l'invite de l'officier à ses subalternes, la transforma en un aboiement bref qui eut pour effet de déclencher le Fou et le Furieux. Ces deux-là bousculèrent Blèmia, l'entraînant vers le parapet, le propulsant sur le devant de la scène.

– C'est toi qui ouvres le bal ! s'enthousiasma Loco, sincèrement ravi à l'idée de ce programme. Essaie de planer ! Le record est à prendre !

En même temps, El Furioso enfournait ses doigts soulignés de crasse dans la bouche du reporter. Il fouilla un moment sous sa langue, lui écarta les mâchoires avec un soin de maquignon :

– Vite, que je t'allège, si tu veux voler plus longtemps que les autres !

Il avait sorti une pince chromée de sa poche.

Sa joie fut brève et parut se ternir en cours d'examen. Il fit partager sa déception à son *alter ego.*

– Il n'a pas d'or dans la bouche !

– Sa veste ne vaut rien ! dit à son tour Fou. Elle est toute déchirée !

Boro flatta les épaules et le garrot des deux paysans.

– Prenez mes chaussures, prenez ma vie ! dit-il dans un grand accent de générosité. Je vous les offre ! Et tenez, en sautant, je vous donnerai aussi la main, si vous voulez ! Ce sera l'occasion de voyager ensemble ! A trois heures pile, nous entrerons en enfer ! Ce sera autrement plus reposant qu'ici !

– *¡ Basta !* Suffit ! hurla le colonel.

Les deux soldats rectifièrent leur position. Il n'était pas dans les habitudes du maître de la citadelle de tolérer le moindre laisser-aller de la part de ses troupes.

– Mettez-vous là, à ma droite, ordonna-t-il au reporter.

Il lui désigna une place contre la rambarde, près du portillon ouvert sur le ravin.

– Et qu'il soit procédé aux exécutions du jour !

– Vous êtes encore plus raffiné que je le pensais, dit Boro en comprenant qu'il passerait bon dernier.

– Je veux que vous soyez aux premières loges, répondit l'officier. En cela, je ne fais qu'obéir point par point à ce qui m'a été dicté.

Boro sentit le sang refluer à ses joues. Cette nouvelle manifestation de cruauté n'était-elle pas un indice de la présence de celui qui voulait l'anéantir ? Cédant à une intuition qui lui commandait de se retourner, il commenca à fouiller du regard les ouvertures des divers bâtiments situés en arrière-plan. Au-delà du nid de mitrailleuses, il lui sembla apercevoir, par la fenêtre du donjon, la silhouette d'une femme, les yeux rivés à des jumelles.

Une femme ? C'était donc une femme qui voulait sa perte ?

Il n'eut pas le loisir d'approfondir son interrogation. Une main de fer s'appliqua à son visage, l'obligeant à regarder du côté de l'horrible spectacle auquel il était convié.

La peau luisante de mauvais suif, le caporal Saturno Santiesteban s'avança d'un pas. Il tira de sa poche une paire de lunettes rondes cerclées de métal blanc, les chaussa sur son nez bubonique.

Entre-temps, le colonel avait ordonné aux hommes du peloton de faire avancer le premier des captifs jusqu'au bord du gouffre.

Un homme jeune, au profil aigu, au dos voûté, fut propulsé jusqu'à l'encadrement du portillon. Comme il reculait par instinct, par vertige, les factionnaires le maintinrent en place de la pointe de leurs baïonnettes.

– Si je dois mourir, nettoyez-moi plutôt la tête avec une balle, dit l'homme en espagnol.

Ses dents claquaient.

Le caporal aux yeux de cœlacanthe commença à lire un simulacre de jugement officialisant le verdict rendu par le tribunal militaire d'exception réuni sous la présidence du colonel César de Montemayor, commandant la forteresse d'Alto Corrientes.

La voix rocailleuse de l'assassin du brigadiste Manuel, tué pour avoir voulu boire un filet d'eau, ronronnait sans passion. Filtrée par son triple jabot adipeux, elle disait : « ... Pour toutes ces raisons, Sauveur Kléber Ackermann, Juif, commissaire au bataillon

Domingo-Germinal, capturé à Cerno del Puerto, a été condamné à mort et exécuté par défenestration... »

Puis les enchaînements irrémissibles de l'ordonnance sanguinaire se déroulèrent sous le regard incrédule de Blèmia Borowicz.

Poussé dans le vide par les soldats, Sauveur Kléber déploya ses bras, puis il voltigea dans l'espace. Cris et imprécations s'éloignèrent ainsi qu'un reproche dérisoire. Homme privé de gloire, déjà oublié, entrant dans un futur inimaginable. Il tomba vers le fond lumineux du superbe paysage, tournoya comme une escarbille, se confondit avec la terre, puis reparut à contre-jour et finit par s'écraser, corps disloqué, cent fois rompu, rendu abstrait par la distance.

Mais ce n'était pas fini. La voix de Santiesteban énonça de nouveau les paroles de glace. Ce fut le tour de Petrov Mihály Komár, volontaire communiste hongrois, blessé et capturé le 16 février à la bataille de la Jarama, d'entendre sa sentence. Mais, tandis que le caporal Santiesteban lisait, le nez sur sa feuille, le brigadiste du bataillon Mátyás-Rákosi échappa soudain à la vigilance de ses gardes et, de lui-même, plongea dans le vide.

Il cria :

– *¡ Viva la muerte !*

Ainsi faussa-t-il compagnie à ses bourreaux, ainsi choisit-il le moment exact de sa mort. Il tomba. Le colonel le suivit des yeux, appuyé à la balustrade de la plate-forme. Son visage, décomposé par le froid, s'était transformé en masque d'airain et de haine. Cet homme-là lui avait échappé.

Boro apercevait le fleuve. Son cours sinueux miroitait dans les défilés, jusqu'à la mer, dont on apercevait la surface grise. Le blizzard emportait l'espoir. Le reporter rejeta la tête en arrière pour ne pas voir le moment où le corps de son compatriote se disloquerait sur la pierre.

Le caporal Santiesteban s'était interrompu dans sa sinistre oraison. Il parut presque soulagé d'entendre la voix de Montemayor aboyer dans sa direction :

– *¡ Ya te has divertido bastante, Saturno ! ¡ Ahora, a trabajar !*

Il reprit donc le cours de son travail et appela Amèlia Paola Bianco, nationalité italienne, agent de liaison et terroriste, accusée de tentative d'assassinat sur la personne du général Rojo.

La femme avança sans qu'on eût à la pousser de la pointe du fusil. Elle était menue. Ses cheveux coulaient sur sa nuque. Fragile dans sa mauvaise robe de cotonnade, à la pointe du môle, immobile, attentive au tissage des secondes. Le temps que dura l'énoncé du verdict qui la frappait, elle demeura face à ces paysages sans souvenirs et sans promesses, face à cette terre étrangère qui était devenue le lieu de son supplice. En observant sa posture résignée, empreinte de dignité et de doute, Boro ne put s'empêcher de penser à Solana, restée seule, elle aussi, face à l'angoisse sans réponse.

Il vit l'officier fasciste se déplacer lentement en direction de la *pasionaria* italienne. Chemin faisant, le colonel de Montemayor avait glissé sa cravache dans la tige de sa botte. Il s'immobilisa derrière la jeune femme et posa sa main gantée sur l'épaule dénudée de la condamnée. Le maintien presque religieux de cet inquisiteur en uniforme verdâtre, la douleur peinte sur son visage blafard, digne d'un Greco, son attitude d'une infinie commisération avaient de quoi ébranler les assistants. El Loco souriait au ciel.

Le colonel se raidit dans sa vareuse barrée d'un baudrier de cuir noir et sembla se ressaisir.

– Si jeune pour mourir, prononça l'homme austère en détaillant l'ossature de sa future victime.

Ses yeux enveloppèrent la nuque ivoirine où venait d'apparaître une plage d'innocence dégagée par le vent. Il ajouta gravement :

– Voici une courte existence qui n'a pas eu le temps d'épuiser tout ce qu'une vie peut prodiguer...

Il reporta son regard sur la distance, laissa divaguer un moment son esprit, puis, tandis que sa main gauche abandonnait comme un oiseau noir l'épaule dénudée de la malheureuse, sa dextre se déplaça lentement en direction de la gaine qui protégeait son arme de poing. Il en libéra le rabat, dégagea son Mauser et fit feu à bout portant. La boîte crânienne de la suppliciée explosa sous l'effet de la déflagration. El Loco poussa un cri de délire émerveillé. Le corps de la jeune femme bascula lentement dans le vide. Le colonel tourna vers l'assistance des yeux farouches qui gardaient la mort pour invitée, et murmura :

– *¡ Cuánta injusticia en el mundo !*

Aussitôt, le concert du vent parut reprendre le dessus, creusant le visage blême des hommes figés au garde-à-vous.

Au loin, vénéneux serpent émeraude, le fleuve ou son effet de miroir se coulait entre les défilés. Santiesteban semblait engourdi dans une sorte de rude bestialité. Boro était livide, les poings fermés, calme et résolu. Prêt à tracer son chemin de dignité vers la mort, tout comme l'avaient fait ses camarades de combat avant lui.

Le colonel se tourna de son côté.

– Maintenant, à nous ! énonça-t-il.

Et le reporter, tournant le dos à la carte embrouillée du destin humain, s'avança vers le terme de son existence.

– Non ! dit le colonel en arrêtant les Asturiens qui le poussaient au bord du gouffre. Pour M. Borowicz, pas ça ! Pire, pour M. Borowicz ! Un grand rendez-vous ! La mort en col de cygne ! On vous attend, cher ami !

Sur un claquement de doigts, le Fou et le Furieux s'emparèrent à nouveau du reporter. Il fut une nouvelle fois transporté sur un tapis roulant. Il lui sembla percevoir au loin l'éclat d'une fenêtre qu'on refermait, mais son regard ne s'attarda pas : les Asturiens le poussaient en direction du donjon. S'appuyant sur sa jambe valide, Blèmia parvint à se maintenir à hauteur des deux paysans. Aussi incertain du devenir de sa course qu'un fiacre emballé au milieu d'un marché de porcelaine, il se laissa traîner dans l'enfilade des couloirs, traversa en coup de vent l'antichambre digne d'un bordel de Tanger, effleura le canapé rouge, entrevit les tentures de Damas, la cage où sommeillait le perroquet et, suivant le chemin aux nymphes de marbre, s'élança au-devant du ciel bleu pâle.

– *¡ Vámonos !* cria le colonel.

Ils traversèrent sans s'arrêter la courette intérieure où dansait l'eau en joyeux reflets de cascades, doublèrent le cap des panneaux en verre cathédrale, et, après avoir dépassé l'éclair améthyste des iris, parvinrent au rideau végétal des deux orangers derrière lequel commençaient les appartements privés de Montemayor.

Le colonel s'arrêta à la lisière de ce nouveau monde.

– On vous attend, répéta-t-il. Je ne puis plus rien pour vous.

Il poussa le battant et le referma derrière Boro. Lui-même resta à l'extérieur.

Lucifer

La salle à manger était plongée dans la pénombre. La table sur laquelle Boro s'était restauré lorsqu'il était venu là pour la première fois n'était encombrée d'aucun mets. Deux chandeliers massifs la bordaient à chacune de ses extrémités. Le plateau luisait d'un éclat jaunâtre provoqué par une lampe rococo posée sur un buffet proche de la fenêtre. Le reste de la pièce était plongé dans une obscurité presque totale. Ces ténèbres artificielles évoquaient une scène de théâtre sur laquelle un acte funèbre allait se jouer.

D'abord, Blèmia se crut seul. Il fit trois pas en direction d'un fauteuil, songeant tout à la fois qu'il ne l'avait pas remarqué antérieurement, puis que, s'il devait périr du garrot, il préférait que ce fût là plutôt que sur un trépied au fond d'un cachot.

Mais il entrevit une silhouette à demi dissimulée par les plis d'une lourde tenture. Elle semblait faire corps avec le rideau. Boro plissa les yeux. De l'endroit où il se trouvait, il distinguait seulement une forme assise, une main tenant un revolver.

Blèmia stoppa net. Il s'attendait à voir resurgir une femme de son passé, or voici qu'il avait sans doute affaire à un homme. Il n'éprouvait aucune crainte. Comme toujours dans les situations périlleuses, il pensait à très court terme, et, ce jour-là, à cet instant-là, seul comptait l'individu qui se trouvait devant lui, à vingt pas, un être absolument hiératique dont il ne distinguait pas le visage. Peut-être était-ce lui qui lui donnerait la mort.

Boro chercha un appui sur son flanc gauche, mais sa main ne tenait aucun pommeau et il manqua de trébucher à l'emplacement exact où l'embout caoutchouté de sa canne se fût posé s'il s'était trouvé là.

– Je m'appelle Blèmia Borowicz, déclara-t-il d'un ton posé, parlant lentement pour que son espagnol fût compréhensible. Blèmia pour le prénom, Borowicz pour le nom, Boro pour la signature. Je suis reporter photographe. Je n'ai aucune raison d'être ici, aussi j'espère que vous allez me faire relâcher dans des délais raisonnables.

Il n'obtint aucune réponse.

– Ai-je affaire à un homme-tronc ? demanda-t-il en scrutant l'ombre afin de percevoir un reflet sur ce visage qui se dérobait.

Il s'était exprimé en français, la langue de son cœur et de son esprit.

– Soyons clairs, poursuivit-il en avançant d'un pas.

Il fut coupé dans son élan par un bruit qu'il identifia aussitôt : le chien d'un revolver qu'on venait de relever.

– C'est un argument, reconnut le reporter en reculant d'une petite enjambée. D'ailleurs, il confirme mon propos.

Il s'appuya au dossier du fauteuil. Sa canne lui manquait, autant pour des raisons de commodité que pour l'assurance qu'elle lui apportait.

– Je disais donc qu'il suffisait d'être clair. Je n'ai rien à faire ici, mais la justice et l'équité ne semblant pas être un langage reconnu dans cette partie-ci de l'Espagne, il se pourrait aussi que l'on veuille me tuer. En ce cas, si je puis oser cette requête, je préférerais encore sauter du belvédère plutôt que de devoir supporter le contact de mains étrangères autour de ma gorge.

L'inconnu n'avait pas bougé. Boro se laissa gagner par l'impatience.

– Je ne connais pas assez l'espagnol pour m'exprimer correctement dans cette langue, dit-il. Mais peut-être le français vous est-il étranger ?

L'autre demeura sans réaction.

– Voulez-vous que nous essayions l'allemand ?

Il n'y eut pas de réponse. Boro soupira.

– Un petit mot de vous serait le bienvenu. Avez-vous perdu votre langue ?

– *Nein*, répondit une voix basse, étrangement caverneuse.

Boro ne reconnut rien ni personne, mais un étrange déclic se produisit en lui. Il se l'expliqua par le vocable, le vocable exprimé en allemand. L'espace d'une seconde, il fut tenté de se ruer sur cette ombre, mais il se rappela sa vaine tentative avec le colonel, aperçut le revolver et songea que derrière toutes les portes, gardes et sentinelles le tenaient probablement en joue.

– Il se fait tard, dit-il en consultant un bracelet-montre qu'il ne possédait plus depuis longtemps. Mes amis m'attendent. Si vous n'avez rien à me dire de plus intéressant, peut-être pourrions-nous clore cet entretien.

Il avait recouru à l'allemand, une langue qu'il maîtrisait parfaitement grâce aux cours que lui avait prodigués sa cousine dans la grande maison de Buda.

L'ombre sembla bouger imperceptiblement. Boro ne distingua qu'une masse noire plus sombre encore que les meubles de la pièce.

– Puis-je m'asseoir ? demanda-t-il en désignant le fauteuil. C'est qu'en temps ordinaire je m'appuie sur une canne.

– *Jawohl,* murmura le spectre.

– Pardon ? interrogea Boro.

– *Ja,* répéta-t-on.

Le reporter demeura à sa place. Il lui parut que tous ses nerfs s'étaient brusquement tendus, comme s'il lui fallait capter la totalité d'une image dont il venait de n'entrevoir qu'un angle. Un fragment flou, mobile, incertain qu'il ne savait identifier mais dont la forme, ou ce qu'il en distinguait, lui rappelait quelque chose. Alors, l'une des prédictions énoncées par les Gitanes rencontrées à Montparnasse un soir de dèche lui revint à l'esprit : « Méfie-toi de ne pas mourir d'une balle en plein front. »

Il fixa l'arme que le spectre tenait toujours dirigée vers le bas, puis remonta vers le visage, indiscernable.

– Cela vous ennuierait-il de vous présenter ? demanda-t-il, laissant percevoir une pointe d'inquiétude.

– Pas du tout, répondit l'ombre. Mais, d'abord, je préfère vous regarder. J'ai tant pensé à vous !

L'allemand était impeccable. La voix, d'une tessiture très basse, renforçait l'aspect inquiétant de cette étrange rencontre.

– Si vous avez beaucoup pensé à moi, déclara Boro, c'est qu'on vous aura parlé de ma personne...

– Peu, répondit l'inconnu. Mais suffisamment pour que je hâte le cours de mes affaires afin de venir ici.

– Et quelles sont ces affaires ?

– Elles concernent l'Espagne. Mais, pour un temps, je présiderai aux destinées de cette forteresse. Je remplacerai notre ami le colonel, qui part en permission.

– Vous venez d'Allemagne ?

– De Berlin.

– Pourquoi ne pas laisser la gestion de leurs occupations aux Espagnols ? Montemayor est un homme capable d'une honnête cruauté !

– Parce que certaines perspectives sont trop délicates pour eux. Et que si nous ne leur avions prêté la main, le général Franco serait sans doute aujourd'hui aux arrêts.

– ... et la péninsule aux mains des loyalistes, compléta Boro.

Il alimentait le cours de la discussion pour gagner du temps. Il savait que l'autre finirait par se démasquer, mais préférait découvrir préalablement son identité afin de ne pas témoigner une surprise qui lui ôterait tous ses atouts – à condition qu'il en eût encore, ce qu'il n'espérait guère. Sa pensée fonctionnait à l'instar d'un aiguillage : en amont, il entretenait une conversation des plus civiles ; en aval, il creusait sa mémoire, cherchant à travers les sujets et les lieux de ses reportages qui pouvait être cet homme dont il ne reconnaissait pas la voix et qui s'obstinait à jouer avec les ténèbres de la pièce afin de dissimuler son visage.

Il s'était rendu à Berlin en 1934 et, depuis lors, n'y avait plus remis les pieds. Il avait conscience d'avoir laissé là-bas nombre d'ennemis, mais, en dépit de ses efforts, il ne parvenait pas à mettre un nom sur les visages dont il se souvenait. Car c'était le régime nazi dans son ensemble qu'il avait voué aux gémonies : Hitler, Goebbels et tous les serviteurs du Reich. Parmi ces derniers, celui avec lequel il s'était mesuré au cours d'une mémorable partie de bras de fer était mort, bien mort, et seule son âme damnée aurait pu le poursuivre jusqu'en Espagne.

Boro choisit de rendre les armes.

– Cessons de jouer au chat et à la souris. Je me suis présenté. A vous de me tendre votre carte.

– Nous ne jouons pas, répondit l'autre. Je suis le chat et vous êtes la souris. Lorsque j'ai su que vous étiez en Espagne, j'ai tout mis en œuvre pour vous y rejoindre. Maintenant que nous sommes l'un en présence de l'autre, je n'ai pas l'intention de jouer. Ne croyez pas que je m'embarrasserai d'autres règles que celles que je choisirai seul – pour votre plus grand malheur, cela va sans dire.

– Je vous remercie de ces précisions, crâna Boro. J'aime la franchise. A défaut de vous voir, je vous entends. La laideur du propos vaut sans doute celle du visage.

– Il suffit ! glapit l'inconnu. Vous n'êtes pas en position de faire le singe.

– Comment avez-vous su que je me trouvais ici ?

– Par un hasard comme il s'en produit peu dans l'existence. Souvenez-vous de ce photographe que vous aviez déjà rencontré chez nous.

– Chez nous, c'est le *Vaterland* ?

– A l'époque, c'était Munich. Il photographiait votre cousine.

Boro s'efforçait de rester impassible. Mais il maîtrisait mal le tremblement de sa jambe gauche, provoqué par le butoir qu'il entrevoyait au terme de l'aiguillage. Cela se passait dans un train, justement. Il revoyait la scène avec une terrible précision. Dimitri, Maryika et lui-même en étaient les acteurs principaux. Ils s'étaient alliés pour tuer un homme, et c'était cet instant fatal que Boro tentait de se remémorer, cherchant dans les gestes de jadis une raison d'espérer aujourd'hui. Car il n'ignorait pas que si le destin, la malchance, l'horreur ou le miracle s'étaient à ce point conjurés contre lui, il ne mourrait pas au belvédère ou par le garrot. Montemayor avait eu raison de le mettre en garde : ce serait pire encore.

– Cet homme de talent, poursuivit le spectre en revenant au photographe qui avait confisqué le Leica de Boro, cet homme a prévenu Herr Hoffmann de votre présence dans ce pays. Hoffmann, comme vous le savez, est le portraitiste attitré de notre Führer. Par lui, j'ai appris que vous étiez prisonnier. Je connais bien le colonel de Montemayor : il a été formé dans une excellente école d'officiers dirigée par mon père.

Alors Blèmia sut qu'il ne se fourvoyait pas. Il comprit que cette impression de déjà-vu qu'il avait ressentie lorsqu'il se trouvait en présence du colonel n'était pas le fruit du hasard. Les deux hommes avaient appris à la même source. Tous deux avaient tété au sein de l'armée prussienne.

Il affermit sa position sur sa jambe gauche et tourna le dos à l'Allemand. Il n'éprouvait qu'une certitude, à laquelle il s'accrochait désespérément : si son intuition se confirmait, il ne mourrait pas aussitôt. Les deux hommes avaient à parler.

– Pourquoi, s'il vous plaît, avoir sacrifié votre temps pour seulement me rencontrer ?

– La vengeance, monsieur Borowicz ! J'ai attendu si longtemps de vous tenir à ma merci ! Si vous saviez les efforts que j'ai déployés à seule fin de vous retrouver !

– C'était pourtant facile, objecta Blèmia.

– De vous retrouver, certes. Vous êtes un personnage public, et vos faits et gestes sont connus de nos services. Vous tuer ne posait pas non plus de problèmes insurmontables. Mais je voulais davantage. Retournez-vous.

– Ma cousine vous appelait Lucifer.

– Je voulais que votre agonie fût longue et terrible. Retournez-vous, ai-je dit.

Boro obéit.

– Allez à la porte et allumez la lumière.

Boro contourna la table, marcha jusqu'à l'extrémité de la pièce et appuya sur l'interrupteur commandant l'éclairage. Aussitôt, mille éclats d'ampoules jaillirent des trois lustres accrochés au plafond.

– Maintenant, regardez-moi.

Très lentement, comme pour marquer une ultime insolence, Boro tourna sur lui-même afin de faire face à son bourreau de naguère. Lorsqu'il le découvrit, un cri lui échappa.

Une canne, un absent

Recroquevillé au fond de son châlit, Felipe Iturria guettait la morsure du temps. Il surveillait l'inexorable avancée de la mâchoire d'ombre dont l'allongement se découpait sur le mur. Il savait que lorsque la ligne atteindrait la pierre charnue où il avait gravé un sillon, il serait dix-huit heures. Dans moins de trois minutes, elle aurait avalé le repère. Alors le soleil passerait de l'autre côté de la montagne. Alors l'astre incandescent charbonnerait, aplati sous la masse des nuages, englouti par la buée d'hiver, et, après une languide période incertaine et rougeâtre, basculerait dans la nuit. Il serait trop tard. L'espoir n'aurait plus cours. Boro ne rentrerait plus jamais au bercail.

Iturria ne put réprimer un frisson. La solitude l'envahissait comme une eau lente. Le Basque mesurait qu'en perdant son ami, le reporter français, il était dépossédé de son bien le plus précieux, d'une inestimable capacité d'invention et, par-dessus tout peut-être, d'un indéracinable sens de l'humour, d'une faculté jamais émoussée de recommencer à entreprendre.

– *¡ Carajo !* Boro était la vie ! Les salauds l'ont obligé à sauter !

Felipe venait de se dresser comme un dément. Ses yeux fixaient la canne laissée par son compagnon.

Il traversa la cellule et s'en empara.

Il la prit dans sa paume, la glissa sous son aisselle. Il lui communiqua sa propre chaleur, comme pour l'investir d'une énergie vitale. Le bois vivait ! Le pommeau luisait ! Le jonc se réchauffait ! Bien sûr, il y avait eu des exécutions cet après-midi, mais Boro n'était pas mort ! Felipe refusait d'accepter une pareille éventualité. On n'efface pas une image vivace comme la sienne ! Un Boro ne meurt pas !

L'ancien comédien fit quelques pas en s'appuyant sur la canne. L'ombre du barreau avait poignardé la pierre depuis cinq minutes. Le moral de Felipe venait de changer de camp. Des rides barraient maintenant son front soucieux. Non, Boro ne reviendrait pas. Et peste soit des amours de ventre ! Le Basque regardait la canne. N'avait-il pas assez prédit, lui, Felipe, que cette histoire de femme tournerait au drame ? Ah, ces Français ! Ces Hongrois ! Ces Tziganes ! Enfin, ces Slaves, toujours un violon sur le cœur ! Voilà où les déraisons de l'amour les jetaient ! Les bourreaux avaient évidemment surpris le galant reporter alors même qu'il s'épanchait dans les bras de Solana. *¡ Por Dios ! ¡ Qué desgracia ! ¡ Qué disparate !*

Le bon Iturria poursuivait sa déambulation désordonnée.

Partagé entre fureur et abattement, il allait et venait. Il clopinait à la façon de son imprudent jeune ami. Il revoyait son visage énergique, la façon moqueuse qu'il avait de le dévisager, sa mèche rebelle devant des yeux de soie.

Iturria s'immobilisa. Le soleil était arrivé au terme de sa course. Un filet de pourpre évoquant la sauvage couleur du sang recouvrait encore une infime partie du sol, s'évaporant au pied de l'escabeau. L'image de Boro s'effaçait graduellement. L'évidence de son trépas envahissait la cervelle d'Iturria égaré par la douleur. Le sablier de ses pensées faisait un bruit effrayant. Car enfin, l'évidence était là ! Tel un serpent, elle s'enroulait, se nouait autour de sa gorge, l'étouffait de larmes et de colère rentrée. De tous côtés, jusqu'aux cuisines, la rumeur avait circulé. Les détenus avaient fait savoir en tapant avec leurs quarts sur les murailles que deux hommes et une femme avaient été précipités dans le vide ! Une femme : Solana, bien sûr. Deux hommes : le cantinier et Boro. Il fallait capituler. Il fallait se rendre.

Felipe Iturria longea le mur de son cachot. Avec une sorte de méticulosité religieuse, il déposa le stick du reporter sur le tabouret, là où d'habitude son ami le couchait pour la nuit. Il retourna s'étendre sur son grabat. Les mains creusées sous la nuque, le regard fixé sur le carré de ciel finissant, il laissa sa pensée vagabonder vers un ailleurs qu'il ne reverrait plus, vers sa Biscaye natale, vers Bilbao, là-bas, dans ses fumées d'usines qui n'en finiraient jamais de mourir et de revivre encore.

L'aigle dans un fauteuil

Revêtu de l'uniforme noir des généraux SS, ganté, botté, la croix de fer lui battant la poitrine, Friedrich von Riegenburg était assis dans un fauteuil à roues, les mains posées sur les accoudoirs. L'une d'elles était refermée sur la crosse d'un revolver dont le canon suivait Blèmia dans ses déplacements. L'Allemand demeurait roide, immobile. Sa main seule bougeait, et il y avait quelque chose d'effrayant dans la parfaite inertie du corps que troublait l'imperceptible mouvement du poignet.

L'homme n'avait plus de cheveux. Son front s'était ridé. L'œil, bleu acier, n'avait rien perdu de sa profondeur. Le torse avait gagné en maintien ce qui lui manquait de carrure. Le cou était pris dans une enveloppe de cuir épais qui maintenait le menton à l'horizontale.

Friedrich von Riegenburg affichait un sourire glacé.

– Vous ne me paraissez pas très en forme, déclara Boro après s'être remis de sa surprise.

Il fit un pas sur la droite. L'arme obliqua dans sa direction. Il fit un pas sur la gauche. L'arme le suivit.

– Bons réflexes, néanmoins. Vous faites de la gymnastique ?

– Cela m'est déconseillé. Mais je tire aussi bien que par le passé, et ma condition physique m'épargne les sommations.

– La voix n'est plus la même, fit Boro.

Il s'écarta d'un bon mètre. Le canon l'accompagna, ainsi que le regard. Le visage, lui, ne bougeait pas. Le corps non plus.

– Blessure de guerre ? demanda le reporter en esquissant une mine de compassion.

– Si l'on peut dire.

– Quel pays avez-vous donc envahi, cher Friedrich, à part l'Espagne ?

– Mettez un terme à vos insolences, monsieur Borowicz. Sinon, je vous y aiderai.

– Je vous retrouve enfin ! s'écria Boro, esquissant une mimique réjouie. Physiquement assez diminué, moralement le même. Je suis si heureux de voir que votre langage n'a rien perdu de ses armes favorites !

– Quelles armes ? s'enquit Riegenburg sans bouger.

– Mais la menace, mon cher ! Lorsque je vous ai rencontré la première fois, vous en vouliez à ma vie. De même la deuxième fois. Et aujourd'hui, trois ans après notre dernier rendez-vous, vous pratiquez votre passe-temps favori avec autant de talent et de maîtrise.

– Vous souvenez-vous des circonstances de ce que vous nommez notre dernier rendez-vous ?

– Parfaitement ! C'était dans un train, il me semble. Nous voyagions...

Friedrich von Riegenburg dardait sur Boro un œil froid dépourvu de toute espèce d'expression. Le canon de l'arme demeurait inexorablement braqué sur le reporter.

Ce dernier désigna le revolver.

– Si le port de cet objet vous fatigue, vous pourriez le déposer sans courir le moindre risque. Je suppose que vous avez placé vos amis derrière toutes les portes, et qu'elles s'ouvriraient en grand si vous appeliez.

– Exact, reconnut l'Allemand.

– Et puis voyez-vous, Herr Riegenburg, il me reste un soupçon de morale : pour rien au monde je ne m'attaquerais à un infirme.

Le nazi exhala une sorte de ricanement étouffé qui mourut comme une toux au fond de sa gorge.

– Nous parlions du voyage...

– Il avait bien commencé, enchaîna Boro. Nous étions dans le train, ma cousine et moi. Nous venions d'échapper à vos sbires. Rappelez-vous : vous souhaitiez à tout prix que Maryika travaillât pour la UFA, qu'elle devînt un suppôt de votre grand ami Goebbels. Comme Leni Riefenstahl. Or, il se trouve qu'elle ne souhaitait pas vous servir. Nous avons essayé de vous le faire entendre, mais vous campiez sur votre imbécile orgueil. Puisque vous refusiez d'ouvrir la porte, nous l'avons poussée nous-mêmes.

– Le voyage ! s'entêta Riegenburg.

– Une lune de miel, cher Friedrich ! Un train rapide, un wagon confortable, la promesse d'une merveilleuse nuit d'amour... Nous rentrions en France après avoir essuyé un sacré grain. Là-dessus, vous nous avez rejoints...

– Après Francfort...

– Pardonnez-moi si je ne me souviens pas des villes. J'en ai tellement vu depuis !

– Après Francfort ! ordonna Friedrich von Riegenburg de sa voix caverneuse.

– Eh bien, vous vous êtes joint à nous !

– Je n'étais pas le seul.

– Ah ! fit Boro.

Il adressa un large sourire à l'Allemand. Celui-ci le fixait toujours, suivant chacun de ses mouvements de la pointe de son canon.

– Après Francfort, enchaîna Riegenburg, David Ludwig est également monté dans le train.

Boro fronça les sourcils.

– David Ludwig ? Vous voulez parler de Dimitri ?

– Le Juif, oui, répondit le SS. Juif, communiste, espion et assassin.

– Comme vous y allez ! s'écria Blèmia. Il est juif, certes, communiste, plus depuis longtemps, espion, je ne le crois pas, et assassin, rien ne le prouve !

Il tendit le doigt en direction de son interlocuteur.

– Que je sache, il ne vous a pas tué ! Un peu abîmé, voilà tout !

Friedrich émit une nouvelle fois ce ricanement qui semblait s'étrangler au fond de la gorge et qui n'était qu'une ébauche de rire.

– Je vous surveillais dans le couloir lorsqu'il est arrivé derrière moi.

L'Allemand respira plus vite.

– Il m'a étranglé. Au lacet. Brisé la sixième vertèbre. Par chance, il a raté l'atlas et l'axis, sans quoi je ne serais plus qu'un mauvais rêve pour vous.

– Ensuite ? questionna Boro.

– Je suppose que vous l'avez aidé à me jeter au bas du train...

– Lorsqu'un ami peine...

– On m'a retrouvé une demi-heure plus tard.

– Si vite ! s'exclama Blèmia avec admiration.

– Cessez vos insolences, monsieur Borowicz !

Riegenburg se tut soudain, comme s'il cherchait en lui les forces qui lui manquaient.

Boro désigna le fauteuil vide.

– Puis-je m'asseoir ? Votre petite représentation théâtrale m'a épuisé.

L'Allemand marqua un silence qui dura quelques secondes. Puis, du même ton monocorde, il dit :

– Vous étiez plus résistant il y a trois ans.

– C'est qu'alors j'avais encore ma canne.

– Il faudra apprendre à vous en priver. Moi, je n'ai plus de jambes. Mon torse n'est rigide que dans l'étreinte d'un corset. Et le moindre de mes désirs nécessite une assistance.

– Pas moi. Mais, comme je ne voudrais pas vous narguer du haut de mes capacités, je me mets sur votre pied, dit Boro en se laissant choir avec désinvolture au fond du fauteuil capitonné. Et je m'assieds !

– Je vous reconnais bien là ! déclara Riegenburg en faisant bouger le museau de son arme. Toujours cet insupportable besoin de faire de l'humour !

Sans lâcher son vis-à-vis du regard, il ajouta :

– *Ach*, monsieur Borowicz, vous êtes plus que jamais l'incarnation de ces hommes décevants qui ne sauront jamais s'inscrire dans un ordre !

Soudain, otage d'une irrépressible colère, Friedrich fut pris d'une sorte de hoquet rauque qui précéda l'éruption d'une parole hachée. Le bréviaire de la nouvelle Allemagne semblait ébouillanter sa cervelle.

– Les anarchistes ! Les sémites ! Les sang-mêlé ! Les Tziganes ! Toute la voyoucratie centre-européenne, ces larves de demi-race, ces colporteurs de revanche ouvrière ! Ces peuples mineurs. La banque juive ! La subversion judéo-marxiste ! Les peintres décadents ! L'art destructif ! Les syphilitiques ! Les idiots ! Les différents !... Sans compter les nègres ! Qu'on les épure ! Qu'on les parque ! Qu'on stérilise leurs femmes, leurs enfants !

– Et les infirmes ? s'enquit poliment Boro. Ne faudrait-il pas également se débarrasser de ceux qui roulent en petite voiture ?

Les yeux du dément riboulèrent au fond des orbites sans qu'un trait de son visage s'animât le moins du monde ni que l'architecture de son corps paralysé traduisît la moindre agitation.

Au terme d'un silence insupportable, il cria :

– *Herein !*

Aussitôt, une porte s'ouvrit au fond de la pièce. Boro se retourna. Une femme pénétra dans la salle à manger. Le reporter la considéra avec stupeur, puis, revenu de sa surprise, il lâcha :

– Ainsi, c'était vous qui m'observiez à la jumelle ! Nous sommes en famille, je vois !

La nouvelle venue était une épaisse quadragénaire. Elle portait des tresses roulées en macarons qui encadraient un visage aux pommettes saillantes. Elle marchait d'un pas lourd. A la main, elle tenait un fume-cigarette.

– Je vais prendre une Abdulla, lui dit Friedrich von Riegenburg en allemand. J'en éprouve le besoin.

Frau Spitz s'empressa en direction d'un coffret à la marqueterie précieuse. Elle y choisit une cigarette fine et aplatie, la glissa dans l'élégant embout d'ivoire incrusté d'argent, l'alluma à la flamme d'un briquet Lancel qu'elle reposa sur la table basse.

– J'aime la première bouffée des cigarettes égyptiennes, murmura Riegenburg tandis qu'elle se redressait.

Aussitôt, la femme aux macarons anima son visage rigide comme du bois et parut prendre un singulier plaisir à inhaler l'odeur rampante du tabac.

Les yeux impitoyables de l'Allemand s'étaient posés sur ceux du reporter.

– On se sent mieux quand on fume, dit-il. Le tabac anesthésie la douleur. Il calme aussi la colère, cette brève folie.

– Et vous fumez beaucoup ? s'intéressa Boro, entrant dans cet étrange jeu compensatoire.

– Un bon paquet par jour, avoua l'homme cloué à son fauteuil.

– *Zwei,* rectifia Frau Spitz en réprimant une légère toux. Nous fumons quarante cigarettes par jour.

Elle avait rejoint la chaise de Riegenburg. Elle la fit rouler jusqu'au milieu de la pièce et se campa derrière, une main posée sur la poignée du siège, l'autre prête à s'envoler vers sa bouche.

– Je tire sur ma cigarette, annonça Riegenburg. Je rejette ma fumée en direction de M. Borowicz.

Frau Spitz s'exécuta. Elle inhala. Souffla.

– On a changé d'employeur, remarqua Boro, s'adressant à l'ancienne femme de ménage de Maryika.

– Elle a toujours eu le même, rectifia Friedrich. C'est moi qui l'avais envoyée chez votre cousine afin de la tenir sous ma coupe.

– Quelle constance, Frau Spitz ! Ainsi, vous servez toujours le même maître !

La matrone ne répondit pas. Elle était entièrement Friedrich von Riegenburg. Elle dévisageait donc Boro avec l'expression que l'Allemand eût affichée s'il avait été capable de manifester ses sentiments : une haine tenace, indéfectible.

– Je tire plusieurs fois sur ma cigarette, annonça Friedrich. Je m'énerve.

Frau Spitz s'enroba de fumée bleue. Les doigts de sa main gauche tapotèrent l'accoudoir de la chaise d'infirme.

– Elle a grossi tandis que vous avez maigri, nota Boro en passant sa jambe valide sur le bras du fauteuil. Les vases communiquent, en somme. J'espère que vous lui avez insufflé un peu d'intelligence. Elle en manquait cruellement...

Il lut une méchante lueur de colère froide dans le regard de la gouvernante. Ne sachant s'il devait l'attribuer au maître ou à la servante, il préféra rectifier sa position sur le siège, et se souleva à demi.

– J'écrase ma cigarette ! aboya Friedrich en crispant les doigts sur le revolver. Je l'écrase n'importe où sur la table !

Boro croisa nonchalamment les jambes.

– Où en étions-nous ? demanda-t-il, interrogeant l'Allemand d'un mouvement du menton.

– Au début de notre entrevue, je vous faisais part de l'étendue de vos responsabilités.

– Etes-vous définitivement paralysé ?

– Oui. Fracture du rachis cervical. Je suis tétraplégique. Mais, à force de rééducation, ma main droite est capable de quelques gestes.

– Le salut hitlérien ?

– Le maniement d'une arme.

– Et cette chose ? demanda Boro, pointant l'extrémité de son doigt vers le morceau de cuir qui recouvrait le cou de l'Allemand. Cela ressemble à une selle de cheval pour petite monture.

– Epargnez-moi vos âneries.

– Vous avez changé de voix, aussi... Pour les discours, l'autre était plus porteuse. Mais celle-ci est plus... Comment dirais-je ?... Plus intimiste. Cela vous change.

– La minerve, c'est pour le cou, déclara von Riegenburg.

Le visage de Frau Spitz exprimait une profonde tristesse.

– Quant à la voix, elle a baissé d'un ton en raison d'un orifice percé pendant l'opération. Pour me permettre de respirer.

– Je comprends, fit Boro.

Il éprouvait malgré lui comme une compassion pour cet homme jadis si élégant, si sûr de soi, aujourd'hui réduit à vivre dans une chaise métallique poussée par un garde-chiourme en jupon lourd. S'il avait seulement imaginé le plan concocté par le paralytique, il n'eût ressenti que violence et mépris. Et peut-être, malgré les risques, lui eût-il sauté sur le dos afin d'achever le travail de Dimitri.

– Que comptez-vous faire de moi ?

– Vous reconduire à votre geôle. N'avez-vous pas mille choses exaltantes à raconter à votre complice ?

– Mon compagnon de cellule n'est pour rien dans mes escapades.

Friedrich ne répondit pas. Son visage, incapable de la moindre expression, restait impassible. Celui de Frau Spitz, en revanche, était tordu par un rictus de dégoût. Boro songea qu'il lui suffisait désormais de lire les expressions de la gorgone pour découvrir celles que son seigneur et maître eût affichées si les muscles de son visage lui avaient permis d'exprimer davantage qu'une inertie glacée.

– Nous ne ferons rien contre Felipe Iturria, déclara Friedrich von Riegenburg de sa voix venue des profondeurs. Nous ne toucherons pas non plus à Solana Alcántara.

Il abaissa le regard sur le revolver qu'il n'avait pas lâché, puis ajouta, fixant Boro au fond des prunelles :

– Du moins pour le moment.

– Précisez, dit froidement Boro.

– Un autre jour, monsieur Borowicz. Le voyage que je viens d'accomplir par la route s'est révélé bien long... Pour l'heure, je suis assez fatigué. Je voulais vous revoir, c'est fait. La prochaine fois, je vous exposerai mes...

Il chercha ses mots.

– Mes désirs... Ou mes exigences.

Frau Spitz souriait le plus finement possible.

– En attendant, vous pourrez de nouveau rencontrer cette jeune femme que vous visitez régulièrement.

Blèmia esquissa un mouvement de recul.

– Vous avez toujours eu le goût des femmes. Mais, cette fois, pour satisfaire vos penchants, vous avez pris des risques inconsidérés.

– Ils ne le sont pas, rétorqua Boro.

– Vous comprendrez bientôt quelle folie vous avez commise.

Frau Spitz sourit, dévoilant une denture de carnassier sur le déclin. Riegenburg poursuivit :

– Vous auriez tort de penser que seul votre courage est à l'origine de vos promenades dans les couloirs d'Alto Corrientes.

– Il y a sans doute aussi de l'inconscience, admit Boro, mais j'ai mes petites faiblesses. Admettons qu'elles m'aident à vivre. Ou, dans le cas présent, à survivre.

– Sachez, monsieur Borowicz, que nous avons facilité ces rendez-vous que vous imaginiez clandestins.

Le reporter quitta brusquement son fauteuil.

– Vous voulez dire que vous saviez ?

– Depuis le premier jour, répondit le nazi. Le colonel m'a tenu informé de vos petites... pérégrinations. Nous avons communiqué à distance.

Frau Spitz était aux anges. Boro n'en menait pas large.

– Et maintenant ? demanda-t-il en s'efforçant de conserver la voix claire.

– Je ne suis pas l'ennemi des jolies femmes, moins encore celui des grandes passions. Vivez celle-là.

Boro demeura coi. Friedrich l'observait. Frau Spitz était tout à son bonheur.

– Vous êtes autorisé à vous rendre dans le quartier des condamnés à mort quatre fois par semaine. A pied plutôt qu'agrippé sous un chariot. Et sous bonne garde, cela va sans dire.

– Jusqu'à quand ?

– Jusqu'à la fin, répondit laconiquement Friedrich von Riegenburg.

Boro regarda au-delà du fauteuil. Bien campée sur le marbre de Carrare, les mains agrippées aux poignées de la chaise d'infirme, Frau Spitz souriait comme eût souri Lucifer s'il avait tenu deux anges dans sa main gantée de cuir noir.

Le rêve d'Icare

Un sursaut tendit la nuque de Felipe Iturria.

Transi de froid, il ouvrit les yeux sur l'obscurité et sortit de l'état de somnolence imparfaite où l'abattement et l'insécurité l'avaient plongé. D'un bond désordonné, il s'extirpa du châlit et courut en direction de la porte. Il se plaqua aux aspérités de la muraille et ausculta le bruit de pas qui se rapprochait de la cellule.

Il nota la prédominance d'un cloutage de bottes et se dit que l'heure insolite de ce mouvement dans les couloirs ne pouvait correspondre qu'à quelque chose d'exceptionnel, un événement hors du commun, capable de remettre en cause les mœurs rigides de ce mouroir aux habitudes pendulaires. Dès lors, Iturria fut persuadé que Boro s'était bel et bien fait surprendre dans le quartier des condamnés à mort, qu'il avait été précipité du haut du belvédère et qu'Escobar, pressé de questions par le colonel, avait admis la complicité qui le liait au Basque. Il se prépara donc à être exécuté à son tour.

Pendant les deux tours de clef, alors que le verrou raclait dans sa gorge de ferraille et que la porte s'ouvrait dans un cri de rouille, Felipe s'appliqua à garder les yeux fermés. Il attendait qu'on le saisît à la gorge, qu'on le traînât vers le lieu de son supplice. Puis qu'on le retranchât du monde des vivants.

Au lieu d'une pluie de coups qui eussent annoncé en bonne logique l'imminence de son trépas, le Basque entendit un froissement de vêtements. Après un silence angoissant, il reconnut le rire des Asturiens. Quelques pas précipités, des ordres brefs, un ton excédé, le débit syncopé d'une course mal assurée se rapprochèrent de lui. Il perçut alors le vilain bruit d'un coup de poing lancé dans une étoffe ou sur une épaule, et, sans qu'il consentît pour autant à rouvrir les yeux, le fracas d'un corps chutant lourdement devant lui.

Il entendit, il crut entendre, il murmura : « *¡ Imposible !* »

Une voix, une voix connue disait :

– Salut à toi, Scaramouche !

Il resta immobile.

A ce stade de confusion mentale, dans l'infini brouillard de circonstances qu'il n'osait affronter, il sembla à Felipe Iturria que son cœur s'était bloqué dans sa bouche.

Ses paupières restaient hermétiquement closes. Il ne rouvrirait plus jamais les yeux.

Pourtant, il crut entendre une voix mordante, une voix impertinente dire, s'exclamer :

– Merci, Zig ! Merci, Puce, de m'avoir raccompagné ! A demain ! Revenez à l'heure des croissants ! Excellente journée !

Déjà, la porte du caveau se refermait. Les pas bottés s'éloignaient. Quelqu'un se traînait sur le sol. Et une main familière tiraillait la frange du pantalon du Basque.

– Est-ce là tout l'accueil ? Suis-je au pays des autruches ? Laisse-t-on son camarade dans le besoin sans lui prêter secours ? Quoi ? Pas de main charitable pour me hisser sur ma canne ?

Felipe ouvrit les yeux. La vie s'engouffra à grandes guides dans ses poignets. Le sang reflua. Une sensation d'ivresse le grisa soudain, comme si la mémoire du présent lui était redonnée. Il regarda mieux. A la lueur dansante de la lune, Blèmia Borowicz souriait dans ses loques.

Il dit :

– Journée mouvementée, camarade ! Demain, j'aurai à faire de la couture. Un peu de repassage. Peut-être bien aurai-je aussi besoin de calme et d'amitié tranquille.

Il tendit sa main, en quête d'un appui. Felipe, les joues mouillées de larmes de joie, aida son compagnon à se remettre debout. Il le guida jusqu'à sa canne.

Le reporter s'en empara, passa son poignet à travers le lacet du stick et d'un mouvement sec en fit mouliner le jonc.

– Enfin ! Ma troisième jambe ! C'est que, sans elle, je n'avançais pas ! Toute la journée, mes anges ont dû me porter !

Il fit quelques pas avec une aisance retrouvée et écarta les bras.

– Les anges, murmura-t-il en jetant un regard furtif en direction de son compagnon de geôle. Les anges... les rapaces... l'aigle de Prusse...

Iturria se gratta le crâne. Durant un court instant, il se demanda si son ami lui était revenu avec la pleine possession de ses moyens intellectuels.

– Ils t'ont tapé sur la tête ?

– Ils m'ont chatouillé les côtes. Ils ont fait mine de m'apprendre à voler ! Et tiens, justement, gouailla le reporter, le grand air de la montagne m'a ouvert l'appétit ! As-tu gardé ma part de soupe ?

– Je l'ai renversée, s'excusa Felipe.

Boro parut n'en avoir cure :

– Nous ne mangerons pas. C'est une habitude à prendre.

Sa bonne humeur ne semblait pas entamée.

Le Basque lui fit un signe de l'index.

– Attends ! revendiqua-t-il fièrement. J'ai quand même fait mon marché de l'après-midi !

Dans le plus grand mystère, il s'en fut jusqu'au châlit, se mit à quatre pattes, chercha sous le lit et, après un grand bricolage d'adhésifs, exhiba une tranche de jambon fumé, un quignon de pain et un couteau de ménage.

– Je te préviens, le couteau, ce n'est pas pour manger, dit-il aussitôt. C'est pour creuser. Et ce n'est pas fini ! Tu as vu le briquet ?

Il l'exhiba fièrement, puis l'alluma.

– Hi ! Hein ? Le briquet ! Grâce à lui, nous ferons du feu. Au moment de traverser la cour des veuves, nous allumerons un incendie pour créer une diversion. J'ai pensé à tout cela en t'attendant ce soir.

– Notre évasion..., fit Boro.

Il laissa la phrase en suspens, puis reprit :

– Notre évasion a-t-elle encore un sens ?

Les yeux d'Iturria roulèrent dans leurs orbites.

– Mais... puisque tu es revenu ! Puisque nous sommes encore d'attaque !

– Felipe, mon ami...

Boro était sur le point de parler, mais une nuance de gravité ternit brusquement l'éclat de ses yeux. Il suspendit l'élan de sa phrase et contint à grand-peine la montée d'un soupir. Solana ! Solana Alcántara envahissait l'écran de ses pensées ! Elle lui souriait dans une musique silencieuse. Solana ! Solana, son amour !

L'instant d'après, il eut la vision d'un trottoir parisien sous la pluie, d'une foule s'écartant pour laisser passer une jeune femme. Elle courait vers quelqu'un. Ses chevilles étaient fines, cassantes comme du verre.

– Parle-moi ! s'écria le Basque. Sinon, je vais croire que je ne compte pas pour toi !

– D'abord, je mange ! décréta Boro.

L'ancien comédien le suivait du regard. Il alluma son briquet et vit la déchirure de l'étoffe entre les omoplates.

– Me raconteras-tu enfin ce qui t'est arrivé ?

Il était dévoré par la curiosité.

– Pourquoi t'ont-ils épargné ?

– Je dois ma survie au cercle étendu de mes relations, répondit Boro.

Il y avait une sacrée dose de dérision dans sa voix.

– Quelqu'un est intervenu en ta faveur ?

– On peut le tourner comme cela.

– Il a intercédé pour qu'on te conserve en vie ?

– Il a décidé que je devais mourir dans un grand raffinement de souffrances. Et que nous allions écrire ensemble le catalogue de mes supplices.

– *¡ Amigo !* Je n'entends plus rien à ce que tu dis...

Un sourire teinté de tristesse transfigura les traits du reporter. L'œil était brûlant dans sa face burinée. Toujours cette élégance naturelle ! Cette façon exigeante de regarder le monde ! Cette indéracinable détermination sur un front martelé de fatigue et d'ecchymoses.

– Je t'écoute, réitéra le Basque.

Et, comme Boro se retranchait dans le mutisme, ce fut Iturria qui s'élança le premier sur le parcours de la parole.

Lui, Felipe de Biscaye, n'était pas mort, mais il avait eu si peur de l'être que ses nerfs, d'un coup, lâchèrent les freins. Sa faconde le submergea. C'était comme s'il montait sur scène. Allez, rideau ! Les trois coups ! Qu'est-ce qu'on croyait ? C'est que lui aussi en avait à dire !

Les mots se précipitaient à l'entrée de sa bouche. Son éprouvante, son angoissante attente de toute la soirée lui remontait à l'esprit. Écoutez-moi ça, monsieur le reporter !

– Tu me quittes, bon. Il est trois heures... Te voilà dessous le chariot... Ton rendez-vous galant commence... Soit ! Je le vois comme si j'y étais... La belle et toi, vous faites votre petit ménage habituel, ça ne me regarde pas... Mais moi, dans cette histoire... dans cette farce ! Personne ne pense à moi !... C'est qu'à l'instant où monsieur le joli cœur prend sa petite récréation et se déboutonne, je me fais une suée extraordinaire !... Je regarde la montre à mon barreau ! Le soleil s'avance à pas d'ogre sur le mur ! Tu sais que j'ai fait un trait sur la pierre pour marquer le moment approximatif où tu reviens d'habitude... Seulement voilà ! Aujourd'hui, le roi de cœur n'est pas rentré !... Je fais mes calculs... On viendra me chercher pour mon service aux cuisines d'ici un quart d'heure... Je me ronge les foies... Je tremble qu'on découvre le pot aux roses... L'heure avance... Tu ne reviens toujours pas. Je roule, j'empolochonne ma couverture sous la tienne pour essayer de faire croire que tu es là... Que tu es assoupi sur ton lit... C'est fait ! Ils arrivent !... Le porte-clés entre. Les gardes restent à la porte. Personne ne pense à s'assurer de ta présence. Ouf !... J'en suis quitte pour la peur... On me conduit où je dois aller... On se désintéresse de moi... Je vaque à mes occupations... Je dérobe une bouteille d'huile de ricin à l'infirmerie... Je cours soigner mon coq de bataille ! Ah mais ! Pauvre Durruti ! J'applique ton plan à la lettre... Tu m'écoutes ?

– Je t'écoute attentivement, dit Boro d'une voix atone.

Il s'était étendu sur sa couche. Ses yeux chassaient sous ses paupières mi-closes. La fatigue, dosée d'un lest de plomb, soudait ses membres engourdis.

Iturria lui secoua la manche pour s'assurer de sa lucidité. Le reporter rouvrit les yeux.

– Le coq, prononça-t-il pour montrer qu'il suivait. Le coq...

– Durruti ! postillonna le Basque. Je le prends sur mes genoux et lui entifle une grande goulée de laxatif... Buenaventura ne me cache pas sa désapprobation. J'ai beau lui répéter que cet émollient est prescrit pour son plus grand bien... Il me fait les yeux d'or... Il me fiente dessus. N'importe ! J'ai des ailes, moi aussi ! Je file chez le forgeron... Chemin faisant, je jette un coup d'œil aux étages... J'espionne en vue de notre évasion... Je passe par un dortoir... J'avise un briquet posé sur un lit. Je le barbote...

– Bravo, Iturria !...

La voix de Boro était molle, déjà lointaine.

– Suis-moi bien !...

– Je te suis...

– L'instant d'après, je cours sur le chemin de ronde. Hop ! Je domine la cour des veuves... et là... spectacle hors du commun !... Une double haie de militaires rend les honneurs sur le passage d'une extraordinaire limousine gris acier... Elle roule sur les graviers... S'enchâsse dans l'ombre des mûriers... Elle ressemble à une carapace de glyptodon du quaternaire, en plus moderne... Elle s'aérodynamise sur le devant avec une calandre Mercedes... Son long capot, ses portières massives trahissent des plaques de blindage... Elle arbore un regard de nuages, elle a des vitres de verre fumé... Qui ? Qui va descendre de ce monstre mécanique ?...

Le reporter cligna des paupières et se fit plus attentif. Felipe approcha l'escabeau du châlit et poursuivit :

– Écoute ça... La portière arrière s'ouvre... Sur le point de connaître la réponse, je me penche un peu trop... Deux gardes me découvrent... Hep, là-haut ! Ils me coursent... Ils me bottent le fond de la culotte et me traînent derrière eux... Je leur explique que je suis le patron du coq... Que je vais prendre livraison de ses ergots... L'un d'eux s'esclaffe... Il dit : « Comme on se rencontre ! Mon nom est Prospero Calvete... Je suis le propriétaire de Général Franco... Bientôt, je vais bouffer ton poulet avec des amis !... »

Boro s'était redressé sur sa litière. Il était parfaitement éveillé. Il posa sa main sur la bouche de l'impénitent bavard :

– La voiture ! c'est donc ça ! Une Mercedes blindée ! Ainsi, ce qu'il m'a dit est vrai... Il est venu d'Allemagne par la route !

Le Basque ralluma son briquet.

– Il ? De qui parles-tu ?

– De celui qui nous tient en son pouvoir.

– Qui est ce mystérieux personnage ?

– Il s'appelle Friedrich von Riegenburg ! Lorsque je l'ai connu, il avait la superbe d'un Aryen blond aux allures oxfordiennes. Maintenant, c'est un nain sur un pouf à roulettes. Mais chaque millimètre de sa personne enferme une insupportable concentration de haine. Il est Satan dans une paire de bottes. Il est la gargouille grimaçante du Troisième Reich.

– Est-il capable de passer par-dessus les ordres de Montemayor ?

Blèmia dessina un geste de fatalisme.

– Il est le nouveau maître de ton destin, Felipe. Il est notre futur abominable ! Provisoirement, mais tout de même !

Le silence sépara les deux hommes.

Au bout d'un moment, le Basque s'avisa qu'il se brûlait les doigts. Il souffla la flamme de son briquet pour en ménager l'essence et emporta dans le gouffre de la nuit l'image immobile de Boro. La tête entre les mains, le reporter donnait l'impression de buter contre un mur.

– A quoi penses-tu ? Où est l'avenir ? questionna Felipe.

Une angoisse maligne lui serrait la gorge.

– C'est simple, chuchota la voix de Blèmia. C'est diabolique. L'avenir aura les contours d'un cauchemar. Nous sommes tombés entre les mains d'un fou somptueux. A partir de maintenant, Scaramouche, tu quittes le répertoire des valets napolitains pour jouer les esclaves dans les coulisses d'un théâtre sadien !

Le brigadiste se leva du tabouret qu'il avait approché du châlit. Il gagna à pas glissés son compartiment de paillasse sous celui de son compagnon. Et longtemps ils se turent.

La nuit retomba sur le grand vaisseau de silence d'Alto Corrientes. Un peu partout, dans les cellules, la traversée immobile vers un rivage de mort hantait l'esprit des prisonniers. Sous la poigne du doute, les énergies s'étiolaient. Jusqu'à quand ? Jusqu'où ? Vers quelles aiguilles de glace, vers quelles douleurs de cuivre, vers quelle pourriture des chairs voyageraient-ils, ces otages oubliés du vaste combat de l'espoir, ces soldats meurtris et battus ? Pourquoi résister plus longtemps ? Pourquoi ne pas se laisser couler dans le remous de l'abandon puisque, pour les passagers du sombre vaisseau, le temps se terminerait par un cri ?

Sur le point de s'engloutir dans un élixir de sommeil, Boro prêtait l'oreille à l'éternité de chaque seconde. Tiré de l'enveloppe de ses songes et de sa réflexion par les soupirs du Basque, il interrogea l'obscurité stagnante :

– Tu rêves ?

– Non, je pleure sur ma vie. C'est une encre noire.

– Éloigne tes larmes, Felipe, et réponds-moi plutôt... Est-ce qu'il existe à Alto Corrientes un quelconque endroit où l'on fasse sécher les draps ?...

– Je sais un coin où se trouve la lingerie.

– Pourrais-tu y avoir accès ?

– Je pense.

– Magnifique ! Nous allons nous fabriquer des ailes !

Une ombre claire empourpra les prunelles du Basque :

– Qu'est-ce qu'il t'arrive, *compadre* ? balbutia-t-il.

– Je fais le rêve d'Icare, répondit Boro. Je songe à m'envoler.

Presque aussitôt, il s'endormit. Bientôt, il retrouva un grand espace de liberté. Il se tenait dans les airs avec une facilité extrême et profitait des courants ascendants qui le portaient au-dessus des montagnes. Dans la distance, la mer semblait rouler des pépites d'or, et le soleil d'hiver marbrait la nervure de ses peines. Vautours, pygargues, gypaètes suivaient patiemment son sillage vers le haut, faisant le large. Avec eux, il tourna la tête et inclina son vol.

Ensemble ils commencèrent à tracer leur chemin vers l'azur.

Jusqu'à plus loin.

CINQUIÈME PARTIE

La vengeance de Lucifer

Sous la pluie

Il ricanait tout en regardant les lumières jaunes. Des trombes d'eau s'abattaient autour de lui sans qu'il bougeât d'un pouce. Cette situation lui en rappelait une autre, et c'était cela qui l'étonnait plus que tout : il n'avait rien oublié. Il se souvenait précisément de tout ce qui s'était passé *avant*, de tout ce qui s'était passé *après*, avec une fracture noire qu'il situait précisément entre l'instant où des mains l'avaient saisi aux pieds et aux épaules, porté sur une civière, déposé dans un camion, et cet autre instant, très désagréable, où il s'était réveillé.

Alors il avait ri. Et il avait ri encore lorsqu'il avait vu les tuyaux accrochés à son avant-bras, les dames en blanc passant non loin, les messieurs qui s'affairaient avec attention autour de lui. Il avait ri de nouveau lorsqu'il avait compris que les tuyaux étaient ceux d'une perfusion, que les dames étaient des infirmières, les messieurs, des médecins, et le lieu dans lequel il se trouvait, un hôpital d'Alicante subventionné par des sympathisants américains.

Dimitri, blessé à la tête lors de la bataille de la Jarama, avait été évacué puis opéré en urgence. La balle était allée se loger dans le lobe frontal. Grâce à une habile trépanation, les chirurgiens avaient pu évacuer le caillot extra-dural. Après huit jours de coma et près de deux mois d'hôpital, Dimitri ne conservait aucune séquelle de sa blessure, hormis ce rire qui, peu à peu, s'était mué en un ricanement sourd qui le surprenait lui-même et qu'il tentait, mais en vain, de réduire à rien. Il souffrait également de langueurs, d'asthénies subites, une sensation de vertige qui le gagnait souvent mais que le temps, lui avait-on assuré, se chargerait de gommer tout à fait.

Oui, il regardait les lumières jaunes. Et celles-ci lui paraissaient infiniment plus funestes que les signaux verts qu'il avait guettés si longtemps, naguère, sur les rives de la Jarama.

Il se demandait qui il trouverait là-haut. Et restait sur place, sans songer à se protéger de l'averse : celle-ci ou une autre... Depuis bien longtemps, les intempéries ne pesaient plus sur Dimitri. Il avait le cuir endurci.

Mais pas le cœur.

Son premier désir eût été d'oublier. Mais il n'avait pas oublié. Par une incroyable malchance, ses camarades qui l'avaient évacué du champ de bataille avaient accroché à sa ceinture la sacoche découverte auprès de lui, et celle-ci avait été conservée par le personnel hospitalier qui s'était penché sur sa blessure. En sorte que le premier objet qu'il avait découvert au sortir de son inconscience avait été ce souvenir maudit qui lui rappelait tant de douleurs.

D'abord, il avait décidé de le garder. Ainsi, Boro l'accompagnerait partout. Mais il n'avait pas résisté. Son regard ne pouvait croiser cet objet de cuir fauve sans qu'aussitôt il se mît à rire, à ricaner tel un démiurge gagné par l'émotion. Et puis la sacoche contenait plusieurs rouleaux de pellicule. Dimitri s'était finalement résolu à s'en débarrasser, autant pour se protéger lui-même d'une inconsolable blessure que par hommage au camarade, au frère que sa grenade avait déchiqueté : à Paris, ses amis publieraient certainement les images de son ultime reportage.

Dimitri avait fait expédier la besace à l'agence Alpha-Press.

Son second souhait eût été de rester en Espagne et de combattre encore. Il voyait s'étendre sur l'Europe cette marée brunâtre qui l'avait chassé de son pays natal, et ne concevait pas d'arrêter aujourd'hui la lutte qu'il avait commencée à Berlin, poursuivie à Paris et en mille lieux de la péninsule Ibérique. Confusément, il pressentait que la situation était perdue pour l'Espagne. Mais, comme la plupart des républicains, il refusait d'admettre la défaite qui se profilait déjà. Moins d'un an après le début de la guerre, les fascistes occupaient certes les deux tiers du pays, mais ils n'avaient pris ni Madrid, ni Barcelone, ni Grenade, Almería, Valence ou Alicante. Malgré les vociférations vengeresses de Mussolini, les Chemises noires italiennes et leurs unités motorisées avaient été tenues en échec devant Guadalajara. Le front s'était stabilisé. Pour la première fois depuis leur engagement, les brigades internationales avaient été mises au repos. Pendant ce temps-là, Franco préparait l'offensive contre le pays Basque. Il n'était pas parvenu à encercler Madrid, mais le charbon des Asturies l'attendait.

Lorsqu'il était sorti de l'hôpital, Dimitri avait choisi de revenir à Albacete, lieu de rassemblement des brigades. Il y avait découvert une situation nouvelle, profondément déplaisante. André Marty régnait de toute sa puissance sur le peuple des volontaires qui continuaient d'affluer des pays d'Europe centrale. Mais beaucoup de Britanniques, découragés par l'emprise des communistes sur cette armée bénévole, commençaient de rentrer chez eux. Et ils n'étaient pas les seuls. Ça remuait dans les rangs. Les trotskistes du POUM étaient présentés comme les alliés des fascistes. Les permissions étaient refusées. On internait les déserteurs ; certains prétendaient qu'il y avait eu des exécutions. Les militants de la IIIe Internationale, dont beaucoup deviendraient les dirigeants des pays communistes après 1945, rodaient les techniques grâce auxquelles, moins d'une année plus tard, ils combattraient les anarchistes les armes à la main, exécutant silencieusement leurs opposants.

En lieu et place de la camaraderie fraternelle qu'il avait connue sur les lignes du front, Dimitri avait découvert des rancœurs, des manœuvres, des conflits de pouvoir. Il avait décidé de prendre le large. Quelques jours, puis il reviendrait.

Et maintenant il était là. Il y avait cette pluie qui tombait à verse, ces lumières jaunes, là-haut, qui furent soudain masquées à sa vue, l'une après l'autre, comme si s'éteignaient successivement les lampes d'espoirs insensés. Dimitri ricana dans l'ombre. Il descendit du trottoir et s'aventura dans la ruelle.

Les héros sont fatigués

La Louve de Sibérie venait de tirer les rideaux. Elle était un brin tristounette d'abandonner l'actrice aux mains des aviateurs, surtout qu'il s'agissait d'une race dont elle n'avait pu mesurer personnellement les compétences, n'ayant jamais pris l'avion. Elle eût préféré que Maryika empruntât le train, voire un véhicule à pneus, ce qui lui eût évité de courir un risque qui avait coûté la vie à Jean Mermoz en personne, disparu dans l'Atlantique aux commandes de sa *Croix du Sud*, trois mois auparavant. Mais enfin, puisqu'elle voulait partir, Olga Polianovna ne pouvait faire mieux que de fermer les rideaux afin qu'elle passât son ultime nuit parisienne dans l'affliction la plus tranquille.

Les rideaux et les lampes.

Pour son dernier jour à Paris, les amis du grand disparu lui avaient préparé une petite fête. Ce fut bien morose. D'abord, parce que si Maryika partait alors que Boro n'avait pas été retrouvé, c'était qu'on admettait, par-devers soi et sans le dire, qu'il était perdu. Tout avait été tenté, en vain. La dernière chance d'avoir des nouvelles s'était envolée avec Anne Visage, cette bourgeoise en costard trois pièces version jupon que la Louve elle-même avait tenté d'entreprendre après que l'actrice, le Choucas et le reporter se furent cassé les ratiches sur ses multiples incompétences. Attachée de presse à Matignon, et même pas foutue d'avoir des nouvelles d'un gus dont on lui avait refilé le blaze, le grade et le signalement ! Assise derrière un bureau Empire, cousue de chichis partout, reluquant sans cesse une tocante de prix, jactant ces seuls mots, égrenés avec l'exaspération conforme à la fonction :

– J'ai déjà dit à vos amis que personne ne savait !

– Mais un colonel, avait insisté la Polianovna, un colonel, ça se trouve aussi facilement qu'un général !

– Pas lui. Et croyez bien que je n'ai pas ménagé mes forces...

La Louve avait fait effort pour ne pas projeter les siennes en direction de la face rosie par le fond de teint de cette mijorée : toute ministérielle qu'elle fût, elle lui eût volontiers foutu une paire de baffes. Mais elle s'était finalement levée, et, comme elle franchissait le seuil du bureau lambrissé de l'officielle, elle s'était bornée à maugréer, vengeresse :

– Chiappe, lui, aurait certainement réussi !

Oui, mais Chiappe, de ce côté-là des idées, on ne connaissait pas. Et puis, un monsieur avec titre préfectoral ne reçoit pas les putes. Ou alors le soir.

La désillusion des uns et des autres avait encore accru la sale ambiance qui avait régné tout au long de la fin de la journée, passage de l'Enfer. Les premiers temps, chacun avait beaucoup attendu de la star américaine, qui avait traversé les océans pour venir à Paris. Tout le monde en avait été pour ses frais. Germaine Fiffre, parce qu'elle avait espéré que les charmes indiscutables de la grande dame feraient plier tous les obstacles qui se dressaient entre Borovice et les siens, quitte à ce qu'elle dévoilât des choses que la comptable préférait ignorer – pour les besoins de cette cause, elle eût volontiers fermé les yeux. Or, rien. A part des journalistes par dizaines et les marloupins du Sébasto, aucun galant ne s'était présenté. Blèmia n'était pas sauf, et la belle Hongroise n'avait pas payé de sa personne. En sorte qu'une fois avalée la dernière bouchée d'un clafoutis fait maison par Liselotte (qui n'avait pu venir), Germaine Fiffre, déçue, furieuse et malheureuse, avait claqué la porte, arguant d'une grande fatigue et de l'horaire tardif. Il est vrai que, pour elle, vingt-deux heures, c'était quasiment les aurores.

Prakash n'était pas là, et c'était tant mieux. Pensait Pépé l'Asticot. Dans la course sournoise et intolérable (tant du point de vue hiérarchique que rapport à l'ancienneté) qui l'opposait à son jeune subalterne Pégase Antilope, il y avait un joker : le fourbe Béla Prakash. L'Asticot avait tout vu : il roucoulait auprès de la brune. Des manières par-ci, des compliments par-là, une main sur le popotin s'il avait osé, et le reste, mieux vaut pas en parler – oui, le jeu du Hongrois était clair. Entre nationalités, on se comprend. Il leur arrivait, à ces deux-là, de jargonner dans un coin, le regard élargi et la bouche voluptueuse. S'il avait eu la chance de se trouver à la place du reporter, Pépé n'eût pas hésité : en avant la zizique, sans broncher. S'il avait eu la malchance de se trouver à la place d'un éventuel mari, il n'eût pas hésité non plus : au turbin, et fissa, à titre de punition préventive. Non mais des fois !

Parce que avec l'autre, le Pégase, on s'arrangerait entre hommes. Dans ses plans les moins réalistes, et en admettant que l'Antilope eût étendu sa proie dans la plaine, Pépé eût suggéré une entente sur le capital. A proportions variables et pourcentages discutables, bien entendu. Autrement, saqué, le chauffeur ! Marcher sur les plates-bandes du boss, c'est pas des manières. Surtout quand ça ne rapporte rien ! Mais, à tout prendre, le proxo préférait encore qu'une idylle se nouât entre l'actrice et son apprenti collègue plutôt qu'entre la même et le journaliste. Parce que, dans le premier cas, il pouvait réclamer une partie de ce qu'il considérait comme un dû. Si la seconde hypothèse avait prévalu, il n'eût rien encaissé pour prix de ses services, sinon, peut-être, une beigne dans les nénesses. Et ses nénesses, Pépé l'Asticot y tenait.

De toute façon, il se trompait. Maryika ne regardait Prakash que parce qu'il savait la réconforter mieux que personne. Et si elle lui parlait plus qu'aux autres, c'était parce qu'elle aimait partager avec lui la langue de son enfance. Et aussi en raison de l'ombrageuse beauté de cet homme qui, pour tous sauf pour elle, ressemblait à Blèmia. Et encore parce qu'elle aimait la gravité de sa voix, la douceur de sa main sur son épaule, son charme et ses attentions. Mais pas davantage. C'était beaucoup, elle se l'avouait à elle-même, et, n'eût été la circonstance particulière pour laquelle elle se trouvait là, elle aurait sans doute cédé à cette inclination qu'elle combattait pour fuir le désir. Elle était satisfaite qu'il ne fût pas venu à cette dernière soirée car, victime de sa tristesse, elle eût succombé avant d'être gagnée par le désespoir. Dans des situations de ce genre, Maryika Vremler procédait toujours de même. Parce qu'elle ne connaissait pas meilleur moyen de vaincre ses chagrins.

Si le Choucas de Budapest avait préféré couvrir les élections en Belgique, c'était parce qu'il savait qu'il n'avait aucune chance ; beau joueur, il avait choisi de laisser le terrain à Pégase Antilope. Supposait, tout en se réjouissant, ce dernier. Qui avait décidé d'adopter un comportement supérieur, c'est-à-dire en retrait : j'observe, je n'en pense pas moins, je vous dirai plus tard, ah ah ah.

Il comptait l'ouvrir après le départ des autres.

Seul avec la star pour une nuit d'amour mirifique, dans les grandes largeurs et les multiples potentialités de son ardeur de grand coureur de fond : Pégase était une Antilope. Après quoi, elle resterait.

En attendant, il observait. Le pli du pantalon élégamment tiré sur une chaussette claire, elle-même délicatement enfouie dans la pompe bicolore, assis sur le canapé, sans veste pour bien exposer le tatouage de l'avant-bras gauche (un schlass perçant un cœur), l'œil intelligent et la lèvre je suis sûr de mon coup, Pégase Antilope visionnait le couple d'en face, debout, appuyé à la vitre : une chenille à poils rouges et un échalas tout noir.

En l'absence du plus éminent de ses trois membres fondateurs, l'agence Alpha-Press avait refusé d'engager Gerda. On n'avait pas dit oui, on n'avait pas dit non. Elle collaborerait librement avec l'équipe en place jusqu'au moment où serait prise la décision finale. Ce statut lui convenant, elle avait aussitôt proposé une demi-douzaine de reportages, tous refusés par les uns comme par les autres. Il n'était pas question qu'elle retournât en Allemagne, ainsi qu'elle le souhaitait, pour photographier Hitler dans son bain, Goebbels à la sieste, ou, pis encore, les projets d'assassinats politiques fomentés par ses amis du *Sozialistische Arbeiterpartei Deutschland*. Non que ces reportages fussent dénués d'intérêt ; ils reposaient seulement sur des voyages à hauts risques dont l'agence, soucieuse des siens, avait toujours refusé jusqu'au principe. Gerda, recherchée par toutes les polices de sa mère patrie, ne remettrait les pieds chez elle que lorsque le régime nazi aurait été abattu. Point final. Prakash avait dit, Pázmány avait confirmé, elle s'était résignée.

Pour autant, elle ne considérait pas que sa venue dans une famille déjà constituée devait nécessairement la conduire dans les bras exclusifs de l'un d'eux. L'un d'eux, c'était Páz, à qui elle concédait son corps quand elle en avait envie – c'est-à-dire moins que lui. Cette différence d'appréciation sur le partage du désir les conduisait tous deux au cœur de scènes violentes et sonores qui enchantaient le petit personnel des labos et les laissaient tous deux saouls de fatigue après les avoir rendus ivres de rage. Le problème venait de ce qu'il insistait toujours et qu'elle ne cédait jamais. Ce soir-là comme les autres soirs, et les autres jours, et les autres nuits.

Pégase Antilope s'en rinçait les oreilles.

Maryika, quant à elle, s'était réfugiée dans la chambre de Boro, qu'elle occupait depuis son arrivée à Paris. Ses valises étaient prêtes. Le lendemain à l'aube, elle quitterait cet appartement et entreprendrait le long voyage qui la ramènerait vers Sean. Elle avait totalement échoué dans la tâche qu'elle s'était assignée le jour où elle avait débarqué au Bourget. L'actrice qu'elle était dissimulait à autrui le lourd chagrin que la femme portait en elle. Elle ne s'en remettrait jamais. Wilhelm Speer, son mari, Blèmia Borowicz, son amour de jeunesse et peut-être plus encore : elle les avait perdus tous deux. Elle était doublement veuve, doublement atteinte, bouleversée, brisée. Pour l'heure, une crâneuse qui rectifiait le fard sur sa paupière afin que personne ne vît qu'elle avait pleuré ; une star défunte répétant d'insouciantes comédies devant un miroir qui lui renvoyait l'image d'un désespoir sans fond.

A l'autre bout de l'appartement, au-delà du labo, de la chambre à coucher et du couloir, Pégase Antilope s'était levé du canapé. Il avait finalement choisi d'abandonner le couple d'en face à sa scène éternelle pour rejoindre celle qui, bien sûr, l'attendait. Au même instant, Pépé l'Asticot décida d'y aller aussi. La Louve, qui n'avait rien perdu du ballet des deux soupirants, songea que, d'ici peu, elle devrait sans doute changer de protecteur. Elle s'approcha du téléphone : son expérience de la rue et des trottoirs lui avait enseigné que dans des situations semblables, seuls un médecin ou les pompiers avaient encore leur mot à dire. Au moment où elle allait décrocher le récepteur, on sonna à la porte. Il était minuit passé de deux minutes. Olga Polianovna déposa le combiné sur sa fourche et se dirigea vers l'entrée.

Pugilat sur le palier

Sur le seuil se tenait un homme vêtu d'une canadienne de cuir. Les pans d'une grande écharpe noire ruisselaient sur sa poitrine. Il portait une casquette déformée par la pluie. Ses mains étaient enfoncées dans ses poches. Il ne bougeait pas, observant sans curiosité ni expression la femme qui lui avait ouvert : une pocharde jadis belle, aujourd'hui bouffie par l'alcool, l'œil incertain, la bouche généreuse.

La Louve toisa l'importun et dit :

– Ce n'est pas ici.

L'homme ricana. Comme la porte allait se refermer sur l'ombre du palier, il avança le pied et le cala entre le battant et le chambranle.

– Au secours ! cria Olga Polianovna. Un poisseux !

Pépé et l'Antilope débouchèrent conjointement du couloir. Páz profita de la diversion pour accroître le volume sonore qui le reliait à Gerda. Pégase pensa fort, et se dit que s'il malmenait le mécréant noiraud qui faisait irruption chez la star à une heure indue, il récolterait certainement un bon point dans l'esprit de ladite. Et le Pépé, avec son arthrite montante, déclinerait certainement l'offre d'une rixe où il n'aurait pas forcément le dessus.

Aussi le chauffeur bouscula-t-il la Louve en disant :

– C'est pas l'affaire des dames.

Se campa, jambes écartées, à dix centimètres de l'homuncule, le toisa du haut de son mètre quatre-vingt-dix et quelques, puis demanda :

– C'est l'obole que tu veux ?

– On ne me parle pas comme ça, répondit froidement Dimitri.

– Ah oui ? Et comment je devrais te causer ?

– Poliment.

Pégase était étonné. D'habitude, quand il roulait les mécaniques, on s'effaçait. Le nain devait avoir du caractère. Ce serait plus long que prévu.

– Je voudrais entrer, reprit Dimitri.

Il étouffa un ricanement et recula d'un bon mètre. Son savoir des hommes lui permettait de penser que l'autre ne se défilerait pas. Et Dimitri ne craignait pas plus de recevoir des coups que d'en donner. Surtout contre ce voyou probablement proxénète.

– Calte ! dit Pégase en ramenant son poing contre la poitrine.

Il songea que le jeune abruti n'ayant pas protégé sa garde, un tiers de seconde suffirait à l'occire.

– Je vous prie de vous écarter de cette porte. Si ce n'est pas fait dans cinq secondes, je vous projette à l'intérieur.

– Avec quoi ? ricana l'Antilope.

La Louve s'éloigna de trente bons centimètres. Elle ne voulait rien perdre du spectacle : ça devenait intéressant. Pépé donnait son chauffeur favori à dix contre un.

Dimitri se ramassa au fond du palier. Pégase Antilope fit un pas en avant en répétant :

– Avec quoi ?

– Avec ça.

Il reçut l'épaule du jeune homme en pleine poitrine. Comme il se redressait pour le larder de part en part, il fut saisi aux cheveux, retourné, abaissé, et fonça tête la première, maintenu par l'autre qui le pliait en deux, jusqu'au fond du salon.

– Qu'est-ce que c'est ? hurla Gerda.

– Un cogneur, répondit placidement Pépé l'Asticot.

Le cogneur tendit la jambe sur sa prise, et l'Antilope se retrouva au tapis. Son adversaire posa le pied sur sa gorge et appuya légèrement. Sa casquette n'avait pas bougé.

– Je m'appelle Dimitri, dit-il, glacé. Et on ne me parle pas comme ça.

Maryika venait d'entrer au salon. Elle se tenait près de la porte. Son cœur battait la chamade des personnages surpris par un coup de théâtre. On ne l'avait pas encore remarquée.

Pázmány s'approcha du jeune Allemand et lui tendit la main.

– Je vous ai aperçu à Barcelone. Mais vous ne me connaissez pas.

– Qui est-ce ? s'enquit Olga Polianovna en regardant l'inconnu avec un peu plus d'aménité.

– Un ami de Boro, répondit Páz.

Il s'adressa sèchement à Pégase Antilope qui se relevait en se tenant l'arrière de la boîte crânienne.

– Ses faits d'armes sont autrement plus glorieux que les vôtres.

– Ça se voit, approuva Pépé l'Asticot qui songeait déjà à engager le jeunot comme garde du corps personnel.

Il posa une première pierre :

– Monsieur a un sacré coup d'épaule. Si vous êtes dans le besoin, n'hésitez pas à venir me trouver. J'ai la réputation d'être assez large, question calebasse.

Dimitri ne répondit pas. Il venait de voir Maryika.

– Je crois bien qu'on dérange, susurra la Louve en lorgnant tour à tour l'actrice et le boxeur.

Pégase Antilope s'approcha du canapé et ramassa sa veste. Il lui semblait avoir commis une gaffe. Mais laquelle ?

Pépé l'aida à passer une manche. La tasse prise par son collègue et néanmoins chauffeur le réjouissait.

Il se permit d'être magnanime :

– Si tu es trop faible, je peux conduire.

Il passa la porte, suivi par le proxo en second. Maryika ne les gratifia même pas d'un coup d'œil. Et pas plus Olga Polianovna, qui disparut à son tour dans un scintillement de plumes synthétiques.

Páz suivit, mais sans Gerda.

Gerda ne quittait pas Dimitri des yeux. Lequel fixait toujours Maryika. Pázmány revint sur ses pas et entraîna la fille aux cheveux rouges. Elle se laissa mener. Cependant, le Hongrois perçut une résistance dans son comportement. Comme si elle le suivait à contrecœur.

Il referma la porte sur eux après avoir promis à Maryika qu'ils reviendraient tous le lendemain pour la conduire à l'aéroport.

Mais Maryika n'entendait pas.

Maryika regardait Dimitri.

Amères retrouvailles

Ils restèrent ainsi sans bouger, face à face, longtemps. C'était comme une étreinte silencieuse. La première fois qu'ils s'étaient rencontrés, c'était en 1932 ; ils s'étaient revus quatre ans plus tard ; puis à l'automne 1936, lorsque Maryika étaient venue en Espagne participer aux cérémonies d'ouverture des Olympiades du sport et de la culture à Barcelone.

Entre celle qui avait été l'étoile montante du cinéma allemand et le jeune communiste pourchassé par les nazis, il y avait un monde. Mais ils s'étaient sauvé la vie l'un l'autre ; mais Boro avait été comme le fer liant ces deux aimants ; et aujourd'hui, ils savaient tous deux que le reporter était au centre de leurs tourments. Même s'ils ne se le disaient pas.

Il y avait un je-ne-sais-quoi que Maryika ne reconnaissait pas chez Dimitri. Une pâleur du front, un cerne sous l'œil, quelque chose d'aguerri dans l'attitude, comme si, sous le hâle de ses vingt-cinq ans, le germe de la maturité creusait profond. Et puis une force puissante qui gonflait le cou, la carrure et le torse. Il avait l'œil froid, mais la lèvre inférieure palpitait doucement. C'était encore un enfant, mais il portait sur lui toute la douleur du monde.

– Dimitri, chuchota-t-elle.

Il hocha la tête.

– Dimitri, d'où viens-tu ?

Il paraissait en proie à une difficulté dont elle ignorait tout, et cette ignorance l'empêchait de se jeter contre lui, de l'enlacer et l'étreindre comme elle l'avait si souvent fait. Elle restait dos au mur, près de la porte, attendant que meure l'étrange malaise qui s'était emparé d'elle et dont elle comprit la raison au moment où le jeune homme ouvrit la bouche pour parler.

A vrai dire, il ne parla pas : il ricana. Comme un rire sourd, rauque, qu'il s'était efforcé de contenir, et c'était là l'effort qu'il avait produit depuis le début, demeurant pour cette raison-là étranger à Maryika, étranger dans les gestes et les sourires, mais aussi près d'elle qu'il pouvait l'être, aussi attentif, aussi ému qu'elle l'était elle-même.

– J'ai été blessé, dit-il simplement.

Il ôta sa casquette et montra ses cheveux ras.

– Là. Une balle. Depuis, l'émotion me fait rire. Pourtant, je suis cassé. Très abîmé...

Il afficha une triste grimace. Comme la première fois, à Munich, ce fut Maryika qui alla vers lui. Mais il la repoussa.

– D'abord, je dois parler. Il me semble que je n'ai plus ouvert la bouche depuis trop longtemps. Je voudrais que tu m'écoutes.

Il y eut un silence, puis Dimitri ajouta :

– J'ai besoin que quelqu'un me réconforte un peu.

C'était la seule faiblesse qu'il eût jamais exprimée devant elle.

– Depuis 1932, je fuis, je me cache, je tue des hommes. A force, c'est très lourd. En Allemagne, les nazis me cherchaient. En France, j'ai fait de la prison. En Espagne, je passe d'un champ de bataille à l'autre. La seule musique que je connaisse est celle des balles. Je n'ai pas aimé une femme depuis...

Il ricana de nouveau et poursuivit :

– ... Depuis toi. Ou alors, des filles comme ça, dans une ville, en passant. Mais je connais le grain de toutes les crosses, le bruit de toutes les armes, et je suis un expert en explosifs.

Il se laissa tomber dans un fauteuil. Maryika s'assit en face de lui. Elle prit une cigarette et l'alluma. Dimitri posa son index sur sa poitrine.

– J'ai de la corne là-dedans. Une vacherie. Ça pousse et ça finira par m'empêcher de respirer. Je ne vois que des choses moches, je vis avec des hommes comme moi, ils crèvent les uns après les autres, et, par-dessus le marché, on est quasiment volontaires... On sait ce qu'il y a au bout de la route. Forcément, on sait. Et même de ça on n'a plus peur. Crever, je m'en balance. Mais, avant, j'aimerais réapprendre à m'occuper un peu de moi... C'est une des raisons pour lesquelles je suis rentré.

– Pourquoi ici ? demanda doucement Maryika. Pourquoi passage de l'Enfer ?

Dimitri sentit le voile tiède passer sur lui. Il avança la main, doigts écartés. En même temps, il baissa la tête, en proie à l'un de ces accès de faiblesse qui le paralysaient parfois, depuis la blessure. En une seconde, Maryika fut debout près de lui. Elle prit le visage du jeune Allemand entre ses mains et cria :

– Dimitri ! Dimitri, que se passe-t-il ?

Puis elle se souvint des gestes qu'elle accomplissait lorsque son défunt mari, Wilhelm Speer, souffrait pareillement de baisses brutales de tension. Elle lui massa les tempes tout en lui parlant doucement. Et Dimitri se laissa aller au fond du trou noir. Puis il reprit ses esprits. Alors il se dégagea de l'étreinte de Maryika, rit follement et lâcha tout à coup :

– J'ai tué Boro.

Maryika se jeta en arrière. Elle hurla :

– Non !

Dimitri grimaçait toujours. Tel un démon assis sur son fauteuil, il riait sans rire, l'estomac tordu, les poings fermés, des larmes de sang plein le ventre.

– Oui, j'ai tué Boro ! Sur un champ de bataille. Avec une grenade. Mon ami, avec une grenade ! Je l'ai dégoupillée et je l'ai lancée. Elle a explosé sur lui. Boro !

Maryika le regardait, pétrifiée, le visage défait. Ses mains allaient de son visage à ses cuisses et elle répétait mécaniquement :

– Non ! Non ! Non !

Et lui, Dimitri, ricanait comme jamais, incapable de retenir ces exclamations grotesques qui sortaient de lui comme des cailloux.

– Il était en bas d'une colline, et moi en haut. J'étais trop loin pour voir son brassard. Alors j'ai lancé ma grenade, puis je suis allé chercher l'arme. Il n'y en avait pas. Il n'y avait que le sac contenant son appareil. Voilà. Voilà comment j'ai tué Boro. Après, j'ai été blessé à la tête. Depuis, je ris. Depuis, j'ai envie de crever. Il fallait que je te dise ça.

Maryika reculait vers la porte, épouvantée. Elle allait appeler un taxi, prendre sa valise et s'enfuir. Quitter cette Europe maudite où le sang de trop de blessures irriguait sa vie. Ici, c'était l'enfer. La destruction. L'horreur. Elle avait tout perdu. Il lui restait Sean, là-bas.

Elle fit volte-face et s'engouffra dans le couloir. Elle ne voulait plus voir, elle ne voulait plus entendre. Il lui fallait jeter ce jour-là, et puis ses souvenirs, plus tard. La moitié de sa vie.

Elle comprit au moment où elle bouclait la fermeture Eclair de la mallette contenant ses papiers. Ce fut comme un éclair de magnésium. Elle resta un court instant les bras ballants devant ses bagages, puis fouilla la mallette et en sortit une enveloppe grise. Elle la serra contre elle et revint dans la grande pièce. Dimitri s'apprêtait à partir. Il n'osait plus la dévisager.

– As-tu vu Boro ? demanda Maryika.

– Oui.

– Son visage ?

– Non. Pas son visage. Seulement son corps.

– A quelle distance ?

– Je ne sais pas.

– A quelle distance ? répéta-t-elle avec une lueur de froide autorité dans le regard.

– Cinquante mètres.

– Tu aurais reconnu ses traits ?

– Non. Il y avait de la fumée.

– Mais après ?

– Après, je suis descendu ramasser les armes.

– Il avait sa canne ?

– Non, répondit Dimitri.

– Il était méconnaissable ?

– Il était en bouillie. Je n'ai pas regardé. Je ne suis pas encore capable de fouiller les chairs d'un cadavre.

– Alors pourquoi dis-tu que c'était lui ?

– A cause de son appareil ! s'exclama Dimitri. Il n'y a qu'un seul Leica au monde qui porte vos deux noms.

– Mais tu ne l'as pas vu ! s'écria Maryika. A part son matériel, rien ne te prouve que c'était lui !

– Si !

Dimitri avait presque hurlé.

– Il avait un brassard de presse ! Ça et la sacoche, ça suffit pour identifier un corps !

– Non, répondit Maryika.

Elle s'avança vers Dimitri et lui martela la poitrine de ses deux poings fermés.

– Tu n'as pas tué Boro ! Et rien ne prouve qu'il soit mort !

Le jeune homme ébaucha son sinistre grognement.

– Je ne peux plus entendre ce rire !

D'une bourrade, elle repoussa Dimitri. Elle se trouvait dans un état de nerfs indescriptible. Elle lança l'enveloppe sur la table basse et cria :

– Regarde ces photos !

Le jeune homme l'observait sans comprendre. Il prit la pochette, l'ouvrit et examina les clichés, d'abord dans le désordre, rapidement, puis avec une grande méticulosité.

Il s'arrêta sur le portrait de Boro mis en joue par le canon d'un revolver. Puis, plus longuement encore, sur les paysages de la Jarama. Il reconnut le fleuve, les oliviers et la colline. Puis lui-même, très vaguement, debout, le bras en arrière, la grenade à la main.

– C'était avant, murmura-t-il.

– Oui, c'était avant ! Et si tu ne pouvais pas voir l'homme que tu as tué, lui, il te voyait ! Il te voyait suffisamment bien pour t'avoir photographié ! Et si cet homme-là avait été Boro, il te l'aurait fait savoir !

– Mais comment ? interrogea Dimitri.

Il était décontenancé. Il entrevoyait une lueur.

– Je ne sais pas. Il t'aurait adressé un signe. Il serait venu à toi. Quelque chose...

– Pas sur un champ de bataille !

Mais l'idée avait creusé un sillon dans l'esprit du jeune homme. Il s'assit et examina une nouvelle fois les photos. Maryika vint auprès de lui et, passant en revue tous les clichés dans l'ordre selon lequel ils avaient été pris, elle refit la démonstration que Prakash avait effectuée à son intention quelques jours plus tôt.

Et Dimitri finit par comprendre. Il y avait eu deux photographes. Il avait tué le deuxième. Le premier vivait encore. Vivait peut-être encore.

Il se tourna vers Maryika. Elle l'attira à elle et enferma son visage contre son épaule. Elle répétait doucement :

– Non, tu ne l'as pas tué. Tu ne l'as pas tué...

Il ressentait tout à la fois un soulagement considérable et un émoi tout neuf, dont il ne comprit pas d'emblée qu'il était provoqué par le parfum de la jeune femme.

Il s'écarta d'elle et la regarda avec un sourire tendre.

– Tu n'as pas changé de parfum...

– Non, répondit-elle. Je suis assez constante dans mes choix.

Elle lui prit la main.

– Je n'ai pas tué Boro, murmura-t-il encore. Tu ne peux pas savoir...

– Si, le coupa-t-elle. Si, je comprends.

A cet instant, le téléphone sonna. Maryika consulta sa montre. Puis elle décrocha. Elle ne reconnut pas aussitôt la voix rauque d'Albina d'Abrantès.

– Pardonnez-moi de vous éveiller à ces heures incroyables..., commença la marquise.

– Je ne dormais pas. Mes nuits sont assez blanches, ces temps-ci...

– Les miennes également, répondit Albina. Je me dépense. Je me dépense sans compter...

– Pour quels résultats ? s'enquit Maryika.

Elle savait bien que ce n'était pas pour lui parler de ses hidalgos que Mme d'Abrantès l'appelait à cette heure avancée de la nuit.

– Je remonte bien des filières, reprit la marquise. Et si l'on sait que je préfère les habits de lumière au kaki des vareuses militaires, on comprendra quels sacrifices je fais.

– Soyez-en remerciée.

– Un général de brigade sort de mon lit. Il commandait au sud avant de se risquer jusque chez moi.

– Au sud de quoi ? demanda Maryika, légèrement impatientée par les arabesques de son interlocutrice.

– Au sud de l'Espagne, ma bonne amie.

Maryika désigna l'écouteur à Dimitri. Le jeune homme le prit et le porta à son oreille.

– Il se conduit au lit comme sur un terrain de manœuvres, mais il sait s'accorder des permissions. Au cours de l'une d'elles, j'ai posé la question qui m'a brûlé les lèvres quatorze fois depuis notre dernière entrevue. Vous connaissez la question, je suppose...

– Parfaitement.

– Aujourd'hui, j'avais introduit une note plus intime. J'ai feint de connaître votre colonel.

– Et alors ? demanda Maryika.

Elle serrait le récepteur contre elle. Dimitri ne la quittait pas du regard. Il comprenait, aux marques de tension qui raidissaient ses expressions, que cet échange téléphonique avait quelque importance. Mais il ignorait qui parlait, et de quoi.

– Alors, figurez-vous que mon général connaît aussi ce bon César.

– Mais dites-moi ! s'écria Maryika. Qui est-il ? Où est-il ? Et Boro ?

– Pour Boro, je ne sais pas. Mais je puis vous dire que le colonel César de Montemayor commande la forteresse d'Alto Corrientes.

Dimitri posa l'écouteur sur sa fourche. Il avait le teint blanc. Maryika ne le regardait pas. Elle demanda :

– Alto Corrientes ?... Qu'est-ce que c'est ?

– Une prison, répondit la marquise.

– En savez-vous davantage ?

– Non.

– Reverrez-vous votre général ?

– Je ne le crois pas. Il me semble l'avoir si bien épuisé qu'il n'a plus rien à me donner. Et je suis lasse des hommes du Sud, reprit Albina d'Abrantès avec un petit soupir. Maintenant, à vous de jouer.

Elle raccrocha.

Maryika se leva.

– C'est la première fois que nous avons des nouvelles, dit-elle avec une joie non feinte.

– Des nouvelles de quoi ? demanda Dimitri avec raideur.

– Mais de Boro, voyons !

– Pas de Boro, répliqua le jeune homme. D'Alto Corrientes. Et je voudrais comprendre...

– Je vais tout te dire ! s'écria Maryika avec entrain.

Elle alla vers Dimitri, lui prit la main et l'obligea à s'asseoir à côté d'elle, sur le canapé. Il arborait une mine renfrognée : il connaissait la sinistre réputation d'Alto Corrientes. Maryika, elle, après deux mois d'attente, avait reçu un premier signal. On pouvait se remettre à espérer.

Elle décida d'annuler son départ.

Le supplice de Tantale

Le vent d'avril faisait courber les hommes. Des tempêtes de pluie et de neige avaient isolé les montagnes.

Les cendres froides de l'espoir tourbillonnaient dans le ciel du monde. Sur les prairies d'Europe, au cœur des villes civilisées, les banquiers, les politiciens, les intellectuels regardaient sans états d'âme excessifs s'épanouir les premières fleurs de la honte.

A Paris, le cinéaste Jean Renoir, après avoir tourné *La Marseillaise*, avait mis en chantier *La Grande Illusion*, avec Pierre Fresnay et Erich von Stroheim, un film dont le sujet tournait autour d'un groupe d'officiers français prisonniers dans une forteresse allemande. Pierre Drieu la Rochelle s'apprêtait à donner aux lecteurs un livre intitulé *Rêveuse Bourgeoisie*. A Neuilly, à Vichy, boulevard Exelmans, sur la Riviera, les jolies oisives veillaient la nuit à ce que leur épiderme jouisse d'une cure de repos et de rajeunissement grâce à la crème Simon. Les messieurs allumaient une cigarette Week-End au goût de Virginie. La société Gaumont était sur le point de commercialiser son premier appareil de télévision. Toutefois, la TSF demeurait la principale amie des Français. A l'écoute de Radio 37 ou du Poste parisien, quelques privilégiés sirotaient tranquillement un mandarin au quinquina en projetant une croisière sur le paquebot *Théophile-Gautier* qui appareillerait de Marseille le 26 avril et les emmènerait vers Le Pirée, Istanbul, Odessa ou Beyrouth. Inconscients de la fragilité de la société où ils évoluaient et de l'indigence des vieilles structures face à la menace totalitaire, les compatriotes de Blèmia Borowicz rêvaient à la 402 Peugeot, modèle *Eclipse*, ou dialoguaient par téléphone sur l'air de *L'Auberge du Cheval blanc*.

De l'autre côté des Pyrénées, c'était une autre saumure ! Face à l'offensive nationaliste sur le front de Biscaye, l'armée républicaine comptait désormais plusieurs centaines de milliers d'hommes. Tandis que se mêlaient, sous les casques, Français, Allemands, Espagnols et Britanniques, la quinte mortelle des fusils mitrailleurs Tokarev à bande et celle des Deckterov à macaron, le sang des combattants abreuvait les collines d'Ochiandano. A l'heure où les brigades de volontaires chantaient *L'Internationale* en se jetant dans toutes les grandes batailles qui les mèneraient jusqu'à l'Ebre, alors qu'une jeunesse sacrifiée entonnait *La Jeune Garde*, *Le Drapeau rouge*, *La Varsovienne* ou *Hardi, camarades* en courant sous le pointillé traçant des mitrailles, fallait-il s'étonner que les chevelures parisiennes rutilassent de brillantine Roja, la meilleure, la plus fine, ou que les auditeurs de Radio-Cité fredonnassent : « Vous qui passez sans me voir... » crooné par l'ineffable Jean Sablon ?

A l'heure où le pape Pie XI délivrait son encyclique *Dans ma poignante inquiétude*, la police allemande opérait des rafles massives. Ceux que le régime nazi qualifiait de « criminels invétérés » ou simplement d'« individus attentant aux bonnes mœurs » étaient déportés sans autre forme de procès dans la marge invisible des réserves concentrationnaires. Après le très grand camp de Buchenwald, on avait créé Dachau, Sachsenhausen et Lichtenburg.

Le SS Heinrich Himmler, en charge de la Gestapo depuis 1934, venait justement de faire parvenir un courrier à son ami Friedrich von Riegenburg, dont il comprenait mal l'exil espagnol. D'une écriture acérée, il témoignait à ce dernier sa reconnaissance pour l'aide qu'il lui avait prodiguée en soutenant son projet auprès du chancelier Adolf Hitler.

Le cher Heinrich faisait également part de son enthousiasme zélé pour leur cause commune – l'extermination des races inférieures –, et se frottait les mains après que le Führer l'eut personnellement chargé d'organiser les camps de concentration en Allemagne. « Cher Friedrich, écrivait-il, tu auras toujours auprès de moi une place qui t'attendra, tu retrouveras à mes côtés une charge digne de toi, de tes compétences, de ton indéfectible attachement au Troisième Reich. »

Frau Spitz en avait le teint crème de plaisir. Le front de la gouvernante luisait à l'idée de relire pour la troisième fois cette phrase à Herr Friedrich : « Ensemble, nous dessinerons une ère de purification et de redressement moral et ethnique selon des critères d'unité et de capacité fonctionnelles. »

Mais elle fut interrompue dans son élan par un vacarme venu du couloir, au-delà de la porte close. Celle-ci s'ouvrit sur la démence brutale de Fou et Furieux qui propulsèrent un homme dans la vaste salle à manger. Ils s'apprêtaient à le piétiner lorsqu'ils reculèrent comme des chacals apeurés en entendant la voix grave de l'homme à qui ils devaient désormais obéir.

– *Teufel ! Schweinhund !* J'ai demandé qu'on traite ce prisonnier avec les égards qu'il mérite !

Friedrich von Riegenburg concluait son repas par un dessert servi dans de la vaisselle d'argent. Il semblait y trouver grand plaisir. C'est en tout cas ce que se chargeait d'exprimer Frau Spitz en mimant le sentiment de gourmandise à sa place. Comble du dévouement, du dépassement de soi, chaque fois qu'elle portait à la bouche de son seigneur les dernières cuillerées d'une savoureuse crème anglaise, cette femme à la laideur allégorique laissait rouler dans sa gorge un petit grognement de plaisir.

A la façon d'un bavoir, une serviette était nouée autour du cou de l'infirme. Avec un soin maternel, la nurse du diable lui ôta son linge et essuya la commissure de ses lèvres. Elle lui fit boire un reste de saint-émilion Cheval-Blanc 1932 décanté dans une carafe de cristal. Satisfaite par la robe de ce millésime d'exception et la façon gaie qu'il avait de pleurer dans le verre, elle fit claquer sa langue contre son palais avec autant de ravissement que si elle en eût elle-même tasté le rubis au goût voltigeant. Après quoi, elle exhala un long soupir d'aise, puis, s'étant assurée que celui auquel elle vouait une foi sans pareille était arrivé à satiété d'entremets et à suffisance de vin, elle enfouit la lettre du grand Himmler dans sa poche et empoigna les deux cornes du fauteuil roulant. Enfin, elle alluma une cigarette et orienta le siège de façon que Friedrich pût faire face à son visiteur.

Du regard, les deux hommes croisèrent le fer.

– Trois jours sans nous voir ! ricana Boro. Comme j'ai dû vous manquer !

L'autre resta de glace. Le faciès de carpe de Frau Spitz demeura imperturbable. Chaque fois que Friedrich lui en intimait l'ordre en levant l'index et le majeur, elle portait la cigarette à ses lèvres et tirait une bouffée.

– Asseyez-vous, monsieur Borowicz, proposa von Riegenburg tandis que sa nurse s'enrobait de fumée bleue. Cessez de persifler. Installez-vous bien dans le cuir de ce profond fauteuil.

Et, après un silence :

– Maintenant, aujourd'hui, à cette minute même commence pour nous deux, cher ami, le début d'un passionnant voyage au fond de pays inattendus...

– Voyons toujours de quoi il s'agit, s'informa poliment notre photographe. Je ne possède pas encore toutes les données de votre géographie !

– Nous procéderons par petites touches, suggéra von Riegenburg. Nous devons avant toute chose créer un climat entre nous. Apprivoiser ensemble la nostalgie du passé...

Le reporter observa le départ sinueux des Asturiens qui tentaient de différer leur sortie afin d'en savoir davantage sur la personnalité de leur chef provisoire.

– *Weg ! Schnell ! Los !* aboya un *Feldwebel* surgi de l'extrémité de la pièce.

Il referma la porte sur les chiens de garde espagnols renvoyés à la niche de leur casernement, puis, après avoir dégrafé l'étui de son parabellum, il prit place devant le rideau d'une portière en velours écarlate qui n'était pas sans évoquer l'avant-scène d'un théâtre de poche. En face du sous-officier, dans le contre-jour des fenêtres, se tenaient deux sentinelles de la division Condor.

Boro reporta son attention sur le visage blême de son interlocuteur. Il ne put s'empêcher de lui adresser un regard interrogateur.

– Comment nous y prendrons-nous pour un début ?

Frau Spitz, se faisant l'interprète de son maître, lui renvoya le trait d'un fin sourire.

– Observez autour de vous, suggéra-t-elle. Tout près, si près de vous...

Comme il laissait flotter ses yeux sur la table basse qui se trouvait devant lui, les prunelles du reporter se posèrent sur un tube de comprimés oublié puis sur les pages glacées d'une revue en langue française ouverte à la page d'une réclame pour le Leica, « un appareil vraiment moderne ». Son cœur fit un bond lorsqu'il lut le nom de la boutique : chez Dalmais, boulevard Beaumarchais, téléphone : Archives 05 13. Il connaissait le numéro par cœur pour s'y être maintes fois fourni en pellicules sensibles ! C'était un peu de lui-même, de ce foisonnement qui constituait il n'y a pas si longtemps la richesse de son univers et sa force créative, qui se retournait contre lui, lui sautait au visage. Un sentiment d'infinie tristesse le submergea. Friedrich avait visé juste. Il s'y entendait assez pour ébrécher l'âme.

– Votre bel appareil vous manque ? demanda innocemment le nazi. Je pensais à vous, tout à l'heure, en feuilletant cette revue. Vous devez vous sentir borgne.

– Je suis aveugle, s'étrangla Boro.

A l'étage inférieur de la table à compartiments, il venait de découvrir un boîtier d'appareil photo.

Un Leica ! Un Leica modèle III !

Il en reconnaissait la silhouette compacte, le viseur à télémètre. Déjà il se penchait, tendait la main, s'emparait de la pharmacopée puis du bel objet chromé. Il apprécia le moyen foyer dont il était équipé, objectif Leitz Hektor ouvrant à 1,9, d'une extrême luminosité, parfait pour les portraits. Aucune déformation ; très peu de profondeur de champ à pleine ouverture.

Boro retrouvait instantanément la familiarité d'une forme faite pour épouser sa main. Les réflexes s'enchaînaient : il évaluait la lumière, calculait le diaphragme, armait l'appareil, visait, cadrait son mortel ennemi et la femme aux yeux de vache qui s'essayait à la candeur en tirant sur la cigarette qu'elle fumait pour un autre...

– Il n'y a naturellement pas de film dans cet appareil, articula l'homme cerclé dans son corset de fer.

– Vous ne pouvez pas disposer de notre Leica pour votre usage personnel, renchérit la femme-cerbère. Il ne vous appartient pas.

– Pourtant, il y aurait ici beaucoup de sujets à photographier, dit Boro.

– Supplice de Tantale ! ricana Frau Spitz.

– Laissez-moi impressionner un seul rouleau de film, proposa Boro. Je vous donnerai les négatifs.

– Nous ne voyons pas l'utilité de vous être agréable, répondit Frau Spitz.

Ses yeux étaient barrés par le rideau de ses lourdes paupières.

– A moins que nous n'organisions une petite célébration, trancha Friedrich. Il faudrait un modèle...

– Nous en avons un, minauda l'ancienne gouvernante de Maryika Vremler.

– Vous ? s'étrangla Boro. Trop moche, la Spitz !

– Non, elle ! tuba la voix artificielle de Friedrich von Riegenburg. Elle, la parfaite !

Sur un geste de sa gorgone, le *Feldwebel* avait tiré sur le cordon de la portière de velours écarlate et démasqué le renfoncement d'une alcôve faiblement éclairée. Son centre était occupé par un cosy-corner aux coussins d'un délicat bleu nattier.

Frileusement recroquevillée à une extrémité du divan se tenait Solana Alcántara. Le visage noyé sous la corolle de son opulente chevelure dénouée, elle était nue sous un tissu d'indienne enroulé autour de son buste.

– Donnez-moi votre parole d'officier, dit-elle en s'adressant à Friedrich von Riegenburg, et je me plierai à votre caprice.

Le pacte avec le diable

Frau Spitz braqua le fauteuil roulant dans la direction de la jeune femme.

– Vous avez réfléchi à ma proposition ? s'informa le bourreau immobile.

– Je veux sauver celui que j'aime, répondit fermement Solana.

Elle parlait sans lever la tête. Elle parlait de dessous ses cheveux.

– Je suis heureux de vous voir plier, se réjouit le Prussien.

– Monsieur, s'il ne s'était agi que de moi, vous n'auriez jamais eu de prise, dit la fille de don Rafael Alcántara.

Et d'un autre éclat de voix, elle poursuivit :

– Mais comment pourrais-je accepter sans m'avilir d'être responsable de la mort du seul être au monde qui, depuis l'assassinat de mon père, a eu assez de courage et de mépris de sa propre existence pour venir me témoigner sa compassion jusqu'au fond de mon cachot ?

– Je suis admiratif ! M. Borowicz est une jouvence pour nous tous ! aboya le spectre.

– M. Borowicz m'a réappris à préférer le simulacre de la vie à la perspective du néant.

– Touchante et romantique parade contre l'incertitude des jours ! railla l'impotent. J'aime que les sentiments soient empreints d'élévation ! Hélas, vos sorts sont liés, compléta-t-il. Si l'un ou l'autre refuse la règle, il n'y a plus de jeu... Et le beau chevalier à la rose de papier ira gaver les vautours !

Solana gardait obstinément la tête inclinée sur ses genoux.

– Alors, je vivrai pour vous haïr.

– Et moi, pour vous regarder souffrir !

Boro s'était dressé.

– Quel jeu ? demanda-t-il.

Le premier moment de stupeur passé, faisant fi du danger qu'il encourait à se déplacer sans en demander l'autorisation, il se dirigea vers Solana. Porté par son élégance naturelle, il flottait dans ses hardes, son stick ponctuant sa marche. Il traversa la pièce et se campa devant la jeune Espagnole.

– J'étais tellement inquiète pour toi, murmura-t-elle en français. Et maintenant, devant ce monstre, je le suis davantage encore.

Boro plongea son regard dans le tumulte de ses yeux agrandis par la peur. Il eut peine à la reconnaître. Il constata qu'elle était maquillée avec autant d'outrance qu'une fille de mauvaise vie à l'entrée d'un boudoir pour hommes seuls. De lourds traits noirs soulignaient le bord de ses paupières. Un rouge criard empourprait ses lèvres, et ses joues, poudrées avec excès, la rendaient plus commune.

– J'ai tout accepté. Je ne veux pas qu'ils te tuent, murmura-t-elle encore.

Une veine bleue, d'ordinaire invisible, affleurait à sa tempe. Ses longues mains pâles se crispaient sur l'étoffe d'indienne drapée autour de son corps nu.

Une irrépressible colère s'empara du reporter.

– Que t'ont-ils fait ?

– Rien.

Solana désigna Frau Spitz.

– C'est seulement cette femme. Elle est venue me « préparer », comme elle a dit. Elle m'apportait deux fois par jour de la bonne nourriture. Elle me prodiguait des consolations. Et, un soir, j'ai cédé ! J'ai cédé à l'envie de manger...

Elle sanglotait doucement. Son fard coulait. Elle leva vers lui des yeux bouillant de larmes.

– Et maintenant, le jeu continue... Si je pose nue, si tu me photographies devant eux, ils ne t'exécuteront pas ce soir... C'est la règle qu'ils imposent.

Boro se tourna vers le couple infernal. Il découvrit le revolver dans la main de l'infirme. Il mesura le degré de tension générale en affrontant le regard de Frau Spitz. Son visage hommasse, ses larges mâchoires encadrées par les macarons de ses tresses contribuaient à lui donner un abord d'une brutalité sans égale.

– Nous n'hésiterons pas à tirer si vous ne vous soumettez pas à cette séance de photos, précisa la matrone.

Elle s'identifiait pleinement à son maître. Elle écrasa sa cigarette.

– L'épreuve n'est pas si féroce qu'elle en a l'air, tempéra Friedrich. Il suffit que vous passiez le cap du respect humain pour que s'ouvrent devant vous des jours de détention plus clémente... Ce fameux simulacre de la vie... Vous voyez, mes amis, chacun à sa manière détient la clef du voyage...

– Obéissons, Boro, dit Solana. Depuis trois jours, ils me tourmentent... Je n'en peux plus.

– Comment pourriez-vous résister, monsieur Borowicz ? Montrez-nous sans plus tarder votre savoir-faire, coassa le Prussien. Dansez avec votre Leica ! Entraînez-moi vers ces rives de sable fin où je ne pourrai plus jamais accoster ! Faites-moi sentir l'intimité troublante de ce que je ne puis plus espérer !

Le spectre aux yeux gris fit un signe avec le museau de son arme.

– *Genug*, monsieur le photographe ! Chargez votre appareil, et je vous récompenserai sur-le-champ. Après tout, je ne vous demande que des images !

Le *Feldwebel* s'approcha. Dans sa paume ouverte, il tenait une pleine poignée de rouleaux de pellicule de sensibilités diverses. Les gardes avaient armé leurs pistolets mitrailleurs.

Boro choisit sans hésitation deux films Perutz de type Peromnia à émulsion panchromatique ultra-rapide. Il en mit un dans sa poche et commença à charger l'autre dans le boîtier.

– La vie sauve ? demanda-t-il.

– Parole d'officier...

– Pour combien de temps ?

– Je vous l'ai dit... Plus nous voyagerons loin grâce à vous, plus je vous laisserai de corde... Vous pourrez divaguer encore un peu... Rencontrer Mlle Alcántara dès ce soir dans sa prison.

Boro avait fini de charger l'appareil. Il arma, déclencha. Une fois, deux fois, à blanc. Arma. Prêt pour la première photo. Visa le bourreau chauve à la tête.

– Vous êtes malade, Friedrich ! La gangrène est dans votre crâne ! s'écria-t-il. C'est la manière d'un fou, cette lubie de fabriquer autour de soi une race d'esclaves ! De faire reproduire vos gestes par cette buveuse de bière au regard naufragé...

Sur le masque insensible de l'impotent, il perçut le tumulte d'un trouble intime, une série d'infimes tressaillements au niveau des paupières. Traquant cette poupée de chairs mortes, il appuya sur le déclencheur.

Il réarma aussitôt, visa à nouveau. Il dit pour attiser la braise :

– Folie encore ! Impuissance toujours, cette façon d'alimenter vos fantasmes au travers de corps dénudés !...

Il vit luire un bref scintillement dans les yeux du monstre immobile.

– Vous vous satisfaites, en somme, avec les doigts des autres !

Le Prussien poussa un rugissement rauque.

– J'allume une cigarette, commanda-t-il brièvement. Je m'énerve.

Frau Spitz s'exécuta. Briquet. Fumée. Attente.

– Je me calme, annonça le paralysé. Savez-vous quoi, cher Borowicz ? Je comprends votre agitation... A ceci près que vous n'avez pas le choix. Et tenez, cette dernière chose... Il est naturel que nous partagions les charmes de votre actuelle fiancée. Moi, je n'ai pas eu votre chance, autrefois. Car enfin... Autant que vous l'appreniez de ma bouche... Lorsque j'étais encore séduisant, j'étais très épris de Mlle Vremler. Et vous m'avez supplanté... Raison de plus pour ne pas vous aimer, monsieur le Juif hongrois !

L'index et le majeur levés, il fit signe à Frau Spitz de tirer plusieurs fois sur la cigarette. Lorsqu'elle eut rejeté la fumée par le nez, il ajouta :

– Herr Borowicz ! Vous me faites penser à un marin indiscipliné, déposé sur une île déserte ! Ou bien vous refusez le contrat que je vous propose et vous mourrez sur-le-champ en m'abandonnant Mlle Alcántara, ou bien le bateau repartira avec tout le monde à son bord... Et nous explorerons alors d'autres archipels...

Frau Spitz prit un air chagrin.

Friedrich von Riegenburg coassa :

– Je vous donne six secondes pour réfléchir... Après, je tirerai une balle dans votre genou valide... Ce sera le signal du départ pour le belvédère !

Boro se tourna vers Solana.

– Je vais le faire, dit-il en français. Je vais faire les photos. Nous allons nous approcher l'un de l'autre. Je vais te parler, et personne ne pourra entrer dans notre cercle. Fais-moi confiance. Ferme les yeux. Retire cette étoffe. Oublie le reste. Je suis seul avec toi.

Il arma l'appareil.

Une manière de s'approcher

– Je ne te reconnais pas, dit Boro.

Il fit un pas en avant et passa son poignet dans la dragonne du stick. Il visa et ne déclencha pas.

Solana lui souriait de façon compassée, lèvres jointes. Son corps était noué.

– Fais les photos, supplia-t-elle. Je vais m'animer si tu me parles.

– Je n'ai pas cessé de penser à toi. Je te connais depuis toujours.

Elle éleva ses bras avec grâce. Rassembla sa chevelure.

– Ne bouge pas, dit-il.

Il l'observa un moment tandis qu'elle tournait le front vers la lumière. Il s'approcha et glissa ses doigts dans ses cheveux. Elle coucha son visage contre sa paume et l'y laissa une fraction de seconde.

– Montre tes yeux, dit Boro.

Elle posa sur lui l'éclat d'un regard agrandi par le mascara.

– Tu as pleuré. Le maquillage a coulé.

– Je suis laide à faire peur.

– Tu es belle à en mourir.

– Je ressemble à une putain de basse caste.

– Tu ressembles à un amour fou.

Elle le regarda bien en face.

– Bon, dit-il. On commence. Incline légèrement le cou...

Les cheveux de la jeune femme se dégrafèrent et s'alourdirent en grappes sombres sur le côté.

Il recula à peine. Il se tenait en plongée au-dessus d'elle. Cadrait seulement le visage. Les épaules dessinaient une ligne de fuite.

– Ne quitte pas l'objectif des yeux. A quoi penses-tu ?

– Seulement à cet œil de verre qui me scrute, bien sûr ! A quoi d'autre veux-tu que je pense ?... Il se promène si près de moi... Il me surveille... Il me détaille...

Elle jeta un regard perdu du côté des lustres. Elle entrevit les sentinelles rejetées à l'arrière-plan de leur cauchemar. Plus près d'elle, l'infirme la couvait de ses yeux de pierre. Appuyée aux poignées du fauteuil roulant, la massive silhouette de la gouvernante étayait celle du monstre.

– Recule ! ordonna Solana à Boro. Regarde-moi toute ! Je n'ai plus peur.

Par deux fois il déclencha l'appareil.

Il s'éloigna. L'abandonna telle qu'elle était, de trois quarts dos, les bras levés, les mains occupées à torsader un chignon de fortune. Il découvrit l'arrondi du dos, la naissance des fesses. Il déclencha encore l'appareil. Photo, photo. Il s'enfonçait dans la blancheur de nacre. Découvrait une ombre, une faille. Ouvrait le chemin de ses seins menus, bondissants. Elle possédait une grâce naturelle, un peu hautaine. Un peu froide aussi. Elle avait un maintien de jeune fille riche à qui tout sied à ravir.

Boro s'appuya sur sa canne et changea d'axe.

– Maintenant, nous sommes seuls, dit-il à Solana. Oublie les autres. Nous achetons notre salut.

Prenant appui devant elle, la jeune fille laissa glisser ses jambes réunies vers l'arrière et déroula son buste élancé. Elle eut ensuite un geste de nageuse et tendit le bras droit vers l'avant. Puis, coulant sur elle-même, elle s'allongea sur le dos et laissa apparaître l'éclatante fontaine de son ventre.

A son tour, Boro oubliait l'odieuse situation où il se trouvait. Le but vers lequel il tendait soudain consistait à réinventer le mystère de cette femme qu'il aimait, à l'habiller d'une beauté qui transcenderait sa nudité en liberté inatteignable, à emprisonner d'elle les plus troublantes images sans qu'elle fût jamais souillée par la boue de l'âme. Au travers du télémètre, ses yeux de reporter se hâtaient au hasard de lignes qui se croisaient avec les mains offertes, la bouche entrouverte, le sillon de la gorge de cette femme allongée sur le velours du divan. Il l'imaginait, molle et abandonnée, après des plaisirs qui viendraient. Appuyé sur sa jambe gauche, l'autre tendue loin devant lui, il s'efforçait de capter la lumière qui effleurait les hanches, le fin duvet ourlant le galbe de la cuisse, les lignes nerveuses dessinées par les pieds étirés.

Lorsqu'il eut fait plusieurs photos, il décolla son œil du viseur et s'approcha d'elle pour recharger l'appareil avec le second rouleau de film.

– Comment te sens-tu, mon amour ?

– Je ne pense qu'à toi.

– Parle-moi encore. Viendras-tu avec moi à Paris ?

– Oui.

« Pourquoi avoir posé cette question ? » se demanda-t-il soudain. Une vague d'incertitude l'envahit aussitôt.

Il arma. Déclencha à blanc. Réarma.

– Viendras-tu avec moi à Paris ?

– Oui, Blèmia.

Il déclencha l'obturateur.

– Encore ! Dis-le !

– Oui ! Oh, mille fois oui !

Il prenait photo sur photo. Elle s'était redressée sur sa couche. Avait glissé ses jambes sous elle. Elle le fixait.

Comme un air du passé, un air lancinant, Boro avait l'impression d'entendre résonner dans sa cervelle troublée des réponses à sa propre voix, des réponses connues qui redisaient, venant aujourd'hui d'une autre femme, des phrases de jadis, celles qu'il avait espéré que sa cousine Maryika prononcerait alors que, dans la chambre d'un luxueux palace de Munich, il avait osé, par le biais d'un Leica qui ne lui appartenait pas, exprimer devant des étrangers son amour pour elle.

– Laisse ta mèche devant tes yeux. Oui, ainsi ! Non, viens ! Tu n'oseras pas te lever... Tu n'oseras pas marcher, aller jusqu'au miroir...

Comme elle le faisait, il recula devant elle. Se déplaça en tortue. Arma. Déclencha. Se baissa au passage de ses épaules. Fit virevolter son stick. Pivota sur sa jambe valide. Commanda :

– Tourne ! Je veux que tu entendes les souvenirs et les promesses de ta musique intérieure... Joue !

Peu à peu, il semblait gagné par une fièvre qui exaltait ses propres gestes. Sans cesse il tournait autour de son buste, enroulait son regard comme un lien, communiquait son ivresse au modèle qui, peu à peu, s'acceptait dans ce jeu avec l'adresse, la force du regard, une liberté d'animal retrouvée.

– Regarde-moi. Laisse aller tes bras. Recule contre le mur.

Elle obéissait. Il filmait.

– As-tu jamais aimé un autre homme ?

– Non.

– Tourne. Appuie-toi au mur. Regarde-moi par-dessus l'épaule. Pense à tes lèvres...

Boro arma une dernière fois, déclencha encore, puis, se redressant fièrement :

– Voilà. C'est fini.

Insensible aux applaudissements de Frau Spitz, au contentement immobile de son maître, Boro s'inclina devant son amoureuse.

Puis il se tourna vers le *Feldwebel* et lui lança l'appareil. Après quoi, s'appuyant sur son stick, il revint en direction de Solana. Adossée au mur, la jeune fille paraissait sortir lentement d'une hypnose.

– Comment ai-je pu faire cela ? demanda-t-elle en levant sur lui un regard égaré.

– Par nos bouches et par nos mains, nous nous sommes déjà mariés des milliers de fois, dit Boro.

Avec une infinie douceur, de l'empreinte de son pouce, il estompa une trace de mascara sur sa joue. Il déploya sur ses épaules le tissu d'indienne. Elle sembla retrouver sa pudeur, et un frisson parcourut son échine. Alors il la prit par la main, la conduisit en face de l'infirme et demanda d'une voix exigeante :

– Friedrich von Riegenburg ! Faites-nous conduire à la cellule 612. Acquittez-vous de vos promesses.

L'aigle leva son regard en direction du reporter. Celui-ci le fixait avec une extrême violence.

– Si vous le pouviez, vous me tueriez ? interrogea l'Allemand.

– A la minute même.

– Montrez-vous donc plus généreux. Faites comme moi, qui vous épargne.

Boro fit siffler son stick.

– Cellule 612 ! répéta-t-il d'un ton mauvais.

– Monsieur Borowicz ! N'oubliez pas qui commande !

Derechef, Boro agita sa canne.

– Vous commandez à tout, cher Friedrich, sauf à votre désir.

Il prit Solana par le bras, se détourna et claqua les doigts en direction du *Feldwebel*.

– Chambre 612, s'il vous plaît. Et au trot. Nous n'avons que trop attendu.

Quelques services secrets

A l'heure où, pour la première fois, au mépris du froid, de la souillure et de l'inconfort de leur misérable grabat, Solana et Blèmia Borowicz partageaient le galop fou de leurs chimères amoureuses, Felipe Iturria creusait la terre de sa cellule dans l'espoir de s'évader.

Au nord, loin de la péninsule, dans un climat plus tempéré, Maryika Vremler ouvrait un parapluie. Elle n'était passée qu'une fois par Londres. C'était trois ans auparavant, lorsqu'elle avait quitté la France pour les États-Unis. Elle avait voyagé en compagnie de quelques journalistes qui lui avaient posé les sempiternelles questions auxquelles, cette année-là, de quelque côté de l'océan qu'elle se trouvât, elle n'échappait jamais : « Pourquoi avez-vous quitté l'Allemagne ? » « Que pensez-vous du national-socialisme ? » « De quelles pressions avez-vous été la victime ? »...

Cette fois, elle avait débarqué incognito à la gare de Victoria, s'était engouffrée dans un taxi et avait donné au chauffeur l'adresse qu'on lui avait remise à Paris avant son départ.

Depuis qu'Albina d'Abrantès lui avait téléphoné en pleine nuit pour lui dire que le militaire espagnol reconnu par Gerda sur le négatif du Leica commandait une forteresse dans le Sud espagnol, il avait semblé à Maryika suivre un véritable jeu de piste. Celui-ci l'avait conduite dans les méandres des palais ministériels, Anne Visage la dirigeant depuis son bureau de presse de Matignon. Deux semaines pour rien, jusqu'à ce qu'un attaché confidentiel d'un non moins secret cabinet fantôme lui eût conseillé de se rendre à Regent's Street, où la recevrait un dénommé Artur Finnvack.

– Sir Finnvack connaît Blèmia Borowicz, avait précisé le discret diplomate.

Il parlait bas, penché sur le maroquin vert de son bureau. Maryika avait objecté que si Finnvack connaissait Borowicz, elle-même ignorait qui était le Finnvack en question, et qu'elle se rendrait à Londres sans l'ombre d'une hésitation à condition, c'était bien le minimum, de savoir quel interlocuteur elle allait rencontrer. A quoi l'autre avait répondu qu'il allait tout dire, s'était levé pour vérifier qu'aucune oreille ennemie ne l'écoutait à travers les cloisons, avait fermé les rideaux, tourné la clé dans la serrure, puis s'était approché de sa visiteuse et, un genou à terre, l'autre contre le bas de la jeune personne, avait murmuré :

– Officiellement, Finnvack dirige l'agence Associated Press Incorporated, pour laquelle Blèmia Borowicz a travaillé naguère. Mais, de vous à moi et sous le sceau du secret, je puis vous dire, mais que cela ne sorte pas de ce bureau, que l'Associated Press Incorporated couvre des activités très larges, et que sir Artur Finnvack s'appelle Artur Finnvack comme moi-même je me nomme Napoléon Bonaparte, son identité étant constituée de l'anagramme de deux autres noms que, par jeu, vous pouvez vous amuser à identifier. Voulez-vous que nous dînions ensemble ce soir ?

– Non, avait sèchement répondu Maryika.

Elle s'était levée, avait cueilli l'adresse que le bureaucrate tenait serrée entre ses doigts sur un petit morceau de papier et, comme son interlocuteur se redressait à son tour, sincèrement et secrètement navré, pour lui ouvrir la porte, avait demandé :

– La France ne peut donc rien pour moi ?

– La France ne peut rien pour personne, avait répondu l'individu discret. Du moins en Espagne. Nos relations sont à peu près bonnes avec les loyalistes républicains, et à peu près exécrables avec les autres. Votre cousin étant détenu par les autres, nous ne pouvons que passer le relais à nos confrères britanniques.

– Et pourquoi eux, s'il vous plaît ?

– C'est une histoire de diplomatie. Nous manifestons une hypocrisie comparable, mais chacun dans un camp. Officiellement, ni Londres ni Paris ne participent de près ou de loin à la guerre d'Espagne. En vérité, chacun sait que Londres ferme les yeux sur les exactions commises par les fascistes, et que nous-mêmes ouvrons nos frontières aux armes destinées à la République.

Maryika avait donc compris qu'elle serait reçue par un agent secret travesti en reporter en chambre, et que, par la grâce de quelques coups de téléphone, elle apprendrait peut-être où se trouvait

Blèmia et découvrirait aussi, par chance ou miracle, un moyen de le faire approcher.

Le taxi la déposa devant un bâtiment sombre. Elle communiqua son nom à une femme entre deux âges assise derrière la demi-lune d'un bureau. Un gardien en uniforme, mais sans arme, la conduisit d'un ascenseur à un couloir qui lui-même débouchait sur un autre ascenseur et un nouveau couloir à la peinture écaillée, puis, de là, à une petite pièce occupée par deux fauteuils club, une planche montée sur trépied, et une femme encore jeune.

Celle-ci était vêtue d'un tailleur gris souris, de chaussures noires montantes et d'un châle dont les extrémités tombaient sur une poitrine un peu lourde. Elle se leva tandis que Maryika entrait, courut vers elle plus qu'elle ne marcha, et demanda :

– *How do you do, miss Vremler ?*

Maryika prit la main qu'on lui tendait. La jeune femme darda sur elle un regard inexpressif et froid. Elle congédia le planton d'un signe de la main, montra un des fauteuils, puis, sans ajouter un mot, disparut derrière une lourde porte protégée par un battant supplémentaire en cuir rouge. Cinq secondes plus tard, elle était de retour.

– *Please, come in*, dit-elle en s'effaçant devant la visiteuse.

En passant devant elle, Maryika remarqua que la jeune femme était affublée de deux incisives proéminentes, mais elle ne vit pas sur cette dentition la cruauté que Boro y avait discernée – la cruauté et l'indice d'une luxure qui avait passablement troublé le reporter.

Cependant, contrairement à lui qui n'avait pas franchi le cap de la lourde porte et jamais n'avait approché le mystérieux individu répondant à l'identité d'Artur Finnvack, on avait accepté de l'introduire dans l'antre des antres, un lieu secret, gardé et protégé, dont elle ne perçut tout d'abord qu'un étrange arôme fait d'un mélange de réglisse et de cuir.

Sir Artur Finnvack

Elle crut tout d'abord que la pièce était vide. A droite, au-delà de la porte, dans le plus pur style britannique, un canapé Chesterfield faisait face à trois fauteuils de cuir noir. Des lampes basses posées sur des tables et des guéridons éclairaient d'une lueur un peu souffreteuse le chêne du parquet et les lambris du plafond.

De l'autre côté, une grande table octogonale jouxtait un mur de portes coulissantes qui toutes étaient fermées. Des caissons métalliques étaient empilés les uns sur les autres sur trois rangées contiguës. Ils formaient quatre colonnes montant jusqu'à hauteur d'homme.

Maryika regarda devant elle. Elle était moins surprise par l'étonnante superficie du lieu, elle qui s'était attendue à être reçue dans un bureau minuscule encombré de paperasses, que par la diversité des meubles et des ambiances. Plus loin, au-delà d'une cheminée éteinte, elle remarqua encore un plateau ovale entouré de plusieurs chaises d'un style très moderne, et, à droite, dans un angle, trois canapés de velours grenat formant un carré ouvert sur une baie vitrée derrière laquelle buissonnaient des massifs de plantes vertes.

Mue par une curiosité pour cette terrasse artificielle qui lui rappelait la liberté de son propre jardin, Maryika s'approcha de la verrière. A cet instant, une silhouette se dressa d'un des canapés et se découpa dans le contre-jour de la large fenêtre.

C'était un homme. Dans un allemand parfait, sans l'ombre d'un accent, il dit :

– J'aime voir de quel côté vont mes visiteurs. Je ne vous surprendrai pas en vous disant que les femmes sont attirées par les plantes, quand les hommes vont d'abord voir du côté des tables et des bureaux.

Il avança. Il scrutait Maryika d'un regard extraordinairement attentif. Ce fut la qualité de ce regard qu'elle capta tout d'abord. Elle y lut une vive curiosité, un vacillement très bref, comme une émotion contenue. Puis l'œil sembla chavirer, devenir humide, et il retrouva presque aussitôt une froideur de circonstance. C'était un œil très noir, étrangement vivace.

– On m'appelle Artur Finnvack, dit l'homme en tendant la main à l'actrice.

Maryika marqua une légère surprise.

– Vous attendiez le baisemain des gentlemen, dit son hôte en esquissant un léger sourire. Mais sachez que ce ne sont pas là mes manières.

Il avait parlé en anglais. Maryika en fut légèrement exaspérée. Elle répondit en français :

– J'aime qu'on m'attende, je n'apprécie guère qu'on me surveille. Enfin, ajouta-t-elle en ôtant sa main de celle de Finnvack, je souhaiterais choisir la langue dans laquelle nous nous exprimerons.

– Si le français vous convient, va pour le français ! s'écria l'homme avec une pointe de jovialité dans la voix. Je parle couramment douze dialectes, et je puis en lire quinze.

Il revint vers la baie vitrée. C'était un individu de plus de quarante ans mais de moins de cinquante, très grand, aux cheveux gris, d'une extrême élégance qui n'était pas sans rappeler celle de Boro. Maryika fut troublée par cette réflexion qu'elle se fit à elle-même. Elle la chassa de son esprit pour mieux voir à qui elle avait affaire.

Artur Finnvack se tenait de trois quarts face, les mains dans les poches d'un pantalon en tweed gris perle. Il ne portait pas de veston, mais un pull-over épais, pas de cravate, pas de foulard. Malgré ses cheveux argentés, il se dégageait de sa personne une impression de jeunesse, peut-être parce que le regard était vif, parfois moqueur, peut-être aussi parce que l'homme était bien découplé, mince, qu'il n'avait rien des manières d'un lord anglais, non plus que celles d'un agent aussi secret qu'important.

Il désigna les canapés rouges et invita Maryika à s'y asseoir. Comme elle s'approchait, une jeune femme qu'elle n'avait pas remarquée se leva de l'un des sièges et s'inclina dans sa direction.

« Sa maîtresse », songea l'actrice.

– Ma collaboratrice, déclara Artur Finnvack comme s'il rectifiait la pensée de la visiteuse.

Maryika nota qu'il ne la nommait pas.

– Bonjour, fit la demoiselle.

Elle était grande et remarquablement belle. Ses cheveux, noirs et courts, étaient coiffés vers l'arrière. Ils dégageaient un front lisse, sans rides, et des boucles d'oreilles du même rouge que ceux du fauteuil dans lequel Maryika s'installa. Son regard était clair.

La jeune personne reprit sa place dans le fond du « U » formé par les sièges. Artur Finnvack s'assit face à Maryika, devant la baie vitrée.

– Désirez-vous boire ?

Elle ne le souhaitait pas, mais répondit par l'affirmative. Elle voulait seulement savoir qui la servirait.

Finnvack proposa du thé. Elle accepta. Il le versa lui-même.

« Sa maîtresse », songea Maryika une nouvelle fois.

Son regard croisa celui de la brune. Celle-ci sourit. Celle-là se détourna.

– Nous sommes ensemble pour parler de Blèmia Borowicz, déclara doucement Artur Finnvack après avoir replacé la théière sur un plateau d'argent.

– Le connaissez-vous ? demanda Maryika.

– Peut-être.

Il régla la flamme d'une bougie qui brûlait sous la théière.

– Que savez-vous de lui ?

– L'essentiel.

– Est-ce tout ?

– C'est déjà beaucoup.

Maryika trempa ses lèvres dans sa tasse. Finnvack prit une pipe posée sur la table et la montra à son invitée. Il demanda s'il pouvait fumer, à quoi elle répondit que oui.

Puis elle interrogea :

– Croyez-vous que vous pourrez quelque chose pour mon cousin ?

– Je l'espère, répondit Finnvack en approchant de lui un pot en étain.

– S'il est en vie..., poursuivit Maryika.

– Il l'est.

Elle posa vivement sa tasse, mais rata la soucoupe. Finnvack ne la regardait pas. Il bourrait sa pipe.

– Qu'avez-vous dit ? balbutia-t-elle.
– Il est vivant. Rassurez-vous.

Il darda sur elle un regard d'une extrême douceur, et elle crut même qu'il allait avancer sa main vers elle. Mais il se retint. Son visage recouvra presque aussitôt son impassibilité coutumière. Il referma le pot d'étain, vérifia le tirage de sa pipe et l'alluma. Un parfum de miel se répandit autour d'eux.

– Comment savez-vous qu'il est encore en vie ? interrogea Maryika.
– Je vous le dirai. Parlez-moi d'abord.

Artur Finnvack croisa les jambes et s'installa commodément contre le dossier du canapé. Son assistante n'avait pas cillé.

Maryika dévisagea son hôte et remarqua :

– Il me semble que nous nous sommes déjà rencontrés.
– Non.
– Alors vous me rappelez quelqu'un.

Il souffla deux ou trois bouffées légères, puis une autre, plus épaisse, qu'il suivit du regard.

– Qui ? demanda-t-il.
– Mon cousin, précisément.
– Depuis quand a-t-il disparu ?
– Février. Mais vous éludez...
– Je n'élude rien. J'en viens au fait.

Il lui adressa un bon sourire qui contrastait avec la sécheresse du propos. Maryika le fixa. Elle était en proie à un trouble inexplicable. Artur Finnvack l'encouragea :

– Racontez-moi... Depuis le début.

Elle dit ce qu'elle savait, qui se résumait à peu de chose. Elle fit part du maigre résultat des recherches entreprises à Paris. Elle parla de la découverte du Leica, de ce nom de Montemayor, sorti miraculeusement du chapeau du hasard. Elle décrivit les photos contenues dans les rouleaux de pellicule reçus avec l'appareil de Boro, précisa pour quelles raisons la propriété du Leica ne faisait aucun doute. Puis, sur une question de Finnvack, elle revint sur les dates et les personnes. Il voulait savoir précisément qui entourait Blèmia, quels étaient ses amis, ses relations professionnelles. Où il vivait à Paris. S'il avait beaucoup voyagé ces dernières années. Quelles étaient ses passions, ses habitudes.

Maryika parlait, emportée par un flot dans lequel elle se laissait entraîner avec un certain plaisir. Rien ne lui semblait plus doux, plus reposant que de raconter son cousin dans cette atmosphère confortable et chaleureuse, près d'un homme charmant qui l'encourageait avec tact et finesse, et de cette femme dont la présence, au fond, n'était guère gênante puisqu'elle n'intervenait jamais.

Simplement, elle ne quittait pas Maryika du regard. Elle semblait s'intéresser prodigieusement à chaque parole prononcée. Finnvack aussi, qui tirait lentement sur sa pipe, patient, tendu, l'œil parfois très expressif, paraissant d'autres fois s'abîmer dans une profonde réflexion intérieure.

Lorsqu'elle eut achevé son récit, Maryika se resservit elle-même une tasse de thé, puis attendit. Mais rien ne vint. Personne ne parla. Elle demanda :

– Quelles sont vos conclusions ?

Finnvack tapota sa pipe contre un cendrier et répondit :

– Nous n'avons pas de conclusions. Nous vous avons fait venir pour vous entendre. Après, nous étudierons.

– Mais vous avez dit que Blèmia était en vie ! s'écria la jeune Allemande.

– Je l'ai dit.

– Mais comment le savez-vous ?

– Je le sais.

– Comment donc ? répéta Maryika.

Elle avait presque crié. Il lui paraissait soudain impossible de se trouver en compagnie de personnes *efficaces.* D'un côté, une gravure de mode alanguie jouant avec ses boucles d'oreilles, de l'autre, un ancien jeune homme au charme un peu annihilant, préoccupé avant tout par la qualité de la combustion d'une bruyère premier choix. Mais qu'était-elle venue faire à Londres ?

– Vous êtes des journalistes ! s'écria-t-elle à brûle-pourpoint. Vous travaillez pour une agence de presse, et la seule chose qui vous intéresse, c'est de parfaire la nécrologie de mon cousin !

Elle se leva d'un mouvement brusque. Artur Finnvack la considérait avec surprise.

– Vous bluffez ! poursuivit Maryika. Vous feignez de disposer de nouvelles qu'à Paris nous n'avons pas ! Vous m'avez fait venir pour me soutirer des informations qui n'intéresseraient aucun service de renseignements !

Elle referma son manteau sur elle et s'empara de son sac. La colère pinçait ses lèvres. Le rouge lui était monté aux joues. On l'avait humiliée !

– Vous avez tenté de m'endormir avec vos manières toutes britanniques, et cela pour écrire un reportage sur la disparition de Borowicz ! Rien d'autre ne vous intéresse !

Elle marcha vers la porte.

– Vous êtes très anglais, monsieur Finnvack ! Vous faites comme avec le gouvernement espagnol ! Un rond de jambe devant, une estocade par-derrière ! Bravo !

Il la cueillit d'un mot comme elle s'apprêtait à ouvrir la porte :

– Je ne suis pas anglais, mademoiselle Vremler.

C'était la première fois qu'il prononçait son nom.

– Je ne suis pas anglais, et la conduite de ce gouvernement dans la guerre d'Espagne heurte ma sensibilité. Mais nous ne sommes pas là pour cela.

La jeune fille brune s'était levée. Finnvack lui désigna la table octogonale et le mur qui se trouvait derrière. Il dit :

– *Show him.*

En trois pas, la brune avait atteint la paroi. Elle fit rouler les portes coulissantes et appuya sur un bouton. Des spots encastrés dans le plafond éclairèrent un immense panneau courant sur toute la longueur de la pièce. D'un bout à l'autre de ce panneau, de bas en haut, il y avait des plans, des dessins, des photos et des portraits de Boro.

– Voici la preuve que nous nous intéressons bien à votre cousin, reprit Artur Finnvack. Et pas pour préparer sa nécrologie !

Il s'approcha du panneau. Maryika ne bougeait pas, paralysée par la stupeur.

La jeune femme brune s'empara d'une baguette qui traînait sur la table octogonale et la pointa vers une série de photos montrant une forteresse dominant les méandres d'un fleuve qui, dans le lointain, rejoignait la mer. Les unes avaient été prises depuis un avion, les autres, probablement, depuis un bateau amarré au large de la bâtisse ; les dernières semblaient avoir été enregistrées par un opérateur placé sur l'un des pitons dominant la citadelle.

– Voici Alto Corrientes, dit Artur Finnvack.

Maryika s'approcha. Malgré l'art très naturel avec lequel, d'habitude, elle parvenait à masquer ses humeurs quand elle ne souhaitait pas exposer ses fragilités, elle était incapable, pour l'heure, de celer l'immense étonnement qui s'était emparé d'elle. Alors qu'elle croyait apporter des informations de première importance à ses interlocuteurs, ces derniers venaient d'inverser le jeu des questions et des réponses. Ils savaient tout quand elle ignorait l'essentiel.

– Comment avez-vous fait ? balbutia-t-elle en regardant attentivement les documents affichés.

– Vous auriez dû nous rendre visite avant, répondit la jeune femme. Le nom de Montemayor nous a été communiqué il y a quinze jours par Anne Visage. Quarante-huit heures plus tard, nous savions qu'il commandait cette forteresse.

– Mais pourquoi moi, ne l'ai-je appris que la semaine dernière ?

– Différence de moyens, commenta laconiquement Artur Finnvack.

– Depuis hier, poursuivit la jeune femme, nous sommes certains que Boro est là.

Sa baguette s'abattit sur l'une des photos de la forteresse.

– Maintenant, ajouta-t-elle, il s'agit de l'en sortir.

– Mais comment ?

– C'est tout le problème, dit Finnvack.

Il posa une main légère sur l'épaule de Maryika et la poussa vers le portrait d'un homme en grand uniforme.

– Le reconnaissez-vous ?

– Oui. C'est celui que Gerda a identifié comme étant Montemayor.

– Le colonel César de Montemayor, précisa Artur Finnvack. Nous cherchons un moyen de l'approcher. Lorsque nous l'aurons trouvé, Blèmia sera sauvé.

Maryika abandonna le tableau et se tourna vers son interlocuteur.

– Comment l'avez-vous appelé ?

Finnvack se troubla imperceptiblement.

– Blèmia. N'est-ce pas son prénom ?

Maryika croisa les bras.

– Pourquoi faites-vous cela pour lui ?

L'homme ne répondit pas.

– Les Britanniques n'ont aucune raison de s'intéresser à Boro. Mais vous, si. Pourquoi ?

– Parce que, répondit Artur Finnvack.

Il se dirigea vers la porte et l'ouvrit.

– Vous ne voulez pas répondre ? insista Maryika.

Il y eut un instant de flottement. La jeune femme brune éteignit les lampes et rabattit les portes sur le panneau. Puis elle s'approcha de l'actrice.

– Je connais votre cousin, dit-elle.

Maryika la toisa. L'Anglaise souriait avec amabilité. Il n'y avait nulle violence dans son regard. Plutôt l'éclat guilleret d'un certain amusement.

– Boro connaît beaucoup de monde, murmura Maryika en baissant les yeux.

Elle remonta la bretelle de son sac sur son épaule et marcha lentement vers la sortie. Comme Artur Finnvack s'apprêtait à la saluer, elle se tourna vers l'Anglaise.

– Je voudrais vous poser deux questions. Le puis-je ?

– Faites.

– Pensez-vous que nous le sortirons de là ?

Julia Crimson attendit deux secondes avant de répondre :

– Je crois que nous y arriverons. Mais ce sera dur. De toute façon, nous vous préviendrons.

– Merci.

Maryika se tourna ensuite vers Finnvack.

– Le fait que votre... que votre collaboratrice connaisse mon cousin suffit-il à ce que vous l'aidiez ?

– Non, répondit l'homme sans hésitation aucune.

– Il y a donc une autre raison ?

– Il y a une autre raison, reconnut Finnvack.

– C'est cela que vous ne voulez pas dire ?

– Vous le saurez un jour.

Maryika tendit la main à son hôte. Ils se dévisagèrent, souriant tous deux.

– Je fais vraiment erreur lorsque je prétends vous avoir déjà rencontré ?

– C'est une sorte d'erreur, répondit Finnvack.

Son sourire s'élargit.

– Mais c'est aussi une sorte de vérité.

– Il suffit donc que je cherche dans mes souvenirs ! s'exclama Maryika.

– Non, répondit Finnvack.

Il la dévisageait avec cette tendresse qui avait ému la jeune femme la première fois. Mais il se reprit bientôt.

– Le destin veut les choses ainsi, dit-il avec une certaine froideur dans le ton. Ne le contrariez pas.

Comme Maryika franchissait le seuil, il ajouta :

– De toute façon, vous ne découvririez rien.

Elle se tourna vers lui à l'instant où la porte en chêne allait se refermer. Son visage arborait un sourire éclatant.

– Merci, dit-elle dans un souffle. Merci de m'avoir appris qu'il est en vie.

Elle tourna les talons avec légèreté, puis s'en fut.

Artur Finnvack repoussa lentement le battant. Il marcha jusqu'à la table octogonale et posa une fesse sur le plateau. Julia Crimson l'observait. Il la regardait sans la voir. Il pensait à Boro. A Boro dans sa cellule. Son regard se perdit dans le vague et il murmura :

– On doit le sauver... Il faut que je le sorte de là.

Puis, d'un seul mouvement, il se leva, claqua des doigts et, d'une voix forte, dit :

– Je veux un état de toutes nos forces navales présentes dans le golfe de Gibraltar.

Il avait parlé en anglais.

Huit jours pour réussir

Face à la sierra, dans l'obscurité venteuse, la proue d'Alto Corrientes éperonnait les nuages de pluie.

Depuis deux nuits, Iturria s'acharnait. Après avoir déchaussé le scellement entre plusieurs pierres de la muraille, il s'évertuait à extraire les blocs de calcaire de leurs gencives de mortier. C'était un travail pénible aux résultats dérisoires, un labeur de termite effectué à la pointe d'un couteau de ménage. Ce faisant, Felipe se prouvait à lui-même qu'il n'avait pas renoncé à sa dignité de combattant. Et puis les gestes accomplis mécaniquement lui permettaient de vaincre le désarroi dans lequel il se trouvait : deux jours s'étaient écoulés, et il n'avait pas revu Blèmia Borowicz.

Iturria creusait à la lueur de son briquet. Il s'écorchait les jointures. Bloc après bloc, il faisait doucement jouer la lame comme un levier. Des questions, cependant, l'assaillaient : dans quel jeu avec la mort, dans quel engrenage fatal le reporter s'était-il donc à nouveau laissé piéger ? A quoi rimait la situation absurde dans laquelle il s'était lui-même enfermé ? Décidément, depuis qu'à la froide inquisition du colonel de Montemayor avait succédé le règne caligulesque de Friedrich von Riegenburg, rien – pas même les signaux d'approche du danger ou les rendez-vous avec la torture – n'était plus logique à Alto Corrientes. Les jours cruels prenaient des allures ubuesques. Et le Basque, par cette nuit pluvieuse d'avril, ressassait avec aigreur combien Solana Alcántara avait pris d'empire sur l'esprit et les initiatives de son ami français.

Mais comment le bon Iturria aurait-il pu comprendre que Blèmia Borowicz, lui-même entraîné dans un sulfureux tournis, ne gouvernait plus les choix de sa conduite ? Comment aurait-il pu imaginer les névrotiques projets nés de la cervelle démente de Riegenburg, alors qu'il ne possédait que des informations parcellaires parvenues jusqu'à lui par l'entremise de messagers inattendus ?

Peu après l'heure de la soupe, un grand barnum de semelles cloutées, de rires et de piétinements s'était produit devant la cellule de Felipe. La porte s'était ouverte avec fracas, rebondissant sur son arche. Un panier de fruits avait été propulsé au milieu de la pièce. Une orange avait roulé sur le sol.

Précédées par la lumière d'un mauvais falot, les silhouettes du Fou et du Furieux s'étaient encadrées sous la voûte de pierre. Pris de boisson, cacardant comme un couple d'oies sauvages en volière, les compères étaient venus payer une petite visite au Basque pour mieux railler sa solitude. En termes orduriers, éructant d'ignoble façon, ils lui avaient conseillé, puisque son copain avait déménagé à la cloche de bois pour aller en bamboche, de pratiquer l'onanisme et d'ouvrir les lèvres d'une orange pour s'y frotter le sexe durant la nuit.

Les Asturiens en riaient aux larmes. Ils racontèrent comment Boro, le chéri de Paris, le photographe des petites femmes nues, était dans ses meubles ! Comme il se payait du bon temps sur la madame ! C'était à n'y pas croire : ordre de la nouvelle direction ! Que les prisonniers s'amusent à la bête à deux dos !

Zig et Puce savaient de quoi ils parlaient, eux qui avaient raccompagné les fiancés de la mort dans leur grotte à plaisir. Et pas le moindre doute sur leur manière de faire la conversation ! Le Français parlait bel et bien avec ses mains !

Le toqué et le violent s'en boyautaient encore ! Ils étaient restés l'oreille collée contre la porte. Après des souffles confondus et quelques chuchotements, les pieds du lit de métal s'étaient emballés comme les pas d'un cheval. Ah, ils avaient bien ri ! Frasques et fredaines ! On s'amusait ici !

Ils hennissaient de plaisir. Ils se tapaient sur les cuisses. Qu'on s'aimât avant de mourir les transportait de joie. Voilà bien, disaient-ils, l'ultime moyen de saluer le regret de la vie !

Avant de se retirer pour boire une autre *cerveza* au mess, les deux brutes, voulant faire bonne mesure au traitement de faveur dont bénéficiait l'« effronté boiteux français », décidèrent de tabasser Iturria. Et ils l'auraient proprement assommé du pilon de leurs poings si El Furioso n'avait posé une question sur le coq : quand Durruti serait-il capable d'affronter les assauts de Général Franco ?

– Mon coq a la chiasse, avait répondu Iturria. Sa plume est triste. Cela se voit assez.

– C'est le bruit alarmant qui court jusqu'au mess, reconnut El Furioso. Mais ça ne fait pas notre affaire.

– Non. Pas du tout. Ça ne fait pas notre affaire, échota El Loco.

Et, après un grattement de sa tignasse :

– C'est que nous avons parié gros sur lui...

– Notre solde du mois prochain...

– Et le sergent Santiesteban en a fait tout autant.

– A cinquante contre un, il était sûr que nous gagnerions beaucoup d'argent !

– Beaucoup !

– Ah, comme je vous plains ! s'apitoya Iturria.

– Cela ne suffit pas à notre consolation ! s'écria le Fou.

– Non, cela ne suffit pas, répéta le Furieux en s'apprêtant à boxer le Basque.

Celui-ci esquiva le coup.

– Savez-vous seulement quand doit avoir lieu la rencontre entre les deux champions ?

– Dimanche prochain, dit le Fou.

– Le dimanche est jour de repos pour la plupart d'entre nous, renchérit l'autre.

– Oui. Et toute la garnison souhaite assister au combat.

Le Basque s'abîma dans une profonde réflexion. Puis il observa que dimanche, c'était deux jours plus tard. Et, levant les deux mains, il conclut :

– C'est impossible ! Vous perdrez tout ! Je vous le répète, le coq a la chiasse ! Il a des vertiges. Il ne tient pas sur ses mollets.

Les poings s'abaissèrent. Les deux Asturiens affichèrent une mine déconfite.

– C'est que, d'ici dix jours, Próspero Calvete, le propriétaire de Général Franco, risque d'être muté dans un autre régiment, marmonna le Furieux. Si Franco s'en va... plus de match !

– Donnez seulement huit jours à Buenaventura ! s'écria le Basque. Huit jours, et il sera sur ses pattes !

Les Asturiens échangèrent un regard.

– D'ici le départ du soldat Calvete, il reste deux dimanches...

– J'entrevois la lumière ! déclara Iturria en mimant l'euphorie. Expliquez les choses au sergent Santiesteban, et demandez qu'on reporte la fête des coqs au second dimanche.

Le Furieux toisa le Basque avec une expression sourcilleuse :

– A condition que nous soyons sûrs de ta science !

– Vous le pouvez.

– Tu as déjà gagné des combats ? Certains prétendent que tu n'es pas un spécialiste...

Felipe s'efforça de prendre un air blasé.

– J'ai eu de grands champions entre les mains. A Bilbao, à Eibar, à Ondárroa, à Durango... Demandez ! Les parieurs savent toujours qui est Felipe Iturria !

– Comment pourrions-nous vérifier ? Les Rouges tiennent encore les chemins dont tu parles !

– Durruti est de la race des vainqueurs, poursuivit le Basque. Sitôt qu'il se sera refait une crête, mon coq sera le meilleur !

– C'est ce que pense Santiesteban, reconnut El Loco.

– Il a dit aussi que si ton coq perdait, il vous ferait passer tous les deux à la casserole, ricana El Furioso.

Il afficha une grimace lugubre. Iturria posa la main sur son cœur et s'inclina servilement.

– Gardez foi en Buenaventura, mes amis ! C'est une croyance qui vous rendra riches ! En attendant, faites courir le bruit qu'il est terriblement affaibli... Nous finirons à cent contre un !

Les Asturiens étaient repartis, persuadés que le coq anarchiste vaincrait si on repoussait le match. Buenaventura y avait gagné un répit. Iturria, un sursis. La porte refermée, il avait retrouvé son travail. Et, depuis deux nuits, à coups rageurs, du tranchant de son couteau, le Basque travaillait à son évasion.

Huit jours ! Huit jours pour réussir la belle ! L'ancien comédien mettait tant de hargne à la tâche qu'il ne prêtait pas garde à ses mains en sang. Caillasse après caillasse, il entassait comme un trésor poudreux chaque fragment arraché à la muraille. Il stockait la terre, le salpêtre et la poudre prélevés entre les joints dans un sac de toile qu'il avait subtilisé en allant reconnaître la lingerie. Tout cela pour satisfaire à la curiosité de cet animal de Boro. Il voulait s'envoler ! Se fabriquer des ailes ! Ah, il s'était assez moqué de lui, le Parisien !

Iturria étendit ses jambes engourdies et s'octroya un instant de repos. Comme il commençait à rêvasser, il perçut clairement un raclement venu de l'autre côté de la paroi. Exactement à hauteur de l'endroit où lui-même creusait. Non loin de l'angle côté porte, le plus sombre, le moins exposé aux regards du porte-clefs.

Une nouvelle fois, il prêta l'oreille pour ausculter le grincement de fourmi prudente qu'il avait cru entendre. C'était un froissement qui s'interrompait de temps à autre pour se transformer en une série de coups de bec. Felipe gratta à son tour, trois fois, puis deux, et il tendit l'oreille. Un silence lui répondit. Il renouvela son message : trois raclements de cuillère, puis deux. Il écouta. Pas de doute ! Trois coups, puis deux : on répondait à son appel ! Il eut alors la certitude que ce bruit assourdi allait dans le sens d'une alliance. Le voisin, le prisonnier de la cellule mitoyenne se manifestait enfin ! Ils allaient unir leurs efforts et établir une liaison par un tunnel. Le projet d'évasion devenait réalité ! Le temps serait divisé par deux.

Aussitôt, Felipe se remit au travail.

Au rendez-vous de l'amitié

Le lendemain matin, Blèmia Borowicz réintégra sa cellule sous bonne escorte. Il avait les yeux égarés et les paupières bistres de celui qui a entrevu le ciel mais sait qu'il va revivre l'enfer.

– Scaramouche !

Il se précipita au-devant de Felipe, lui donna l'accolade tout en lui décochant quelques affectueuses bourrades derrière les omoplates.

L'autre ne manifesta ni rire sonnant, ni emballement du geste qui ressemblât à de l'empressement. Une telle froideur de comportement était contraire à l'accoutumée, mais Boro, prenant ce silence pour un surplus de curiosité bien justifié, tira le tabouret sous ses fesses et parla sans retenue.

Il eut toutes les peines du monde à expliquer à Iturria le dédale du monstrueux labyrinthe où l'avait entraîné Riegenburg. Il s'efforça toutefois de décrire de son mieux la folle séance de photos, le chantage à la mort, le marché avec le diable, la façon dont s'était négociée la première nuit dans les bras de sa bien-aimée, puis la manière brutale dont les gardiens l'avaient séparé d'elle, à l'aube, entraînant la jeune femme à demi nue et hurlante au-devant d'un devenir incertain, le laissant seul et affligé sur la paille humide de la cellule 612.

– Pourtant, cette nuit-là ! Si tu savais, Iturria...

Boro secoua le Basque par la manche.

– Quelle accalmie ! De quoi donner à n'importe quel désespéré l'envie féroce de vivre un grand amour !

Soudain, le sourire de Boro se fana. Penché sur le visage attentif de son compagnon, il se rappela l'aube et son haleine humide ; la lente montée de cette lumière de brume, surfilée de grisaille ; l'écoute muette des premières pulsations du silence. Et ce cliquetis dans le lointain.

Solana s'était réveillée en sursaut. Son regard exprimait la peur. Ils avaient entendu les pas dans le couloir et elle s'était blottie contre lui. Sa main s'était réfugiée dans la forêt des lourds cheveux de son amant. Il avait enfoui son visage contre le sien. Leurs souffles se mêlaient encore quand la porte s'était ouverte. Ils avaient eu le temps d'échanger un dernier baiser, quelques promesses, des serments d'amour. Puis les brutes s'étaient approchées.

– *¡ Apúrese !* Suivez-nous !

– Où allons nous ?

– *¡ No se metá ! ¡ Vámonos !*

– Putain espagnole ! Tu retournes au célibat ! *¡ Márchese !*

Un garde avait levé la main sur Solana. Il l'avait giflée derrière la nuque. Les autres maintenaient Boro en le clouant au sol. Puis ils avaient emmené la jeune fille. Les tenailles s'étaient refermées et le jeu avec la mort avait repris son cours.

– C'est la marque de Friedrich von Riegenburg, commenta Boro. Tantôt il donne du fil, tantôt il remaille l'ouvrage.

Le Basque hocha la tête avec amertume.

– Te suspendre à un cotillon ne t'a vraiment mené nulle part !

Boro ne releva pas. Dans le regard de Felipe, il lisait le doute et la rancune.

– Par la Vierge Marie, pourquoi t'ai-je écouté ! éclata le Basque.

Il se dressa brusquement sur ses membres noueux et, empoignant Blèmia par le col, le secoua comme un arbre à prunes.

– Si nous avions saisi notre chance plus tôt, si nous avions tout fait pour nous évader, si nous avions été des hommes, nous n'en serions pas réduits à ce sac de nœuds inextricable !

Boro se dégagea. Le sang s'était retiré de son visage. Il remonta la mèche qui lui barrait le front.

– Comment pourrais-je envisager de m'enfuir avec toi alors que le sort de celle que j'aime est étroitement lié au moindre de mes actes ?

– C'est bien ce que je dis ! Nous ne pouvons plus rien l'un pour l'autre. Aussi ai-je décidé de ne plus tenir compte de tes projets.

Blèmia comprit que quelque chose était cassé entre eux deux. Il en ressentit un immense chagrin.

– Je n'ai pas mérité tes reproches, *compadre,* dit-il en baissant la tête.

– C'est admirable ! l'accabla le Basque. Je serai tué par ta faute et tu n'y es pour rien !

– On t'a menacé ?

Felipe relata la visite des Asturiens et le subterfuge dont il avait usé pour essayer de gagner une semaine.

– Passé ce deuxième dimanche à l'aube, si je ne réussis pas à m'évader d'ici, je suis un homme mort !

– Nous creuserons ensemble ! s'écria spontanément Boro.

– Je ne t'ai pas attendu pour commencer !

– Nous unirons nos forces.

– Ne dis pas cela ! Je sais que tu as renoncé !

– Je t'aiderai à faire la belle.

Iturria dévisagea le Français avec suspicion.

– Tu t'y mettrais vraiment ?

– Chaque nuit. Autant de fois que cela sera possible.

– Et nous partirons ensemble ?

Boro, les yeux plantés dans ceux de son camarade, hocha négativement la tête. L'obstination plissait son front.

– Je resterai ici.

– Pour cette femme ?

– Oui.

Le Basque haussa les épaules avec découragement.

– Seul, crois-tu sincèrement que j'aie la moindre chance ?

– Il se peut que tu sois rattrapé par les gardes.

– Dans cette éventualité, pas de surprise, dit Felipe avec un accent farouche. Une balle dans la tête si je fais mine de me défendre !

Il laissa cheminer la paume de sa main sur le mur de séparation entre les deux cellules et poursuivit sa réflexion à voix haute :

– Demain, je serai fixé sur les intentions de Santiesteban. Si par malheur l'homme à tête de suif refuse de retarder le jour du combat...

– Il te restera une dernière chance de salut ! s'écria Boro.

– Laquelle ?

– Durruti !... Durruti, bien sûr ! Imagine qu'il remporte la bataille !

– D'accord ! Et toi, imagine que ma mère me demande au parloir d'ici cinq minutes pour m'apprendre que nous avons gagné la guerre !

– Je ne te croirais pas.

– Je ne t'ai pas cru.

Un silence lourd de rancune sépara les deux hommes.

Boro tourna son visage préoccupé vers la lumière du fenestron.

– Si Durruti triomphe, persista-t-il, Santiesteban et les Asturiens ne jureront plus que par toi ! Il y a fort à parier qu'ils te garantiront même une sinécure à la cuisine, en reconnaissance de tes services !

Un sourire de dérision envahit le visage d'Iturria.

– Gagner ? dit-il en empoignant Boro par le col. Gagner ? Comment Buenaventura le pourrait-il ?

– En disposant de son ennemi !

– C'est un pacifique oiseau de basse-cour !

– Et moi, je connais un moyen radical pour faire de Général Franco un poussin sans défense, répliqua Boro, imperturbable.

– Ah oui !..., fit le Basque en relâchant son étreinte. Encore cette lubrifiante histoire d'huile de ricin, je présume ?

En réponse aux sarcasmes de son compagnon, le reporter sortit de sa poche une fiole encapuchonnée d'un compte-gouttes en caoutchouc.

– Laudanum !

Iturria considérait le flacon avec incrédulité.

– Il te suffira de soigner la vilaine bestiole avec quelques gouttes de ce sédatif... Elles servent à Riegenburg pour atténuer ses souffrances lombaires et cervicales. J'ai subtilisé cette pharmacie sur la table basse de sa salle à manger.

– Ainsi tu as eu une pensée pour le coq ? bredouilla Iturria.

D'un coup, il avait tout pardonné.

– Non, avoua Boro en baissant la tête. Simplement, dans notre situation, tout ce qui peut être pris doit l'être. En certaines circonstances, des riens deviennent des richesses...

– Je garde la fiole ! s'écria Iturria. Je garde doublement la fiole !

– Et moi, dit Boro, je retrouve un ami !

En creusant...

Les nuits suivantes, ils unirent leurs énergies pour démanteler le mur. Ils se fixèrent pour objectif de dessertir la première épaisseur de pierres et de dessiner la courbe de leur tunnel.

Ils parlaient peu. Leurs rares échanges se limitaient aux exigences du plus strict utilitaire. De temps à autre, ils observaient des arrêts concertés. Ces pauses leur permettaient de reprendre des forces, d'ausculter le silence, d'épier si nul garde n'était alerté par les raclements de la cuillère ou le bruit du couteau cherchant à se frayer une saignée entre l'alignement des moellons.

Toutes les trois heures environ, il leur fallait dresser le châlit d'aplomb sur la fenêtre, se hisser tout en haut, se faire la courte échelle pour vider, côté précipice, le contenu du sac à linge.

A l'issue de la première séance de travail en commun, l'avancement du chantier était maigre. Six pierres seulement avaient été descellées. L'ultime partie de la nuit fut entièrement consacrée à l'évacuation des derniers matériaux effrités et à la remise en place des blocs, scrupuleusement reposés dans leurs alvéoles afin de redonner à la paroi l'apparence de l'ordinaire.

Leur enthousiasme, décuplé en début de soirée par l'apparition d'un grattement continu de l'autre côté, s'était tari au fil des heures. Leur voisin, après avoir coopéré pendant longtemps, avait interrompu son travail de mandibule. Avait-il cédé au sommeil ? Son organisme, trop affaibli par la détention, l'empêchait-il de lutter plus longtemps ? Avait-il cassé l'instrument dont il disposait ?

Boro et Iturria s'interrogèrent dans la pénombre, ne sachant s'ils devaient prendre le risque de réveiller le corps de garde en appelant l'ami inconnu, le mystérieux collaborateur de leur évasion. Ils finirent par le héler à voix contenues. Mais la pierre resta sourde et, ce soir-là, leurs murmures demeurèrent sans réponse.

Sur un simple regard, ils reprirent leur œuvre de fourmis. Et l'épaisseur de la muraille, opposant l'écran de sa masse aux supputations muettes des deux compagnons, semblait rendre plus dérisoires leurs efforts de nains acharnés à en percer le secret.

Trois nuits durant, ils conjuguèrent ainsi leurs forces, charroyant les gravats et se relayant à la sape. Chaque matin, Iturria partait d'un pas alourdi par la fatigue vers ses tâches de grouillot de cuisine.

Deux heures de son emploi du temps étaient consacrées à Buenaventura. Plus d'huile de ricin ! Plus de purge ! Sous le regard soupçonneux du Fou et du Furieux qui l'encadraient, le Basque, en comédien consommé, donnait un échantillon de ses compétences.

Il menait grand tapage dans le poulailler. Les yeux exorbités, les bajoues et le col gonflés, il devenait lui-même coq de combat, personnifiait l'ennemi potentiel.

En général, après une approche faite de ronds successifs, il s'avançait au-devant du pacifique gallinacé et mimait l'attaque de l'intrus avec une baguette d'olivier qui simulait un bec. Agacé, le bon Buenaventura finissait par caqueter son indignation, puis, inévitablement, cherchait refuge dans sa caisse.

Felipe ne cessait de pérorer pour justifier cette conduite, indigne d'un champion et qui revêtait toutes les apparences de la couardise. Il rentrait ses plumes et son jabot, se tournait vers les Asturiens, faisait valoir avec volubilité les conclusions techniques qu'il convenait de tirer de l'attitude de Durruti. Qu'on ne s'y trompe pas ! Son coq se réservait pour le grand jour. C'était un animal qui accumulait la rancune. Un tueur de la pire espèce ! L'entraînement par vociférations, caquètements et anathèmes, combiné à une nourriture plantureuse, ferait merveille, le grand jour, selon la fameuse méthode du manager de Biscaye.

Le soir, Iturria regagnait la cellule. Il retrouvait Boro. Celui-ci était resté seul durant tout le jour. Sans cesse il pensait à Solana. Parfois, il se laissait sombrer dans une lourde rêverie proche de l'absence. Des images s'imposaient à son esprit enténébré. Maryika, sa belle cousine, Solana Alcántara, la fière Sévillane, se partageaient ses rêves. Oublié du monde entier, il ne savait aborder autrement la dérive des longues heures de solitude.

Iturria ramenait la vie. Et aussi l'esprit de résistance. La nuit tombée, le silence enfonçant la forteresse dans un lit noir et glacial, les deux amis retrouvaient leur tâche clandestine et s'écorchaient les phalanges sur la pierre d'Alto Corrientes.

Jusqu'à cette aube fameuse où la pierre résonna de manière plus creuse sous leurs coups. Les deux hommes déposèrent leurs outils de fortune, se regardèrent, sourirent, puis, pendant deux heures encore, fouaillèrent la caillasse avec leurs outils de fortune. Enfin, sous la poussée de Blèmia, le dernier moellon céda.

Un souffle leur parvint. Une main se tendit vers eux, traversant le goulet et déblayant la pierre. Ils entendirent une voix. Cette voix dit seulement :

– Arthur Koestler.

Le baiser chaud de Satan

– *Herein !* aboya Frau Spitz.

A regret, elle quitta des yeux l'image que lui renvoyait la glace et vérifia si le maquillage bleu qui tapissait ses lourdes paupières en forme d'écaille renforçait assez la dureté de son visage.

Elle se cambra dans son costume noir de cavalière cintré à la taille, fit passer sa cravache sous son aisselle et, une main sur la hanche, se dirigea vers le vestibule.

– *Herein !* répéta-t-elle en fixant la porte.

Le battant s'ouvrit brutalement. Deux gardes espagnols poussèrent la prisonnière devant eux.

Solana semblait frigorifiée. Elle serrait frileusement autour de son torse un pan de couverture rugueuse et déchirée. Elle était pâle comme une noyée, défaite, vaincue. Même l'éclat de ses yeux, ordinairement si fiers, manquait à l'appel de son regard.

– Jusqu'où irez-vous ? murmura-t-elle.

Ses cheveux dénoués et sales étaient collés par un assemblage de boue, de sanie et de paille.

– Avez-vous pris le temps de réfléchir, mademoiselle Alcántara ? demanda l'écuyère noire.

Et, comme la malheureuse baissait la tête et se taisait, la gouvernante de Friedrich von Riegenburg pinça son nez entre pouce et index avant de constater d'un air méprisant :

– *Ach ! Sie stinken, mein Schatz !*

– Je n'ai jamais haï comme je vous hais ! s'écria la prisonnière dans un brusque accès de rage.

– Laissez-nous ! commanda Frau Spitz aux gardes. Restez en faction devant la porte.

Elle se campa sur la tige de ses bottes et considéra la jeune Espagnole avec mépris.

– Avancez, mademoiselle la rebelle ! Quelques heures au cachot de fosse d'aisance n'ont pas suffi à vous vaincre ?

– Je n'ai plus rien à perdre.

– Vous pouvez tout regagner.

Frau Spitz promena la pointe de sa cravache sur le corps de la malheureuse et la poussa dans le dos.

– Venez ! Visitez donc l'endroit de rêve où je vous propose de vivre ! *Schnell !*

Solana fit quelques pas en titubant. Elle découvrit une pièce immense dallée de mosaïque, festonnée par un patio intérieur d'inspiration mauresque. Le pourtour de cette galerie à double colonnade était décoré de fresques réalistes évoquant, sous la forme d'un triptyque, le désert saharien, un rezzou sur une palmeraie et la transhumance des caravanes. Une baguette d'encens se consumait au bord d'un brûle-parfum de cuivre.

Au centre de la pièce, comme si l'on avait dégagé les meubles, un espace vide avait été ménagé.

Solana laissa flotter son regard le long des murs éblouissants de blancheur. Elle remarqua deux coffres aux serrures richement travaillées, des tables ajourées sur lesquelles étaient disposés des plateaux de fruits exotiques, un coin pour fumer la pipe à eau, un divan bas encombré de coussins brillantés d'or et d'argent.

– Un bordel du Tibesti pour une putain espagnole ! proclama l'Allemande.

Et, sur le ton d'un guide :

– Avant que la citadelle d'Alto Corrientes n'appartienne à l'Etat espagnol, ma chère, elle était la propriété d'un cheikh toubou en exil qui ne pouvait se passer de la proximité des montagnes et revivait ici les splendeurs estompées du passé.

Solana pressentait le seuil d'un nouveau cauchemar.

– Voulez-vous goûter à ces délicieux loukoums ? Préférez-vous un halva ?

L'Espagnole se retourna d'une pièce.

– Je ne veux rien, dit-elle en déglutissant.

Elle luttait contre le vertige, claquait des dents. Elle esquissa un mouvement de tête pour chasser la masse de ses cheveux qui contrariait sa vision.

– Rien, s'entêta-t-elle en se détournant des gâteaux au miel qu'on lui proposait avec insistance.

– Comme vous voudrez, siffla la matrone.

Elle engouffra deux pâtes de halva dans sa bouche de crapaud et suivit avec curiosité et amusement le regard de la jeune femme.

Solana, tête renversée vers le haut, inspectait craintivement la voûte concave du plafond où, sur un fond de fresque bleu cobalt, un artiste minutieux avait fidèlement retranscrit la solitude géométrique des constellations, l'éloignement des étoiles et le chemin nébuleux de la Voie lactée.

« Séville ! Le ciel ! » pensait vaguement Solana.

La tête lui tournait.

Elle se retrouva soudain dans le jardin de son père, par une belle nuit d'août. Elle s'orienta par rapport à la constellation de la Grande Ourse et découvrit l'étoile polaire à l'endroit exact où don Rafael Alcántara lui avait enseigné qu'elle se situait. Puis, comme un vague et lointain écho sortant de la brume, elle perçut la voix hommasse de Frau Spitz qui persiflait, lui demandant si elle lisait son horoscope dans les astres. Enfin, ne pouvant se maintenir davantage dans ce monde froid et mortifère, elle vit monter vers elle le gouffre blanc du sol de mosaïque. Elle perdit connaissance.

Lorsqu'elle recouvra ses esprits, elle se trouvait sur l'autre rive de la chambre. La rive rouge. De profonds tapis de Chiraz, venus d'Ispahan, menaient jusqu'à un lit à colonnes tendu d'une cantonnière moirée. Du fond d'une niche richement décorée sourdait une fontaine dont le jet bondissant, capté dans des coupes successives, cascadait en un murmure apaisant.

Solana dressa d'abord la nuque. Elle se rappela presque aussitôt en quel lieu étrange elle se trouvait. D'un geste craintif, elle rassembla le drapé de ses hardes autour d'elle, voila son corps dénudé et, au prix d'un grand effort de volonté, se dressa sur ses jambes.

Le regard de Frau Spitz la cueillit aussitôt.

– Admirez-vous ! commanda la gorgone en faisant pivoter sa victime vers une glace dont l'étendue, comme un lac immense, ceinturait le lit avant de prolonger sa rive lisse jusqu'à la salle de bains voisine. Que vous inspire votre image ?

Solana ne répondit point. Elle fit un pas en direction d'elle-même et, s'approchant de son reflet, contempla les cernes bleus de ses yeux agrandis par la peur, le jeûne et les humiliations. Ses avant-bras portaient des bleus dessinant la forme de doigts.

– Ils m'ont battue, dit-elle. Les soldats.

– *Viele Menschen sind unglücklich, weil Sie das Unglück suchen*, articula Frau Spitz.

Elle remonta une mèche de son chignon et la piqua sèchement avec une épingle surgie de ses lèvres sèches. Puis elle reprit :

– Beaucoup de gens sont malheureux simplement parce qu'ils cherchent le malheur.

– Je ne vois pas à quoi vous faites allusion, répondit fièrement Solana.

Elle gonfla ses poumons et fut soudain submergée par un sanglot sec.

– Laissez glisser votre couverture jusqu'au sol ! lui ordonna sa gardienne.

– Je ne le ferai pas en votre présence, rétorqua la jeune femme.

– Vous le ferez ! corrigea l'Allemande.

Elle leva sa cravache. Solana se mordit la lèvre et, soudain ployée sous la meurtrissure cuisante de la lanière de cuir tressé, porta la main à son épaule nue. Celle-ci était zébrée d'une fougère de sang. S'abandonnant à l'ondoiement de la douleur, le jeune prisonnière laissa couler le pan rêche de l'étoffe qui la protégeait, et se tint immobile, rompue, les yeux baissés devant sa propre image.

Frau Spitz recula dans un grincement de bottes. Elle souriait à l'immensité de la glace qui semblait engloutir les épaules frémissantes et le ventre blanc de la belle Espagnole.

– Embrassez la glace ! Et veillez à garder les yeux ouverts !

Avec des gestes d'une lenteur extrême, Solana obéit. Elle posa ses paumes sur ses paumes, approcha ses lèvres gonflées de la surface lisse. Elle était brisée. Ne bougeait plus.

– C'est mieux ainsi, dit la Spitz. Et, grâce à votre soumission, Boro vient d'échapper à une belle séance de knout !

Solana ferma les yeux.

– Boro ? interrogea-t-elle d'un ton de somnambule. Il est toujours vivant ?

– Il ne tient qu'à vous qu'il vous rejoigne, déclara la noire cavalière.

Elle s'approcha, la cravache serrée sous l'aisselle.

– Venez prendre un bain.

Solana ouvrit les yeux. Elle paraissait égarée. Comme si elle avait perdu l'esprit.

L'Allemande l'empoigna par les épaules et la poussa jusqu'à la salle d'eau.

– Baignez-vous. Usez de ces sels. Après, je vous servirai votre repas.

La jeune femme entra dans l'onde d'un bleu irréel. Elle resta quelques minutes immobile, puis, mécaniquement, commença de se frotter avec un savon parfumé au santal. Enfin, comme le glissement de la mousse sur sa peau lui apportait un réconfort inespéré, elle entreprit de se frictionner plus vigoureusement, comme si elle voulait à toute force faire disparaître la souillure de son corps.

Elle prit un soin particulier à laver sa longue chevelure. Une fatigue lénifiante, un bien-être inconcevable l'envahirent soudain. Elle ferma les paupières et s'engloutit sous l'eau.

Lorsqu'elle ressortit de l'onde, elle découvrit le visage attentif de la gouvernante qui, sous ses paupières de dogue, laissait filtrer un regard insistant. Frau Spitz se tenait avec raideur dos à la glace. Elle avait allumé une cigarette et ne semblait plus s'appartenir.

Elle s'approcha de la baignoire et se pencha sur sa victime.

– Embrassez-moi ! commanda-t-elle. Je fume, je suis énervée.

Pendant un bref instant, Solana chercha désespérément à déchiffrer dans les prunelles de son bourreau l'explication de cette situation nouvelle. Au fond de ses yeux, elle ne lut qu'une froideur de jade.

– Je fume, je fume ! répéta Frau Spitz en s'enrobant de fumée. Vous devez m'embrasser !

– Vous me faites horreur !

– Embrasse-moi, putain espagnole ! Fais-le pour survivre ! Sinon, je te maintiendrai la tête sous l'eau !

L'épouvantable matrone secoua la flétrissure de ses bajoues. Elle saisit Solana par les cheveux et lui renversa la tête vers l'arrière. Elle avait dans les bras une force d'homme.

– Que voulez-vous ? supplia la jeune fille en s'arc-boutant aux parois de la baignoire. Qui êtes-vous ?

Sur le faciès de la grosse Allemande elle lisait une perversité répugnante.

– Qui êtes-vous ? hurla-t-elle à nouveau.

– Je suis ce qu'on veut que je sois ! haleta la matrone bavaroise en accentuant sa pression.

Le monstrueux visage s'approchait insensiblement de celui de Solana. Cette dernière secouait sa crinière mouillée comme un cheval ombrageux.

Les deux femmes luttaient haleine contre haleine. Spitz empestait le tabac et la bière. Une tache rouge empourprait la naissance de son cou.

Solana banda ses forces. Elle pataugeait dans un éparpillement de gouttes, éclaboussait, glissait contre les parois d'émail. Au fond des yeux de la mégère, elle cherchait les raisons de ce viol.

– Friedrich von Riegenburg ! murmura-t-elle soudain en comprenant la folie qui se jouait.

Et, sans qu'elle y pût rien, la bouche de la gorgone profana ses lèvres.

Derrière la glace sans tain, les mains posées sur ses genoux de marbre, silhouette tassée dans son fauteuil roulant, monstre privé de mains et d'expression, l'officier nazi, en grand uniforme de général, observait le visage abandonné de sa victime. Impassible sous la trame de son visage d'ivoire, il l'embrassait. Il l'embrassait en rêve. De temps à autre, sur un lutrin bien en vue, le *Feldwebel,* qui avait troqué son uniforme SS contre une livrée de chauffeur, déposait les fabuleux clichés de nus qu'avait pris de sa fiancée le talentueux Blèmia Borowicz.

En fixant les images, Friedrich von Riegenburg sentait monter dans sa tête un désir insatiable qui n'avait pas de source et n'était qu'impuissance.

Sa vengeance même lui tirait des plaintes d'animal insatisfait.

La fade odeur des chrysanthèmes

Ils reposaient chacun sur son châlit, l'esprit engourdi par la veille, les mains douloureuses, la bouche ouverte, le corps brisé. Abandonnés à la dérive d'un songe commun, ils se rappelaient cette poignée de main échangée à l'aveuglette avec l'écrivain hongrois qui croupissait sur la paille de la geôle contiguë à la leur. Ils avaient parlé longtemps. Koestler avait expliqué qu'il avait cassé la lame de son canif sur la rocaille de la forteresse et que, seul, il avait renoncé à toute tentative d'évasion. Mais, maintenant que ses amis l'avaient rejoint, il recommencerait peut-être. Et c'était précisément à quoi pensait Iturria, allongé sur le matelas inférieur de leur couchette double. Ce soir, ils démasqueraient la brèche. Demain, ils agrandiraient le passage. Après-demain, ils iraient d'une cellule à l'autre. Un jour, bientôt, ils entreprendraient le percement du mur donnant sur la cour. Le Basque se reprenait à espérer.

– Tu verras, Boro ! murmura-t-il. Je leur fausserai compagnie avant le jour du combat ! Viens avec moi, *amigo !* Oublie cette femme !

Le reporter esquissa un signe de dénégation.

– Montre-toi courageux ! insista le comédien. Tu t'occuperas de tes histoires d'amour plus tard ! Sauve ta peau, que diable !

– Pense à toi, répondit Boro. Et laisse-moi dormir.

Il se tourna contre le mur et s'abandonna au voile gris d'un demi-sommeil.

Plus tard, heures ou minutes, il ne sut, la porte de la cellule s'ouvrit dans un raillement de ferraille rouillée.

– Debout !

La voix était grasse. La lumière d'un falot éclairait la face blafarde du caporal Saturno Santiesteban. Un sourire satisfait retroussait ses lèvres épaisses. Il était accompagné par trois gardes. L'air empesta soudain l'ail et les odeurs d'aisselle. L'ombre dansante sculptait les visages, allongeait les cous, donnait aux brutes des allures de gargouilles.

– Debout les anges ! répéta l'obèse avec un rire de ventre.

Il avait mis ses mains derrière le dos et s'essayait à une posture avantageuse.

– On s'ennuie de nous ? s'enquit Boro en levant la tête.

Il affectait l'impertinence, tout en redoutant le pire. Qu'était-il advenu de Solana ? Comment provoquer les confidences du gros phalangiste ?

– Quel bon vent, Saturno ? dit-il en se dressant sur sa couche.

Un grognement lui répondit. La silhouette trapue du caporal fit volte-face dans la pénombre de la cellule, et son bras s'allongea devant lui.

Un éclat argenté traversa l'éblouissement rougeâtre de la lampe. Iturria reçut le contenu d'une cruche d'eau en travers du visage.

– *¡ Agua fresquita !* Presse-toi, le Basque ! Debout, feignasse communiste ! Aux cuisines ! Et vite ! A la pluche ! Trois tonnes de pommes de terre t'attendent !

– Vous avez mauvaise mine, Saturno, ce matin, s'inquiéta Boro en se laissant glisser du haut de son châlit. Vous êtes souffrant ?

La face de suif se fit aimable.

– Toi, le grand photographe des stars et des derrières féminins, la direction veut te voir ! Entrevue particulière avec Herr Friedrich ! Quelle chance !

Boro s'inclina. Déjà, il s'appuyait sur sa canne, rectifiait sa tenue.

– L'ingénieur des plaisirs me réclame ? Il est en panne d'imagination ?

Le gros caporal s'ébroua et leva son gros doigt.

– Si j'étais à ta place, je ne crânerais pas. Toute la nuit, sa lumière est restée allumée dans le donjon. Ce matin, quand il m'a appelé, il regardait les photos de ta putain républicaine. Il avait le bord des yeux rouges.

– C'est signe de neurasthénie. Il faudrait le promener. Lui donner du grand air. Pourquoi ne l'emmenez-vous pas faire un tour au belvédère ?

– *¡ Basta de tonterías !* Ferme ta grande gueule ! Et vous, abrutis, emmenez-le hors d'ici ! gronda le caporal à l'adresse de ses subordonnés.

Il capta le regard narquois du Français, puis déporta sa masse sur le côté afin de couper l'élan des deux gardes qui déjà l'entraînaient vers la porte.

– *¡ Estoy harto de tí !* s'emporta-t-il en agrippant Boro par le col.

Et ses yeux devinrent fous tandis qu'il approchait son faciès graisseux de celui du prisonnier.

– Je te conseille, *amigo,* de trouver vite quelque chose d'aimable à me dire... Sinon, tu vas regretter tes impertinences !

Nez contre mufle, Boro opposa à Santiesteban un air de sincère commisération. Pupille contre pupille, il lui dit en confidence :

– Ton haleine, Saturno, a l'odeur des vieux chrysanthèmes...

– J'ai ordre de ne pas te frapper pour le moment, chuchota en retour l'Espagnol au teint de chandelle, mais écoute bien ça, Borowicz : le jour béni approche où je te saignerai par le ventre !

– Merci l'enfer ! En attendant, Saturno, n'oublie pas de faire des bains de bouche !

L'Espagnol desserra l'étau de ses mains gercées et esquissa un mouvement excédé du menton. Les deux gardes poussèrent le reporter devant eux. Il n'opposa aucune résistance. Un coup de crosse dans les reins l'encouragea à emprunter le dédale des couloirs. Passif, le cou tendu derrière lui, il jeta un dernier coup d'œil vers Iturria qu'il laissait en pâture au ressentiment de Santiesteban. Reverrait-il jamais Felipe ?

Dans la cellule, le silence retomba sur l'éloignement des pas. L'attente figeait les visages. A l'extrémité du couloir, la lourde grille se referma sur le quartier des internés politiques. Les yeux porcins du caporal fouillèrent le regard du Basque avec insistance.

– Sors ! commanda-t-il à voix basse au dernier des gardes resté pour assurer sa protection. Attends-moi devant la porte. Arme ton fusil !

Au passage de l'homme, Felipe sentit une aigre odeur de transpiration envahir ses fosses nasales. Il avala sa salive. Après quelques secondes, il entendit le froissement de la culasse reculant sur l'acier glacial. Il reconnut ensuite le bruit familier du percuteur chassant la balle pour l'introduire dans la chambre du fusil. Il imagina la sentinelle en train de se caler sur ses chaussures cloutées pour prendre sa faction de l'autre côté de la porte.

– Iturria, déclara le caporal après que tout fut redevenu silencieux, mes Asturiens m'ont parlé au sujet du coq. Tu sais que j'ai accepté de reporter le combat au deuxième dimanche...

– Vous incarnez la sagesse, caporal Santiesteban.

– Je n'ai pas fini ! l'interrompit l'obèse.

Son visage était devenu luisant, ses pommettes rosissaient imperceptiblement.

– Je n'ai pas fini et ne te réjouis pas trop vite ! J'ai accepté parce que je n'avais pas le choix. Mais je veux que tu entendes ceci : si ton coq perd le combat, toi, tu perdras la vie... Je te ferai découper en lanières par mes hommes. Nous poudrerons tes plaies avec du sel et du poivre noir. Tu me supplieras de t'achever au plus vite !

– Bon, admit Felipe sans broncher. Mais si Buenaventura est vainqueur ?

– Je serai riche, soupira le gros homme.

– Et moi, qu'est-ce que je deviendrai ?

– Toi ?...

Une expression cupide enjoliva les traits gélatineux du caporal.

– Toi ? Si je veux voir le coq gagner d'autres combats, il faudra bien que je m'habitue à te trouver dans mes jambes...

Un bordel au Tibesti

Boro s'immobilisa sur le seuil et s'appuya sur son jonc.

Une poussée des gardes l'envoya valser au beau milieu du vestibule. Devant lui, par l'entrebâillement de la porte en vitrail, dans une flaque de lumière réverbérée, il découvrit l'immensité du lieu où il se trouvait.

Il se frotta les avant-bras, fit quelques pas hésitants et leva la tête. Son regard se perdit aux confins d'une carte du ciel cloutée d'étoiles et d'un oued desséché par où s'éloignaient les bédouins d'une caravane. « A quelle nouvelle mise en scène de l'absurde vais-je devoir faire face ? » pensa-t-il en se détournant de la gigantesque fresque en trompe-l'œil qui s'affichait devant lui.

Les sens aux aguets, il inspecta la blancheur des mosaïques, prêta l'oreille au chant de la fontaine et sonda la pénombre des arcades mauresques. Il ne distingua aucune présence humaine avant que la voix comprimée de l'infirme ne s'élevât derrière ses épaules, lui infligeant son étrange et sourd martèlement de larynx.

– Bienvenue dans vos nouveaux appartements, monsieur Borowicz !

– Friedrich Quatre Roulettes ! Quelle divine surprise ! On m'avait laissé entendre que vous aviez mal dormi...

Boro accentua son sourire pour cacher son trouble. Il perçut une sorte de râle, puis les pneumatiques du fauteuil roulant crissèrent sur l'émail du carrelage. Le corps brisé du dignitaire nazi sembla jaillir de la grotte d'ombre où Friedrich se tenait immobile, tapi comme un alligator.

– Je veux que vous couliez des moments heureux dans cet espace de dépaysement, chuinta l'estropié tandis que le chariot entrait dans la lumière.

Il était poussé par un chauffeur-garde du corps SS en grande tenue.

Boro fit un pas en avant. Friedrich von Riegenburg semblait à bout de forces. Ainsi que l'avait raconté Santiesteban, le bord de ses paupières était rougi par la veille.

Le reporter prit l'air désinvolte et assouplit le jonc de sa canne. Il regardait venir à lui ce visage ballottant au bout d'un cou privé de muscles, ce masque au front dégagé et blafard qui reposait sur le bord de la minerve comme une tête tranchée offerte sur une coupe.

– Nous nous trouvons dans un endroit qui a toujours été dévolu au plaisir.

– En effet, opina Blèmia avec conviction. Cela ressemble en tous points à un bordel !

– Voilà un jugement un peu succinct, nuança l'Allemand. Celui qui a conçu cet espace de plaisir était en exil. Faute de pouvoir faire venir du Tibesti les femmes de son sérail, il se rabattait sur des putains de Séville. On dit qu'il aimait les enrubanner, les draper de voiles, qu'il leur offrait des colliers de sequins pour orner leurs ventres nus.

– Tous les raffinements de l'être humain sont dans la nature ! lança Boro. Au reste, j'imagine volontiers une nouvelle race d'esthètes qui écouterait Wagner en s'échauffant sur des photos !

Le regard de Friedrich transperça l'insolent reporter.

– Vous avez saisi l'impasse dans laquelle se trouve mon corps, Borowicz ! C'est vrai, la misère physiologique qui est la mienne m'éloigne de l'épanouissement du sexe. Et certaines cervelles amoindries par les accidents de la vie ont besoin d'adjuvants pour stimuler leurs élans, les communiquer à leurs muscles ou simplement accepter l'état de culpabilité dans lequel les plonge la fréquentation du péché...

– Moi, je n'ai besoin de rien de spécial pour aimer une dame au naturel.

– Vous êtes un impudent !

– Vous êtes un fou dangereux !

– Taisez-vous ! *Maul zu !*

Les yeux du grabataire roulèrent vers le haut, appelant à l'aide le garde du corps penché sur lui.

Même s'il se reprochait confusément d'avoir passé les bornes, Blèmia ne parvenait plus à maîtriser sa colère.

– Vous pouvez m'humilier, Riegenburg ! Vous pouvez me faire frapper ! Vous pouvez nous souiller ! Mais vous ne pourrez pas m'ôter l'envie de vivre !

– Je peux l'étouffer quand je veux !

– Je ne me tairai pas !

– Je vous ferai tuer.

– Ma mort non plus ne vous donnera pas le silence !

Les deux hommes se défiaient. L'un était immobile, enlierré dans ses obsessions, l'autre, ardent comme un étalon retenu dans sa course, sentait son dos traversé par les vagues frémissantes de l'exaltation.

– Votre force, votre santé ! L'insolence de votre jeunesse ! siffla brusquement le nazi dans son orgue de tuyaux. Voilà précisément ce que je compte vous dérober !

Ses yeux chassèrent sur le côté. L'impression de rage qui se dégageait de lui évoquait la houle grisâtre de la mer du Nord. Elle était renforcée par l'immobilité trompeuse du faciès, le tragique du grand uniforme noir, la rigidité du cou pris dans la poigne de la minerve.

– Je m'énerve ! Je m'énerve ! feula l'infirme.

Mâchoires serrées, il fit rouler l'étau de ses dents et émit un grincement insupportable.

– Je perds mon sang-froid, s'enroua-t-il en humectant ses lèvres sèches.

Comme pour donner un prolongement à la pensée de son maître, l'athlétique garde du corps à tête de boxeur ébaucha un pas en avant et referma ses poings lourds comme des marteaux. Il attendait sans état d'âme particulier qu'on le lâchât sur le prisonnier pour le déchiqueter comme un dogue.

– Je souhaiterais en finir avec vous et pourtant je vous garde, monsieur le photographe, proféra le timbre désaccordé. Ma vengeance doit s'accomplir jusqu'à son terme.

– Qu'avez-vous fait de Solana ? interrogea Boro.

Le spectre sembla se refroidir brusquement. Il posa un regard implacable sur le prisonnier.

– Solana ? demanda-t-il en redevenant délicieux. Appréciez-vous les parfums exotiques ? Que diriez-vous d'une musique en accord avec le lieu où nous sommes ?

– Je n'ai besoin de rien, merci !

– Je suis contrarié, dit Friedrich. Je passe outre. Je frappe dans mes mains, ajouta-t-il à l'adresse de son garde du corps.

Le colosse, environ cent dix kilos de muscles au service d'une tête dont le nez sans arête avait été rentré dans l'alignement par des bombardements d'uppercuts, s'exécuta aussitôt en frappant ses gigantesques paumes l'une contre l'autre.

– Je vous présente Heinrich Gutersohe, poursuivit Riegenburg.

Puis, comme s'il lui paraissait important de décliner le rôle de chacun :

– Heinrich a le grade de *Feldwebel* dans l'armée allemande. Mais, plus encore qu'un valeureux soldat, il est le prolongement de mon corps. Si, pour une raison ou pour une autre, j'avais à vous tuer plus vite que prévu, c'est lui qui s'en chargerait.

– J'aime son cou, dit Boro en s'avançant pour tâter les épaules du mastodonte. Et son absence de voix est reposante.

– Gagnons le centre de la pièce, proposa Friedrich en affectant de ne pas tenir compte des sarcasmes du reporter. Efforçons-nous de recevoir votre fiancée comme il convient.

Au fond de la galerie, dans un froissement de moirures de damas, en tissus de couleurs, Solana parut. Elle était accompagnée de sa dame de compagnie.

– Voilà votre putain espagnole, annonça la matrone munichoise en voilant son regard cruel sous les pétales bleutés de ses lourdes paupières. Elle est préparée par mes soins. Elle se prêtera à toutes vos exigences. Elle a le ventre brûlant de désir. N'est-ce pas, mon ange ?

Solana garda le silence. Elle regardait Boro.

– Parle ! Dis-nous qui tu es. Dis-le à ton amant ! Dis-le à tes maîtres !

Une sorte de foi désespérée s'empara du visage de la jeune femme. Elle était méconnaissable sous le fard qui charbonnait l'ombre de son regard. Elle joignit les mains devant elle et sembla implorer Boro.

Il la regardait intensément. Muette, bouleversée, elle le fixait en lui donnant à deviner l'inexprimable.

– Solana..., murmura-t-il.

Alors, à cette voix retrouvée, la lèvre inférieure de la jeune fille trembla sous l'effet d'un sanglot irrépressible. Sa respiration précipitée se déchira.

– Ceci n'est pas conforme, fit aussitôt remarquer la voix de rogomme de la gouvernante. Reprenez-vous, ma belle colombe.

Soudain fragile et vulnérable, nue sous ses voiles des *Mille et Une Nuits,* belle comme une actrice de film égyptien, parée de bijoux, la jeune fille déploya un effort démesuré pour se contenir, transmua son envie de fondre en larmes en un sourire précaire comme un arc-en-ciel et, se jetant contre Boro, s'écria :

– Je suis leur putain ! Boro ! Oh, délivre-moi de ce qu'ils ont fait !

Avec une douceur extrême, le reporter caressait les cheveux de Solana. Elle s'était lovée contre lui et le mouillait de ses larmes.

– Rappelle-toi les promesses que tu m'as faites, Solana, et ne m'oblige pas à tenir les miennes ! aboya Frau Spitz en faisant un pas en avant.

Elle se planta derrière Boro et plongea son regard dominateur dans celui de la jeune fille.

– Je n'oublie rien, madame.

Frau Spitz se tourna vers le spectre pour guetter son assentiment.

– Je suis heureux de l'état d'esprit où nous sommes, fit la voix de Friedrich von Riegenburg. Je fumerais volontiers une cigarette.

Puis, tandis que la gouvernante sortait un paquet d'Abdullah de la poche de sa culotte de cheval et l'allumait sans plaisir, l'Allemand s'adressa en ces termes à ses hôtes :

– Nous allons nous retirer et vous laisser à vos retrouvailles. Dorénavant, monsieur Borowicz, vous habiterez ici. Avec Mlle Alcántara. Puisse cette nouvelle étape de notre voyage être fructueuse !

– Accepte tout ! souffla Solana à l'oreille de Boro.

Il sentit peser contre lui le corps de la jeune fille. Par-dessus ses cheveux dénoués, il croisa le regard bestial du chauffeur, celui plus fauve encore de Frau Spitz. Campée au côté de son maître, les bras croisés sur ses mamelles, sûre de sa carrure de grenadier, la diablesse bougeait insensiblement sur la tige de ses bottes, faisant crisser le cuir.

– Friedrich ! Jusqu'où irons nous ? demanda le reporter.

– Jusqu'au bout, répliqua l'Allemand.

C'était comme s'il lisait à livre ouvert dans les pensées de Blèmia.

– Jusqu'au bout ! répéta-t-il. Car je sais que plus vous serez heureux avec elle, plus vous regretterez la vie. Et mieux je serai vengé.

Levant sa cravache, la Spitz donna le signal du départ. Heinrich Gutersohe fit pivoter le fauteuil roulant avec un soin extrême. Boro s'était détaché de Solana et suivait des yeux l'innommable confrérie qui s'éloignait doucement en empruntant l'enfilade des arcades. Dans la distance, Boro entendit encore la voix monocorde du dément :

– Je fume ! Je fume ! Je fume et je prends plaisir à le faire ! Ce soir, nous boirons du vin du Rhin. Demain, nous téléphonerons à Berlin. Je fume ! Je rejette la fumée par le nez !

Et Frau Spitz opinait de sa grosse tête à macarons. Le pas lourd dans ses hautes bottes, elle suivait le cortège de Lucifer en s'enrobant d'une fumée bleue.

La putain espagnole

Ils étaient seuls mais n'osaient se regarder. Ils restaient immobiles. Solana était comme une statue aux lèvres mortes.

– Qu'ont-ils fait ? questionna soudain Boro.

Il avait parlé à voix haute ; il s'interrogeait lui-même plus qu'il ne sondait sa compagne.

Elle ne lui répondit pas. Elle fixait un point devant elle, ailleurs, qui n'était nulle part, examinant la blancheur du mur avec un sourire d'une fragilité extrême. Son corps flottait doucement dans l'espace éblouissant. On la sentait au bord du gouffre, du vertige.

Il emprisonna sa taille et, ainsi noués, ils luttèrent pendant deux longues minutes avant d'oser s'affronter. Enfin, Boro emprisonna le regard de Solana. Il tenta de lire dans ses prunelles sombres ce qu'elle avait enduré. La jeune fille mesura son trouble.

– Suis-je méconnaissable à ce point ?

– Je veux tout faire disparaître ! s'écria-t-il. Tout effacer !

Avec une brutalité inouïe, il lui attrapa le poignet. Il l'entraîna derrière lui en direction de la salle de bains. Sans un mot, sans un seul signe de tendresse, il s'empara d'une serviette, en humecta le tissu à l'eau du lavabo, revint sur ses pas et enserra le fin menton de Solana dans sa main. Il leva son visage en direction de la lumière et lui frotta la peau, les paupières, les joues, la bouche, effaçant le fond de teint, les traces de crayon noir, le rouge à lèvres vulgaire.

Il agissait avec une force étrange, la manipulant avec brusquerie, désireux de lui rendre son apparence naturelle.

– C'est pour moi ! C'est pour nous que je le fais !

Lorsqu'elle eut recouvré la pureté qu'il lui connaissait, il l'embrassa, la serra contre lui, suivit de l'index le tracé charnu de sa bouche, le dessin de ses pommettes. Il la retrouvait.

– Toi, murmura-t-il.

– Oh, Boro ! soupira-t-elle.

Elle ferma les paupières, passa les bras autour de sa nuque, l'attira contre elle et lui prit les lèvres avec ferveur et emportement, une sorte de désespoir mêlé de sensualité. Comme il lui rendait ses baisers, la tête en feu, elle recula, submergée. Ils se regardèrent, la respiration coupée, les yeux brillants, la mine sauvage.

– Enlève cette tunique absurde, commanda Boro en désignant les voiles transparents dont était revêtue Solana.

Par-delà son amant, elle jeta un rapide coup d'œil à l'immense glace dont la présence lisse les accompagnait partout. Elle s'y découvrit, les joues empourprées, le corps enflammé par l'étreinte. Elle sembla passer par une attitude de défi, puis soudain, d'elle-même, elle arracha le boléro translucide, se dépouilla des lambeaux d'étoffe arachnéenne, libéra ses seins bondissants.

– Déchire le reste ! lança-t-elle à Boro.

Il lacéra sa tunique.

– Mon corps ! cria-t-elle.

Elle caressa ses flancs. Elle arracha la cordelette du collier de sequins qui ceignait ses reins.

Boro s'était reculé. Appuyé à son stick, il cherchait à comprendre ce que dissimulait le regard farouche que lui jetait Solana.

– Maintenant, viens ! exigea-t-elle en le prenant par la main.

Elle le mena dans la chambre et le fit basculer sur le lit. Là, protégée par le corps de Blèmia qui la recouvrait toute, elle le dévisagea avec gravité. Il sentit ses muscles se dénouer. Elle lui souriait avec une infinie douceur. Elle dégagea sa main pour caresser ses cheveux.

– Que t'ont-ils obligée à faire ? Quelle folie ?

Elle lui opposa un lourd mutisme. Ses yeux étaient sans flamme.

– Réponds-moi, pour l'amour de nous ! Qu'es-tu donc devenue en l'espace de si peu de temps ?

– Une esclave, murmura-t-elle. Mais je ne peux rien dire.

Le buste immobile, la nuque raide, elle fixait le lac immobile de la glace qui ceinturait la pièce.

– Les images sont toujours trop bruyantes, Boro, dit-elle mystérieusement. Parle-moi doucement. Pour nous retrouver, nous aurons besoin d'obscurité.

Blèmia la dévisageait avec une curiosité aiguë. Il approcha son visage du sien. Il avait parfaitement compris que nulle part dans cette pièce elle ne pourrait s'exprimer librement.

– Veux-tu que j'éteigne ces insupportables lumières ? demanda-t-il.

– Inutile, chuchota Solana. L'électricité est commandée d'ailleurs. Il n'y a pas de commutateurs dans la pièce.

Le reporter souleva la tête et inspecta le plafond. Il réalisa brusquement que nulle fenêtre n'éclairait le bordel du Tibesti et que la clarté des ampoules venait des étoiles dessinées sur la fresque.

– Solana..., commença-t-il.

– Assez, souffla-t-elle.

Puis, parlant haut, avec exigence :

– Prends-moi.

Il ne comprenait pas le brusque changement de ton.

– Fais-moi l'amour, dit Solana.

Elle plaça Boro sur le côté. Sa main remonta le long de son aine. Elle dégrafa sa chemise et le dépouilla de ses vêtements.

– Viens !

Troublé, emporté par ce nouveau jeu, Blèmia laissa aller sa tête sur l'oreiller, entra avec la jeune fille au pays des cendres rougeoyantes.

Alors il entendit le chuchotement de Solana, à peine un souffle à son oreille :

– Chaque jour, il faudra que tu me prennes. Leur donner le spectacle. Plusieurs fois. C'est la règle.

Boro rouvrit les yeux.

– Sinon ?

– La mort pour nous deux.

– Où sont-ils ?

– Derrière la glace.

Elle commença à râler. De ses ongles, elle lui meurtrit les épaules. Elle était méconnaissable. La bouche agrandie, le regard cruel et égaré. Une veine bleue serpentait à sa tempe. Elle tendait sa gorge vers l'arrière.

Il commença à voyager en elle comme une bête heureuse, sans frein ni retenue, et se livra tout entier au gueuloir des jeux d'amour. Comme ses cris se conjuguaient à ceux de Solana, il oublia, l'espace d'un coma heureux, l'endroit où ils se trouvaient.

SIXIÈME PARTIE

Meurtres

L'ambulance

– *God save the Queen !*

La jeune femme qui avait proféré ces paroles était habillée d'un strict tailleur pâle. Au-delà du volant de l'ambulance qu'elle conduisait de main de maître, elle venait de découvrir en surplomb, tout au bout d'une estrade de rochers escarpés, la silhouette orgueilleuse d'Alto Corrientes.

– La citadelle ! dit-elle en rétrogradant les vitesses pour mieux négocier le lacet du chemin empierré. Nous arrivons au terme de notre promenade...

Le regard sombre de son compagnon de route se haussa imperceptiblement par-dessus le bord des lunettes demi-lunes qui lui avaient permis, pour la septième fois au cours de leur interminable voyage, de relire un entrefilet en dernière page du *Times* de Londres où il était pronostiqué de façon inadmissible (bien que significative d'un méprisable parti pris) que le huit barré de l'université d'Oxford serait vraisemblablement laminé au mois de juin suivant par l'équipage de Cambridge dans la célèbre course disputée pour la cent unième fois consécutive sur le plan d'eau situé entre Hambledon Lock et Henley.

– *Quite a nonsense !* siffla sir Artur Finnvack en froissant la page. *This paper is rubbish !*

Alors seulement, avec une curiosité contrôlée, il se pencha vers le pare-brise de l'ambulance afin de découvrir à son tour la forteresse perchée sur son nid d'aigle.

– *Well... We've to climb, my dear ! Let's have a look at it !*

Le gentleman était vêtu d'une vareuse de couleur gris-bleu assortie au tailleur de la jeune femme et dont la coupe rigide n'était pas sans évoquer celle d'un uniforme de l'Armée du salut.

Vue de loin, l'automobile Chenard & Walker carrossée en ambulance et dont les portières étaient frappées de la croix-rouge ressemblait à un crabe maladroit montant à l'assaut des montagnes.

Dans un bruit d'essieux malmenés, le lourd véhicule, dont les vitres arrière étaient occultées par de la peinture blanche, continuait sa progression lente et entêtée. Dans un passage difficile, le châssis piqua du bec au fond d'une saignée profonde, rebondit et racla le sol rocailleux dans un grincement de métal torturé. Il roula encore quelques mètres sur son élan, hoqueta et s'immobilisa au pied d'une pente criblée par un éboulis de pierraille.

L'instant d'après, le moteur, sollicité par la conductrice aux yeux clairs, s'enragea, gronda, emballa ses chevaux. Le train arrière commença à labourer la latérite, chassa sur le bas-côté de la piste et patina longuement dans un rugissant tumulte de poussière et de caillasse. Après qu'elle eut contre-braqué, arraché des plaintes à la mécanique, les dents serrées, volontaire sous son casque de cheveux courts, la jeune femme triompha de l'embûche. Comme dopée par une nouvelle énergie, l'automobile reprit en geignant l'ascension de la rampe en lacet.

Malgré l'odeur de caoutchouc brûlé, Finnvack semblait insensible aux difficultés matérielles de leur progression. Ses grands yeux très noirs s'attachaient au décor, à l'implantation de la citadelle qui semblait faire bloc avec la vertigineuse paroi abrupte. Parfois il se perdait dans ses pensées. La minute d'après, son regard s'animait.

– Etonnant ! s'exclama-t-il après que le hasard des virages eut livré leur objectif à son observation sous des angles divers. La quasi-totalité des pans coupés et des remparts plongent dans le vide.

– Si nous voulons trouver le point faible de ce coffre-fort, il faudra prolonger la reconnaissance, observa Julia Crimson.

– Hormis cette piste, aucune route ne dessert le fort. En fait, nous abordons une île.

– Une presqu'île, corrigea Julia. Une presqu'île avec des miradors et des nids de mitrailleuses.

Elle engagea brusquement le véhicule sur un terre-plein aménagé et destiné, selon toute vraisemblance, à servir de refuge au cas où deux véhicules seraient appelés à se croiser.

Les yeux de la conductrice étaient rivés sur le repli de terrain. Elle arrêta l'ambulance et serra les freins.

– Il reste trois cents mètres avant le passage du col, dit-elle. De l'autre côté de ce mur de rochers, nous allons aborder la rampe qui mène là-haut. Alors nous serons à découvert.

– Judicieux, ma chère, acquiesça sir Artur. C'est ici qu'ils doivent descendre.

Lui-même mit pied à terre. Tandis que Julia coiffait sa charmante tête du voile à bandeau des infirmières, Finnvack inspectait les hauteurs avoisinantes. Quand il se fut assuré que la lande était déserte, il contourna le véhicule et, du plat de sa chevalière, frappa plusieurs fois sur la vitre opacifiée. Il entendit aussitôt le déclic du loquet intérieur qu'on venait de libérer. Il recula d'un pas pour ouvrir la porte arrière de l'ambulance. Aussitôt, deux hommes vêtus en bergers sautèrent sur l'herbe. Ils étaient chaussés d'espadrilles. La barbe dévorait leur visage. Chacun d'eux portait un sac à dos.

– Bonne reconnaissance, messieurs ! leur souhaita Finnvack. Trouvez la voie qui mène à la place, la clé qui ouvre ce maudit repère de sauriens ! De notre côté, nous essaierons de faire lâcher prise au colonel de Montemayor.

Le visage calme de Sir Artur s'était durci. Le vent hurlant avait relevé la cape de son manteau sur ses épaules.

– Dix-huit heures, demain. C'est notre rendez-vous, ici même. Nous repasserons avec l'ambulance et nous confronterons nos renseignements. Ou nous aurons réussi à persuader les nationalistes du bien-fondé des principes humanitaires, ou nous aurons été éconduits... Alors ce sera à vous de jouer.

Il s'approcha des deux hommes appuyés sur leurs cannes à pommeau de corne, et les invita à régler leurs montres sur la sienne.

– *Good luck, gentlemen !* ajouta-t-il en leur tendant la main. Et rappelez-vous : si par malheur vous vous laissiez surprendre par une patrouille, nous ne pourrions pas vous attendre. Nous ne vous connaîtrions même pas...

– C'est la règle du jeu, répliqua le plus trapu des deux.

Il émit un ricanement sourd dont les notes désaccordées cadraient mal avec son physique énergique. Pendant une fraction de seconde, il sembla un peu égaré. Dans un mouvement bref, il porta la main à son front comme pour conjurer une douleur fulgurante.

– La mort est une amie, dit-il. Même si, toujours, elle a les mains froides.

C'était Dimitri.

Frau Spitz est un python

– D'où viennent ces gens, Frau Spitz ? demanda Friedrich von Riegenburg.

Il s'arracha à la contemplation des photos de Solana posées sur le lutrin et fixa la nuque de son garde du corps agenouillé devant lui. En dépit de son physique de déménageur, l'athlétique *Feldwebel* venait de lui laver les mains et de lui manucurer les ongles avec des délicatesses d'esthéticienne.

– D'où viennent ces gens ? répéta Riegenburg.

– Ce sont des envoyés de la Croix-Rouge britannique. Ils sont mandatés pour rencontrer le commandant de la place et vérifier l'hygiène des lieux.

– Pourquoi les avez-vous laissés entrer dans la forteresse ?

– *Wider meinen Willen !* se défendit Frau Spitz. Contre ma volonté, Herr Friedrich ! La sentinelle espagnole a ouvert et l'ambulance s'est engouffrée dans la cour. L'officier de poste s'est trouvé placé devant un fait accompli.

– Ces intrus ont-ils décliné leurs noms et qualités ?

– Ils se présentent comme le docteur Fenimore Jasper-Jones et son assistante, une miss Phoebe Pimms... Je n'aime pas la façon effrontée qu'a eue cette fille de me dévisager.

Les prunelles de Riegenburg s'éclairèrent une fraction de seconde, puis son visage immobile sembla revenir à la seule pensée obsédante qui l'habitait à ce moment-là : son corps meurtri.

– A-t-on vérifié leur identité ? demanda-t-il après un bref silence.

– J'ai ordonné au Chiffre de câbler une demande de renseignements. Nous aurons sous peu la réponse.

– *Also gut !* Gagnez du temps. Promenez nos visiteurs sur les remparts. Faites-leur apprécier la vue du haut du belvédère. Au besoin, montrez-leur deux ou trois cellules propres.

– Avec quels occupants, Herr Friedrich ?

– Avec les plus valides de la racaille communiste !

– Vous n'y pensez pas ! Les prisonniers se plaindront des conditions de détention. Ils parleront des exécutions.

– Alors faites habiller en détenus des Espagnols de la garnison ! Ne restez pas plantée là !

Frau Spitz rougit sous sa hure et se raidit aussitôt dans une attitude quasi militaire.

– *Zu Befehl, Herr Friedrich !*

Elle courut sur ses talons bottés, héla une sentinelle de la division Condor en faction dans le corridor, jappa des ordres brefs en allemand. Quand elle revint dans la salle à manger, une rougeur marquait son cou de taureau. Elle constata que son maître s'était fait servir un café par Heinrich Gutersohe, tâche de confiance qui d'ordinaire lui incombait. Empourprée par un soudain accès de jalousie, elle glapit à l'adresse du chauffeur :

– Emmène Herr Friedrich dans sa chambre ! Passe-lui son grand uniforme !

– *Genug !* Taisez-vous ! glapit le larynx de l'infirme.

Gutersohe tourna le siège afin que Friedrich fît face à la gouvernante abusive.

– J'ai réfléchi. Je ne souhaite pas rencontrer ces Anglais.

L'ancienne femme de ménage se raidit. Elle aurait tant aimé réduire cet aristocrate imbu de sa caste et de ses origines à l'état d'amant désincarné ! Ah, comme elle l'aimait ! Comme sa haine voisinait avec son amour ! Elle seule pouvait encore lui prodiguer le bonheur cérébral qu'il attendait.

Elle essaya d'adoucir son regard.

– Mais comment pourriez-vous éviter la rencontre avec ces Anglais, Herr Friedrich ? Le docteur Jasper-Jones a demandé à parler au colonel de Montemayor en personne. Et lorsque j'ai dit que cet officier était en permission, lui et son assistante ont naturellement émis la volonté de rencontrer au plus vite celui qui le remplace.

– Je deviens nerveux, dit Riegenburg. Ma mission en Espagne doit rester secrète. Je ne remplace Montemayor que très provisoirement.

– Je ne pense pas que nous puissions nous dérober à cette visite, s'entêta la gorgone.

Elle remarqua que son maître ouvrait et refermait son poing droit – celui qui était capable de tenir la crosse d'un revolver –, signe chez lui d'une authentique colère.

Elle se déplaça jusqu'au fauteuil, posa ses mains froides sur les tempes de Riegenburg. Il ferma les paupières et s'abandonna un bref instant.

– Je vais commander un dîner fin, murmura Frau Spitz. Ce soir, vous serez en grand uniforme. Votre conversation cultivée fera merveille, et nous endormirons la confiance de ces gêneurs avec des vins du Rhin.

Le spectre resta silencieux.

– Apportez-moi mon laudanum, coassa-t-il enfin.

– A l'instant, Herr Friedrich, fit la gouvernante.

Elle semblait rassasiée comme un python qui vient d'avaler un œuf. Heureuse d'avoir repris son empire sur l'infirme.

Elle s'apprêtait à quitter la pièce lorsqu'un militaire s'encadra dans le chambranle de la porte et se figea au garde-à-vous avant de délivrer le message dont il était porteur.

Frau Spitz s'empara du pli que le soldat lui tendait.

– Il s'agit du résultat de notre petite enquête, déclara-t-elle en prenant connaissance du message.

Elle lut la dépêche et ajouta :

– *Via* son consulat de Gibraltar, le *Foreign Office* de Londres officialise et confirme la tournée d'inspection d'un personnel de la Croix-Rouge sur tous les lieux de détention du sud de l'Espagne.

Elle leva les yeux. Von Riegenburg y lut une interrogation muette.

– Je suis contrarié, dit-il dans le carcan de sa minerve. Mais j'accepte la présence de ces intrus.

– Merci de vous priver ce soir de votre spectacle favori, Herr Friedrich.

Le faciès de bouledogue de Frau Spitz s'illumina.

– Demain, vous aurez tout le temps de regarder s'ébattre les petits fiancés du Tibesti. Je demanderai à Solana de commencer à vous aimer vers cinq heures et d'obliger son partenaire à cueillir par trois fois les herbes du plaisir...

– Comme je l'aurais fait moi-même en d'autres temps, approuva le spectre.

Ses yeux se fermèrent brusquement.

– Dites bien à Solana que c'est mon corps qui ploie l'arc de son dos jusqu'au lit, que c'est lui qui est étendu sur le sien... Un beau corps longiligne, tout en muscles... Dites-lui que ce sont mes doigts agiles qui se repaissent de la maturité de ses seins... Dites-lui que c'est moi qui la fouille comme du verre en fusion... Dites-lui bien que c'est mon plaisir qui éclate en elle. Pas celui de ce Juif !

– Elle le saura, Herr Friedrich.

– Dites-lui aussi de regarder du côté de la glace quand elle s'oublie. Je veux voir dans ses prunelles les brefs éclairs de sa foudre bleue... Je veux...

– Ce sera fait, Herr Friedrich.

– Rappelez-lui enfin que si elle ne se soumet pas, son Borowicz sera émasculé et tué sur-le-champ.

– Je le lui répète inlassablement, dit la gorgone. C'est grâce à cela qu'elle est devenue une jeune folle. Déjà une presque morte !

Autour d'une table

Après qu'en compagnie du sous-lieutenant Schmidt, de la division Condor, accompagné de deux de ses hommes, le docteur Jasper-Jones et son assistante Phoebe Pimms eurent grimpé au belvédère, après qu'ils eurent apprécié le magnifique point de vue dominant la vallée, redescendu sept volées de marches jusqu'aux profondeurs des caves voûtées, dégusté un verre de vin de Rioja, regrimpé au donjon, traversé le jardin d'hiver, frôlé sans le savoir le bordel du Tibesti, arpenté les interminables couloirs et visité trois cellules qui sentaient encore le désinfectant, les envoyés de la Croix-Rouge se retrouvèrent devant un grand feu de cheminée allumé dans le salon commun à leurs deux appartements contigus.

Frau Spitz en personne leur avait fait les honneurs du lieu.

Hôtesse attentive, elle s'était inquiétée de savoir si la visite d'Alto Corrientes les avait satisfaits. Puis elle les avait interrogés sur leur voyage, leur itinéraire, la nature de leur mission. Il avait fallu que le bon docteur Jasper-Jones formulât plusieurs fois l'intention de prendre un bain pour que la matrone consentît enfin à lever le siège. Avant de quitter la place, elle avait informé les deux Anglais qu'ils seraient les hôtes à dîner du *Feldgeneral* Friedrich von Riegenburg.

– Herr Friedrich aime que les messieurs soient en jaquette et que les dames portent toilette... Vous trouverez ce qu'il vous faut dans les penderies de vos appartements respectifs.

Son ton rogue valait ordre.

Sitôt la porte refermée sur le fessier de jument de l'Allemande, Julia Crimson se laissa tomber dans un fauteuil de cuir.

– Je n'en peux plus ! soupira-t-elle. Je suis rompue ! On nous a fait grimper et descendre plus de cinq cents marches !

– Ce n'est pas innocent, dit Finnvack. Et l'excès d'attentions inutiles dont nous avons fait l'objet tout au long de cet après-midi prouve assez qu'on cherche à égarer notre vigilance.

Il se tut. Le silence était seulement troublé par le crépitement du feu dans l'âtre.

– Depuis que je suis ici, j'ai l'impression de déambuler dans un cauchemar, fit Julia en examinant les murs sombres lambrissés de chêne massif.

Elle se souleva à demi, cherchant le regard de Finnvack.

– Vous vous taisez ?

– J'essaie de récapituler nos maigres chances de délivrer Blèmia, énonça l'homme du renseignement britannique.

Il avait dit « Blèmia ».

Julia Crimson le remarqua. Elle mesurait combien, sous des dehors lisses et indifférents, Finnvack se sentait concerné par leur étrange mission en terre franquiste.

Sir Artur alluma sa pipe et contempla les volutes de fumée stagnantes. On eût dit qu'il lisait dans l'étirement des nuages bleutés les éléments du problème ardu auquel ils étaient confrontés.

– Même si je ne suis pas sûre qu'il me reste assez de ressort pour le séduire, j'ai hâte de rencontrer le remplaçant de César de Montemayor, dit rêveusement la jeune Anglaise en humant la douce odeur de tabac sucré qui passait à sa portée.

– Je pense que nous allons nous trouver face à quelqu'un de première force, murmura Finnvack en plissant les paupières et en tirant sur sa pipe. J'ai derrière les reins ce désagréable petit frisson qui me prévient toujours lorsque je vais affronter un ennemi de taille. Et pourquoi un Allemand ?

– Hitler fait son lit en Espagne.

– Est-ce une raison suffisante ?

La jeune femme ôta ses escarpins et frotta ses pieds douloureux.

– Je suis presque sûre que les détenus qu'on nous a présentés étaient des figurants, dit-elle. Les bourgerons de ces prisonniers modèles étaient trop neufs, leurs joues trop bien remplies. L'un sentait l'ail et le mouton, l'autre le vin. Je ne pense pas qu'on pratique ces régimes de faveur dans les geôles de Franco ! Pas plus qu'on n'inonde les carrelages des cachots nationalistes d'eau de Javel !

– Pas seulement cela, ma chère. Nous avons beaucoup tourné en rond au cours de cet après-midi, mais jamais, à part le belvédère, nous n'avons abordé l'aile est de la forteresse. C'est dans cette direction que sont pointées les mitrailleuses des miradors. C'est là, j'en ai la conviction, que sont rassemblés les détenus les plus encombrants. C'est de ce côté, sans doute, que se trouve aussi notre ami...

– Vous pensez qu'on a cherché à nous égarer sur une fausse piste ?

– On a voulu gagner du temps.

– Pourquoi y a-t-il des Allemands à la tête de cette forteresse ? interrogea une nouvelle fois Julia.

Plus tard dans la soirée, elle obtint une réponse inattendue à cette question lorsque son hôte en grand uniforme noir de la SS, la minerve ceinte de la croix de fer des combattants du Grand Reich, s'attacha à lui dépeindre sa propre mission avec une complaisance exaspérante.

– Les Allemands en poste sur le territoire espagnol sont des conseillers techniques, ma chère. Ils sont aussi les garants et les éclaireurs de la révolution national-socialiste qui tend à éradiquer toute mixité avec la racaille marxiste, toute collusion avec la voyoucratie judéo-maçonnique, toute intrusion contre nature des races subalternes, des déficits génétiques et des couleurs inférieures.

Phoebe Pimms semblait fascinée. Elle n'avait pas reconnu en leur hôte l'homme dont elle avait seulement aperçu le visage sur une photo, cinq ans auparavant. Le chef de l'ordre de Parsifal. Parsifal soi-même !

– Vous voulez dire, général, dit-elle en vidant son verre de vin du Rhin, que vous êtes venus soutenir le grand nettoyage ethnique et idéologique de ce pays ?

De l'autre côté de la nappe encombrée de vaisselle de Saxe, Frau Spitz durcit son regard comme un oiseau de nuit et émietta nerveusement son pain sur la nappe.

Gott im Himmel ! songeait-elle. Alors que, jusqu'à cette minute, les convives avaient su échanger des propos tempérés sur Brahms et Wagner, sur l'opéra et les Jeux olympiques, voilà qu'il suffisait que cette insupportable Anglaise remuât ses jolies épaules nues dans sa robe noire à paillettes pour que Friedrich sortît de sa réserve.

Elle jeta un regard furtif du côté de son propre voisin, ce solennel crétin de docteur Jasper-Jones qui lui égrenait, en allemand, avec pédanterie, une conversation languissante sur des thèmes d'une platitude extrême, alors qu'elle aurait tant voulu prêter une oreille attentive aux propos agressifs de la ravissante idiote. Elle décocha néanmoins un sourire maigre à l'Anglais et fit mine de l'écouter.

– Si vous restez sous le ciel d'août, vous ne cessez jamais de vous rapprocher des étoiles, papotait l'aimable Jasper-Jones. Et c'est le moment de vous interroger sur ce qu'elles font dans votre vie...

– Vous avez raison, répondit brièvement la gorgone. C'est en été que les nuits sont les plus belles...

Excédée d'avoir dû répondre de manière aussi conventionnelle et, surtout, d'avoir manqué une phrase prononcée par la jeune écervelée, elle dressa l'oreille en entendant la réponse cinglante que lui faisait Herr Friedrich :

– Nous sommes là pour balayer le communisme et les nègres ! Nous sommes là pour faire l'apprentissage de nos méthodes et de nos armes !

– Mais alors vous devez être tentés d'appliquer votre programme d'épuration jusque dans l'enceinte de cette prison, glissa Phoebe Pimms avec un désarmant sourire. Et je suis sûre que vous nous avez caché l'essentiel de ce qui se passe dans vos cachots !

L'excellent docteur Jasper-Jones souriait aux anges. Il semblait prendre plaisir à chaque instant de cette captivante soirée.

– Vous ne répondez pas, général ? insista la petite dinde, inconsciente de la fureur qu'elle provoquait. Pouvez-vous nous assurer qu'aucun de vos prisonniers n'est détenu abusivement ou soumis à des sévices ?

– Je m'énerve. Je fume une cigarette, gronda von Riegenburg.

– Avant le cochon de lait ? s'inquiéta la gouvernante.

Cependant, dans un réflexe d'obéissance, elle posa sa serviette près de son assiette et se leva.

– *Jetzt,* Frau Spitz ! Maintenant ! coassa le général.

Elle contourna la table, se posta au côté de von Riegenburg et alluma précipitamment une cigarette plate.

– Naja, goût égyptien, annonça-t-elle entre ses dents.

Elle exhala la fumée et, s'adressant à cette écervelée d'Anglaise grisée par les vins capiteux, s'essaya à recoller les morceaux éparpillés de la soirée.

– *Graut mir !* dit-elle d'une voix mondaine. Je frissonne de peur chaque fois que Herr Friedrich fait allusion aux réalités de la vie militaire ! Mais, honnêtement, depuis qu'il m'est donné d'accompagner le général au hasard de ses garnisons, jamais je n'ai assisté à la moindre scène d'exactions ou de violences !

Elle posa sur Phoebe Pimms un regard menaçant, avança sa mâchoire proéminente et poursuivit avec une mine à la fois courtoise et donneuse de leçons :

– Ici, voyez-vous, *Fraülein*, les prisonniers sont humainement traités. Une fois que vous êtes un soldat « disqualifié », comme nous disons souvent, *der Krieg ist aus,* la guerre est finie ! Et, dans cette forteresse, nous sommes les victimes d'un triste exil plutôt que les héros sanguinaires de quelque accomplissement idéologique.

– Je l'avais pressenti, intervint posément Artur Finnvack. Et, tout à l'heure, sur les remparts, je me demandais précisément quel serait mon propre état d'esprit si, par quelque obscur hasard de l'existence, j'étais amené à vivre sur ce fantomatique vaisseau battu par les vents... J'y réfléchissais, vous dis-je, et j'étais troublé... Car enfin, pour un peu, Alto Corrientes pourrait passer pour un endroit mystique... un lieu de retraite... et d'exigence !

Le gentleman se pencha légèrement à l'extrémité de la longue table. Son fin visage aux tempes argentées, ses mains déliées le donnaient pour un homme de culture et de tolérance qu'eût accompagné à un dîner en ville une gourde incapable de se bien tenir en société.

Il adressa un sourire tranquille à Friedrich dont il était séparé par les flammes dansantes d'un chandelier massif à plusieurs branches.

– Le lieu fait l'homme, n'est-ce pas ? précisa le docteur Jasper-Jones. Et celui qui choisit d'aller au fond de son destin choisit de se poser au bout du monde.

– *Dieser Herr kennt das Leben*, ce monsieur sait vivre, articula le spectre.

Il fit signe à Spitz qu'il fumait.

Elle tira sur la cigarette et s'enroba d'un brouillard diffus.

Dans l'ombre se tenait Gutersohe.

Le lieutenant Schmidt regardait ses gants.

Phoebe Pimms réprima un bâillement.

Finnvack inclina la tête et lui adressa un sourire indulgent avant de reporter son attention sur leur hôte.

– A ceci près, d'après nos renseignements, que la citadelle d'Alto Corrientes est conçue pour accueillir des prisonniers politiques plutôt que de simples prisonniers de guerre... Les Espagnols n'en font pas mystère.

Von Riegenburg réfléchit une fraction de seconde.

– Vos renseignements ne sont pas totalement erronés. Mais les *politiques* internés ici se comptent sur les doigts de la main. Seulement une poignée d'hommes. Des cas d'espèce. Des irréductibles. Des terroristes. Quelques agitateurs... Une race dangereuse.

– On a fait mention de journalistes, insista le bon docteur Jasper-Jones.

– Je ne vois pas de qui vous voulez parler, répliqua le spectre.

Ses prunelles soudain s'abîmèrent.

– Nous ne voyons pas, renchérit Frau Spitz.

Elle tira lentement sur la cigarette.

– Ce repas n'en finit pas, soupira Phoebe Pimms.

Elle vida son verre et se replia sur elle-même, semblable à un enfant boudeur.

Friedrich von Riegenburg ne quittait pas des yeux Jasper-Jones.

– On m'a parlé de journalistes étrangers, précisa l'Anglais.

Il parlait avec suavité.

– Je ne vois toujours pas à quel cas spécifique vous faites allusion, dit l'Allemand.

– Cherchez bien.

– J'aurais aimé vous donner un gage de ma bonne volonté... Mais, franchement, je ne vois pas.

Les deux hommes se dévisageaient au-dessus des flammes. L'un et l'autre étaient immobiles. La situation devenait embarrassante.

La jeune Phoebe Pimms réprima un nouveau bâillement. Pour ne pas rire, elle maintint sa jolie main devant sa bouche.

– C'est nerveux, hoqueta-t-elle.

Une réelle tension s'était installée entre les convives.

Frau Spitz se pencha soudain vers son maître et lui parla à l'oreille. Le regard de von Riegenburg se voila. Lorsque ses prunelles se rallumèrent, elles se posèrent machinalement sur la crinière de miss Phoebe. La ravissante Anglaise avait posé sa jolie tête sur ses poings superposés. Ses paupières lourdes, la moue de sa bouche charnue en faisaient une charmante boudeuse gagnée par le sommeil.

– Nous avons effectivement un journaliste étranger parmi nos détenus, dit l'infirme. Avez-vous mandat pour l'échanger contre un officier nationaliste ?

– J'ai ce mandat, répondit le docteur Jasper-Jones. La Croix-Rouge peut s'entremettre. Livrez-moi votre prisonnier et, sur un simple coup de téléphone de ma part, un officier supérieur détenu au camp de Biscaye sera relâché dans l'heure qui suit.

Le maître d'Alto Corrientes s'enferma à nouveau dans un silence lourd et désespérant. De temps en temps, il faisait un signe des deux doigts de sa main droite, et la gorgone munichoise inhalait la fumée de sa cigarette.

Il réfléchissait. Elle avalait la fumée.

Finnvack ne laissait rien percer de ses sentiments. Ses grands yeux sombres et intelligents fixaient la flamme dansante des bougies tandis que tout son esprit était accaparé par l'image de Boro. Un quart d'heure auparavant, il n'aurait pas espéré aboutir à une solution négociée avec un interlocuteur aussi fanatique que cet officier SS. Que se passait-il dans le crâne de l'infirme ? Au nom de quelle logique incertaine allait-il rendre sa liberté au reporter ? Et s'il jouait simplement avec les nerfs de ses invités ?

Plusieurs soldats dressés en serviteurs muets venaient d'apporter les plats constituant la suite du festin ; ils les disposèrent sur la table. Un cochon de lait rôti fumait devant les convives.

– C'est dit ! Je relâche votre journaliste ! déclara soudain le général von Riegenburg. C'est un accord. Nous le scellerons après dîner.

Boro libre ! Boro presque libre ! Finnvack n'osait regarder du côté de Julia.

– Eh bien ! Mangeons ce fameux cochon de lait ! s'enthousiasma l'émissaire de la Croix-Rouge. Je suis soulagé et ravi que nous soyons parvenus à nous entendre...

Il leva son verre, porta un toast à la santé de son hôte et demanda :

– Comment s'appelle l'heureux bénéficiaire de notre transaction ?

– C'est un Hongrois, sourit von Riegenburg. Voilà qui devrait vous satisfaire, cher ami.

– Un Hongrois ?

Finnvack n'en croyait pas ses oreilles.

– Oui, ou du moins un étranger qui a opté pour la nationalité anglaise, précisa le nazi.

Finnvack déglutit rapidement.

– Comment s'appelle notre homme ? demanda-t-il avec un grand détachement.

– Arthur Koestler, répondit von Riegenburg.

– Je voudrais me coucher, dit Phoebe Pimms. Excusez-moi, je n'en peux plus !

Elle se leva. Elle semblait épuisée. Par le voyage, l'alcool, les nouvelles du jour.

Elle quitta la pièce sans que quiconque bougeât d'un millimètre. Pourtant, Finnvack la suivit du regard. Il ne comprenait pas. Frau Spitz, quant à elle, ne comprenait que trop bien. Elle écrasa la cigarette de Friedrich d'un violent mouvement du talon. Comme une mouche.

La voyeuse

Elle n'était pas fatiguée.

Elle n'était pas ivre.

Elle souhaitait vérifier son intime conviction.

Depuis le début du repas, elle avait décidé d'inventer quelque prétexte pour agir seule. Elle voulait revenir dans la galerie par laquelle on les avait fait passer pour accéder aux appartements privés de Friedrich von Riegenburg.

– Il s'agit d'un raccourci, avait précisé le sous-lieutenant Schmidt, chargé de les conduire à leur rendez-vous. En principe, personne ne vient par là, mais je le prends sur moi : *Herr General* n'aimerait pas que vous soyez en retard.

Et puis le dîner avait eu lieu. Mais Julia n'avait pas oublié l'étrange impression qu'elle avait ressentie en passant sous une trouée de lumière, dans le long couloir qu'ils avaient traversé.

A table, conformément au plan de Finnvack, elle avait tenu son rôle de « dinde royale » avec talent. Bien sûr, son départ inopiné avait dû quelque peu désarçonner sir Artur. Mais la ruse dont avait usé Riegenburg les avait placés dans une impasse. Sir Artur ne ferait rien de mieux ce soir. Et comment s'acharner à négocier un autre élargissement que celui de Koestler sans s'exposer aux soupçons du diabolique Friedrich von Riegenburg ?

Julia se souvenait du moment crucial où la gouvernante s'était penchée sur l'infirme pour lui parler à l'oreille. C'était elle, cette araignée venimeuse, qui avait inventé Koestler à la place de Boro ! Mais Boro était là ! Il était quelque part derrière ces murs, ces portes. Il existait bel et bien un mystère Boro...

Et maintenant...

Maintenant, Julia courait presque.

Son cœur battait la chamade. Elle se retournait de temps à autre. Au sortir de la salle à manger, elle avait eu très peur que son escapade tournât court. Elle était passée devant la sentinelle de la division Condor placée devant la porte. Le factionnaire n'avait pas réagi. Elle lui avait adressé un signe familier. Elle avait étouffé un hoquet et pouffé de rire.

Elle traversa une enfilade de trois pièces, puis, soudain, bloqua sa course. Elle se retourna, tendit l'oreille et s'avisa qu'elle n'était pas suivie. Après quelques pas hésitants, elle franchit un sas débouchant sur un sinueux corridor dont le plancher disjoint craquait sous ses pas.

« Je suis passée par ici tout à l'heure », constata-t-elle.

Elle descendit une volée de marches et, au détour d'une tenture, reconnut un fenestron d'angle ouvrant sur un carré de ciel noir.

De loin en loin, des statues de marbre porteuses de torchères électriques indiquaient le chemin à suivre. La belle espionne tourna deux fois à gauche et fut soulagée de retrouver enfin la longue perspective qu'elle recherchait : une galerie entièrement revêtue d'un habillage de bois de cormier. Elle poursuivit son chemin, marquant un temps d'arrêt tous les trois pas. De son poing fermé, elle percutait la cloison afin de vérifier que le boisage rendait un son creux. Chemin faisant, elle acquit la certitude qu'un dédale intérieur doublait la galerie où elle se trouvait et ceinturait plusieurs pièces concentrées vers le centre.

Elle s'arrêta et contint les battements désordonnés de son cœur. Elle était arrivée à mi-parcours de la galerie. Elle leva la tête, éblouie par la lumière de la torchère. C'était bien à l'aplomb de cette Diane chasseresse qu'elle avait aperçu, la première fois, l'étrange trouée lumineuse. Oui, juste après l'arc et le carquois de marbre : elle avait eu la sensation de capter un théâtre d'ombres, d'entrevoir un homme et une femme nus, à contre-jour, à moins qu'ils ne fussent violemment éclairés par le haut — elle ne savait plus, elle ne comprenait pas. Ils étaient jeunes, elle en était sûre. Placés au milieu d'un espace blanc, presque nacré. Ils dansaient et virevoltaient ensemble.

– Peut-être me suis-je trompée, murmura Julia.

Elle revint doucement sur ses pas.

Nulle huisserie ne semblait exister dans la boiserie. Par acquit de conscience, de sa paume, de ses ongles, elle palpa, griffa la surface lisse du placage, la bombure élégante des pointes de diamant. Rien. Aucune fente, pas l'ombre d'une glissière.

A nouveau elle rebroussa chemin, poursuivit son tâtonnement d'aveugle. Elle se haussa sur la pointe des pieds et atteignit le bandeau qui couronnait l'ensemble. Elle pianota des doigts le long des moulures. Pendant de longues minutes, elle poursuivit sa quête. Mais elle s'entêtait en pure perte. Pas la moindre fissure ! Pas le moindre gond, le plus infime tourillon, la moindre penture !

Elle était sur le point d'abandonner ses recherches lorsque son regard effleura les lèvres muettes de la statue, puis la torchère qu'elle brandissait. Quelque chose lui semblait différent. Différent de quoi ? Des autres statues ? Allons donc ! A moins que... Elle plissa les yeux. La position de la torchère de Diane n'était pas la même que celle de sa voisine Pomone ! Plus inclinée, semblait-il... Julia tendit la main et chercha à redresser le manche du flambeau.

Presque aussitôt, elle sentit une résonance au creux de sa paume et sut qu'elle venait de provoquer un déclic. Pivotant sur son axe, la torche se redressait. Julia perçut un faible bruit de rouages dans l'épaisseur du mur. En même temps, le panneau de bois situé derrière le marbre s'effaça et livra un passage de la largeur d'un homme.

Julia avança.

Elle franchit lentement le seuil de cette porte à coulisse ouverte sur l'inconnu et pénétra dans une sorte de loggia tendue de velours rouge. L'endroit ressemblait aux coulisses d'un vieux théâtre encombré d'accessoires.

Julia fit encore quelques pas. Elle faillit buter contre le piétement d'un grand fauteuil gothique. Elle passa cet obstacle et contourna une table basse sur laquelle se trouvaient une carafe de vin blanc, un paquet d'Abdullah, des couverts, une serviette froissée et, sur une assiette, les reliefs d'un poulet.

« Quelqu'un vient s'asseoir ici, pensa-t-elle en prenant machinalement appui sur le pupitre d'un lutrin. Et même, y prend ses repas. »

Elle jeta un coup d'œil en direction de l'incroyable bric-à-brac qui l'entourait : une accumulation de colonnes cannelées, de bustes antiques, de masques de cuir, des costumes romains, des trésors de faux rubis, des bracelets, des aiguières, des épées de centurions recouvertes de poussière... Mais le plus incroyable n'était pas là. Le plus incroyable se situait derrière la blancheur nacrée d'une vitre, dans une formidable toile de fond peinte en trompe l'œil, dans une pièce immense dallée de mosaïque, décor arabisant où trônait un lit à baldaquin — et, plus que tout, dans la perfection glacée du tableau de genre situé au centre du motif, peint avec un réalisme inouï, où, figés dans l'oubli d'un sommeil réparateur, deux amants nus et enlacés s'embrassaient pour l'éternité.

– Que c'est beau ! murmura Julia.

Mais, presque aussitôt, la fascination céda le pas à une stupeur extrême : insensiblement, les amants venaient de bouger. Elle ne rêvait pas ! Ils se caressaient les épaules, ils se nouaient autrement ! La perspective existait ! La scène était vraie !

Julia porta la main à sa bouche. L'émotion lui comprimait le cœur. Ce spectacle surréaliste la paralysait totalement. Elle regarda, chavirée, le jeune homme dresser la tête pour contempler sa bien-aimée. Les yeux écarquillés, palpitante, insensible à la douleur qu'elle s'imposait en s'enfonçant les ongles dans la chair, l'espionne anglaise refusait l'évidence, refusait de nommer le bel efflanqué qui embrassait la jeune femme pâmée dans ses bras.

Mais c'était bien lui ! Elle avait retrouvé Blèmia Borowicz ! Et en des circonstances si peu conformes à l'idée qu'on se fait de la captivité !

Fascinée par le spectacle d'amour que le beau Hongrois lui donnait à voir, Julia, partagée entre mille pensées contradictoires, avançait en somnambule dans la pénombre. Sa main, plaquée à la surface transparente de la vitre, la guidait. Comme un papillon de nuit, elle cherchait un moyen de se hisser jusqu'à ce monde de lumière blanche, de rejoindre le couple de l'autre côté de l'aquarium.

Soudain, elle distingua un bruit. Elle jeta un regard d'effroi derrière elle et identifia la silhouette massive de celle qui s'encadrait dans le chambranle de la porte dérobée.

– Je savais que je vous trouverais ici, claqua aussitôt la voix hommasse de Frau Spitz. Petite dinde ! Vous êtes tombée dans le piège tendu ! Nous voulions mesurer votre curiosité !

Avec un feulement rauque, la Bavaroise lança une étoffe qui s'enroula autour du visage de Julia Crimson. La belle Anglaise fut aussitôt submergée sous le poids du lainage. A l'instant où elle dégageait son visage, deux soldats allemands surgirent. L'instant d'après, la poigne de l'un des gardes lui enserrait le poignet. L'homme semblait posséder des gants de fer : il lui broyait les muscles, bloquait sa circulation sanguine.

Julia ressentit une vive douleur à la pliure du bras, l'identifia comme la piqûre d'une aiguille qui fouillait sa veine. Un liquide brûlant s'infiltrait dans son sang. Peu à peu, un venin la paralysa, remontant jusqu'à son cerveau.

Elle eut une pensée vague pour Finnvack, entra sans transition dans l'eau passante d'une rivière profonde et noire et s'abandonna au courant qui l'emportait.

Les matins qui déchantent

– Où suis-je ? demanda Julia Crimson.

Elle sentait une lourdeur inhabituelle dans tous ses membres. Son front était brûlant. Sa vision un peu trouble. Elle distingua le visage tramé de Finnvack penché sur le sien.

– Ai-je été malade ?

L'Anglais poussa un soupir.

– Vous avez piqué un fameux petit somme ! J'ignorais que l'abus de l'alcool vous jetait dans de pareils états.

Julia ne répondit pas. Elle semblait encore un peu ivre. Ses pupilles étaient dilatées.

– En tout cas, nous voilà dans de beaux draps, chère Julia. Et, de quelque côté qu'on la prenne, notre affaire tourne court.

Le gentleman parlait à mi-voix. Il fixait sa jeune collaboratrice, laquelle était lovée dans le profond fauteuil de cuir où elle avait passé la nuit endormie.

– Je n'ai pas l'intention de vous accabler, ajouta Finnvack en s'affairant pour nettoyer sa pipe éteinte. Sachez cependant que votre ivresse nous a joué des tours : votre curiosité a fait de nous des hôtes indésirables. Je ne vois pas comment nous pourrions prolonger notre séjour ici...

Il lui raconta comment le spectre avait écourté le dîner de la veille dès lors que Frau Spitz, alertée par une sentinelle, s'était absentée sous un prétexte fallacieux. Elle avait réintégré la salle à manger après un bon quart d'heure d'absence. Elle était pâle, concentrée, vénéneuse.

Elle s'était penchée sur Riegenburg et lui avait parlé à l'oreille tout en dénudant son avant-bras pour lui montrer les égratignures qui coloraient sa peau. Le nazi l'avait écoutée sans cesser de dévisager l'Anglais. Lorsque la matrone s'était redressée, il avait fait un signe de l'index à l'attention de Gutersohe. Celui-ci lui avait enfourné une cuillerée d'un étouffant gâteau bavarois dont il semblait friand.

Plus l'Allemand mastiquait, plus son faciès paraissait se transformer en glacis d'ardoise. Ses pupilles avaient fini par se muer en pierre grise et dure.

– Je suis contrarié, j'ai besoin de réfléchir, avait dit Friedrich von Riegenburg d'une voix sépulcrale.

Après que les convives eurent pris le café dans un silence de caverne que le docteur Jasper-Jones n'avait osé briser, Gutersohe avait reculé le fauteuil roulant, Frau Spitz avait essuyé les lèvres de l'homme figé dans une immobilité minérale, chassé les miettes tombées sur ses genoux inertes, puis elle avait donné le signal du départ :

– Je ne pense pas qu'il soit souhaitable de poursuivre une soirée où chacun semble si fatigué qu'il a perdu l'usage de la parole.

Puis, s'adressant au sous-lieutenant Schmidt :

– Ludwig ! Raccompagnez le docteur Jasper-Jones jusqu'à ses appartements... Le général n'aimerait pas que notre hôte s'égarât dans les couloirs.

Enfin, retrouvant une once de cordialité dans la voix, elle avait ajouté :

– Cette demeure est un lugubre labyrinthe dès lors qu'on n'en connaît pas le plan. Je n'aimerais pas que se reproduise l'événement dont votre collaboratrice a été victime.

– Phoebe Pimms ? Que lui est-il arrivé ?

– Oh, s'embarrassa la gouvernante, on l'a trouvée errant dans l'appartement d'un officier espagnol. Un homme marié. Elle était...

– ... elle était sans doute un peu grise, intervint Friedrich von Riegenburg. Le vin du Rhin... Et si cette personne est sujette aux crises de nerfs ou d'hystérie, je m'explique mal pourquoi elle s'en est prise à Frau Spitz au point de lui labourer la chair avec ses ongles... Montrez votre bras, ma chère... Voilà... Cette jeune fille était comme folle... Elle s'était dévêtue et voulait...

A cet endroit du récit, Julia Crimson se souleva de son siège et s'écria :

– Mensonges ! Mensonges !

Sa voix, cependant, manquait de conviction. Ses globes oculaires chassaient sous ses paupières. Elle semblait épuisée par l'attention qu'elle avait accordée au récit de Finnvack.

– Mensonges, murmura-t-elle encore avant de refermer les yeux.

– Alors quoi, chère Julia ? questionna Finnvack. Dites-moi ce qui est arrivé !

– *Boro est nu*, chuchota la belle Anglaise, en proie à une bouffée délirante. Boro ! répéta-t-elle.

Et sa tête retomba sur le côté.

Finnvack entreprit de la redresser sur ses jambes, lutta un moment contre son poids mort, la redéposa au fond du fauteuil, gifla ses joues marbrées, constata les marques d'un nouveau coma.

– Parlez-moi, Julia ! Secouez-vous !

Mais c'était peine perdue. Le pouls était lent, les narines pincées, les membres raidis par une sorte de catalepsie.

– Cet état ne saurait être l'effet de l'alcool, marmonna Finnvack.

Il transporta la jeune femme sur son propre lit. Comme il posait ses mains sur la couverture, il remarqua une ecchymose à la saignée du bras droit. En y regardant de plus près, il nota un point rouge à hauteur de la saillie de la veine.

– Une piqûre, diagnostiqua-t-il. Ces gens-là l'ont droguée !

Finnvack se redressa.

Rarement il s'était senti si démuni, si isolé. Il enfila ses chaussures, passa une veste et se rendit jusqu'à la porte de la chambre donnant sur le couloir. Il tourna la clenche avec d'infinies précautions et entrouvrit le battant.

Comme il tendait vers l'extérieur un cou prudent, il se trouva en face d'un solide soldat du contingent allemand qui braquait sur lui l'œil d'une mitraillette.

– Ah, vous êtes là ? s'efforça-t-il de plaisanter. Je voulais seulement voir si j'étais le seul à me réveiller de si bonne heure.

Puis, avisant le physique inexpressif de la brute campée devant lui, il referma doucement la porte.

Libération anticipée

A deux jours du combat de coqs, Iturria n'avait plus les idées très claires.

Au fond de sa poche, il serrait dans sa paume la petite fiole de laudanum dérobée par Boro. A certains moments, il se réjouissait à la pensée de ne pas avoir à s'en servir. L'instant d'après, une voix insistante (celle de sa révolte) lui conseillait de liquider le vilain Général Franco avant de quitter Alto Corrientes.

Quitter Alto Corrientes ! A tout moment l'esprit de Felipe Iturria était semblable à un bison qui s'échappe. Un jour encore et, pourvu que les dernières rangées de moellons cédassent à ses laborieux travaux, il recouvrerait la liberté ou il mourrait en homme d'honneur.

Il sortit les mains de ses poches et jeta un coup d'œil à ses paumes durcies par les cales, à ses jointures couronnées d'écorchures. Mais le jeu n'en valait-il pas la chandelle ? Une bonne partie de la nuit, il avait travaillé avec Arthur Koestler. Depuis la cellule de ce dernier, les deux hommes, unissant leurs efforts, avaient presque achevé le passage conduisant à la cache aménagée dans le tas de bois.

Ils étaient sans nouvelles de Blèmia Borowicz. Felipe avait cependant convaincu le journaliste anglais de se joindre à lui : avec ou sans le reporter français, ils tenteraient la belle dès le lendemain.

Leur longue nuit de labeur s'était terminée comme à l'accoutumée par l'évacuation des gravats et le maquillage de la paroi. Ils avaient remis en place une rangée de pierres chez Koestler, puis Iturria était repassé dans sa propre cellule et avait « remuré » derrière lui, tandis que son compagnon en avait fait autant de son côté.

Après une petite heure de sommeil, le Basque avait été réveillé par des ricanements. Le Fou et le Furieux se tordaient dans le faisceau des lampes.

– Vite ! Qu'on y aille ! Tu as du pain sur la planche !

Les bouseux asturiens avaient jeté Felipe au bas de sa couche et, sans passer par les cuisines, l'avaient emmené directement auprès de Buenaventura. Ordre du caporal Santiesteban.

– A toi de jouer, manager ! s'étaient esclaffés les deux crétins.

– A toi d'impressionner le Général Franco ! ajouta la voix de fausset du soldat Calvete.

Tournant la tête vers l'homme au calot à pompon, Felipe comprit en quoi ce matin-là était différent des autres.

Le soldat Calvete le narguait, juché sur une bûche, appuyé au mur, les yeux plissés par le soleil. Il avait passé les pouces dans ses bretelles et, la cigarette au coin des lèvres, caressait la crête pendante de son petit coq crâneur. Celui-ci paradait derrière le grillage, se faisant le bec par les interstices du maillage. Du haut de son perchoir improvisé, le phalangiste prophétisait sa victoire.

– Il faut que mon coq apprenne à détester le tien, piaula-t-il. Vois par toi-même : il rêve déjà de lui manger les yeux !

Iturria recula.

Le poulailler avait été partagé en deux. Privé de la moitié de son territoire, le coq Buenaventura ne paraissait d'ailleurs aucunement incommodé par la restriction apportée à son espace vital. Il vaquait à ses occupations, vermillait çà et là avec autant de prestance qu'à l'accoutumée, saluant le saut du jour et la venue de son maître par un cocorico des plus trompettants.

– Tu es fâché que je sois là, républicain ? interrogea le soldat Calvete.

Iturria le dévisagea sans répondre. Il songeait que le plus irritant, chez cet homme, était certainement le petit balai de moustache qui lui ombrait le nez comme un trait de charbon.

– Tu ne m'aimes pas, hein ? Qu'est-ce que tu me reproches ?

– J'ai rêvé que tu me regardais et que je vomissais des crapauds, fit Iturria.

Calvete tordit la bouche.

– *¿ Puedes repetir ?* Tu pourrais répéter ?

– Les gars de ton espèce me font vomir, redit le Basque.

– *¡ Muy bien !* Je ne regrette pas d'être venu. Tu n'es qu'une *mierda* de communiste et j'espère que tu vas bientôt crever.

Felipe ne répondit pas. Il tourna le dos au militaire et entra dans sa portion de poulailler afin de saluer Durruti.

Depuis que le volatile n'absorbait plus sa ration d'huile de ricin, il avait repris un lustre de plumage qui enchantait le moral du caporal Santiesteban et de ses hommes. Prodigues de bon maïs, les Asturiens nourrissaient si bien l'animal qu'il prenait des allures de chapon et roulait des muscles enrobés au milieu d'une volière de poules mises à sa disposition sur les injonctions de Felipe qui souhaitait son bonheur. Las ! depuis huit jours qu'il pouvait cuisser mieux qu'en harem, le grand cocâtre était resté chaste.

– Ton coq est une femelle ! lança Calvete. Il finira par couver !

Felipe étouffa un grommellement de colère sourde. Il chaussa Buenaventura de ses ergots de métal et, pour l'habituer à se transformer en tueur à éperons, l'approcha du grillage où s'ébouriffait Général Franco.

– Montre-lui que tu as des couilles, souffla-t-il à son coq. Fais-lui tomber son béret !

Mais Durruti eut à peine le temps de refermer ses membranes qu'il avait déjà reçu un fulgurant coup de bec lancé de bas en haut, aigu comme une dague. Un autre, lancé aussitôt après, l'atteignit à la caroncule. Un peu de sang pissa. Le gros coq d'agrément poussa un caquètement d'effroi. Déployant ses ailes, il échappa à l'emprise de son maître et s'esbigna à l'opposé de son camp pour y trouver refuge.

Un silence plus éloquent que n'importe quelle nasarde s'ensuivit. Le soldat Calvete ricanait sous cape. Les Asturiens regardaient leurs mains comme s'ils ne savaient plus s'en servir.

– J'ai voulu voir jusqu'à quel point Durruti est décidé à subir la vacherie de ton coq avant de devenir fou de colère, décréta Iturria.

– Ne me dis plus rien, dit Calvete. J'en ai vu bien assez.

– Tu n'y es pas du tout ! poursuivit le Basque en essayant de faire bonne figure. Durruti est coutumier du fait. Il se retient jusqu'au bout, et c'est chez lui signe d'une grande colère rentrée.

Calvete haussa les épaules.

– Dimanche soir, nous mangerons de la poule au pot, prédit-il.

Il écrasa sa cigarette en passant devant les deux Asturiens qui n'avaient pas bougé et s'éloigna avec un rire sec.

El Loco et El Furioso s'ébrouèrent. Ils observèrent un moment le manège d'Iturria qui faisait mine de vouloir reprendre l'entraînement comme il le pratiquait d'habitude.

Le coq Buenaventura avait retrouvé son port altier. La base de son bec avait cessé de saigner. Il lissa ses ailerons et ses pennes, puis lâcha une fiente. Il subit sans rechigner les invectives et glapissements usuels de son mentor et accepta volontiers une part de grain supplémentaire.

Après quoi, dédaignant une fois de plus la croupe soumise d'une poulette qui passait à sa portée, le seigneur du poulailler creusa un trou dans la poussière. Il s'y nicha avec délices et, le jabot plein comme un silo, entama une sieste digestive sous l'œil dubitatif des Asturiens.

Le Furieux donna un coup de coude dans les côtes de son voisin.

– Dis, le Fou, tu ne trouves pas, toi aussi, que ce coq devient efféminé ?

Le Fou observa les paupières closes de Buenaventura, son embonpoint plumeteux et se tut.

Puis, brusquement, il dit :

– Je vais reporter la moitié de mes économies sur le coq Franco.

– *¡ Hombre !* s'exclama l'autre avec un sourire ravi. C'est la meilleure idée que tu aies jamais eue !

– Oui, Antonio ! Et j'ai mille fois raison ! Dépêchons-nous... J'espère que Calvete saura se montrer serviable en acceptant nos paris.

Persuadés d'être de fins stratèges, les deux crétins abandonnèrent leur poste et s'éloignèrent en direction des cantonnements. Ils étaient sûrs d'y trouver le soldat Calvete occupé à déguster une *cerveza* fraîche devant la photo de Dolores del Rio en attendant la fortune.

Resté seul au milieu de la terre jaune, Iturria songeait qu'une fois encore il revenait de loin. Plus que jamais persuadé du pacifisme exacerbé de son volatile et décidé à tout faire pour lui épargner la mort, il ressortit pensivement de l'enclos où somnolait Durruti et vint se poster face à Général Franco.

Il avait dans les yeux une lueur homicide. Il porta la main à sa poche.

– Toi, dit-il en s'adressant au vilain petit coq, je vais t'administrer une dose de sirop en attendant après-demain. Pas trop, mais un peu... Ça t'assouplira le caractère...

Il s'apprêtait à joindre le geste à la parole et à verser quelques gouttes de laudanum dans la pâtée de Général Franco lorsque, au travers des grillages, il vit sortir du fond de la cour une procession d'individus en uniformes. Il s'agissait d'un cordon de cinq hommes de la division Condor. Dans un roulement de bottes, les militaires avançaient sans ordre. Mousqueton au poing, ils encadraient un prisonnier dont les membres n'étaient pas entravés. Presque immédiatement, Iturria reconnut la silhouette légèrement voûtée d'Arthur Koestler.

La cervelle du Basque se mit à galoper. Avait-on découvert le départ de la galerie creusée dans le mur ? S'apprêtait-on à fusiller l'Anglais pour tentative d'évasion ? Mais non : si les gardes avaient mis au jour la brèche dans le mur de la cellule du journaliste, ils auraient également localisé celle qui était pratiquée dans le mur mitoyen. Ils auraient établi la complicité entre les deux prisonniers et se seraient jetés sur lui pour procéder à sa propre arrestation.

Au lieu de cela, ils s'éloignaient.

Mais alors ?

Iturria observa avec intérêt le manège du sous-officier en charge du transfert. Parvenu à l'extrémité de la cour, il sortit un trousseau de clés de la poche de sa vareuse. Le groupe s'immobilisa derrière lui, attendant que l'Allemand eût ouvert une porte étroite et grise dont le chambranle délavé se détachait à peine mieux qu'une simple fente dans la pierre. Le sous-officier pesa sur l'anneau de la clef et dut s'y reprendre à plusieurs reprises pour triompher de la serrure. Il lui fallut encore s'arc-bouter pour dégager l'huis de son logement et faire tourner les charnières sur leurs gonds.

Lorsque cela fut fait, il s'effaça pour laisser passer l'escorte et le prisonnier. Puis il posa sa main droite sur le capot de la serrure et sembla hésiter un moment sur la décision à prendre. Il eut un vague haussement d'épaules et, sans doute parce qu'il avait eu tant de mal à l'ouvrir, laissa la porte entrebâillée derrière lui.

Regardant alentour, Felipe vérifia qu'il était seul. Il abandonna alors toute prudence et s'élança à la suite du militaire. Il atteignit le portillon, franchit le seuil donnant sur l'inconnu et se retrouva sur un ponton menant à une terrasse qui dominait la cour d'entrée.

La cour d'entrée ! Le vantail principal ! Le poste de garde avec ses factionnaires ! Le seul accès à la forteresse !

Le cœur du Basque faisait des pirouettes désordonnées dans sa cage thoracique. La découverte était d'importance : si cette poterne restait ouverte, il pourrait, à l'heure de l'évasion, aller directement de sa cachette au cœur du tas de bois et, de là, à la grande cour et à la liberté ! Sans passer par les étages, sans passer par les dortoirs, sans...

Tapi derrière le parapet, Iturria en était là de ses supputations, de ses joies, de ses espoirs fous quand il vit réapparaître l'escouade de soldats encadrant Koestler.

Ils avaient pris position en contrebas, précisément dans la cour. Ils entouraient une ambulance frappée de la croix-rouge.

Le sous-officier se retourna. Son front baignait dans la lumière. Il ébaucha un geste en direction du corps de logis. Une porte pratiquée à la base du donjon livra aussitôt passage à un deuxième groupe de militaires allemands. Ils descendirent les quelques marches du perron. Deux d'entre eux encadraient un civil aux tempes argentées revêtu d'un curieux manteau. L'homme s'arrêta afin de laisser passer devant lui une civière portée par deux infirmiers espagnols. Sous la couverture, on devinait une forme immobile.

Le cortège se dirigea vers l'automobile. Sur les indications du civil, les brancardiers chargèrent la civière à l'arrière du fourgon. Puis, comme s'il s'apercevait seulement de sa présence, le civil se tourna vers Koestler et lui emprisonna chaleureusement les mains. D'un geste courtois, il l'invita à prendre place sur le siège à côté du conducteur, puis claqua la portière derrière lui.

Ensuite, sans hâte excessive, l'homme contourna le capot de la Chenard & Walker. Sur le point de s'installer au volant, il remit de l'ordre dans sa chevelure malmenée par le vent. Puis il se détourna. Son regard se porta vers le haut de la tour et s'y arrêta un moment.

Sur l'unique balcon se tenait un infirme en grand uniforme noir, maintenu par des sangles à son fauteuil roulant. A son côté, dans le courant d'air, une femme en costume de cavalière fumait une cigarette.

En bas, la portière venait de claquer. L'ambulance s'ébranla. Elle prit rapidement de la vitesse.

Iturria reporta son attention sur les maîtres de la citadelle.

Friedrich von Riegenburg et sa gouvernante regardaient s'éloigner l'automobile. D'une main experte, la dame de compagnie tourna le fauteuil afin que l'infirme pût la suivre plus commodément des yeux. L'ambulance franchit le porche de la forteresse.

Iturria reporta lui aussi son attention de ce côté-là. Les sentiments se bousculaient en lui. Il entrevoyait, sillonnant à l'infini sur un océan d'herbe rase, la route en lacet qui s'élançait vers le col. Il pensait à la joie que devait éprouver Koestler à contempler l'espace sans bornes, l'or aveuglant du soleil, ce chemin de vertige sinuant vers la liberté.

« Demain, je serai libre à mon tour », pensa-t-il.

Comme les soldats allemands rebroussaient chemin, il reprit en courant le chemin du poulailler.

Le caporal Santiesteban l'y attendait. Il arborait une expression peinée.

– Nous n'allons plus être copains, dit l'homme à tête de suif.

D'une main, il brandissait le blouson d'Iturria. De l'autre, il exhibait le flacon de laudanum.

– Plus copains du tout, compléta la voix de fausset du soldat Calvete qui venait de surgir à sa gauche.

A la main, il tenait une *navaja*.

Un piano sur la montagne

– Voilà l'incroyable, l'inextricable situation dans laquelle se trouve Blèmia Borowicz ! conclut Arthur Koestler en arrivant au terme de son récit. Voilà en quelles rocambolesques circonstances il vit, ou plutôt survit, à Alto Corrientes : ballotté entre l'incohérence d'un grand amour obligatoire, les foucades d'un dément et une menace perpétuelle d'exécution.

– L'amour ou la mort..., énonça Finnvack d'une voix glacée. Je n'attendais pas du destin qu'il ajoutât de semblables données à notre problème.

Il conduisait à tombeau ouvert dans les méandres menant vers la vallée. Il avait pressé Koestler de questions. Il avait obtenu des réponses inattendues. Mais aussi, autant de déceptions que d'incertitudes. Ainsi le journaliste n'avait pas été capable de lui fournir le nom et le prénom de la jeune femme prise au piège en même temps que Boro. Il ignorait si le reporter avait subi ou non des tortures physiques. Il n'était pas en mesure d'interpréter le sens qu'il fallait donner à la présence d'un personnage de la stature de von Riegenburg à la tête de la citadelle.

– La seule chose dont je sois vraiment sûr, déclara Arthur Koestler, c'est que Blèmia Borowicz n'a pas perdu une miette de son énergie.

– Comment pourriez-vous le savoir puisque vous n'étiez pas internés dans le même cachot ?

– Parce que la vie est folle ! répondit l'Anglais. Parce que je lui ai serré la main il y a cinq ou six jours à peine.

– Serré la main ?

– Au travers d'un mur !

– Comment peut-on passer la main dans une muraille ? s'étonna Finnvack.

Arthur Koestler lui opposa un regard amusé.

– En la creusant, dit-il.

Il montra ses mains tailladées par le travail nocturne. Puis, sur une nouvelle question de son interlocuteur, il indiqua brièvement en quelles circonstances s'était opérée la jonction entre les prisonniers des deux cellules, quel était le plan d'évasion vers le centre de la forteresse, comment Boro avait été séparé une fois de plus de ses compagnons par la volonté de son tortionnaire et comment lui, Koestler, avait poursuivi le travail de taupe avec le Basque.

– J'y vois plus clair, déclara sir Finnvack. C'est de la bouche de cet Iturria que vous avez appris tant de détails sur les infortunes de notre pauvre ami.

Arthur Koestler ôta ses lunettes. Il entrouvrit la vitre de son côté et huma l'air frais avec gourmandise.

– Le ciel..., murmura-t-il.

Ses yeux délavés se posèrent sur l'admirable paysage. Il sembla faire le vide en lui. Une paix indicible détendit brusquement ses traits.

Lorsqu'il remit ses lunettes, une gravité nouvelle s'était imprimée sur son front.

– J'aimerais à mon tour vous poser une question : pourquoi diable la Croix-Rouge s'intéresse-t-elle de manière si ardente à la libération de Blèmia Borowicz ?

Artur Finnvack ne répondit pas aussitôt. Il se détourna imperceptiblement vers l'arrière du véhicule, jetant un coup d'œil du côté de Julia Crimson qui reposait sur la civière.

– Je n'appartiens pas exactement à la Croix-Rouge, répondit-il enfin.

– Mais alors pourquoi m'avoir fait libérer ? Pourquoi moi ?

Les idées se bousculaient dans la tête du journaliste. A son tour, il se tourna vers la jeune femme endormie.

– Et comment une infirmière peut-elle se retrouver inanimée dans sa propre ambulance ?

Il jeta un regard sur la route qui longeait une alternance de ressauts et de ravins.

– Ce n'était pas moi que vous étiez venu chercher, n'est-ce pas ? Je bénéficie d'un heureux hasard... Peut-être même d'une erreur...

– On peut le tourner de cette façon-là, murmura l'homme de l'*Intelligence Service*. Mais il faudra affirmer que vous avez été échangé contre un officier nationaliste par l'entremise de la Croix-Rouge.

– Je n'oublierai jamais ce que vous avez fait pour moi, dit Koestler. Vous pouvez compter sur ma discrétion.

Il chercha le regard de son voisin. Mais Finnvack semblait englouti dans ses pensées. Il conduisait machinalement, surveillant le bord de la route. Soudain, le véhicule fit une embardée.

– *Damned !* s'écria l'Anglais. Nous y voilà presque !

Ils venaient d'aborder un passage de pierraille et d'éboulis particulièrement délicat à négocier.

– J'ai toujours détesté piloter une automobile lancée à vive allure sur un revêtement incertain, fit Finnvack en évitant un trou béant et en redressant juste avant le précipice.

– Moi, j'ai passé mon permis, mais je répugne à conduire, confessa Koestler en se cramponnant. De plus, j'éprouve un vertige absurde dès qu'on me suspend au-dessus du vide.

Finnvack relança la voiture à une allure déraisonnable. L'instant d'après, le nez de la Chenard & Walker pointa au sommet d'une éminence escarpée. Tournant définitivement le dos à la citadelle d'Alto Corrientes accrochée dans le lointain à son nid de nuages, le lourd véhicule sembla basculer en abordant la nouvelle descente qui s'ouvrait à sa course folle.

– J'espère que mes hommes seront au rendez-vous, marmonna Finnvack. Nous sommes en retard.

– Quels hommes ?

– Des amis.

Au bout d'une centaine de mètres, l'ambulance vira brusquement à gauche, cahota sur le plateau accidenté où Julia avait fait halte, à l'aller, pour déposer Dimitri et son compagnon. Le conducteur freina et mit la camionnette à couvert derrière un rempart de rochers acérés.

– Ils devraient être là, dit Finnvack en consultant sa montre. Il ne nous reste plus qu'à attendre en priant qu'ils n'aient pas été surpris par quelque patrouille. Dans trente minutes, avec ou sans eux, nous repartons.

Il mit pied à terre, s'avança sur la pierraille et sonda du regard l'infini pâle des garrigues et des pacages.

Koestler le rejoignit.

– Et votre infirmière ? demanda-t-il. Vous la laissez dormir ?

– Le pouls est bon, le teint moins pâle. C'est la preuve qu'elle n'a connu qu'une légère faiblesse. Il suffit d'attendre.

Finnvack était certain que Julia avait subi une piqûre, certain aussi que celle-ci était sans gravité : si Friedrich von Riegenburg avait voulu la tuer, il s'y serait pris autrement. La seule question qu'il se posait, et qui demeurerait sans réponse jusqu'au réveil de la jeune femme, c'était pourquoi. Pourquoi l'avait-on droguée ?

Il sortit sa pipe et en mordilla l'embout. Il paraissait tendu.

– Vous ne la fumez pas ? demanda aimablement le journaliste.

– Jamais en plein air, rétorqua le gentleman. C'est une donnée essentielle chez un vrai fumeur de pipe. En matière de bouffarde, je suis pour la plus stricte orthodoxie.

Une forte bourrasque secoua les deux hommes. Ce coup de vent leur apporta une bouffée parfumée et la rumeur d'un bruit de moteur dont les bielles peinaient dans une montée.

– Une voiture ! Ils nous ont suivis ! s'exclama Finnvack.

Il posa la main sur l'épaule de Koestler et l'obligea à plonger vers le sol.

– J'aurais dû me méfier de cet Allemand, dit-il en inspectant la route entre les herbes. Il nous a relâchés pour mieux cerner nos projets...

Finnvack se tourna vers son voisin et lui lança une bourrade inamicale.

– Ah, et puis au diable les couleurs vives dont vous êtes vêtu !

– Vous croyez vraiment que Riegenburg s'est à ce point méfié ? demanda Arthur Koestler.

Plus dévoré par la curiosité que par la crainte, il dressa le col au-dessus des graminées.

– Baissez la tête, vous dis-je ! Restez immobile. Les voici...

C'était un camion. Un mastodonte au front buté. Il ne venait pas de la citadelle ; il y montait. Il s'emballait dans la rampe, chauffait, grinçait sur ses essieux.

– Sans doute un transport de troupes, chuchota le journaliste.

– Je ne crois pas, dit Finnvack.

Le lourd véhicule qui maintenant ahanait au sommet du causse où ils étaient terrés présenta son profil. Ils virent alors une image de magicien ou de machiniste de scène : arrimé au plateau de cette grosse patache à moteur qui longeait les ravins et tentait l'ascension du col avec autant de grâce et de chance de survie qu'un chien de mer dérivant sur un tapis d'Aubusson, trônait un magnifique piano à queue, une pièce victorienne resplendissante dans son beau costume de teck.

– Un piano !

– *Great ! Great ! Fantastic !* s'extasia Finnvack. Incompréhensible, mais fantastique ! reprit-il en suivant des yeux la masse noire et malmenée de l'instrument qui s'éloignait dans un bruit désaccordé.

Comme ils se relevaient, abasourdis par le spectacle peu commun qu'ils venaient de voir, ils s'étonnèrent à peine de trouver Julia Crimson dressée sur leur chemin.

La jeune femme avait le teint livide des grands convalescents. Elle respirait avec régularité, mais gardait les mains sur ses tempes, comme si sa pauvre tête allait éclater. Elle oscilla sur ses jambes et posa un regard agrandi sur Artur Finnvack.

– Vous n'allez pas me croire, monsieur, balbutia-t-elle, mais il y a un piano sur la montagne.

– Un piano sur la montagne, Julia ?

– Oui. Je l'ai vu !

– Dans ce cas, nous devons nous faire une raison, je suppose ?

Les paupières de la jeune femme papillotèrent.

– Je sais que c'est impossible, mais je viens de voir passer un beau piano, répéta-t-elle.

– Rien de plus naturel, Julia : les licornes et les pianos poussent en altitude. Mais, puisque vous êtes de nouveau en pleine forme, pourriez-vous me tenir informé de ce que vous avez vu et fait lors de votre escapade ?

Les yeux de la jeune femme s'emplirent de larmes. Elle remua follement la tête pour traduire son impuissance.

– Oh, Finnvack, c'est affreux, et vous n'allez pas me croire ! sanglota-t-elle en se précipitant vers lui pour trouver refuge contre son épaule. Mais je suis dans l'incapacité de me souvenir de quoi que ce soit !

Elle s'arrêta de parler. Elle fixait l'homme qui se trouvait au côté de l'Anglais et qu'apparemment elle n'avait pas encore remarqué.

– Arthur Koestler, déclara Finnvack en consultant sa montre. C'est le Hongrois naturalisé anglais dont Friedrich nous a parlé.

Julia observait le journaliste sans broncher. Elle paraissait ailleurs.

– Friedrich, murmura-t-elle... Koestler...

– Vous ne vous rappelez pas ?

– Non, répondit la jeune femme.

Elle parut chercher en elle-même et ajouta :

– Je n'ai gardé *aucun* souvenir de cette soirée... Tout s'arrête au moment où j'enfile une robe noire et décolletée.... Je suis devant la glace, je me maquille outrancièrement, comme vous me l'avez demandé... Après, je ne me souviens de rien !

– Vous avez été droguée, ma chère, et vous êtes dans l'incapacité physiologique de faire appel à votre mémoire. Toutefois, je vais essayer de vous aider.

Il adressa un regard pénétrant à la jeune femme et poursuivit :

– Si je vous dis : « Boro est nu », qu'est-ce que cela évoque en vous ?

Les pupilles de Julia Crimson s'étaient de nouveau dilatées.

– Mais... rien, Artur. Rien !

– Très bien, n'insistons pas. Regagnons la voiture.

– Et vos amis ? demanda Koestler.

– Ils ne sont pas au rendez-vous, répondit Finnvack. C'était dans l'ordre des choses possibles...

Il paraissait de fort mauvaise humeur. Sans demander l'avis de ses deux compagnons, il s'installa derrière le volant et lança le moteur. Julia monta à son côté. Après avoir replié la civière, Koestler prit place sur une banquette latérale placée à l'arrière.

Comme il allait refermer le hayon, il suspendit son geste et s'écria :

– Là-bas ! Deux hommes !

C'était Dimitri. Et c'était le *captain* Brendan Blith. La barbe leur mangeait les yeux. Ils semblaient épuisés.

Koestler les aida à se hisser dans l'ambulance.

Finnvack avait déjà démarré.

Dents serrées, il passa les rapports et rejoignit la piste en lacet. Il jeta ensuite un bref coup d'œil dans le rétroviseur et découvrit l'image furtive de Dimitri et de son compagnon anglais.

Têtes rentrées dans les épaules, secoués par les cahots, passifs, les deux hommes étaient murés dans un impressionnant silence.

Tout en surveillant la route qui défilait dans un tohu-bohu de ressorts malmenés, le gentleman finit par se tourner à demi vers Blith.

– *Good heavens, Blith !* plaisanta-t-il. Cette fois, vous semblez choqué comme si vous aviez été soufflé par une bombe !

– C'est qu'il y a comme cela des moments, monsieur, où vous ne savez plus du tout de quel côté se trouve la nécessité de la vie, lui répondit la voix morne du *captain*.

– *Now, then, Brendan, old boy,* poursuit Finnvack. *What happened exactly ?*

Et, devant le silence de l'autre :

– *Come on, Brend ! Just let me know how you feel after this... « escapade » ?*

– A peu près aussi bien que celui qui a dormi avec des morts et des suppliciés dans un cimetière à ciel ouvert, monsieur...

– Que voulez-vous dire ?

– Qu'à l'arrière de la forteresse le ravin qui précède le fleuve est un charnier. Que l'on se débarrasse des prisonniers en les précipitant dans le vide. Qu'il y a sur les rochers et dans les excavations plus de cent cinquante corps en décomposition, des hommes, des femmes, et que, lorsque les vautours voient un être humain, ils deviennent plus familiers que des chiens de compagnie !

Le capitaine Brendan Blith était l'un des agents les plus aguerris de l'*Intelligence Service*. Au cours de ses quinze ans de carrière, sa force de caractère ne s'était jamais démentie et il était passé au travers de mille situations périlleuses. Ce jour-là, il paraissait défait. Son compagnon ricanait doucement, la tête entre les mains.

– Prenez une goutte de whisky ! conseilla Finnvack.

Lui-même avait un goût de sel dans la bouche. Il se concentra sur la route. Dimitri bougea lentement la tête et sortit de sa torpeur.

– Boro est perdu, dit-il. Il est peut-être *déjà* l'un de ces malheureux...

Finnvack pouvait capter son image dansante dans le rétroviseur. Le jeune anarchiste avait les yeux un peu trop brillants.

– Sous la lune, tous les os sont blancs, dit-il, comme halluciné.

Dans sa cervelle, il sentait battre une douleur de poignard. Ses dents grinçaient au fond de ses mâchoires crispées.

– Si Boro est mort, Boro est nu ! Les oiseaux l'ont déshabillé de sa chair ! Il est dans la lumière blanche, ânonna-t-il comme si une voix intérieure lui dictait ces phrases.

A son expression égarée, on comprenait qu'il revoyait des images insoutenables.

– *Dear God !* s'écria soudain Julia Crimson en serrant le bras de sir Finnvack au point de lui faire mal. C'est cela ! C'est bien cela ! La lumière blanche ! Je me souviens de tout ! Boro n'est pas mort ! Il vit ! Il est amoureux !

Plutôt la mort

Boro ne savait plus s'il était amoureux.

Il avait somnolé une heure environ cet après-midi-là, puis s'était réveillé en sursaut.

La blancheur des mosaïques lui rappela aussitôt le cauchemar où il se trouvait.

– Plus un jour ! Plus une heure ! Plus une minute ! Plus une seule fois je ne veux céder à cette mascarade ! s'insurgea-t-il.

Il était dix-sept heures à l'horloge murale dont l'aiguille des secondes égrenait un temps silencieux. Sur la fresque, au fond de la galerie, les caravanes se hâtaient dans le poudroiement du désert.

Boro se vêtit avec lenteur. Sa bouche était sèche. Il se pencha vers la fontaine et s'y désaltéra.

Comme il se redressait, il remarqua le tapis rouge qui conduisait au lit à baldaquin.

– Pas une seule fois de plus ! jura-t-il entre ses dents.

Il traversa la vaste pièce illuminée, puis, appuyé au pommeau de son stick, se pencha sur la couche où reposait Solana. La jeune fille ne dormait pas.

– Que t'arrive-t-il ? demanda-t-elle, surprise de le voir habillé de pied en cap. Tu as une tête à faire peur.

Il ne répondit pas.

Depuis quelques jours, il la reconnaissait à peine. Elle était la proie d'états de nervosité extrême durant lesquels elle parlait de musique, de son père, des immenses maisons de sa jeunesse heureuse, puis elle sombrait dans des passages à vide ou, au contraire, dans des instants de transport exalté.

– Viens me rejoindre, exigea-t-elle. Tu n'as pas d'autre endroit où aller.

Elle était nue sous les draps. Elle tendit vers lui une main paresseuse. Ses longs cheveux étaient dénoués.

– Je suis prête pour toi, pleurnicha-t-elle. Tu seras reçu comme un héros.

Soudain, elle surprit son étrange regard.

– Boro !

Il ne répondit pas.

– Blèmia !

Il fouetta l'air de son jonc et observa la jeune Espagnole. Solana étendue sur le lit. Solana brisée. Solana prête à sacrifier au rituel de l'amour sur commande. Solana maquillée comme le lui avait enjoint Frau Spitz le matin même.

– Si tu n'acceptes pas de te soumettre, ils te tueront.

– Qu'ils le fassent !

– Ils me tueront aussi.

Boro esquissa un sourire épuisé.

– Tu m'as beaucoup demandé, Solana. Je t'ai accordé plus qu'à toute autre.

– Ne reprends pas ce que tu nous as donné, Boro. Je n'y résisterais pas.

Il contemplait sa beauté souillée.

– Viens, mon amour, supplia-t-elle. Je ne pleurerai pas.

Elle se redressa gauchement sur l'oreiller. Soumise. Sensuelle. Elle aurait souhaité qu'il descendît doucement vers elle, qu'il l'embrassât délicatement sur la bouche. Après ce premier baiser, elle l'aurait englouti. Le sang de Boro aurait fait un bond, il aurait cédé à l'embrasement de son corps.

Elle lui aurait fait oublier l'œil derrière la glace.

– Admets-le, Solana. La vie que nous menons ne mérite pas qu'on la vive.

– Nous mangeons. Nous parlons. Nous sommes ensemble. Nous survivons ! dit-elle, farouche.

– Nous sommes comme deux animaux de laboratoire. Ni jour, ni nuit ! Et quand l'alligator nous trouvera trop rancis pour son goût, il nous déchiquettera tous deux sans autre forme de procès !

Boro se tourna vers la glace. Son teint était blême.

– Riegenburg ! Tu m'entends ?

– Boro ! Tu perds toute prudence ! s'écria Solana. Arrête ! Viens me retrouver ! Ferme les yeux !

– Je contemple l'alligator.

Il prit appui sur son stick et s'avança au-devant de la glace.

– Riegenburg ! Vieux malade ! Je te regarde. J'enfreins ta loi ! Je me rebelle ! Fais ce que tu veux ! C'est la fin.

En proie à un soudain accès de brutalité, Blèmia se précipita sur une table basse encombrée de plateaux de loukoums et de halvas et, après en avoir balayé avec une extrême violence cuivres et sucreries, brandit la pièce de mobilier au-dessus de sa tête.

– *Das Lied ist aus !* La chanson est finie, vieil Allemand ! Sors de ta grotte, pitre wagnérien !

Il lança la masse de la table devant lui et fracassa la surface lisse du miroir.

Dans un vacarme cristallin, les formes se disloquèrent par glissements successifs en un gigantesque tableau cubiste qui fractionna un moment le visage de Blèmia Borowicz. Puis surgit, livide sur le fond obscur, le masque de marbre du spectre.

Von Riegenburg était assis dans son fauteuil roulant. Derrière lui se tenait Gutersohe. Le garde du corps avait noué une serviette autour du cou emminervé de son maître et lui donnait la becquée.

– L'heure du thé ! s'écria Boro. Quelle dérision ! Le pitre se sucre de marmelade ! Il a mis son bavoir ! Il se lèche les babines à la pensée du spectacle !

Il enjamba les débris de la glace et, bien que le garde du corps eût dégainé son parabellum, il s'approcha de l'infirme jusqu'à le toucher.

– Tuez-moi, Riegenburg ! Je ne tiens plus à la vie.

Il donna un coup de pied dans la roue du chariot. S'il n'avait pas été retenu par les sangles, Riegenburg se fût affaissé sur son siège.

– Tuez-moi donc ! rugit Boro en s'adressant à Gutersohe. Sinon, je frappe votre marionnette !

– Vous ne jouez pas le jeu ! s'étrangla le spectre. Vous n'êtes pas conforme ! Vous... vous ne le feriez pas !

– Vous n'oseriez pas ! cria Frau Spitz en remuant ses fanons de vieux dogue.

Elle venait d'apparaître au détour d'une tenture de théâtre. Elle aussi brandissait une arme : un pistolet nickelé qu'elle devait porter sur elle en permanence.

Elle se rua sur le reporter alors qu'il commençait à assener des coups de pied dans les jambes inertes de l'Allemand.

– Je cogne un infirme ! J'écrase un crapaud ! Je marche sur un cancrelat !

Boro s'acharnait. La rage décuplait ses forces.

Il s'apprêtait à empoigner le fauteuil lorsqu'il chancela, cueilli à la tempe par l'arme de Frau Spitz.

– *Sie, Teufel !*

La gouvernante fit un geste du doigt. Deux sentinelles surgirent à leur tour de l'ombre du décor. Tandis que Gutersohe ceinturait le reporter et s'efforçait de lui entraver les bras, les hommes de la division Condor lui martelaient la face de leurs poings. L'arcade de Boro s'ouvrit et le sang noya sa vision.

Paralysée de frayeur, recroquevillée sur le lit, Solana, les yeux fermés, percevait l'insupportable bruit mat sur les chairs meurtries. Elle entendit Boro hurler : « Tuez-moi », et elle accompagna son cri en prononçant les mêmes mots.

Puis le martèlement des coups cessa, comme une averse d'orage.

La jeune femme rouvrit les yeux. Les bourreaux, soudain privés de leur victime, dévisageaient son corps pantelant sans oser rompre le silence.

– Ramenez-le au cachot, intima la voix caverneuse de Riegenburg.

Sa main valide était agitée d'un tremblement convulsif.

Comme, au sortir de l'arène, on traîne sur la sciure les chevaux éventrés des picadors vaincus, les deux gardes et Gutersohe halèrent Blèmia Borowicz évanoui.

– Du pain ! De l'eau ! Qu'on ne le frappe pas ! glapit encore le spectre immobile. Je veux qu'on le conserve intact pour ma vengeance !

Le silence retomba. Frau Spitz s'approcha de Friedrich von Riegenburg.

Elle lui essuya les tempes avec un soin maternel, puis elle attira sa pauvre tête ballante contre son ventre de gorgone. Elle le maintint longtemps ainsi appuyé à son giron, retiré comme au creux d'un port, à l'abri des éléments.

– *Ach !* Friedrich, est-ce qu'il ne faudrait pas mettre un terme à tout cela ? soupira-t-elle en lui caressant le front.

– Je veux aller jusqu'au bout, répondit Friedrich von Riegenburg. Je veux aller jusqu'au dernier acte !

Il regardait amoureusement Solana, lui souriait.

– Tuez-moi, murmura la jeune fille. Qu'on en finisse !

– Plus que quelques jours, ma très belle, dit mystérieusement l'Allemand, et tout sera consommé.

Un goût de terre morte

Boro s'éveilla au milieu de la nuit.

Il lui sembla qu'il avait entendu geindre. Dans l'obscurité, il tâta sa tempe douloureuse. Ses doigts rencontrèrent une croûte de sang séché. Son nez le faisait souffrir.

A tâtons, il rampa sur le dallage humide. Palpant et interrogeant l'espace de ses doigts, il rencontra l'architecture du châlit et reconnut le visage, les favoris et le souffle d'un homme.

– Felipe ! C'est toi, Felipe ?

– *¡ Hombre !* mon ami le Français ! lui répondit une voix bien connue. Surtout, ne danse pas sur mon ventre, le tambour est crevé !

– Que t'est-il arrivé ?

– Santiesteban, les Asturiens... Ils m'ont battu... Ils ont trouvé le laudanum dans mon blouson... Ils m'ont obligé à cracher le morceau. J'ai admis que j'allais administrer un bouillon à leur saleté de coq...

– Et alors ?

– Alors Calvete m'a porté un coup de couteau dans le bide... Après, je ne sais plus...

Boro toucha le front du blessé : il était brûlant.

– Où est ton briquet ?

– Caché sous le lit, à sa place habituelle. Avec notre morceau de chandelle.

Boro se dressa, s'affaira dans le noir, alluma la bobèche. Il découvrit le visage tuméfié de son infortuné compagnon. Il déplaça la source de lumière au-dessus du thorax, puis de l'abdomen, et vit qu'un lac de sang avait imbibé toute l'étoffe du pantalon déchiré. Une coulée noirâtre se perdait dans l'épaisseur de la paillasse.

– Il ne faut pas te laisser dans cet état ! dit le reporter en se relevant. Je vais appeler ces salauds !

Il courut jusqu'à la porte. Avec un acharnement dérisoire, il tenta d'ébranler l'huis, hélas bien d'aplomb dans ses verrous. A la fin, il tourna vers son camarade un visage baigné de larmes d'impuissance. Ses propres blessures le faisaient gémir.

– Inutile, mon frère, souffla le Basque. Ils ont prévenu qu'ils ne viendraient pas ! Ils m'ont conseillé de me soigner avec ma propre potion ! Ils m'ont rendu le laudanum... De temps en temps, j'en prends un peu pour me soulager... Je sombre et je dors... Quand j'ai trop mal, je me réveille.

Boro revint au centre de la cellule, tira à lui le tabouret et, penché sur le visage fiévreux du blessé, tamponna ses tempes avec un chiffon humecté de l'eau de la cruche.

– Cette nuit n'en finira pas, souffla Iturria. Elle ressemble à la mort lente.

Boro ne s'était jamais senti aussi démuni. Lui qui, quelques heures auparavant, était prêt à marcher au-devant de sa propre mort pour échapper à l'absurdité de son supplice, devenait pour son ami mourant le dernier rempart face au néant. En changeant de rôle, il se hissait dans le camp de ceux qui se dépassent. En offrant à autrui le seul bien qu'il possédât encore – sa compassion –, Blèmia Borowicz, dépositaire du devoir d'assistance, retrempait son caractère dans la fraternité universelle.

– Une fois, dit faiblement Iturria, j'ai embrassé une vieille femme sur la bouche. Je l'ai prise dans mes bras comme une jeunesse. Et écoute bien ça, Borowicz, mon ami : ses lèvres ridées renfermaient deux odeurs distinctes... La première avait un goût sucré. Elle faisait penser à la caresse d'un vent chaud...

– Dis-moi plutôt la seconde, l'interrompit Boro. C'est d'elle que tu as envie de parler.

– La seconde avait un goût de terre morte...

Felipe agita sa tête, gagné par un accès de fièvre délirante. Il se prit à rire.

– Si, à cette minute même, une beauté m'embrassait, dit-il, c'est aussi une odeur de pétales pourris qu'elle trouverait au fond de ma bouche. Mon haleine est comme celle de mon père quand il est mort. Elle a l'odeur des chrysanthèmes.

Effrayé par le froid de glace qui gagnait ses membres, le moribond chercha le regard de Boro.

– Demain matin, le coq Durruti va se battre..., chuchota Iturria.

Il semblait déchiffrer quelque obscure prédestination.

– Demain, il va mourir. Durruti va mourir une seconde fois. Venge-nous !

– Je te le promets, fit sourdement Blèmia. Je t'en fais le serment !

Le républicain parut rasséréné. Il goûta un moment d'apaisement en s'échappant dans le dédale de sa rêverie intérieure.

L'air calme et frais caressait son front. Boro avait posé ses doigts sur les boucles tombantes de ses cheveux bruns.

L'instant d'après, le mourant fut traversé d'un accès d'énergie farouche. Il cambra les reins, puis retomba sans force sur la paillasse.

– La mort est un écrasement, soupira-t-il.

La main de l'ancien comédien étreignit celle de son dernier ami. Elle eut un ultime soubresaut, ainsi qu'un oiseau qu'on étrangle, et se lova, froide et inerte, au creux de sa paume.

Le tonnerre éclata aux oreilles de Blèmia Borowicz.

Il se redressa.

Cédant à la colère, au chagrin, au désespoir, il hurla. C'était folie de le voir. Appuyé sur son stick, il marchait jusqu'à se heurter aux murailles, emporté par le torrent d'une course incohérente à travers sa geôle.

Enfin il s'arrêta.

Il ferma les yeux de son ami, déposa un baiser fraternel sur ses lèvres froides et étendit une couverture sur son corps délivré.

Par le fenestron du cachot, l'aube déployait son écharpe grisâtre.

Les yeux dans le vide, au rendez-vous de la mémoire, Blèmia Borowicz pensait à son père.

Pour quelques notes de musique

– Je ne jouerai pas pour vous, dit Solana Alcántara.

Sa voix était ferme, son attitude hautaine.

– Je ne jouerai pas ! répéta-t-elle.

Elle fixait alternativement la silhouette élancée du fantastique piano qui trônait au milieu de la pièce et le corps tassé de Friedrich von Riegenburg, transformé pour la circonstance en généreux donateur.

– Mozart, dit le spectre. Commençons par ce polisson de Mozart, si cela vous fait plaisir !

– Ni Mozart, ni Liszt, ni personne ! Mes doigts sont gourds, ma sensibilité éteinte.

– Je n'en crois pas un mot. Jamais vous n'avez été aussi frémissante. Et je sais que vous êtes une grande artiste. Montemayor me l'a dit. Il le tenait de monsieur votre père. Le professeur, paraît-il, vantait admirablement votre talent.

– Mon père a été assassiné. Vous m'avez transformée en catin. Qu'exigez-vous de plus ?

– Je vous veux musicienne !

– Autant renoncer !

La jeune fille venait de recouvrer une sorte de fierté naturelle qui l'avait désertée depuis plusieurs semaines.

– Réfléchissez, jolie prunelle. Vous seule pouvez encore sauver votre... votre héros d'Europe centrale...

A l'évocation de Boro, Solana ne put s'empêcher de tressaillir. Bientôt, cependant, elle se recomposa une expression indifférente.

– Donnez-moi de ses nouvelles. Qu'avez-vous fait de lui ?

– Eh bien... le jeune homme a la peau dure. Il attend lui aussi de vos nouvelles... Au fond de son cachot. Sa position est fort inconfortable. Les nuits sont encore froides. Ses plaies auraient bien besoin des secours de la médecine.

– C'est du chantage !

– C'est du troc.

– Je ne jouerai pas pour vous !

– Mais enfin, pourquoi, Solana ?

C'était la première fois que Friedrich von Riegenburg l'appelait par son prénom. La jeune Espagnole se demanda si elle n'avait pas fini par prendre comme une place à part dans la cervelle tordue et le cœur de ce monstre à roulettes et collier de cuir.

Le Prussien fit un signe à son garde du corps, et la brute à faciès de boxeur roula le fauteuil dans la direction de la prisonnière.

– Solana, réitéra Friedrich, posséder un piano n'est-il pas pour vous le plus sûr moyen de vous évader ?

– Ce le serait si vous n'aviez pas l'autorité de m'en priver sous le moindre prétexte.

– Je n'abuserai pas de mon pouvoir !

– Je ne vous crois pas.

– Soyez plus souple avec moi et j'accéderai au moindre de vos désirs.

– Rendez-moi Boro !

– Jouez pour moi seul !

– Je vous déteste trop !

– Je vous rendrai tout...

– J'ai pris l'habitude de vivre sans rien.

– Mais, aujourd'hui, je vous comble ! Venez... Approchez... Regardez ce magnifique instrument ! Chaque marteau, chaque cheville, chaque corde a été revue ! J'ai fait venir un accordeur de Málaga !

Gutersohe poussa le fauteuil roulant jusqu'à l'élégante caisse en bois de teck dont Frau Spitz, surgie de nulle part, venait d'ouvrir la table d'harmonie.

– Magnifique ! s'exclama Friedrich. On dit qu'il a appartenu à l'épouse du duc d'Albuquerque avant d'être à ce Waldteufel, vous savez bien, le musicien qui écrivait des valses pour la cour d'Espagne...

– Je ne jouerai pas ! s'entêta la jeune fille.

Elle lorgna du côté des ouvriers qui, depuis le matin, s'affairaient à remplacer la glace fracassée par Boro.

Friedrich suivit son regard. Il fit approcher sa voiture roulante du chantier et s'adressa au plus âgé des miroitiers, un homme qui portait un crayon à l'oreille et tenait un mètre pliant à la main.

– A quelle heure aurez-vous fini le travail ?

– Dans moins d'une heure.

– Très bien, approuva von Riegenburg.

Puis, s'adressant à la belle Espagnole :

– Vous voyez, votre appartement reprend son aspect ordinaire. Et je vous promets de faire couper la lumière pendant la nuit.

– Je n'ai pas changé d'avis, dit Solana. Je ne jouerai pas.

– Ne brusquons rien, chère concertiste, répondit l'infirme en tentant de se redresser quelque peu dans la cuve de son fauteuil. Je vous laisse jusqu'à l'heure du thé pour prendre une décision. Passé ce délai...

Elle abaissa sur lui des yeux brûlants.

– Passé ce délai, enchaîna le spectre, je ne réponds de rien. Aujourd'hui est samedi, ne l'oubliez pas... C'est jour d'affluence au belvédère. Au jeu du cerf-volant, votre petit M. Borowicz ne pèsera pas plus lourd qu'un autre.

Il donna le signal du départ.

Tandis qu'il s'éloignait dans la galerie mauresque, servi par son cortège habituel (Frau Spitz qui fumait une Abdullah, Gutersohe qui poussait le fauteuil, Schmidt qui soulevait la tenture de la portière en claquant des talons), la jeune femme s'approcha du piano à queue.

Elle jeta un coup d'œil furtif à ses ongles peints, à ses lunules manucurées. Elle souleva le rabat du clavier et enfonça doucement une touche blanche. Puis elle simula quelques accords muets. Elle referma le couvercle de bois poli et en caressa le fil.

Elle passa devant les miroitiers qui complétaient leur ouvrage, entra dans la salle de bains et referma la porte sur elle. Devant la glace, elle entreprit de brosser ses longs cheveux sombres qui ondulaient en rebonds souples sur ses épaules.

Elle se dévisagea longuement, marcha jusqu'à la penderie et choisit une longue robe décolletée rouge. Elle en suspendit le cintre à la patère.

Elle fit couler un bain. Tout en attendant que l'eau emplît la baignoire, elle chantonna quelques mesures de Schumann : la pièce du concert de Grenade.

Elle ouvrit un tiroir de coiffeuse, y puisa une paire de petits ciseaux incurvés. Avec un soin extrême, elle commença à se couper les ongles.

Il était à peine quinze heures.

Durruti est mort deux fois

Général Franco, coq de Bantam, gonfla son jabot et entama une ronde de défi autour de son adversaire. La façon guerrière qu'il avait de marcher au pas de l'oie, sa réputation de tueur lui valurent un déferlement de hourras.

La bière et le vin de Rioja coulaient à flots dans les gosiers. Cent gorges riaient à la fois. Les interpellations, les prénoms qu'on hélait d'un bout à l'autre de l'arène improvisée, les injures, les rodomontades fusaient. Et la gaieté sauvage des uns s'enflait de l'ivresse des autres.

Toute la garnison était présente. Le cercle était formé. Les derniers paris allaient bon train. La fête avait été avancée. Le soldat Calvete l'avait exigé afin de faire taire la rumeur selon laquelle son coq avait été drogué.

De son côté, Saturno Santiesteban avait préféré s'incliner. Parce que la rumeur était venimeuse. Elle disait des horreurs, comme toujours lorsque bruissent les mauvaises langues. Elle prétendait que c'était lui, le caporal à tête de suif, qui était l'instigateur du complot contre le champion du soldat Calvete. Lui, et personne d'autre. Sinon, pourquoi aurait-il placé tout l'argent de sa solde sur le coq républicain ?

Santiesteban avait haussé les épaules.

Dans la garnison, les chuchotements de couloir et de cantine allaient toujours bon train. On s'ennuyait ferme à Alto Corrientes ! Jusqu'aux défenestrations hebdomadaires du haut du belvédère qui n'intéressaient plus personne ! Plus de volontaires chez les fantassins pour expédier les condamnés dans l'abîme ! On se lasse de tout, même du plus ignoble.

De toute façon, il n'y avait pas eu d'exécution ce samedi-là. Le Herr Friedrich n'en avait pas donné l'ordre. Heureusement pour le mental, il y avait le combat de coqs.

Les mains derrière le dos, le corpulent caporal, l'exécuteur des basses œuvres, gagna en titubant sa place au tout premier rang des spectateurs. Il s'assit sur un pliant que lui avaient conservé les Asturiens.

Une fois installé, il observa la noble démarche de Buenaventura au centre du cercle. Rassuré par le gabarit d'athlète du coq de basse-cour, il lui envoya un baiser de la main. Durruti ne ferait qu'une becquée de cet avorton de Général Franco, de sa morgue de gladiateur professionnel, de son béret noir incliné sur le côté.

Tout de même, pour conjurer un fâcheux pressentiment, le gros phalangiste avait bu plusieurs litres de vin aigre au mess des sous-officiers. Pour la centième fois peut-être, il chassa Iturria de son esprit et adopta un sourire vitreux. Oh, pensait-il en dodelinant de la tête, il avait bien failli envoyer quérir le Basque au fond de sa prison. Mais le type, hier soir, avait pris un mauvais coup de couteau. De quoi aurait-on eu l'air si on avait traîné ce crevard jusqu'ici ? C'eût été ajouter à la rumeur.

Saturno Santiesteban posa sur ses camarades vociférants ses petits yeux porcins, sourit dans le vague, alluma un vilain cigare noir et se concentra sur les prémices du jeu. Les cartes, après tout, seraient lancées dans moins de dix minutes.

Buenaventura Durruti se trouvait au centre de l'arène. Ses yeux d'or suivaient avec une inquiétude grandissante la parade mortifère de son rival.

Les deux champions étaient chaussés de leurs éperons d'acier, stylets acérés dont la moindre entaille dans une partie vitale de l'organisme saignerait à vif l'un des adversaires ou l'amoindrirait si cruellement que son assaillant aurait beau jeu de le renverser dans la poussière et de lui porter le coup de grâce.

– Tue-le ! Apporte-moi son cœur ! hurla la voix de fausset du soldat Calvete à l'adresse de son coq.

– Durruti ! Putain de républicain ! Défends-toi ! répondit la foule.

Ainsi sollicité par les vociférations de la populace, le brave gallinacé de basse-cour inclina la tête comme s'il s'interrogeait sur la nature humaine. Il vérifia qu'aucune retraite ne se révélait possible et, acceptant sans état d'âme la rampe d'un destin qui le condamnait par avance, commença à pivoter sur lui-même.

Le soleil de fin d'après-midi faisait rutiler les armures de plumes. Les coqs se gonflaient d'importance et de haine. Les champions se rapprochèrent insensiblement l'un de l'autre.

Bientôt, les premières escarmouches eurent lieu. Des atteintes hors de portée. Mais les cris étaient lâchés. Jurons, encouragements, exhortations ne tardèrent pas à s'amplifier, cyclone hurlant, tempête de barbarie lâchée comme une bonde dans la cervelle des spectateurs – tous rudes combattants, intraitables bourreaux ou soldats de fortune.

Le premier contact fut vif et très rapide. Très aérien, aussi. Général Franco venait de se jeter les pattes en avant, les ailes battantes, pour arriver à hauteur des yeux de son ennemi. Aussitôt, Durruti, calquant sa conduite sur celle de l'agresseur, s'éleva également au-dessus du sol. Les deux volatiles se distribuaient des coups de bec, retombaient un bref moment sur le sol dans un ébouriffement de plumes, giroyaient dans la poussière, remontaient dans les airs, essayaient de picorer dans le chaud des yeux ou de la crête de l'autre. Durruti encaissa trois mitraillages successifs qui déshabillèrent son crâne d'une partie de son duvet. Il recula, le bec en sang, piaulant de douleur.

Le coq de Bantam, encouragé par la foule, s'avança encore. Le béret noir de colère, par deux fois il frappa en direction de l'œil. Comme Durruti esquivait la charge, rompait en se précipitant de côté, le spadassin de Calvete en profita pour envoyer ses dagues en direction du poitrail immaculé de son rival.

Durruti tomba de côté. Déséquilibré, incrédule, il opéra une retraite vacillante en prenant appui sur une aile. A l'ombre des hommes penchés sur l'arène, il s'immobilisa, le bec ouvert, la respiration précipitée, comme s'il avait soif. Ses yeux se voilèrent un bref instant. Des plumes se détachèrent de son jabot. Le sang apparut, vermeil sur sa livrée blanche.

Aussitôt une clameur s'éleva de toutes les poitrines.

Le sang ! C'était le sang que ces hommes sans foi ni loi appelaient de leurs vœux. Ils acclamaient sa couleur aimable et tragique, célébraient son apparition comme un exutoire à la malédiction de leurs cruautés passées. Et montèrent vers le gai soleil les cris, les lazzi, les glapissements fous des nationalistes, jusque sous les fenêtres du donjon d'Alto Corrientes, jusqu'au tréfonds des cellules des prisonniers, jusqu'aux limites du bordel du Tibesti où Solana, belle à couper le souffle dans sa robe de bal rouge, jouait une pièce de Schumann pour Friedrich von Riegenburg.

Seulement pour lui.

Les yeux du spectre étaient posés sur ses épaules nues.

Les narines pincées par l'ivresse de la musique redécouverte, la fragile jeune fille était engloutie dans un océan de sons. Elle se trouvait à Grenade où, dans une maison claire, répondant au chant des oiseaux, à la couleur du ciel, accompagnant toute cicatrice d'un sillage de couleur, dévorée de l'intérieur, illuminée, lucide, elle dominait les images éteintes de sa vie heureuse. Elle n'avait plus peur, elle était invulnérable, offerte à la caresse du vent, debout à la proue d'un bateau. Elle était une jeune fille très pure.

– Comme c'est beau ! s'émerveilla le spectre après qu'elle eut fini.

Puis, en allemand, le visage très calme, l'officier prussien ajouta : *« Solana, ich bin mit dir zufrieden. »* Je suis content de toi, Solana.

Elle le regarda parce qu'il l'avait tutoyée.

Et, tandis qu'au fond de sa cellule Boro veillait la dépouille d'Iturria en écoutant rouler le mascaret des inflexions et des cris sauvages saluant une proche mise à mort, Durruti expirait pour la seconde fois, assassiné par un coq de Bantam.

– Anton von Webern, dit le spectre.

– Non, répondit Solana en lui tenant tête. Pas Webern. Erik Satie !

Elle attaqua la deuxième gymnopédie.

Sinistre vengeance

Les clameurs s'étaient tues. Le soleil déclinant avait éteint son horloge sur la muraille froide où, jour après jour, repère après repère, Iturria avait épié le fil des heures.

Boro réprima un frisson et leva la tête. Il venait d'entendre les grilles battre au fond du couloir. Il guetta la résonance des pas sur les dalles. Plusieurs personnes faisaient mouvement dans sa direction.

Bientôt, des éclats de voix se conjuguèrent au claquement des bottes et des chaussures à clous, puis le brouhaha des voix espagnoles s'apaisa, quelqu'un urina contre le mur du couloir tandis qu'une clé fouillait la serrure du cachot.

L'instant d'après, la porte rebondit sur le mur, propulsée par une force aveugle. La lourde silhouette de Saturno Santiesteban s'avança à contre-jour de deux lanternes tenues par les Asturiens.

Comme le Fou et le Furieux entraient à leur tour, le visage cireux du caporal se trouva enrobé de lumière. Ses traits bouffis étaient accusés par la source ocrée qui l'éclairait par le bas. Sa vareuse était dégrafée. Sa chemise, sortie du pantalon, laissait entrevoir les bourrelets laiteux de son abdomen pansu. Il tenait un litre à la main gauche et dans la droite brandissait un revolver.

– Iturria ! gueula-t-il en dévoilant une langue saburrale, des lèvres luisantes et grasses. Iturria ! Je suis venu te régler ton compte ! Tu ne réponds pas, sac à vermine ? Pourriture de communiste ! Je tire sur ton ventre ! J'éclate ton foie ! Je te casse les genoux !

Et, tout en prononçant ces anathèmes, ivre mort, le gros homme déchargea son arme de poing dans le crin du matelas. Six fois, dans un fracas assourdissant, dans l'odeur de la poudre, Boro le vit achever celui qui était déjà parti ailleurs et qui n'en finirait jamais d'être souillé, avili, violé, jusque dans l'enveloppe raidie de son corps glacé.

– Vous venez de tuer un mort, dit Blèmia en s'avançant vers le cadavre du supplicié. Vous ne respectez rien !

Tout en lui, muscles et intelligence, se révoltait. Il avait un goût de sang sur les papilles. Le gros type avait glissé sa main entre ses jambes et se grattait pensivement.

– Il a crevé sans m'attendre ?

Ses yeux ictériques roulaient dans leurs orbites. Soudain, il devint comme fou. Il fonça vers le lit, écarta brusquement le reporter et commença à appuyer sur le corps de toutes ses forces.

– Bon Dieu ! Ce communiste m'a eu jusqu'au trognon ! Il m'a possédé avec l'histoire de son poulet blanc ! Je n'ai plus une peseta, et en plus il s'est débiné sans prévenir !

Dans sa soûlographie, la situation lui paraissait à la fois follement saumâtre et drôle. Le caporal prit à témoins les deux Asturiens qui ne savaient sur quel pied danser et postillonna de rire.

– Ah ! Ah ! Ce putain de républicain nous a bien eus ! Il est allé rejoindre son oiseau ! Couic ! Il ne nous a pas attendus !

Il se tordait dans sa graisse. Il avait posé sa bouteille pour se taper sur les cuisses. Les deux autres, gagnés par son hilarité, l'imitèrent.

A la vue des trois brutes avinées qui se tordaient devant le cadavre d'Iturria, Boro sentit monter en lui une intense souffrance. Il était devenu pâle et n'avait plus aucune conscience du danger encouru. Le sang s'était retiré de son cerveau. Il repensait au serment qu'il avait fait au Basque. Sa main se referma sur le goulot de la bouteille posée sur le sol.

– Un jour, grinça-t-il en se détournant de l'infect sous-officier, je te tuerai, moi aussi.

Son élan tourna court. Il ne manifesta aucun réflexe de peur lorsque sa joue trouva le canon du revolver appuyé contre sa chair, prêt à lui faire exploser la tête.

– C'est moi qui vais te faire sauter le caisson, monsieur grande gueule, grimaça l'ivrogne.

Il éclata d'un nouveau rire salivant. Sa bedaine se soulevait en cadence.

Immobile, le maxillaire labouré par l'acier bleuté, Boro suivait du coin de l'œil le moindre geste du phalangiste. Il vit le pouce de ce dernier actionner le chien de l'arme. Il lui sembla que le barillet n'en finissait pas de tourner. Il entendit le déclic du ressort tendu, perçut la méchante petite flamme dans les yeux du caporal et sut que ce dernier allait appuyer sur la détente. Il ferma les paupières. Le temps lui sembla un bateau en panne. Son cœur s'arrêta. Le regard bleu de Maryika le submergea. Il entendit le souffle court de l'obèse, une encre noire et huileuse s'insinua en lui par les oreilles, le nez, tous les pores de la peau. Il voguait déjà dans le néant.

Marteau de mort, il entendit le percuteur frapper le métal.

Il rouvrit les yeux.

Il se trouva dans l'incapacité de maîtriser un tremblement de tout son être. Ses dents claquaient.

Déjà la bouche froide du revolver reculait, quittait sa tempe, s'éloignait vers le visage incrédule de son exécuteur.

– *¡ Caramba !* plus de balles ! Tu es un petit veinard ! bouffonna Santiesteban en faisant basculer le barillet.

Cette fois, c'en était trop pour l'ivrogne. Il se gonfla d'un rire homérique.

– Je tue un mort et j'épargne un vivant. Ah ! Ah ! Ah !..., hoqueta-t-il en se tournant vers les autres. *¡ Es estupendo ! ¡ No me hagas reír !* Quelle journée !

Lui et les deux imbéciles se passèrent la bouteille et la vidèrent à la régalade.

– *¡ Hombre !* je te fais grâce ! plaisanta le mafflu en essuyant le bourgeon de ses lèvres adipeuses et en saluant le rescapé.

– Hou ! Dans le fond, c'est presque mieux que tu ne lui aies pas fendu la calebasse !

C'était El Loco qui déraillait dans l'aigu. Ses yeux riboulaient dans tous les sens.

– Eh oui, expliqua-t-il pour répondre à l'interrogation muette des deux autres, il vaut mieux ne pas trop s'occuper de celui-là... Des fois que le Herr Riegenburg voudrait encore exploiter ses talents parisiens...

– Ça m'étonnerait ! contesta le Furieux.

Il laissa voyager ses yeux de crétin endurci jusqu'à ceux de Boro.

– L'Allemand s'occupe de ta petite fiancée, camarade. Tu peux faire un somme jusqu'à demain matin. Pas de danger qu'ils viennent te tirer du lit !

– Hi-hi ! dérailla à nouveau le Fou. Gare au cul-de-jatte !

– Suffit ! Enlevez-moi plutôt *ça*, vous autres, interrompit brusquement Santiesteban en désignant la dépouille du Basque.

Ses petits yeux de porc étaient posés sur les auréoles de sang noir qui maculaient la couverture. Ses pupilles étaient étrangement fixes, éteintes par une incontrôlable mélancolie furieuse.

– Jetez-le du haut du belvédère, commanda-t-il, comme soudain désireux de faire disparaître toute trace de son double meurtre.

Il collecta les lampes tandis que les paysans asturiens se chargeaient de la macabre besogne.

Boro s'était reculé jusqu'au fond de la cellule. Il se tenait dans l'ombre, silhouette grise confondue avec la muraille.

Sur le point de franchir le seuil et de refermer l'huis derrière lui, Santiesteban se retourna et lança une dernière grimace au prisonnier.

– Pardon si on ne t'invite pas à casser la croûte avec nous... Un poulet pour quatre, ce serait un peu juste...

Et, tandis que la clé faisait deux tours dans la serrure, Boro entendit encore l'intonation réjouie du Fou :

– On va bouffer du Durruti, caporal ?

Et la réponse de Saturno Santiesteban :

– *¡ Claro !* Cette volaille m'a coûté assez cher ! Rendez-vous dans la cour dès que vous en aurez fini avec l'enterrement. Moi, je cours allumer le feu... Et demandez à Calvete s'il veut bien nous avancer quelques bouteilles de *vino tinto* sur ma solde... Ce soir, *pollo al ajillo* et *patatas bravas* !...

Boro ferma les paupières.

Le bruit des chaussures ferrées déclinait sous la voûte. Les grilles claquèrent comme des mâchoires d'acier au fond du couloir. Encore un rire de hyène, puis plus rien d'intelligible.

Presque rien.

Un pointillé de sons rauques.

Et plus rien.

L'étreinte de la mort

Comme assourdi par sa propre incapacité à réagir, Boro resta une demi-heure dans un tel état qu'on aurait pu le croire statufié. Il était dos à la froidure de la pierre, auscultant le silence des ténèbres, le cerveau exalté, repris par la fièvre, empli d'une lointaine fureur meurtrière, tandis que se refermait sur lui, une fois de plus, la poigne invisible d'Alto Corrientes.

Pourtant, même à nouveau en proie à l'isolement, à la demi-obscurité, à l'humidité, au dénuement, le reporter avait la tête en feu. Longtemps il attendit quelque chose.

Soudain, il tressaillit. Une à une, dans les confins de sa solitude, commencèrent à s'allumer les étoiles de sa révolte. Tandis que ses mains, dans son dos, effleuraient machinalement le salpêtre, il sentit monter en lui un tel incendie qu'il se sut à nouveau capable d'entrer dans le mur, de le traverser et de braver les flammes de l'enfer.

D'un coup, il se retourna face à la muraille. Il regarda les pierres. A cette minute, aucune sagesse sur terre n'aurait pu lui commander de rester en place.

Il se hâta jusqu'à l'endroit, au ras du sol, où il avait creusé avec Iturria. Il passa le poignet dans la dragonne de son stick, ploya son genou valide, étendit sa mauvaise jambe devant lui, puis, prenant appui sur ses mains, fit pivoter sa maudite patte sur le côté et se jeta à plat ventre.

Il démantela sans peine l'ordonnancement précaire des moellons superposés et acheva de dégager l'arche de pierre. Après quoi, il étendit son bras par la brèche. Ses doigts repoussèrent les moellons également dessertis du côté de la cellule mitoyenne. Il sentit un courant d'air caresser son visage.

Il interrogea doucement :

– Koestler ? Koestler ?

Après un bref instant, il s'impatienta :

– Koestler ! Manifestez-vous ! C'est moi, c'est Borowicz !

Il attendit encore un peu, le front crispé par l'acharnement, puis il gronda :

– Bon Dieu, Koestler ! Sortez de votre bauge ! Si ce sont les coups de feu qui vous ont rendu nerveux, vous pouvez vous montrer sans inconvénient. Je vous jure que tout est fini...

Excédé par l'absence de réponse, il revint sur ses pas. Il palpa sous le châlit jusqu'à ce que ses doigts rencontrent le briquet et la bougie d'Iturria fixés au montant de l'armature par la toile adhésive. Il alluma la chandelle, revint se poster devant l'ouverture, s'y coula avec circonspection et se mit à ramper.

Lorsqu'il émergea dans le cachot de son voisin, le reporter dut bien se rendre à l'évidence : Koestler avait disparu. Il s'était même volatilisé !

L'Anglais avait-il été exécuté ? Avait-il été transféré ? Aurait-il été libéré ?

Boro remua la paillasse vide, cherchant la trace d'un éventuel message. Mais pas un vestige du passage du journaliste ne subsistait dans le local.

Blèmia s'arrêta là où, plus bas, était situé le tas de bois. Ses traits creusés par la fatigue et les épreuves s'illuminèrent d'une nouvelle ardeur. Il éclaira la paroi avec la bougie. Ce qu'il découvrit au ras du sol mouillé allait au-delà de toutes ses espérances.

Le travail de sape avait été accompli dans sa presque totalité. Pierre après pierre, un nouveau chemin se dessinait dans l'épaisseur de la muraille. Fouillant, poussant, tirant, jouant des ongles et des doigts, Boro mit au jour un conduit bas mais suffisamment spacieux pour permettre à un homme de progresser vers la cache pratiquée dans le tas de bois.

Il s'y engouffra. Rampa sur les coudes en poussant la bougie devant lui. Alors qu'il allait atteindre l'extrémité du tunnel, il découvrit le canif à manche rouge qui avait appartenu à Arthur Koestler. La lame cassée puis remeulée était plantée dans un morceau de papier. Boro déchiffra une écriture hâtive qui avait inscrit ces simples mots : « *Push !* C'est de l'autre côté ! »

Ainsi, comprit le reporter, Iturria et le Britannique avaient travaillé ensemble. Devenus amis, ils avaient uni leurs forces, l'espace de quelques nuits. Et, jusqu'au bout, le correspondant du *News Chronicle* avait poursuivi sa besogne obstinée pour faciliter l'évasion de celui qui, plus chanceux que l'autre, aurait l'occasion, à son heure, d'utiliser le tunnel vers l'air libre.

Cette idée revigorante décida Boro.

Il commença à gratter le lien entre les dernières pierres et attaqua l'ultime rang de moellons. La tête un peu tournée de côté, les dents serrées, il travailla pendant une heure. La poussière entrait dans sa gorge. Il ne réfléchissait pas, de peur de s'affaiblir. Son acharnement se transformait parfois en plainte et mourait au rythme des coups qu'il portait à la roche. Enfin, il sentit les derniers blocs céder à ses efforts. Dans un éclaboussement de poussière, sa main passa de l'autre côté. Il agrandit la béance du trou, la conforma à la largeur de ses épaules, puis, le visage penché en avant, il rampa prudemment et déboula dans la grotte de bois empilé.

C'était un logement en forme de guérite, avec des claires-voies qui permettaient de scruter la cour dans trois directions.

Par la première fissure, Boro n'aperçut tout d'abord que l'ombre portée d'un haut mur sur la crête duquel allait et venait la silhouette d'un factionnaire armé d'un fusil. En sondant plus attentivement la profondeur de l'obscurité, le regard du reporter distingua ensuite le fût d'acier luisant de trois fusils disposés en faisceau. Non loin de là, ses yeux découvrirent le corps étendu d'un dormeur enroulé dans sa couverture. L'instant d'après, il entendit un bruit très proche. Son cœur manqua un battement. Il se rencogna au fond de sa tanière lorsque le faciès d'un second soldat accablé de sommeil passa devant son repaire.

La deuxième meurtrière offrait une vue en enfilade sur toute la perspective de la cour, jusqu'aux cantonnements brillamment illuminés. Au premier plan, des zones d'ombre et des flaques de lumière vacillante alternaient sur le sol au gré de la découpe des bâtiments. Dansantes comme les flammes devant la fenêtre d'une lanterne magique, elles laissaient entrevoir des saynètes écourtées par l'encre de la nuit et l'étroitesse du champ de vision. Ainsi Boro observa-t-il un moment la course chancelante d'un ivrogne qui marmonnait des phrases sans suite, le dandinement d'une jeune femme suivie par un homme aux bras croisés, et la fuite d'un type en chemise cavalant devant un trio lancé au galop dont les étranges cris gutturaux attisaient au passage un cortège de rires et d'exclamations.

Enfin, Boro jeta un regard sur la troisième face du décor. Et comprit d'emblée que son projet insensé venait à son terme.

Ils étaient là. Hommes primitifs réunis autour du feu, ils offraient un spectacle étrange, presque anachronique. Accroupis dans la poussière, les yeux injectés de sang, la bouche luisante de graisse, ils finissaient sans hâte les reliefs de leur festin de bivouac.

Ils étaient là, le cul posé à même les braises éteintes, compagnons épuisés se livrant de temps à autre à des facéties grossières, à des plaisanteries déshonorantes. Ils étaient là, la mâchoire massive, le regard vide. Ils bougeaient à peine. Les Asturiens. Santiesteban. Ils distribuaient les ossements de Durruti à une poignée de chiens de garnison aux regards biais, à la mine chafouine de chacals domestiqués.

Un sombre délire se lisait dans les prunelles fiévreuses de Boro lorsqu'il commença à entrouvrir les limites de son sarcophage de bois. Une grande haine actionnait ses muscles.

Il se glissa dehors et fut saisi par l'air vif de la nuit. Sans hâte et sans faiblesse, il avança dans l'ombre des stères de bois, ses cheveux noirs au vent, une souche à la main, dans l'autre son stick. Il ne détournait pas le regard. L'appel du sang le conduisait. L'odeur du feu éteint arriva jusqu'à ses narines dilatées. Il était à quelques pas seulement de la nuque de l'homme dont il allait faire sa première victime. Rien ne l'impressionnait. La férocité était son seul recours. Soudain, il bondit à découvert et frappa sur le crâne chauve de Santiesteban. Il l'ouvrit comme un fruit. Le phalangiste s'était redressé. L'assassin de Manuel ! Il avait tourné vers son agresseur sa face de suif noyée par le sang. Ses lunettes luisaient. Boro déchiffra l'incompréhension dans ses petits yeux noirs. Puis il entendit le rugissement des Asturiens.

Boro n'avait plus qu'une idée en tête : achever de venger Iturria. Personne ne serait aussi souple, aussi féroce que lui.

Il échappa au premier assaut des deux paysans et frappa sur les lunettes, frappa sur le nez plat, frappa inlassablement, jusqu'à la mort.

Et après, après qu'il eut cogné, lorsque les fascistes se furent faits plus nombreux, attirés par les cris, après qu'ils eurent formé un cercle autour de lui, avides de morsures comme une meute, il les tint encore longtemps écartés. Il encaissa leurs coups, dos au tas de bois, salué par un concert de cris de rage et d'admiration mêlés. A la fin, ils cessèrent et reculèrent dans un grognement désapprobateur.

Boro se raidit, prêt à bondir au moindre geste suspect.

Il saignait par cent blessures, mais il était sauf.

La meute s'était tue.

Dans la lumière d'un projecteur se tenaient Friedrich von Riegenburg et huit soldats de la division Condor.

– J'applaudis à votre courage, monsieur Borowicz, croassa le spectre. J'applaudis à votre romantique inconscience !

Il fit un signe à Frau Spitz. La gouvernante vissa instantanément à sa bouche la cigarette qu'elle fumait pour le compte de son maître et, ainsi qu'il le souhaitait, un œil mi-clos pour cause de fumée, elle frappa dans ses mains afin de rendre hommage à ce damné Borowicz.

– Je devrais vous faire exécuter sur-le-champ pour le forfait que vous venez d'accomplir, articula Friedrich von Riegenburg.

– J'ai mérité cent fois la mort, murmura Boro. Je l'appelle comme une délivrance.

L'Allemand réfléchit un instant et sourit sans bonté.

– Je me demande si je ne devrais pas plutôt vous laisser lyncher...

Il y eut un murmure dans les rangs des nationalistes. Bientôt un grondement.

Boro ne réagit pas. Il se sentait trop las. Trop éloigné, déjà. Le sang étirait un gant rouge sur son visage.

– Même si je suis contrarié, j'ai néanmoins décidé que vous subirez un tout autre sort, poursuivit le nazi.

Il fit signe à Gutersohe d'approcher le fauteuil roulant jusqu'à toucher presque le reporter.

– Ce que je vais vous dire maintenant est strictement personnel, dit-il sur le ton de la confidence.

Il posa ses yeux de métal sur son ennemi intime.

– Je viens d'avoir Berlin au téléphone : Hitler en personne.

– Ah ! Et comment va le cher pétomane ? s'intéressa soudain le reporter.

Il fit effort pour rester en équilibre sur son stick, et réussit à former un pâle sourire.

– Le Führer m'a apporté des éclaircissements sur l'épilogue de ma mission en Espagne. Elle touche à sa fin. Je connais la date de mon départ.

– Vous nous quittez déjà, Herr Friedrich ? Mes jours vont être empoisonnés de tristesse et d'ennui !

Boro essayait de puiser en lui les dernières forces du sarcasme. Un voile noir s'abaissait lentement devant son champ de vision.

– Je dois quitter Alto Corrientes le 24 avril au matin, poursuivit l'infirme d'une voix égale. Vous ne sauriez survivre au-delà de cette date, Borowicz.

– Ne cherchons pas midi à quatorze heures, ricana Blèmia. Toute l'astuce consiste à me trouver une mort originale !

– Brillant raisonnement ! Et la réalité de ce que j'entrevois est d'une grande simplicité.

– Je pressens que ce que vous allez me proposer est alléchant !

– En effet. Nous sommes le 18. Faites le calcul vous-même. Cela vous laisse six jours. Vous et votre... fiancée... serez donc exécutés le 24 à l'aube.

– C'est cela ! s'enthousiasma Boro en s'efforçant de faire bonne figure. Et sans doute pourrons-nous tirer le meilleur parti des jours qu'il nous reste à passer en votre compagnie !

– J'aime que vous preniez les choses à la légère, grinça Riegenburg.

Son ton était devenu glacial.

Il ajouta soudain, comme s'il s'agissait d'une information capitale :

– Depuis votre absence, Solana a redécouvert la musique. Elle tient plus que jamais à la vie.

Le visage de Blèmia s'assombrit. Ses yeux passèrent sur le feu éteint, sur les restes de Durruti léchés par les chiens.

– Épargnez Solana, murmura-t-il.

– Mais... Vous n'y êtes pas, cher ami !... Ma vengeance doit s'exercer jusqu'à son terme. Et sur vous deux !

Le visage du reporter devint douloureux.

– Au moins, ne lui dites rien, plaida-t-il. Qu'elle ne sache pas qu'elle va mourir ! Qu'elle ne connaisse pas la cruauté de son sort !

Le regard de l'infirme se fixa sur un point éloigné. Sa tête dodelina d'un bord à l'autre de la minerve. Ses lèvres étaient minces et fermées.

– Mon projet était de vous laisser avec elle jusqu'à l'heure fatidique, dit-il en s'animant de nouveau. Six jours en amoureux, c'était un cadeau plutôt... magnanime. Qu'en dites-vous ?

– Oui. Je trouve que c'est une fichue bonne idée. Cruelle et sadique à la fois. Vraiment ! Le génie nazi n'en finit pas de s'exprimer par votre entremise !

– N'est-ce pas ? se réjouit le spectre.

– Finissons-en au plus vite, von Riegenburg ! lâcha Boro. Je n'en peux plus...

La tête lui tournait.

– Six journées et six nuits pour environner Solana de votre amour... pour la préparer à la mort... La musique... Schumann... Vous savez, elle a un piano maintenant...

Von Riegenburg s'interrompit. Ses yeux froids dérivèrent sur sa victime. Boro, en proie au vertige, s'enfonçait dans le marasme. Le nazi semblait brusquement revivre. Il accorda un instant d'attention au reporter, prit en considération ses vêtements en lambeaux, ses chairs tuméfiées, et poussa un soupir :

– Hélas, vous avez tué un homme. A mon jeu avec la mort, vous êtes disqualifié ! Et vous venez de gâcher cinq des six précieuses journées que je vous accordais encore.

– Oh, faites ce que vous voudrez, murmura Boro.

Cette fois, le sol montait vers lui. Il allait tomber.

– Je vous envoie au fond d'un cachot, dit le spectre. Je vous en sortirai pour votre dernière nuit. Ce sera votre nuit d'épousailles, monsieur Borowicz. Et, tous ensemble, nous célébrerons les noces de Guernica !

– Tout cela m'est bien égal, exhala Boro.

Il considéra un court instant le corps de Saturno Santiesteban étendu dans la poussière. Oui, il avait tué un homme. Et son tour viendrait... Six jours, cinq nuits : c'était le temps qui lui restait à vivre.

Les noces de Guernica

Dans le sud du pays, un lumineux printemps avait fait son apparition. La citadelle d'Alto Corrientes voguait désormais dans un ciel sans nuages. Couronnés d'une simple buée, les pics de la sierra prenaient des profils d'îles inatteignables. Au loin brillait le fleuve dans ses reflets de papier d'argent.

Le soleil avait largement conquis la montagne. Les sentes et les éboulis, dégagés des dernières neiges, avaient réapparu. Dans la citadelle, une étincelle de vie luisait sur les balcons tapissés de fleurs du cantonnement et ranimait dans les yeux des hommes d'étranges flots d'énergie.

Les portes claquaient, les chiens aboyaient, les gens toussaient, grognaient, s'agitaient, juraient effroyablement. Il ne se trouvait personne pour regretter la disparition du caporal Santiesteban. Depuis que le corpulent sous-officier n'était plus là pour harceler les gardes et les porte-clés, ces derniers prenaient le temps de s'asseoir. Souvent, il leur arrivait de parler de leurs femmes, de leurs maisons. Ils s'absentaient par la pensée.

Les heures elles-mêmes avaient pris un tempo nonchalant. Une sorte d'endormissement ralentissait le zèle des hommes de corvée. Au fond des cours, nul vent, nul autre bruit que le bourdonnement affairé des insectes ne venait troubler la sieste des sentinelles.

Certains affirmaient que ce calme étrange était un répit avant de futures exécutions. Les anciens opinaient du chef. Ils savaient que le soleil, l'amour de la vie précèdent toujours de nouveaux râles, de nouvelles tortures. Ils crachaient leur jus de tabac sur les herbes du chemin de ronde et regardaient en direction du belvédère.

Depuis deux jours déjà, le bruit courait avec insistance que le colonel César de Montemayor allait revenir de permission. Les gardes-chiourmes s'interrogeaient pour savoir si l'absence de leur ancien et futur maître avait un quelconque rapport avec les événements du Nord.

L'offensive nationaliste contre les provinces basques avait été lancée dès le 31 mars 1937. Eût-il vécu, eût-il été libre, Iturria n'aurait pas reconnu son pays dans ce lambeau de terre déchiré entre franquistes et partisans de la République.

Forts de leurs 60 bataillons, d'une division italienne, d'une mixte – Italiens et Espagnols –, de 250 canons, de 60 chars et de 150 avions, les nationalistes étaient appuyés par la légion Condor et commandés par le général Mola.

Les Basques, eux, disposaient de 51 bataillons, de 46 canons, de 12 chars et de 25 avions, dont 15 chasseurs modernes, français et soviétiques. Ils étaient commandés par le général Llano de la Encomienda.

Le 31 mars, donc, les blindés nationalistes s'étant élancés sur les routes et les chemins de montagne. La légion Condor avait bombardé en piqué Eibar, Elgeta, Ochiandano, Durango. Dans l'église de Santa María, un prêtre avait été tué alors qu'il élevait l'hostie.

Le front craquait.

Tenu régulièrement informé des mouvements de troupes, Friedrich von Riegenburg dirigeait et coordonnait depuis la forteresse d'Alto Corrientes le renforcement et le ravitaillement des unités allemandes combattant en Espagne. Le terrain n'était pas propice à la progression des blindés, mais la supériorité aérienne des assaillants était si prépondérante qu'au soir du 23 avril Herr Friedrich pouvait partager au téléphone l'exubérante euphorie d'Hermann Göring, dont le rire inextinguible obligea Frau Spitz à éloigner l'écouteur du tympan de son maître. Ce fameux soir, von Riegenburg et le maréchal savaient fort bien, pour en être les promoteurs zélés, que l'expérience programmée pour le 26 avril aurait valeur de symbole : elle constituerait un exemple destiné à entamer la résolution des peuples qui douteraient encore de la force de frappe de l'aviation allemande.

D'excellente humeur, Friedrich von Riegenburg s'était habillé d'une tenue d'apparat. Auparavant, Gutersohe l'avait coiffé avec un soin méticuleux et rasé de près. Il lui passa sa croix de fer autour du cou et sangla sa minerve. Frau Spitz entra sur ces entrefaites et lui offrit pour l'occasion un flacon de cette merveilleuse eau de toilette française, Cuir de Russie, de chez Bienaimé.

Friedrich ordonna qu'on allât quérir au fond de sa geôle le sieur Borowicz.

Il exigea qu'on ne le maltraitât point. Qu'on le lavât, qu'on le rasât, qu'on l'apprêtât. Qu'on lui fît revêtir les vêtements qui lui étaient destinés. Il demanda si la Fraülein Alcántara était prête à recevoir ses hôtes. Frau Spitz opina du bonnet. Elle-même, la poitrine rehaussée par la poigne d'une gaine-bustier Charmis, s'était mise en frais pour la réception. Ses formes lourdes étaient moulées dans une robe du soir. Elle vérifia que son petit parabellum nickelé se trouvait bien dans son réticule.

Poussé par son garde du corps, accompagné par sa fidèle gorgone, le spectre s'apprêta à passer le seuil qui conduisait à la chambre du Tibesti.

Tandis qu'il faisait son entrée dans la galerie mauresque, le sous-lieutenant Schmidt et deux sentinelles se figèrent au garde-à-vous. Les trois hommes encadraient Blèmia Borowicz.

A sa vue, une lueur de satisfaction brilla dans le regard de Friedrich von Riegenburg.

L'impertinent reporter semblait définitivement dompté. La ligne de ses épaules était voûtée, son teint mat faisait ressortir l'éclat fiévreux de ses yeux pénétrants. Son visage émacié portait les stigmates des coups qu'il avait reçus. Sa silhouette amaigrie flottait dans l'élégant habit de soirée que les soldats allemands lui avaient fait endosser.

Brisé ! Consentant ! Dominé ! Souillé !

Von Riegenburg dégustait ce moment qu'il avait tant attendu. Il pouvait être satisfait de lui. De ses méthodes. Il avait parfaitement mené le cours de sa vengeance.

Il fixa l'impudent et regarda un fantôme. L'insolent Hongrois avait fait place à un jeune vieillard rompu. Il n'avait rien perdu de sa beauté, mais elle était de celles qui font penser à la mort.

Le spectre sourit.

– Je veux que vous ayez un gardénia à la boutonnière, dit-il. Un jeune marié porte toujours une fleur à sa boutonnière le jour de ses noces.

Aussitôt, Schmidt aboya un ordre. Un fantassin détala. Une fleur pour le marié !

La porte de la salle de bains s'ouvrit à son tour. Frau Spitz s'élança au-devant de Solana Alcántara qui venait d'apparaître.

Elle était habillée en mariée. Elle tenait à la main un bouquet de fleurs d'oranger. Un diadème rehaussait la pureté de son front dégagé. Malgré l'artifice du maquillage, Boro, en se tournant vers elle, constata sa pâleur. Il sut dès le premier coup d'œil que sous le fard se cachait une proie aux abois.

La belle Sévillane sourit impeccablement dans sa direction. Ils ne firent pas un mouvement l'un vers l'autre. Ils étaient des marionnettes dont les fils se trouvaient entre les mains de Friedrich von Riegenburg.

Pour l'heure, ce dernier se contentait d'observer la scène. Il en était le démiurge, le metteur en scène et le spectateur privilégié.

Frau Spitz s'élança vers la mariée. Celle-ci était un peu son œuvre. C'était elle qui avait choisi la robe. Elle qui avait présidé à l'essayage.

D'un œil infaillible, la gouvernante détailla la toilette de la jeune épousée, rectifia le voile qui tramait son visage à la pureté parfaite. Tourna autour du plissé de la traîne et en améliora le gonflant.

– *Gut,* apprécia-t-elle. Vous vous êtes pliée, c'est bien. Gardez les yeux baissés. *Ja !* C'est mieux ainsi.

Frau Spitz préleva une épingle dans la tresse roulée de ses macarons. Elle l'y replanta. Elle se retourna et s'inclina devant von Riegenburg.

– *Alles in Ordnung,* Herr Friedrich.

Elle se sentait frustrée. Elle était dans la position d'une matrone qui livrait l'image éclatante de la femme idéale qu'elle-même ne serait jamais aux fantasmes de celui qu'elle aimait en vain et qui ne pourrait plus être l'amant de personne.

Elle lança un regard aussi blanc qu'une idée de brouillard du côté de la longue table où brillait l'argenterie et où trônaient des bouquets de roses rouges.

– Eh bien ! A table ! croassa le spectre dans son bruit de tuyauterie. Ou plutôt non ! corrigea-t-il aussitôt. Il faut d'abord marier l'heureux couple ! Approchez un peu l'un de l'autre... Nous serons vos témoins !

Boro fut poussé devant Solana. Il marchait au milieu d'un rêve éveillé qui ressemblait à de la neige.

La jeune femme n'avait pas bougé. Il plongea ses yeux dans l'éclat sombre des siens. Il avait mal aux pieds comme un authentique jeune marié le jour de ses noces. Il avait l'impression de camper sur un trottoir constellé de papiers blancs. Les gens autour de lui ne comptaient pas plus que des coquilles d'œufs. C'était fantastique, ce qui lui arrivait ! Il palpait des choses invisibles. Solana restait calme et belle. Ils étaient au milieu de nuages splendides.

Il prit la main de la jeune fille. Il pensa qu'il devait saisir sa dernière chance d'exister.

– Souhaites-tu que je t'épouse ? demanda-t-il.

En même temps qu'il posait cette question, il sentait monter en lui un chagrin inexprimable.

L'aimait-il vraiment ?

Il la regarda. Il était ému au-delà de toute tendresse. Bien sûr qu'il l'aimait, puisqu'ils allaient mourir ensemble !

Elle se jeta contre lui. Il la serra. Prit ses lèvres. Sa tête était pleine d'images bruyantes. Frau Spitz donna le signal des applaudissements. Gutersohe lança une poignée de riz.

Comme c'était absurde de vouloir survivre à tout prix !

Après, ils se retrouvèrent à table. Ils dînèrent avec le spectre et Frau Spitz. Ils trinquèrent et burent déraisonnablement. Ils burent du champagne de France. Bientôt, ils furent ivres de fatigue. Boro ôta ses chaussures sous la table. A minuit, von Riegenburg se retira avec tout son cortège.

Les mariés de la mort restèrent ensemble.

Ils s'étendirent un moment sur le lit. Leurs corps s'enflammèrent, mais ils savaient que leur bourreau les regardait. Alors, d'un accord tacite – et c'était sans doute la forme la plus belle de leur amour –, ils se levèrent, se rendirent à l'autre bout de la pièce ; ils ne consommeraient pas leur nuit de noces.

Solana s'installa au piano. Elle joua toute la nuit. Du Satie.

Derrière la glace, le spectre se consumait.

Mort d'un héros

L'aube, ce jour-là, était engourdie, livide, semblable à une cotte de mailles grillageant l'horizon.

A l'est, la nue pâlissait à peine, plus mélancolique encore, trame discontinue au-dessus des modestes collines. Les éclaircies de buées et de brumes annonçaient un timide soleil qui se transformerait deux heures plus tard en un globe rutilant et joyeux.

Boro avançait tête nue, appuyé sur sa tige d'ambre surmontée d'un pommeau de cuir. Il avait offert son bras à Solana Alcántara. La jeune fille contrôlait mal un petit tremblement au coin des lèvres. Elle avait abandonné son voile, mais conservé sa robe immaculée. Elle allait à petits pas sur ses escarpins blancs. La taille bien prise, le visage tourmenté, elle tenait le cou droit comme une reine.

Dans son habit de cérémonie, un gardénia à la boutonnière, le reporter se faisait l'effet d'un de ces lointains rescapés du petit matin au teint brouillé par la veille, l'un de ces rapins de hasard et de fête, jadis rencontrés entre Capoulade et Dôme, lorsque, après une nuit arrosée avec les Hongrois de Montparnasse, lui-même, Blèmia Borowicz, un pas, une canne, un pas, une canne s'en retournait vers sa chambrette sise au septième étage du 10, rue des Jardiniers, en un lieu où, derrière sa persienne, Mme Merlu mère, logeuse endurante et perverse, guettait le retour du « Kirghiz » récalcitrant pour lui réclamer son loyer.

Aujourd'hui, 24 avril 1937, alors qu'il suivait le chemin de ronde qui le conduisait au supplice, encadré par une double haie de soldats de la division Condor, Boro était si bien noyé dans le creux de ses songes qu'il oubliait véritablement d'avoir peur.

Il marchait lentement, très grand, le front dégagé, doté de cette élégance naturelle qui l'avait toujours désigné aux regards des femmes. Son calme empreint de fermeté imposait le respect à ceux qui l'escortaient et, tandis qu'au bras de Solana il abordait la portion de rempart accédant à la plate-forme du belvédère où l'attendaient déjà Friedrich von Riegenburg et son aréopage, ses pensées galopaient ailleurs.

Il revoyait avec netteté le visage farouche de trois gitanes nippées d'indienne et d'organdi, les ailes de leurs foulards claquant au vent mauvais d'une nuit de novembre 1931. Il les revoyait comme hier : agitant leurs colliers de sequins, montrant leurs dents de louves – trois femmes d'Égypte surgies de l'ombre du boulevard Edgar-Quinet.

A l'heure de sa fin, il entendait tournoyer autour de lui la voix de crécelle de la plus âgée qui s'était avancée vers lui pour prédire : « Plus tard, tu seras l'œil qui surveille le monde... Tu iras regarder les hommes jusqu'au fond de leur nuit... Méfie-toi alors de ne pas mourir d'une balle en plein front ! »

– Ce matin plus que jamais, j'ai la tentation de vous donner la mort moi-même, dit la voix de Friedrich von Riegenburg comme pour faire écho aux pensées du reporter.

Boro sursauta. Il s'aperçut qu'ils étaient arrivés sur le lieu du supplice. Sans qu'il s'en rendît compte, il avait abandonné le bras de Solana et, la laissant en arrière, s'était immobilisé face à son tortionnaire. Ce dernier tenait son Lüger dans sa main valide et le braquait en direction du visage du condamné.

– Un des seuls gestes dont je sois encore capable ! siffla le spectre. Vous expédier une balle dans la tête !

– Je n'aimerais pas vous priver d'une joie ultime, déclara froidement Boro, mais, pour être en conformité avec mon destin, je crois que j'aimerais autant sauter dans le vide.

– *Ach,* monsieur le photographe ! Vous êtes de mon avis, s'écria Frau Spitz. Moi aussi, je suis pour le spectacle ! J'ai toujours répété à Herr Friedrich que ce serait beaucoup trop masculin et héroïque de vous brûler la cervelle, tandis que se précipiter dans le vide, n'est-ce pas, c'est un sacré pari sur le courage...

– Oui, convint Boro en avalant sa salive.

Il avança vers le parapet et jeta un regard sur le gouffre vertigineux.

– Le plus dur, c'est de sauter, monsieur Borowicz, croassa la voix de Riegenburg. Moi, le 6 février 1934, en gare de Kaiserslautern, on ne m'a pas donné le choix !

Blèmia releva la tête. Il fixa son tourmenteur cloué au fond du fauteuil d'invalide et lui dédia un ultime défi :

– A combien d'essais a-t-on droit ?

– Je m'énerve, fit le spectre. Je veux qu'on en finisse !

Frau Spitz lui adressa un signe d'apaisement.

– J'ai une petite surprise pour vous, Herr Friedrich, lança-t-elle en confidence.

Il la dévisagea avec méfiance.

– J'ai pensé qu'un souvenir supplémentaire pourrait agrémenter votre vengeance, minauda-t-elle encore avec un air sucré.

Et, s'adressant à Gutersohe, elle gronda dans ses bajoues :

– Heinrich ? avez-vous pris l'appareil photo comme je vous l'avais demandé ?

– *Jawohl, Frau Spitz !*

Le garde du corps exhiba le Leica dont Boro s'était servi pour faire des clichés de Solana.

– Lumineuse idée ! reconnut le spectre en appréciant l'attention de la gouvernante. Merci, chère !

Frau Spitz se rengorgea.

– Pour plus de réussite, il suffit de demander à M. Borowicz le meilleur endroit pour prendre le cliché de son dernier saut.

Elle ordonna à deux gardes de s'emparer du prisonnier.

– Je coopère volontiers, dit ce dernier en se laissant entraîner malgré lui par les cerbères bottés et casqués.

Et, chemin faisant :

– Je vous conseille, messieurs, de prendre position à l'autre extrémité du belvédère. Sinon, gare au contre-jour...

Quand ils se furent rendus à l'endroit qu'il venait de déterminer, Boro mit sa main en visière à son front et scruta l'horizon où la clarté se délayait dans les rouges. Il parut satisfait de l'angle de prise de vue et enjoignit à Gutersohe de venir le rejoindre.

– Ma plus belle photo, face de crabe ! dit le reporter. Ne va surtout pas la louper !

– *Ja ?*

– Objectif 35, je te prie. 5,6 au diaphragme. Et vitesse au deux cent cinquantième de seconde. Vu ?

– Vu.

– Agissez comme il vous dit, ordonna le spectre, et tâchez de ne pas rater lc cliché !

Tandis que l'ordonnance à carrure de boxeur mettait son épaisse paupière à l'œilleton afin de régler le télémètre, le photographe s'approcha familièrement de lui et gouailla :

– Hé, Heinrich ! Si tu sautes à ma place, je fais la photo et je te donne un tirage supplémentaire !

Gutersohe, empêtré dans ses réglages, ne répondit pas. La nuque congestionnée, concentré sur sa besogne du moment, il laissa à Frau Spitz le soin de déplacer le fauteuil de von Riegenburg de telle façon que ce dernier ne perdît pas une miette du spectacle.

– Eh bien, finissons-en, Borowicz ! s'écria l'infirme lorsque Boro repassa à sa hauteur. Nous avons perdu assez de temps avec votre humour décadent !

Boro se rembrunit. Échappant à ses gardes du corps, il courut jusqu'à Solana. Il enlaça tendrement la jeune femme et effleura ses lèvres.

– Ferme les yeux au moment de sauter, lui conseilla-t-il. Détourne-toi quand je partirai. Je t'aime comme une partie de moi-même.

Solana se détacha soudain de son étreinte. Elle était d'une pâleur extrême. Le vent rabattait les mèches de ses cheveux devant son visage.

– Je veux sauter en même temps que lui ! énonça-t-elle d'une voix claire et déterminée.

Les acteurs de la sinistre farce se retournèrent en chœur vers la fille de don Alcántara. C'était un peu comme s'ils l'avaient oubliée.

– Je veux sauter avec toi, répéta-t-elle à l'attention de Boro. Rien ne pourra nous séparer.

– Je ne l'entends pas ainsi, grimaça le spectre. D'abord lui ! Je le veux !

– D'accord ! D'abord moi ! dit Boro en se laissant entraîner brutalement par les deux SS. D'abord moi, pour le bon exemple !

Ramené au bord du gouffre, il dévisagea les soldats. L'un d'eux braquait sa mitraillette sur lui. Boro lui sourit.

Avec des gestes d'homme soigneux, il ôta sa jaquette, la confia à un militaire après en avoir épousseté les revers et, s'étant approché du parapet, ajouta en direction de l'homme cloué sur son fauteuil :

– Je ne dis pas que je serai doué pour me recevoir en bas, ça non ! Surtout avec ma mauvaise patte, mais, bon sang... quel ciel clair !... Oui, quel beau temps pour voler !

– Cessez une bonne fois de faire le fanfaron ! grinça von Riegenburg. Je peux aussi vous tirer une balle dans le bras et vous demander quand même de sauter !

– Adieu, monsieur Borowicz, dit la voix de Frau Spitz, sonnant comme un glas. Les vautours sont au rendez-vous !

– Bonne mort, échota Friedrich von Riegenburg.

Boro jeta un coup d'œil rapide en direction de Solana. Il vit que la jeune femme s'était détournée et que deux gardes SS la maintenaient fermement.

Il monta sur la crête du parapet, inspira profondément et sauta dans le vide.

Comme il s'éloignait du monde des vivants, il emporta l'image immobile du nazi à la minerve. Il entendit clairement son interjection, son éraillement, un rugissement de lion aphone, un hurlement enroué, presque aussitôt relayé par le bourdon plus puissant d'un timbre féminin, une vocifération conjuguée à la tierce, un cri de haine et d'annihilation :

– Borowicz ! Je garde Solana ! J'emmène votre bien-aimée en Allemagne ! Ce sera ma vengeance ! Ma vengeance ! Ma vengeance !...

Le reporter tournoyait dans le vide.

Une pinasse sur le fleuve

Boro nageait.

L'eau du fleuve était glaciale, mais la reconquête de la vie passait une fois de plus par les épreuves du corps.

Boro vivait ! Boro riait ! Boro respirait !

Musique de l'eau ! Ses mains, ses pieds fouillaient l'eau. Sa bouche recrachait l'eau. La caresse de l'eau bienveillante était son sérum d'existence.

A chaque brasse, la chanson forte d'un élixir de feu, mélange de soleil levant, de tam-tam du cœur, de remous et d'écume à ses tympans, lui confirmait la fantastique nouvelle à laquelle il n'osait encore croire. Il était sauvé ! Il apercevait Dimitri crawlant à son côté, le maintenant, aidé par deux autres hommes qui serraient l'un son bras, l'autre ses jambes. Le groupe de nageurs était en passe d'aborder la coque d'une pinasse opportunément surgie devant eux dans la brume.

Boro fournit un dernier effort. Ses muscles se tétanisaient. Il releva la tête et s'ébroua à une brasse de la ligne de flottaison. Les yeux au ras des vaguelettes, il saisit la main secourable qu'on lui tendait. Il croisa le regard encourageant, la trogne cuivrée par le whisky du *captain* Blith.

– *Come on, my boy, it's just finished !* Encore un effort !

Soudain, ses forces l'abandonnèrent. Il s'agrippa au tolet, se laissa hisser à bord, opéra un vague rétablissement et resta étendu sur le caillebotis, hors d'haleine, frigorifié, épuisé – mort d'être encore vivant.

Puis il reçut une couverture sur les épaules.

– Tu n'as pas l'air au meilleur de ta forme ! s'exclama Dimitri. Mais nous avons les moyens de te remettre sur pattes !

Le jeune Allemand tira de sa poche une flasque et la tendit à son camarade.

– Vodka pour toi, mon prince ! Pas n'importe quel tord-boyaux !

Boro but avec avidité au goulot, puis il posa mille questions sur la façon dont ses sauveurs étaient parvenus à tendre un filet à partir de l'aplomb de la citadelle. L'un des hommes à moustache répondit que c'était tout simplement un exploit du même ordre que l'ascension de l'Everest par la face nord – les gelures en moins.

Le deuxième, un guide alpin de Chamonix nommé Tom Morel, que Blèmia Borowicz serait appelé à retrouver quelques années plus tard dans les maquis du Vercors, expliqua à son tour que descendre en rappel un type évanoui comme l'était Boro après avoir percuté le filet n'était, après tout, pas plus difficile que d'extraire du fond d'un couloir d'avalanche une vieille Américaine brisée en trois morceaux.

Résolu à célébrer cette évasion hors du commun, Blèmia Borowicz confisqua le bouteillon de vodka des mains de Dimitri et s'en attribua une nouvelle et copieuse lampée. Au régime sec depuis de longs mois – à l'exception de sa « nuit de noces » –, notre reporter sentait s'épanouir en lui une douce euphorie. Ces deux montagnards étaient vraiment de fameux pince-sans-rire ! Ils affichaient un sérieux de vrais professionnels. Ils se permettaient, disaient-ils, de tutoyer le danger parce qu'ils se garantissaient contre lui en étudiant jusqu'à la moindre difficulté inhérente à l'escalade.

Ils racontèrent qu'ils avaient bivouaqué toute la nuit, accrochés à des pitons, en aplomb sur le belvédère.

Dimitri en riait encore :

– Quatre jours pleins pour grimper les cent vingt-cinq mètres d'à-pic ! J'ai cru qu'on arriverait en retard pour ton baptême de l'air !

– Nous nous hâtions avec lenteur, protesta Tom Morel. Sans passeport, dans un pays en pleine guerre civile, pas question de dévisser devant des miradors !

Il avait levé la tête et, tout en relaçant calmement les chaussures à crampons qu'il avait dû quitter pour nager, il regardait du côté de l'escarpement vaincu.

Tandis que ses compagnons, soudain affairés, mettaient le cap sur l'estuaire, Boro contempla à son tour dans le lointain la nef de pierre suspendue au-dessus du vide. La citadelle d'Alto Corrientes, silhouette reculante, cimetière de libertés enfouies, se nimbait peu à peu d'une étrange lumière blanche. Elle s'estompa jusqu'à disparaître après un nouveau méandre du fleuve.

– Où allons-nous ? demanda Blèmia à son voisin le plus proche, qui, à ce stade de la manœuvre, était le *captain* Blith.

– Rejoindre des amis, répondit l'Anglais. Ceux qui avec nous ont voulu que vous soyez un homme libre.

– Qui sont ces gens ? demanda Boro d'une voix embrumée.

Soudain, l'alcool lui faisait l'effet inverse du coup de fouet qu'il en avait escompté.

– Qui sont ces gens ? répéta-t-il. Vous-même, qui êtes-vous ?

L'Anglais sourit.

– Blith. *I'm captain Blith.* Je suis un ami du major Timothy Singleton. J'ai quelques raisons de penser que vous vous souvenez de lui.

L'Anglais ne croyait pas si bien dire ! A l'évocation de ce Gallois au teint rose de bébé-lune, une nuée de souvenirs galopa dans la cervelle de Boro. Il revoyait le mufle d'une locomotive déchirant l'air froid de la campagne allemande entre Erfurt et Bad Hersfeld. Il se rappelait les uniformes des gardes frontières fouillant la nuit, regards de loups rivés sur le passage des wagons où se terraient des fuyards, dont il était. Il revoyait les sourcils roux, si roux qu'ils donnaient l'impression d'être translucides, de Timothy Singleton, *alias* Helmut Krantz ! Comment jamais oublier Singleton, agent au service de Sa Majesté très britannique ? Comment oublier ses yeux de porcelaine ?

– Vous appartenez aux services secrets ?

– Quelque peu, dit Blith. Mais n'importe qui vous soutiendra le contraire. Et moi aussi, d'ici cinq minutes.

– C'est bien possible, répondit Boro d'une voix molle.

Et il parut soudain se désintéresser de l'affaire. Une buée de larmes submergeaient ses yeux rougis. Il bâilla à s'en décrocher la mâchoire.

Il s'étendit le long du bordage, la tête appuyée contre un rouleau de cordages. Brisé de fatigue et d'émotions, il ferma les paupières. Solana surgit devant lui comme une ballerine de coton. Elle fit trois petits tours dans sa cervelle marécageuse, mais il la chassa d'un geste d'homme ivre et posa une dernière question vaseuse à l'Anglais qui barrait le bateau.

– Blith ? Connaîtriez-vous un certain Finnvack, par hasard ?

Mais il n'éprouva pas le besoin d'attendre la réponse. Il dormait déjà.

Le Squalus

Plus tard, il fut réveillé par la voix de Dimitri :

– Nous sommes arrivés, mon prince ! La correspondance est à l'heure !

Boro se dressa sur le pont de la pinasse et découvrit l'immensité laiteuse d'un bras de mer. Au même moment, à une centaine de brasses de la proue, un tumulte d'eau bouillonna autour des flancs allongés d'une ombre noire surgie des profondeurs abyssales.

Un sous-marin !

Boro n'en croyait pas ses yeux.

– Le *Squalus*, annonça fièrement Blith en désignant le kiosque du bâtiment qui émergeait dans un double bondissement d'écume. Un P-36, le dernier cri des submersibles de Sa Majesté britannique !

Aidé par Tom Morel, Dimitri amena la voile latine. La pinasse se dirigea vers le long fuseau noir. Au fur et à mesure qu'elle avançait, la barque de pêche paraissait minuscule, comparée aux flancs galbés. Ceux-ci se révélaient beaucoup plus hauts qu'il y paraissait de loin.

Deux officiers à casquettes de drap blanc apparurent sur la plate-forme. L'un d'eux salua.

– Commodore Nelson Baldwin et son second, commenta Blith en rendant le salut.

Baldwin se pencha pour évaluer la distance qui séparait le pont du petit voilier de son échelle de coupée. Il mit la main en porte-voix et commanda :

– Ouvrez les purges des centraux !

Et, aussitôt après :

– Refermez les purges des centraux !

Le *Squalus* sembla pousser un énorme râle. Des vagues désagréables et menaçantes noyèrent l'avant du submersible et firent danser la barque de pêche comme une coque de noix. Puis le P-36 se souleva et la ligne de flottaison s'abaissa d'un bon mètre cinquante.

– Eh bien, dit Blith en se tournant vers son passager, nos routes se séparent ici, mon garçon. *Farewell, as we say.* Les montagnards et moi, nous faisons voile vers Gibraltar.

Il serra la main de Blèmia et ajouta :

– Soyez sans crainte. D'autres personnes qui vous veulent du bien vous accueilleront à bord. Et puis, si nous embarquions tous, nous serions à l'étroit dans cette boîte à sardines !

– N'aie pas peur du noir ! plaisanta Dimitri. Moi aussi, je suis du voyage. Et même, je passe devant pour être sûr d'avoir une couchette !

Il s'éleva sur l'échelle d'acier tandis que Boro prenait congé de Morel et de son compagnon de cordée.

– Un de ces jours, venez photographier la neige, conseilla le Chamoniard en lui broyant les phalanges. En Savoie, l'air est fameux pour les convalescents.

– Je viendrai certainement vous remercier. J'ai une sacrée dette envers vous !

Mal à l'aise sans sa canne, Boro grimpa à l'avant du submersible. Il découvrit l'ouverture béante d'un puits sombre qui s'enfonçait au cœur du *Squalus*. Répondant à l'invite d'une main qui lui faisait signe de se couler à l'intérieur, il abandonna la lumière pour l'inconnu.

Tout au long de sa descente incertaine dans les entrailles du monstre métallique, il ressentait l'angoisse d'une poussée de claustrophobie, un poids diffus qui appuyait sur son cardia. La main qu'il avait aperçue au-dessous de lui guidait ses chevilles sur les degrés d'une échelle glissante.

Il atterrit enfin sur du ferme. Son mentor se matérialisa sous les apparences d'un marin hirsute et roux en pull-over bleu. Les deux hommes se trouvaient dans une zone élargie, circulaire, le poste central, revêtu d'une masse incroyable de tuyaux et de câbles courant dans toutes les directions.

Étranger à ce monde du dessous des eaux, Boro s'était plaqué contre la paroi. Il se faisait petit pour laisser évoluer l'équipage du *Squalus*.

– *That's it ! Make yourself comfortable !* apprécia le marin non sans humour.

Il était obligé de hurler pour couvrir le battement sourd des diesels.

Autour d'eux, de nombreux matelots s'affairaient à leur poste. Ils se tenaient devant des cadrans et des indicateurs placés sur des consoles ou fixés aux parois de métal. Boro salua d'un signe de tête le commandant Baldwin, un quadragénaire sec et vigoureux dont les yeux délavés transperçaient son interlocuteur.

– Larguez devant ! cria l'officier. Bâbord en avant lente...

Le *Squalus* appareillait.

– Larguez arrière... Stoppez partout !

– Stoppé !

– Bâbord en avant lente...

Les pulsations des diesels se firent plus sourdes.

– Aux postes de plongée ! ordonna le commandant de bord.

– Ouvrez les purges ! relaya l'officier en second.

Deux veilleurs et l'officier de quart, qui avaient pris position dans le puits du kiosque, redescendirent en fermant le lourd capot d'acier riveté au-dessus d'eux. L'officier de quart resta le dernier à son poste. Il vérifia la fermeture du panneau.

– Tribord en avant lente...

– Paré à plonger !

Les diesels stoppèrent. Dans un chuintement de turbines, les moteurs électriques prirent insensiblement le relais.

– Fermez la purge des centraux ! commanda l'officier de veille.

Un mâtelot se précipita et manœuvra frénétiquement un volant. Presque tout l'équipage avait disparu du poste, à l'exception des hommes de service.

– Vitesse cinq nœuds, cap à l'est, dit Baldwin en se tournant vers son officier en second. Je passe la main, monsieur Lockwood. Évitez tout contact avec les bâtiments espagnols.

– A vos ordres, commandant.

Baldwin marqua un temps d'arrêt en passant devant Blèmia Borowicz. Puis il le noya dans ses yeux bleus.

– Soyez le bienvenu à bord, monsieur. Je vais vous montrer vos quartiers.

Il s'exprimait dans un français à peine ébréché par l'accent insulaire.

Le reporter emboîta le pas à cet homme courtois mais laconique qui lui faisait signe de le suivre. Il remonta le couloir unique qui reliait la proue à la poupe, longeant une galerie métallique qui ouvrait à gauche et à droite sur des compartiments spécialisés dans les transmissions, l'armement ou la cartographie.

De temps à autre, l'officier de la Navy se détournait. Il se courbait à demi pour aborder la porte d'un compartiment étanche, s'arrêtait un bref instant dans une zone encombrée de gaines, de conduits, de câbles, de valves ou de machines et, comme s'il pressentait les questions qui brûlaient les lèvres de son passager, lui apportait quelques indications sur les caractéristiques du *Squalus*.

– Quarante hommes d'équipage et officiers vivent ici en permanence. Ils mangent, ils boivent, ils dorment. Plus rarement, ils chantent. Leur vie à bord est rude. Le P-36 file à 17 nœuds en surface et est capable d'en faire 8 en plongée. Ses tubes vous crachent une torpille à la vitesse de 50 nœuds, avec une portée de 10 000 mètres pour une charge explosive de 300 kilos...

Comme ils arrivaient à l'avant du bâtiment, le commandant s'immobilisa devant une cellule plus vaste que les autres, isolée du passage par un simple rideau noir.

– Le carré des officiers, annonça-t-il. Nous vous l'abandonnons pour la durée de cette traversée. Vous y serez à l'étroit, mais personne ne viendra troubler votre repos.

Il recula de deux pas et désigna une porte métallique.

– Vous pouvez prendre une douche, et vous disposerez de linge propre pour vous changer.

– Où se trouve mon camarade Dimitri ?

– M. David Ludwig a jeté son dévolu sur une couchette située dans l'entrepont. Il partage un espace restreint avec mes hommes du poste des machines. Il a bien insisté sur le fait qu'on ne devait vous déranger sous aucun prétexte.

Boro fixa le commodore Baldwin.

– Puis-je vous poser une question ?

– Si je puis vous répondre, je me ferai un devoir de vous aider, dit l'officier.

– Qui pilote cette opération gigantesque destinée à me sauver ?

– Indubitablement quelqu'un d'important, répondit le marin. On ne déroute pas inopinément un sous-marin de Sa Majesté en mission si l'on n'a pas le pouvoir de le faire.

– Vous voulez dire que vous ne savez pas exactement à qui vous avez eu affaire, commodore Baldwin ?

– Je ne suis qu'un soldat et j'obéis aux ordres de l'amirauté.

– Quels ordres ?

– Rallier Gibraltar alors que j'étais en plongée au large de Tanger. Charger à bord deux citoyens britanniques en mission secrète et mener sous leurs directives une opération de secours vous concernant.

– Comment étaient ces personnes ? s'impatienta Boro.

– Je ne souhaite pas répondre, marmonna le commodore Baldwin. Je ne serais pas dans mon rôle...

– Y avait-il un grand gentleman distingué avec des cheveux blancs ?... Est-ce que cet homme fumait la pipe et...

– Je crois que je serais mieux à même de vous renseigner, dit alors une voix féminine.

Boro se tourna d'une pièce. Il regarda vers le rideau : c'était bien de l'autre côté de ce fragile rempart que se trouvait la réponse à ses questions.

Il balaya l'étoffe d'un geste large et s'arrêta sur le seuil du carré. Il resta muet de stupéfaction à la vue de la superbe jeune femme qui se tenait devant lui, une tasse de thé brûlant à la main.

Julia Crimson était encore plus belle qu'à l'époque où elle fréquentait la ligne Paris-Friedrichshafen-Rio de Janeiro-Paris sur un dirigeable de la Luftschiffbau Zeppelin Kompanie. Plus épanouie, peut-être. Des boucles de jade dansaient orgueilleusement à ses oreilles. Sa gorge rebondie était agitée d'une palpitation qui parut sublime au reporter. Elle était maquillée avec soin. Elle portait une jupe de daim gris clair, un chemisier blanc aux manches retroussées, et de souples mocassins.

– Entrez, dit-elle. Il ne faut pas avoir peur !

– Julia ! murmura Boro avec un sourire radieux. Pourquoi faut-il aller sous les mers pour retrouver la beauté ?

Il fit un pas en avant. Enfin, il abordait à nouveau les plages de sable fin du pays des merveilles !

Julia from London

Après le départ du commodore Baldwin, Boro s'approcha de la jeune Anglaise.

– Julia, dit-il avec gravité, c'est lui, n'est-ce pas ?... C'est Artur Finnvack qui, encore une fois, m'a tiré de ce mauvais pas ?

Il ne la quittait pas des yeux. Elle soutint son regard impérieux. Puis elle cilla imperceptiblement et reconnut :

– Oui, c'est lui.

– Après le zeppelin, la forteresse. Pourquoi Finnvack s'obstine-t-il à me venir en aide ?

– Je ne peux répondre.

Elle sourit.

– Considérez-moi un peu comme son bras armé.

Elle prit Boro par la main et le guida à l'intérieur du carré.

– Acceptez-moi comme je suis, dit-elle avec un sourire désarmant. Une espèce d'archange saint Michel en plus féminin...

– Et s'il était encore ici ? demanda soudain Boro.

Il s'était raidi. Les narines pincées, il claudiquait dans la cabine exiguë.

– Oubliez cela ! s'écria Julia.

Elle avait mis les poings sur ses hanches et le regardait marcher de long en large.

– Il est passé par cet endroit ! insista Boro. N'est-ce pas une odeur de pipe qui flotte autour de cette rangée de livres ?

– Vous rêvez ! Et qu'est-ce qui vous permet d'ailleurs de supposer que Finnvack fume la pipe ?

– Je me souviens de ce parfum de tabac froid... C'était il y a un an, presque jour pour jour... Je venais de photographier Charlie

Chaplin, et, comme il me restait quelques heures de battement à Londres, je m'étais juré de débusquer l'homme invisible de l'Associated Press Incorporated dans sa tanière de Regent's Street...

– Et alors ?

– Je suis entré à l'improviste dans un bureau enfumé... C'était le même parfum de miel un peu rassis qu'aujourd'hui.

– Quelle imagination !

– Je voudrais le remercier.

Une idée folle lui traversa soudain l'esprit.

– Et si Finnvack était le commodore Baldwin, hein ? Je...

Julia se mit en travers de son chemin.

– Calmez-vous ! Je vous jure que ce n'est pas lui ! Vous ne verrez pas Finnvack. C'est une personne qu'on ne voit pas. A moins qu'il ne le souhaite. D'ailleurs, il est déjà reparti pour l'Angleterre. Un hydravion frété par l'*Intelligence Service* l'a emmené il y a quelques heures, dès qu'il a appris que vous étiez sain et sauf.

– Comment saviez-vous que j'allais sauter ?

– Je vous raconterai tout.

– Le jour ? Qui vous a renseigné sur le jour ?

– L'Allemand nous a dit qu'il quitterait la forteresse avant la fin de la semaine. Nous avions compris qu'il vous exécuterait... Il nous a suffi d'attendre quelques heures...

Julia sourit à Boro, comme s'il avait été un malade au sortir d'une fièvre épuisante, et déposa un léger baiser sur ses lèvres.

Le reporter se détendit quelque peu.

– Là..., fit-elle en lui caressant le visage d'un geste apaisant.

Il saisit sa main et embrassa la paume délicate.

– Julia ! Julia ! dit-il en retenant la jeune femme. Grâce à vous, je viens enfin de comprendre que j'étais libre et vivant ! Merci !

Il lui ouvrit les bras et elle, délivrée d'un grand poids, s'y jeta sans calcul, exactement comme on retrouve un ami. Il l'attira, déposa un baiser plus chaud sur sa nuque, tandis qu'elle se faisait lourde contre lui.

– Oh, Boro ! Boro ! Comme vous nous avez fait peur ! soupira-t-elle en se laissant aller sur son épaule.

Il fut troublé par le frémissement de son corps. Il dénoua son étreinte et fit un pas de côté.

– Charmante grotte, constata-t-il en laissant errer son regard sur les parois aveugles du carré. Cette tanière au fond de l'océan n'est pas sans me rappeler, en plus trappiste, la cabine numéro 8 du *Graf Zeppelin*.

L'œil de Julia Crimson s'alluma.

– Savez-vous, demanda-t-elle, que nous ne sommes pas loin de Gibraltar ?

– Oui. Et voilà qui nous replace en face d'une sorte de fatalité, s'amusa Boro. Simplement, le bouillonnement de la mer a remplacé l'océan des nuages.

– Tout au plus une coïncidence, se défendit Julia en adressant un lumineux sourire au jeune homme.

Il la fixa un instant.

– J'aimerais savoir quel rôle vous interprétez, cette fois. Et ne me dites pas que vous êtes encore journaliste !

– Plutôt celui de saint-bernard.

– Que je boive à votre tonneau ! s'écria Boro. Un peu de vous, et je renais !

Il avait recouvré toute sa fougue.

– Racontez vos boniments ailleurs, monsieur Tartuffe ! Et gardez vos ardeurs !

Il s'assit à côté de Julia sur la banquette transformée pour l'occasion en couchette de fortune. Fasciné par le grain de peau de la jeune femme, il posa l'index sur la naissance d'un sein.

Elle ôta gentiment ce doigt indiscret et, comme on replace dans le droit chemin du savoir-vivre un collégien trop entreprenant, lui infligea une tape indulgente sur le dos de la main.

– Bas les pattes, monsieur le photographe ! Nous ne nous sommes pas revus depuis plusieurs années et vous m'infligez déjà votre insupportable cour !

Il lui sourit et se récria :

– C'est que j'ai été longtemps sevré de la compagnie des dames ! N'oubliez pas que je sors de prison !

Un voile de colère bleue et froide traversa les prunelles de l'Anglaise.

– Vous êtes un beau menteur, Blèmia Borowicz ! Malheureusement, je vous ai vu à Alto Corrientes... De mes yeux vu !... Vous m'entendez, monsieur le beau parleur ? Et vous meniez le bal avec une fort jolie personne !

– La glace ? Vous étiez derrière la glace ?

Elle lui raconta son voyage à la citadelle en compagnie de Finnvack. En retour, il lui fit le récit de sa détention. Il n'omit rien, ni la menace permanente d'exécution, ni le désir de sauver une jeune femme souillée et humiliée, ni le doute permanent, ni l'usure des forces...

– J'ai tué un homme, avoua-t-il enfin d'une voix vaincue.

Julia tenait dans la sienne sa main lourde et absente. Elle vivait son trouble, sa fureur, son abandon. Plus elle mesurait le drame de ces semaines d'angoisse et de férocité, plus elle se sentait emportée par un sentiment de révolte et comprenait les rapports souillés et tumultueux de Boro avec Solana Alcántara.

– Pauvre jeune femme, murmura-t-elle. Vers quel destin affreux s'en va-t-elle ?

– Je l'ignore, répondit sourdement Boro. Je ferai tout pour la sauver.

Elle le regardait différemment. Elle était fascinée par ce que cet homme avait enduré.

– Voilà, voilà la vérité sur Alto Corrientes, chère mademoiselle *from London*, conclut le reporter lorsqu'il eut fini de relater les événements suscités par la névrotique vengeance de Friedrich von Riegenburg. Voilà ! ajouta-t-il en l'attirant contre lui. Voilà qui m'autorise à tout faire pour éviter de prendre l'amour au sérieux !

Elle le considéra avec sympathie.

– Je vous plains, Boro. Mais ne jouez pas au coq avec moi !

Il ressentit une certaine tristesse à l'entendre parler ainsi. Et, comme il cherchait une raison à cette vague de cafard qui l'envahissait soudain, il comprit que le voyage en sous-marin lui serait insupportable s'il ne la séduisait pas de nouveau. Exactement comme il l'avait fait autrefois à bord du zeppelin.

D'un coup, dans ce lieu clos, abrité du monde, la seule chose qui lui importa fut de vivre un peu d'amour. Une douce passion, raisonnable et salutaire, qui lui ferait oublier pour un temps l'ombre de la personne abandonnée. L'ombre à jamais perdue de Solana Alcántara.

– Julia, je vous dois ma résurrection ! s'emporta-t-il soudain.

Et, sans lui laisser le temps de respirer, il posa ses lèvres sur les siennes.

Elle l'arrêta au vol.

– Vous êtes fâchée ?

– On ne peut décidément jamais baisser la garde avec vous !

Elle inclina le visage et le regarda par en dessous. Ses yeux sombres, son teint mat, sa mèche, son lointain air d'enfant rebelle plaidaient pour lui à une vitesse consternante.

– Sale type ! dit-elle, conquise.

Il respira son souffle, se laissa emporter par son parfum subtil.

– Transparence de chez Houbigant ? chuchota-t-il.

– Imprudence de chez Worth, répondit-elle.

Il picora un nouveau baiser sur ses lèvres.

– En camarades...

– Bien sûr, murmura-t-il avec une insincérité parfaite. En amis de passage.

Il s'employa à défaire les boutons de nacre de son corsage, mêlant son souffle et ses baisers à la chaleur de la peau qu'il découvrait à mesure.

Elle se laissa faire.

Dès qu'il eut fini, elle lui échappa et fit elle-même glisser sa jupe le long de ses jambes.

– Je garde mes bas, dit-elle en matière de défi. Et vous, vous allez prendre une douche ! Même si vous êtes en frac, monsieur le jeune marié, je ne saurais partager le lit d'un homme aussi négligé que vous l'êtes !

Il se leva d'un bond, comme souffleté. Après toutes ces heures de course vers la liberté, il avait complètement oublié l'état hétéroclite de sa garde-robe malmenée par la varappe, la fuite dans les rochers et la traversée à la nage.

Il salua, de l'air gauche d'un comédien qui vient de rater sa scène, ouvrit le rideau et disparut en direction de la porte métallique où se trouvait la douche.

Lorsqu'il revint, brillant comme un sou neuf, il trouva Julia étendue sous le drap. Elle lui adressa un large sourire. Il était planté près de la table, vêtu d'un pantalon de marine et d'un pull réglementaire de la Navy.

– *Well !* s'exclama l'espionne anglaise en feignant l'attendrissement. Il ne vous reste plus qu'à vous déshabiller à votre tour.

Troublé et en même temps ravi, Boro se mit torse nu, puis déboutonna son pantalon sous l'œil attentif de la jeune femme.

– Est-ce que cela ne manque pas un peu de romantisme ? fit remarquer le reporter.

– Je ne trouve pas. Nous, les femmes, sommes sans cesse exposées aux regards de la gent masculine. Aujourd'hui, c'est moi qui vous tiens par le fil. Dès que vous serez recevable, je vous prendrai dans mon lit.

– Je vais m'y faire, dit Boro en se mettant totalement nu.

Au fond de lui-même, il était choqué.

– Je vous l'ai déjà confié en d'autres temps, monsieur Borowicz. Je ne suis pas favorable à l'amour courtois, reprit Julia. J'aime la chose pour ce qu'elle est. Ce qui va autour, les guirlandes, le luth, les sonnets et les troubadours timides, m'ennuie à mourir. Venez-vous ?... Ou faut-il vous chercher ?

Boro s'approcha. Il avait oublié de refermer le rideau sur son passage. La perspective déserte du couloir apportait une note insolite à leur tête-à-tête.

– Refermez la tenture, dit l'Anglaise en regardant avec intérêt ses fesses de garçon. Et éteignez la lumière. Même au travers de la coque d'un sous-marin, je n'aime pas être vue.

– Grands dieux, Julia, qui pourrait nous voir à plusieurs lieues sous les mers ? demanda-t-il en riant.

Elle répondit simplement, comme en écho à une ancienne réplique :

– Les poissons-chats.

SEPTIÈME PARTIE

Le lièvre et la tortue

La ville martyre

Le vent soufflait en rafales tourbillonnantes, mais le ciel était d'un bleu limpide. Un bleu de paix troublé seulement par le va-et-vient d'avions noirs. Friedrich von Riegenburg les suivait à la jumelle, assis dans son fauteuil. On l'avait installé devant le long capot noir de la Mercedes, en bordure d'un massif de feuillus. Le chauffeur-garde du corps surveillait Solana qui regardait aussi, debout derrière Frau Spitz. Celle-ci, une main posée sur le dossier de l'invalide, observait à la lunette ce que son chef scrutait : le mouvement des avions.

– Je dois vous faire un aveu, déclara Riegenburg sans abandonner son guet.

Solana comprit qu'il s'adressait à elle. En réponse, elle cracha en direction des roues pneumatiques qui soutenaient la chaise de l'infirme.

– Le dépit vous anime, señorita ! Soyez donc belle perdante !

– ¡ *Fascista !* glapit la jeune fille. Ordure fasciste !

– L'Espagne a déjà changé de camp. Admettez-le avec le sourire plutôt qu'en grimaçant...

Solana pinça les lèvres. Depuis leur départ, la veille au soir, elle avait bien compris que son pays était en d'autres mains ! L'Andalousie était occupée, l'Estrémadure était occupée, la Castille était occupée ! Partout des convois militaires arborant les couleurs des armées fascistes, des plantons se mettant au garde-à-vous au passage de la voiture allemande marquée de la croix gammée, et cet homme, cet homme surtout, revêtu d'un habit strict et noir, sans arme ni grade apparent, mais morveux comme les vainqueurs, froid, l'air impénétrable du bourreau bien élevé. Même lorsque Blèmia avait roulé dans le filet, trente mètres au dessous de la plate-forme, il n'avait rien perdu de cette force intérieure monstrueuse. Il avait seulement crié, et ce cri avait été repris, amplifié par Frau Spitz qui avait glapi dans le silence du soir :

– J'emmène votre bien-aimée en Allemagne. Ce sera ma vengeance !

Après, elle ne l'avait pas revu avant l'instant de leur départ. Elle avait été ramenée en cellule, laissée seule jusqu'au moment où une sentinelle lui avait ordonné de préparer ses affaires.

Trente minutes plus tard, ils partaient.

– Je dois vous faire un aveu, reprit Friedrich von Riegenburg en élevant légèrement la voix.

Il se tut un instant, considérant une flottille composée d'une quinzaine d'appareils. On entendit une détonation, puis une autre. D'étranges lueurs scintillaient plus bas. Alentour, les monts arrondis descendaient vers des plaines et des pâturages déserts. Il était seize heures quinze.

– Le spectacle auquel je vous convie est un peu mon œuvre. Nous ne pouvons, hélas, approcher plus près, puisque nous sommes à la limite de la ligne de front et que la partie du Pays basque que vous voyez plus bas est encore détenue par les républicains. Cela ne durera pas, mais, dans trois jours déjà, nous serons loin... En attendant, il faut que vous sachiez que si je suis venu en Espagne, c'est aussi pour préparer la représentation à laquelle je vous convie.

Il donna un ordre en allemand, et l'odieuse Spitz tendit sa lunette à la jeune Espagnole.

– Regardez ce que je vois, dit le nazi sans décoller l'œil de sa propre jumelle. Un spectacle absolu. Son, lumière et commentaire !

Solana s'empara de la lunette et la braqua sur le ciel clair. Elle vit trois appareils massifs encadrés par des chasseurs.

– Ce sont nos nouveaux avions. Bombardiers Heinkel 111 et Messerschmitt BF-109. Les trois qui suivent sont de vieux Junker.

La flotte exécutait comme une danse grotesque au-dessus de la cime des arbres. Quelques taches sombres se détachèrent des carlingues. Elles chutèrent en direction du sol, puis il y eut des lueurs orangées, le bruit d'une explosion qui se démultipliait.

– Bombes incendiaires en aluminium, commenta Friedrich avec un contentement manifeste. Nouvellement fabriquées dans les usines allemandes. Efficaces et admirablement meurtrières.

Solana abaissa sa lunette. Riegenburg, qui pourtant ne la regardait pas, l'encouragea à suivre le spectacle qui justifiait leur présence en ce lieu.

– Vous entendrez parler de ce petit coin de terre, dit-il, imperturbable. La Luftwaffe fait sa première expérience de guerre massive. Le principe est simple : bombardement des objectifs principaux, mitraillage des objectifs secondaires.

Frau Spitz orientait le fauteuil en sorte que son occupant pût suivre la trajectoire des monoplans.

– Ceux qui quittent l'escadrille pour plonger dans la campagne cherchent les fuyards. Ils les mitraillent à travers champs. Vous pouvez compter une vingtaine de chasseurs et de bombardiers par vague. Ils viennent de Vítoria, passent au-dessus du littoral et attaquent Guernica du nord au sud. Puis ils rentrent à leur base et repartent presque aussitôt.

Solana était blême. Avoir traversé l'Espagne pour assister à cette démonstration ! Contempler cet homme paralysé, trônant sur une butte comme pour une représentation théâtrale, et l'entendre expliquer le drame qui se déroulait plus bas, plus loin, à quinze kilomètres au moins, avec un sourire d'assassin, de cadavre !

La jeune fille jeta la lunette à ses pieds et revint vers la Mercedes. Mais les portières en étaient fermées et elle ne put monter.

Elle s'assit à même le sol, sous le regard porcin de Heinrich Gutersohe. Elle dissimula son visage entre ses bras. De voir son pays ainsi conquis, occupé, bombardé, lui avait rendu une partie de cette assurance que le nazi et son odieuse gorgone lui avaient sauvagement dérobée. Certes, ils l'avaient brisée, ravagée, réduite à néant. Mais, sortant d'Alto Corrientes, retrouvant les débris de ce pays qu'elle aimait tant, se rappelant dès lors que son père avait succombé sous les coups de ceux qui l'occupaient désormais, de ceux qui l'avaient privée elle-même de sa dignité humaine, Solana Alcántara redevenait espagnole et recouvrait cette fierté dont les tortures morales l'avaient privée. Friedrich von Riegenburg aussi, et plus encore le ruminant femelle qui l'accompagnait, s'étaient quelque peu éloignés des rôles diaboliques qu'ils avaient interprétés au sein de la forteresse, comme si ces semaines d'enfermement leur avaient permis de jouer à guichet fermé la pièce la plus ordurière de leur répertoire.

Hors les murs, le vice se parait d'une vertu habillée en politique ; les abjections avaient été laissées au vestiaire.

– Evidemment, poursuivait Friedrich von Riegenburg, le Reich niera toujours la participation de la Luftwaffe à ce raid. On ne revendique jamais ce qu'on expérimente. Nous prétendrons que ce sont les Basques eux-mêmes qui ont mis le feu à leur ville. Mais je puis vous raconter ce qui se passe en bas. Voulez-vous m'écouter ?

Usant de la seule arme encore à sa disposition, Solana cracha une nouvelle fois dans sa direction.

– C'est la preuve que vous m'entendez... Je vous disais donc que les avions longent la côte pour attaquer Guernica par le nord. Les plus lourds larguent des bombes explosives de mille livres et des bombes incendiaires plus petites, de deux livres chacune. Les chasseurs, quant à eux, tirent sur les villageois et les paysans... Les lueurs rougeoyantes que vous apercevez sont les flammes des incendies. Toute la ville brûlera. Toute ! Et le vent ne fera qu'accroître le carnage. D'en bas, le spectacle sera terrifiant. Imaginez, chère Solana, les maisons qui s'écroulent sur leurs habitants, les survivants fuyant sur leurs charrettes, déchiquetés par les mitraillages... Nous sommes lundi. Le lundi est jour de marché. Tous les paysans de la région sont là, en bas, tandis que nos appareils les cherchent, les trouvent et les tuent. Un premier bombardier, puis un autre, et un autre encore. Ils seront de plus en plus nombreux. Dans quatre heures, le ciel sera de nouveau dégagé. D'ici là, nous aurons détruit non seulement la ville de Guernica, mais aussi les fermes des environs dans un rayon de dix kilomètres. Et l'hôpital, bien entendu ! Tout cela selon un plan parfait. Ecoutez donc, belle Espagnole. D'abord, des bombes et des grenades à main sur toute la ville, quartier après quartier. Puis viendront des chasseurs qui voleront en rase-mottes, mitraillant les gens sortis des abris. Ensuite, lâcher massif de bombes incendiaires sur les ruines, pour brûler ceux qui se terrent dans les caches. Guernica, vous ne pourrez l'oublier, chère Solana. Guernica restera dans l'Histoire comme le premier massacre commis par l'aviation sur des populations civiles. En quatre heures, une soixantaine d'appareils largueront cinquante tonnes de bombes incendiaires et brisantes. Exceptionnel, n'est-ce pas ?

– *¡ Asesino !* répondit Solana.

Elle ne regardait pas, n'écoutait pas. Elle souhaitait tuer cet homme.

– Bien entendu, poursuivit Friedrich von Riegenburg, nous ne souhaitons pas détruire Guernica pour sa valeur stratégique : elle n'en a aucune. Mais le général Franco voulait démoraliser les populations civiles et annihiler le peuple basque. Pour nous, il s'agit seulement d'un essai. Nous désirons savoir ce que valent nos armes pour les bombardements massifs. Guernica est la première scène que nous avons choisie pour y jouer la guerre totale.

– Vous n'êtes qu'une marionnette, siffla Solana en se levant de terre.

Elle contourna la voiture. Aussitôt, le chauffeur-garde du corps lui emboîta le pas. Il se posta à quelques mètres de la jeune fille et braqua sur elle son Luger de service. Il fit jouer le canon entre ses mains, accompagnant le mouvement d'un sourire vaguement menaçant, semblable à celui qu'on adresse à un enfant pas sage pour lui signifier que s'il désobéit, il sera fessé.

Solana revint vers le nazi.

– Une marionnette, poursuivit-elle. A votre place, je me serais supprimée depuis longtemps.

– Erreur ! Quelle idée, ma bonne amie ! repartit Friedrich sans même la regarder. D'autres ont besoin de moi ! Regardez donc ces aviateurs ! Il leur faut des chefs, des têtes froides ! Fusiller, mitrailler, déchiqueter, c'est bien, à condition de savoir qui et pourquoi ! Les hommes comme moi leur donnent la direction à suivre !

Il y eut une explosion en rafale. Le vent apporta une odeur de poudre et de fumée. Solana tournait le dos à la vallée. Elle désigna Frau Spitz qui dirigeait le fauteuil de ses deux mains posées sur les poignées.

– Et cette grosse vache qui actionne les ficelles de vos impuissances ! S'occupe-t-elle aussi de vous pendant la nuit ?

– Pourquoi parlez-vous d'impuissance ? grogna la garde-malade. Nous savons atteindre au plaisir.

Sa lippe se fendit d'une grimace sardonique.

– Vous en êtes la preuve vivante. Avez-vous déjà oublié les heures inoubliables que nous vous devons ?

– Pour cela, un jour vous mourrez ! répliqua froidement Solana.

Elle crânait. Elle se faisait horreur. Tant d'avilissement, de honte, de blessures à jamais infectées ! Et Blèmia ? Où était Blèmia ? Qu'était-il devenu après que le filet eut arrêté sa chute ? Etait-il vrai, comme le prétendaient le nazi et son double, qu'un sous-marin l'avait emporté ?

Friedrich von Riegenburg paraissait d'excellente humeur.

– Quand on voit ce feu et ces bombes, ces carlingues d'acier, comment chicaner sur d'aussi ridicules vétilles que les destinées humaines ?

– Sans votre armée, vous n'êtes rien ! jeta Solana.

– C'est pourquoi tous mes vœux l'accompagnent !

Une déflagration plus forte que les autres retentit dans le ciel clair de cet après-midi du 26 avril 1937. En bas, dans la cité sainte des Basques, les maisons, les écoles, les églises, les couvents, l'hôpital brûlaient. Des débris rougeâtres encombraient les rues où pompiers et sauveteurs ne passaient plus. Partout, ce n'étaient que ruines, hurlements, douleur. Les villageois se terraient dans des abris aussitôt défoncés par les obus. Ils couraient dans les ruelles et tombaient, fauchés par le mitraillage des avions volant en rase-mottes. Quelques-uns étaient ensevelis dans les crevasses ouvertes par les bombes. Certains tentèrent de fuir vers Bilbao. Ils furent rattrapés par les chasseurs allemands. Ils trouvèrent refuge dans les champs où d'autres avions les cherchèrent, les canardèrent, les hachèrent. Le soir, Guernica n'existait plus. Le soir, Guernica était une ville martyre. Pablo Picasso pouvait commencer à peindre son chef-d'œuvre.

Une voiture au soleil

Boro observait autour de lui. Il ne parvenait pas à fixer son regard sur un objet, une personne, la mer, le ciel ou le soleil. Ses yeux battaient la campagne. Ils se posaient tour à tour sur le petit port où la barque du pêcheur les avait conduits, sur la façade du café où ils s'étaient installés, sur le rocher éloigné de la côte derrière lequel le sous-marin avait disparu, sur les voitures qui passaient au-delà de la place, sur Dimitri, assis en face de lui, sur la carte déployée devant eux, sur le patron du bistrot, la serveuse, le garage contigu à la mairie... Tout cela, c'était la vie !

– J'ai cru que je ne m'en sortirais pas, murmura-t-il.

Il revint à la carte, puis posa sa main sur celle de Dimitri.

– Il faudra que tu m'expliques ce que tu faisais à une heure si matinale sur la côte espagnole.

– Et moi, je veux savoir comment tu t'es retrouvé à Alto Corrientes.

– Plus tard, dit Boro.

Il vida sa troisième tasse de café. Il pensait à Julia Crimson, disparue corps et biens dans le sillage du submersible.

Une voiture blanche ralentit au niveau de la mairie et s'arrêta devant le garage. Boro reconnut une Lagonda décapotable, modèle 1930. Les chromes et les roues à fil brillaient sous le soleil du matin.

– Je fais ici un serment, lança-t-il à l'adresse de Dimitri. Bientôt, j'apprendrai à conduire.

– Ça, c'est un engagement ! s'écria le jeune homme.

Il secoua la tête en signe de désapprobation.

– Tu ne crois pas que j'en serai capable ?

– Je crois surtout que la forteresse t'a porté sur la caboche ! Il y a deux jours, tu sautais vers la mort, et le premier souhait que tu formules, c'est de piloter une voiture !

– Preuve que je suis bien en vie !

– J'y verrais plutôt la marque de ton incorrigible légèreté !

Boro sourit. Dimitri et lui s'étaient retrouvés sur leur terrain habituel : une affection corrigée par un brin de raillerie. Celle-ci permettait au jeune homme de ne rien laisser paraître d'une émotion qu'il ne s'avouait probablement pas à lui-même. Sa pudeur naturelle l'avait toujours empêché de s'abandonner aux élans du cœur et de l'âme, mais, aujourd'hui, pour la première fois sans doute, Boro comprenait que plus son compagnon se moquait, plus il était ému. Après tout, ces deux-là, unis comme des frères et sans ombre entre eux, hormis celle qu'ils n'évoqueraient jamais, fût-ce avec Maryika, ces deux-là, donc, venaient chacun d'échapper à la mort. Les circonstances, certes, différaient, mais le fait était là.

Ils n'avaient encore parlé de rien.

Boro reprit :

– Si j'avais une voiture, nous quitterions immédiatement ce village, et nous irions *là*.

Il posa le doigt sur un point de la carte. Dimitri regarda, puis secoua la tête.

– Tu irais seul. Moi, je retourne en Espagne. Je n'ai plus rien à faire en France.

– Tu viendras avec moi.

– Non, répliqua le jeune Allemand.

Il émit un ricanement bref qui suscita un éclat de rire chez Boro.

– Recommence ! s'écria le reporter. Je ne te connaissais pas ces talents d'arrière-gorge ! Où as-tu appris ça ?

– Sur un champ de bataille.

– Tu n'avais rien de mieux à faire ?

Dimitri recula sa chaise d'un demi-mètre et considéra le Français d'un regard froid.

– Toi, tu es vêtu comme l'as de pique, tes joues sont noires de barbe et tes cheveux trop longs.

– C'est vrai, reconnut Boro. Mais j'ai des excuses.

Il portait des vêtements récupérés à bord du sous-marin auprès des membres de l'équipage : un pantalon de velours trop grand, un pull bleu passé, un caban noir et des souliers à lacets.

– Tu n'as pas d'excuses, objecta Dimitri. Au lieu de t'enfermer avec l'Anglaise, tu aurais pu te raser et passer chez le figaro.

– Je préférais m'occuper d'elle. C'est une question d'éducation. Quand une dame vous demande, on ne se refuse pas.

Son regard s'attarda sur la Lagonda. Le conducteur était descendu. Il semblait menacer le garagiste d'un poing ganté, fermé et agressif. Le mécano ouvrit le capot.

– Paie, dit Dimitri en montrant leurs tasses vides.

Boro fit mine de fouiller ses poches, puis adressa un regard navré à son camarade.

– Ces jours-ci, je manque de moyens. Là où j'étais, on m'a tout volé. Même ma canne, même mon Leica.

– Pas ton Leica, répondit Dimitri.

Il n'ajouta rien et sortit quelques pièces de sa poche.

Boro se pencha vers lui. Une ombre raisonnable planait sur son front.

– Qu'est-ce que tu viens de dire ?

– C'est moi qui ai ton Leica. Il est à Paris.

– Tu mens !

– Téléphone à Maryika, elle te le confirmera.

– Maryika est en Amérique ! Comment aurait-elle mon appareil ?

– Maryika n'est pas en Amérique et elle a ton appareil.

– Je n'en crois pas un mot.

– Et, si je puis me permettre, poursuivit Dimitri sans s'arrêter à l'objection, tu devrais choisir de meilleurs autoportraits que ceux que nous avons découverts.

Boro se tenait penché en avant, la bouche entrouverte, exprimant une intense stupéfaction. Dimitri ricana et ajouta :

– Toi mis en joue par un soldat fasciste, ça manquait de classe ! En plus, le cliché était flou.

– Qu'est-ce que tu racontes ? balbutia le reporter.

Pourtant, il se souvenait. Il se souvenait fort bien. Mais il ne comprenait toujours pas.

– Tu m'accompagnes en Espagne ? demanda Dimitri. Je te raconterai sur la route...

Boro attendit quelques secondes avant de secouer la tête à son tour.

– Je ne peux pas, murmura-t-il. Une dame m'attend. Explique-moi ici et maintenant.

– As-tu remarqué comme nos retrouvailles sont toujours exceptionnelles ? observa Dimitri. Mais j'ai un point d'avance sur toi. Je t'ai sauvé la vie deux fois. Tu m'en dois une...

Pendant un court instant, Boro avait oublié d'où il venait. Il avait oublié Julia Crimson et la promenade en sous-marin. Dimitri se trouvait devant lui et Maryika n'était pas loin. Pour la première fois depuis la veille au soir, il se rendait compte qu'il était sauf et que le monde avait continué de tourner sans lui. Ou plutôt qu'il avait continué de tourner pour lui. Il voulait savoir.

– Dis-moi, reprit-il. Pourquoi Maryik, pourquoi le Leica, et pourquoi toi ?

– Plus tard, répondit Dimitri.

Il savourait sa joie, ce triomphe facile dont il jouait avec un vif plaisir. Mais c'était mal connaître son interlocuteur. C'était omettre que Blèmia Borowicz, dans son immense orgueil, n'acceptait jamais de se laisser longtemps dominer. Fût-ce par ses troubles intérieurs.

– D'accord, fit-il en repliant sa carte. J'irai donc seul de mon côté, et toi du tien. On se racontera plus tard.

La corne d'un klaxon attira son attention. Le propriétaire de la Lagonda s'était glissé derrière le volant et jouait de l'avertisseur en signe d'impatience : le garagiste avait toujours le nez sous le capot.

– Cet homme est plutôt mal élevé, observa le reporter en désignant la voiture d'un doigt tendu.

Dimitri se retourna. Il observa la scène sans émettre de commentaire, puis reprit sa position initiale.

– C'est bon, dit-il. Je t'abandonne à cette mystérieuse dame qui t'attend, et je retourne à Barcelone. Nous nous verrons à Paris, un jour, peut-être.

Il se leva. Boro l'imita. Il arborait un large sourire. Dimitri se retint pour ne pas saisir son ami par l'épaule, pour ne pas l'embrasser ou, tout au contraire, lui balancer un droit à la pointe du menton. Par-devers lui, il admit que l'autre avait du cran.

Il sortit trois billets et les jeta sur la table.

– Je te laisse un peu d'argent de poche. Pour les croissants du matin et le vin du soir...

– Je ne bois que de la vodka et n'aime pas les pâtisseries, rétorqua Boro. Reprends ça.

Comme le jeune homme hésitait, il ramassa les billets et les fourra dans la poche de la canadienne. Il en profita pour en remonter le col.

– Ne prends pas froid. En ce moment, les côtes espagnoles sont gelées.

Ils firent trois pas en direction de la mairie. Le visage de Boro était rayonnant. Il jeta un coup d'œil vers le garage. Le mécano s'affairait toujours sous le capot de la Lagonda. Le propriétaire de la décapotable battait la semelle sur le côté, tapotant nerveusement la tige de sa botte gauche à l'aide d'une fine cravache. « Un cavalier », pensa Boro.

– Ta dame t'attend où ? demanda négligemment Dimitri.

– A la frontière. Elle sera accompagnée, ce qui n'arrange pas mes affaires.

– Tu as l'habitude de ces situations tordues.

– Oui. Mais, généralement, je choisis aussi les soupirants de mes compagnes. Là, je n'ai pas le choix. Celui qui l'accompagne est un nazi.

Dimitri poussa ce petit soupir d'arrière-gorge qui avait fait rire son ami.

– Je ne savais pas que tu connaissais des gens dans ce camp-là, jeta-t-il avec dégoût.

– Mais celui qui viendra, tu le connais aussi !

– Certainement pas !

Dimitri avait stoppé sur le bord du trottoir.

– Figure-toi que les nazis n'entrent pas dans mes relations !

– Sauf celui-là, poursuivit Boro avec perfidie.

– Qui est-ce ?

– Je te répondrai lorsque tu m'auras dit où est mon Leica.

– Je te le répète : à Paris.

– Comment est-il arrivé là-bas ?

Dimitri secoua la tête.

– Ça, c'est une autre question. J'ai répondu à la première. Tu me dois la pareille.

Boro feignit de réfléchir, puis lâcha :

– C'est bon. Tu as droit à une réponse. Ensuite, le jeu pourra continuer : tu me diras qui a trouvé le Leica, je te dirai comment je suis arrivé à Alto Corrientes, tu me diras ce que fait Maryika à Paris, je te dirai...

– Pas possible ! s'écria Dimitri. Puisque tu restes en France tandis que moi, je vais en Espagne. Nous n'aurons jamais le temps !

– Si. Car tu m'accompagneras !

– En aucun cas.

– Tu as déjà perdu.

Dimitri sourit.

– Je prends le car pour Barcelone dans une heure. Rien ne m'arrêtera.

– Si.

– Qui ?

– L'homme qui passera la frontière avec cette dame dont je t'ai parlé.

– Comment s'appelle-t-il ?

– Reviens t'asseoir, dit Boro.

Et, sans laisser le temps à l'autre de réagir, il l'empoigna par le bras et le conduisit vers le bistrot qu'ils venaient de quitter. Un ronflement sourd monta du garage : le mécano faisait gronder les six cylindres de la voiture blanche.

Ils retrouvèrent leurs places de part et d'autre de la table.

– L'homme en question était lieutenant quand nous l'avons connu. Il aimait les peintures de Grosz et s'intéressait particulièrement à tes activités.

Dimitri demeura impassible. Un voile sombre montait en lui, mais il n'en laissait rien paraître.

– Il nous a poursuivis en 1934, lorsque nous avons quitté l'Allemagne. Quand tu l'as revu, il nous menaçait avec son arme, Maryika et moi. Je l'ai fait sortir dans le couloir. La suite, tu t'en souviens mieux que moi...

Dimitri était devenu cramoisi. Ses poings s'étaient figés sur la table. Une veine épaisse battait à son front.

– Friedrich von Riegenburg, balbutia-t-il.

– Lui-même. Il serait navré de ne pas te revoir.

– Je l'ai tué... Je l'ai étranglé. Je me souviens très bien... Après, on l'a jeté hors du train.

Le jeune homme parlait bas, comme si, au-delà de ses propos, il faisait défiler des images anciennes, l'ombre de ses souvenirs.

– Il n'est pas mort, poursuivit Boro. Mais gravement amoché. Paralysé et plus sadique encore que naguère.

Il croisa les bras et guetta chez son ami l'effet produit par ses paroles.

Mais Dimitri se ramassa sur lui-même, plongea le visage dans l'échancrure de sa canadienne, et Boro ne vit rien. Lorsqu'il redressa la tête, ce fut seulement pour regarder autour de lui. Ses traits s'étaient apaisés. Il semblait avoir recouvré tout son calme.

Il observa la mairie, la route et le garage. Puis se leva et dit :

– Prends la carte et suis-moi.

Boro obéit. Dimitri se planta à l'extrémité de la place, au bord de la chaussée.

– Tu ne bouges pas et tu m'attends.

– Viens-tu avec moi ? questionna Blèmia.

– Tu m'attends, répéta seulement le jeune homme.

Il traversa. Le mécano abaissait le capot de la Lagonda. Dimitri marchait vers le garage. Boro le vit s'arrêter non loin des pompes, regarder à droite, puis à gauche. Il consulta sa montre d'un air dégagé. Lorsque le propriétaire de la voiture eut rejoint le garagiste, un peu en arrière de la Lagonda, il s'élança. En une seconde, il avait atteint la portière, et, le temps que Boro réagît, stupéfait, consterné, la décapotable avait effectué un tour sur elle-même et fonçait vers lui. Le chauffeur et le garagiste observaient la scène, sans voix. Dimitri freina. Il se coucha vers la droite et ouvrit la portière.

– Monte ! cria-t-il à l'adresse de Boro.

Celui-ci hésita.

– Monte ! répéta Dimitri.

Confidence pour confidence...

Ce n'est qu'après Perpignan que le reporter ouvrit la bouche :

– Tu as volé une voiture.

A quoi Dimitri répondit, avec le plus grand calme :

– Oui, j'ai volé une voiture. Où est Friedrich von Riegenburg ?

– Je t'interdis d'aller plus loin. Nous allons rendre ce véhicule.

La Lagonda filait sur la route.

– Je ne veux pas être ton complice, siffla Boro. Je n'ai pas l'habitude de me comporter ainsi. Les automobiles, je les achète, je ne les dérobe pas.

Dimitri montra une plaque vissée au tableau de bord.

– Il y a là une adresse. Sans doute celle du propriétaire. Envoie-lui un mandat et dis-moi où se trouve Riegenburg.

Boro se tint coi. Le vent lui battait les oreilles. Il fut tenté de couper le contact et de jeter la clé dans les champs qui bordaient la route. Mais il ne le fit pas. Il voulut ouvrir la portière et sauter, mais s'en abstint. Il fut pris du désir de frapper Dimitri, de l'arracher au volant, de l'estourbir, de le laisser pour mort sur la chaussée. Mais il dit :

– Friedrich vient de Málaga. Il franchira la frontière en voiture.

– Pourquoi en voiture ?

– Parce que, depuis que tu as tenté de l'estourbir, il ne se déplace plus qu'ainsi. L'avion lui cause des vertiges, et le bateau, il n'aime pas. Quant au train, ça lui rappelle de trop mauvais souvenirs.

– Quelle frontière ? demanda froidement Dimitri.

– Au Pays basque. Il passera par la zone tenue par les franquistes.

– Il y a cent mille points de passage.

– Sa voiture est trop grosse pour emprunter les chemins. Et puis il n'a nul besoin de se cacher. Il ira au plus vite.

– Hendaye ou Saint-Jean-Pied-de-Port.

– Hendaye ou Saint-Jean-Pied-de-Port, admit le reporter.

Ils roulèrent en silence pendant une vingtaine de kilomètres, chacun muré dans sa bouderie. Dimitri conduisait à vive allure. Boro songeait qu'il n'était pas du tout d'accord, pas du tout, mais que c'était tout de même la seule solution. Il n'était pas d'accord, mais le propriétaire de la voiture s'était si mal conduit avec le garagiste qu'une leçon lui serait certainement profitable. Il n'était pas vraiment d'accord, même si, grâce à ce vol, ils parviendraient peut-être à intercepter la Mercedes du nazi et à sauver Solana. Il n'était pas tout à fait d'accord, mais il acceptait de peser le pour et le contre, admettant qu'au pire l'homme à la baguette de cheval y perdrait une automobile.

Au fond, il était d'accord.

A Estagel, il toucha l'épaule de Dimitri.

– Je veux savoir comment le Leica est parvenu à Paris.

– D'accord, fit l'autre.

Il se tourna vers Boro et ajouta :

– Mais moi, je veux savoir comment Riegenburg est arrivé en Espagne.

– Qui commence ?

– Toi. L'urgence est dans mon camp.

– Pourquoi donc ? demanda Boro.

Dimitri leva le pied de l'accélérateur.

– Parce que si on le rate ici, on le ratera partout.

– Pourquoi tiens-tu tant à l'avoir ?

Dimitri arrêta la Lagonda sur le bas-côté de la route. Il ouvrit la portière et descendit.

– Aide-moi, dit-il à son passager. Avec ce vent, on ne s'entend pas.

Boro descendit à son tour. Ensemble, ils remontèrent la capote, la fixèrent au pare-brise et serrèrent les papillons. Après quoi, Dimitri reprit sa place derrière le volant.

Ils repartirent. Désormais, il était possible de parler sans crier.

A Quillan, Dimitri savait tout : Friedrich, Solana, Frau Spitz, Alto Corrientes, le photographe allemand.

A Saint-Paul-de-Fenouillet, Boro savait tout : la Jarama, Maryika, le Leica, l'évasion.

A Axat, ils admirent qu'ils partageaient certes deux objectifs différents, mais que l'un et l'autre passaient par l'interception de la Mercedes de l'officier allemand. Boro, parce qu'il voulait sauver Solana et que si Riegenburg parvenait à l'emmener en Allemagne, il ne la reverrait plus. Dimitri, parce qu'il haïssait l'officier, moins pour l'avoir raté en février 1934 que pour sa simple présence en Espagne.

– Si nous le retrouvons, tu le supprimeras ? demanda le reporter.

– Oui. Mais pas pour la même raison que jadis. Dans le train, il menaçait nos vies. C'était donc de la légitime défense. Aujourd'hui, il est un nazi parmi d'autres qui combat aux côtés de ceux à qui je fais la guerre. Si je ne le tue pas, je le remettrai à un tribunal républicain.

– Il sera condamné à mort.

– J'espère bien !

Dimitri s'efforça d'étouffer le ricanement qui montait en lui. Mais il n'y parvint pas. Il hoqueta doucement, sa main enprisonnant sa bouche. Boro se détourna. Il s'en voulait terriblement et dit :

– Je suis désolé pour tout à l'heure...

– Il y a une troisième raison, déclara Dimitri sans relever le propos de son ami. Une troisième raison pour laquelle je tiens à retrouver Friedrich.

– Laquelle ?

– Je voudrais bien voir à quoi ressemble cette Solana.

– A un soleil, murmura Blèmia. A un soleil en danger !

Hendaye ou Saint-Jean-Pied-de-Port ?

Boro avait fait erreur sur le millésime : la Lagonda n'était pas sortie des chaînes anglaises en 1930, mais quatre ans plus tard. Le moteur atteignait presque les cinq litres de cylindrée, soupapes en tête. Il équipait la *Rapide,* qui avait remporté les vingt-quatre heures du Mans en 1935. C'était une voiture exceptionnellement confortable, que sir Bentley allait améliorer encore dans les années à venir. A l'intérieur de l'habitacle, capote relevée, le moteur restait inaudible, et aucune secousse ou vibration n'incommodait les passagers. De son siège, Boro apercevait les lignes fuyantes du capot, le chrome des deux gros phares qui encadraient la calandre, l'ovale de la roue de secours fixée sur la descente de l'aile. Il songea que s'il sauvait la vie de Solana, il achèterait sa voiture au propriétaire malheureux. Au prix fort, s'il le fallait. Une Lagonda neuve contre une Lagonda ancienne, l'homme ferait une affaire.

Il fit part de son projet à Dimitri, mais celui-ci se moquait bien des voitures.

– Je leur demande d'aller vite, c'est tout.

– Celle-ci te convient ?

– Oui.

– Peux-tu appuyer sur la pédale ?

– Je suis au maximum.

Boro se pencha sur les aiguilles. Celle du compteur était bloquée sur 140.

– Je me demande si elle va plus vite que mes autres voitures.

Dimitri posa sur son compagnon un regard étonné.

– Parce que tu as d'autres voitures ?

– Une Aston Martin vert bouteille avec des ailes noires et une Voisin avec pistons en aluminium, servofreins et boîte de vitesses électrique.

– Mais qu'en fais-tu si tu ne sais pas les conduire ?...

– Un jour, j'apprendrai. En attendant, je les regarde.

Il les avait parquées dans un local de la Marne qu'Albert Fruges, le parrain de Liselotte Mésange, avait mis à sa disposition. Lui seul connaissait la passion tout enfantine que le reporter vouait à ses machines. Trois fois l'an, quand Boro s'annonçait, il débâchait les autos. Le rituel ne variait jamais : à chaque visite, Fruges faisait reluire les véhicules, puis il les sortait dans le jardin attenant au garage. Il y menait son ami après le déjeuner et s'éclipsait sous des prétextes divers. Après quoi, seul avec ses jouets, Boro pouvait rêver. Il se glissait derrière le volant de l'une, puis de l'autre de ses deux automobiles, et s'évadait sur des routes imaginaires, pied au plancher, ses cordes vocales figurant le rugissement des cylindres. Ses voyages l'entraînaient sur les chemins d'une enfance dont il avait rêvé lorsqu'il vivait dans les quartiers pauvres de Budapest et que, montant vers la belle maison de sa cousine, il s'arrêtait devant les vitrines où étaient exposés les modèles réduits que son beau-père lui refusait et dont, toujours, il avait été privé. Alors il maudissait sa foutue jambe qui l'empêchait de conduire et, quand la magie avait cessé d'opérer, il claquait les portières de sa mémoire et repartait, à pied, en direction de la gare. Il regrettait toujours que la Voisin et l'Aston Martin n'eussent pas d'autre utilité que celle d'alimenter ses regrets. Cependant, un jour viendrait – il l'ignorait encore – où ces deux bagnoles sagement remisées prendraient part elles aussi à la grande Histoire. Ce serait la guerre et la Résistance. Une époque dont les pions, déjà, étaient en place. Boro n'en savait encore rien. Sur ce point, Dimitri avait quelques années d'avance sur son compagnon.

Ils avaient pris la direction de Bayonne. A Quillan, la Lagonda obliqua vers un poste d'essence. Dimitri serra les freins.

– On fait le plein et on repart, décréta-t-il.

– Il te reste de l'argent ?

– Assez pour rouler cinq cents kilomètres. Après, le réservoir sera vide.

– J'aviserai, répliqua Boro.

Le garagiste venait à eux. C'était un petit homme rond portant une salopette et parlant avec l'accent du Sud. Il considéra la voiture, puis les deux passagers qui allaient avec.

– Ça change de M. de Beaumont, dit-il en hochant la tête.

Boro regarda Dimitri. Dimitri regarda Boro. Le pompiste actionna sa pompe.

– M. de Beaumont a une autre allure, fit-il en détaillant les deux hommes.

Il posa la main sur le coffre de la Lagonda et ajouta :

– Des voitures comme ça, il n'y en a pas deux dans le pays...

Boro et Dimitri s'éloignèrent. Le premier dit :

– Le vol a été déclaré.

Le second rétorqua :

– Aucune raison, si vite et si loin.

Le premier objecta :

– Le téléphone, ça existe.

Le deuxième secoua la tête.

– C'est notre tenue... On aurait dû y penser... Cette bagnole est faite pour les marquis. Nous, on ressemble plutôt à des pêcheurs d'anchois.

Boro jeta un coup d'œil vers le pompiste qui remplissait le réservoir sans se préoccuper de ses clients. Dimitri s'approcha. Boro suivit. Sa canne lui manquait. Moins pour marcher que pour se défendre, si le besoin s'en faisait sentir.

– Qui est M. de Beaumont ? interrogea aimablement le reporter.

– Ne dites pas que vous ne le connaissez pas, répliqua le garagiste. Ça ferait une preuve, et cette preuve-là pourrait vous conduire aux galères !

Il reluqua le compteur de la pompe et poursuivit :

– Quand on vole une voiture, on ne demande pas des nouvelles de son propriétaire. Tout de suite, ça assombrit le tableau. La prochaine fois, questionnez comme de vrais filous !

Boro ne sut que répondre.

– M. de Beaumont fait du commerce politique entre Tarbes et la côte est. Tendance deux cents familles. Il est aussi négociant, mais personne n'a jamais su ce qu'il achetait, à qui ni avec quoi.

Il se tourna vers les deux hommes, porta la main à la bretelle de sa salopette, saisit une cigarette qu'il ficha entre ses lèvres, sans l'allumer.

– C'est bien normal que je le connaisse : pour l'essence, il n'y a que moi à cent kilomètres à la ronde. Mais, si vous me permettez, c'est pas bien normal que vous ayez choisi cette voiture-là : il y en a d'autres, plus discrètes.

– On n'a pas eu le choix, fit Boro.

Il comprenait que l'homme ne s'était pas présenté en ennemi.

– Et puis c'est un cas de force majeure...

– Je me doute que vous n'avez pas joué à ce petit jeu simplement pour passer le temps. Remarquez bien, ça ne me regarde pas. Je vous donne juste un conseil en passant.

Il tendit le bras vers un plateau éloigné sur lequel on apercevait la masse noire d'un château.

– N'allez pas voir par là-bas. C'est le Castel-Joli, et Monsieur de Beaumont y descend de temps à autre. C'est le seul hôtel entre Foix et Perpignan. On reconnaîtrait sa voiture.

– Merci, dit Boro.

– Merci beaucoup, renchérit Dimitri.

– C'est trois billets, conclut le garagiste en montrant les chiffres inscrits sur le cadran de la pompe.

Dimitri paya.

– On a eu de la chance, déclara Boro lorsqu'ils eurent repris la route.

– Tarbes est à moins de cent kilomètres. Après, on sera en sécurité.

– Roulons !

– Ouvre la carte, commanda Dimitri.

Boro obtempéra.

– Riegenburg peut passer la frontière en trois endroits : Hendaye, Saint-Jean-Pied-de-Port ou le col du Somport. On élimine le col du Somport, qui est toujours aux mains des républicains. Riegenburg choisira des passages sûrs, tenus par les fascistes. Combien de kilomètres entre Hendaye et Saint-Jean-Pied-de-Port ?

– Entre quarante-cinq et cinquante, répondit Boro.

– C'est notre marge d'erreur.

– J'ai sauté samedi soir. C'est à ce moment-là que Friedrich a décidé qu'il retournerait en Allemagne... Mais nous n'avons pas de carte d'Espagne. Je ne sais pas combien de temps il faut pour rouler d'Alto Corrientes à la frontière.

– Facile, répondit Dimitri. Il passera par des villes sûres : Séville, Badajoz, Cáceres, Ségovie et Navarre.

Il récapitula silencieusement et conclut :

– Mille kilomètres environ sur des routes dont certaines ont été bombardées. Il faut aussi compter avec les transports de troupes. Il ne peut pas rouler à une moyenne supérieure à soixante kilomètres à l'heure. Ajoute une courte nuit de sommeil... Fais le calcul.

Boro évalua mentalement.

– Seize heures...

– S'il est parti sitôt après l'embarquement à bord du sous-marin, il se trouve déjà en Allemagne.

– Impossible, rétorqua Boro. C'est un infirme. Il doit se préparer...

– ... et transmettre les ordres, compléta Dimitri. On n'abandonne pas une forteresse du jour au lendemain.

– S'il a eu besoin de vingt-quatre heures pour tout mettre au point...

– ... alors il est parti dimanche soir. Il sera là à midi.

Dimitri consulta son bracelet-montre.

– Il est onze heures.

– Il peut nous échapper.

– Il peut, admit le jeune Allemand après un silence.

Ils roulèrent, tendus, pendant de longues minutes. Boro mesurait leurs chances et devait bien convenir qu'elles étaient minces.

– On choisit Hendaye ou Saint-Jean-Pied-de-Port ?

– Je ne sais pas...

Boro regarda la carte et dit :

– La route d'Hendaye est meilleure. Je suis sûr qu'il ne passera pas par les montagnes...

– Oui, mais la région d'Hendaye est aussi celle par laquelle Franco achemine ses troupes vers le Pays basque. Il y aura des convois militaires.

Boro ne l'ignorait pas. Mais ils ne pouvaient pas ne pas choisir. Leur plan était truffé d'aléas.

– Arrêtons-nous et téléphonons pour faire stopper cette maudite voiture, proposa-t-il.

– Qui veux-tu prévenir ?

– Je ne sais pas. Les autorités...

– La France n'intercepte pas encore les officiers allemands en goguette.

– Alors appelons nos amis à la rescousse.

– Lesquels ?

– Les tiens.
– Ils sont en Espagne.
– Alors les miens.
– Ils sont à Paris.
– Mais qu'allons-nous faire ? s'écria Boro, désespéré.
– Rallier la frontière au plus vite.
– Oui, mais où ?
Dimitri garda le silence.
– Où ? répéta Boro. A Hendaye ou à Saint-Jean-Pied-de-Port ?
– Hendaye.
– Pourquoi ?
Dimitri abandonna la route des yeux pour se tourner vers son passager et dit :
– Pourquoi pas ?
– Ce n'est pas une raison suffisante, rétorqua Boro.
– Alors Saint-Jean-Pied-de-Port.
– Pourquoi ?
– C'est plus près de là où nous sommes.
Et Boro capitula.

Le maître et la jeune fille

– Voyez-vous, dit Friedrich de son timbre glacé, il se trouve que je ne partage pas toujours les goûts de notre Führer dans le domaine des arts. Lui aime Wagner et moi, je préfère Schubert. Je dois être resté un incorrigible romantique.

Il fit pivoter son fauteuil de quelques centimètres et ajouta :

– Schubert, mais aussi Brahms et Schumann. Moins les symphonies que la musique de chambre et les pièces pour piano. N'êtes-vous pas d'accord ?

– Non, répliqua froidement Solana.

Elle était assise face au nazi, dans ce corbillard ambulant qui avait traversé l'Espagne à l'allure où vont les escargots. Cinq tonnes d'acier, des suspensions de Pullman, un silence de catafalque. Et cet homme odieux qui ne cessait de la dévisager, sa garde-malade installée à son côté sur la petite banquette qu'on avait raccourcie pour caler le fauteuil à roues de l'officier allemand. A l'avant, derrière une vitre opaque, le chauffeur qui, depuis qu'on avait quitté le campement nationaliste où ils avaient passé la nuit, armait les culasses de ses pétoires chaque fois que la jeune fille osait s'éloigner de plus d'un mètre.

– C'est Beethoven, alors, que vous préférez ? Ou Bach ? Chopin, peut-être ?

– Mendelssohn.

– Ah ! Le Juif !

– Oui. Mendelssohn parce qu'il était juif.

– Seulement pour cela, j'espère !

Elle ne répondit pas, mais tendit ses jambes devant elle.

– Mettez-vous à l'aise, l'encouragea aimablement Friedrich von Riegenburg. La route est encore longue.

Elle ramena les pieds sous elle.

– Notre ami Boro est incorrigible, persifla l'officier. Je lui ai connu deux femmes. La première était aussi insolente que vous l'êtes vous-même...

– J'attends la France. Après la frontière, je m'enfuirai.

Frau Spitz gronda comme un bouledogue.

– Vous n'y parviendrez pas.

Un sourire grimaçant éclaira la face blafarde du nazi.

– Cette voiture est un salon calfeutré pour mes invités, mais c'est aussi une prison.

De l'index, il frappa l'accotoir de son fauteuil tout en ordonnant en allemand :

– Démonstration !

L'horrible matrone à rouleaux pressa un bouton invisible au regard de Solana. Aussitôt, la vitre de séparation s'abaissa et Gutersohe se tourna brusquement, une arme à la main.

– *Heraus !* glapit Riegenburg.

Le sbire reprit sa place tandis que la vitre remontait.

– En cas d'attaque intérieure, commenta le SS.

Il montra les portières dépourvues de poignées, puis la vitre arrière :

– On ne sort pas, on n'entre pas. Parois blindées, système d'ouverture spécial... Cette voiture m'a été offerte par mon père. Il l'a fait fabriquer à partir d'un châssis de limousine.

– Vous avez donc tant besoin d'être protégé ? demanda Solana.

– Dans l'avenir, certainement.

– Et pour le présent ?

Frau Spitz roula les lèvres tout en émettant un grognement qui traduisait la hargne de son maître.

– Le présent est incertain, déclara Friedrich von Riegenburg.

Son regard se promena de droite à gauche.

– Je ne parle pas de l'Espagne. L'Espagne est perdue pour vous, señorita. Je parle de Blèmia Borowicz.

L'Allemande renifla bruyamment. Une canine apparut.

– Le danger du présent, c'est Blèmia Borowicz, fit-elle en écho.

Solana, qui n'espérait plus rien, qui souhaitait désormais mourir, recueillit cette phrase comme une goutte douce et sucrée. Mais que pouvait faire son amoureux, et où était-il, et l'oublierait-elle, et se reverraient-ils un jour ? Il semblait à la jeune fille que plus rien ni personne ne pourrait stopper la conduite intérieure. Elle allait sur les routes avec la régularité d'un blindé traversant les campagnes. Elle la conduisait vers une prison pire encore que les précédentes, loin de son pays et de l'ombre de ses disparus. « Père, songea Solana en étouffant un sanglot, mon père, où es-tu ? »

– Vous ne connaissez pas Borowicz comme je le connais moi-même, reprit l'officier SS. C'est un rusé, un malin. Comment s'est-il débrouillé pour fuir en sous-marin ?

– *Das rote Kreuz,* la Croix rouge, gronda Frau Spitz. *Die Engländer,* les Anglais...

– En tout cas, poursuivit l'Allemand, il n'abandonne jamais. Il me pistera jusqu'au moment où il vous aura retrouvée.

– Poursuivez, dit Solana. Vous me faites du bien !

– Lorsque nous serons en Allemagne, il ne pourra plus rien. C'est avant que réside le danger. Mais, avant, je saurai lui échapper.

– Comment ? interrogea Solana.

Friedrich von Riegenburg hésita un court instant, puis répondit :

– Il a pu prévenir, demander de l'aide. Mais nous éviterons Paris. S'il nous attend, c'est sur l'axe Hendaye-Bordeaux-Paris-Düsseldorf.

– Et par où passerons-nous ?

– Carcassonne, Monaco, Turin, Zurich. L'Italie est un pays ami, et la Suisse est plus sûre que la France.

Frau Spitz souriait. Solana posa d'autres questions : elles étaient autant de portes ouvertes sur d'insensés espoirs. Elle fit observer que la voiture pourrait être attaquée. La Spitz pouffa. Riegenburg répondit :

– Il faudrait une armée pour la stopper.

Elle ajouta qu'il suffisait d'un seul arrêt. La Spitz ricana de plus belle.

– Mais nous ne nous arrêterons plus. L'essence suffira jusqu'à Genève, et nous mangerons ici, sur nos genoux.

Elle objecta que la police française, peut-être...

La Spitz mugit :

– La police ne peut rien contre un diplomate allemand.

– Alors les balles...

– La carrosserie est blindée, je vous l'ai dit.

Frau Spitz arborait une mine réjouie. Solana se laissa aller contre le dossier du siège. Elle songea que mieux valait dormir. Où donc était Blèmia ? Que tenterait-il pour la sauver ? Mais la sauverait-il ?

Elle voulut fermer les yeux sur ses cauchemars. Friedrich von Riegenburg l'en empêcha. Il reprit sa conversation musicale là où il l'avait laissée.

– Puisque vous aimez Mendelssohn, chantez donc le premier mouvement de la sonate opus 6. L'*allegretto*.

Solana se redressa brusquement. Elle rit avec morgue et répondit :

– *¡ Jamás !* Jamais je ne jouerai ni ne chanterai pour vous !

Un voile passa sur le visage renfrogné de Riegenburg. Il siffla, et sa voix parut plus rauque encore :

– Pourquoi croyez-vous donc que je vous emmène en Allemagne ?

Frau Spitz regardait tour à tour son maître et la jeune fille. Son visage exprimait alternativement le respect le plus profond et un mépris absolu.

– Jamais je n'ai pensé vous jeter du haut de la falaise. Jamais !

Il se tut un instant comme s'il tentait de reprendre souffle. Un chuintement désagréable sortit de l'orifice percé dans la minerve de cuir.

– Je voulais tuer Borowicz, mais pas vous ! Vous, je tiens à vous garder ! A ce que vous souffriez abominablement et soyez tout à moi ! Tout à moi !

Solana s'obligea à rire de la façon la plus insultante qui soit. Puis elle enfonça le clou plus loin. Plus loin, plus profond, au creux même de la poitrine de ce type insupportable.

– Pour qui vous prenez-vous ? demanda-t-elle, les lèvres pincées. Vous me tenez entre vos mains, mais vos mains ne peuvent rien ! Ni vos mains, ni votre corps ! Vous êtes répugnant de la tête aux pieds ! Une hyène rongée par la haine et l'impuissance !

Frau Spitz déglutit.

– Vous l'avez déjà dit, grinça-t-elle.

Elle s'était soulevée sur son siège. Elle tenait les deux mains ouvertes, comme si elle s'apprêtait à gifler l'importune. Mais l'Allemand soupira et son garde-chiourme se rassit.

– Vous serez tout à moi. Mais je ne parle pas du corps. Je parle de l'esprit !

– Ni le corps ni l'esprit !

– Jadis, poursuivit Friedrich von Riegenburg sans se démonter, j'ai voulu assujettir une grande actrice au *Vaterland.* Cette actrice s'appelait Maryika Vremler, et elle était la cousine de Blèmia Borowicz. La connaissez-vous ?

– Elle est aussi belle que vous êtes monstrueux, répliqua Solana Alcántara. J'ai vu ses films. Vous n'aviez aucune chance.

– Je ferai semblablement avec vous. Vous jouerez pour l'Allemagne et pour moi. Nous vous tresserons des lauriers...

– Des lauriers nationaux-socialistes !

– Ils en valent d'autres.

– Je refuserai ce marché ! s'écria la jeune fille. Je préfère mourir en Espagne que vivre en Allemagne !

– Vous vivrez en Allemagne, répliqua sèchement Friedrich von Riegenburg. Et vous chanterez aussi.

– *¡ Jamás !*

– Alors, en effet, vous mourrez. Mais dans un camp. Dans un camp allemand.

Solana tourna la tête vers la fenêtre. Des larmes lui venaient, mais elle s'efforçait de les garder en elle-même. Elle ne voulait pas pleurer devant ce bourreau aux manières d'aristocrate, ce grand blessé qui se vengeait du monde en usant des pires violences.

Elle contempla l'Espagne qu'ils allaient maintenant quitter. Elle se demanda si elle y reviendrait un jour et s'obligea à sourire, parce qu'elle était fière et espagnole, trop fière et trop espagnole pour laisser à son pays l'image d'une jeune fille perdue, en larmes, désespérée.

Elle riait, Solana Alcántara, quand la lourde Mercedes s'arrêta à la frontière.

Ce n'était pas Saint-Jean-Pied-de-Port.

C'était Hendaye.

Un correspondant vous demande...

– Ne quittez pas ! gazouilla Chantal Pluchet.

Elle déposa le combiné sur le bureau et reprit son premier interlocuteur. Elle nota un numéro de téléphone, raccrocha et revint au correspondant qu'elle venait de mettre en attente. A l'instant où elle portait le récepteur à son oreille, Páz et Gerda firent irruption au standard.

– Appelez une voiture ! commanda le Hongrois.

Germaine reprit le deuxième téléphone.

– Dites que c'est pour Le Bourget, en urgence !

La porte de l'agence Alpha-Press s'ouvrit sur un commissionnaire qui déposa un paquet sur le comptoir, tendit un bloc pour une signature (la môme Pluchet parapha), ressortit après avoir lancé un « Bonsoir tout le monde » tonitruant. Prakash déboucha du couloir.

– La radio de Barcelone annonce mille cinq cents morts. Le centre de la ville est détruit, mais ils ont raté l'usine d'armement et le parlement.

Il s'approcha de Pázmány.

– Je ne sais pas si on passera... Tout le Pays basque est bouclé.

– C'est pour Alpha-Press ! chantonna la standardiste. Ils vous retrouveront au bas de l'immeuble, comme d'habitude !

Elle raccrocha et confirma aux trois reporters en partance qu'une voiture les attendrait dans moins de sept minutes.

– On sera à Guernica cette nuit, dit Pázmány.

Il posa sa patte chaleureuse sur l'épaule de Gerda, promue fiancée officielle et photographe de dépannage.

– Tu vas découvrir l'Espagne, petite fille rouge. Un sacré baptême de l'air !

Chantal Pluchet s'attarda sur les trois silhouettes bardées de cuir et d'appareils. Elle adorait l'atmosphère enfiévrée qui régnait à l'agence les jours de grands événements. Guernica, elle ne savait pas si c'était un homme, une femme, une ville ou un pays, mais elle lui était reconnaissante de provoquer en elle ce frisson qui rendait les jours meilleurs et, parfois, les nuits plus savoureuses.

Germaine Fiffre rejoignit la petite troupe dans l'entrée. Elle portait ses lunettes de comptable et arborait la mine grave de ces instants où les heures supplémentaires n'avaient plus aucune importance.

Elle déposa trois liasses de billets sur le bureau de la standardiste et pria celle-ci de les recompter.

– Mais je suis au téléphone ! se lamenta la pauvrette en montrant le combiné qui attendait sur la table.

Germaine s'en empara et dit :

– Veuillez rappeler, s'il vous plaît...

Elle raccrocha.

– Comment voulez-vous que ces messieurs aient leur avion si nous nous occupons du superflu !

La préposée aux comptes se sentait une âme maternelle sitôt que les siens s'envolaient pour quelque part. Elle les bichonnait comme s'ils étaient ses petits garçons, faisait mille recommandations et les suppliait de donner des nouvelles dès que possible.

Elle s'empara de la première liasse après que Chantal Pluchet eut recompté les billets et la tendit à Prakash.

– Vous me tenez bien les chiffres, hein ? Je veux que tous vos frais soient justifiés.

– Et si on bombarde pendant que je suis au café, demanda le Choucas en riant, qu'est-ce que je fais ?

– Vous passez sous la table ! s'écria Germaine Fiffre.

Le téléphone sonna. Elle décrocha tout en poursuivant :

– Mais après vous demandez la note !

Elle se tut soudain, porta la main à sa poitrine et s'assit sur le rebord de la table. On eût dit que le paradis s'ouvrait lentement devant elle, qu'un ange lui contait fleurette, l'entraînant délicatement vers les contrées merveilleuses de sa prime jeunesse.

Sa voix se fit toute petite. Puis elle regarda les autres et murmura :

– C'est Boro !

Prakash fut le premier à se précipiter. Il arracha le téléphone des mains de la Fiffre et cria :

– Blèmia !

Il se tourna contre le mur pour garder l'appareil que tous voulaient saisir. En une seconde, la nouvelle se répandit dans les couloirs et les bureaux de l'agence. Cinq personnes, puis dix, puis quinze se retrouvèrent autour du Choucas de Budapest. Celui-ci notait quelques mots sur un calepin.

Il raccrocha. Il arborait un grand sourire. Il leva les deux poings au-dessus de la tête et dit :

– Il va bien. Il est seulement en colère.

Se tournant vers Chantal Pluchet, il ajouta :

– Il attendait depuis cinq minutes...

Germaine Fiffre combattait l'émotion. Elle la terrassa d'une larme hâtivement essuyée.

– Qu'a-t-il dit ? chuinta-t-elle. Où est-il ?

– Il est dans les Pyrénées et a besoin d'argent.

– Alors il faut lui en envoyer !

– Appelez Maryika, ordonna Prakash. Dites-lui que son cousin va pour le mieux.

– Pourquoi pour le mieux ? questionna la Fiffre.

– Parce qu'il a retrouvé ses vieilles habitudes.

Prakash se mit à rire. Il montra le carnet sur lequel il avait griffonné quelques notes.

– On peut le trouver dans un hôtel qui s'appelle le Castel-Joli, près de Quillan.

– Mais qu'est-ce qu'il fait là-bas ? s'écria Chantal Pluchet.

– Je vous l'ai dit : comme d'habitude.

Prakash contint son fou rire et ajouta :

– Il court après une dame !

Départs

Le chauffeur attendait devant l'immeuble. Les trois reporters d'Alpha-Press s'engouffrèrent dans la voiture. Gerda était en désaccord avec les deux hommes qui voulaient, avant de se rendre au Bourget, passer chez Boro où se trouvait Maryika Vremler.

– Nous devons la saluer, expliqua Prakash. Elle repart pour l'Amérique demain matin.

– Nous allons rater l'avion, objecta la jeune Allemande. Nous ne serons pas les premiers à Guernica.

– Oui, mais Boro d'abord ! répliqua Prakash.

– Et que ferons-nous, une fois à Toulouse ?

– L'un de nous ira à Quillan.

– Et les deux autres ?

– A Guernica.

Gerda ne comprenait pas.

– N'y a-t-il pas un moyen plus rapide de lui faire porter de l'argent ?

– Aucun autre.

– Et pourquoi y a-t-il urgence ? Après tout, votre ami est sorti d'affaire !

Pázmány se pencha vers sa fiancée, plaqua sa main contre sa bouche et dit :

– Il faut que tu comprennes, Gerda, que Boro est notre frère. Maintenant qu'il est là, nous voulons le voir.

Il poussa un cri et ôta vivement sa main : la jeune fille l'avait mordu. Il leva le bras vers elle, comme s'il allait la gifler, mais elle le désarma par ce regard dur et glacé qui, chez elle, s'apparentait à une menace clairement exprimée. Elle siffla :

– On ne me bâillonne pas, petit Hongrois. Jamais !

Páz baissa le nez.

La voiture arrivait au carrefour Vavin. Gerda cherchait un moyen de remporter la manche. Elle le trouva. Avec un petit sourire, elle demanda :

– Donc, de Toulouse, l'un d'entre vous viendra avec moi, et l'autre rejoindra votre ami. Puis-je poser une question ?

– Oui, fit Pázmány.

– Lequel d'entre vous m'accompagnera ?

Les deux hommes répondirent presque aussitôt, avec un bel ensemble :

– Prakash.

– Pázmány.

Puis Páz fit la grimace.

– C'est bien aimable pour ma personne, remarqua la jeune fille.

– Elle a raison, approuva le Choucas à l'adresse de son compagnon. Tu manques de la galanterie la plus élémentaire.

– Taisez-vous ! gronda Pázmány.

Il était honteux. Il savait que jamais Gerda ne lui pardonnerait sa goujaterie. D'ailleurs, elle l'observait avec un sourire narquois qui exprimait mieux que n'importe quelle tournure de phrase l'estime qu'elle lui portait désormais.

– Au fait, dit-elle comme ils arrivaient rue Campagne-Première, puis-je savoir pourquoi ce détour est si indispensable ? Ne pouviez-vous pas transmettre vos hommages à Maryika Vremler par téléphone ?

– Non. Nous devons récupérer un objet qui appartient à Boro et sans lequel Boro n'est pas Boro.

– Lequel ?

– Sa canne, mademoiselle, fit le Choucas en ouvrant la portière.

Páz la referma aussitôt. Il se pencha vers sa fiancée et tenta de lui prendre la main. Elle l'envoya valdinguer d'un mouvement rageur.

– Gerda ! murmura le reporter.

– Je n'ai pas à t'entendre.

Elle avait parlé assez fort pour l'oreille curieuse du chauffeur. Elle continua :

– Si tu veux tout savoir, il n'y a qu'un seul homme qui m'intéresse dans ton entourage. Et ce n'est pas Boro.

– Prakash ? questionna Páz avec un voile d'inquiétude.

– Certainement pas ! Il te ressemble trop !

– C'est aimable pour lui.

– Plus encore pour toi.

Le Hongrois déglutit. La jeune Allemande enfonça le clou :

– Le seul qui me touche n'est pas reporter. Lui au moins combat pour une cause.

Elle fourrailla côté cœur et porta l'estocade :

– Dimitri... Dimitri est un homme pour moi. Lui et moi avons des choses à nous dire.

– Le communiste ! s'écria Pázmány.

– Il n'est plus communiste, et s'il l'était encore, cela ne me gênerait pas. J'aime qu'on défende ses idées.

Páz haussa les épaules.

– S'il était là, il te dirait que Guernica, dans la vie du monde, ça compte plus que ton copain et sa canne. Je suis journaliste, pas assistante sociale. Toi, tu fais ce que tu veux, mais moi, je suis libre !

– Si je suis libre, j'agis à ma guise ?

– A ta guise.

– Alors voici !

Il la saisit à la nuque, approcha son visage et, l'immobilisant des deux mains, planta ses lèvres sur les siennes. Il avait oublié les pieds : dix secondes plus tard, il se massait la cheville, assis à l'extrême bord de la banquette.

Pendant que ces deux-là s'écharpaient sous l'œil intéressé du chauffeur, Prakash avait gagné le dernier étage de l'immeuble où habitait Blèmia Borowicz.

Il sonna et n'attendit pas dix secondes. La porte s'ouvrit presque aussitôt sur Maryika Vremler. Elle était fardée, maquillée, et le Choucas lui découvrit une expression de bonheur qu'il ne lui avait jamais vue.

– Donc, Boro est revenu ! s'écria joyeusement la jeune actrice. Il a mis le temps, mais c'est une formidable nouvelle !

– Et, déjà, il batifole !

– Il y a trois cannes chez lui. J'ai pris la plus fine. Ai-je eu raison ?

Maryika montra à Prakash le stick qu'elle avait choisi. Le Hongrois s'en empara et le fit mouliner entre ses doigts.

– Ça devrait aller.

Il avisa une valise dans l'entrée. Par-dessus le bagage, il reconnut le lourd manteau que Maryika portait lorsqu'il était allé la chercher à l'aéroport, le premier jour.

– Vous partez ? s'étonna-t-il.

– Oui.

– Vous ne l'attendez pas ?

– Non.

Maryika prit son manteau et montra la valise au jeune homme.

– Vous pourriez m'aider à la descendre ?

Prakash acquiesça. Il était un peu désorienté.

– Avez-vous commandé un taxi ?

– Non, répondit Maryika. Mais je prendrai le vôtre.

Elle ferma la porte sur elle et donna un tour de clé.

– C'est que nous allons au Bourget.

– Moi aussi.

– De là, un avion nous déposera à Toulouse.

– Moi aussi, répéta la jeune femme.

Prakash se tourna vers elle. Un grand sourire éclairait son visage.

– Je pars, mais avec vous, et je ne l'attends pas, puisque je vais le rejoindre.

Comme le Choucas demeurait coi, elle ajouta :

– J'ai traversé l'Atlantique pour le chercher. Ce ne sont pas quelques kilomètres de plus qui vont m'effrayer...

Elle lui lança une légère bourrade sur l'épaule.

– Allons ! Dépêchons-nous ! Boro nous attend !

Une voiture sur la route

Boro n'attendait pas. Boro roulait. Lentement et dans l'autre sens : ils revenaient sur Perpignan. Dimitri retenait son pied droit. La Lagonda se traînait à l'allure d'une Rosalie Citroën.

– Au moins, on économise l'essence, fit remarquer le jeune Allemand.

Blèmia ne répondit pas. Il fixait la route. Son regard était sombre.

– On ne peut rien faire, reprit Dimitri. Sauf suivre.

– Jusqu'où ?

– Jusqu'à la panne de carburant.

– Il faudra agir avant.

– Comment ?

– C'est à quoi je pense, répondit le reporter.

Ils parcoururent quelques kilomètres sans piper mot. Puis Dimitri demanda :

– Pourquoi as-tu demandé que l'argent te soit envoyé au Castel-Joli ?

– C'est le premier nom qui me soit venu à l'esprit. Et puis reconnais que j'avais quelques raisons d'être troublé...

Ils s'étaient arrêtés avant Orthez, dans un estaminet sur le bord de la route. C'était une idée de Boro. Il avait estimé qu'ils pouvaient distraire cinq minutes de leur temps pour téléphoner à Alpha-Press et se faire envoyer de l'argent. Il comptait sur Germaine Fiffre pour organiser au mieux le transfert de fonds : la préposée aux chiffres avait toujours manifesté un grand talent pour ces questions-là. Mais, aux lieu et place de la débrouillardise attendue, il était tombé sur les lascivités de Mlle Chantal Pluchet. Ce qui, il faut l'admettre, ne l'avait guère contrarié. Mis en attente, il s'était bouché son oreille gauche, avait pressé le combiné contre son oreille droite et, pendant quelques minutes précieuses, appuyé au zinc d'un bar bordant la route nationale, il avait écouté les rumeurs de son ancien lieu de travail. Non seulement ce brouhaha enfiévré qu'il connaissait si bien, mais aussi les timbres de ces voix qu'il aimait tant, celle de la môme Pluchet, gazouillante et haut perchée, celle de Páz, celle de Prakash, grave et enlevée. C'était comme s'il avait été là-bas, Boro le reporter, avec ses camarades, muni de tous ses appareils, avec son barda de cuir et l'équipement du travail de choc, debout dans l'entrée à attendre la voiture qui l'emmènerait, seul ou en compagnie des autres, au Bourget ou dans quelque gare. Il avait entendu la bonne voix de leur protectrice à tous, la vieille demoiselle Germaine, la dévouée, rarement aussi décidée que lorsque toute l'équipe allait s'éloigner d'elle, son autorité affichée masquant l'inquiétude et le chagrin de voir s'égailler ses oisillons.

Pendant ces quelques minutes dérobées à ses propres actualités, Boro avait troqué le présent contre un passé chéri. N'eût été le sort de Solana, de Solana Soleil, il eût abandonné Friedrich von Riegenburg à son sort pour rentrer à Paris, retrouver ses camarades, Maryika qui n'était sans doute pas loin, la fronde des reportages, des départs en catastrophe, des arrivées sur le pouce... La danse enfiévrée de son temps d'homme libre !

Dimitri l'observait à l'autre bout du zinc. Il buvait un bock de bière. Il avait montré le cadran d'une horloge suspendue au-dessus des bouteilles de Suze et de Quinquina. C'est à cet instant qu'on avait raccroché.

Boro avait dit :

– Il s'est passé quelque chose à Guernica.

Il avait rappelé. Germaine avait décroché. Quelle émotion ! Quelle chaleur à l'autre bout de la ligne ! C'était comme si on avait étreint, embrassé, cajolé le disparu ! Boro revenait ! Il était presque à Paris !

Blèmia souriait aux anges. Le regard perdu au loin, s'attardant sur les champs, au-delà de la route, il écoutait le tapage de ses amis. Deux mois sans eux ! Il s'était écrié :

– J'arrive !

C'est alors que la tache sombre était apparue. D'abord un point dans l'éclat du soleil. Puis une boule illuminée par ses rayons. Boro disait :

– Je n'ai plus d'argent, plus de canne...

Et là, soudain, devant leurs yeux, sur le bitume, ils avaient vu passer le monstre carrossé. Haute, large, boursouflée, l'énorme Mercedes glissant de l'autre côté de la vitre. Boro avait lancé les noms du Castel-Joli et de Quillan parce qu'il n'en connaissait aucun autre, ne sachant même pas dans quel village ils s'étaient pour l'heure arrêtés. Puis il avait raccroché, laissant aux autres le soin de se débrouiller pour lui. En une seconde, le mirage de l'agence Alpha-Press s'était évanoui.

– Fonce ! avait-il lancé à Dimitri. C'était la voiture de Friedrich !

Déjà, il ouvrait la portière de la Lagonda.

Leçon de conduite

Il voulait doubler la Mercedes, mais Dimitri s'y refusait. Il proposait de catapulter la décapotable contre la conduite intérieure, mais Dimitri ricanait. Il irait à mains nues, toutes forces bandées, arracher sa belle au garrot de Friedrich, mais Dimitri n'écoutait pas. S'il avait su conduire, il eût accéléré, doublé la Mercedes, se fût rabattu en queue de poisson, eût foncé sur le chauffeur, uppercut au menton, coups de pied dans les tibias, il prend Solana par la main, renverse Riegenburg et son fauteuil, gifle Frau Spitz, s'empare de l'arme du nazi, les tient en respect tandis que sa reine d'Espagne s'éloigne en courant, il la rejoint près de la Lagonda, met le moteur en route, et la voiture démarre sur les chapeaux de roues.

– Ce serait déjà fini ! Nous serions loin !... Au lieu de quoi, nous nous traînons comme des escargots, admirant le cul de cette berline que tu ne veux pas dépasser !

Dimitri ralentit encore. La Mercedes, qui n'était qu'un point noir à l'horizon, disparut dans une courbe.

– Mais accélère ! s'écria Boro.

Il donna du poing contre le pare-brise.

– A cause de ta satanée trouille, nous allons les perdre !

Dimitri lâcha l'accélérateur. La Lagonda piqua du nez comme une abeille sur sa fleur.

– Je vais te faire un bilan de la situation, dit le jeune Allemand en rétrogradant les vitesses.

Il se tourna vers son passager. Son visage était fermé, sa lèvre supérieure palpitait. Il paraissait très en colère.

– Repars, déclara sèchement Boro. Sinon, je prends le volant.

– Tu ne sais pas conduire.

– A force d'avoir regardé faire les autres, j'y arriverai certainement.

– Alors débrouille-toi !

Dimitri stoppa, ouvrit la portière et descendit sur le bas-côté de la route.

– Le moteur tourne. Après, c'est facile.

Il s'éloigna, les mains dans les poches de sa canadienne. Il comptait sur la marche pour calmer l'irritation qui montait en lui et dont les médecins avaient affirmé qu'elle risquait de déboucher sur des pertes de connaissance. Lui, après tout, la señorita Alcántara, il s'en moquait ! Riegenburg, c'était une autre affaire ! Il voulait l'avoir et savait que le désir n'y suffirait pas. Il savait aussi que la nervosité dont il était la proie avait plus à faire avec la présence du nazi qu'avec les inepties du reporter. Mais celui-ci, telle la mouche du coche, contribuait grandement à son exaspération. Qu'il se taise, bon sang, qu'il se taise !

Boro s'était installé au volant de la Lagonda. Il appuya légèrement sur la pédale de droite et recueillit un ronronnement de bon augure. Conduire, c'était magique !

Il enfonça la pédale de gauche, bougea le levier de vitesses comme il l'avait vu faire à Dimitri, lâcha la pédale de droite. La voiture fit une embardée, puis cala.

Boro tourna la clé de contact. Il y eut de nouvelles secousses. La Lagonda avançait par brusques à-coups. Il appuya alors sur la pédale du milieu. Tout s'arrêta : bruit et mouvement. Il chercha le point mort, démarra une nouvelle fois, enfonça la pédale de gauche, enclencha une vitesse, appuya sur la pédale de droite, lâcha celle de gauche. La Lagonda fit trois mètres et s'immobilisa.

Boro jura.

Il recommença. Clé de contact, pédale de droite, pédale de gauche, levier de vitesses, on diminue la pression à gauche, on l'augmente à droite, on part, ça roule, ça roule encore, oui, ça roule !

Il dépassa Dimitri en zigzaguant.

On accélère, on bouge la manette. En bas pour la deuxième vitesse. Elle ne passe pas. Où est-elle ?

Boro appuya sur la pédale du milieu. La Lagonda gémit. Pédale de gauche : elle glissa lentement. Pédale de droite : le moteur rugit, une fois, deux fois, et Dimitri revint sur la gauche. Klaxon derrière. Boro lorgna dans le rétroviseur, tout en tournant le volant vers le bas-côté. Les roues se bloquèrent. Une vieille torpédo B-14 doubla de l'autre côté de la route. Le chauffeur adressa un bras d'honneur à l'apprenti conducteur.

Boro recommença : contact, pédale de droite, puis de gauche, levier des vitesses, pédale de gauche, pédale de droite, doucement. La Lagonda mordit sur l'herbe qui bordait la route et repartit doucement, sautant comme un crabe. Elle doubla Dimitri. Boro se baissa, ouvrit la portière gauche et cria :

– Monte !

Dimitri rigolait.

Il attendit que la voiture eût calé pour la cinquième fois, puis s'approcha et dit :

– Laisse-moi le volant. Tu es plus à l'aise avec tes Leica.

– C'est ma jambe, gronda Boro en abandonnant son siège. Cette imbécile ne sait pas appuyer sur la pédale de gauche.

Dimitri redémarra. En moins de trois minutes, ils avaient repéré la Mercedes. Lorsqu'elle ne fut plus qu'à cent mètres devant eux, le jeune Allemand ralentit et la Lagonda recouvra sa vitesse de croisière.

– Pourquoi ne veux-tu pas la dépasser ? s'écria Boro.

– Ecoute-moi, repartit Dimitri. Ecoute-moi une bonne fois !

Désormais, il était très calme.

– D'abord, c'est une chance qu'ils n'aient pas décidé de passer par Bordeaux. On les aurait perdus. C'est une autre chance qu'ils aient été en avance sur l'horaire qu'on avait imaginé. Et qu'ils soient passés par Hendaye ou par Saint-Jean-Pied-de-Port n'y change rien : ils sont devant nous, et c'est inespéré. Ne les perdons pas.

– Je veux au moins savoir si Solana est dans la voiture !

– Impossible. Si on les double, ils nous repéreront. La Lagonda ne passe pas inaperçue.

– Oui, mais Friedrich est paralysé. Il ne nous verra même pas.

– Il y a un chauffeur, peut-être un ou deux gardes du corps.

Boro soupira.

– Si on savait au moins où ils vont !

Ils avaient déjà étudié la question. L'Allemagne ? Ce n'était pas la route la plus directe. L'Italie ? Ni Boro ni Dimitri ne comprenaient pourquoi Riegenburg se fût lancé dans un tel périple. Restait une autre solution, la plus terrible, car la seule qui les laissât impuissants : le bateau. Si Solana était embarquée sur un navire allemand, ils assisteraient à son départ sans pouvoir intervenir. Cette hypothèse effrayait Boro. Que l'officier allemand fût ou non du voyage ne le contrariait pas. Mais elle ! Sa déesse espagnole !

— Il faudra les arrêter avant Perpignan ou avant la côte, dit-il en dévisageant Dimitri.

Le jeune Allemand ébaucha une moue fataliste.

– Les arrêter, oui, mais comment ?

– Avec une arme.

– Je n'ai que celle-ci.

Dimitri fourra la main dans son col de chemise et montra le lacet de cuir qui ne l'abandonnait jamais. Boro frissonna : était-ce celui-là qui avait écrasé les vertèbres de Friedrich von Riegenburg trois ans auparavant ?

– Mais cette arme n'est efficace qu'au corps à corps, poursuivit Dimitri.

Boro était désespéré.

– De toute façon, même avec une mitraillette, on ne pourrait rien faire. Je crois que cette foutue Mercedes est blindée. C'est pourquoi elle se traîne sur la route. Elle pèse certainement six tonnes.

Il secoua la tête.

– J'ai beau réfléchir, je n'ai pas encore trouvé de solution.

Ce qu'il n'ajoutait pas, pour ne pas effrayer davantage son ami, c'est qu'il leur restait deux cents kilomètres pour agir. Deux cents kilomètres, soit les trois quarts du réservoir ; deux cents kilomètres : la distance qui les séparait du Castel-Joli. Au-delà, ils n'auraient plus d'argent, et moins encore de carburant.

Bien qu'il n'en parlât pas, Boro n'ignorait rien du compte à rebours que Dimitri avait égrené pour lui-même. Et, tout en fixant la route sur laquelle, cent cinquante mètres devant eux, lambinait la Mercedes, il commençait à se demander s'ils avaient une chance réelle de sauver la jeune Espagnole.

– Ils ralentissent, observa Dimitri.

Il leva le pied.

– Ils vont s'arrêter !

– Il faut les dépasser, répéta Boro. S'ils nous ont vus dans leurs rétroviseurs, ils ne comprendraient pas que nous nous arrêtions puis repartions en même temps qu'eux.

– Ou plutôt ils comprendraient trop bien, remarqua Dimitri. Banco, on fonce !

– Non ! s'écria brusquement Boro. Laisse-les s'arrêter. Peut-être qu'ils vont sortir ? On les doublera à ce moment-là.

– Et après ?

– Après, on improvise.

La grosse Mercedes mordit sur le bas-côté, puis s'arrêta dans un nuage de poussière. La Lagonda approchait lentement. Boro regardait, les yeux écarquillés derrière ses doigts écartés. Il vit une portière s'ouvrir, puis une seconde, et un homme se porta vers l'avant de la voiture. Après quoi, une femme descendit, une femme que Dimitri reconnut sur-le-champ. Il proféra un mauvais ricanement et accéléra doucement. Boro observait toujours, le visage dissimulé derrière sa main.

– Voici Solana ! s'écria-t-il soudain. C'est Solana !

La jeune fille descendait à son tour de la limousine noire. Elle se tourna vers la route et aperçut une voiture blanche à la capote baissée qui les dépassa à petite vitesse.

Boro riait :

– Elle est là ! Elle est vivante !

Il assena une bourrade sur l'avant-bras de Dimitri.

– Il l'a vraiment emmenée ! Elle n'a pas sauté du belvédère !

Puis il frappa ses paumes l'une contre l'autre et dit :

– J'ai une idée. Maintenant, je sais comment nous allons faire. Reste devant eux.

– Jusqu'où ? demanda Dimitri.

– Jusqu'à Quillan. Nous allons inviter tout ce petit monde au Castel-Joli.

Dimitri délaissa son volant et dévisagea son passager. Boro riait éperdument.

La petite évasion

Solana foudroyait Frau Spitz du regard.

– *¡ Chula !* Mère maquerelle ! siffla-t-elle. Tu ne peux pas regarder ailleurs ?

L'Allemande était campée sur ses brodequins, face à la jeune fille. Un sourire épais animait sa face bovine, ravinée par les rides et les bouffissures. Elle observait sa prisonnière, les poings fermés sur les hanches.

Solana se releva.

– Tu aimerais bien être aussi svelte, n'est-ce pas ? Jeune et belle, souple... Plaire aux hommes !

Elle cambra la poitrine dans un mouvement élastique.

– *Schwein !* gronda la Tyrolienne.

– Danser le soir avec un amoureux... Changer tes caleçons de laine contre des bas de soie ! Embrasser ! Etre embrassée !

– *Hure !* Espèce de petite putain !

La Spitz s'approcha de Solana. Elle écumait de rage, son poing droit était serré.

– Tu es trop grasse pour ces jeux-là ! se moqua la jeune Espagnole. Il te faudrait vingt kilos de moins !

Le poing partit mais n'atteignit que le vide : d'un geste prompt, Solana s'était esquivée.

– Vingt et peut-être même trente ! Et puis pas mal d'années de moins ! Il faudrait ôter tes corsets et tes jupons !

La bovine fit un pas en arrière, un pas en avant, et, de nouveau, projeta son poing. D'un geste vif, Solana s'empara de l'avant-bras et tira. L'autre ouvrit grande la bouche, vacilla et s'étala dans la mousse.

– ¡ *Chula !* répéta la jeune fille.

Elle cracha par terre, puis, brusquement, détala. La route serpentait sur la gauche ; de l'autre côté, le bois s'enfonçait vers une clairière dont on apercevait la trouée entre les cimes. Solana partit dans cette direction. Elle courut sur une bonne centaine de mètres, coudes au corps, regardant droit devant elle. Il lui sembla percevoir un froissement derrière elle. Elle accéléra encore. Un voile lui brûlait le regard. Ses oreilles bourdonnaient. Elle allait vers la clairière, ses pieds se posant à peine sur les herbes et les branchages. La peur décuplait son énergie. Elle songeait que si elle n'échappait pas maintenant à ses geôliers, si elle retombait entre leurs mains, ils la surveilleraient de plus près encore, et jamais elle ne retrouverait une pareille occasion. Courir, courir plus vite, encore plus vite : tel était l'ordre muet qu'elle adressait à ses muscles, à ses nerfs, à tout son corps. Courir pour échapper au piège dans lequel voulait la broyer l'infect nazi. Courir pour retrouver Blèmia. Courir pour sauver sa peau !

Pendant une trentaine de kilomètres, elle avait espéré que la voiture blanche qui les suivait les filait pour de bon, qu'il ne s'agissait pas d'un simple hasard. Plus les autres s'inquiétaient, plus elle se réjouissait. Elle les avait vus pâlir, s'interroger en allemand, et le point blanc, qu'elle épiait par la lucarne arrière, était toujours là.

Elle avait demandé à s'arrêter pour saisir une chance éventuelle, soit que la voiture blanche s'arrêtât derrière eux, soit qu'elle restât à distance. Dans un cas comme dans l'autre, elle se fût précipitée vers elle. Hélas, tandis que la Mercedes stoppait, ceux qui les suivaient les avaient dépassés et elle avait eu beau regarder, regarder encore, elle n'avait distingué aucun visage.

Cette occasion s'étant envolée, elle avait décidé de tenter le tout pour le tout. Elle courait donc, le souffle de plus en plus court.

Elle entendit un bruit derrière elle, craquement de branche ou herbes foulées, elle ne sut. Comme elle tournait la tête pour regarder, elle fut empoignée par les cheveux, et, avant qu'elle eût compris ce qui lui arrivait, elle tomba la tête la première sur un petit monticule de mousse. Elle se retourna et se retrouva nez à nez avec la face patibulaire du chauffeur. Celui-ci pesait sur son corps. Solana joua des bras et des jambes pour se dégager, mais elle fut bientôt immobilisée par le sbire de Friedrich von Riegenburg. Celui-ci se releva sans un mot et remit la jeune fille sur ses pieds. Il lui tordit le bras, le bloqua en arrière de l'omoplate, et ils revinrent ainsi, lui très calme, elle haletant d'avoir tant couru, poussée sans ménagements vers la route.

Friedrich attendait, assis dans son fauteuil, devant la Mercedes. La Spitz avait retrouvé sa place à l'arrière. La route était dégagée. La voiture blanche avait disparu.

– Montez, dit Riegenburg, glacial.

Elle fut ramenée dans l'auto. Frau Spitz la dévisageait avec une haine presque animale. Une égratignure lui mangeait la joue.

– Ça te donne le teint plus frais, se moqua Solana.

Le chauffeur hissa la chaise mobile de l'Allemand à l'intérieur de la Mercedes. Puis, la portière refermée, le garde-chiourme s'installa à l'avant et la lourde limousine s'ébranla de nouveau.

Friedrich dévisageait Solana avec une solennité apprêtée. Son œil bleu ne cillait pas.

– La prochaine fois, dit-il, nous vous jouerons la sonate *Marche funèbre* de mon compatriote Beethoven.

– Vous ne m'impressionnez pas, répliqua la jeune fille en cherchant à nouveau, par-delà la silhouette du nazi, un miraculeux point blanc.

– Spécialement le troisième mouvement : « Pour la mort d'un héros ».

– Vous n'êtes pas même galant, siffla Solana. Envoyer un homme contre une femme !

D'un roulement de pupille, Friedrich désigna Frau Spitz qui se tenait dans son coin, tête basse.

– Les femmes, vous les terrassez.

– Les femmes, non. Les chevaux de labour, oui !

– J'espère que vous êtes moins sauvage dans Brahms et dans Schumann.

– Laissez la musique où elle doit être, répliqua l'Espagnole en affichant un superbe mépris. Votre goût pour les arts a quelque chose de révoltant.

– J'ai toujours conçu les disciplines de l'esprit comme un baume salvateur... Comme une paix pour l'âme.

– Vous n'êtes capable de rassembler que par la force.

– Dans un premier temps, certainement, admit Friedrich. Mais c'est seulement pour mieux convaincre après coup.

– Nous ne partageons pas les mêmes conceptions... Au point même que nous devrions cesser d'en parler.

– A votre guise, répliqua Friedrich von Riegenburg. Nous aurons tout le temps plus tard... A Berlin !

Son regard fixa un point éloigné, derrière l'horizon. Roide, rigoureusement immobile dans son fauteuil d'infirme, il n'adressa plus un mot à Solana. La jeune fille appuya la joue contre le velours de la custode et ferma les yeux. Une fois encore, elle se perdit dans les promesses que Boro et elle s'étaient faites trois jours auparavant, trois jours seulement, et elle se demanda où était cet homme qui avait promis de la sauver, qui avait risqué sa vie pour la revoir, dont elle ne savait rien, au fond, sinon qu'elle l'aimait — ainsi qu'elle le lui avait dit, elle qui n'avait jamais prononcé de semblables mots pour aucun autre. Boro qu'elle avait vu sauter du bord de la falaise, digne et insolent, affichant ce sourire orgueilleux qu'il destinait à ceux qu'il méprisait. Où était-il ? La sauverait-il de la poigne de ce monstre froid au corps en miettes mais à l'esprit encore alerte, ce spectre corseté dans ses bandages de cuir, cette momie meurtrière ?

– Blèmia, murmura-t-elle, Blèmia !...

Elle rouvrit brusquement les yeux, gênée qu'on eût pu l'entendre. Mais le nazi et son double féminin fixaient toujours la route qu'elle-même ne pouvait voir, puisqu'elle était assise dans le sens inverse de celui de la marche. Il y avait quelque chose d'étrange dans leur position, leur attitude. Ils paraissaient tendus, crispés comme deux visiteurs contemplant une toile accrochée au mur d'un musée.

Elle voulut se retourner, mais n'en fit rien. Elle lisait une inquiétude diffuse dans leurs regards, et cela la réjouissait grandement. Elle s'obligea cependant à ne pas bouger, guidée par une superstition qui lui laissait penser qu'elle ne devait pas manifester le moindre signe de joie ou d'espoir là où elle discernait de l'inquiétude chez ses vis-à-vis.

Mais elle ne s'était pas trompée. Sur un claquement de lèvres émis par le nazi, le sbire en jupon appuya sur le bouton invisible, et la glace de séparation s'abaissa.

– *Schneller !* commanda Friedrich von Riegenburg. Nous devons la rattraper.

Solana continua de scruter avec application les collines qui disparaissaient au loin. Il lui sembla que le paysage s'effaçait plus vite.

– *Schneller !* répéta l'Allemand.

Une mauvaise lueur brillait dans son regard. La Spitz scrutait l'horizon.

Le chauffeur se retourna et dit :

– Nous ne l'aurons pas. Elle est plus rapide que nous. Elle maintient la distance.

Riegenburg étouffa un juron.

– Est-ce la même que celle qui nous suivait ?

– Elle est blanche... On ne peut en dire plus.

Solana sourit intérieurement. La voiture !

Et, de nouveau, elle se prit à espérer.

Ils passèrent Saint-Gaudens et Saint-Girons. La Mercedes roulait de plus en plus vite. Riegenburg ne bougeait pas, mais tout son corps semblait tendu en direction de ce point clair qu'il ne parvenait pas à rejoindre. Il avait oublié Solana. Il avait oublié Frau Spitz. Il était comme un renard flairant le danger.

La jeune fille se reprit à rêver. Son visage retrouva sa place contre la custode. A nouveau elle ferma les yeux. Pendant de longues minutes, elle se promena derrière le tulle blanc des ses rêves, une couronne diaphane autour de sa chevelure, sa main tenant celle d'un autre — un métèque à la silhouette longiline, brun de peau, l'œil noir et vif, à elle et avec elle pour toujours. Mais un cri la fit sortir de sa torpeur. Un cri rauque et joyeux. Elle rouvrit les yeux. La Spitz était rayonnante.

– Ils ont tourné ! s'écria le chauffeur.

Solana regarda vers la droite. Plus loin, au-delà de la bifurcation, la voiture blanche s'éloignait. C'était une autre route. Un espoir mort.

– Une cigarette, s'il vous plaît, exigea le spectre.

Frau Spitz obtempéra.

– C'est la troisième de la journée, fit-elle en inhalant une longue bouffée.

Elle paraissait heureuse.

Détour

– Fonçons ! dit Boro. On s'arrête dans la première boutique.

Il se retourna, lança un baiser à la Mercedes qui poursuivait sa route vers la Méditerranée, puis il revint à la carte. Elle était chiffonnée d'avoir été pliée, dépliée, repliée. Boro avait examiné tous les itinéraires possibles, suivant du doigt les routes et les chemins que pourrait emprunter la grosse voiture allemande. Il ne comprenait toujours pas où se rendait Friedrich von Riegenburg. N'eussent été les incalculables problèmes liés à leur manque d'argent, ils auraient pu rouler au rythme de la Mercedes, tantôt devant, tantôt derrière, jusqu'à l'arrêt final. Mais à quoi bon ?

Ils ne savaient pas précisément comment ils feraient, et le projet de Boro s'arrêtait au Castel-Joli. Mais c'était déjà un début, une base. Plutôt que d'affronter une voiture blindée protégée comme un char d'assaut, ils tenteraient leur chance sur le terrain découvert d'un hôtel fleuri.

La Lagonda roulait à cent quarante kilomètres à l'heure sur la route étroite menant à Laroque-d'Olmes. Dimitri ne cessait plus de ricaner. Il conduisait avec une précision d'horloger, jouant des manettes, des pédales et du volant sous le regard admiratif de son ami reporter. Depuis qu'ils avaient bifurqué, son visage avait changé d'expression. Il était devenu plus décidé, plus dur. Dans l'action, le jeune Allemand recouvrait les traits que Boro lui avait vus la première fois, à Munich, dans une ruelle assiégée par un groupe de SA.

La voiture fit une embardée à l'entrée d'un virage, glissa sur quelques mètres avant de reprendre sa trajectoire, juste avant un muret de rocaille qui marquait l'entrée d'une propriété. Derrière la courbe, sur un terre-plein sablonneux, il y avait une bâtisse longue et basse, à la façade ornée d'une enseigne. Une épicerie de campagne.

Dimitri freina, s'engagea sur la plate-forme qui bordait la départementale. La Lagonda dérapa et se mit en travers. Le jeune homme redressa sa machine, braqua dans un sens, puis dans l'autre, et la voiture vint s'arrêter à quelques mètres d'un auvent de toile sous lequel étaient amassés des sacs de charbon et des cageots de fruits.

– J'y vais !

Il ouvrit la portière et courut vers l'épicerie. Boro consulta sa montre. Ils avaient perdu quatre minutes. Ni plus ni moins que prévu.

Une femme rubiconde déboucha de l'arrière du bâtiment. Elle portait un tablier, et un fichu emprisonnait ses cheveux. Un petit garçon l'accompagnait. Il vint vers la voiture tandis que la femme se dirigeait vers le magasin. Le gamin observa la Lagonda, puis s'approcha de Boro et demanda :

– Elle est à toi ?

– Pas encore, répondit le reporter. Je l'essaie pour me décider.

– Décapotable, hein ?

– Oui. C'est une décapotable.

Le garçon se dandinait d'un pied sur l'autre. Son nez coulait.

– Quand je serai grand, j'en aurai une comme ça. Mais rouge. Avec des pneus en fer pour qu'elle aille dans les champs. Je ferai la course avec le vent.

– C'est toi qui gagneras ! dit Boro.

Il regarda de nouveau sa montre. Trois minutes, déjà.

– Mon père, il a une Rosalie, et Tarasto, et aussi Gibiche...

– La Rosalie, je connais...

– Tarasto, c'est le monsieur, et Gibiche, c'est la dame. C'est pas des voitures, c'est des chevaux...

Le petit garçon passa sa main sous son nez avant de l'essuyer sur la jambe de son pantalon.

– Moi, j'aime mieux les voitures parce qu'elles mangent pas. Tous les jours, faut que je donne à Tarasto et à Gibiche. Rosalie, elle, elle demande rien.

Dimitri apparut sous l'auvent. Il portait deux cornets fabriqués dans du papier journal.

– Tu peux partir vite, pour que je voie ? demanda le gamin en faisant deux pas en arrière.

– D'accord ! fit Boro.

Il ouvrit la portière à son compagnon. Dimitri déposa les deux sacs sur la banquette arrière.

– J'ai tout ce qu'il faut ! Et même des fruits pour caler l'estomac !

Il s'installa derrière le volant, donna un bref coup d'accélérateur et la Lagonda reprit la route qui descendait vers Lavelanet.

– Clous et couteau, dit brièvement Dimitri en passant la troisième vitesse.

Boro se retourna et prit le couteau dans l'un des sacs. C'était une lame de cuisine emmanchée sur un bout de bois. L'extrémité était pointue, le fil tranchant.

– C'était le seul modèle, compléta Dimitri. Les canifs étaient trop petits.

La Lagonda prenait de la vitesse. Bientôt, ils eurent dépassé le muret de la propriété. Boro lut sur sa montre :

– Onze minutes...

– Nous sommes dans les temps, grommela Dimitri. Dans un quart d'heure, on roulera derrière eux.

C'est après avoir soigneusement étudié tous les itinéraires possibles que Boro avait décidé d'obliquer à Lavelanet pour acheter le matériel dont ils auraient besoin. Il avait définitivement opté pour cette solution après que la Mercedes eut tourné au-delà de Foix. Ils l'avaient précédée jusqu'à l'embranchement, avaient bifurqué quand elle était encore loin, puis ils avaient roulé lentement jusqu'à ce qu'ils l'aient vue poursuivre sur la route de Perpignan. Alors ils avaient foncé.

Maintenant ils devaient la rattraper avant la départementale 12 qui menait à Chalabre, ou, au pire, avant Quillan.

– Trente-cinq kilomètres, murmura Boro.

Il prit le sac de pommes sur le siège arrière. Il en tendit une à Dimitri et en choisit une autre pour lui-même. Comme il allait croquer dedans, son regard fut attiré par le titre qui barrait le journal enveloppant les fruits : « Bombardements effroyables sur le Pays basque ».

Il laissa tomber les pommes sur le plancher et déploya la feuille.

– Guernica..., lut-il. Tu sais où ça se trouve, Guernica ?

Plan de campagne

Ils rattrapèrent la Mercedes deux cents mètres avant la bifurcation conduisant à Chalabre. Au moment où ils la dépassèrent, sur la gauche, à cent cinquante kilomètres à l'heure, ils savaient que le centre de Guernica était réduit en cendres, mais que le chêne de la ville, symbole de son identité, était encore debout. Le reste, ils l'avaient lu dans le journal : les fascistes prétendaient que la localité avait été détruite par les Basques eux-mêmes à coups de grenades et de bombes incendiaires. Ailleurs, on s'excusait pour le massacre dont le responsable était le vent : c'était lui qui avait fait dévier les explosifs largués au-dessus d'un pont surmontant la rivière Oca. Nul ne savait encore que jamais dans l'Histoire une ville n'avait été à ce point bombardée par une telle concentration d'appareils, avec autant de sauvagerie. Nul ne savait encore que le tombeau de Guernica avait été creusé par les aviateurs allemands de la légion Condor, qui ouvraient la route aux Flèches noires italiennes et aux nationalistes franquistes. Nul ne savait encore que les deux prêtres basques qui, quelques jours plus tard, se rendraient au Vatican pour dénoncer auprès du pape le massacre dont ils avaient été les témoins seraient éconduits par les autorités religieuses sous le prétexte que les républicains, quant à eux, pillaient les églises de Barcelone. Nul ne savait encore que le 4 mai, lord Plymouth prierait instamment le Comité de non-intervention de peser sur les deux camps adverses pour qu'ils évitent désormais de bombarder des objectifs civils ; et que Ribbentrop lui-même parlerait d'*humaniser* la guerre !

Mais Dimitri enrageait. Il n'ignorait pas qu'après Guernica tomberaient d'autres villes et d'autres hommes, et que, bientôt, le Pays basque serait perdu pour la République. Alors le golfe de Biscaye rejoindrait l'Espagne conquise, l'Espagne prisonnière, les deux tiers de la nation ensevelis après seulement huit mois de guerre.

Friedrich von Riegenburg roulait, trois kilomètres derrière lui. Friedrich von Riegenburg paierait pour Guernica.

La Lagonda filait sans ralentir. Boro avait ouvert le sac de clous. Il s'exerçait à tenir le couteau bien droit, lame tendue devant lui.

Dimitri le lui prit des mains.

– Tu le gardes dans ta paume, tu l'ajustes bien et tu refermes les doigts sur le manche.

Il montra la position.

– Tu lèves le bras, lame vers le bas, et tu frappes d'un seul coup, légèrement de biais.

Il mima le mouvement.

– A toi.

Il tendit l'arme à Boro qui la fit se mouvoir comme l'autre avait montré.

– Parfait, approuva Dimitri.

Il poussa le moteur au maximum de sa puissance, vérifia qu'il ne chauffait pas et ajouta :

– Nous aurons moins d'une minute. Si on peut enlever ta señorita, nous le ferons. Sinon, ce sera pour plus tard. Es-tu d'accord ?

– Oui, répondit Boro.

– Et c'est moi qui déciderai. Toujours d'accord ?

– A peu près, répondit Boro.

– Ce n'est pas « à peu près », répliqua froidement Dimitri. Toi, tu as conçu le plan. Il y a deux étapes, peut-être une seulement. Je dois juger moi-même de l'exécution. S'ils gardent ta demoiselle, on attendra la seconde étape. S'ils cafouillent, on en profitera.

– A ton avis, ils cafouilleront ?

– Non.

– Mais nous bénéficierons de l'effet de surprise !

– Cela ne suffira pas.

Boro leva et déplia sa jambe malade. Il redoutait l'épreuve qui l'attendait. Comme s'il lisait dans les pensées de son ami, Dimitri se fit rassurant :

– Si tu n'y arrives pas, je viendrai te chercher.

– Ils nous canarderont.

Dimitri haussa les épaules.

– C'est le risque. On doit le prendre.

– Evidemment, murmura Boro.

Il songeait à Solana. Il craignait moins pour lui-même que pour elle. Friedrich von Riegenburg n'était pas à l'abri d'un mouvement d'humeur. La jeune fille paierait pour toutes les insuffisances de leur plan. Et, en même temps, que faire d'autre ? Depuis le matin, il avait tourné et retourné la situation sous tous les angles pour aboutir à cette question simple : comment s'emparer d'une personne enfermée dans une voiture blindée, réputée inattaquable ? La réponse était aussi élémentaire : en faisant sortir cette personne de la voiture ; mais, pour l'en extraire, encore fallait-il arrêter l'auto...

La station d'essence apparut, trois cents mètres plus loin. Dimitri freina brutalement, puis déporta la Lagonda sur la partie gauche de la chaussée.

– Sème, dit-il. Ne dépasse pas la ligne médiane.

Boro avait ouvert la fenêtre. Il répandit le contenu des deux sacs de clous, suivant une trajectoire définie par Dimitri qui roulait lentement, en zigzags, afin que les pointes fissent comme un tapis sur la route. Puis le jeune homme reprit sa droite, parcourut cinquante mètres et s'arrêta.

– J'y vais, dit Boro.

Il ouvrit la portière. Son ami l'empoigna par l'épaule.

– Bonne chance, mon camarade, fit-il en lançant une œillade. Au pire, tu courras sur deux cents mètres.

– C'est comme un baptême de l'air, fit Boro.

Il regarda son copain dans les yeux, esquissa un sourire, puis fit rouler un ricanement sourd au fond de sa gorge.

– Pauvre gars ! répliqua Dimitri en engageant une vitesse.

La Lagonda démarra. Elle stoppa cent mètres plus loin, légèrement en travers. Boro s'était laissé glisser derrière le talus bordant le bas-côté.

Vocations contrariées

Heinrich Gutersohe s'ennuyait. A trente ans, il avait caressé mille rêves, et tous avaient tourné au cauchemar. Lorsqu'il était enfant, il proclamait à qui voulait bien l'entendre qu'il gagnerait à lui seul les deux cent vingt-six milliards de marks-or que les Alliés exigeaient de l'Allemagne au titre des réparations de guerre. Au cours de sa vie, il avait réuni quelques marks et onze lingots, ces derniers volés à la force de son seul poignet dans une banque de Stuttgart, ce qui l'avait conduit dans la première des nombreuses prisons fréquentées depuis son adolescence.

Il voulait voir le monde, il en avait découvert les barreaux ; des villes et des pays, il avait dû se contenter de quelques banlieues ouvrières où il avait joué des coudes et des poings pour se faire reconnaître comme chef de bande ; du coup, les langues étrangères, les femmes et la vodka avaient laissé la place à l'argot des repris de justice, aux putes à deux marks et au bon vieux schnaps militaire. Lorsque Friedrich von Riegenburg l'avait sorti de la geôle berlinoise où il purgeait une peine de quinze ans de réclusion pour proxénétisme aggravé, il avait espéré atteindre enfin le firmament de ses plus grands espoirs : frapper aussi haut, aussi fort et aussi bien que Jack Dempsey, lequel avait remporté le championnat du monde de boxe catégorie poids lourds à l'issue du *combat du siècle* qui s'était déroulé en juillet 1921 à New York ; et piloter des voitures plus belles encore que la première qu'il avait volée, une Ehrhardt-Szawe noire avec sièges en cuir et pneus bicolores.

Chauffeur-garde du corps : une formation forgée pour un emploi de rêve. Las ! Heinrich Gutersohe avait rapidement déchanté. Au lieu des combats mirifiques remportés haut la main devant des publics pâmés, il avait dû se résoudre à utiliser ses poings d'airain contre des communistes, des Juifs et autres racailles, tous nés de cuisses aussi putrides, boxés ou entrelardés au couteau dans les rues sombres de Berlin. Et, en fait de limousines ou de carrosses, il devait se contenter de ce monstre obèse, une Mercedes rehaussée, élargie, alourdie et bridée, qui ne franchissait pas le cap des quatre-vingts kilomètres à l'heure, et encore, seulement par vent arrière. Tout cela parce que son patron ne supportait pas le vertige, donc la vitesse ou les virages pris au cordeau, qu'il craignait toujours d'être l'objet d'un complot, qu'il ne se sentait jamais aussi bien que dans ce catafalque roulant où rien ni personne ne pouvait l'atteindre.

Au fond, Henrich Gutersohe devait bien reconnaître qu'il détestait Friedrich von Riegenburg. Celui-ci lui rongeait sa vie de garçon. Il bouffait ses énergies. Il l'employait à des tâches indignes. Cent dix kilos de muscles coincés derrière un volant ; une bonne gueule de frappe athlétique condamnée à charmer une Bavaroise hommasse dépourvue de toute espèce de séduction ; une culture exceptionnelle en matière de flingues, de pétoires, de strangulations diverses, et pas un podium sur lequel monter... Roulant à la vitesse maximale autorisée par ses six cylindres atrophiés, Heinrich Gutersohe pensait qu'il rendrait son tablier sitôt la frontière franchie. Alors, à lui la belle vie !

Sauf que... sauf qu'il lui était impossible de quitter le service de celui dont il devait bien admettre qu'il était tout de même son bienfaiteur. Car, par-delà la rancœur due à une mauvaise exploitation de ses capacités professionnelles, le chauffeur-garde du corps ne pouvait se passer de Riegenburg. Du jour au lendemain, par la grâce d'un seul claquement de langue, l'officier pouvait le remettre là où il l'avait trouvé. En sorte que Gutersohe, après s'être raisonné, trouvait certaines grâces à ce nazi de haut vol qui lui permettait de moisir sur le siège avant gauche d'une limousine plutôt que sur la paillasse humide d'un cachot surpeuplé.

Pour preuve de son obéissance retrouvée, il allégea de quelques milligrammes la pression de son pied droit sur l'accélérateur. Il quêta un signe de reconnaissance dans le rétroviseur, mais le miroir ne lui renvoya que la face glabre et imperturbable de Herr von Riegenburg. Celui-ci, comme à son habitude, fixait le vide avec sévérité. Pas même la jeune fille assise en face de lui, dont Gutersohe n'apercevait que la chevelure noire et bouclée. Moins encore l'écrevisse pachydermique qui lui servait de nounou, de bonne à tout faire, et sans doute davantage, mais là, il s'agissait d'un domaine réservé où ne se risquait pas le cogneur en roue libre. Il respectait trop la hiérarchie pour imaginer ses chefs avec d'autres attributs que ceux du commandement et dans d'autres positions que celles exigées par leur titre. C'était là un principe quasi familial, et la raison pour laquelle le jeune Heinrich ne s'était jamais permis de porter un jugement sur son père, accusé par la rumeur d'avoir défloré la mère de l'enfant (normal), la sœur de celle-ci (pas anormal), sa nièce (possible), et sa propre fille lorsqu'elle avait treize ans (sans commentaire).

Gutersohe laissait aller ses petites pensées au gré des mètres et kilomètres de la longue, longue route qui les menait vers l'Italie, lorsque son œil fut brusquement attiré par un point blanc au loin. Il tendit le regard et força légèrement sur l'accélérateur. A cet instant, la vitre de séparation s'ouvrit et la voix atrophiée de Friedrich von Riegenburg siffla :

– C'est la voiture blanche.

– *Ja,* répondit Gutersohe qui n'en savait rien encore.

– Ralentissez.

– *Ja,* réitéra-t-il.

Il fit.

L'auto était immobilisée de biais, l'avant plongeant vers le bas-côté, en sorte que le conducteur n'était pas visible. Plus loin, on apercevait le panonceau d'un garage.

– Elle doit être en panne, remarqua finement le chauffeur.

– Possible, aboya Riegenburg.

– On pourrait peut-être aider ? suggéra Solana.

Elle s'était retournée et regardait la voiture blanche vers laquelle ils roulaient lentement. Un espoir naissait en elle : s'ils s'arrêtaient pour secourir les passagers de l'auto, peut-être parviendrait-elle à courir vers le garage et à demander de l'aide pour son propre compte ?

La Mercedes tangua légèrement. Au même instant, Friedrich ordonna :

– Dépassez-la et roulez !

Gutersohe s'apprêtait à obtempérer lorsque la lourde limousine sembla patiner sur elle-même. Il y eut un bruit étrange, comme une succion. Le chauffeur appuya sur les freins.

– Crevaison ! lança-t-il d'une voix tragique.

Il se retourna. Frau Spitz le dévisageait avec une rage semblable à celle qu'affichait le commandant nazi.

La voiture blanche démarra et fit quelques mètres avant de stopper de nouveau.

Friedrich réfléchissait. Dimitri attendait. Boro se préparait. Il était sûr de la suite.

Et la suite vint, ainsi qu'il l'avait prévu.

– Descendez ! ordonna Riegenburg à Gutersohe. Allez voir qui se trouve dans cette voiture infernale.

Heinrich ouvrit la boîte à gants et s'empara de son Luger. Il le glissa dans sa ceinture, sous sa veste, puis posa le pied sur la route.

– Verrouillez ! clama Friedrich.

La portière fut refermée. Riegenburg, Frau Spitz et Solana suivirent la progression du garde du corps. Il fit quelques pas, se baissa, ramassa quelque chose qu'il observa, puis parut hésiter et poursuivit sa marche vers la Lagonda.

C'était l'instant que Boro attendait. Profitant de ce que l'autre s'éloignait, il comprima sa patte folle, se cassa en deux et sortit du fourré dans lequel il s'était dissimulé. Il courut vers l'arrière de la Mercedes, le buste penché aussi bas que possible pour ne pas être vu des passagers. A la main, il tenait le couteau de cuisine.

Dans son rétroviseur, Dimitri mesurait lui aussi la marche du chauffeur. Il avait enclenché la première vitesse. Lorsque l'autre fut à cinq pas, il accéléra légèrement. Gutersohe s'arrêta. Il était à dix mètres de la Mercedes. La distance était suffisante. Boro serra le manche du couteau, leva la lame bien droit, puis, d'un seul coup, l'abaissa dans le pneu arrière gauche où il s'enfonça comme dans un bloc de glaise. Boro déchira la gomme aussi profondément que possible. Puis il fit de même dans l'autre pneu. Et regarda sous la carrosserie. Loin devant apparut la silhouette du chauffeur. Il s'était arrêté au milieu de la route et observait la Lagonda.

Boro s'éloigna à croupetons derrière la Mercedes et regagna le talus. Sa jambe était douloureuse. Un clou s'était fiché dans sa rotule. Il était certain de ne pas avoir été vu. Et même si on le remarquait maintenant, on ne verrait de lui qu'une silhouette cavalant au ras du sol. La première partie de son plan avait réussi.

Il entendit rugir le moteur de la Lagonda. Il s'arrêta. Dimitri braqua puis contrebraqua tout en tirant le frein à main. La voiture effectua un demi-tour sur place, puis repartit dans l'autre sens. Elle faillit renverser Heinrich Gutersohe qui l'évita grâce à un roulé-boulé magistral. Dimitri coucha son visage derrière le volant et dépassa la Mercedes. Il parcourut quelques mètres à l'extrême droite de la chaussée, puis se rabattit sur la gauche, au-delà des clous. Il freina et ouvrit la portière côté passager. Boro monta.

– Ils ne sont pas prêts de repartir !

La Lagonda vira dans la direction opposée au garage.

– Les deux pneus sont morts.

– Bravo ! le complimenta Dimitri. L'idée d'utiliser la Lagonda comme appât, c'était du grand art !

– Mais le plus beau reste à venir ! s'écria Boro.

Dimitri ricanait doucement.

– Parce qu'il n'y a pas plus d'hôtels dans ce fichu pays que de pneus adaptés à leur voiture !

– Il faut cacher la Lagonda, dit Boro.

– Et après ?

– Après ?... Après, je te présenterai Solana.

Le Castel-Joli

C'était une gentilhommière perchée sur une colline boisée. Une lourde bâtisse flanquée de deux tours octogonales ouvertes sur la vallée. Près de la porte principale, là où s'élevait jadis un pont-levis, on avait érigé une tonnelle à l'intérieur de laquelle des tables légères avaient été disposées. C'était le seul endroit du castel qui ne fût pas de pierre et de bois.

Sitôt l'entrée franchie, le visiteur était saisi par l'atmosphère solennelle qui régnait dans ce petit château transformé en hôtellerie de luxe. Partout des tapis lourds, des lustres à l'éclairage feutré, des portes en chêne massif. Les murs, épais, protégeaient des indiscrétions. Dans les chambres, des tentures de velours tombaient des fenêtres et des lits à baldaquin. Seuls des miroirs où se reflétaient les rayons du soleil apportaient une touche joyeuse à l'austérité ambiante.

Le rez-de-chaussée était occupé par trois petits salons, une immense salle à manger, les cuisines et les pièces attribuées au personnel. Les chambres se trouvaient aux deux étages supérieurs. Un large ascenseur desservait les niveaux.

Boro avait demandé à visiter les lieux. Chaque étage comportait plusieurs chambres ainsi qu'une suite composée de deux petits appartements contigus. Ils donnaient sur la tonnelle, le jardin attenant et l'allée conduisant à la porte principale. Il avait retenu les deux : une pour Dimitri et une pour lui-même ; la première au nom de Marc Béranger, négociant en vins, la seconde pour Jean-Pierre Renard, pharmacien. Une seule aurait suffi, mais le reporter ne souhaitait pas que Friedrich von Riegenburg et sa petite troupe occupassent l'autre.

– Il est préférable de les diviser, expliqua-t-il à Dimitri comme celui-ci venait de le retrouver dans ses appartements du premier.

– S'ils viennent.

– Ils viendront !

Boro surveillait l'allée qui menait au Castel-Joli.

– Je te fais le pari qu'ils seront là dans moins d'une heure.

– Parole de pharmacien ? demanda Dimitri en croisant les bras.

– Non. Moi, je suis le bougnat. Et les marchands de vin, c'est bien connu, ont les pieds sur terre... Ils viendront parce que le garagiste ne pourra pas réparer les entailles dans les pneus. Il lui faudra en trouver d'autres. Le temps qu'il les recherche, Friedrich logera ici. Au Castel-Joli. Il n'y a pas d'autre hôtel à cent kilomètres à la ronde.

– Et après ? Que faisons-nous lorsqu'ils sont là ?

– On improvise, répondit Boro.

– Tu auras reçu l'argent ?

– J'espère.

Il avait rappelé l'agence. Bien que vaincue par l'émotion et inapte à prononcer d'autres paroles que celles d'une mère retrouvant son enfant après kidnapping et demande de rançon, Germaine Fiffre avait finalement balbutié que l'argent viendrait par l'intermédiaire de Prakash ou de Pázmány, peut-être les deux, selon ce qu'ils décideraient sur la route les conduisant à Guernica.

– Et Maryika ? avait demandé Boro. Est-elle toujours à Paris ?

– Elle repart demain pour les Amériques.

– Où est-elle ?

– Chez vous...

Il avait raccroché. Chez lui, le téléphone sonnait dans le vide. Il avait reposé le combiné sur sa fourche. C'est à cet instant que Dimitri avait frappé à la porte. Et maintenant, ils étaient condamnés à attendre. Ils avaient achevé l'ultime scène de l'avant-dernier acte en dissimulant la Lagonda à cinq cents mètres du Castel-Joli, sur une petite route transversale. Ils n'avaient pas d'argent, pas d'armes, et il leur faudrait enlever une jeune fille retenue prisonnière par trois geôliers de l'espèce la plus redoutable.

– Il faudra faire vite, dit Boro. Si nous n'agissons pas avant que la Mercedes soit réparée, tout sera à recommencer.

– Demain, répondit Dimitri. A condition que l'argent soit arrivé. Sinon, nous ne pourrons pas repartir.

– L'argent compte moins que celui qui l'apportera, objecta Boro.

Dimitri en convint : une troisième personne serait la bienvenue. Elle pourrait approcher Riegenburg et Frau Spitz sans être reconnue. Car le plus gros des difficultés venait de là : aucun des deux hommes ne pouvait apparaître dans le champ de vision de l'officier nazi et de son double. Même si le camp adverse savait désormais que la crevaison n'était pas due au hasard, même s'il pressentait l'origine des clous et des coups de couteau dans les pneus, il n'avait nulle idée des actions ou des dangers à venir. L'effet de surprise bénéficiait encore à Boro. Pour prolonger cet avantage, Dimitri et lui avaient décidé de rester enfermés aussi longtemps que possible dans la suite louée pour le prétendu bougnat. Ce qui plaidait également pour une action rapide : à la longue, le personnel de l'hôtel s'interrogerait sur les us et coutumes de ce marchand de vins boiteux qui accueillait chez lui un apothicaire dont les appartements restaient inoccupés.

– Une voiture, fit soudain Boro en montrant un nuage de poussière au bas de la colline.

Une forme vague montait vers l'hôtel. Elle disparut au détour d'une courbe, puis réapparut plus près. C'était une dépanneuse.

– J'ai gagné mon pari, murmura Boro.

Il se dissimula derrière la tenture de la fenêtre. Dimitri en fit autant. Une demi-seconde plus tard, le camion franchissait le raidillon conduisant à l'esplanade que prolongeait la tonnelle du Castel-Joli. Trois personnes étaient assises à l'avant. Parmi elles, une grosse femme, dont Dimitri reconnut aussitôt le visage fané, et une jeune fille aux cheveux noirs bouclés.

– Solana, souffla le reporter.

Il se retint pour ne pas descendre et arracher son grand amour à la poigne de la Spitz qui, après avoir ouvert la portière du camion, descendit sans lâcher sa prisonnière, maintenue par l'avant-bras.

Le chauffeur sauta à terre. Dimitri reconnut le garagiste. Celui-ci gagna l'arrière de la dépanneuse où un homme le rejoignit. Mais ce n'était pas l'homme que regardait Dimitri. Ce n'était pas Frau Spitz non plus. Et pas davantage la jeune fille. Dimitri regardait la plate-forme découverte de la dépanneuse. Installé contre la ridelle, raide dans son habit noir, juché en hauteur dans son fauteuil d'infirme, Friedrich von Riegenburg toisait la campagne alentour.

Blèmia Borowicz s'impatiente

Ils s'installèrent à l'étage supérieur.

Jusqu'au soir, tandis que Boro se tenait dans ses appartements, Dimitri joua au chat et à la souris avec les nouveaux occupants de l'hôtel. Il ouvrit et referma des portes, monta puis descendit à la hâte des demi-étages, se dissimula dans les couloirs, derrière l'escalier, contre les murs. Il était d'un calme extrême. Après des semaines d'immobilisation, il repassait à l'action. Il découvrait d'anciens réflexes. Une acuité nouvelle le gagnait. Il savait que derrière trois portes de chêne se trouvaient quatre personnes dont l'une devait être sauvée et les autres, d'une manière ou d'une autre, neutralisées. C'était comme la Jarama, avant l'accident : un point à atteindre. Il suffisait d'attendre la lumière verte : le signal. Et ce signal viendrait de lui.

Comme le soir tombait, il abandonna les couloirs de l'hôtel et retrouva Boro dans la suite du premier étage. Le reporter n'avait pas quitté la fenêtre. Il se tourna vers Dimitri et demanda :

– Où sont-ils ?

– Ta dulcinée est dans la chambre 72, au deuxième étage. Spitz la garde. Riegenburg est dans la 73. Le garde du corps occupe la 71.

– Alors on y va, dit Boro.

– On ne bouge pas, répliqua froidement Dimitri.

– Je n'attendrai pas une minute de plus.

Le reporter lança sa jambe gauche, traversa le salon, puis ouvrit la porte. Comme il allait franchir le seuil, la poigne de Dimitri se referma sur son épaule.

– Ils te tueront. Et Solana avec. Libre à toi d'agir comme tu l'entends. Je voulais seulement te prévenir.

Boro se retourna d'un bloc. Les boules des maxillaires tendaient ses joues. Il dévisagea son ami, puis baissa le regard et demanda :

– Que comptes-tu faire ?

– Attendre.

– Jusqu'à quand ?

– Demain.

– Pourquoi demain ?

– Ton amie partage une chambre avec sa garde du corps. Dans la pièce voisine, il y a Riegenburg.

– Riegenburg ne peut rien. Il est paralysé.

– Il n'a pas d'arme ?

– Si.

– Donc il peut tirer. Il faut compter avec lui. Il est dans la chambre de gauche. Le chauffeur se trouve dans celle de droite. Il convient d'abord de vider les deux pièces contiguës.

– Oui, mais quand ? répéta Boro.

– Il faut savoir comment ils s'organisent, s'ils dînent dans la salle commune, séparément ou ensemble, s'ils sortent, quelles sont leurs habitudes.

– Trop long, fit Boro.

– On n'a pas le choix.

– Et s'ils font du mal à Solana ? Imagine que...

– Je n'imagine rien ! s'écria Dimitri, impatienté. S'ils voulaient qu'elle disparaisse, ils l'auraient fait sauter avec toi !

Boro boudait. Il haussa les épaules et s'en revint vers la fenêtre. A cette minute, il détestait son ami. Il le percevait comme un handicap supplémentaire, un obstacle qui l'empêchait de retrouver cette femme qu'il aimait et sur qui pesait une terrible menace. Un étage les séparait ! Un étage seulement !

Il tourna le dos à la tenture, croisa les bras et attaqua de nouveau :

– Il me semble que tu as peur, Dimitri...

Le jeune homme ricana mais s'abstint de répondre. Boro le considérait avec une arrogance des plus déplaisantes.

– Oui, tu n'es plus le même... A Barcelone, en 1936, tu étais capable de prendre seul une forteresse d'assaut. Je t'ai vu précipiter une voiture bourrée de dynamite sur un objectif que personne ne voulait attaquer. Je me demande si tu serais encore capable de le faire...

Dimitri marcha lentement vers la porte.

– Au fond, poursuivit Boro sans élever la voix, je crois que tu te moques de Solana comme de Riegenburg. Je ne sais pas ce que tu fais ici... Finalement, je n'ai pas besoin de toi. Demain, et peut-être ce soir, Páz ou Prakash sera là. On se débrouillera sans toi.

Dimitri fit volte-face. Son visage était blanc. Il serra les poings et les enfouit dans les poches de son pantalon. Boro se décolla du mur.

– Là-haut, dit le jeune homme en s'efforçant de contenir le flot qui bouillonnait en lui, il y a trois Allemands. Des gens qui viennent de mon pays. Depuis 1933, ils me pourchassent. Ils ont créé des camps où sont enfermés tous mes amis. Ils m'empêchent de revenir dans ma ville natale. Ils franchissent les frontières avec leurs armes. Je connais leurs méthodes. Depuis quatre ans, partout, je me bats contre eux. Les trois qui sont là-haut, je veux les avoir. J'y tiens par-dessus tout.

Il fit un pas en direction de Boro.

– Ta fille, c'est vrai que je m'en fiche. Je ne connais pas les combats de l'amour. Je la défendrai parce qu'elle est prisonnière de ces gens-là. C'est la seule raison.

– Tu es un animal, lança Boro. Un taureau dans l'arène. Quand on agite des petits chiffons rouges devant tes yeux, tu bouges. Autrement, tu ronges ton frein. Tu attends.

Il s'exaspéra soudain. Peut-être parce qu'il mesurait l'injustice de ses propos.

– Depuis que nous nous sommes retrouvés, tu n'as dit que cela : « Attends ! Attends encore un peu ! » Mais jusqu'à quand ?

– Jusqu'à demain, repartit Dimitri.

Il fit encore un pas vers Boro. Il n'avait pas ôté les mains de ses poches.

– Je veux voir s'ils dînent ensemble ou s'ils se séparent à ce moment-là. J'aurai la confirmation au petit déjeuner. Après, nous verrons. Prakash nous aidera. Ou Páz, si c'est lui.

– Nous verrons quoi ? s'exclama Boro, furieux.

– Stop ! fit doucement Dimitri.

Il avança vers le reporter et le regarda bien en face. Ses yeux brillaient d'une flamme étincelante.

– Si tu joues à l'enfant, je te laisse te débrouiller seul. Jusqu'à présent, tu as organisé les choses. Maintenant, je prends le relais.

– Il n'y a aucune raison.

– Il y en a une.

Dimitri frappa violemment l'épaule de Blèmia. Celui-ci trébucha. Il dut se retenir au mur pour ne pas tomber.

– L'année dernière, nous nous sommes battus, et, à la fin, j'avais reçu autant de coups que je t'en avais donné.

Il poussa de nouveau Boro et, le prenant par la chemise, l'assit sur le rebord de la fenêtre.

– Mais l'année dernière, il ne te manquait rien. Aujourd'hui, tu n'as plus de canne. Sans canne, le grand Borowicz ne peut rien contre personne.

Il fit trois pas en arrière et considéra le reporter sans aménité. Celui-ci se leva. Il avait le regard mauvais. Dimitri refusa de baisser sa garde.

– Toi aussi, tu es un taureau. Mais seuls les jupons t'intéressent.

Il pointa le pouce en direction du plafond.

– Là-haut, il y a trois nazis. Ce sont eux que je veux. Toi, c'est le jupon qui t'attire. Le jupon et rien d'autre !

Boro se tourna vers la fenêtre. Il regarda les hauteurs au loin et songea que, quelques jours plus tôt, quelques jours seulement, il contemplait la crête d'autres montagnes à l'intérieur d'une cellule de condamné à mort. Depuis, il s'était évadé. Depuis, il avait tué un homme.

– Cette femme a beaucoup souffert, dit-il sans quitter la fenêtre ni regarder son ami. Elle a subi d'ignobles tortures. Ils l'ont brisée.

Il fit volte-face.

– Et elle a tout accepté. Pendant des jours et des jours, elle s'est traînée devant ses tortionnaires, elle a fait ce qu'ils ont voulu, jusqu'à se nier elle-même.

– Est-ce une raison pour ne penser qu'à elle ?

– Oui, répondit Boro.

Il revint à la fenêtre.

– C'est une raison, car si elle avait refusé de se plier à la volonté de ses bourreaux, je ne serais pas là. Cette femme s'est avilie pour moi. Pour me sauver la vie.

Il brandit son poing fermé et ajouta :

– Jamais je ne l'abandonnerai. Et je ne crois pas que je parviendrai à lui faire oublier Alto Corrientes, qu'un seul jour encore je pourrai lui rendre le bonheur de vivre.

Sa voix se brisa. Il conclut en murmurant presque :

– Mais tu as raison, Dimitri. Si je ne m'étais pas attaché à son jupon, si je ne lui avais pas fait cette cour éperdue de dément, d'imbécile, elle n'aurait sans doute pas connu toutes ces épreuves. Aujourd'hui, elle serait une femme libre !

Dimitri se taisait.

Observation

Friedrich dîna seul. Il prit son petit déjeuner seul. Assis sous la tonnelle, Dimitri l'observa chaque fois longuement. Il avait pris soin de se munir d'un journal qu'il tenait déployé devant lui – précaution au demeurant inutile, puisque le nazi ne bougeait pas de son fauteuil. Frau Spitz le déposait devant une table ovale située un peu à l'écart des autres, dans un angle du fond, près de la cheminée. Elle se retirait. Le regard fixé sur les flammes, von Riegenburg attendait qu'on lui apportât son repas.

Dimitri le surveillait de biais, au-delà de la vitre. Il n'éprouvait aucune émotion à voir cet homme diminué manger seul, la nuque toujours raide. Les autres clients de l'hôtel, et surtout le personnel, lui témoignaient une commisération discrète qui lui était parfaitement étrangère. Le jeune Allemand observait son compatriote avec le regard froid de qui calcule. Il élaborait une stratégie fondée sur la paralysie de Riegenburg et commençait à penser que ni Prakash ni Pázmány ne leur seraient indispensables. Avec un peu de chance, Boro et lui-même suffiraient à faire évader Solana Alcántara. Bien sûr, si l'argent n'arrivait pas, il faudrait tout à la fois se défier des personnages dont Riegenburg s'était entouré et du personnel de l'hôtel à qui on fausserait compagnie. Il était à souhaiter que l'envoyé de l'agence Alpha-Press arriverait vite. Mais mieux valait envisager un double front plutôt que de perdre du temps. Il suffirait que le garagiste eût réparé la Mercedes plus rapidement qu'on ne le prévoyait pour que l'offensive échouât.

Dimitri comprenait également qu'il ne tuerait pas Friedrich von Riegenburg. Ni lui, ni les siens. Le terrain était à découvert. En Allemagne, trois ans auparavant, c'était comme une guerre dont les règles avaient été imposées par le nazi. Aujourd'hui, la situation n'était pas la même. Et puis, si vindicatif fût-il à l'égard d'un homme qu'il haïssait viscéralement, Dimitri concevait mal de lui ôter la vie alors même que l'infirme ne pourrait rien tenter pour se défendre.

L'Allemand déposa sa tasse sur la table et fit claquer ses deux doigts de la main gauche. Aussitôt, le maître d'hôtel se précipita. Friedrich lui dit quelques mots. Le maître d'hôtel quitta la salle à manger et se rendit au standard. Dimitri se leva, abandonna la tonnelle et gagna le couloir. Si les choses se passaient comme la veille au soir, Frau Spitz récupérerait son maître et le ramènerait à l'étage. C'était ce qu'il fallait vérifier.

Dimitri emprunta les escaliers. L'ascenseur s'ébranla. Il montait. Le jeune homme s'arrêta. Il attendit que la cabine fût repassée devant lui pour gagner le deuxième étage. Normalement, il ne devait croiser personne ; et si cela venait à se produire, il ne courait aucun risque : le chauffeur de la Mercedes ne le connaissait pas.

Mais le couloir était vide. Dimitri gagna l'extrémité donnant sur le jardin, se dissimula derrière un rideau et attendit.

De l'endroit où il se trouvait, il pouvait voir les boutons lumineux de l'ascenseur. Vert. Vert encore. Il y eut un bruit de grilles, de tringlerie, puis une porte claqua. Rouge. Dimitri ricana doucement.

En quelques secondes, l'ascenseur fut là. Le liftier fit coulisser le battant métallique. Le fauteuil apparut puis, derrière, la Spitz. Elle poussa Friedrich von Riegenburg jusqu'à la chambre 73, sortit une clé de sa poche, ouvrit la porte avant de la refermer sur elle. L'ascenseur était redescendu. Vert. Rouge. Dimitri ne bougea pas d'un pouce. La grosse Allemande ressortit de la chambre 73, prit une nouvelle clé dans la poche de sa blouse et pénétra dans la pièce voisine.

Vert. L'ascenseur s'arrêta dans un couinement pneumatique. Le liftier fit coulisser le battant avant de s'effacer devant deux jeunes filles vêtues de la même jupe marine et du même chemisier blanc. Chacune poussait un chariot devant elle. Sur les plateaux étaient posés des plats recouverts de couvercles argentés.

La première jeune fille s'arrêta devant la porte 72. Elle frappa. La Spitz réapparut. Sans un mot, elle s'empara du chariot et le tira à l'intérieur de la pièce. La porte claqua au nez de la jeune personne. Puis celle de la chambre 71 s'ouvrit à son tour. Le chauffeur, plus affable, remercia d'un signe de la tête. Et le chariot disparut du couloir. Les deux jeunes filles regagnèrent l'ascenseur. Rouge. Vert.

C'était comme à la Jarama. Dimitri bondit hors de sa cachette et dévala l'escalier. Il entra dans la chambre de Boro.

– C'est pour dans trois heures, dit-il simplement. Trois heures, pas plus.

– Parfait, répondit Boro. Il faut que je dérouille mes muscles.

Il abandonna le journal qu'il lisait près de la fenêtre et se leva.

– Comment faisons-nous pour l'argent ?

– Tant pis pour l'argent. On n'attend pas.

Boro sourit :

– Enfin ! Te voici redevenu raisonnable !

Les jeux et les rêves de Heinrich Gutersohe

Heinrich Gutersohe tendit le bras, abaissa le canon et son œil aligna sur une ligne unique le cran de mire, le guidon et la cible qu'il avait choisie : lui-même, dans la glace de la chambre. Il pressa lentement la détente. Un ressort chanta. Aussitôt, Heinrich fit tourner le pontet autour de son index, une fois, deux fois, puis sa main se referma sur la crosse, il lança le bras en direction du miroir, visa, tira. A vide.

Il s'assit sur le lit, joua avec la semelle du chargeur, déposa le Luger sur le lit et se fit la réflexion qu'il ne s'était jamais tant ennuyé de sa vie. Lui qui eût facilement doublé Johnny Weissmuller dans n'importe quelle scène de jungle, d'une liane à l'autre, avec ou sans bêtes, criant ou non, lui, programmé pour la lutte gréco-romaine, la savate, la boxe française, le fleuret non moucheté et tous les combats exigeant du muscle plutôt que de la cervelle, lui, un mètre quatre-vingt-douze pour cent un kilos, devait se contenter d'un matelas sans femme et d'une activité sans but.

Il avait bien proposé ses services de gardien patenté afin de recueillir la jeune Espagnole sous son aile et dans sa chambre. Hélas, Friedrich von Riegenburg avait préféré la confier à la vigilance de la grosse Allemande. Sous prétexte que les femmes vont avec les femmes et les hommes avec les hommes ! Cet individu-là, tout officier qu'il fût, ne comprenait rien aux affaires de cœur ! Heinrich Gutersohe l'aurait bien distraite, l'Espagnole ! De gré ou de force, de force plutôt, c'était plus dans ses compétences. Mains nues, sans armes, à la loyale. Histoire de se dégourdir la musculature et de faire perdre à la petite catin cet air morveux qu'elle affichait du matin au soir et du soir au matin.

Heinrich Gutersohe savait bien pourquoi Riegenburg avait soustrait la petite personne à son grand dévouement : parce qu'il craignait la concurrence. Sûr que l'officier voulait garder sa proie pour lui. Et sûr aussi que, question tutu, la hiérarchie ne serait pas respectée. Il y aurait eu sédition ! Dégradé, le Friedrich ! Sur le front du caleçon, le général ne valait certainement pas la bleusaille !

A la pensée du nazi forniquant, Heinrich Gutersohe fut pris d'un fou rire irrespectueux et rebelle, puis cette rébellion l'effraya et il rentra aussitôt dans le rang. Rétrospectivement, le chauffeur-garde du corps pensa que si la porte s'était ouverte à l'instant où il se moquait par-devers lui, et que si ce devers lui avait été compris par l'officier sagace, il eût peut-être été accusé d'insubordination, renvoyé devant un tribunal et expédié dans la geôle d'où son bienfaiteur l'avait extrait. Or, chez les Gutersohe, on n'était pas des ingrats. C'était là un principe quasi familial, et la raison pour laquelle le père du jeune Heinrich n'avait jamais été dénoncé par la mère de l'enfant déflorée, la sœur de celle-ci, sa nièce et sa propre fille.

Heinrich Gutersohe claqua militairement des talons et s'inclina devant la silhouette invisible de celui qui l'employait.

– Pardon, Herr, susurra-t-il.

La sonnerie du téléphone troubla sa contrition. Le chauffeur se précipita. Si l'Inestimable appelait précisément à cet instant, n'était-ce pas le signe que les pensées d'autrui, exprimées ou inexprimées, lui parvenaient toujours ?

Heinrich Gutersohe s'empara du combiné, prêt à tout reconnaître pour être mieux pardonné. Mais ce n'était pas Friedrich von Riegenburg. Une voix bien plantée dans les basses demanda :

– Est-ce vous le chauffeur de la Mercedes ?

– *Ja !* s'écria Heinrich Gutersohe.

Il ne savait du français que les mots élémentaires à sa fonction. Et s'émerveillait de cette intelligence si aiguë, la sienne, qui lui permettait, grâce à la seule juxtaposition des deux termes « chauffeur » et « Mercedes », de comprendre que c'était à lui qu'on s'adressait.

– La voiture est prête, reprit la voix à l'autre bout du fil.

Friedrich sécha.

– *Bitte ?* fit-il.

– La voiture... La Mercedes... Prête !

– *Was ist « prête » ?*

– Là. Ici. Réparée.

– *Ach !*
– Vous pouvez venir la chercher maintenant.
– *Jetzt ?*
– Oui. *Yes.*
– *Jetzt ?*
– *Ja. Jetzt. Schnell !*
– *Danke,* fit Heinrich Gutersohe.

Il raccrocha, attrapa son blouson sur le dossier d'un fauteuil et sortit dans le couloir. Riegenburg n'était pas dans sa chambre, mais devant la grille de l'ascenseur. Gutersohe se précipita. Il bouscula la Spitz et annonça l'excellente nouvelle à son chef. Celui-ci afficha son premier sourire depuis qu'ils avaient quitté Guernica. Puis il donna un ordre en allemand. Le chauffeur dégringola les escaliers. Le nazi et sa garde-malade pénétrèrent dans l'ascenseur.

Rouge. Vert.

Dimitri sortit de derrière la tenture. Vif comme un chat, il bondit vers l'escalier et descendit à son tour.

Deuxième étage, chambre 72

De la cabine où il avait téléphoné au chauffeur, Boro vit d'abord une silhouette massive filer vers l'entrée du Castel-Joli. Puis l'ascenseur s'ouvrit sur Frau Spitz poussant Riegenburg. Enfin, quelques secondes seulement après que ces deux derniers eurent pénétré dans la salle à manger, Dimitri parut. Boro sortit de la cabine et le rejoignit sur le palier du rez-de-chaussée. Le liftier attendait.

– Nous montons à pied, fit Boro.

Le jeune homme en livrée réintégra sa cabine. Dimitri se hâtait vers le premier étage.

– Attends-moi ! gronda Boro.

Il tirait sur sa jambe.

– Ç'a très bien marché, fit Dimitri sans s'arrêter. Normalement, le chauffeur a dégagé le terrain.

– Lorsqu'il sera au garage, il téléphonera à Friedrich pour lui révéler le piège.

– Le temps qu'il y arrive, nous serons loin...

Boro rejoignit Dimitri au deuxième étage. Le jeune homme lui montra la tenture derrière laquelle il se dissimulait habituellement.

– Place-toi là et n'en bouge plus.

Mais Boro continua dans le couloir. Il était irrésistiblement attiré par la chambre 72. Jamais, depuis le saut du belvédère, Solana n'avait été si près de lui.

Dimitri ferma le poing sur son épaule et l'arrêta.

– Patiente encore cinq minutes. Et cache-toi avant que l'ascenseur ne revienne.

Boro se laissa mener. Il se dissimula derrière la tenture et observa son ami qui disparut dans l'escalier. Il se raisonnait pour ne pas aller frapper au battant de la chambre 72, prévenir Solana qu'il était là, qu'elle était sauvée désormais. Il se demandait aussi en quel état il la retrouverait, s'ils l'avaient anesthésiée, saoulée, blessée, quels seraient leurs premiers mots, si elle lui faisait toujours confiance, si elle l'attendait...

Ses pensées s'évadèrent quelques instants au creux de la peau blanche, dans les boucles de la chevelure, mais l'ascenseur s'arrêta soudain à l'étage et Boro regarda par la fente des rideaux.

Frau Spitz quitta la cabine et s'avança dans le couloir. Elle portait une longue blouse grise. Sa main droite était enfoncée dans l'une des poches de cette blouse. Elle allait d'un pas martial. Le liftier referma la grille et s'enfonça doucement vers le bas. L'Allemande sortit une clé de sa poche. Elle regarda autour d'elle. Dix mètres la séparaient de la porte 72. Dimitri parut en haut de l'escalier. Il feignit de rechercher un numéro de chambre. Frau Spitz ne l'avait pas vu. Elle s'approchait de la pièce où Solana était enfermée. Boro s'obligeait à ne pas bouger. Rester là, les bras tendus le long du corps, ne pas se précipiter sur la geôlière qui était sans doute armée. Attendre, attendre encore. Une seconde, deux secondes, trois secondes... La Spitz se campa sur ses deux jambes épaisses, prit la clé entre pouce et index, se pencha sur la serrure. A l'autre bout du couloir, Dimitri se ramassa sur lui-même. Puis bondit. Frau Spitz avait glissé la clé dans la serrure. Elle n'entendit pas le jeune homme dont les tapis étouffaient les pas. Dimitri cavalait, les poings collés aux hanches, les coudes tendus vers l'extérieur. Il fit quelques enjambées seulement, mais, lorsqu'il arriva sur le battant en bois, derrière l'Allemande, il était comme un boulet, un paquet de muscles projetés en avant par une force décuplée. Les traits de son visage étaient incroyablement crispés, il avait le teint rouge, les yeux mi-clos. Il percuta le garde-chiourme au moment exact où la porte s'ouvrait, la projeta en avant d'un coup de coude dans les reins, et Boro entendit distinctement le « han ! » que poussa la femme avant de rouler à l'intérieur de la pièce, recevant le jeune homme sur elle.

Blèmia quitta la tenture qui le dissimulait. En un clin d'œil, il avait parcouru les quelques mètres qui le séparaient de la chambre. Il distingua un enchevêtrement de formes, la fenêtre, le coin d'un lit, entendit quelques borborygmes, parmi lesquels il reconnut le ricanement de Dimitri, mais il n'eut pas le temps de pénétrer dans la pièce : déjà Solana apparaissait sur le seuil.

Elle le considéra sans bouger pendant quelques brèves secondes, et lui-même fut incapable d'aller vers elle, tant l'émotion le paralysait. Il lut sur son visage mille expressions – l'effroi, la panique, l'incompréhension –, puis son regard s'ouvrit, elle bougea les lèvres, et il comprit qu'elle prononçait les deux syllabes de son nom, interminablement, comme un chant murmuré. Alors il alla vers elle. Alors, enfin, il lui ouvrit les bras. Elle vint contre lui, légère, le maintenant à distance, ses paumes appuyées sur sa poitrine. Elle répétait sans cesse : « Blèmia, Blèmia », et lui la regardait aussi, s'enfonçant dans son œil noir afin d'effacer le voile d'incrédulité qui l'empêchait de la retrouver comme il l'avait quittée naguère.

– Solana ! murmura-t-il. Solana !

A cet instant, seule la jeune fille comptait. Il avait tout oublié du lieu où il se trouvait, des dangers qu'ils encouraient encore. Il glissa sa main en arrière de la nuque, sous les boucles noires, et approcha le visage de la jeune fille du sien. Elle se réfugia sur son épaule, ses paumes quittèrent sa chemise et elle l'étreignit avec une force désespérée, cédant peu à peu au soulagement, à l'espoir, à la paix.

Il la maintint contre lui, la bouche sur ses cheveux. Plus loin, très loin, lui sembla-t-il, une porte claqua et un couple passa dans le couloir, s'aventurant jusqu'à l'ascenseur. L'homme marqua un temps d'arrêt lorsqu'ils furent près de la chambre 72, mais la femme l'entraîna, disant :

– Laisse, ce n'est pas notre affaire.

Alors Boro sortit de sa torpeur. Sur sa gauche, il entendit très distinctement un râle profond, rauque, différent du souffle habituel de Dimitri. Il repoussa violemment Solana et franchit le seuil. Au-delà du couloir minuscule, dans le contre-jour de la fenêtre, il aperçut une masse grise, assise sur un corps dont il ne voyait que les jambes, les jambes et les chaussures.

Il cria :

– Dimitri !

La Spitz n'entendit pas. Elle serrait les mains autour du cou du jeune Allemand. Celui-ci ne bougeait plus. Boro empoigna les cheveux de la mégère et tomba sur le côté, l'entraînant dans sa chute. Mais elle ne lâchait pas Dimitri. Celui-ci geignait doucement, immobile. Son visage était bleu, noir. Boro tira sur le chignon, sur la blouse, il s'empara des poignets de la Spitz. Elle le reconnut. Sa bouche se tordit d'un rictus où la haine le disputait à la stupeur. Elle se jeta sur lui. Boro la retourna, mais elle joua de son poids en l'entraînant près du lit, et elle commença à lui marteler le visage de ses poings griffus. En même temps, elle pesait de tout son corps sur sa jambe malade, de sorte que le reporter ne pouvait bouger. Il lança son bras en avant. Il reçut un coup dans l'œil. La Spitz était sur lui, dans la position où il l'avait trouvée lorsqu'elle étranglait Dimitri. Elle frappait d'une main. De l'autre, elle fouillait sa blouse. Avec effroi, Boro songea qu'un pistolet s'y trouvait sans doute. Il s'arc-bouta d'un seul mouvement et projeta la grosse Allemande contre le mur. Sa jambe retomba, inerte. Il tenta de prendre appui sur l'autre, mais déjà la femme était revenue à la charge et ils roulèrent de nouveau sur le tapis recouvrant le plancher. L'arme était tombée de la blouse. La crosse métallique brillait à quelques pas, sous la table. Boro allait s'en saisir lorsque, soudain, il y eut un bruit de verre brisé au-dessus de lui. Quelques débris tombèrent. La Spitz s'affala sur le côté. Solana se tenait devant eux. A la main, elle tenait le pied d'un vase dont la coupole s'était volatilisée sur la boîte crânienne de l'Allemande.

Celle-ci reposait sur le ventre. Elle avait un œil fermé. La langue pendait entre ses mâchoires entrouvertes. Sa tignasse jaunâtre recouvrait la joue.

Boro se mit sur les coudes et rampa jusqu'à Dimitri. Le jeune homme fixait le plafond sans bouger. Il respirait par saccades. Son râle avait cessé.

– De l'eau, fit Boro à l'adresse de Solana.

Déjà, elle se précipitait. Mais Dimitri secoua la tête.

– Ça ira, coassa-t-il. J'étais prévenu.

Du doigt, il montra Frau Spitz :

– Attache-la.

Solana ouvrit une armoire et sortit une ceinture de cuir. Elle la tendit à Boro. Celui-ci se redressa, prit appui sur sa jambe valide et posa l'autre sur le sol. Un cri lui échappa.

– Cette femme est une furie. Elle a failli nous avoir tous les deux.

Il s'assit sur le lit et se massa la rotule. Solana s'était agenouillée auprès de l'Allemande. Elle avait soulevé la tête par les cheveux. Un filet de sang coulait du cuir chevelu. Frau Spitz poussa un gémissement. L'Espagnole cracha deux fois sur chaque œil. Puis elle laissa tomber la tête sur le sol. Elle ramena les poignets derrière le dos et les noua l'un à l'autre, fortement.

Dimitri se souleva. Il contemplait la chambre dévastée.

– Il faut partir, dit-il en se calant contre le mur.

Des traces rouges marquaient son cou de part et d'autre de la pomme d'Adam.

– Les médecins m'avaient dit qu'en cas d'effort violent je pourrais perdre le contrôle des situations. J'ai eu un vertige après lui avoir foncé dessus. Elle en a profité.

Il balança son pied dans les flancs du garde-chiourme.

Boro ramassa le pistolet à crosse métallique et se mit debout. Dans un geste enfantin, Solana lui prit la main.

– Où sont les autres ? demanda-t-elle. Le chauffeur et Riegenburg...

– Le chauffeur est loin, répondit Dimitri. Quant au nazi, il est en bas.

Une lueur d'affolement passa dans le regard de la jeune fille.

– Seul, il ne peut rien, la rassura Boro.

Il se tourna vers Dimitri et dit :

– Je te présente Solana. Et lui, dit-il en s'adressant à la jeune fille, c'est mon ami Dimitri.

– Il faut partir, répéta ce dernier sans même prendre la main que l'Espagnole lui tendait. On aura tout le temps de faire les présentations dans la voiture.

Il observa Frau Spitz. Bien qu'inconsciente, elle grondait doucement.

– Laissez-moi faire, intervint Solana. Ce sera un vrai plaisir.

Elle saisit à nouveau la grosse Allemande par les cheveux, tira son visage vers l'arrière et le repoussa sur le parquet, pointe du menton en avant. Elle paracheva son travail par un coup de pied dans les côtes.

– *¡ Puerca !* murmura-t-elle.

– On file, dit Boro.

Mais il pouvait à peine poser sa jambe malade sur le sol. Il s'appuya sur l'épaule de Solana. Dimitri était agenouillé à l'entrée de la chambre. Il dénicha la clé qui avait roulé jusqu'à la porte de la salle de bains et la ramassa. Lorsqu'ils furent tous dans le couloir, il verrouilla la chambre 72.

Ils allèrent jusqu'à l'ascenseur. Vert.

– Je vais chercher la Lagonda, proposa Dimitri.

Il désigna son copain qui boitait au bras de la jeune Espagnole.

– Trop d'exercice, ça fatigue les plus grands reporters.

– Quand on a ses vapeurs..., commença Blèmia.

Rouge.

Ils rirent.

Les grilles s'ouvrirent sur le liftier. Ils pénétrèrent dans la cabine.

– Je ne veux plus jamais revoir Friedrich von Riegenburg, dit Solana. Plus jamais de toute ma vie !

– Moi non plus, compléta Dimitri. Sinon, j'achèverai certainement le travail commencé voici trois ans.

La jeune fille se coula contre Blèmia et lui serra le bras.

– Accompagne Dimitri à la voiture, proposa Boro. Passez par l'arrière de l'hôtel.

Lorsqu'ils furent au rez-de-chaussée, il déposa un baiser léger sur les lèvres de la jeune fille. Puis, tandis qu'ils contournaient l'escalier pour rejoindre l'entrée secondaire, il claudiqua jusqu'à la réception. Une femme vêtue d'un manteau de fourrure attendait aussi. Elle se tourna vers lui. Boro stoppa net. Elle lui sourit. C'était un sourire immense.

– Bonjour, Blèmia, dit-elle.

Cousin, cousine

Il paraissait totalement décontenancé. Fagoté comme un marin-pêcheur en villégiature à la campagne, le teint blafard, très amaigri, le cheveu trop long, boitant plus que jamais. Mais le regard aussi noir, et cette élégance particulière qu'elle lui connaissait depuis sa jeunesse, mélange de fierté, de décontraction, du charme profond des Slaves, de cet orgueil qui, très tôt, l'avait armé contre les vicissitudes de la vie. Elle le connaissait si bien qu'elle savait exactement quelles étapes il venait de franchir depuis l'instant où il l'avait vue : un abandon très bref à la stupeur, immédiatement suivi d'une recomposition, puis, lorsqu'il vint à elle, ce calme parfait qu'il savait si bien transformer en hauteur, en forfanterie, en arrogance ou en morgue selon les interlocuteurs.

Il dit :

– Maryik ! Maryika !

Et l'enlaça, mais d'un bras seulement, l'autre étant posé sur le comptoir de la réception. Peu à peu, cependant, l'image de Solana fut prise dans ce parfum qui lui rappelait tant de charmes et tant d'histoires, et il put étreindre sa cousine comme naguère, serré contre elle, le visage dans le col de son manteau.

Il dit encore :

– Maryik ! Maryik !

Mais, cette fois, il le dit comme elle l'entendait depuis toujours, et elle pensa qu'il était revenu à elle, qu'ils avaient dissipé les brumes des retrouvailles.

– Je t'ai apporté deux cadeaux, dit-elle joyeusement en se baissant vers son sac de voyage.

– Trois, répondit-il. Je voudrais que tu paies la note pour moi.

Il pressa le bouton d'une sonnette posée sur le comptoir. Maryika lui lança un regard de reproche.

– Nous nous retrouvons seulement, s'écria-t-elle, et déjà tu veux partir !

– C'est que nous ne sommes pas seuls, répondit Boro.

– Eh bien, les autres attendront !

Elle dissimula ses mains derrière son dos puis demanda :

– Laquelle choisis-tu ?

– La droite.

Il sourit. Elle lui tendit son stick.

– Merveilleux ! s'exclama-t-il.

Il le fit jouer entre ses doigts, le posa sur le comptoir, devant le préposé qui venait d'arriver.

– Veuillez, s'il vous plaît, préparer la note de mon ami pharmacien et la mienne !

Il effleura la joue de Maryika.

– Et présentez-la à cette demoiselle ! Nous sommes ses invités !

– Boro ! s'exclama Maryika. Qu'est-ce que c'est, cette histoire de pharmacien ?

– Dimitri ! répondit le reporter en allant et venant autour d'elle. Dimitri est ici. Et il n'est pas le seul !

Un grand bonheur l'avait envahi depuis qu'il avait retrouvé sa canne. Tout allait mieux : sa jambe, mais aussi sa tête. Il gambadait en dedans, il virevoltait au-dehors.

– Il y a encore un cadeau, fit Maryika en tournant le dos au bureau de la réception. Quelle main ?

– L'autre !

Elle tendit une paume vide.

– Tu as triché ! s'écria-t-il. J'avais dit la droite, je voulais la gauche !

Elle rit et lui remit un objet qu'il reconnut aussitôt. Soudain, son visage se fit plus grave. Il ne songea même pas à remercier. Il posa le cadeau sur la table et entreprit de l'examiner. Maryika attendait le verdict. Mais le déclencheur fonctionnait, et aussi le chargeur ; l'objectif n'était pas rayé ; le télémètre était intact ; la pellicule glissait sur les rouleaux.

– Le photographe qui me l'a volé a perdu son âme, mais il m'a rendu mon bien, déclara Boro avec emphase. L'histoire reprend son cours !

Il s'éloigna de trois pas, glissa la boucle de sa canne autour de son poignet droit, prit le Leica dans la main, visa, régla, déclencha, rechargea.

Maryika payait.

– Maryik !

Elle se retourna.

Il déclencha.

– Je n'ai pas tenu un appareil depuis trois mois ! Te rends-tu compte ?

Il était redevenu l'enfant qu'elle aimait. Un pantin dégingandé dansant dans un hall d'hôtel, le rire aux lèvres, la malice dans le regard. Comme il la photographiait encore, l'image de Sean, son fils, lui vint à l'esprit. Elle eut un petit sourire. Elle décida de lui téléphoner le soir même.

– Blèmia ! dit-elle. Tu m'as dit que tu n'étais pas seul. Qui donc nous attend ?

Boro s'immobilisa soudain. La réalité fondit sur ses épaules comme un drap humide. Et si la Spitz, là-haut, parvenait à donner l'alarme ?

– Viens avec moi, dit-il à Maryika.

Il la prit par le bras et voulut l'entraîner dans le couloir. Mais elle se rebiffa :

– Où dois-je mettre mon sac de voyage ? Et quand partons-nous ?

– Tu gardes ton sac. Nous partons dans cinq minutes.

– Mais pour aller où ?

Il la regarda, dissimulant mal son étonnement.

– A Paris, bien sûr !

Elle croisa ses bras sur sa poitrine.

– Blèmia, tu te moques ?

– Pourquoi ?

– J'ai quitté Paris hier...

Il voulut l'interrompre, mais elle lui adressa un signe comminatoire.

– ... J'ai quitté Paris hier, en avion, avec tes amis de l'agence. Nous sommes arrivés à Toulouse. Eux sont partis pour l'Espagne, et moi, il m'a fallu des heures pour arriver jusqu'ici... De Toulouse à Foix, il n'y a que des petits trains !

– Nous repartirons en voiture.

– Quelle voiture ?

– Une Lagonda volée.

– Je ne monterai jamais dans une voiture volée !

Boro prit son sac de voyage, glissa son bras sous le sien et l'entraîna dans le couloir.

– Nous n'avons pas beaucoup de temps, Maryik. Et je dois te présenter quelqu'un.

– Qui ?

– Un revenant.

– Comment s'appelle-t-il ?

– Satan. Le chien de Satan !

– Je veux en savoir plus.

– Dans trente secondes.

Ils croisèrent le couple du deuxième étage. L'homme fixa Boro avec admiration. La femme lui lança une œillade méprisante. En passant devant lui, elle demanda, les lèvres pincées :

– Vous les collectionnez ?

Puis s'en fut.

– Tu collectionnes quoi ? interrogea Maryika.

Boro se rengorgea.

– Les femmes.

Il avait dit cela avec un épouvantable contentement de soi. Maryika siffla :

– Blèmia Borowicz, vous n'avez pas changé depuis vos quinze ans ! Vous êtes resté le malotru que je détestais !

– Sauf que, désormais, vous l'aimez !

– A ma manière, reconnut-elle comme ils entraient dans la salle à manger.

Boro l'arrêta sur le seuil.

– Tu ne bouges pas et tu regardes, chuchota-t-il. Je te réserve une sacrée surprise !

– Pourquoi ?

Il lui colla un doigt sur les lèvres, lui intimant silence.

Puis, canne en avant, il marcha silencieusement vers la cheminée.

La pièce était vide. Les tables n'avaient pas toutes été débarrassées. Devant l'âtre, un homme était assis dans un fauteuil d'infirme, dos à la porte. Il ne bougeait pas. C'était le seul occupant du lieu.

Blèmia s'approcha sans bruit. Maryika le vit poser ses mains sur les poignées de la chaise. Puis, d'un seul mouvement, avec une violence qu'il ne parvint pas à contenir, il retourna le fauteuil. Maryika s'approcha. Et Boro demanda :

– Maryika Vremler, vous souvenez-vous de Friedrich von Riegenburg ?

Elle poussa un cri. De la main, elle chercha une table où s'appuyer. Son regard s'était agrandi. Une moue traduisant une intense stupeur s'afficha sur son visage. L'immense comédienne qu'elle était ne parvenait pas à dissimuler la peur que provoquait encore en elle cet homme honni, cet être abominable, cette face cadavérique qu'elle eût partout et toujours reconnue. Elle ressentit une légère faiblesse, comme si elle se fût trouvée au centre d'un ouragan qui allait croître peu à peu avant de l'emporter dans sa ronde infernale.

Elle se laissa tomber sur un siège. Instinctivement, elle remonta le col de son manteau. Boro tournait autour d'eux, Leica brandi.

– Friedrich, je souhaite que votre cœur résiste. Deux rencontres. Je vous épargnerai la troisième. Souriez, s'il vous plaît.

Il se campa face au nazi et le mitrailla à cinquante centimètres.

– J'ai tant rêvé de cet instant ! Rendez-vous compte, vous qui assurez être un ami des arts. Enfermé à Alto Corrientes pendant des semaines, sans mon Leica...

Il s'agenouilla face au nazi, tendit la jambe et leva l'index.

– Suivez mon doigt, Friedrich. Encore... Encore...

Il arma, déclencha, arma, déclencha.

– Regardez Maryika.

L'officier ne bougeait pas d'un centimètre.

– Je vais vous y aider...

Il s'empara des poignées du fauteuil et le fit tourner trois fois. Maryika suivait la scène, étourdie, troublée. Il y avait chez son cousin une gravité dans l'insolence, quelque chose de parfaitement désenchanté qui détonnait avec ce qu'elle savait de sa personnalité. Et Riegenburg... Une statue, une momie, un jouet entre les mains de son cousin. Mais elle ne le plaignait pas. Elle le connaissait. Elle se demandait seulement comment il avait survécu.

– Voyez-vous, poursuivait Boro en entamant le quatrième tour, lorsque j'ai sauté du belvédère, c'est cela que j'ai ressenti. Un vertige. Un tournis. Sauf que moi, j'étais condamné à mort.

Il bloqua la course du fauteuil et pointa le doigt sur Riegenburg.

– Imaginez que je vous dise : « Vous faites la girouette sur ce fauteuil pendant cinq minutes encore, puis Dimitri entre et vous tue. »

A ce nom, Friedrich se raidit plus encore sur les accoudoirs de sa chaise. Boro ricana.

– Dimitri est là aussi. Mais vous ne le verrez pas. Car, s'il entre, il vous étrangle.

Un tour, puis un tour et demi.

– Et, voyez-vous, nous ne tuons pas les infirmes.

– Cela me permettra de vous retrouver, lâcha Friedrich von Riegenburg.

Ce furent ses premières paroles. Maryika ne les comprit pas. Elle entendit à peine la voix sortie de cette minerve de cuir qu'elle n'avait pas remarquée.

Boro arrêta la course du fauteuil. Friedrich regarda la jeune femme.

– C'est une rencontre, déclara-t-il, et une belle rencontre.

Il reprenait peu à peu ses esprits. Ses joues s'empourprèrent. Un rictus tordit sa lèvre inférieure.

– Tous trois, nous nous haïssons. Vous m'épargnez, et c'est une élégance.

De sa main valide, il désigna la porte principale du Castel-Joli.

– Encore qu'on puisse dire que les circonstances me sauvent. Que pourriez-vous contre moi dans votre pays ?

– Ici, rien, admit Boro. C'est une chance pour vous.

– Aujourd'hui, certainement, reconnut l'officier allemand.

Il dévisagea Maryika d'un regard froid. Puis se tourna vers Boro.

– C'est étrange à dire, mais dans ce jeu du chat et de la souris, j'ai perdu deux manches. La première se déroulait dans un train, vous vous en souvenez certainement...

– Vous étiez odieux, dit Maryika. Aussi infatué de vous-même qu'aujourd'hui.

– J'ai donc perdu cette première manche, poursuivit Friedrich sans relever le propos de la jeune femme, mais je la prends pour moi : je voulais vous tuer, vous vous êtes défendus. Voilà qui était de bonne guerre.

De la main droite, il montra sa minerve.

– En quelque sorte, je suis responsable de l'état dans lequel vous m'avez mis.

– Vous restez un beau parleur, commenta Boro.

Il regarda sa montre.

– Dans moins de cinq minutes, nous partons. Si vous pouviez vous hâter...

Riegenburg le toisa avec mépris.

– L'impatience finira par vous perdre, monsieur Borowicz. Mais plus tard.

Un sourire barra son visage.

– C'est là que je voulais en venir : à plus tard... Ainsi que je vous l'ai expliqué, j'accepte les responsabilités qui m'incombent pour ce qui concerne les événements de 1934. Aujourd'hui, nous sommes en 1937.

– Vous voulez le jour et l'heure ? s'enquit Boro en s'approchant de sa cousine.

– Votre insolence vous retarde, cracha Friedrich. Prenez garde. La simplicité de votre plan pourrait se retourner contre vous. Je suppose que c'est vous qui avez attiré le chauffeur vers le garage.

– Bonne supposition, approuva Boro.

– Peut-être reviendra-t-il avant que nous n'en ayons fini.

Blèmia consulta sa montre.

– Nous avons encore trois ou quatre minutes. Après, en effet, nous courrons des risques inconsidérés.

– Alors laissez-moi poursuivre.

– Finissez-en, fit Maryika.

Elle s'était levée. Maintenant, elle voulait partir.

– En 1934, vous m'avez laissé pour mort. Trois ans plus tard, vous m'humiliez.

– Comment donc ? s'écria Boro. Ce n'est pas parce que vous faites un peu de toupie pour égayer nos après-midi...

– Vous m'humiliez en n'achevant pas ce que vous avez commencé il y a trois ans ! coupa Riegenburg.

Il avait parlé fort.

– Vous me graciez pour la seule raison que je suis infirme !

– Bien vu, approuva Boro.

– Cela, reprit le nazi, je ne vous le pardonnerai pas !

Au loin, on entendit un bruit de moteur.

– Tant pis, fit Boro. De toute façon, votre pardon m'importe peu.

– Je vous retrouverai.

Boro consulta sa montre.

– Quand ?

– Dans plusieurs années, monsieur Borowicz.

– Et où cela ? interrogea Maryika.

– Quelque part en Europe.

– Alors au revoir !

Elle s'inclina devant lui et ramassa son sac de voyage. Une voiture freina devant la porte. On entendit le son aigre d'un klaxon. Maryika s'éloigna tandis que Boro s'approchait de Riegenburg.

– Dans plusieurs années, avez-vous dit ?

– Certainement.

– Vous m'enverrez un bristol ?

– Certainement pas.

– Alors je ne serai peut-être pas au rendez-vous.

– Nous verrons, conclut Friedrich von Riegenburg.

Boro prit une dernière photo de l'officier allemand, puis tourna les talons.

Sur le perron, devant la tonnelle, la Lagonda attendait. Dimitri était debout, côté conducteur, près de la portière ouverte. Maryika lui parlait. Elle n'avait pas remarqué Solana Alcántara.

Boro ouvrit l'autre portière. Il abaissa le siège avant et offrit sa main à la jeune Espagnole. Celle-ci descendit et prit son bras. Ils contournèrent l'auto blanche.

– Maryika, dit Boro avec de la solennité dans la voix, je te présente Solana.

Maryika dévisagea la jeune fille sans ciller. Il n'y avait nulle amabilité dans son regard, mais pas l'ombre d'une violence. C'était l'œil impassible de qui veut ignorer. Boro sourit légèrement et ajouta :

– Maryika est ma cousine. Solana est ma compagne.

Dimitri regarda au loin. En aucun cas il n'eût voulu croiser l'œil de Maryika. Il dit :

– Et moi, je suis le chauffeur. Je vous ramène à Paris...

Épilogue

Ils visitèrent Madagascar.

Ils mangèrent des bananes, cramponnés aux wagonnets du *scenic railway*. Ils regardèrent paître les chèvres sur une montagne de Roquefort. Ils perdirent de vue Pázmány et Gerda au détour de la grotte ensorcelée. Les amoureux des barricades s'étaient éloignés sur la gondole magique. Boro et Solana entendirent la voix du Hongrois crier dans le lointain du tunnel :

– Rendez-vous quoi qu'il arrive !... Rendez-vous à cinq heures au restaurant du pavillon suisse !...

Leurs rires furent emportés par l'écho.

Et ils se retrouvèrent seuls sur l'embarcadère. Seuls et heureux. Libres ! Tellement libres au milieu de cette gigantesque Foire des arts et techniques du temps présent, inaugurée par le président Lebrun sur plus de cent hectares, en plein cœur de Paris !

Elle était belle, il était gai. Ils voulaient tout voir et tout s'offrir.

Ils prirent le petit train électrique conduit par un chauffeur en livrée blanche.

A l'homme en casquette, Boro lança :

– Amiral ! droit devant !

Ils descendirent au hasard.

Ils errèrent dans les ruelles du vieux Strasbourg. Ils regardèrent passer une caravane de chameaux promenant des enfants scandinaves. Ils s'arrêtèrent près de la baraque des nègres soudanais. Ils rêvèrent devant la maquette du train-ferry Paris-Nord-Londres-Victoria. A l'ombre de la tour Eiffel, ils visitèrent aussi le salon du cinéma, de la photographie et du phonographe.

Deux heures plus tard, comme ils étaient exténués ! Comme ils étaient joyeux ! Partageant tout, riant de tout. Siamois dans leur amour.

– Le pavillon allemand est trop grand !

Solana gonfla comiquement les joues :

– *Zu stark !... Drop kostaud !* Trop ordonné, trop méthodique ! Et puis c'est comme ça : je déteste l'aigle dorée du Reich, la gaieté triste des buveurs de bière et le sens appuyé du *kolossal* !

Les yeux de la Sévillane brillaient derrière sa voilette.

Elle décocha un clin d'œil complice à son chevalier servant, guetta un assentiment de sa part et, n'en obtenant pas, s'enferma dans son jugement péremptoire.

– Je prétends que ce Woldemar Brinkmachin, là, le fameux architecte nazi, avec ses luminaires trapus et ses tableaux de même facture, a voulu nous donner une leçon de germanisme insupportable !

– Han, han, marmonna Boro.

– A côté de cela, regarde la tranquille assurance de la petite Belgique, la convivialité des souks marocains ! les parterres du pavillon de Hongrie ! la tendre pergola des Roumains ! les bassins du pavillon d'Egypte !

Elle se grisait d'un flot de paroles. C'était si miraculeux de respirer Paris !

Boro lui sourit. Puis il jeta un coup d'œil à ses chaussures, saupoudrées de toutes les poussières de l'Exposition universelle.

– Je partage ton opinion, ma chérie, approuva-t-il.

Mais on le sentait absent, perdu dans l'observation des gens qu'ils croisaient.

– Tu m'écoutes ?

– Oui, mon amour ! Le Herr Professor Brinkmachin mérite cent fois de mourir étouffé sous les lazzi de ton inépuisable mauvaise foi !

– Tu insinues que je suis rancunière ?

Il ne répondit pas, mais lui prit le bras. Ils firent quelques pas bras dessus, bras dessous, obéissant aux lois mystérieuses qui commandaient aux déambulations de la foule – des centaines de milliers de personnes assidues à visiter l'Exposition internationale de Paris depuis son inauguration du 24 mai.

Soudain, l'Espagnole tourna vers Boro son beau regard tramé par la voilette.

– Ah, mais ! s'écria-t-elle en tendant la main en direction du col du reporter, qu'est-ce que je vois là ? Une cravate desserrée, monsieur Borowicz ?

– Il fait si chaud !

Elle s'affaira sur le nœud récalcitrant.

– Tu penses quc je suis rancunière ?

– Je crois que nous n'aimerons jamais ce qui nous a fait si peur et qui est en marche pour écraser le monde, répondit Boro. Quant à ma cravate, je vais l'ôter !

Il portait un élégant costume prince de Galles à martingale, des box-calfs anglais, un chapeau Fléchet. Par ce lumineux après-midi de juin, il contemplait, au travers des jambes colossales d'un héros de bronze, l'entrée du pavillon soviétique défendue par la double silhouette emblématique d'un homme et d'une femme brandissant la faucille et le marteau.

Sur l'esplanade, la foule dominicale des Parisiens, toutes classes sociales mêlées, bruissait, véritable marée humaine partant à la découverte des pavillons étrangers.

Ils reprirent leur marche.

Au palais de la Lumière, ils virent les disjoncteurs de cinq cent mille volts devant le décor de fresque brossé par Raoul Dufy.

En sortant, Boro démasqua le Leica qu'il portait sous sa veste et, faussant subrepticement compagnie à Solana, se fondit dans les plis de la foule cosmopolite.

Il photographia tout d'abord une jeune femme qui embrassait un homme mûr. Il parvint à doubler cette photo : deux amoureux sur une île, au milieu des visages flous et indifférents. L'instant d'après, son télémètre était braqué sur un chapelet de visiteurs assoiffés, en bras de chemise, qui prenaient d'assaut une fontaine à vin. Mais il laissa passer l'occasion : trop anecdotique. De même pour un marchand d'eau fraîche en sombrero mexicain et pour un charmeur de serpents.

Il avait la fièvre des images. Repris par la drogue du reportage, attiré par un visage, une attitude, stimulé par les ingrédients de la kermesse populaire, il entrait dans l'intimité joyeuse, mouvante, complaisante, des flots, des grappes et des groupes. Il filmait. Il filmait encore.

Il impressionna un rouleau complet de Perutz Néo-Persenso à émulsion orthochromatique, double couche extra-rapide, qui bénéficiait d'une grande latitude de pose et de développement. Puis, la joie au cœur, se hâtant sur son stick, il rejoignit Solana.

Elle le cherchait dans la foule. Elle paraissait en proie à un réel désarroi.

– Où étais-tu ? Je ne te voyais plus !

– J'étais là...

Il vit passer comme une ombre bistre sur le visage de la jeune fille.

– Mais c'était affreux ! J'ai cru que je t'avais perdu pour de bon !

La petite veine bleue qu'il n'aimait pas chez elle avait fait sa réapparition au bord de la tempe.

– Que faisais-tu ?

– Je vivais, mon amour.

Il lui offrit galamment son bras pour l'aider à gravir le grand escalier menant aux fontaines jaillissantes du Trocadéro. La pente verte et gazonnée donnait plus d'éclat encore à la blancheur de leurs gerbes d'écume.

Solana serra la main de Boro.

– Paris est à tes pieds, dit Blèmia en lui montrant la vue admirable de la ville surgie entre miroirs d'eau et jardins.

– Superbe ! s'émerveilla-t-elle, retrouvant sa gaieté.

Des deux côtés de la Seine, derrière la forêt des oriflammes multicolores, ils contemplaient les pavillons des nations que dominaient, dans leur contraste expressif, le pavillon soviétique, métallique et monumental, et le pavillon allemand, rutilant sous le soleil.

– Je les déteste ! Je déteste l'arrogante puissance de ces peuples ! murmura Solana.

Boro et elle se laissèrent tomber sur deux transatlantiques providentiels abandonnés l'instant d'avant par un couple d'Anglaises à lunettes, talons plats et robes à fleurs.

– Je suis vannée, morte ! dit Solana.

Elle contemplait une horde de jeunes gens vêtus d'une chemise kaki, d'une culotte courte et de lourdes chaussures de montagne.

– Tu crois qu'ils viennent du Tyrol à pied ? plaisanta Boro.

– En tout cas, je suis plus fatiguée que si j'avais fait la route avec eux ! Si fatiguée que je pourrais aller me coucher sans manger !

– Tu veux rentrer maintenant ?

– Chiche !

La splendeur de son sourire démentait qu'elle éprouvât le moins du monde l'intention de rejoindre la Lagonda achetée le mois précédent par Boro et dont ils se servaient pour leurs déplacements. C'est elle qui l'avait conduite pour venir.

– Quand vous souhaiterez rentrer, madame, sifflez-moi ! C'est que je suis tributaire de mon joli petit chauffeur !...

Solana se leva et, penchée sur lui, posa sa main sur la sienne.

– Voudrais-tu m'emmener au seul endroit où j'aie encore envie d'aller ? demanda-t-elle avec gravité.

– Bien sûr.

– J'aimerais visiter le pavillon espagnol.

Ils firent la queue derrière des centaines de Parisiens venus eux aussi admirer l'évocation de la tragédie de Guernica peinte par Picasso.

La toile voisinait avec d'autres, de Miró et de Montserrat. Boro et Solana restèrent longtemps figés devant le cheval béant, devant la mère hurlant à la mort sur le cadavre de son fils, devant la tête décapitée d'un supplicié, devant son bras arraché, devant la marguerite intacte, devant le personnage annonciateur d'apocalypse qui, la main tendue, éclaire la panique des hommes, devant la femme criant son indicible épouvante au milieu des bombes incendiaires ou brisantes – myriades de particules phosphoreuses, confettis mortels, pluie, éclats, feu, mort, décombres fumants.

Ils demeurèrent là, vivants et inanimés, perdus dans leurs pensées.

Elle se revoyait au côté de Friedrich von Riegenburg, assistant impuissante, depuis les contreforts du mont Aixerrota, à la mise en place du massacre. Elle entendait hurler les oiseaux de métal nazis. Elle revoyait sortir de leurs ventres les chapelets d'œufs pourris. Elle se rappelait l'acharnement des Heinkel 111 et 51, leurs piqués de colère.

Elle était avec le peuple basque. Aujourd'hui, aujourd'hui encore, et toute sa vie durant, Solana Alcántara, fille de son père torturé, se demanderait quels étaient ces démons sortis du ciel pur, quelle folie meurtrière animait leurs froids regards tandis qu'ils perpétraient la *muerte de Guernica*. Et, tandis que la jeune fille fixait la fresque monumentale de Pablo Picasso avec des yeux hallucinés, Boro, de son côté mesurait la puissance de cette toile commencée par le peintre au lendemain de la destruction de la ville, arme aux couleurs livides braquée comme un phare aveuglant à la face du chancelier Hitler, défi de l'« art dégénéré » au nazisme triomphant.

Soudain, Solana tressaillit.

– Emmène-moi, supplia-t-elle. J'ai froid.

Il l'emprisonna dans son bras. Ils marchèrent à nouveau dans la foule, mais sans plus la voir. Ils se taisaient. Ils savaient, pour avoir vécu pendant plusieurs mois le même crépuscule, que la cape de l'ordre noir allait recouvrir le monde entier.

– Embrasse-moi, dit enfin Solana alors qu'ils arrivaient en vue du pavillon suisse. Embrasse-moi vite !

Il l'étreignit de toutes ses forces.

A une table, assis devant un chocolat froid et plusieurs vodkas vides, Gerda la Rouge et Pázmány les attendaient.

Le Hongrois paraissait irrité.

– Nous sommes là depuis une bonne demi-heure, dit-il en consultant son chronomètre.

Il semblait tout à la fois ivre et bougon.

– Il fallait partir sans nous, rétorqua Boro.

– Il est de mauvaise foi, précisa Gerda. Si nous avons attendu, c'est parce que nous sommes ennuyés.

– C'est un peu vrai, admit Pázmány. Nous voulions te consulter.

Il jeta un regard en direction de Boro, termina son verre de vodka et fit signe qu'on lui en apportât un autre. Il se serait sans doute lancé dans une explication alambiquée si l'indispensable et inusable secrétaire de l'agence Alpha-Press ne s'était manifestée.

Ecartant impitoyablement marmots et militaires, Germaine Fiffre, qui arborait sous un bibi une permanente dans les acajous un peu vifs, zigzaguait avec talent entre les tables. Elle bousculait les consommateurs à un trot de cheval qui en disait long sur son état d'excitation.

– J'ai fini par venir à vous, monsieur Páz ! s'écria-t-elle sans préambule. Tout à l'heure, au téléphone, je vous ai demandé une réponse dans les dix minutes et vous ne m'avez pas rappelée... Cela n'est pas très professionnel !

Pázmány piqua du nez dans sa vodka.

– Et, en plus, vous sombrez dans l'alcool blanc, nota sombrement la secrétaire.

– Bonjour, Germaine, se risqua Boro. Je vois que vous menez grand train, aujourd'hui...

– Bonjour, monsieur Blèmia. J'essaie de me dépêtrer comme d'habitude au milieu de situations pas faciles. Et je cède volontiers mon rôle à qui veut le tenir !

– Vous êtes parfaite, Germaine, temporisa Boro. Irréprochable à perpétuité ! Et il me semble que votre nouvelle coiffure...

– Là-dessus, je ne vous ai pas sonné, monsieur Borowicz !

Et, se tournant vers l'autre Hongrois :

– Alors, reporter, vous partez ou vous ne partez pas ?

Gerda pouffa derrière sa main.

– Dis-lui la vérité, Páz. Nous ne pouvons pas quitter Paris. Là !

– Nous achetons un appartement en commun, avoua le jeune homme, résolu à affronter les foudres de la demoiselle prolongée. Désolé, Germaine, mais nous signons demain et le déménagement est commandé !

La Fiffre leva les yeux au ciel.

– Un appartement ! Des bourgeoiseries ! Avec votre état d'esprit ! Un Kirghiz et une terroriste ! Je vous demande un peu ! Mais, mon pauvre ami, vous serez fichus à la porte après-demain !

La Fiffre parut se refroidir et constata avec amertume :

– L'esprit pionnier se perd...

Puis elle ajouta, fulminante :

– En tout cas, vous me laissez tomber comme une vieille chaussette ! Ah, si M. Prakash avait été dans les parages, il ne m'aurait pas fait ça !

– De quoi s'agit-il ? s'enquit Boro.

– Non, Blèmia ! souffla Solana.

Elle venait de percevoir la nature du danger. Elle posa une main possessive sur celle du jeune homme.

– Non, dit-elle à nouveau en exerçant une légère pression sur son poignet.

Boro se détourna. La petite veine bleue battait au coin de la tempe de la jeune fille.

Il palpa vaguement son Leica sous sa veste.

– Alors ? demanda-t-il.

– Il s'agit d'un tremblement de terre, avoua Pázmány.

– Cent dix morts, échota la voix lugubre de Mlle Fiffre. Mais, comme vous venez d'arriver et que vous avez encore besoin de repos, vous n'êtes pas dans le coup !

– Où est ce reportage ? s'informa Boro.

– A Wakkanai, dit la Fiffre.

– Wakkanai, hein ? répéta Blèmia Borowicz.

Ses yeux brillaient d'une étrange lueur.

– Où est Wakkanai ?

– Au bout du monde.

Le reporter rejeta sa nuque en arrière. Son regard se perdit dans le ciel sans nuage. Un soleil beau à couper le souffle incendiait la terre.

Boro ferma les yeux, inspira cette vie nouvelle et dit :

– Au bout du monde ? J'y vais !

(A suivre)

TABLE DES MATIÈRES

TROISIÈME PARTIE : LE PAYS SOURD DES MURMURES ET DES CRIS

QUATRIÈME PARTIE : LE ROI DE CŒUR

CINQUIÈME PARTIE : LA VENGEANCE DE LUCIFER

Impression réalisée sur CAMERON par
BRODARD ET TAUPIN
La Flèche

pour le compte des Éditions Fayard
en juin 1994

Imprimé en France
Dépôt légal : juin 1994
N° d'édition : 2258 – N° d'impression : 6492 J-5

ISBN : 2-213-59256-X
35-33-9256-02/5